U0587980

詞則

肆

［清］陳廷焯 編選

鍾錦 點校

上海古籍出版社

别調集序

人情不能無所寄，而又不能使天下同出一途，大雅不多見，而繁聲於是乎作矣。猛起奮末，誠蘇、辛之罪人；盡態逞妍，亦周、姜之變調。外此則嘯傲風月，歌詠江山，規橅物類，情有感而不深，義有託而不理。直抒所事，而比興之義亡；侈陳其感，而怨慕之情失。辭極其工，意極其巧，而不可語於大雅，而亦不能盡廢也。録《别調集》。

丹徒亦峰陳廷焯識

别調集詞目

卷一

宋詞 二十六家，共詞七十五首……一五七一

卷二

卷三

卷四

卷五

卷六

總共二百五十七家，詞六百八十五首

別調集卷一

唐詞

李白 見《大雅集》。

清平樂㊀

禁闈秋夜㊁。月探金窗罅。玉帳鴛鴦噴蘭麝。時落銀燈香灺。女伴莫話孤眠。六宮羅綺三千。一笑皆生百媚，宸游㊂教在誰邊。[一]

【眉評】

[一]三千羅綺皆工獻媚，誰能得聖眷哉？所謂衆女進而蛾眉見嫉也。

【校記】

㊀録自《詞綜》。調名，同朱本《尊前集》，《詞綜》作「清平樂令」。

㈡「秋夜」，朱本《尊前集》作「清夜」。

㈢「宸游」，朱本《尊前集》作「宸衷」。

又㈠

煙深水闊，音信無由達。惟有碧天雲外月，偏照懸懸離別。　盡日感事傷懷，愁眉似鎖難開。夜夜長留半被，待君魂夢歸來。[一]

【眉評】

[一] 寄情甚深，含怨言外。

【校記】

㈠ 録自《唐五代詞選》。

桂殿秋㈠

仙女下，董雙成。漢殿夜涼吹玉笙。曲終卻從仙官去，萬户千門惟月明。[一]

【眉評】

［一］結句高遠，似古樂府。

【校記】

㊀録自《詞綜》。此下二首初見《許彦周詩話》，以爲李德裕《步虚詞》。《詞綜》據《能改齋漫録》作李白詞。

又㊀

河漢女，玉鍊顔。雲軿往往在人間。九霄有路去無跡，裊裊香風生珮環。［一］吳虎臣云：「此太白詞也。有得於石刻而無其腔，劉無言倚其聲歌之，音極清雅。」

【眉評】

［一］仙風縹緲。

【校記】

㊀録自《詞綜》。

○連理枝㊀

雪蓋宮樓閉。羅幕昏金翠。鬬壓㊁闌干，香心淡薄，梅梢輕倚。噴寶猊香燼麝煙濃，馥紅綃翠被。

【校記】

㊀録自《唐五代詞選》。

㊁「鬬壓」，《詞譜》作「鬬鴨」。

○又[二]㊀

淺畫雲垂帔。點滴昭陽淚。咫尺宸居，君恩斷絶，似遥㊁千里。望水晶簾外竹枝寒，守羊車未至。

【眉評】

[一]「玉階生白露」一絶，温厚和平，不著迹相，太白絶調也。此詞微病淺露，然句法、字法仍不失

爲古雅。

【校記】

㊀録自《唐五代詞選》。

㊁「似遥」，朱本《尊前集》作「似遠」。

韋應物

京兆人。官左司郎中，歷蘇州刺史。

○調笑令㊀

河漢。河漢。曉挂秋城漫漫。愁人起望相思。塞北江南㊁別離。離、別。離、別。河、漢、雖、同、路、絶。

【校記】

㊀録自《詞綜》。調名，《尊前集》、《詞綜》作「調笑」。

㊁「塞北江南」，朱本《尊前集》作「江南塞北」。

劉禹錫

字夢得，中山人。貞元中進士，仕爲太子賓客，會昌中，檢校禮部尚書。

○憶江南㈠

春去也，多謝洛城人。弱柳從風疑舉袂，叢蘭裛露似霑巾。獨坐亦含嚬。[一]

【眉評】

[一] 婉麗。

【校記】

㈠ 録自《詞綜》。調名，同《劉賓客文集》，《詞綜》作「春去也」。

○瀟湘神[一]㈠

湘水流。湘水流。九疑雲物至今愁㈡。若問二妃何處所，零陵芳草露中秋㈢。

【眉評】

［一］饒有古意，兩宋後此調不復彈矣。

【校記】

㊀録自《唐五代詞選》。

㊁「至今愁」，朱本《尊前集》作「至今秋」。

㊂「露中秋」，朱本《尊前集》作「露中愁」。

又［一］㊀

斑竹枝。斑竹枝。淚痕點點寄相思。楚客欲聽瑶瑟怨，瀟湘深夜月明時。

【眉評】

［一］古致亦不減上章。

【校記】

㊀録自《詞綜》。

温庭筠 見《大雅集》。

酒泉子㊀

楚女不歸。樓枕小河春水。月孤明，風又起。杏花稀。[一] 玉釵斜簪雲鬟重㊁。裙上鏤金雙鳳。㊂八行書，千里夢。雁南飛。

【眉評】

[一] 情詞淒怨，三句中有多少層折。

【校記】

㊀ 録自《詞綜》。《續詞選》亦有。

㊁「雲鬟重」，《花間集》作「雲鬟髻」。

㊂「裙上鏤金雙鳳」，《花間集》作「裙上金鏤鳳」。

河瀆神[一]㊀

河上望叢祠。廟前春雨來時。楚山無限鳥飛遲。蘭櫂空傷別離。何處杜鵑啼不歇。豔紅開盡如血。蟬鬢美人愁絶。百花芳草時節㊁。

【眉評】

[一]〈河瀆神〉三章，寄哀怨於迎神曲中，得《九歌》之遺意。

【校記】

㊀ 録自《詞綜》。

㊁「時節」，《花間集》、《詞綜》作「佳節」。

又㊀

孤廟對寒潮。西陵風雨瀟瀟㊁。[一]謝娘惆悵倚蘭橈㊂。淚流玉筯千條。暮天愁聽思歸樂。早梅香滿山郭。回首兩情蕭索。離魂何處飄泊。

【眉評】

[一]蒼莽中有神韻。

【校記】

㊀録自《詞綜》。又據《唐五代詞選》校改。

㊁「瀟瀟」，同《唐五代詞選》，《花間集》、《詞綜》作「蕭蕭」。

㊂「蘭橈」，《花間集》作「欄橈」。

又[一]㊀

銅鼓賽神來。滿庭幡蓋徘徊。水村江浦過風雷。楚山如畫煙開。離別艣聲空蕭索。玉容惆悵妝薄。青麥燕飛落落。卷簾愁對珠閣。[二]

【眉評】

[一]上二章待來未來，此章言神至也。

[二]下半闋神去，致思慕之情。

【校記】

㈠録自《詞綜》。

遐方怨㈠

憑繡檻，解羅幃。未得君書，斷腸㈡瀟湘春雁飛。不知征馬幾時歸。海棠花謝也，雨霏霏。[一]

【眉評】

[一]神味宛然。

【校記】

㈠録自《詞綜》。又據《唐五代詞選》校改。

㈡「斷腸」，同《花間集》、《唐五代詞選》，《詞綜》作「腸斷」。

又㊀

花半拆，雨初晴。未卷珠簾，夢殘惆悵聞曉鶯。宿妝眉淺粉山横。約鬟鸞鏡裏，繡羅輕。

【校記】

㊀ 録自《詞綜》。

訴衷情[一]㊀

鶯語。花舞。春晝午。雨霏微。金帶枕。宮錦。鳳凰帷。柳弱燕㊁交飛。依依。遼陽音信㊂稀。夢中歸。[二]

【眉評】

[一] 節愈促，詞愈婉。

[二] 結三字淒絶。

【校記】

㈠ 録自《詞綜》。《續詞選》亦有。

㈡「燕」，晁本《花間集》作「蝶」。

㈢「音信」，底本作「信音」，據《花間集》、《詞綜》改。

憶江南㈠

千萬恨，恨極在天涯。山月不知心裏事，水風空落眼前花。[一]摇曳碧雲斜。

【眉評】

[一] 低回宛轉。

【校記】

㈠ 録自《清綺軒詞選》。

蕃女怨㈠

萬枝香雪開已遍。細雨雙燕。鈿蟬箏，金雀扇。畫梁相見。雁門消息不歸來。又飛迴。[一]

【眉評】

［一］「又飛迴」三字，悽惋特絶。

【校記】

㊀ 録自《詞綜》。

又㊀

磧南沙上驚雁起。飛雪千里。［一］玉連環，金鏃箭。年年征戰。畫樓離恨錦屏空。杏花紅。

【眉評】

［一］起二語有力如虎。

【校記】

㊀ 録自《詞綜》。

荷葉杯[一]㊀

楚女欲歸南浦。朝雨。濕愁紅。小船摇漾入花裏。波起。隔西風。

【眉評】

[一]節短韻長。

【校記】

㊀録自《詞綜》。

皇甫松 見《大雅集》。

竹枝一作《巴渝辭》[一]㊀

檳榔花發竹枝鷓鴣啼女兒。雄飛煙瘴竹枝雌亦飛女兒。

【眉評】

［一］諸篇情餘言外，得古樂府神理。

【校記】

㊀此下七首録自《唐五代詞選》。小注「一作《巴渝辭》」，《全唐詩》作「一名《巴渝辭》」。

又

木棉花盡竹枝荔支垂女兒。千花萬花竹枝待郎歸女兒。

又

芙蓉竝蔕竹枝一心連女兒。花侵槅子竹枝眼應穿女兒。

又

筵中蠟燭竹枝淚珠紅女兒。合歡桃核竹枝兩人同女兒。

又

斜江風起竹枝動橫波女兒。劈開蓮子竹枝苦心多女兒。

又[一]

山頭桃花竹枝谷底杏女兒。兩花窈窕竹枝遥相映女兒。

【眉評】

[一] 諸詞純用比興體，意味最深。

又[一]㊀

門前春水竹枝白蘋花女兒。岸上無人竹枝小艇斜女兒。商女經過竹枝江欲暮女兒，散抛殘食竹枝飼神鴉女兒。

【眉評】

[一] 直似中唐絶句。

【校記】

㊀録自《詞律》。此詞孫光憲作，見《花間集》卷八。此誤從《詞律》。

○**採蓮子**[二]㊀

菡萏香連十頃陂舉棹。小姑貪戲採蓮遲年少。晚來弄水船頭濕舉棹，更脱紅裙裹鴨兒年少。

【眉評】

[二]此亦絶句也。彼以「枝」、「兒」叶韻，此以「棹」、「少」叶韻，蓋皆歌時羣相隨和之聲也。

【校記】

㊀録自《花間集》。

○**浪淘沙**[二]㊀

蠻歌豆蔻北人愁。浦雨杉風野艇秋。浪起鵁鶄眠不得，寒沙細細入江流。

【眉評】

［一］唐人〈浪淘沙〉本是可歌絶句，措語亦緊切調名。自後主「簾外雨潺潺」二闋後，競相沿襲，古調不復彈矣。

【校記】

㈠ 録自《花間集》。調名，《花間集》作「浪濤沙」。

天仙子㈠

晴野鷺鷥飛一隻。［一］水葓花發秋江碧。劉郎此日别天仙，登綺席。淚珠滴。十二晚峰青㈡歷歷。［二］

【眉評】

［一］「一隻」妙。

［二］結有遠韻，是從「江上數峰青」化出。

【校記】

㊀録自《詞綜》。

㊁「青歷歷」，《詞綜》字下注「一作高」，《花間集》作「高」。

又[一]㊀

躑躅花開紅照水。鷓鴣飛遶青山觜。行人經歲始歸來，千萬里。錯相倚。懊惱天仙應有以。

【眉評】

[一]字字警快可喜。

【校記】

㊀録自《詞綜》。

酌一卮。須教玉笛吹。錦筵紅蠟燭，莫來遲。繁紅一夜經風雨，是空枝。[一]

○**摘得新**㊀

【眉評】

[一]及時勿失，感慨係之。

【校記】

㊀録自《詞綜》。

鄭符 字夢復。官秘書監。

○**閑中好** **題永壽寺**㊀

閑中好，盡日松爲侶。此趣人不知，輕風度僧語㊁。

【校記】

㈠録自《詞綜》。

㈡「僧語」，《花草粹編》作「僧扉」。

段成式 字柯古，文昌子。會昌中，官太常少卿。

○**閑中好**[一]㈠

閑中好，塵務不縈心。坐對當窗㈡木，看移三面陰。

【眉評】

[一]合上篇皆見静機。

【校記】

㈠録自《詞綜》。

㈡「當窗」，《花草粹編》作「前窗」。

張曙

小字阿灰，侍郎禕㊀子。

【校記】

㊀「禕」，《舊唐書》作「褘」。

浣溪沙㊀

枕障薰爐隔繡帷。二年終日兩相思。杏花明月始應知。[一]　天上人間何處去，舊歡新夢覺來時。[二]黄昏微雨畫簾垂。

【眉評】

[一]婉約。

[二]對法活潑。

【校記】

㊀録自《詞綜》。此實張泌詞，見《花間集》卷四。此據《詞綜》從《北夢瑣言》。

李重元㊀

【校記】

㊀重元約當宋徽宗宣和時。詞見《唐宋諸賢絶妙詞選》。

○憶王孫春景[一]㊀

萋萋芳草憶王孫。柳外樓高空斷魂。杜宇聲聲不忍聞。欲黃昏。雨打梨花深閉門。

【眉評】

[一]〔憶王孫〕四首，句斟字酌，期於穩當，直似近人筆墨，古意全失矣。

【校記】

㊀四首俱録自《清綺軒詞選》。四首詞題「景」字，《唐宋諸賢絶妙詞選》俱作「詞」。

○又夏景

風蒲獵獵小池塘。過雨荷花滿院香。沈李浮瓜冰雪涼。竹方床。鍼線慵拈午夢長。

又 秋景

颼颼風冷荻花秋。明月斜侵獨倚樓。十二珠簾不上鉤。黯凝眸。一點漁燈古渡頭。

又 冬景

同雲風掃雪初晴。天外孤鴻三兩聲。獨擁寒衾不忍聽。月籠明。窗外梅花影瘦橫。

呂喦 見《放歌集》。

梧桐影 景德寺僧房[一]㊀

落日斜，秋風冷。今夜故人來不來，教人立盡梧桐影。《詞綜》云：「別本首句皆作『落月斜』，非是，今從《竹坡詩話》更正。又景德寺蛾眉院壁所題，『今夜故人』作『幽人今夜』。」

【眉評】

[一] 筆意幽寂。

【校記】

㊀録自《詞綜》。調名，《花草粹編》作「明月斜」，首句並同。

劉采春

羅嗊曲[一]㊀

不喜秦淮水，生憎江上船。載兒夫壻去，經歲又經年。

【眉評】

[一]婉雅幽怨，似五絶中最高者。○此類皆可入詩，姑録一二以備格，不求多也。

【校記】

㊀二首録自録自《全唐詩》。

又

借問東園柳，枯來得幾年。自無枝葉分，莫怨太陽偏。

王麗真女郎 見《才鬼録》。

字字雙[一]㊀

牀頭錦衾斑復斑。架上朱衣殷復殷。空庭明月閑復閑。夜長路遠山復山。

【眉評】

[一]既傷闃寂，又悲窵隔，曼聲促節，極其哀怨。

【校記】

㊀録自《詞綜》。

五代十國詞

後唐莊宗皇帝

憶仙姿㊀

曾宴桃源深洞。一曲舞鸞歌㊁鳳。長記別伊㊂時，和淚出門相送。如夢。如夢。殘月落花

煙重。[一]

【眉評】

[一] 筆意幽秀。

【校記】

㊀ 録自《詞綜》。《續詞選》亦有。

㊁「舞鸞歌」，朱本《尊前集》作「清歌舞」。

㊂「别伊」，朱本《尊前集》作「欲别」。

後主李煜

○憶江南[一]㊀

多少恨，昨夜夢魂中。還似舊時遊上苑，車如流水馬如龍。花月正春風。

【眉評】

[一] 後主詞一片憂思，當領會於聲調之外。君人而爲此詞，欲不亡國也，得乎？

【校記】

㊀ 録自《唐五代詞選》。調名，吕遠本《南唐二主詞》作「望江南」，且與下首合爲一首。

○又㊀

多少淚，霑袖㊁復横頤。心事莫將和淚滴㊂，鳳笙休向月明㊃吹。腸斷更無疑。

【校記】

㊀ 録自《唐五代詞選》。

㊁ 「霑袖」，吕遠本《南唐二主詞》作「斷臉」。

㊂ 「滴」，吕遠本《南唐二主詞》作「説」。

㊃ 「月明」，吕遠本《南唐二主詞》作「淚時」。

○又㈠

閑夢遠，南國正芳春。船上管絃江面緑，滿城飛絮混㈡輕塵。愁殺㈢看花人。

【校記】

㈠録自《唐五代詞選》。調名，吕遠本《南唐二主詞》作「望江梅」。

㈡「混」，吕遠本《南唐二主詞》作「滚」。

㈢「愁殺」，吕遠本《南唐二主詞》作「忙殺」。

○又㈠

閑夢遠，南國正清秋。千里江山寒色暮㈡，蘆花深處泊孤舟。笛在月明樓。[一]

【眉評】

[一] 寥寥數語，括多少景物在内。

【校記】

㊀ 録自《唐五代詞選》。調名，吕遠本《南唐二主詞》作「望江梅」。

㊁ 「暮」，吕遠本《南唐二主詞》作「遠」。

采桑子㊀

亭前春逐紅英盡，舞態徘徊。細雨霏微。不放雙眉時暫開。[一]　緑窗冷静芳音斷，香印成灰。可奈情懷。欲睡朦朧入夢來。

【眉評】

[一] 幽怨。

【校記】

㊀ 録自《唐五代詞選》。《清綺軒詞選》亦有。

子夜㊀

人生愁恨何能免。消魂獨我情何限。故國夢重歸。覺來雙淚垂。[一]　高樓誰與上。長記秋晴望。往事已成空。還如一夢中。[二]

【眉評】

[一]「回首可憐歌舞地」。

[二]「悠悠蒼天，此何人哉！」

【校記】

㊀錄自《詞綜》。調名，《南唐二主詞》諸本或作「子夜歌」，或作「菩薩蠻」。

虞美人㊀

春花秋月何時了。往事知多少。小樓昨夜又東風。故國不堪回首月明中。[一]　雕欄玉砌應猶㊁在。只是朱顏改。問君能有㊂幾多愁。恰似一江春水向東流。

【眉評】

［一］哀猿一聲。

【校記】

㊀録自《詞綜》。《詞選》亦有。

㊁「應猶」，吕遠本《南唐二主詞》作「依然」。

㊂「能有」，吕遠本《南唐二主詞》作「都有」。

○臨江仙㊀

櫻桃落盡春歸去，蝶翻輕粉㊁雙飛。子規啼月小樓西。玉鉤羅幕，㊂惆悵暮煙垂㊃。別巷㊄寂寥人散後㊅，望殘煙草低迷。爐香閑裊鳳凰兒。空持羅帶，回首恨依依。［一］蘇子由云：「淒涼怨慕，真亡國之聲也。」《詞綜》云：「是詞相傳後主在圍城中賦，未就而城破，闕後三句，劉延仲補之云：『何時重聽玉驄嘶。撲簾柳絮，依約夢回時。』而《耆舊續聞》所載，故是全作，當從之。」

【眉評】

［一］低徊留戀，宛轉可憐。○傷心語不忍卒讀。

【校記】

㊀録自《詞綜》。《詞選》亦有。

㊁「輕粉」，呂遠本《南唐二主詞》作「金粉」。

㊂「玉鉤羅幕」，呂遠本《南唐二主詞》作「畫簾珠箔」。

㊃「暮煙垂」，呂遠本《南唐二主詞》作「卷金泥」。

㊄「别巷」，呂遠本《南唐二主詞》作「門巷」。

㊅「散後」，呂遠本《南唐二主詞》作「去後」。

和凝 見《閑情集》。

鶴沖天 宮詞㊀

曉月墜，宿雲㊁披。銀燭錦屏欹。建章鐘動㊂玉繩低。宮漏出花遲。［一］

春態淺。來雙

燕。紅日漸長一線。嚴妝欲罷㊃轉黃鸝。飛上萬年枝。

【眉評】

［一］清和閑雅，似右丞七律，自是貴品。

【校記】

㊀録自《清綺軒詞選》。此詞亦見馮延巳《陽春集》。《尊前集》調名作「喜遷鶯」，無詞題。

㊁「宿雲」，《尊前集》作「宿煙」。

㊂「鐘動」，《尊前集》作「欲曉」。

㊃「欲罷」，同《陽春集》，《清綺軒詞選》作「攏罷」，《尊前集》作「鐘罷」。

○漁父［一］㊀

白芷汀寒立鷺鷥。蘋風輕翦浪花時。煙冪冪，日遲遲。香引芙蓉惹釣絲。

【眉評】

［一］竟體清朗。

【校記】

㊀録自《詞綜》。

韋莊 見《大雅集》。

○**天仙子**㊀

蟾采霜華夜不分。天外鴻聲枕上聞。繡衾香冷嬾重熏。人寂寂，葉紛紛。纔睡依前夢見君。[一]

【眉評】

[一] 端己詞時露故君之思，讀者當會意於言外。

【校記】

㊀録自《唐五代詞選》。

○荷葉杯㈠

絶代佳人難得。傾國。花下見無期。一雙愁黛遠山眉。不忍更思惟。[一] 閑掩翠屏金鳳。殘夢。羅幕畫堂空。碧天無路信難通。惆悵舊房櫳。《古今詞話》云：「韋莊以才名寓蜀，王建割據，遂羈留之。莊有寵人，資質艷麗，兼善詞翰。建聞之，托以教内人爲詞，强莊奪去。莊追念悒怏，作〈小重山〉及此詞，情意悽怨。人相傳播，盛行於時。姬後傳聞之，遂不食而卒。」

【眉評】

[一]「不忍更思惟」五字，淒然欲絶，姬獨何心能勿腸斷耶？

【校記】

㈠ 録自《詞綜》。

、○小重山㈠

一閉昭陽春又春。夜寒宫漏永、夢君恩。卧思陳事暗銷魂。羅衣濕、紅袂有啼痕。 歌吹隔重闇。遶庭芳草緑、倚長門。[一]萬般惆悵向誰論。凝情立、宫殿欲黄昏。

【眉評】

[一]淒警。

【校記】

㊀録自《唐五代詞選》。

訴衷情㊀

碧沼紅芳煙雨浄㊁，倚蘭橈㊂。垂玉珮。交帶。裊纖腰。鴛夢隔星橋。[一]迢迢。越羅香暗銷。墜花翹。

【眉評】

[一]「鴛夢」五字，有仙氣，亦有鬼氣。

【校記】

㊀録自《詞綜》。

㈡「浄」，《花間集》作「静」。

㈢「蘭橈」，《花間集》作「欄橈」。

毛文錫 見《放歌集》。

臨江仙[一]㈠

暮蟬聲盡落斜陽。銀蟾影挂瀟湘。黄陵廟側水茫茫。楚山紅樹，煙雨隔高唐。　岸泊漁燈風颭碎，白蘋遠散濃香。靈娥鼓瑟韻清商。朱弦淒切，雲散碧天長。[二]

【眉評】

[一] 就調名使事，古法本如此。

[二] 結超遠。

【校記】

㈠ 録自《唐五代詞選》。

巫山一段雲㊀

雨霽巫山上，雲輕映碧天。遠風吹散又相連。十二晚峰前。[一]　暗濕啼猿樹，高籠過客船。朝朝暮暮楚江邊。幾度降神仙。

【眉評】

[一] 神光離合。

【校記】

㊀ 録自《詞綜》。

薛昭藴

見《閑情集》。

小重山㊀

春到長門春草青。玉階華露滴、月朧明。東風吹斷紫簫聲。宮漏促、簾外曉啼鶯。　愁

極夢難成。紅妝流宿淚、不勝情。手挼裙帶遶花㈡行。思君切、羅幌暗塵生。[一]

【眉評】

[一] 尚有古意。

【校記】

㈠ 録自《唐五代詞選》。

㈡ 「遶花」，《花間集》作「繞階」。

○又㈠

秋到長門秋草黃。畫梁雙燕去、出宮牆。玉簫無復理霓裳。金蟬墜、鸞鏡掩休妝。憶昔在昭陽。舞衣紅綬帶、繡鴛鴦。至今猶惹御爐香。魂夢斷、愁聽漏更長。

【校記】

㈠ 録自《唐五代詞選》。

歐陽炯 見《大雅集》。

更漏子㊀

三十六宮秋夜永，露華點滴高梧。丁丁玉漏咽銅壺。明月上金鋪。［一］　紅綫毯，博山爐。香風暗觸流蘇。羊車一去長青蕪。鏡塵鸞綵㊁孤。

【眉評】

［一］亦係宮怨詞，措語閑雅。

【校記】

㊀録自《唐五代詞選》。

㊁「鸞綵」，《尊前集》作「鸞影」。

清平樂［一］㊀

春來街砌㊁。春雨如絲細。春徑㊂滿飄紅杏蔕。春燕舞隨風勢。　春幡細縷春繒。春閨一點春燈。自是春心繚亂，非關㊃春夢無憑。

【眉評】

［一］逐句用「春」字，亦見姿態，但非正格。

【校記】

㊀録自《詞綜》。

㊁「街砌」，《尊前集》作「階砌」。

㊂「春徑」，《尊前集》作「春地」。

㊃「非關」，《尊前集》作「非干」。

顧夐 見《閑情集》。

河傳㊀

棹舉。舟去。波光渺渺，不知何處。［一］岸花汀草共依依。雨微。鷓鴣相逐飛。天涯離恨江聲咽。啼猿切。此意向誰説。倚蘭橈。㊁獨無聊。㊂魂銷。小鑪香欲焦。

【眉評】

[一]起四語,一步緊一步,銜口而出,絶不費力。

【校記】

㊀録自《詞綜》。

㊁「倚蘭橈」,晁本《花間集》作「艤欄橈」。

㊂「獨無聊」,《花間集》、《詞綜》作「獨無憀」。

閻選 見《閑情集》。

河傳㊀

秋雨,秋雨,無晝無夜,滴滴霏霏。[一]暗燈涼簟怨分離。妖姬。不勝悲。　西風稍急喧窗竹。停又續。膩臉懸雙玉。幾回邀約雁來時。違期。雁歸人不歸。[二]

【眉評】

［一］起疎爽。

［二］結淒婉。

【校記】

㊀録自《詞綜》。

魏承班 仕至太尉。

玉樓春㊀

寂寂畫堂梁上燕。高卷翠簾横數扇。一庭春色惱人來，滿地落花紅幾片。［一］　愁倚錦屏低雪面。淚滴繡羅金縷線。好天涼月盡傷心，爲是玉郎長不見。［二］

【眉評】

［一］淒警。

［二］語意爽朗。

【校記】

㈠ 録自《詞綜》。

毛熙震　見《閑情集》。

菩薩蠻㈠

梨花滿院飄香雪。高樓夜静風筝咽。斜月照簾帷。憶君和夢稀。　小窗燈影背。燕語驚愁態。屏掩斷香飛。行雲山外歸。［一］

【眉評】

［一］幽艷得飛卿之意。

【校記】

㈠ 録自《唐五代詞選》。

清平樂㊀

春光欲暮。寂寞閑庭户。粉蝶雙雙穿檻舞。簾卷晚天疏雨。　含愁獨倚閨幃。玉爐煙斷香微。正是銷魂時節，東風滿院㊁花飛。[一]

【眉評】

[一] 情味宛然。

【校記】

㊀ 録自《詞綜》。《續詞選》亦有。

㊁「滿院」，《花間集》作「滿樹」。

李珣

見《閑情集》。㊀

【校記】

㊀ 依原稿例，當作「見《大雅集》」。或李詞原未選入《大雅集》，後來增補，《閒情集》、《別調集》疏

漏未改也。

巫山一段雲㈠

古廟依青嶂，行宮枕碧流。水聲山色鎖妝樓。往事思悠悠。　雲雨朝還暮，煙花春復秋。啼猿何必近孤舟。行客自多愁。黄叔暘云：「唐詞多緣題所賦，〔臨江仙〕則言仙事，〔女冠子〕則述道情，〔河瀆神〕則詠祠廟，大槩不失本題之意。爾後漸變，失題遠矣。如珣此作，實唐人本來詞體如此。」

【校記】

㈠録自《詞綜》。

南鄉子㈠

漁市散，渡船稀。越南雲樹望中微。行客待潮天欲暮。迷㈡春浦。愁聽猩猩啼瘴雨。

【校記】

㈠録自《詞綜》。

㊁「迷」，《花間集》作「送」。

河傳㊀

去去。何處。迢迢巴楚。山水相連。朝雲暮雨。依舊十二峰前。猿聲到客船。[一] 愁腸豈異丁香結。因離別。故國音書絶。想佳人、花下對明月。春風恨，應同切。㊁[二] 一本無「切」字，「風」字句絶，叶「同」韻。

【眉評】

[一] 一氣卷舒，有水流花放之致。

[二] 結六字温厚。

【校記】

㊀録自《詞綜》。

㊁「應同切」，《花間集》、《詞綜》作「應同」。

孫光憲 見《大雅集》。

河瀆神㊀

汾水碧依依。黃雲落葉初飛。[一]翠蛾㊁一去不言歸。廟門空掩斜暉。四壁陰森排古畫。依舊瓊輪羽駕。小殿沈沈清夜。銀燈飄落香灺。

【眉評】

[一]「裊裊兮秋風，洞庭波兮木葉下。」起筆彷彿似之。

【校記】

㊀録自《詞綜》。

㊁「翠蛾」，同毛本《花間集》，鄂本《花間集》、《詞綜》作「翠娥」，晁本《花間集》作「翠華」。

馮延巳 見《大雅集》。

○羅敷豔歌㊀

馬嘶人語春風岸，芳草綿綿。楊柳橋邊。落日高樓酒旆懸。　舊愁新恨知多少，目斷遥天。獨立花前。更聽笙歌滿畫船。

【校記】

㊀録自《詞綜》。《續詞選》亦有。調名，《陽春集》作「采桑子」。

○又㊀

花前失卻遊春侶，極目㊁尋芳。滿眼悲涼。縱有笙歌亦斷腸。　林間戲蝶簾間燕，各自雙雙。忍更思量，緑樹青苔半夕陽。[一]

【眉評】

[一] 纏綿沈着。

【校記】

㊀録自《唐五代詞選》。

㊁「極目」，四印齋本《陽春集》作「獨自」，注云：「別作『極目』。」

芳草渡㊀

梧桐落，蓼花秋。煙初冷，雨纔收。蕭條風物正堪愁。人去後，多少恨，在心頭。燕鴻遠。羌笛怨。渺渺澄波㊁一片。山如黛，月如鉤。笙歌散。魂夢斷。倚高樓。[一]

【眉評】

[一] 語短韻長，音節綿遠。

【校記】

㊀録自《詞綜》。

㊁「波」，四印齋本《陽春集》作「江」，下注云：「別作『波』。」

歸國謡㈠

何處笛。深夜夢回㈡情脈脈。竹風簷雨寒窗隔。　離人幾㈢歲無消息。今頭白。不眠特地重相憶。[一]

【眉評】

[一]緊峭。

【校記】

㈠録自《唐五代詞選》。調名，《陽春集》作「歸自謡」。

㈡「回」，四印齋本《陽春集》作「魂」，下注云：「別作『回』。」

㈢「幾」，四印齋本《陽春集》作「數」，下注云：「別作『幾』。」

又㈠

江水碧。江上何人吹玉笛。扁舟遠送瀟湘客。　蘆花千里霜月白。傷行色。明㈡朝便

是關山隔。〔一〕

【眉評】

〔一〕結得蒼涼。

【校記】

㈠録自《詞綜》。調名，《陽春集》作「歸自謡」。

㈡「明」，四印齋本《陽春集》作「來」，下注云：「别作『明』。」

南鄉子㈠

細雨濕㈡秋風。金鳳花殘滿地紅。〔一〕閑蹙黛眉慵不語。情緒。寂寞相思知幾許。玉枕擁孤衾。抱恨㈢還同歲月深。簾卷曲房誰共醉。憔悴。惆悵秦樓彈粉淚。

【眉評】

〔一〕是深秋景況。

【校記】

㈠ 録自《詞綜》。

㈡ 「濕」，《陽春集》作「泣」。

㈢ 「抱恨」，《陽春集》作「挹恨」。

憶秦娥[一]㈠

風淅淅。夜雨連雲黑。滴滴。牕外芭蕉燈下客。除非魂夢到鄉國。免被關山隔。憶憶。一句枕前争忘得。

【眉評】

[一] 此〔憶秦娥〕别調也，意極芊婉，語極沈至。

【校記】

㈠ 録自《陽春集》。

抛毬樂㊀

梅落新春入後庭。[一]眼前風物可無情。曲池波晚冰還合，芳草迎船緑未成。[二]且上高樓望，相共憑欄看月生。

【眉評】

[一]「入」字妙。

[二]「芳草」七字，秀鍊有餘味，對句稍遜。

【校記】

㊀録自《詞綜》。

又㊀

霜積秋山萬樹紅。[一]倚巖樓上挂朱櫳。白雲天遠重重恨，黄葉㊁煙深淅淅風。[二]髣髴梁州曲，吹在誰家玉笛中。

【眉評】

[一] 起句恣肆。

[二] 「白雲」十四字，頗近中唐名句。

【校記】

㊀ 録自《詞綜》。

㊁ 「葉」，四印齋本《陽春集》作「草」，下注云：「別作『葉』。」

又㊀

坐對高樓千萬山。雁飛秋色滿闌干。燒殘紅燭暮雲合，飄盡碧梧金井寒。[一] 咫尺人千里，猶憶笙歌昨夜歡。

【眉評】

[一] 鍊句鍊字。拗一字，更覺宮商一片。

【校記】

㊀録自《唐五代詞選》。

○三臺令㊀

春色。春色。依舊青山㊁紫陌。日斜柳暗花蔫。醉卧春風㊂少年。年少。年少。行樂直須及早。[一]

【眉評】

[一]即「今日不作樂，當待何時」。

【校記】

㊀録自《詞綜》。

㊁「山」，四印齋本《陽春集》作「門」，下注云：「别作『山』。」

㊂「春風」，四印齋本《陽春集》作「誰家」，下注云：「别作『春風』。」

又㊀

南浦。南浦。翠鬟㊁離人何處。當時攜手高樓。依舊樓前水流。[一]流水。流水。中有傷心雙淚。

【眉評】

[一]上章「依舊」二字鬱而突，故佳。此有「當時」一語，則「依舊」二字不過平衍耳。

【校記】

㊀録自《詞綜》。

㊁「鬟」，四印齋本《陽春集》作「鬢」，下注云：「別作『鬟』。」

又㊀

明月。明月。照得離人愁絶。更深影入空床。不道幃屏夜長。[一]長夜。長夜。夢到庭花陰下。

【眉評】

［一］「不道」一語中含無數曲折。

【校記】

㈠録自《詞綜》。

浣溪沙㈠

馬上凝情憶舊游。照花淹竹小溪流。鈿箏羅幕玉搔頭。　早是出門長帶月，可堪分袂又經秋。［一］晚風斜日不勝愁。

【眉評】

［一］流水對情致極深款。

【校記】

㈠録自《詞綜》。此實張泌詞，見《花間集》。

、○應天長㊀

一鉤初月臨妝鏡。蟬鬢鳳釵慵不整。重簾靜。層樓迥。惆悵落花風不定。[一] 緑煙低柳㊁逕。何處㊂轆轤金井。昨夜更闌酒醒。春愁過卻病。

【眉評】

[一]「風不定」三字中，别有愁怨。

【校記】

㊀録自《詞綜》。亦見《南唐二主詞》，作李璟詞。

㊁「緑煙低柳」，《南唐二主詞》作「柳堤芳草」。

㊂「何處」，《南唐二主詞》作「夢斷」。

○○阮郎歸㊀

角聲吹斷隴梅枝。孤窗月影低。塞鴻無限欲驚飛。城烏休夜啼。[一] 尋斷夢，掩深㊁

闈。行人去路迷。門前楊柳緑陰齊。何時聞馬嘶。

【眉評】

［一］託物見意。

【校記】

㊀録自《唐五代詞選》。調名，《陽春集》作「醉桃源」。

㊁「深」，四印齋本《陽春集》作「香」，下注云：「別作『深』。」

、、○**臨江仙**㊀

冷紅飄起桃花片，青春意緒闌珊。高樓簾幕卷輕寒。酒餘人散，㊁獨自倚㊂闌干。　夕陽千里連芳草，風光㊃愁殺王孫。徘徊飛盡碧天雲。鳳城㊄何處，明月照黃昏。［一］

【眉評】

［一］意兼《騷》《雅》。

【校記】

㊀録自《唐五代詞選》。

㊁「酒餘人散」，四印齋本《陽春集》作「酒餘人散後」。

㊂「倚」，四印齋本《陽春集》作「凭」，下注云：「別作『倚』。」

㊃「風光」，四印齋本《陽春集》作「萋萋」，下注云：「別作『風光』。」

㊄「城」，四印齋本《陽春集》作「笙」，下注云：「別作『城』。」

宋詞

高宗皇帝

○漁父詞㊀

水涵微雨湛虛明。小笠輕蓑未要晴。明鏡㊁裏，縠紋生。白鷺飛來空外聲。[一]廖瑩中《江行雜録》云：「《漁父詞》清新簡遠，雖古之騷人詞客，老於江湖、擅名一時者，不能企及。」

【眉評】

［一］尚有逸致。

【校記】

㈠録自《詞綜》。

㈡「明鏡」，《全宋詞》據《寶慶會稽續志》作「明鑒」。

潘閬　字逍遥，大名人。太宗朝賜進士第，坐事遁中條山，後收繫，得釋，以爲滁州參軍。有詞一卷。

酒泉子㈠

長憶孤山，山在湖心如黛簇，僧房四面向湖開。輕棹去還來。［一］　芰荷香細㈡連雲閣。閣上清聲簷下鐸。別來塵土污人衣。空役夢魂飛。［二］山陰陸子遹云：「句法清古，語帶煙霞，近時罕及。」

【眉評】

〔一〕天然圖畫。

〔二〕清雅。

【校記】

㊀録自《詞綜》。

㊁「香細」，《逍遥詞》作「香噴」。

○○又㊀

長憶西湖湖水上㊁。盡日憑欄樓上望。三三兩兩釣魚舟。島嶼正清秋。〔一〕 笛聲依約蘆花裏。白鳥成行忽驚起。別來閑想整綸竿㊂。思入水雲寒。〔二〕《古今詞話》云：「石曼卿見此詞，使畫工繪之作圖。」又《湘山》云：「錢希白愛之，自書玉堂屏風。」

【眉評】

〔一〕蕭灑出塵。

[二] 結更清高閑遠。

【校記】

㊀ 録自《詞綜》。

㊁ 「湖水上」，《逍遥詞》無此三字。

㊂ 「閑想整綸竿」，《逍遥詞》作「閒整釣魚竿」。

寇準 見《閑情集》。

○江南春㊀

波渺渺，柳依依。孤村芳草遠，斜日杏花飛。江南春盡離腸斷，蘋滿汀洲人未歸。

【校記】

㊀ 録自《詞綜》。《忠愍公詩集》爲詩，題作「追思柳惲汀州之詠，尚有餘妍，回書一絶」。

王琪

字君玉，華陽人。舉進士，歷官知制誥，加樞密直學士，以禮部侍郎致仕。

望江南㊀

江南雨，風送滿長川。碧瓦煙昏沈柳岸，紅綃香潤入梅天。[一]飄灑正蕭然㊁。[二]　朝與暮，長在楚峰前。寒夜愁欹金帶枕，春江㊂深閉木蘭船。煙渚㊃遠相連。陳輔之云：「君玉有〔望江南〕十首，自謂謫仙。荆公酷愛『紅綃香潤入梅天』句。」

【眉評】

[一] 精於造句。

[二] 「飄灑」句，意盡，語亦滑。

【校記】

㊀ 録自《詞綜》。《唐宋諸賢絶妙詞選》有詞題「江景」。

㊁ 「蕭然」，《唐宋諸賢絶妙詞選》、《詞綜》作「瀟然」。

㊂ 「春江」，《唐宋諸賢絶妙詞選》作「暮江」。

㈣「煙渚」，《唐宋諸賢絶妙詞選》作「煙浪」。

韓琦 字稚圭，安陽人。天聖中進士，嘉祐初同中書門下平章事、集賢殿大學士，遷昭文館大學士，封儀國公，進封衛國公，再進魏國公，拜右僕射。卒，贈尚書令，謚忠獻，徽宗追論定策勳，贈魏郡王。有《安陽集》。

點絳脣㈠

病起懨懨，庭前花影㈡添憔悴。亂紅飄砌。滴盡真珠㈢淚。　惆悵前春，誰向花前醉。愁無際。武陵凝睇㈣。人遠波空翠。[一]

【眉評】

[一] 意餘於言。

【校記】

㈠ 録自《詞綜》。

㈡「庭前花影」，《青箱雜記》作「畫堂花謝」。
㈢「真珠」，《青箱雜記》作「胭脂」。
㈣「凝睇」，《青箱雜記》作「回睇」。

宋祁 字子京，安州安陸人，徙開封之雍邱。天聖中進士，累官翰林學士承旨。卒，贈尚書，謚景文。有《出麈小集》、《西洲猥稿》。

玉樓春㈠

東城漸覺風光好。縠皺波紋迎客棹。綠楊煙外曉寒輕，紅杏枝頭春意鬧。[一]　浮生長恨歡娛少。肯愛千金輕一笑。爲君持酒勸斜陽，且向花間留晚照。[二]

【眉評】

[一]「紅杏尚書」，艷奪千古。

[二]「爲樂當及時」，有心人語。

【校記】

㈠録自《清綺軒詞選》。《唐宋諸賢絶妙詞選》、《清綺軒詞選》有詞題「春景」。

、、○浪淘沙　別劉原父[一]㈠

少年不管。流光如箭。因循不覺韶華㈡換。到如今、始惜月滿花滿酒滿。　扁舟欲解垂楊岸。尚同歡宴。日斜歌闋將分散。倚蘭橈、望水遠天遠人遠。萬紅友云：「因宋公創此『三遠』句，一變而爲何子初『細草沿階』詞，再變而爲王渼陂『無意整雲鬟』曲，愈出愈妙，『紅杏尚書』豈非風流之祖乎？」

【眉評】

[一]此「浪淘沙」變調，綿麗中見淒感。

【校記】

㈠録自《詞綜》。《能改齋漫録》卷十七云：「宋即席爲《浪淘沙近》以別原父。」

㈡「韶華」，《能改齋漫録》作「韶光」。

○鷓鴣天㈠

畫轂雕鞍狹路逢。一聲腸斷繡簾中。身無綵鳳雙飛翼，心有靈犀一點通。[一]　金作屋，玉爲籠。車如流水馬游龍。劉郎已恨蓬山遠，更隔蓬山幾萬重。子京過繁臺街，逢内家車子，有搴簾者曰：「小宋也。」子京歸作此詞，傳唱都下，達於禁中。仁宗知之，問内人第幾車子，何人呼小宋。有内人自陳：「頃侍御宴，見宣翰林學士，左右内臣曰小宋也。時在車子中偶見之，呼一聲耳。」上召子京，從容語及，子京惶懼無地，上笑曰：「蓬山不遠。」因以内人賜之。

【眉評】

[一] 用成句，合拍無痕。

【校記】

㈠ 録自《詞苑叢談》。

歐陽修 見《大雅集》。

蝶戀花㊀

簾幙風輕雙語燕。午後醒來，柳絮飛撩亂。心事一春猶未見。紅英落盡青苔院。　百尺朱樓閑倚遍。薄雨濃雲，抵死遮人面。羌管不須吹別怨。無腸更爲新聲斷。[一]

【眉評】

[一]情有所鬱，淒婉沈至。

【校記】

㊀録自《六一詞》。

采桑子㊀

羣芳過後西湖好，狼籍殘紅。飛絮濛濛。垂柳闌干盡日風。　笙歌散盡游人去，始覺春空。[一]垂下簾櫳。雙燕歸來細雨中。

【眉評】

[一] 四字猛省。

【校記】

㈠ 録自《詞綜》。

浪淘沙㈠

把酒祝東風。且共從容。垂楊紫陌洛城東。總是當時攜手處，游遍芳叢。

聚散苦匆匆。此恨無窮。今年花勝去年紅。可惜明年花更好，知與誰同。[一]

【眉評】

[一] 想到明年，真乃匪夷所思，非有心人如何道得？

【校記】

㈠ 録自《詞綜》。

浣溪沙[一]

堤上游人逐畫船。拍堤春水四垂天。緑楊樓外出秋千。　白髮戴花君莫笑，六么催拍盞頻傳。[二]人生何處似尊前。晁無咎云：「只一『出』字，自是後人道不到。」

【眉評】

[二] 風流自賞。

【校記】

[一] 録自《詞綜》。

夜行船[一]

滿眼東風飛絮。催行色、短亭春暮。落花流水草連雲，看看是、斷腸南浦。[一]　檀板未終人又去[二]。扁舟在、緑楊深處。手把金樽難爲別，更那聽、亂鶯疎雨。

【眉評】

［一］尋常意，寫得如許濃至。○「看看是」三字，咄咄逼人，情景兼到。

【校記】

㈠ 録自《詞綜》。

㈡「又去」，《歐陽文忠公集》之《近體樂府》、《詞綜》作「去去」，《詞綜》前「去」字下注：「一作『又』。」

梅堯臣

字聖俞，宣城人。初以蔭爲河南主簿，歷鎮安判官，仁宗召試，賜進士出身，爲國子監直講，遷都官員外郎。有《宛陵集》。

○蘇幕遮 草㈠

露隄平，煙墅杳。亂碧萋萋，雨後江天曉。獨有庾郎年最少。窣地春袍，嫩色宜相照。接長亭，迷遠道。堪怨王孫，不記歸期早。落盡梨花春又了。滿地殘陽，翠色和煙老。［一］

【眉評】

［一］自不及永叔一闋，當與林君復並驅中原。

【校記】

㊀録自《詞綜》。

司馬光 見《閑情集》。

○阮郎歸㊀

漁舟容易入深山㊁。仙家日日㊂閑。綺窗紗幌映朱顔。相逢醉夢間。　松露冷，海霞殷。匆匆整棹還。落花寂寂水潺潺。重尋此路難。［一］

【眉評】

［一］清淡有味。

【校記】

㊀録自《詞綜》。

㈡「深山」，《青箱雜記》作「春山」。
㈢「日日」，《青箱雜記》作「日月」。

王安石 見《大雅集》。

甘露歌[一]㈠

折得一枝香在手。人間應未有。疑是經春雪未消。今日是何朝。盡日含毫難比興。都無色可並。萬里晴天何處來。真是屑瓊瑰。天寒日暮山谷裏。的礫愁成水。池上漸多枝上稀。惟有故人知。

【眉評】

[一]〔甘露歌〕一本作兩段，每段六句。《花草粹編》、《樂府雅詞》皆作三段，每段平仄換韻，較正。○○○《欽定詞譜》亦作三段，當從之。

【校記】

㈠録自《樂府雅詞》、《花草粹編》。

晏幾道 見《大雅集》。

、○清平樂㊀

留人不住。醉解蘭舟去。一棹碧濤春水路。過盡曉鶯啼處。渡頭楊柳青青。枝枝葉葉離情。此後錦書休寄，畫樓雲雨無憑。[一]

【眉評】

[一]怨語，然自是淒絶。

【校記】

㊀録自《詞綜》。

、○又㊀

西池煙草。恨不尋芳早。滿路落花紅不掃。春色漸隨人老。遠山眉黛嬌長。清歌細逐霞觴。正在十洲殘夢，水心宫殿斜陽。

【校記】

㊀録自《宋六十一家詞選》。

浪淘沙㊀

小緑間長紅。露蘂煙叢。花開花落昔年同。惟恨㊁花前攜手處，往事成空。　山遠水重重。一笑難逢。已拚長在別離中。霜鬢知他從此去，幾度春風。[一]

【眉評】

[一]纏綿悱惻。

【校記】

㊀録自《詞綜》。

㊁「惟恨」，底本作「誰恨」，據朱本《小山詞》、《詞綜》改。

張先 見《大雅集》。

、○剪牡丹 舟中聞雙琵琶㊀

野緑連空，天青垂水，素色溶漾都浄。柔柳摇摇，墜輕絮無影。㊁[一]汀洲日落人歸，脩巾薄袂，擷香拾翠相競。如解凌波，泊渚煙㊂春暝。綵縚朱索新整。宿繡屏、畫船風定。金鳳響雙槽，彈出今古幽思誰省。玉盤大小亂珠迸。酒上妝面，花艷媚相並。重聽。盡漢妃一曲，江空月静。[二]

【眉評】

[一] 子野善押「影」字韻，特地精神。

[二] 即樂天「惟見江心秋月白」意。

【校記】

㊀ 録自《詞綜》。

㈡「柔柳」二句，朱本《張子野詞》注：「一作：『柳徑無人，墜飛絮無影』。」

㈢「渚煙」，朱本《張子野詞》作「煙渚」。

○醉垂鞭㈠

雙蝶繡羅裙。東池宴。初相見。朱粉不深勻。閑花淡淡春。　細看諸處好。人人道。柳腰身。昨日亂山昏。來時衣上雲。[一]

【眉評】

[一] 蓄勢在一結，風流壯麗。

【校記】

㈠ 録自《詞綜》。

、、○惜瓊花㈠

汀蘋白，苕水碧。每逢花駐樂，隨處歡席。別時攜手看春色。螢火而今，飛破秋夕。[一]

河流㈡如帶窄。任輕㈢似葉，何計歸得。斷雲孤鶩青山極。樓上徘徊，無盡相憶。[二]

【眉評】

[一] 春去秋來，「而今」二字中含無數别感。

[二] 結得孤遠。

【校記】

㈠ 録自《詞綜》。

㈡ 「河流」，朱本《張子野詞》作「旱河流」，「旱」字下注：「一作『汴』。」

㈢ 「輕」，朱本《張子野詞》作「身輕」。

、、○**漁家傲**㈠

巴子城頭青草暮。巴山重疊相逢處。燕子占巢花脱樹。杯且舉。瞿塘水闊舟難渡。[一] 天外吴門清霅路。君家正在吴門住。贈我柳枝情幾許。春滿縷。爲君將入江南去。[二]

【眉評】

［一］筆意高古。

［二］情必深，語必雋。

【校記】

㊀ 録自《詞綜》。朱本《張子野詞》有詞題：「和程公闢贈別」，詞後有小注：「來詞云：折柳贈君君且住。」

○浣溪沙㊀

樓倚春江百尺高。煙中還未見歸橈。幾時期信似江潮。　花片片飛風弄蝶，柳陰陰下水平橋。日長人去㊁又今宵。［一］

【眉評】

［一］造語別致。

【校記】

㈠録自《安陸集》。亦見《醉翁琴趣外篇》。

㈡「人去」，朱本《張子野詞》作「纔過」。

柳永 見《大雅集》。

訴衷情近㈠

雨晴氣爽，佇立江樓望處。澄明遠水生光，重疊暮山聳翠。遙想㈡斷橋幽徑，隱隱漁村，向晚孤煙起。[一] 殘陽裏。脈脈朱欄靜倚。黯然情緒，未飲先如醉。愁無際。暮雲過了，秋風老盡，故人千里。竟日空凝睇。[二]

【眉評】

[一] 詞中有畫。

[二] 此情此景，黯然銷魂。

【校記】

㈠ 録自《詞綜》。

㈡ 「遥想」，朱本《樂章集》作「遥認」。

卜算子慢㈠

江楓漸老，汀蕙半凋，滿目敗紅衰翠。楚客登臨，正是暮秋天氣。引疎碪、斷續殘陽裏。對晚景、傷懷念遠，新愁舊恨相繼。脉脉人千里。念兩處風情，萬重煙水。雨歇天高，望斷翠峰十二。儘無言、誰會憑高意。縱寫得、離腸萬種，奈歸鴻㈡誰寄。[一]

【眉評】

[一] 曲折深婉。

【校記】

㈠ 録自《詞綜》。調名，朱本《樂章集》作「卜算子」。

㈡ 「歸鴻」，朱本《樂章集》作「歸雲」。

夜半樂[一]㊀

凍雲黯淡天氣，扁舟一葉，乘興離江渚。渡萬壑千巖，越溪深處。怒濤漸息，樵風乍起。更聞商旅相呼，片帆高舉。泛畫鷁、翩翩過南浦。　望中酒旆閃閃，一簇煙村，數行霜樹。殘日下、漁人鳴榔歸去。敗荷零落，衰楊掩映，岸邊兩兩三三，浣紗游女。避行客、含羞笑相語。　到此因念，繡閣輕拋，浪萍難駐。歎後約、丁寧竟何據。慘離懷，空恨歲晚歸期阻。凝淚眼、杳杳神京路。斷鴻聲遠長天暮。

【眉評】

［一］此篇層折最妙。始而渡江直下，繼乃江盡溪行。「漸」字妙，是行路人語。蓋風濤雖息，耳中風濤猶未息也。「樵風」句點綴荒野，尚未依村落也。繼見酒旆，繼見漁人，㊁繼見游女，則已傍村落矣。因游女而觸離情，不禁歎歸期無據，别時邀約，不過一時强慰語耳。「繡閣輕拋，浪萍難駐」，漂零歲暮，悲從中來。繼而「斷鴻聲遠」，白日西頹，旅人當此，何以爲情？層折之妙，令人尋味不盡。陳質齋謂耆卿最工於行役羈旅，信然。

【校記】

㊀ 録自《詞綜》。

㊁ 「繼見漁人」，底本作「繼見繼見漁人」，衍一「繼見」。

蘇軾 見《大雅集》。

如夢令 有寄㊀

爲向東坡傳語。人在畫㊁堂深處。别後有誰來，雪壓小橋無路。歸去。歸去。江上一犁春雨。

【校記】

㊀ 録自《詞綜》。詞題，元本《東坡樂府》無，傅幹《注坡詞》作「寄黄州楊使君二首」，此其一。

㊁ 「畫」，《詞綜》字下注：「一作『玉』。」元本《東坡樂府》作「玉」。

昭君怨㊀

誰作桓伊三弄。驚破緑窗幽夢。新月與愁煙。滿江天。　欲去又㊁還不去。明日落花飛絮。飛絮送行舟。水東流。

【校記】

㊀録自《詞綜》。元本《東坡樂府》有詞題「金山送柳子玉」。

㊁「欲去又」，元本《東坡樂府》作「人欲去」，下注：「一作『欲去又。』」。

醉翁操琴曲㊀

琅然。清圜。誰彈。響空山。無言。惟翁醉中和㊁其天。[一]月明風露娟娟。人未眠。荷蕢過山前。曰有心也哉此賢。㊂醉翁笑詠㊃，聲和流泉。醉翁去後，空有朝吟夜怨。山有時而童巔。水有時而回川。思翁無歲年。翁今爲飛仙。此意在人間。試聽徽外三兩絃。[二]

【眉評】

[一]清絶，高絶，不許俗人問津。

[二]化筆墨爲煙雲。

【校記】

㈠録自《詞綜》。《東坡后集》無調名下「琴曲」，有引：「琅琊幽谷，山水奇麗，泉鳴空澗，若中音會。醉翁喜之，把酒臨聽，輒欣然忘歸。既去十餘年，而好奇之士沈遵聞之往遊，以琴寫其聲，曰《醉翁操》，節奏疏宕，而音指華暢，知琴者以爲絶倫。然有其聲而無其辭。翁雖爲作歌，而與琴聲不合。又依《楚詞》作《醉翁引》，好事者亦倚其詞以製曲。雖粗合韻度，而琴聲爲詞所繩約，非天成也。後三十餘年，翁既捐館舍，遵亦没久矣。有廬山玉澗道人崔閑，特妙於琴，恨此曲之無詞，乃譜其聲，而請於東坡居士以補之云。」

㈡「和」，《東坡后集》作「知」。

㈢「曰有」句，《東坡后集》句下不分片，有小字：「泛聲同此。」

㈣「笑詠」，《東坡后集》作「嘯詠」。

○行香子㈠

清夜無塵。月色如銀。酒斟時、須滿十分。浮名浮利，休苦㈡勞神。歎隙中駒，石中火，夢中身。[一]

雖抱文章，開口誰親。且陶陶、樂盡天真。幾時歸去，作個閑人。對一張琴，

一壺酒，一溪雲。[二]

【眉評】

[一] 看得破，説得透。

[二] 恬淡中别具熱腸，是真名士。

【校記】

㊀ 録自《清綺軒詞選》。

㊁ 「休苦」，《東坡樂府》作「虚苦」。

○**採桑子** 潤州多景樓與孫巨源遇㊀

多情多感仍多病，多景樓中。樽酒相逢。樂事回頭一笑空。　停杯且聽琵琶語，細撚輕攏。醉臉春融。斜照江天一抹紅。

【校記】

㊀ 録自《詞綜》。詞題，元本《東坡樂府》作小序：「潤州甘露寺多景樓，天下之殊景也。甲寅仲

冬，余同孫巨源、王正仲參會于此，有胡琴者姿色尤好。三公皆一時英秀，景之秀，妓之妙，真爲希遇。飲闌，巨源請於余曰：『殘霞晚照，非奇才不盡。』余作此詞。」

點絳脣 庚午重九再用前韻㈠

不用悲秋，今年身健還高宴。江村海甸。總作空花觀。　尚想横汾，蘭菊紛相半。樓船遠。白雲飛亂。空有年年雁。[一]

【眉評】

[一] 筆意超遠，東坡本色。

【校記】

㈠ 録自《詞綜》。據《宋六十一家詞選》校改。詞題，同《宋六十一家詞選》，元本《東坡樂府》作「庚午重九」，《詞綜》作「重九」。

又 再和送錢公永㈠

莫唱陽關，風流公子方終宴。[一]秦山禹甸。縹緲真奇觀。　北望平原，落日山銜半。孤

帆遠。我歌君亂。一送西飛雁。[二]

【眉評】

[一] 次句俚淺。

[二] 超脫。

【校記】

㈠ 録自《宋六十一家詞選》。

蝶戀花㈠

蔌蔌無風花自嚲㈡。寂寞園林，柳老櫻桃過。落日多情㈢還照坐。山青一點橫雲破。路盡河回千轉㈣柁。繫纜漁村，月暗孤燈火。憑仗飛魂招楚些。我思君處君思我。[一]

【眉評】

[一] 語淺情長，筆致亦超邁。

【校記】

㊀録自《宋六十一家詞選》。《宋六十一家詞選》有詞題「暮春別李公擇」，元本《東坡樂府》無。

㊁「彈」，元本《東坡樂府》作「墮」。

㊂「多情」，元本《東坡樂府》作「有情」。

㊃「千轉」，元本《東坡樂府》作「人轉」。

秦觀 見《大雅集》。

好事近 夢中作㊀

春路雨添花，花動一山春色。行到小橋㊁深處，有流鶯㊂千百。飛雲當面化龍蛇，夭矯轉空碧。醉卧古藤陰下，了不知南北。[一]

【眉評】

[一]筆勢飛舞。○少游後至藤州，醉卧光化亭而卒，此爲詞讖矣。

【校記】

㈠ 録自《詞綜》。

㈡ 「小橋」，《淮海居士長短句》作「小溪」。

㈢ 「流鶯」，《淮海居士長短句》、《詞綜》作「黃鸝」。

○阮郎歸㈠

湘天㈡風雨破寒初。深深㈢庭院虛。麗譙吹徹㈣小單于。迢迢清夜徂。　鄉夢斷，旅魂孤。崢嶸歲又除。衡陽猶有雁傳書。郴陽和雁無。

【校記】

㈠ 録自《詞綜》。又據《宋六十一家詞選》校改。《續詞選》亦有。

㈡ 「湘天」，《詞綜》作「滿天」。

㈢ 「深深」，《淮海居士長短句》作「深沉」，《詞綜》作「燈殘」。

㈣ 「吹徹」，《淮海居士長短句》、《宋六十一家詞選》作「吹罷」。

江城子㊀

南來飛燕北歸鴻。偶相逢。慘愁容。緑鬢朱顏、重見兩衰翁。别後悠悠君莫問，無限事，不言中。小槽春酒滴珠紅。莫悤悤。滿金鍾。飲散落花、流水各西東。後會不知何處是，煙浪遠，暮雲重。[一]

【眉評】

[一] 亦疎落，亦沈鬱。

【校記】

㊀ 録自《宋六十一家詞選》。

鷓鴣天㊀

枝上流鶯和淚聞。新啼痕間舊啼痕。一春魚鳥無消息，千里關山勞夢魂。　無一語，對

芳尊。安排腸斷到黃昏。甫能炙得燈兒了，雨打梨花深閉門。[一]

【眉評】

[一]不經人力，自然合拍。

【校記】

㈠録自《詞選》。

晁補之 見《放歌集》。

、○**滿江紅**㈠

東武城南㈡，新堤固㈢、漣漪㈣初溢。隱隱遍㈤、長陵㈥高阜㈦，卧紅堆碧。枝上殘花吹盡也，與君試向江邊㈧覓。問向前、猶有幾多春，三之一。[一] 官裏事，何時畢。風雨外，無多日。相將泛曲水，滿城爭出。不見㈨蘭亭修禊事，當時座上皆豪逸。到如今、修竹滿山陰，空陳跡。

【眉評】

〔一〕風雅疎狂，音流絃外。

【校記】

㊀録自《詞綜》。亦見《東坡樂府》。《東坡樂府》有詞序：「東武會流盃亭上巳日作。城南有坡，土色如丹，其下有堤，壅邾淇水入城。」

㊁「城南」，《草堂詩餘》作「南城」。

㊂「固」，《東坡樂府》作「就」。

㊃「漣漪」，《東坡樂府》作「邾淇」。

㊄「隱隱遍」，《東坡樂府》作「微雨過」。

㊅「長陵」，《草堂詩餘》作「長林」。

㊆「高阜」，《東坡樂府》作「翠阜」。

㊇「江邊」，《東坡樂府》作「江頭」。

㊈「不見」，《東坡樂府》、《草堂詩餘》作「君不見」。

○浣溪沙 廣陵被召留別㈠

帳飲都門春浪㈡驚。東飛身與白鷗輕。淮山一點眼初明。誰使夢回蘭芷國，卻將春去鳳凰城。檣烏風轉不勝情。

【校記】

㈠録自《宋六十一家詞選》。「帳飲」，同《樂府雅詞》，《晁氏琴趣外篇》、《宋六十一家詞選》作「帳飲」。

㈡「春浪」，底本作「春恨」，據《晁氏琴趣外篇》、《宋六十一家詞選》改。

李之儀 字端叔，無棣人。歷樞密院編修官，通判原州，徽宗初提舉河東常平，坐爲范純仁遺表作行狀，編管太平，遂居姑熟，久之，徙唐州，終朝請大夫。有《姑溪詞》二卷。

○卜算子〔二〕㈠

我住長江頭，君住長江尾。日日思君不見君，共飲長江水。此水幾時休，此恨何時已。

只願君心似我心，定不負相思意。

【眉評】

［一］清雅得古樂府遺意，但不善學之，必流於滑易矣。

【校記】

㊀録自《詞綜》。

賀鑄 見《大雅集》。

清平樂㊀

陰晴未定。薄日烘雲影。臨水朱門花一徑。渡口㊁鳥啼人静。　厭厭幾許春情。可憐老去蘭成。看取鑷殘雙鬢，不隨芳草重生。［一］

【眉評】

［一］意餘於言，是方回獨至處。

【校記】

㊀ 録自《詞綜》。

㊁「渡口」，朱本《東山詞補》作「盡日」。

憶秦娥[一]㊀

曉朦朧。前溪百鳥啼匆匆。啼匆匆。凌波人去，拜月樓空。舊年㊁今日東門東。鮮妝輝映桃花紅。桃花紅。吹開吹落，一任東風。[二]

【眉評】

[一]〔憶秦娥〕二章，別饒姿態，骨高氣古，他手未易到此。

[二]何等悲怨，卻以淺淡語出之，躁心人不許讀也。

【校記】

㊀ 録自《詞綜》。

㊁「舊年」，《賀方回詞》作「去年」。

○○又桑[一]㊀

著春衫。玉鞭鞭馬南城南。南城南。柔桑細草，㊁留住㊂金銜。粉蛾采葉供親蠶㊃。蠶飢略許攜纖纖。攜纖纖。湔裙淇上，更待初三。

【眉評】

[一]看似信筆寫去，其中自有波折，「幽索如屈、宋」，豈凡艷所能彷彿？

【校記】

㊀録自《詞綜》。詞題，《賀方回詞》無。

㊁「柔桑細草」，《賀方回詞》作「柔條芳草」。

㊂「留住」，《賀方回詞》作「留駐」。

㊃「親蠶」，《賀方回詞》作「新蠶」。

○○感皇恩㊀

蘭芷滿汀洲㊁，游絲橫路。羅襪塵生步。迴顧。㊂整鬟顰黛，脈脈多情難訴。㊃細風吹柳絮。

人南渡。[一]　回首舊游，山無重數。花底深朱户。何處。半黄梅子，向晚一簾疏雨。斷魂分付與。春歸去㊄。[二]

【眉評】

[一] 筆致宕往。

[二] 骨韻俱勝，用筆亦精警。

【校記】

㊀ 録自《詞綜》。調名，《東山詞上》作「人南渡」，係賀鑄别題新名，下注「感皇恩」。

㊁「汀洲」，《東山詞上》作「芳洲」。

㊂「迴顧」，《東山詞上》作「迎顧」。

㊃「多情難訴」，《東山詞上》作「兩情難語」。

㊄「歸去」，《東山詞上》作「將去」。

惜雙雙㊀

皎鏡平湖三十里。碧玉山圍四際。蓮蕩香風裏。綵鴛鴦覺雙飛起。　明月多情隨舵尾。偏照空床翠被。回首笙歌地。醉更衣處長相記。[一]

【眉評】

[一]言情處，亦是「横空盤硬語」。

【校記】

㊀録自《詞綜》。

思越人㊀

重過閶門萬事非。同來何事不同歸。梧桐半死清霜後，頭白鴛鴦失伴飛。　原上草，露初晞。舊棲新壟兩依依。空牀卧聽南窗雨，誰復挑燈夜補衣。[一]

【眉評】

［一］悲惋於直截處見之，當是悼亡作。

【校記】

㊀録自《詞綜》。調名，《東山詞上》作「半死桐」，係賀鑄別題新名，下注：「思越人，亦名鷓鴣天。」

好女兒［一］㊀

車馬匆匆。會國門東。信人間、自古消魂處，指紅塵北道，碧波南浦，黃葉西風。　堠館娟娟新月，從今夜、與誰同。想深閨、獨守空牀思，但頻占鏡鵲，悔分釵燕，長望書鴻。［二］

【眉評】

［一］設色精工，措語亦別致。

［二］上三句就眼前説，下三句從對面寫，上下三句俱有三層意義，不似後人疊床架屋，其病百出也。

【校記】

㈠録自《詞綜》。調名，《東山詞上》作「國門東」，係賀鑄别題新名，下注「好女兒」。

浣溪沙㈠

煙柳春梢蘸暈黄。井欄風綽小桃香。覺時簾幕又斜陽。望處定無千里目㈡，斷來能有幾回腸。[一]少年禁取恁淒涼。

【眉評】

[一]對法亦超脱。

【校記】

㈠録自《詞綜》。調名，《賀方回詞》作「減字浣溪沙」。

㈡「目」，《賀方回詞》作「眼」。

又㊀

夢想西池輦路邊。玉鞍驕馬小輜軿。春風十里鬭嬋娟。臨水登山漂泊地，落花中酒寂寥天。箇般情味已三年。[一]

【眉評】

[一] 一句結醒，峭甚。

【校記】

㊀ 録自《東山寓聲樂府》。調名，《賀方回詞》作「減字浣溪沙」。

又㊀

鸚鵡無言理翠衿。杏花零落晝陰陰。畫橋流水一篙㊁深。芳徑與誰同㊂鬭草，繡床終日罷拈鍼。小箋香管寫春心。[一]

【眉評】

［一］方回詞，一語抵人千百，看似平常，讀之既久，情味愈出。

【校記】

㊀録自《詞綜》。調名，《賀方回詞》作「減字浣溪沙」。

㊁「一篙」，《賀方回詞》作「半篙」。

㊂「同」，《賀方回詞》作「尋」。

又㊀

閑把琵琶舊譜尋。四絃聲怨卻沈吟。燕飛人静畫堂深。　欹枕有時成雨夢，隔簾無處説春心。一從燈夜到如今。

【校記】

㊀録自《東山寓聲樂府》。調名，《賀方回詞》作「減字浣溪沙」。

○○又㊀

清淺陂塘藕葉乾。細風疎雨鷺鷥㊁寒。平垂㊂簾幙倚欄杆。　惆悵采香㊃人不見，幾回憔悴後庭蘭。行雲可是渡江難。[一]

【眉評】

[一] 結七字幽艷。

【校記】

㊀録自《東山寓聲樂府》。調名，《賀方回詞》作「減字浣溪沙」。

㊁「鷺鷥」，底本作「鷺絲」，據《賀方回詞》改。

㊂「平垂」，《賀方回詞》作「半垂」，四印齋本《東山寓聲樂府》校：「『半』，別作『平』。」

㊃「采香」，《賀方回詞》作「竊香」。

○燭影摇紅㊀

波影翻簾，淚痕凝燭㊁，青山館。離魂㊂千里念佳期，襟珮如相欵。　惆悵更長夢短。但衾枕、餘芳㈣賸暖。半窗斜月，照人腸斷，啼鳥不管。

【校記】

㈠録自《御選歷代詩餘》。

㈡「凝燭」，《賀方回詞》作「凝蠟」。

㈢「離魂」，《賀方回詞》作「故人」。

㈣「餘芳」，《賀方回詞》作「餘芬」。

憶仙姿㈠

蓮葉初生南浦。兩岸緑楊飛絮。向晚鯉魚風，斷送綵帆何處。凝佇。凝佇。樓外一江煙雨。[一]

【眉評】

[一]景中帶情，一結自足。

【校記】

㈠録自《御選歷代詩餘》。

小梅花 三首録一[一]㈠

縛虎手。懸河口。車如雞棲馬如狗。白綸巾。撲黃塵。不知我輩不是㈡蓬蒿人。衰蘭送客咸陽道。天若有情天亦老。作雷顛。不論錢。誰問㈢旗亭美酒斗十千。酌大斗。起爲㈣壽。青鬢常青古無有。笑嫣然。舞翩然。當壚秦女十五語如弦。遺音能記秋風曲。事去千年猶恨促。攬流光。繫扶桑。争奈愁來一日即爲㈤長。

【眉評】

[一] 掇拾古語，運用入化，借他人之酒杯，澆自己之塊壘，趙聞禮所謂「酒酣耳熱，浩歌數過，亦一快也」。

【校記】

㈠録自《陽春白雪》。調名，《東山詞上》作「行路難」，係賀鑄別題新名，下注「小梅花」。《陽春白雪》此調凡三首，此其二。眉評引趙聞禮語，在其三後。

㈡「不是」，《東山詞上》作「可是」。

㈢「誰問」，底本作「誰向」，據《東山詞上》、《陽春白雪》改。

㈣「起爲」，《東山詞上》作「更爲」。

㈤「即爲」，《東山詞上》作「卻爲」。

毛滂 見《大雅集》。

、○七娘子 舟中早秋㈠

山屏霧帳玲瓏碧。更綺窗、臨水新涼入。雨短煙長，柳橋蕭瑟。這番一日涼一日。〔一〕　離多綠鬢年時㈡白。這離情、不似而今惜。雲外長安，斜暉脈脈。西風吹夢來無跡。

【眉評】

〔一〕亦整亦散，筆意雅近賀梅子，但不及彼之沈鬱頓挫。

【校記】

㊀録自《詞綜》。

㊁「年時」，《東堂詞》作「多時」。

、○**調笑令**[一]㊀

隼旟珮馬昌門西。泰娘紺幰爲追隨。河橋春風弄髩影，桃花髻暖黄蜂飛。繡茵錦薦承回雪。水犀梳斜抱明月。銅駝夢斷江水長，雲中月墮寒香㊁歇。

香歇。袂紅黦。記立河橋花自折。隼旟紺幰城西闕。教妾驚鴻回雪。銅駝春夢空愁絶。雲破碧江流月。

【眉評】

[一]即用詩中語，彼則誦，此則歌也。

【校記】

㊀録自《東堂詞》。《東堂詞》此組凡八首，此列第二，題爲「泰娘」。

㈡「寒香」，《東堂詞》作「韓香」。

○**憶秦娥**[一]㈠

夜夜。夜了花開㈢也。連忙。指點銀瓶索酒嘗。　明朝花落知多少。莫把殘紅掃。愁人。一片花飛減卻春。

【眉評】

[一]此〈憶秦娥〉別調，末句皆用詩語，入妙。

【校記】

㈠録自《詞綜》。《東堂詞》有詞題「二月二十三日夜松軒作」。

㈡「花開」，《東堂詞》、《詞綜》作「花朝」。

李冠　字世英，山東人。

○**蝶戀花**㈠

遥夜亭皋閑信步。才過清明，漸覺傷春暮。數點雨聲風約住。朦朧淡月雲來去。　桃杳依稀香暗度。誰在秋千，笑裏輕輕語。一寸相思千萬緒。人間没箇安排處。王介甫云：「張子野『雲破月來花弄影』不及冠『朦朧淡月雲來去』也。」

【校記】

㊀ 録自《詞綜》。

王觀 字通叟。官翰林學士，賦應制詞，宣仁太后以其近褻，謫之，自號逐客。一云官大理寺丞，知江都縣事。有《冠柳集》一卷。

慶清朝慢 踏青[一]㊀

調雨爲酥，催冰做水，東君分付春還。何人便將輕暖，點破殘寒。結伴踏青去好，平頭鞋子小雙鸞。煙郊外，望中秀色，如有無間。晴則箇，陰則箇，餖飣得天氣，有許多般。須教撩花㊁撥柳，争要先看。不道吴綾繡襪，香泥斜沁幾行斑㊂。東風巧，盡收翠緑，吹上㊃眉山。

【眉評】

［一］琢句秀鍊，詡詡欲活，真耆卿之亞也。至黄叔暘謂此詞「風流楚楚，又不獨冠柳詞之上」，則又過矣。

【校記】

㊀録自《詞綜》。

㊁「撩花」，《唐宋諸賢絶妙詞選》作「鏤花」。

㊂「斑」，底本作「班」，據《唐宋諸賢絶妙詞選》、《詞綜》改。

㊃「吹上」，《唐宋諸賢絶妙詞選》作「吹在」。

王雱

字元澤，安石子。舉進士，累官天章閣待制兼侍講，遷龍圖閣直學士。卒，贈左諫議大夫。

○眼兒媚㊀

楊柳絲絲弄輕柔。煙縷織成愁。海棠未雨，梨花先雪，一半春休。［二］　而今往事難重省，歸夢遶秦樓。相思只在，丁香枝上，荳蔻梢頭。

【眉評】

［一］「一半春休」妙，不待春盡時，便作傷春語，亦有心人也。

【校記】

㈠録自《詞綜》。《詞選》亦有。《草堂詩餘前集》録此詞，爲無名氏作。

葛勝仲 字魯卿，丹陽人。紹聖四年進士，歷官禮部員外郎，權國子司業，遷太常卿兼諭德，除國子祭酒，尋知汝州，改湖州。紹興元年卒，謚文康。有《丹陽集》，詞一卷。

鷓鴣天㈠

玉琯還飛換歲灰。定山新棹酒船回。年時梁燕雙雙在，肯爲人愁便不來。　衰意緒，病情懷。玉山今夜爲誰頽。年時梅蕊垂垂破，肯爲人愁便不開。［一］

【眉評】

［一］自是詞中變格，而風致絶勝，並能使無情處都有情也。

【校記】

㊀録自《詞綜》。《丹陽集》有詞題「新春」。

舒亶

字信道，慈谿人。試禮部第一，累官御史丞，以罪斥，終直龍圖閣待制。卒，贈直學士。文采

臨江仙 送鄞令李易初㊀

折柳門前鸚鵡緑，河梁小駐歸船。不堪華髮對離筵。孤村啼鴂日，深院落花天。弟兄真疊玉，赤霄去路誰先。明朝便恐各風煙。江山如有恨，桃李自無言。［一］

【眉評】

［一］情詞兼勝，合大蘇、小晏爲一手。

【校記】

㊀録自《樂府雅詞》。

散天花 次師能韻㊀

雲斷長空葉落秋。寒江煙浪静㊁，月隨舟。西風偏解送離愁。聲聲南去雁，下汀洲。[一]　無奈多情去復留。驪歌齊唱罷，淚争流。悠悠别恨幾時休。不堪殘酒醒，凭危樓。

【眉評】

[一]句圓調浹，字字清脆。

【校記】

㊀録自《詞綜》。又據《樂府雅詞》校改。詞題，《詞綜》無。

㊁「浪静」，《詞綜》作「浪盡」。

菩薩蠻㊀

柳橋花塢南城陌。朱顔緑髮長安客。雨後小池臺。尋常載酒來。　馬頭今日路。卻望

城西去。斜日下汀洲。斷雲和淚流。[一]

【眉評】

[一] 結十字沈著。

【校記】

㈠ 録自《樂府雅詞》。

又㈠

畫船搥鼓催君去。高樓把酒留君住。去住若爲情。江頭潮欲平。　江潮容易得。卻是人南北。今日此樽空。知君何日同。黄叔暘云：「此詞極有味。」

【校記】

㈠ 録自《詞綜》。《續詞選》亦有。

周紫芝 見《閑情集》。

○**生查子**㊀

春寒入翠帷，月淡雲來去。院落半晴天，風撼梨花樹。人醉掩金鋪，閑倚秋千柱。滿眼是相思，無説相思處。[一]

【眉評】

[一] 語淺情深，不著力而自勝。

【校記】

㊀ 録自《詞綜》。

謝逸 見《閑情集》。

○**花心動**[一]㊀

風裏楊花輕薄性，銀燭高燒心熱。香餌懸鉤，魚不輕吞，辜負釣兒虛設。桑蠶到老絲長絆，鍼刺眼、淚流成血。思量起，粘枝㊁花朵，果兒難結。　海樣情深忍撇。似夢裏相逢，不勝歡悅。出水雙蓮，摘取一枝，可惜並頭分拆㊂。猛期月滿會姮娥，誰知是、初生新月。折翼鳥，甚日㊃于飛時節。沈天羽云：「此詞句句比方，用《小雅・鶴鳴》篇體也。」

【眉評】

［一］純用比體，自是詞中變格，亦未嘗不古，但有色無韻。偶一爲之則可，不必效尤也。

【校記】

㊀録自《詞綜》。此出明人傳奇《覓蓮記》。《草堂詩餘》有詞題「閨情」。

㊁「粘枝」，《草堂詩餘》作「拈枝」。

㊂「分拆」，《草堂詩餘》作「分折」。

㊃「甚日」，《草堂詩餘》作「甚是」。

○**柳梢青**㊀

香肩輕拍。［一］樽前忍聽，一聲將息。昨夜濃歡，今朝別酒，明日行客。　後回來則須來，便去也、如何去得。[二]無限離情，無窮江水，無邊山色。

【眉評】

[一] 起四字俚。

[二] 轉頭處跌宕生姿。

【校記】

㈠ 録自《詞綜》。《溪堂詞》有詞題「離別」。

○踏莎行㈠

柳絮風輕，梨花雨細。春陰院落簾垂地。碧溪影裏小橋橫，青帘市上孤煙起。

鏡約關情，琴心破睡。輕寒漠漠侵鴛被。酒醒霞散臉邊紅，夢回山蹙眉間翠。[一]

【眉評】

[一] 工緻。

【校記】

㈠ 録自《宋六十一家詞選》。

江神子㈠

一江秋水碧灣灣。繞青山。玉連環。簾幙低垂、人在畫圖間。閒抱琵琶尋舊曲，彈未了，意闌珊。飛鴻數點拂雲端。倚闌看。楚天寒。擬倩東風、吹夢到長安。恰似梨花春帶雨，愁滿眼，淚闌干。[一]

【眉評】

[一] 詞意幽怨，幾可接武少游。

【校記】

㈠ 録自《詞綜》。

又㊀

杏花村館酒旗風。水溶溶。颺殘紅。野渡舟橫、楊柳緑陰濃。望斷江南山色遠，人不見，草連空。夕陽樓外晚煙籠。粉香融。淡眉峰。記得年時、相見畫屏中。只有關山今夜月，千里外，素光同。[一]

【眉評】

[一] 情深文明。

【校記】

㊀ 録自《宋六十一家詞選》。

別調集卷二

宋詞

周邦彦 見《大雅集》。

瑞龍吟㊀

章臺路。還是㊁褪粉梅梢，試華桃樹。愔愔坊陌人家，定巢燕子，歸來舊處。　黯凝佇。因記㊂箇人癡小，乍窺門户。侵晨淺約宮黄，障風映袖，盈盈笑語。　前度劉郎重到，訪鄰尋里，同時歌舞。唯有舊來㊃秋娘，聲價如故。吟箋賦筆，猶記燕臺句。[二]知誰伴、名園露飲，東城閑步。事與孤鴻去。探春盡是傷離緒㊄。官柳低金縷。歸騎晚、纖纖池塘飛雨。斷腸院落，一簾風絮。　黄叔暘云：「此詞自『章臺路』至『歸來舊處』是第一段，自『黯凝佇』至『盈盈笑語』是第二段，此之謂雙拽頭，屬正平調。自『前度劉郎』以下即犯大石，係第三段。至『歸騎晚』以下四句，再歸正平調。諸本皆以『吟箋賦筆』處分段，非也。」

【眉評】

〔一〕筆筆迴顧，情味雋永。

【校記】

㊀録自《詞綜》。
㊁「還是」，《片玉集》作「還見」。
㊂「因記」，《片玉集》作「因念」。
㊃「舊來」，《片玉集》作「舊家」。
㊄「緒」，《片玉集》作「意緒」。

傷情怨㊀

枝頭風信㊁漸小。看暮鴉飛了。又是黃昏，閉門收返照。　江南人去路杳㊂。信未通、愁已先到。[一]怕見孤燈，霜寒催睡早。

【眉評】

[一]警絶。

【校記】

㊀録自《詞綜》。

㊁「風信」，《片玉集》作「風勢」。

㊂「路杳」，《片玉集》作「路緲」。

關河令㊀

秋陰時晴漸向暝。變一庭淒冷。佇聽寒聲，雲深㊁無雁影。　更深人去寂靜。但照壁、孤燈相映。酒已都醒，如何消夜永。[一]

【眉評】

[一]進一層説，愈勁直，愈纏綿。

【校記】

㊀録自《詞綜》。又據《宋六十一家詞選》校改。

㊁「雲深」，底本作「雲淡」，據《詞綜》、《宋六十一家詞選》改。

銀蟾依

虞美人㊀

玉觴纔掩朱絃悄。彈指壺天曉。回頭猶認倚牆花。只向小橋南畔便天涯㊁。舊當窗滿。顧影魂先斷。淒風休颭㊂半殘燈。擬倩今宵歸夢到雲屏。

【校記】

㊀録自《宋七家詞選》。

㊁「天涯」，《片玉集》作「生涯」。

㊂「休颭」，《片玉集》作「猶颭」。

拜星月慢㊀

夜色催更，清塵收露，小曲幽坊月暗。竹檻燈窗，識秋娘庭院。笑相遇，似覺瓊枝玉樹㊁，暖日明霞光爛。水盼㊂蘭情，總平生稀見。　畫圖中、舊識春風面。誰知道、自到瑤臺畔。眷戀雨潤雲溫，苦驚風吹散。念荒寒、寄宿無人館。重門閉、敗壁秋蟲歎。怎奈何㊃、一縷相思，隔溪山不斷。[二]

【眉評】

[二] 曲折恣肆，筆情酣暢。

【校記】

㊀ 録自《詞綜》。調名，《片玉集》作「拜星月」。

㊁「玉樹」，《片玉詞》作「玉樹相倚」。

㊂「水盼」，《片玉集》作「水眄」。

㊃「奈何」，《片玉集》作「奈向」。

晁端禮 字次膺，熙寧六年進士，兩爲縣令，晚以承事郎爲大晟府協律。有《閑適集》一卷。

○**菩薩蠻** 迴紋［一］㊀

捲簾風入雙雙燕。燕雙雙入風簾捲。明月曉啼鶯。鶯啼曉月明。　斷腸空望遠。遠望空腸斷。樓上幾多愁。愁多幾上樓。

【眉評】

［一］別調，取其穩愜，備格而已。

【校記】

㊀録自《御選歷代詩餘》。

曹組 字元寵，潁昌人。宣和三年進士，有旨換武階，兼閤職，仍給事殿中，《揮麈録》云官止副使。有《箕潁集》㊀二十卷。

【校記】

㊀「《箕潁集》」，《文獻通考·經籍考》作「《箕潁集》」。

青門飲㊀

山静煙沈，岸空潮落，晴天萬里，飛鴻南渡。冉冉黄花，翠翹金鈿，還是倚風凝露。歲歲青門飲，盡龍山、高陽儔侣。舊賞成空，回首舊遊，人在何處。此際誰憐萍泛，空自感光陰，暗傷羈旅。醉裏悲歌，夜深驚夢，無奈覺來情緒。孤館昏還曉，厭時聞、南樓鐘鼓。淚眼臨風，腸斷望中歸路。[一]

【眉評】

[一] 婉雅幽怨，已爲梅溪導其先路。

【校記】

㊀ 録自《御選歷代詩餘》。

向鎬　字豐之，河内人。有《樂齋詞》二卷。

○**如夢令**㊀

誰伴明窗獨坐。我和㊁影兒兩个。燈盡㊂欲眠時，影也把人抛躲。無那。無那。好个栖惶的我。[一]

【眉評】

[一]「影也把人抛躲」，真乃善寫栖惶。

【校記】

㊀録自《清綺軒詞選》。

㊁「我和」，《樂齋詞》作「和我」。

㊂「燈盡」，《樂齋詞》作「燈燼」。

万俟雅言

自號詞隱，崇寧中充大晟府製撰。有《大聲集》五卷。

長相思 雨㊀

一聲聲。一更更。窗外芭蕉窗裏燈。此時無限情。　夢難成。恨難平。不道愁人不喜聽。空階滴到明。

【校記】

㊀録自《詞綜》。

昭君怨㊀

春到南樓雪盡。驚動燈期花信。小雨一番寒。倚闌干。　莫把闌干頻倚。一望幾重煙水。[一]何處是京華。暮雲遮。[二]

【眉評】

[一]轉頭處，承上折入妙。

[二] 結二語宛約，小令正宗。

【校記】

㊀ 録自《詞綜》。

呂渭老 一作濱老，字聖求，秀州人。宣和末朝士。有詞一卷。

小重山 七夕病中㊀

半夜燈殘鼠上檠。小窗風動竹，月微明。[一] 夢魂偏寄㊁水西亭。琅玕碧，花影弄蜻蜓。　千里暮雲平。南樓催上燭，晚來晴。酒闌人散斗西傾。天如水，團扇撲流螢。

【眉評】

[一] 是病中景況，寫來逼真。

【校記】

㊀ 録自《詞綜》。

〔二〕「偏寄」，《聖求詞》作「偏記」。

一落索〔一〕

蟬帶殘聲移別樹。晚涼房户。秋風有意染黄花，下幾點、淒涼雨。〔一〕　渺渺雙鴻飛去。亂雲深處。一山紅葉爲誰愁，供不盡、相思句。

【眉評】

〔一〕淒警。

【校記】

〔一〕録自《詞綜》。

李玉

賀新郎〔一〕〔一〕

篆縷消金鼎。醉沈沈、庭陰轉午，畫堂人静。芳草王孫知何處，惟有楊花糝徑。漸玉枕、騰騰春醒。簾外殘紅春已透，鎮無聊、殢酒厭厭病。雲鬢亂，未忺㊁整。江南舊事休重省。遍天涯、尋消問息，斷鴻難倩。月滿西樓憑欄久，依舊歸期未定。又只恐、瓶沈金井。嘶騎不來銀燭暗，枉教人、立盡梧桐影。誰伴我，對鸞鏡。

【眉評】

［一］此詞情韻並茂，意味深長。黃叔暘謂李君詞不多見，然風流蘊藉，盡於此篇，非虛語也。

【校記】

㊀録自《詞綜》。《唐宋諸賢絶妙詞選》有詞題「春情」。

㊁「未忺」，《四部叢刊》本《唐宋諸賢絶妙詞選》作「未懽」。

汪藻 字彦章，婺源人。進士第，官中書舍人兼直學士院，擢給事中，遷兵部侍郎兼侍講，拜翰林學士。有《浮溪集》。

點絳脣㊀

永夜厭厭，畫檐低月山銜斗。㊁起來搔首。梅影橫窗瘦。　好箇霜天，閑卻傳杯手。君知否。曉鴉㊂啼後。歸夢㊃濃於酒。[一]《能改齋漫録》云：「彥章在翰苑，屢致言者，作此詞。或問曰：『歸夢濃於酒，何以在曉鴉啼後？』公曰：『無奈這一隊畜生何㊄！』」

【眉評】

[一]情味雋永。《草堂》改「曉鴉」爲「亂鴉」，「歸夢」爲「歸興」，反覺淺露無味。

【校記】

㊀録自《詞綜》。

㊁「永夜」二句，《浮溪詞》作「新月娟娟，夜寒江静山銜斗」。

㊂「曉鴉」，《浮溪詞》作「亂鴉」。

㊃「歸夢」，《浮溪詞》作「歸興」。

㊄「畜生何」，《能改齋漫録》原書作「畜生聒噪何」。

陳與義 見《大雅集》。

、○**法駕導引** 世傳頃年都下市肆中，有道人攜烏衣椎髻女子，買㪷酒獨飲。女子歌詞以侑，凡九闋，皆非人世語。或記之，問一道士，道士驚曰「此赤城韓夫人所製水府蔡真君〈法駕導引〉也，烏衣女子疑龍」云。得其三而亡其六，擬作三闋。㊀

朝元路，朝元路，同駕玉華君。千乘載花同㊁一色，人間遥指是祥雲。[一]回望海光新。

【眉評】

[一] 超超元著。

【校記】

㊀ 三首俱録自《宋六十一家詞選》。

㊁「同」，《無住詞》作「紅」。

又[一]

東風起，東風起，海上百花揺。十八風鬟雲半動，飛花和雨著輕綃。歸路碧迢迢。

【眉評】

[一] 如聆鈞天廣樂之聲。

又[二]

煙㈠漠漠，煙㈡漠漠，天澹一簾秋。自洗玉舟斟白醴，月華微映是空舟。歌罷海西流。

【眉評】

[二] 以清虛之筆，寫闊大之景。○「月華」七字有仙氣，洗脱凡艷殆盡。

【校記】

㈠「煙」，《無住詞》、《宋六十一家詞選》作「簾」。

㊁「煙」，《無住詞》、《宋六十一家詞選》作「簾」。

、○**虞美人** 大光祖席醉中賦長短句㊀

張帆欲去仍搔首。更醉君家酒。吟詩日日待春風。及至桃花開後卻匆匆。　歌聲頻爲行人咽。記著樽前雪。明朝酒醒大江流。滿載一船離恨向衡州。[一]

【眉評】

[一] 極沈鬱壯浪之致。

【校記】

㊀ 録自《詞綜》。

向子諲 見《閑情集》。

○**阮郎歸** 紹興乙卯大雪，行鄱陽道中。㊀

江南江北雪漫漫。遥知易水寒。同雲深處是㊁三關。斷腸山又山。[一]　天可老，海能翻。消除此恨難。頻聞遣使問平安。幾時鑾輅㊂還。

【眉評】

[一] 憒不可遏，不嫌直截。

【校記】

㊀録自《宋六十一家詞選》。

㊁「是」，《酒邊詞》作「望」。

㊂「鑾輅」，《酒邊詞》作「鸞輅」。

蔡伸 見《閑情集》。

滿庭芳㊀

煙鎖長堤，雲横孤嶼，斷橋流水溶溶。憑闌凝望，遠目送征鴻。桃葉溪邊舊事，如春夢、回首無蹤。難忘處，紫薇㊁花下，清夜一樽同。東城，㊂攜手地，尋芳選勝，賞遍珍叢。念

紫簫聲闋，燕子樓空。好是盧郎未老，佳期在、端有相逢。重重恨，聊憑紅葉，和淚寄西風。[一]

【眉評】

[一]不免詞勝於情，然卻精於鑄語，作詞固不可無筆。

【校記】

㊀錄自《宋六十一家詞選》。《詞綜》亦有。

㊁「紫薇」，《詞綜》作「薔薇」。

㊂「東城」，《詞綜》作「城東」。

蘇武慢[一]㊀

雁落平沙，煙籠寒水，古壘鳴笳聲斷。青山隱隱，敗葉蕭蕭，天際暝鴉零亂。樓上黃昏，片帆千里歸程，年華將晚。望碧雲空暮，《宋六十家詞》作「慕」，茲從《詞綜》。佳人何處，夢魂俱遠。憶舊游、邃館朱扉，小園香徑，尚想桃花人面。書盈錦軸，恨滿金徽，難寫寸心幽怨。兩地離愁，一樽芳酒，淒涼危欄倚遍。儘遲留，憑仗西風，吹乾淚眼。

【眉評】

［一］上半寫景，「碧雲」三句寄情，遞到下闋，下半言情，「西風」三句又於情中帶景，映合上面，結構精工，寓意深遠。〇「佳人」改作「美人」，則更雅矣。古詩「日暮碧雲合，佳人殊未來」，恰到好處，詞則不必泥用。

【校記】

㈠ 録自《詞綜》。

○**點絳脣** 登歷陽連雲觀㈠

水繞孤城，亂山深鎖橫江路。帆歸別浦。苒苒蘭皋暮。人在天涯，雁背南雲去。空凝佇。鳳樓何處。煙靄迷津渡。［一］

【眉評】

[一] 雅正。

【校記】

㊀ 録自《詞綜》。

葉夢得 字少蘊，吴縣人。紹聖四年進士，累遷翰林學士兼侍讀，除户部尚書，以崇信軍節度使致仕，贈檢校少保。有《建康集》、《石林詞》一卷。

○**臨江仙** 雪後寄周十[一]㊀

夢裏江南渾不記，衹今幽户難忘。夜來急雪繞東堂。竹窗松徑裏，何處問歸艎。　瓮底新醅應已熟，一尊知與誰嘗。會須雄筆卷蒼茫。雲濤聲隱户，瓊玉照頹牆。

【眉評】

[一] 筆意超曠。◯《樂府雅調》「竹窗」句無「裏」字，「雲濤」句無「聲」字。又「衹今」作「衹君」，太

呆。「雲濤」作「雪濤」，與上半「雪」字覆。均從《宋六十家詞》本改正。

【校記】

㈠ 録自《宋六十一家詞選》。

賀新郎㈠

睡起啼鶯㈡語。掩青苔㈢、房櫳向曉㈣，亂紅無數。吹盡殘花無人見，惟有垂楊自舞。漸暖靄、初回輕暑。寶扇重尋明月影，暗塵侵、上有乘鸞女。驚舊恨，鎮如㈤許。江南夢斷橫江渚。浪粘天、蒲萄漲緑，半空煙雨。無限樓前滄波意，誰採蘋花寄取。但悵望、蘭舟容與。萬里雲帆何時到，送孤鴻、目盡㈥千山阻。重爲㈦我，唱金縷。[一]

【眉評】

[一] 低回哀怨，寄託遥深。

【校記】

㊀録自《樂府雅詞》。《詞綜》、《續詞選》亦有。

㊁「啼鶯」，汲古閣本《石林詞》作「流鶯」。

㊂「青苔」，汲古閣本《石林詞》、《詞綜》作「蒼苔」。

㊃「向曉」，汲古閣本《石林詞》、《詞綜》作「向晚」。

㊄「鎮如」，汲古閣本《石林詞》、《詞綜》作「遽如」。

㊅「目盡」，汲古閣本《石林詞》、《詞綜》作「目斷」。

㊆「重爲」，汲古閣本《石林詞》、《詞綜》作「誰爲」。

趙長卿 見《閑情集》。

、○臨江仙㊀

過盡征鴻來盡雁，故園消息茫然。一春憔悴有誰憐。懷家寒食夜，中酒落花天。見説江頭春浪渺，殷勤欲送歸船。別來此處最縈牽。短篷南浦雨，疎柳斷橋煙。[一]

【眉評】

［一］精秀似唐人名句。

【校記】

㊀録自《詞綜》。《續詞選》亦有。《惜香樂府》有詞題「暮春」。

呂本中

字居仁，公著曾孫，好問子。授承務郎，紹興六年賜進士，累遷中書舍人兼權直學士院，秦檜諷御史劾罷之，提舉太平觀，卒，謚文靖。有《東萊集》。

○減字木蘭花［一］㊀

去年今夜。同醉月明花樹下。今夜㊁江邊。月暗長堤柳暗船。　故人何處。帶我離愁江外去。來歲花前。還似㊂今年憶去年。

【眉評】

［一］數十字中，紆徐反覆，道出三年間事，有虛有實，運筆甚圓美。

【校記】

㊀録自《詞綜》。

㊁「今夜」,《樂府雅詞》作「此夜」。

㊂「還似」,《樂府雅詞》作「又是」。

浣溪沙㊀

暖日温風破淺寒。短青無數簇幽欄。三年春在病中看。　中酒心情渾似夢,探花時候不曾閒。幾年芳信隔秦關。[一]

【眉評】

[一]婉雅流麗,居然作手。

【校記】

㊀録自《樂府雅詞》。又誤入謝逸《溪堂詞》。

朱敦儒 見《大雅集》。

十二時㊀

連雲衰草，連天晚照，連山紅葉。西風正摇落，更前溪嗚咽。[一] 燕去鴻歸音信絶。問黄花、又共誰折。征人最愁處，送寒衣時節。[二]

【眉評】

[一] 蒼涼之景，以疊筆盡其致。

[二]「征人」十字，亦是人同有之意，卻未有道過者，大抵多就寄衣一邊著意也。

【校記】

㊀ 録自《詞綜》。

康與之 字伯可。渡江初，以詞受知高宗，官郎中。有《順庵樂府》五卷。

、○**玉樓春**㊀

春來無限傷情緒。擬欲題詩㊁都付與㊂。東風吹落一庭花，手把新愁無寫處。[一]

青牋後約無憑據。誤我碧桃花下語。誰將消息問劉郎，悵望玉溪溪上路。

【眉評】

[一] 即竹坡「滿眼是相思，無說相思處」意，而語更淒惋。

【校記】

㊀ 録自《詞綜》。調名，《中興以來絶妙詞選》作「玉樓春令」。

㊁ 「題詩」，《中興以來絶妙詞選》作「題紅」。

㊂ 「付與」，《中興以來絶妙詞選》作「寄與」。

洞仙歌 荷花㊀

若耶溪路。別岸花無數。欲斂嬌紅向人語。與緑荷、相倚恨，回首西風，波淼淼，三十六陂煙雨。

新粧明照水，汀渚生香，不嫁東風被誰誤。[一]遣踟躕、騷客意，千里緜緜，煙浪㊁遠、何處凌波微步。想南浦潮生畫橈歸，正月曉風清，斷腸凝佇。

【眉評】

［一］意有所興，便覺雋永，然伯可之貶節，正在急嫁東風也。

【校記】

㊀録自《詞綜》。調名，《詞綜》作「洞仙歌令」。

㊁「煙浪」，《詞綜》作「仙浪」。

喜遷鶯 鴉㊀

秋寒初勁。看雲路雁來，碧天如鏡。湘浦煙深，衡陽沙遠，風外幾行斜陣。回首塞門何處，故國關河重省。漢使老，認上林欲下，徘徊清影。[一] 江南煙水暝。聲過小樓，燭暗金猊冷。送目鳴琴，裁詩挑錦，此恨此情無盡。夢想洞庭飛下，散入雲濤千頃。過盡也，奈杜陵人遠，玉關無信。

【眉評】

[一] 此詞頗有蒙塵之感，其在上《中興十策》時乎？

【校記】

㊀ 録自《詞綜》。詞題，《中興以來絶妙詞選》、《詞綜》作「秋夜聞雁」。

辛棄疾 見《大雅集》。

○**西江月** 夜行㊀

明月别枝驚鵲，清風半夜鳴蟬。稻花香裏説豐年。聽取蛙聲一片。 七八箇星天外，兩三點雨山前。舊時茅店社林邊。路轉溪頭㊁忽見。[二]

【眉評】

[一] 的是夜景。○所聞所見，信手拈來，都成異采，總由筆力勝故也。

【校記】

㊀ 録自《詞綜》。詞題，《稼軒長短句》作「夜行黄沙道中」。

㊁ 「溪頭」，《稼軒長短句》作「溪橋」。

○臨江仙 再用韻送祐之弟歸浮梁㊀

鐘鼎山林都是夢，人間寵辱休驚。只消閒處過平生。酒杯秋吸露，詩句夜裁冰。　記取小窗風雨夜，對牀燈火多情。問誰千里伴君行。曉山眉樣翠，秋水鏡般明。

【校記】

㊀ 録自《宋六十一家詞選》。

葛立方 字常之，丹陽人，勝仲子。紹興八年進士，官至吏部侍郎。有《歸愚集》，詞一卷。

○卜算子㊀

裊裊水芝紅，脈脈蒹葭浦。淅淅西風澹澹煙，幾點疏疏雨。[一] 草草展杯觴，對此盈盈女。葉葉紅衣當酒船，細細流霞舉。

【眉評】

[一] 連用雙字，小有姿態。

【校記】

㊀ 録自《詞綜》。《歸愚詞》前闋有詞題「賞荷以蓮葉勸酒作」，此闋作「席間再作」。

張孝祥 見《放歌集》。

○念奴嬌㊀

風帆更起，望一天秋色，離愁無數。明日重陽尊酒裏，誰與黄花爲主。别岸風煙，孤舟燈火，今夕知何處。不如江月，照伊清夜同去。　船過采石江邊，望夫山下，酌水應懷古。德曜歸來雖富貴，忍棄平生荊布。默想音容，遥憐兒女，獨立衡皋暮。桐鄉君子，念予憔悴如許。

【校記】

㊀録自《宋六十一家詞選》。

范成大 字致能，吴郡人。紹興中進士，累官權吏部尚書、參知政事，尋帥金陵，以病請閑，進資政殿學士，領洞霄宫，加大學士，卒，謚文穆。有《石湖集》，詞一卷。

○**菩薩蠻** 湘東驛㊀

客行忽到湘東驛。明朝真是瀟湘客。晴碧萬重雲。幾時逢故人。　江南如塞北。别後書難得。先自雁來稀。那堪春半時。[一]

【眉評】

[一]芊雅近正中一派。

【校記】

㊀ 録自《詞綜》。

真德秀 字景元，更景希，浦城人。第慶元進士，歷官翰林學士、知制誥，贈銀青光禄大夫，謚文忠，學者稱西山先生。

○**蝶戀花** 紅梅㊀

兩岸月橋花半吐。紅透肌香，暗把遊人誤。盡道武陵溪上路。不知迷入江南去。　先自冰霜真態度。何事枝頭，點點胭脂污。莫是東君嫌淡素。問花花又嬌無語。[一]

【眉評】

[一] 用意著而不著，筆法自高。

【校記】

㊀ 録自《詞綜》。

楊萬里

字廷秀，吉水人。紹興中進士，歷秘書監，以寶文閣待制致仕，進寶謨閣學士，贈光禄大夫，謚文節。有《誠齋集》，樂府一卷。

○好事近㈠

月未到誠齋，先到萬花川谷。不是誠齋無月，隔一庭㈡脩竹。　如今纔是十三夜㈢，月色已如玉。未是秋光奇絶，看十五十六。[一]

【眉評】

[一]衝口而出，樸直有味。

【校記】

㈠録自《詞綜》。《誠齋集》有詞題「七月十三日夜登萬花川谷望月作」。

㈡「一庭」，《誠齋集》作「一林」。

㈢「十三夜」，底本無「夜」字，據《誠齋集》、《詞綜》補。

劉克莊 見《放歌集》。

、○**長相思**[一]㊀

朝有時。暮有時。潮水猶知日兩回。人生長別離。　來有時。去有時。燕子猶知社後歸。君行無定期。

【眉評】

[一]上下兩排，頗見別致，較叔原一闋亦不多讓。

【校記】

㊀録自《詞綜》。《後村長短句》有詞題「寄遠」。

姜夔 見《大雅集》。

、○**隔溪梅令** 探梅㊀

好花不與殢香人。浪粼粼。又恐春風歸去、緑成陰。玉鈿何處尋。[二]　木蘭雙槳夢中雲。水〔三〕橫陳。謾向孤山山下、覓盈盈。翠禽啼一春。

【眉評】

［一］節短音長，醖釀可喜。

【校記】

㈠録自《清綺軒詞選》。詞題，《白石道人歌曲》原作小序：「丙辰冬，自無錫歸，作此寓意。」

㈡「水」，《白石道人歌曲》作「小」。

憶王孫 番陽彭氏小樓作㈠

冷紅葉葉下塘秋。長與行雲共一舟。零落江南不自由。兩綢繆。料得吟鸞夜夜愁。

【校記】

㈠録自《宋七家詞選》。

、○驀山溪題錢氏溪月㊀

與鷗爲客。緑野留吟屐。兩行柳垂陰，是當日、仙翁手植。一亭寂寞，煙外帶愁横，荷冉冉，展涼雲，横卧虹千尺。　才因老盡，秀句君休覓。萬緑正迷人，更愁入、山陽夜笛。〔二〕百年心事，惟有玉闌知，吟未了，放船回，月下空相憶。

【眉評】

〔二〕高朗。

【校記】

㊀録自《宋七家詞選》。

陸游　見《大雅集》。

○鵲橋仙㊀

華燈縱博，雕鞍馳射，誰記當年豪舉。酒徒一半㊁取㊂封侯，獨去作、江邊漁父。〔一〕　輕舟八尺，低篷三扇，占斷蘋洲煙雨。鏡湖元自屬閒人，又何必、官家㊃賜與。

【眉評】

[一] 悲壯語，亦是安分語。

【校記】

㊀錄自《詞綜》。

㊁「一半」，《渭南文集》作「一一」。

㊂「取」，底本作「去」，據《渭南文集》、《詞綜》改。

㊃「官家」，《渭南文集》作「君恩」。

張輯 見《大雅集》。

○**山漸青**寓〔長相思〕㊀

山無情。水無情。楊柳飛花春雨晴。征衫長短亭。　擬行行。重行行。行到㊁江南第

幾程。江南山漸青。〔一〕

【眉評】

〔一〕音節拍合，有行雲流水之致。

【校記】

㈠録自《詞綜》。

㈡「行到」，《東澤綺語》作「吟到」。

垂楊碧寓〔謁金門〕㈠

花半濕。睡起一窗晴色。千里江南真咫尺。醉中歸夢直。〔一〕　前度蘭舟送客。雙鯉沈沈消息。樓外垂楊如此碧。〔二〕問春來幾日。

【眉評】

〔一〕「直」字奇絶、警絶。

［二］「如此」二字，有多少惋惜！

【校記】

㈠録自《詞綜》。

○闌干萬里心 寓〔憶王孫〕㈠

小樓柳色未春深。湘月牽情入苦吟。翠袖風前冷不禁。怕登臨。幾曲闌干萬里心。

【校記】

㈠録自《詞綜》。

黄機 見《放歌集》。

○醜奴兒［一］㈠

綺窗撥斷琵琶索，一一相思。一一相思。無限柔情説似誰。　銀鉤欲寫回文曲，淚滿烏

絲。淚滿烏絲。薄倖知他知不知。[二]

【眉評】

[一] 兩排後段起句皆承前段頓句，亦甚别致。

[二] 連用三「知」字，趣甚，兩面俱有，虛實兼到。

【校記】

㊀ 録自《詞綜》。

劉光祖 字德脩，簡州人。登進士第，慶元初官侍御史，改司農少卿，遷起居郎，終顯謨閣直學士，提舉嵩山崇福宫，卒，謚文節。有《鶴林詞》一卷。

○**醉落魄**[一]㊀

春風開者。一時還共春風謝。柳條送我今槐夏。不飲香醪，孤負人生也。　曲塘泉細幽琴寫。胡牀滑簟應無價。日遲睡起疎簾㊁挂。何不歸歟，花竹秀而野。

【眉評】

［一］此詞一味灑脱，遣詞命意，俱極超忽可喜。

【校記】

㈠録自《詞綜》。《中興以來絶妙詞選》有詞題「春日懷故山」。

㈡「踈簾」，《中興以來絶妙詞選》作「簾鉤」。

毛幵 字平仲，信安人。仕止州倅。有《樵隱詞》一卷。

滿江紅㈠

潑火初收，秋千外、輕煙漠漠。春漸遠、緑楊芳草，燕飛池閣。已著單衣寒食後，夜來還是東風惡。［一］對空山、寂寂杜鵑啼，梨花落。　傷別恨，閑情作。十載事，驚如昨。向花前月下，共誰行樂。飛蓋低迷南苑路，湔裙悵望東城約。但老來、顦顇惜春心，年年覺。［二］

【眉評】

［一］亦只是以詞勝，而説來字字動人。

〔二〕後半闋更情詞兼勝。

【校記】

㊀ 録自《詞綜》。

高觀國 見《大雅集》。

○**卜算子**㊀

屈指數春來，彈指驚春去。檐外蛛絲網落花，也要留春住。〔一〕　幾日喜春晴，幾夜愁春雨。十二雕窗六曲屏，題徧傷春句。

【眉評】

〔一〕無情處都寫出情來，自非有情人不能。

【校記】

㊀ 録自《詞綜》。《竹屋癡語》有詞題「泛西湖坐間寅齋同賦」。

金人捧露盤㊀

楚宮閑。金成屋，玉爲欄。斷雲夢、容易驚殘。驪歌幾疊，至今愁思怯陽關。清音恨阻，抱哀箏、知爲誰彈。

年華晚，月華冷，霜華重，鬢華斑。也須念、閑損雕鞍。斜緘小字，錦江三十六鱗寒。[一]此情天闊，正梅信、笛裏關山。[二]

【眉評】

[一]「寒」字警。

[二]結筆高遠。

【校記】

㊀録自《詞綜》。

永遇樂 次韻弔青樓㊀

淺暈脩蛾，脆痕紅粉，猶記窺户。香斷奩空㊁，塵生砌冷，誰唤青鸞舞。春風花信，秋宵月約，歷歷此心曾許。銜芳恨、千年怨結，玉骨未應成土。[一]　木蘭艇子，莫愁何在，漫繫寒江煙樹。事逐云沈，情隨佩冷，短夢分今古。一杯遥夜，孤光難曉，多少碎人腸處。空凄黯、西風細雨，盡吹淚去。

【眉評】

[一]精警。

【校記】

㈠録自《詞綜》。

㈡「奩空」，《竹屋癡語》作「簾空」。

史達祖　見《大雅集》。

臨江仙㈠

草腳青回細膩，柳梢緑轉苗條㈡。舊游重到合魂消。棹横春水渡，人凭赤欄橋。歸夢

有時曾見，新愁未肯相饒。酒香紅被夜迢迢。莫教無用月，來照可憐宵。[一]

【眉評】

[一] 悽惋沈至。

【校記】

㊀ 録自《詞綜》。

㊁ 「苗條」，《梅溪詞》作「苗條」。

瑞鶴仙㊀

杳煙嬌濕鬢。過杜若汀洲，楚衣香潤。回頭翠樓近。指鴛鴦沙上，暗藏春恨。歸鞭隱隱。便不念、芳盟未穩。自簫聲、吹落雲東，再數故園花信。誰問。聽歌窗罅，倚月闌邊㊁，舊家輕俊。芳心一寸。相思後，總灰盡。奈春風多事，吹花搖柳，也把幽情暗引㊂。對南溪、桃萼翻紅，又成瘦損。

【校記】

㊀録自《宋七家詞選》。

㊁「闌邊」，《梅溪詞》作「鉤闌」。

㊂「暗引」，《梅溪詞》作「喚醒」。

汪莘　字叔耕，休寧人。嘉定間下詔求言，扣閽三上書，不報，爲楊慈湖、朱晦庵、真西山諸公所歎服。後築室柳溪，自號方壺居士。有《方壺存稿》，詞二卷。

乳燕飛　感秋，采《楚詞》，賦此。㊀

去郢頻回首。正横江、蓀橈容與，蘭旌悠久。悵望龍門都不見，似把長楸辜負。念往日、佳人爲偶。獨向芳洲相思處，采蘋花、杜若空盈手。乘赤豹，誰來後。[二]　雲中眼界窮高厚。覽山川、冀州還在，陶唐何有。木葉紛紛秋風晚，縹緲瀟湘左右。見帝子、冰魂相守㊁。應記揮絃㊂相對日，酹一杯、太乙東皇酒。問此意，君知否。

【眉評】

[一]身世之感，驅遣《騷》語出之，冷艷幽香，别饒精彩。

【校記】

㈠録自《詞綜》。詞題，《方壺存稿》前有「汪子」二字。

㈡「相守」，《方壺存稿》作「廝守」。

㈢「揮絃」，《方壺存稿》作「薰絃」。

杏花天㈠

美人家在江南住。每惆悵、江南日暮。白蘋洲畔花無數。還憶瀟湘風度。　幸自是、斷腸無處。怎强作、鶯聲燕語。東風占斷秦筝柱。也逐落花歸去。[一]

【眉評】

[一] 幽怨。

【校記】

㈠録自《詞綜》。《方壺存稿》有詞題「有感」。

玉樓春 贈別孟倉使㊀

一片江南春色晚。牡丹花謝鶯聲懶。問君離恨幾多長，芳草連天猶覺短。[一] 昨夜溪頭新溜滿。樽前自起噴龍管。明朝飛棹下錢塘，心共白蘋香不斷。

【眉評】

[一] 悲鬱見於言外，用筆則頗近小晏。

【校記】

㊀ 録自《詞綜》。

黄昇 見《放歌集》。

酹江月 題玉林㊀

玉林何有，有一彎蓮沼，數間茅宇。斷塹疎籬聊補葺，那得粉牆朱户。[二] 禾黍西風㊁，雞豚曉日，活脱田家趣。客來茶罷，自挑野菜同煮。　多少甲第連雲，十眉環座，人醉黃金塢。回首邯鄲春夢破，零落珠歌翠舞。[二]得似衰翁，蕭然陋巷，長作溪山主。紫芝可採，更尋岩谷深處。

【眉評】

[一]「那得」六字，用意似高實陋，琢句尤俗。

[二]「甲第」數語，不肯不説破，未免索然無味，何如並隱之爲妙。

【校記】

㊀録自《詞綜》。詞題，《中興以來絶妙詞選》作「戲題玉林」。

㊁「西風」，《中興以來絶妙詞選》作「秋風」。

樓槃 字考甫，號曲澗。

霜天曉角 梅[一]㊀

月淡風輕。黃昏未是清。吟到十分清處，也不啻、二三更。　曉鐘天未明。曉霜人未行。只有城頭殘角，説得盡、我平生。

【眉評】

［一］考甫詠梅兩章，樸直簡老，頗有别致。

【校記】

㊀録自《絶妙好詞》。

又㊀

剪雪裁冰。有人嫌太清。又有人嫌太瘦，都不是、我知音。　誰是我知音。孤山人姓林。一自西湖别後，辜負我、到如今。

【校記】

㊀録自《絶妙好詞》。

吴文英 見《大雅集》。

點絳脣 試燈夜初晴㊀

捲盡愁雲，素娥臨夜新梳洗。暗塵不起。酥潤凌波地。　輦路重來，彷彿燈前事。情如水。小樓薰被。春夢笙歌裏。[一]

【眉評】

[一] 艷語不落俗套。

【校記】

㊀ 録自《詞綜》。

好事近 僧房聽琴㊀

琴冷石牀雲，海上偷傳新曲。彈指一簾㊁風雨，碎芭蕉寒緑。　冰泉輕瀉翠筒香，林果薦紅玉。早是一分秋意，到臨窗修竹。

【校記】

㊀録自《宋七家詞選》。

㊁「彈指一簾」，《夢窗丁稿》作「彈作一檐」。

又㊀

藕絲空纜宿湖船，夢飛露瀉㊁銀床，葉葉怨梧啼碧㊂。蘄竹粉蓮㊃香汗，是秋來陳跡。闊水雲窄。[一]還繫鴛鴦不住，老紅香月白。

【眉評】

[一]「夢闊」五字奇警。

【校記】

㊀録自《宋七家詞選》。

㈡「瀉」，《絶妙好詞》、《宋七家詞選》作「灑」。

㈢「啼碧」，《絶妙好詞》作「題碧」。

㈣「粉蓮」，《絶妙好詞》作「粉連」。

浪淘沙 越中楊梅㈠

緑樹越溪灣。雨過雲殷。西陵人去暮潮還。鉛淚結成紅粟顆，封寄長安。[一]　別味帶生酸。愁憶眉山。小樓燈外楝花寒。衫袖醉痕花唾在，猶染微丹。

【眉評】

[一] 哀怨沈著，其有感於南渡耶？

【校記】

㈠ 録自《宋七家詞選》。詞題，《夢窗丙稿》作「有得越中故人贈楊梅者，爲賦贈」。

唐多令㈠

何處合成愁。離人心上秋。縱芭蕉、不雨也颼颼。都道晚涼天氣好，有明月、怕登樓。[一]　年事夢中休。花空煙水流。燕辭歸、客尚淹留。垂柳不縈裙帶住，謾長是、繫行舟。張叔夏云：「此詞疏快，不質實。」

【眉評】

[一] 語淺情長，不第以疏快見長也。

【校記】

㊀ 録自《詞綜》。《續詞選》亦有。《中興以來絶妙詞選》有詞題「惜別」。

青玉案[一]㊀

短亭芳草長亭柳。記桃葉、煙江口。今日江村重載酒。殘盃不到，亂紅青塚，滿地閒春繡。　翠陰曾摘梅枝嗅。還憶鞦韆玉葱手。紅索倦將春去後。薔薇花落，故園蝴蝶，粉薄殘香瘦。

【眉評】

[一] 筆意爽朗。

【校記】

㊀ 録自《絶妙好詞》。

又㊀

新腔一唱雙金斗。正霜落、分甘手。已是紅窗人倦繡。春詞裁燭，夜香温被，怕減銀壺漏。　吴天雁曉雲飛後。[一]百感情懷頓疏酒。綵扇何時翻翠袖。歌邊拚取，醉魂和夢，化作梅邊瘦。

【眉評】

[一] 接筆好。

【校記】

㊀ 録自《絶妙好詞》。

、○玉漏遲㊀

絮花寒食路。晴絲罥日，緑陰吹霧。客帽欺風，愁滿畫船煙浦。綵柱㊁秋千散後，悵塵鎖、燕簾鶯户。從閒阻。夢雲無準，鬢霜如許。[一]　夜久㊂繡閣藏嬌，記掩扇傳歌，翦燈留語。月約星期，細把花鬚頻數。彈指一襟怨恨，漫空倩㊃、啼鵑聲訴。深院宇。黄昏杏花微雨。

【眉評】

[一] 遣詞雅麗，用意窈曲，似梅溪手筆。

【校記】

㊀ 録自《宋七家詞選》。《陽春白雪》作趙聞禮詞，同書有林表民《玉漏遲》「和趙立之韻」，疑當爲趙聞禮詞。《絶妙好詞》作樓采詞。《夢窗乙稿》有詞題「春情」。

㊁ 「綵柱」，《夢窗乙稿》作「綵挂」。

㊂ 「夜久」，《絶妙好詞》作「夜永」。

㊃「空倩」，《絶妙好詞》作「空趁」。

尾犯 中秋㊀

紺海掣微雲，金井暮涼，梧韻風息。何處樓高，想清光先得。江妃㊁冷、冰綃乍洗，素娥歡㊂、菱花再拭。影留人去，忍向夜深，簾户照陳跡。竹房苔逕小，對日暮、數盡煙碧。露蓼香輕㊃，記年時相識。二十五、聲聲秋點，夢不認、屏山路窄。[一]醉魂悠颺，滿地桂陰無人惜。

【眉評】

[一]亦綺麗，亦超脱，此夢窗本色。彼譏夢窗以組織爲工者，不知夢窗者也。

【校記】

㊀録自《宋七家詞選》。詞題，《夢窗詞集》作「甲辰中秋」。

㊁「江妃」，朱本《夢窗詞集》作「江汜」。

㊂「歡」，朱本《夢窗詞集》作「忺」。

㊃「香輕」，朱本《夢窗詞集》作「香涇」。

絳都春 爲李篔房量珠賀㊀

情粘舞線。悵駐馬灞橋，天寒人遠。旋翦露痕，移得春嬌栽瓊苑。流鶯長語㊁煙中怨。恨三月、飛花零亂。[一]艷陽歸後，紅藏翠掩，小坊幽院。誰見。新腔按徹，背燈暗、共倚筠屏㊂蔥蒨。繡被夢輕，金屋妝深沈香換。梅花重洗春風面。正溪上、參橫月轉。並禽飛上金沙，瑞香霧暖。

【眉評】

[一] 雅麗中時有靈氣往來。

【校記】

㊀ 録自《宋七家詞選》。

㊁「長語」，朱本《夢窗詞集》作「常語」。

㊂「筠屏」，朱本《夢窗詞集》作「篔屏」。

木蘭花慢 游虎丘㊀

紫騮嘶凍草，曉雲鎖、岫眉顰。正蕙雪初消，松腰玉瘦，憔悴真真。輕藜漸穿險磴，步荒苔、猶認瘞花痕。千古淒涼㊁舊恨，半丘殘日孤雲。［一］　開尊。重弔吴魂。嵐翠冷、洗微醺。問幾曾夜宿，月明起看，劍水星紋。登臨總成去客，更軟紅、先有探芳人。回首滄波故苑，落梅煙雨黄昏。

【眉評】

［一］景中帶情，詞意兩勝。

【校記】

㊀録自《宋七家詞選》。詞題，朱本《夢窗詞集》作「虎丘陪倉幕遊，時魏益齋已被親擢，陳芬窟、李方庵皆將滿秩」。

㊁「淒涼」，朱本《夢窗詞集》作「興亡」。

鶯啼序[一]㊀

殘寒正欺病酒，掩沈香繡户。燕來晚、飛入西城，似説春事遲暮。畫船載、清明過卻，晴煙冉冉吴宫樹。念羈情游蕩，隨風化爲輕絮。　十載西湖，傍柳繫馬，趁嬌塵軟霧。遡洄㊁漸、招入仙溪，錦兒偷寄幽素。倚銀屏、春寬夢窄，斷紅濕、歌紈金縷。[二]暝堤空，輕把斜陽，總還鷗鷺。[三]　幽蘭旋老，杜若還生，水鄉尚寄旅。别後訪、六橋無信，事往花萎㊂，瘞玉埋香，幾番風雨。長波妒盼，遥山羞黛，漁燈分影春江宿，記當時、短楫桃根渡。青樓彷彿，臨分敗壁題詩，淚墨慘淡塵土。[四]　危亭望極，草色天涯，歎鬢侵半苧。暗點檢、離痕歡唾，尚染鮫綃，嚲鳳迷歸，破鸞慵舞。殷勤待寫，書中長恨，藍霞遼海沈過雁，謾相思、彈入哀箏柱。[五]傷心千里江南，怨曲重招，斷魂在否。[六]

【眉評】

[一] 此調頗不易合拍，《詞律》詳言之矣。兹篇操縱自如，全體精粹，空絶古今。

〔二〕追敘舊歡。

〔三〕「輕把斜陽」二句，束上起下，琢句警鍊。

〔四〕此折序別離後事，極淋漓慘淡之致。

〔五〕末段撫今追昔，悼歎無窮。

〔六〕按：《招魂》乃屈原作，非宋玉作。結句「魂兮歸來哀江南」，言魂歸哀江之南也。哀江在今長沙湘陰縣，有大哀、小哀二洲。後人誤解，以爲江南之地可哀，謬矣。沿用已久，習爲故，然不可不辨。

【校記】

㊀録自《詞綜》。又據《宋六十一家詞選》校改。

㊁「遡洄」，同《宋六十一家詞選》，《夢窗詞集》、《詞綜》作「遡紅」。

㊂「花萎」，《夢窗詞集》作「花委」。

蔣捷 見《放歌集》。

○一剪梅㊀

小巧樓臺眼界寬。朝卷簾看。暮卷簾看。故鄉一望一心酸。雲又迷漫。水又迷漫。天

不教人客夢安。昨夜春寒。今夜春寒。梨花月底兩眉攢。敲遍闌干。拍遍闌干。[一]

【眉評】

[一] 竹山〈一剪梅〉詞，「敲」與「拍」無甚分別，然其妙正在無甚分別，乃見愁人情況。必如此，乃可以不分別爲工，否則差以毫釐，謬以千里。

【校記】

㊀ 録自《清綺軒詞選》。《竹山詞》有詞題「宿龍游朱氏樓」，《清綺軒詞選》作「客思」。

聲聲慢 秋聲㊀

黄花深巷，紅葉低窗，淒涼一片秋聲。豆雨聲來，中間夾帶風聲。疏疏二十五點，麗譙門、不鎖更聲。故人遠，問誰摇玉佩，簷底鈴聲。

彩角聲吹月墮，漸連營馬動，四起笳聲。閃爍鄰燈，燈前尚有砧聲。知他訴愁到曉，碎噥噥、多少蛩聲。訴未了，把一半、分與雁聲。[二]

【眉評】

[一]結得不盡，並能使通篇震動。

【校記】

㊀録自《詞綜》。

陳允平 見《大雅集》。

清平樂㊀

鳳城春淺。寒壓花梢顫。有約不來梁上燕。十二繡簾空捲。[一] 去年共倚秋千。今年獨倚闌干。誤了海棠時候，不成直待花殘。[二]

【眉評】

[一]雅近元獻。

[二]怨語出以婉曲之筆，斯謂雅正。

【校記】

㊀ 録自《詞綜》。

明月引 和白雲趙宗簿㊀

雨餘芳草碧蕭蕭。[一] 暗春潮。蕩雙橈。紫鳳青鸞，舊夢帶文簫。綽約珮環風不定，雲欲墮，六銖香，天外飄。　相思爲誰蘭恨銷。渺湘魂，無處招。素紈猶在，真真意、還倩誰描。舞鏡空懸㊁，羞對月明宵。鏡裏心，心裏月，㊂君去矣，舊東風，新畫橋。[二]

【眉評】

[一] 騷情雅意，起七字便自精神。

[二] 曲折婉至。

【校記】

㊀ 録自《詞綜》。詞題，《日湖漁唱》後有「自度曲」三字。

㊁「空懸」，《日湖漁唱》作「空圓」。

㊂「鏡裏心，心裏月」，《日湖漁唱》作「鏡裏心心心裏月」。

一落索㊀

欲寄相思愁苦㊁。倩流紅去。淚花寫不斷離懷，㊂都化作、無情雨。[一]　　渺渺暮雲江樹㊃。溪煙㊄横素。六橋飛絮夕陽西，㊅總都是㊆、春歸處。

【眉評】

[一] 淒警。

【校記】

㊀ 録自《御選歷代詩餘》。

㊁「愁苦」，《西麓繼周集》作「情苦」。

㊂「淚花寫不斷離懷」，《西麓繼周集》作「滿懷寫不盡離愁」。

㊃「江樹」，《西麓繼周集》作「春樹」。

㊄「溪煙」，《西麓繼周集》作「澮煙」。

㈥「六橋飛絮夕陽西」，《西麓繼周集》作「夕陽西下杜鵑啼」。
㈦「總都是」，《西麓繼周集》作「怨截斷」。

唐多令㈠

休去採芙蓉。秋江煙水空。帶斜陽、一片征鴻。[一]欲頓閑愁無頓處，都著在、兩眉峰。　心事寄題紅。畫橋流水東。斷腸人、無奈秋濃。回首層樓歸去嬾，早新月、挂梧桐。

【眉評】

[一] 疎快中情致綿邈。

【校記】

㈠ 録自《詞綜》。調名，《日湖漁唱》作「糖多令」，並有詞題「秋暮有感」。

瑞鶴仙㈠

燕歸簾半㈡捲。正漏約瓊籤，笙調玉管。蛾眉畫來淺。甚春衫懶試，夜燈慵剪。香温夢暖。

訴芳心、芭蕉未展。渺雙波、望極空江㊂，二十四橋凭遍。　葱蒨。銀屏綵鳳，霧帳金蟬，舊家坊院。煙花弄晚。芳草恨，斷魂遠。對東風無語，緑陰深處，時見飛紅數片。算多情、尚有黄鸝，向人睍睆。[一]

【眉評】

[一] 幽情苦意，可與碧山詞並讀。

【校記】

㊀ 録自《詞綜》。

㊁ 「簾半」，《日湖漁唱》作「簾外」。

㊂ 「空江」，《日湖漁唱》作「江空」。

周密 見《大雅集》。

謁金門 吴山觀濤㊀

天水碧。染就一江秋色。鰲戴雪山龍起蟄。快風吹海立。　數點煙鬟青滴。一杼霞綃

紅濕。白鳥明邊帆影直。隔江聞夜笛。[一]

【眉評】

[一] 前半雄肆，後半淡遠。山川景物，包括在寥寥數語中。

【校記】

㊀ 録自《詞綜》。調名，《蘋洲漁笛譜》作「聞鵲喜」。

南樓令 秋夜次陳君衡韻㊀

桂影滿空庭。秋宵正五更。㊁一聲聲、都是銷凝。新雁舊蛩相應和，禁不過、冷清清。　酒與夢俱醒。病因愁做成。展紅綃、猶有餘馨。暗想芙蓉城下路，花可可、霧冥冥。

【校記】

㊀ 録自《宋七家詞選》。詞題，《蘋洲漁笛譜》無「秋夜」二字。

㊁ 「秋宵正五更」，《蘋洲漁笛譜》作「秋更廿五聲」。

浣溪沙㊀

淺色初裁試暖衣。畫簾斜日看花飛。柳摇蛾緑妒春眉。　象局懶拈雙陸子，寶絃愁按十三徽。[一]試憑新燕問歸期。[二]

【眉評】

[一]「雙陸」、「十三」，借對甚巧。

[二]結句婉至。

【校記】

㊀録自《宋七家詞選》。

珍珠簾 琉璃簾㊀

寶階斜轉春宵翳㊁。雲屏敞、霞卷㊂東風新霽。光照㊃萬星寒，曳冷雲垂地。[一]暗憶㊄連昌遊冶事，照炫轉、熒煌珠翠。難比。是鮫人織就，冰綃清淚㊅。　猶記㊆夢入瑤臺，正玲瓏透月，瓊扉㈧十二。細縷㈨逗濃香，接翠蓬雲氣。縞夜梨花生煖白，浸瀲灩、一池春水。乘醉。㈩悦歸⑪時人在，明河影裏。

【眉評】

［一］造語精采，其不及中仙者，詞勝而意不深厚也。

【校記】

㈠ 録自《詞綜》。

㈡「翳」，《草窗詞》作「永」。

㈢「霞卷」，《草窗詞》作「霧卷」。

㈣「光照」，《草窗詞》作「光動」。

㈤「暗憶」，《草窗詞》作「暗省」。

㈥「清淚」，《草窗詞》作「漬淚」。

㈦「猶記」，《草窗詞》作「獨記」。

㈧「瓊扉」，《草窗詞》作「瓊鉤」。

㈨「細縷」，《草窗詞》作「金縷」。
㈩「乘醉」，《草窗詞》作「沈醉」。
⑪「怳歸」，《草窗詞》作「歸」。

石孝友 字次仲。有《金谷遺音》一卷。

南歌子㊀

舊事深琴怨，新愁減帶圍。倚樓凝望更依依。怕見一天風雨捲春歸。[二]

亂絮飄晴雪，殘花繡地衣。西園歌舞驟然稀。[一]只有多情蝴蝶作團飛。

【眉評】

[一]「驟然」二字逼人。

[二]警鍊語，卻極悲鬱。

【校記】

㊀録自《詞綜》。

又㈠

春淺梅紅小，山寒嵐翠薄。斜風吹雨入簾幕。夢覺南樓嗚咽數聲角。［一］　歌酒工夫嬾，別離情緒惡。舞衫寬盡不堪著。若比那回相見更消削。

【眉評】

［一］筆力老横，别具姿態。

【校記】

㈠録自《詞綜》。

浣溪沙㈠

宿醉離愁慢髻鬟韓偓。緑殘紅豆憶前歡叔原。錦江春水寄書難叔原。　紅袖時籠金鴨煖少游，小樓吹徹玉笙寒李璟。爲誰和淚倚闌干李煜。㈡

【校記】

㈠録自《宋六十一家詞選》。

㈡「李煜」，《金谷遺音》作「中行」。

王沂孫 見《大雅集》。

如夢令㈠

妾似春蠶抽縷。君似筝絃移柱。無語結同心，滿地落花飛絮。[一]歸去。歸去。遥指亂雲遮處。

【眉評】

[一]意有所興，總不作一淺語。

【校記】

㈠録自《宋七家詞選》。

金盞子[一]㊀

雨葉吟蟬，露草流螢，歲華將晚。對靜夜無眠，稀星散、時度絳河清淺。甚處畫角淒涼，引輕寒催燕。西樓外，斜月未沈，風急雁行吹斷。　此際怎消遣。要相見、除非待夢見。盈盈洞房淚眼。看人似、冷落過秋紈扇。痛惜小院桐陰，空啼鴉零亂。厭厭地，終日爲伊，香愁粉怨。

【眉評】

[一] 碧山此調，與梅溪、夢窗、竹山所作互異，上半闋少一字，下半闋少兩字。「風急」當句絶，而文氣不順，姑以「沈」字句絶。紅友未見此詞，《詞律》中失證矣。

【校記】

㊀ 録自《宋七家詞選》。

鎖窗寒㈠

出谷鶯遲，踏沙雁少，殢陰庭宇。東風似水，尚掩沈香雙户。恁莓堦、雪痕乍鋪，那回已趁飛梅去。奈柳邊占得，一庭新暝，又還留住。　前度。西園路。記半袖争持，鬭嬌眉嫵。瓊肌暗怯，醉立千紅深處。［一］問如今、山館水村，共誰翠幄熏蕙炷。最難禁、向晚淒涼，化作梨花雨。

【眉評】

［一］警動。

【校記】

㈠録自《宋七家詞選》。

一萼紅　紅梅㈠

翦丹雲。怕江皋路冷，千疊護清芬。彈淚綃單，凝妝枕重，驚認消瘦冰魂。爲誰趁、東風換色，任絳雪、飛滿緑羅裙。吴苑雙身，蜀城高髻，忽到柴門。欲寄故人千里，恨燕脂太薄，寂寞春痕。玉管難留，金尊易泣㊁，幾度殘醉紛紛。[一]漫重記、羅浮夢覺，步芳影、如宿杏華村。一樹珊瑚淡月，獨照黄昏。[二]

【眉評】

[一] 深人無淺語。

[二] 結寓意高遠。

【校記】

㊀ 録自《宋七家詞選》。

㊁「泣」，四印齋本《花外集》作「注」，字下注：「一作『泣』。」

掃花游 緑陰㊀

滿庭嫩碧，漸密葉迷窗，亂枝交路。斷紅甚處。但匆匆换得，翠痕無數。暗影沈沈，静鎖清和院宇。試凝佇。怕一點舊香，猶在高樹㊁。[一]濃陰知幾許。且拂簟清眠，引筇閒步。

杜郎老去。算尋芳較晚，倦懷難賦。縱勝花時，到了愁風怨雨。短亭暮。漫青青、怎遮春去。

【眉評】

［一］託體高遠。

【校記】

㈠録自《詞綜》。

㈡「高樹」，《花外集》、《詞綜》作「幽樹」。

張炎 見《大雅集》。

臨江仙 甲寅秋寓吴，作墨水仙，爲處梅吟邊清玩。㈠

翦翦春冰生萬壑，和春帶出芳叢。誰分弱水洗塵紅。低徊金鑿落㈡，約略玉玲瓏。昨夜洞庭雲一片，朗吟飛過天風。戲將瑶草散虚空。靈根何處覓，只在此山中。［一］

【眉評】

［一］筆筆超脱。

【校記】

㈠録自《宋七家詞選》。詞題，朱本《山中白雲》後尚有「時余年六十有七，看花霧中，不過戲縱筆墨，觀者出門一笑可也」。

㈡「鑿落」，朱本《山中白雲》作「叵羅」。

祝英臺近 寄陳直卿［一］㈠

路重尋，門半掩，苔老舊時樹。采藥雲深，童子更無語。怪我流水迢遥㈡，湖天日暮，想只在、蘆花深處㈢。　漫延佇。姓名題上芭蕉，涼夜未風雨。賦了秋聲，還賦斷腸句。幾回獨立長橋，扁舟欲喚㈣，待招取、白鷗歸去。

【眉評】

［一］點綴唐詩，用筆清超，無些子塵俗氣。

【校記】

㈠ 録自《宋七家詞選》。

㈡ 「迢遥」，朱本《山中白雲》作「迢迢」。

㈢ 「深處」，朱本《山中白雲》作「多處」。

㈣ 「欲喚」，朱本《山中白雲》作「欲換」。

探芳信 西湖春感寄草窗㈠

坐清晝。正治思縈花，餘醒㈡倦酒。甚探芳㈢人老，芳心尚如舊。銷魂忍説銅駝事，不是因春瘦。向西園、竹埽頽垣，蔓羅荒甃。　風雨夜來驟。歎歌冷鶯簾，恨凝蛾岫。愁到今年，多似去年否。賦情㈣懶聽山陽笛，目極空搔首。我何堪，老卻江潭漢柳。[一]

【眉評】

[一] 以退讓見高曠，襟懷自加人數等。

【校記】

㊀録自《詞綜》。又據《宋七家詞選》校改。詞題，《詞綜》作「次周草窗韻」。

㊁「餘醒」，《花草粹編》同，朱本《山中白雲》、《詞綜》、《宋七家詞選》作「餘酲」。

㊂「探芳」，朱本《山中白雲》作「采芳」。

㊃「賦情」，朱本《山中白雲》作「舊情」。

瀟瀟雨 泛江有懷袁通父、唐月心㊀

空山彈古瑟，掬長流、洗耳復誰聽。倚闌干不語，江潭樹老，風挾波鳴。愁裏不須啼鴂，花落石牀平。歲月鷗前夢，耿耿離情。記得相逢竹外，看詞源倒瀉，一雪塵纓。笑匆匆呼酒，飛雨夜舟行。又天涯、飄零㊁如此，掩閒門、得似晉人清。相思恨、趁楊花去，錯到長亭。[一]

【眉評】

[一] 哀怨沈痛，故國之思，溢於言外。

【校記】

㊀録自《宋七家詞選》。

㊁「飄零」，朱本《山中白雲》作「零落」。

月下笛 孤游萬竹山中，閒門落葉，愁思黯然，因動黍離之感。時寓甬東積翠山舍。㊀

萬里孤雲，清游漸遠，故人何處。寒窗夢裏，曾記經行舊時路。連昌約略無多柳，第一是、難聽夜雨。漫驚回淒悄，相看燭影，擁衾誰語。　張緒。歸何暮。半零落依依，斷橋鷗鷺。天涯倦旅。此時心事良苦。只愁重灑西洲淚，問杜曲、人家在否。恐翠袖，正天寒，猶倚梅花那樹。[一]

【眉評】

[一] 骨韻俱高，詞意兼勝，白石老仙之後勁也。

【校記】

㊀録自《宋七家詞選》。《續詞選》亦有。

汪元量 見《放歌集》。

長相思 越上寄雪江㊀

吴山深。越山深。空谷佳人金玉音。有誰知此心。　夜沈沈。漏沈沈。閒卻梅花一曲琴。月高松竹林。

【校記】

㊀録自《詞綜》。

莫崙 字若山。

摸魚兒㊀

聽春教、燕顰鶯訴，朝朝花困風雨。六橋忘卻清明後，碧盡柳絲千縷。蜂蝶侶。正閑覓、閑花閑草閑歌舞。最憐西子。尚薄薄雲情，盈盈波淚，點點舊眉嫵。〔二〕　流紅記，空泛秋宫怨句。才人㊁何處嬌妒。落紅無限隨風絮，詩恨有誰曾遇。堪恨處。恨二十四番，花信催花去。東君暗苦。更多囑多情，多愁杜宇，多訴斷腸語。

【眉評】

［一］此詞以疊字、雙字見長，亦有佳致。

【校記】

㊀録自《詞綜》。

㊁「才人」，《詞品》作「才色」。

陳逢辰 字振祖，號存熙。

○烏夜啼㊀

月痕未到朱扉。送郎時。暗裏一汪兒淚、没人知。　揾不住。收不聚。被風吹。吹作一天愁雨、損花枝。

【校記】

㊀ 録自《詞綜》。

無名氏

楊柳枝㊀ 見《樂府雅調》㊁

簌簌花飛一雨殘。乍衣單。屏風數幅畫江山。水雲閑。　別易會難無計那，淚潸潸。夕陽樓上憑闌干。望長安。[一]

【眉評】

[一]「回首夕陽紅盡處，應是長安」，張詞以沈著勝，此詞以宛雅勝。

【校記】

㊀ 録自《詞綜》。

㊁「見《樂府雅調》」，《詞綜》作「見《樂府雅詞》」。

烏夜啼[一]㊀ 見《天機餘錦》

都無一點殘紅。夜來風。底事東君歸去、太匆匆。 桃花醉。梨花淚。總成空。斷送一年春在、緑陰中。

【眉評】

[一] 情詞淒艷，後主嗣響。○一作五代詞。

【校記】

㊀ 録自《詞綜》。

又[一]㊀ 見《古今詞話》

一彎月挂危樓。似藏鉤。醉裏不知黄葉、報新秋。 征鴻斷。歸雲亂。遠峰愁。愁見緑楊凝恨、在江頭。

【眉評】

［一］是用後主原韻，措語自佳，意味稍薄，正坐情未到極處耳。

【校記】

㈠録自《詞綜》。

秦樓月 題蓬萊閣㈠

煙漠漠。海天摇蕩蓬萊閣。蓬萊閣。朱甍碧瓦，半侵㈡寥廓。三山謾有長生藥。茫茫雲海風濤惡。風濤惡。仙槎不見，暮沙潮落。［一］

【眉評】

［一］爲秦皇、漢武猛下一鍼。

【校記】

㈠録自《詞綜》。

㊁「半侵」，《齊乘》作「半浸」。

又㊀

秋寂寂。碧紗窗外人橫笛。人橫笛。天津橋上，舊曾聽得。　宮妝玉指無人識。龍吟水底聲初息。聲初息。月明江岸，數峰凝碧。

【校記】

㊀録自《詞綜》。

風光好㊀ 見《天機餘錦》

柳陰陰。水沈沈㊁。風約雙鳧立不㊂禁。碧波心。　孤村橋斷人迷路。舟橫渡。旋買村醪淺淺斟。更微吟。[二]

【眉評】

[一]旅情如畫，口頭語便成絶妙好辭。

【校記】

㊀録自《詞綜》。亦見歐良《撫掌詞》，然勞權考證，彼集僅爲歐良編集耳。

㊁「沈沈」，《撫掌詞》作「深深」。

㊂「立不」，《撫掌詞》作「不自」。

僧揮 字仲殊。安川㊀進士，姓張氏，棄家爲僧，居杭州吴山寶月寺。有詞七卷。

【校記】

㊀「安川」，《詞綜》作「安州」。

、○**玉樓春** 芭蕉㊀

飛香漠漠簾帷暖。一線水沈煙未斷。紅樓西畔小闌干，盡日倚欄人已遠。　黄梅雨過㊁芭蕉晚。鳳尾翠摇雙葉短。舊年顔色舊年心，留到如今春不管。[一]

【眉評】

[一] 情詞哀艶，逼近小山。

【校記】

㈠録自《詞綜》。

㈡「雨過」,《全芳備祖》作「雨入」。

上清蔡真人

、○法駕導引[一]㈠

闌干曲,闌干曲,紅颺繡簾旌。花嫩不禁纖手捻,被風吹去意還驚。眉恨㈢蹙山青。《夷堅志》云:「陳東靖康間嘗飲於京師酒樓,有妓倚欄歌此詞,音調清越,東不覺傾聽。其後有『鏗鐵板,閑引步虛聲。塵世無人知此曲,卻騎黃鶴上瑤京。風冷月華清』五句,問何人所製,曰:『上清蔡真人詞也。』」

【眉評】

[一]語極清麗,飄飄有仙氣。

【校記】

㈠録自《詞綜》。正文據《苕溪漁隱叢話》引《復齋漫録》,故事據《苕溪漁隱叢話》引《夷堅志》。調名,引《夷堅志》作「望江南」。首句俱不疊,或朱彝尊據《法駕導引》詞調改。

㈡「眉恨」,引《夷堅志》作「眉黛」。

葛長庚 見《大雅集》。

酹江月 武昌懷古㈠

漢江北瀉,下長淮、洗盡胸中今古。樓櫓横波征雁遠,誰見魚龍夜舞。鸚鵡洲雲,鳳凰池月,付與沙頭鷺。功名何處,年年惟見春絮。非不豪似周瑜,壯如黄祖,亦逐㈡秋風度。[一]野草閑花無限數,渺在西山南浦。黄鶴樓人,赤烏年事,江漢亭前路。浮萍無據,水天幾度朝暮。

【眉評】

[一]真人詞一片熱腸,不作閑散語,轉見其高。

【校記】

㈠録自《詞綜》。

㈡「亦逐」，朱本《玉蟾先生詩餘》作「亦隨」。

摸魚兒㈠

問滄江、舊盟鷗鷺。年來景物誰主。悠悠客髩知何事㈡，吹滿西風塵土。渾未悟。謾自許功名，談笑侯千户。春衫戲舞㈢。怕三徑都荒，一犁未把，猿鶴笑君誤。[一]君且住。未必心期盡負。江山秋事如許。月明風静萍花路，欹枕試聽鳴櫓。還又去。道喚取陶泓，要草歸來賦。相思最苦。是野水連天，漁榔四起，蓑笠占煙雨。

【眉評】

[一] 風流酸楚中，極清俊之致，出黄叔暘輩右矣。

【校記】

㈠録自《詞綜》。

㈡「何事」，《玉蟾先生詩餘》作「何似」。

㈢「戲舞」，底本作「戲著」，據《玉蟾先生詩餘》、《詞綜》改。

霜天曉角 綠淨堂㊀

五羊安在。城市何曾改。十萬人家闤闠，東亦海、西亦海。[一]　歲歲。㊁蒲澗會。地接蓬萊界。老樹知他一劍，千山外、萬山外。

【眉評】

[一] 筆力雄蒼。

【校記】

㊀録自《詞綜》。

㊁「歲歲」，朱本《玉蟾先生詩餘》作「年年」。

賀新郎[一]㊀

且盡杯中酒。問平生、湖海心期，更如君否。渭樹江雲多少恨，離合古今非偶。更風雨、十常八九。長鋏歌彈明月墮，對蕭蕭、客鬢閑攜手。還怕折，渡頭柳。　小樓夜久微涼透。

倚危欄，一池倒影，半空星斗。此會明年知何處，蘋末秋風未久。謾輸與、鷺朋鷗友。已辦扁舟松江去，與鱸魚、蓴菜論交舊。應念㊁此，重回首。

【眉評】

［一］真人〔賀新郎〕諸闋，大率多送别之作，情極真，語極俊，既纏綿又沈著，在宋人中亞於稼軒，高於竹山。

【校記】

㊀録自《詞綜》。

㊁「應念」，《玉蟾先生詩餘》作「因念」。

又 送趙帥之江州㊀

倏又西風起。這一年、光景早過，三分之二。燕去鴻來何日了，多少世間心事。待則甚、功成名遂。楓葉荻花動涼思，又尋思、江上琵琶淚。還感慨，勞夢寐。［一］愁來長是朝朝醉。剗地成、宋玉傷感，三閭憔悴。況是淒涼寸心碎，目斷水蒼山翠。更送客、長亭分袂。

閣皁山前梧桐雨，起風檣、露舶無窮意。[二]君此去，趁秋霽。

【眉評】

[一]一波三折。

[二]蒼涼悲壯，情味無窮。

【校記】

㊀録自《詞綜》。詞題「趙帥」，《玉蟾先生詩餘》作「趙師」。

又　肇慶府送談金華、張月窗[一]㊀

謂是無情者。又如何、臨岐欲别，淚珠如灑。此去蘭舟雙槳急，兩岸秋山似畫。況已是、芙蓉開也。小立西風楊柳岸，覺衣單、略説些些話。重把我，袖兒把。　小詞做了和愁寫。送將歸、要相思處，月明今夜。客裏不堪仍送客，平昔交遊亦寡。況慘慘、蒼梧之野。未可淒涼休哽咽，更明朝、後日纔方卸㊁。情㊂默默，斜陽下。

【眉評】

[一]真人詞最工發端。〇此篇低徊反覆，情至，文亦至，絶唱也。

【校記】

㊀録自《詞綜》。

㊁「方卸」，《玉蟾先生詩餘》作「方罷」。

㊂「情」，《玉蟾先生詩餘》作「卻」。

乩仙

憶少年㊀

凄涼天氣，凄涼院落，凄涼時候。孤鴻叫斜月，伴寒燈殘漏。　落盡梧桐秋影瘦。菱鑑古、畫眉難就。重陽又近也，對黄花依舊。[一]

【眉評】

[一]「依舊」二字，倒用甚雋。

【校記】

㊀ 録自《詞綜》。

舒氏 王齊叟彦齡之妻。

○點絳脣[一]㊀

獨自臨池，悶來强把闌干凭。舊愁新恨。耗卻年時興。　鷺散魚潛，煙斂風初定。波心靜。照人如鏡。少箇年時影。《夷堅支志》云：「彦齡，元祐中樞密彦霖弟也，善爲詞曲，妻舒亦工篇翰。而婦翁本出武列，彦齡頗失禮於翁，翁怒，邀其女歸，竟至離絶。女在父家，偶獨行池上，懷其夫，乃作此詞。」

【眉評】

［一］兩「年時」字，一自寫，一寫趙，兩兩對照，不勝淒感。何物老傖，忍令佳偶離絶耶？

【校記】

㊀ 録自《詞綜》。

李清照 見《大雅集》。

鳳凰臺上憶吹簫㈠

香冷金猊，被翻紅浪，起來慵自㈡梳頭。任寶奩塵滿㈢，日上簾鉤。生怕離懷別苦㈣，多少事、欲説還休。新來㈤瘦，非干病酒，不是悲秋。[一]

休休。㈥這回去也，千萬遍陽關，也則㈦難留。念武陵人遠㈧，煙鎖秦樓。㈨惟有㈩樓前流水⑪，應念我、終日凝眸。凝眸處，從今又添⑫，一段⑬新愁。[二]

【眉評】

[一] 淒艶不減耆卿，而騷情雅意過之。

[二] 曲折盡致。

【校記】

㈠ 録自《詞綜》。《詞選》亦有。

②「慵自」，《樂府雅詞》作「人未」。

③「塵滿」，《樂府雅詞》作「閒掩」。

④「離懷別苦」，《樂府雅詞》作「閒愁暗恨」。

⑤「新來」，《樂府雅詞》作「今年」。

⑥「休休」，《樂府雅詞》作「明朝」。

⑦「也則」，《樂府雅詞》作「也即」。

⑧「人遠」，《樂府雅詞》作「春晚」。

⑨「煙鎖秦樓」，《樂府雅詞》作「雲鎖重樓」。

⑩「惟有」，《樂府雅詞》作「記取」。

⑪「流水」，《樂府雅詞》作「綠水」。

⑫「又添」，《樂府雅詞》作「更數」。

⑬「一段」，《樂府雅詞》作「幾段」。

、○壺中天慢①

蕭條庭院，又斜風細雨，重門須閉。寵柳嬌花寒食近，種種惱人天氣。險韻詩成，扶頭酒醒，別是閑滋味。征鴻過盡，萬千心事難寄。[一]　樓上幾日春寒，簾垂四面，玉闌干慵倚。被冷香消新夢覺，不許愁人不起。清露晨流，新桐初引，多少游春意。日高煙斂，更看今日晴未。黄叔暘云：「世稱易安『緑肥紅瘦』爲佳句，余謂『寵柳嬌花』語亦甚奇俊，前此未有能道之者。」

【眉評】

[一] 宛轉淒涼，情餘言外。

【校記】

㈠ 録自《詞綜》。《詞選》亦有。調名，《唐宋諸賢絶妙詞選》作「念奴嬌」，並有詞題「春情」。

一剪梅㈠

紅藕香殘玉簟秋。[一] 輕解羅裳，獨上蘭舟。雲中誰寄錦書來，雁字回時，月滿西㈡樓。　花自飄零水自流。一種相思，兩處閑愁。此情無計可消除，纔下眉頭，卻上心頭。[二]

【眉評】

[一] 起七字秀絶，真不食人間煙火者。

[二] 淒婉。

【校記】

㈠ 録自《詞綜》。

㈡「西」，《樂府雅詞》字下有注：「一本無『西』字。」

○醉花陰 九日㈠

薄霧濃雲㈡愁永晝。瑞腦銷金獸。佳節㈢又重陽，玉枕㈣紗廚，半夜涼初透。　東籬把酒黄昏後。有暗香盈袖。莫道不銷魂，簾卷西風，人似㈤黄花瘦。[一]

【眉評】

[一] 深情苦調，元人詞曲往往宗之。

【校記】

㈠ 録自《詞綜》。調題，《樂府雅詞》無。

㈡「濃雲」，《草堂詩餘》作「濃雰」。

㊂「佳節」，《唐宋諸賢絶妙詞選》作「時節」。
㊃「玉枕」，《草堂詩餘》作「寶枕」。
㊄「人似」，四印齋本《漱玉詞》作「人比」。

○○**如夢令**[一]㊀

昨夜雨疏風驟。濃睡不消殘酒。試問捲簾人，卻道海棠依舊。知否。知否。應是緑肥紅瘦。

【眉評】

[一] 一片傷心，纏綿淒咽，世徒賞其「緑肥紅瘦」一語，猶是皮相。

【校記】

㊀ 録自《清綺軒詞選》。

、○**漁家傲**㊀

天接雲濤連曉霧。星河欲轉千帆舞。髣髴夢魂歸帝所。聞天語。殷勤問我歸何處。我

報路長嗟日暮。學詩謾有驚人句。九萬里風鵬正舉。風休住。蓬舟吹取三山去。[一]

【眉評】

[一] 有出世之想，筆意矯變㊁，此亦無改適事一證也。

【校記】

㊀ 録自《樂府雅詞》。《唐宋諸賢絶妙詞選》有詞題「記夢」。

㊁ 眉評「矯變」，原稿作「嬌變」，據《白雨齋詞話》改。

浣溪沙㊀

小院閑窗春色深。重簾未捲影沈沈。倚樓無語理瑤琴。遠岫出山㊁催薄暮，細風吹雨弄輕陰。梨花欲謝恐難禁。[一]

【眉評】

[一] 中有怨情，意味自永。

【校記】

㈠録自《樂府雅詞》。

㈡「山」，曹元忠校《樂府雅詞》：「朱本作『雲』。」

又㈠

淡蕩春光寒食天。玉爐沈水裊殘煙。夢回山枕隱花鈿。　海燕未來人鬥草，江梅已過柳生綿。黃昏疏雨濕秋千。

【校記】

㈠録自《樂府雅詞》。

又㈠

樓上晴天碧四垂。樓前芳草接天涯。勸君㈡莫上最高梯。　新筍已成㈢堂下竹，落花都入㈣燕巢泥。忍聽林表杜鵑啼。〔一〕

【眉評】

[一] 淒涼怨慕，言爲心聲。

【校記】

㊀録自《詞綜》。亦見《片玉集》。

㊁「勸君」，四印齋本《漱玉詞》作「傷心」。

㊂「已成」，《草堂詩餘》作「看成」。

㊃「都入」，《草堂詩餘》作「都上」。

又㊀

髻子傷春懶㊁更梳。晚風庭院落梅初。淡雲來往月疏疏。[一]　玉鴨薰爐閑瑞腦，朱櫻斗帳掩流蘇。通犀還解辟寒無。[二]

【眉評】

[一] 清麗，出「朦朧淡月雲來去」之右。

[二] 結句沈著。

【校記】

㊀ 録自《詞綜》。

㊁ 「懶」，《草堂詩餘》作「慵」。

好事近㊀

風定落花深，簾外擁紅堆雪。長記海棠開後，正㊁傷春時節。[一] 酒闌歌罷玉尊空，青缸暗明滅。魂夢不堪幽怨，更一聲啼鴂。

【眉評】

[一]《樂府雅詞》㊂作「正是傷春時節」，「是」字衍，當刪。

【校記】

㊀ 録自《樂府雅詞》。

㈡「正」，《樂府雅詞》作「正是」。

㈢眉評「樂府雅詞」，原稿作「樂府雅調」，徑改。

魏夫人 丞相曾子宣之室。

點絳脣㈠

波上清風，畫船明月人歸後。漸消殘酒。獨自凭欄久。　聚散匆匆，此恨年年有。重回首。淡煙疎柳。隱隱蕪城漏。[一]

【眉評】

[一]情景兼到，頗有周、柳筆意。

【校記】

㈠録自《詞綜》。

好事近[一]

雨後曉寒[二]輕，花外曉鶯[三]啼歇。愁聽隔溪殘漏，正一聲淒咽。　不堪西望去程賒，離腸萬回結。不似海棠花下[四]，按涼州時節。[一]

【眉評】

[一]筆意超邁，朱晦庵謂宋代婦人能文者，惟魏夫人及李易安二人而已。

【校記】

㈠録自《詞綜》。

㈡「曉寒」，《樂府雅詞》作「晚寒」。

㈢「曉鶯」，《樂府雅詞》作「早鶯」。

㈣「花下」，《樂府雅詞》作「陰下」。

○**減字木蘭花**㊀

落花飛絮。杳杳天涯人甚處。欲寄相思。春盡衡陽雁漸稀。　離腸淚眼。腸斷淚痕流不斷。明月西樓。一曲欄干一倍愁。

【校記】

㊀ 録自《樂府雅詞》。

徐君寶妻

岳州人。被掠至杭，其主者數欲犯之，輒以計脱。主者强焉，告曰：「俟祭先夫，然後爲君婦。」主者許諾。乃焚香再拜，題詞壁上，遂投池中死。

○**滿庭芳**題壁[一]㊀

漢上繁華，江南人物，尚遺宣政風流。緑窗朱户，十里爛銀鉤。一旦刀兵齊舉，旌旗擁、百萬貔貅。長驅入，歌樓舞榭，風捲落花愁。　清平三百載，典章人物，掃地都休㊁。幸此身未北，猶客南州。破鑑徐郎何在，空惆悵、相見無由。從今後，斷魂千里，夜夜岳陽樓。

【眉評】

［一］上半言往日繁華銷歸一夢，深責在位諸臣不能匡復，釀成禍亂。下半言典章雖失，大義自在，今日有死而已。詞嚴義正，凜凜有生氣。

【校記】

㈠録自《詞綜》。《續詞選》亦有。

㈡「都休」，《東園客談》作「俱休」。

蜀中妓

市橋柳 送行㈠

欲寄意、渾無所有。折盡市橋官柳。看君著上春衫㈡，又相將、放船楚江口。後會不知何日又。是男兒、休要鎮長相守。苟富貴、無相忘，若相忘、有如此酒。［一］周公謹云：「詞亦可喜。」

【眉評】

［一］運筆輕雋，用成語有彈丸脱手之妙，宜爲草窗所賞。

【校記】

㈠ 録自《詞綜》。

㈡「春衫」，《齊東野語》作「征衫」。

吳城小龍女

江亭怨㈠

簾卷曲欄獨倚。山展㈡暮天無際。[一]淚眼不曾晴，[二]家在吳頭楚尾。　數點雪花亂委。撲漉沙鷗驚起。詩句欲成時，沒入蒼煙叢裏。[三]《冷齋夜話》云：「黄魯直登荆州亭，柱間有此詞，夜夢一女子云：『有感而作。』魯直驚悟曰：『此必吳城小龍女也。』」

【眉評】

[一] 次句雄秀。

[二]「不曾晴」三字新警。

[三] 結筆蒼茫無際。

【校記】

㈠ 録自《詞綜》。調名，《唐宋諸賢絶妙詞選》作「清平樂令」。

㈡「山展」，《苕溪漁隱叢話》引《冷齋夜話》作「江展」。

別調集卷三

金詞

耶律楚材

字晉卿，遼東丹王後。入元，累官中書省㊀，贈太師，封廣寧王，謚文正。有《湛然居士集》。

【校記】

㊀「中書省」，《元史》作「中書令」。

鷓鴣天　題七真洞㊀

橫翠嶂，架寒煙。野花平碧怨啼鵑。不知何限人間夢，併觸沈思到酒邊。花界傾頽事已遷。浩歌遥望意茫然。江山王氣空千劫，桃李春風又一年。〔二〕

【眉評】

［一］語亦雄秀，是宋元人七律之佳者。

【校記】

㊀録自《詞綜》。

蔡松年

字伯堅，從父靖除真定府判官，遂爲真定人。累官吏部尚書，參知政事，遷尚書左丞，封郜國公，進拜右丞相，加儀同三司，後又封衛國公，卒，加封吴國公，謚文簡。有《蕭閑公集》六卷。

○浣溪沙㊀

溪雨空濛灑面涼。暮春初見柳梢黄。緑陰空憶送春忙。　芍藥弄香紅撲暖，荼蘼趁雪翠綃長。夢爲蝴蝶亦還鄉。［一］

【眉評】

［一］凄麗。

【校記】

㊀録自《詞綜》。《明秀集》有詞題「春津道中，和子文韻」。

王特起 字正之，崞縣人。擢第，爲沁源令，後爲司監。

○**梅花引**㊀

山之麓。河之曲。一灣秀色盤虛谷。水溶溶。雨濛濛。有人行李蕭蕭落葉中。〔一〕　人家籬落炊煙濕。天外雲峰迷淡碧。野雲昏。失前村。溪橋路滑平沙沒舊痕。

【眉評】

〔一〕一幅暮秋旅行畫圖。

【校記】

㊀録自《詞綜》。《中州樂府》有二首，此其一，一本合二首作一首。

党懷英

字世傑，其先馮翊人，後居泰安，宋太尉進十一代孫。舉進士，官翰林學士承旨，卒，謚文獻。有《竹谿集》。

感皇恩㊀

一葉下梧桐，新涼風露。喜鵲橋成渺雲步。舊家機杼，巧織紫綃如霧。新愁還織就，無重數。　天上何年，人間朝暮。回首星津又空渡。盈盈別淚，散作半空疎雨。離魂都付與，秋將去。[一]

【眉評】

[一]精警特絶。

【校記】

㊀録自《詞綜》。

元好問 見《大雅集》。

○江神子 夢德新丈因及欽叔舊遊㊀

河山亭上酒如川。玉堂仙。重留連。猶恨春風、桃李負芳年。燕語㊁鶯啼花落處，歌扇後，舞衫前。　舊游風月夢相牽。路三千。去無緣。滅没飛鴻、一線入秋烟。[一]白髮故人今健否，西北望，一潸然。

【眉評】

[一]玉田稱遺山精於鍊句，當指此種。

【校記】

㊀録自《詞綜》。調名，《遺山樂府》作「江城子」。

㊁「燕語」，《遺山樂府》作「長記」。

邁陂塘

太和五年乙丑歲，試赴并州，道逢捕雁者云：「今日獲一雁，殺之矣，其脱網者悲鳴不能去，竟自投於地而死。」予因買得之，葬之汾水之上，累石爲識，號曰「雁邱」，並作《雁邱詞》。㊀

問世間㊁、情是何物，直教生死相許。天南地北雙飛客，老翅幾回寒暑。歡樂趣。離别苦。就中㊂更有癡兒女。[一]君應有語。渺萬里層雲，千山暮雪㊃，隻影向㊄誰去。横汾路。寂寞當年簫鼓。荒煙依舊平楚。招魂楚些何嗟及，山鬼暗啼㊅風雨。天也妒。未信與。鶯兒燕子俱黄土。[二]千秋萬古。爲留待騷人，狂歌痛飲，來訪雁邱處。

【眉評】

[一]大千世界，一情塲也。

[二]「悲風爲我從天來」。

【校記】

㊀録自《詞綜》。調名，《遺山樂府》作「摸魚兒」。詞序，《遺山樂府》作：「乙丑歲赴試并州，道逢

捕雁者云：『今旦獲一雁，殺之矣。其脱網者悲鳴不能去，竟自投於地而死。』予因買得之，葬之汾水之上，累石爲識，號曰『雁丘』。時同行者多爲賦詩，予亦有雁丘辭。舊所作無宮商，今改定之。」

㈡「問世間」，《遺山樂府》作「恨人間」。

㈢「就中」，《遺山樂府》作「是中」。

㈣「暮雪」，《遺山樂府》作「暮景」。

㈤「向」，《遺山樂府》作「爲」。

㈥「暗啼」，《遺山樂府》作「自啼」。

元詞

李治 字仁卿，欒城人。金進士，辟知鈞州事，城潰，微服北渡，流落忻、崞間，世祖聞其賢，召之，未仕，晚家封龍山下，至元初，再以學士召，就職朞月，以老病辭去。有《敬齋集》。

邁陂塘 和元遺山《雁邱》㈠

雁雙雙、正飛㈡汾水，回頭生死殊路。天長地久相思債，何似眼前俱去。[二]摧勁羽。倘萬

一、幽冥卻有重逢處。詩翁感遇。把江北江南，風嘹月唳，並付一邱土。[二] 仍爲汝。小草幽蘭麗句。聲聲字字酸楚。拍江秋影今何在，宰木欲迷隄樹。霜魂苦。算猶勝、王嬙青塚真娘㊂墓。[三] 憑誰説與。對鳥道長空，龍艘古渡，馬耳淚如雨。

【眉評】

[一] 起四語平率，「何似」句亦未能清醒。

[二] 深情苦調，筆力亦透過數層。

[三] 設色亦工。

【校記】

㊀ 録自《詞綜》。調名，《遺山樂府》附詞作「摸魚兒」。

㊁ 「正飛」，《詞綜》作「正分」。

㊂ 「真娘」，《遺山樂府》附詞作「貞娘」。

趙孟頫 見《大雅集》。

蝶戀花㊀

儂是江南游冶子。烏帽青鞋，行樂東風裏。落盡楊花春滿地。萋萋芳草愁千里。[一]　扶上蘭舟人欲醉。日暮青山，相映雙蛾翠。萬頃湖光歌扇底。一聲吹下㊁相思淚。

【眉評】

[一] 淒涼哀怨，情不自已。

【校記】

㊀ 録自《詞綜》。此詞與《閒情集》重出。

㊁「吹下」，《松雪齋文集》作「催下」。

虞美人 浙江舟中作㊀

潮生潮落何時了。斷送行人老。消沈萬古意無窮。盡在長空澹澹鳥飛中。[一]　海門幾點青山小。望極煙波渺。何當駕我以長風。便欲乘桴浮到日華東。

【眉評】

[一] 哀怨之情，溢於言表，責其人，亦悲其遇也。

【校記】

㊀ 録自《詞綜》。

○**浣溪沙** 李叔固丞相會間贈歌者貴貴㊀

滿捧金卮低唱詞。樽前再拜索新詩。老夫慚愧鬢成絲。　羅袖染將修竹翠，粉香須上㊁小梅枝。相逢不似少年時。[一]

【眉評】

[一] 一聲河滿。

【校記】

㊀ 録自《詞綜》。詞題「貴貴」，《松雪齋文集》作「岳貴貴」。

㊁「須上」，《松雪齋文集》作「吹上」。

劉因 字夢吉，容城人。至元中徵授承德郎、右贊善大夫，以母疾歸，尋以集賢學士、嘉議大夫徵，固辭，卒，贈翰林學士、資善大夫、護軍，追封容城郡公，謚文靖。有《靜脩集》，詞一卷。

木蘭花㊀

未開常探花開未。又恐纔開㊁風雨至。花開風雨不相妨，爲甚㊂不來花下醉。今年休作明年計。明日已非今日事。㊃春風欲勸坐中人，一片落紅當眼墜。[一]

【眉評】

[一] 即「人生行樂耳」意，而語更危悚。

【校記】

㊀ 録自《詞綜》。

（二）「纔開」，《樵庵樂府》作「開時」。

（三）「爲甚」，《樵庵樂府》作「説甚」。

（四）「今年休作明年計，明日已非今日事」，《樵庵樂府》作「百年枉作千年計，今日不知明日事」。

李琳（一）

號梅谿，長沙人。

【校記】

（一）李琳詞見《元草堂詩餘》，《詞綜》作元人，《全宋詞》作宋人。

木蘭花慢 汴京（一）

蘂珠仙馭遠，横羽葆、簇蜺旌。甚鸞月流輝，鳳雲布彩，翠繞蓬瀛。舞衣怯、環珮冷，問梨園、幾度沸歌聲。夢裏芝田八駿，禁中花漏三更。　繁華一瞬化飛塵。輦路劫灰平。悵碧滅煙銷，紅凋露粉，寂寞秋城。興亡事、空陳跡，只青山、淡淡夕陽晴（二）。未向（三）沙鷗説得，柳風吹上旗亭。[一]

【眉評】

［二］水逝雲卷，感慨無限。

【校記】

㊀録自《詞綜》。

㊁「晴」，《元草堂詩餘》作「明」。

㊂「未向」，《元草堂詩餘》作「懶向」。

曾允元㊀ 字舜卿，號鷗江，太和人。

【校記】

㊀曾允元詞見《元草堂詩餘》，《詞綜》作元人，《全宋詞》作宋人。

謁金門㊀

山銜日。淚灑西風獨立。一葉扁舟流水急。轉頭無處覓。［一］　去則而今已去，憶則如何不憶。明日到家應記得。寄書回雁翼。

【眉評】

［一］筆力自勝。

【校記】

㈠録自《詞綜》。《花草粹編》作曾揆詞。

點絳脣㈠

一夜東風。枕邊吹散愁多少。數聲啼鳥。夢轉紗窗曉。　來是春初，去是春將老。長亭道。一般芳草。只有歸時好。

【校記】

㈠録自《詞綜》。

虞集

字伯生，號邵庵，宋相允文五世孫，家崇仁。以薦授大都路儒學教授，累官翰林直學士兼國子祭酒，天歷中除奎章閣侍書學士，卒，贈江西行省㊀中書省參知政事，封仁壽郡公，謚文靖。有《道園集》。

蘇武慢和馮尊師[一]㊀

放棹滄浪，落霞殘照，聊倚岸迴山轉。乘雁雙鳧，斷蘆漂葦，身在畫圖秋晚。雨送灘聲，風摇燭影，深夜尚披吟卷。算離情、何必天涯，咫尺路遥人遠。　空自笑、洛下書生，襄陽耆舊，夢底幾時曾見。老矣浮邱，賦詩明月，千仞碧天長劍。雪霽瓊樓，春生瑶席，容我故山高宴。待雞鳴、日出羅浮，飛度海波清淺。

【校記】

㊀「行省」，《元史》作「行」。

【眉評】

[一]道園詞骨頗高，似出仲舉之右，惜規模未定，不能接武南宋諸家也。

【校記】

〔一〕録自《詞綜》。《鳴鶴餘音》此組凡十二首，有詞序：「全真馮尊師，本燕趙書生，游汴，遇異人，得仙學。所賦歌曲，高潔雄暢，最傳者《蘇武慢》二十篇。前十篇道遺世之樂，後十篇論修仙之事。曾稽費無隱獨善歌之，聞者有淩雲之思，無復流連光景者矣。余山居，每登高望遠，則與無隱歌而和之。無隱曰，公當爲我更作十篇。居兩年，得兩篇半，殊未快意也。昭陽協洽之年，嘉平之月，長兒之官羅浮。余與客清江趙伯友，臨川黄觀我、陳可立游。東叔吴文明、平陽李平幼子翁歸，泛舟送之。水涸，轉鄱陽湖，上豫章，遇風雪，十五六日不能達三百里。清夜秉燭，危坐高唱，二三夕間，得七篇半。每一篇成，無隱即歌之。馮尊師天外有聞，能乘風爲我一來聽耶？明春，舟中又得二篇，並《無俗念》一首。後三年，仙游山彭致中取而刻之，與瓢翁高明共一笑之樂也。道園道人虞集伯生序。」此録其五、其七。

又〔一〕

憶昔東坡〔二〕，夜游赤壁，孤鶴掠舟西過。英雄消盡，身世茫然，月小水寒星大。何似漁翁，不知今古，醉傍蓼花燃火。夢相逢、羽服翩翻，未必此時非我。[一]

誰解道、歲晚江空，風帆

目力，橫槊賦詩江左。清露衣裳，晚風洲渚，多少短歌長些。玉宇高寒，故人何處，渺渺予懷無那。歎乘桴、浮海飄然，從我㊂未知誰可。[二]

【眉評】

[一] 幻想。

[二] 道園老子胸襟，此詞約畧可見。

【校記】

㊀ 録自《詞綜》。

㊁「東坡」，《鳴鶴餘音》作「坡公」。

㊂「從我」，《鳴鶴餘音》作「從者」。

風入松 寄柯敬仲㊀

畫堂紅袖倚清酣。華髮不勝簪。幾回晚直金鑾殿，東風軟、花裏停驂。書詔許傳宮燭，輕羅初試㊁朝衫。

御溝冰泮水挼藍。飛燕語㊂呢喃。重重簾幕寒猶在，憑誰寄、銀字泥

械。報道先生歸也，杏花春雨江南。[二]

【眉評】

[一] 天然神韻。

【校記】

㊀ 録自《詞綜》。詞題，《道園樂府》無。

㊁ 「初試」，《道園樂府》作「初翦」。

㊂ 「語」，《道園樂府》作「又」。

彭元遜㊀

字巽吾，廬陵人。

【校記】

㊀ 彭元遜詞見《元草堂詩餘》，《詞綜》作元人，《全宋詞》作宋人。

解珮環 尋梅不見㊀

江空不渡。恨蘼蕪杜若，零落無數。遠道荒寒，婉娩流年，望望美人遲暮。風煙雨雪陰晴晚，更何須、春風千樹。盡孤城、落木蕭蕭，日夜江聲流去。日宴㊁山深聞笛，恐他年流落，與子同賦。事闊心違，交淡媒勞，蔓草沾衣多露。〔一〕汀洲窈窕餘醒寐，遺珮環㊂、浮沈澧浦。有白鷗、淡月微波，寄語逍遥容與。

【眉評】

〔一〕憂深思遠。

【校記】

㊀録自《詞綜》。詞題，《詞綜》無。

㊁「日宴」，《元草堂詩餘》作「日晏」。

㊂「遺珮環」，《元草堂詩餘》、《詞綜》作「遺珮」，「環」字原稿後添入。

張翥

見《大雅集》。

多麗 西湖汎舟夕歸，施成大席上以「晚山青」爲起句，各賦一詞。㈠

晚山青。一川雲樹冥冥。正參差、煙凝紫翠，斜陽畫出南屏。館娃歸、吴臺游鹿，銅仙去、漢苑飛螢。懷古情多，憑高望極，且將尊酒慰飄零。自湖上、愛梅仙遠，鶴夢幾時醒。空留得㈡、六橋疏柳，孤嶼危亭。待蘇堤、歌聲㈢散盡，更須攜妓西泠。藕花深、雨涼翡翠，菰蒲軟、風弄蜻蜓。澄碧生秋，鬧紅駐景，採菱新唱最堪聽。一片㈣水天無際，漁火兩三星。多情月、爲人留照，未過前汀。[一]

【眉評】

[一] 景中帶情，不失宋賢矩矱㈤。

【校記】

㈠ 録自《詞綜》。

㊁「留得」，《蛻巖詞》作「留在」。

㊂「歌聲」，《全元詞》據金侃抄本《蛻巖詞》作「歌姬」。

㊃「一片」，《蛻巖詞》作「□一片」，《詞律》作「見一片」。

㊄「矩矱」，原稿誤作「矩檴」，徑改。

摘紅英㊀

青無鶯聲寂。鳩聲急。柳煙一片梨雲濕。驚人困。教人恨。待到平明，海棠應盡。

力。紅無跡。殘香賸粉那禁得。天難準。晴難穩。晚風又起，倚欄争忍。[一]

【眉評】

[一] 押韻陡險。

【校記】

㊀ 録自《詞綜》。《蛻巖詞》有詞題「春雨惜花」。

洪希文　字汝執㊀，莆田人。有《續軒渠集》，詞一卷。

【校記】

㊀「汝執」，《元史類編》作「汝質」。

浣溪沙㊀

丈室蕭條似病禪。㊁打窗風雨罷吟箋㊂。歸心一點落燈前。　猶有十三樓上酒，可無三百杖頭錢。一年心老一年年。[一]

【眉評】

[一] 灑脱有致。

【校記】

㊀録自《詞綜》。

㊁「丈室蕭條似病禪」，《續軒渠集》作「入室天然惱病禪」。

㊂「罷吟箋」，《續軒渠集》作「悶吟仙」。

倪瓚 見《大雅集》。

○**凭欄人** 贈吴國良㊀

客有吴郎吹洞簫。明月沈江春霧曉。湘靈不可招。水雲中環珮摇。[一]

【眉評】

[一] 寥寥數語，妙有遠神。

【校記】

㊀ 録自《詞綜》。此實曲調。

顧德輝 一名阿瑛，字仲瑛，崑山人。舉茂才，署會稽教諭，力辭不就，後以子恩封武略將軍，錢塘縣男，晚稱金粟道人。有《玉山草堂集》。

○**青玉案**㊀

春寒惻惻春陰薄。整半月、春蕭索。晴日㊁朝來升屋角。樹頭幽鳥，對調新語，語罷雙飛卻。[一]　紅入花腮青入萼。盡不爽、花期[三]約。可恨狂風空自[四]惡。曉來一陣，晚來一陣，難道都吹落。

【眉評】

[一] 有勁直之氣，可藥元末纖弱一派。

【校記】

㊀ 録自《詞綜》。《玉山璞稿》有詞題「彦成以他故去，作此懷之」。

㊁「晴日」，《玉山璞稿》作「旭日」。

㊂「花期」，《玉山璞稿》作「花神」。

㊃「空自」，《玉山璞稿》作「空作」。

邵亨貞　見《閑情集》。

凭闌人　題曹雲西贈伎小畫[一]

誰寫江南一段秋。妝點錢塘蘇小樓。樓中多少愁。楚山無盡頭[二]。[一]

【眉評】

［一］題畫如此，可謂簡要。

【校記】

㈠録自《詞綜》。此實曲調。

㈡「盡頭」，《蟻術詞選》作「斷頭」。

王行㈠ 字止仲，長洲人。有《半軒集》，詞一卷。

【校記】

㈠王行，《詞綜》作元人，《全明詞》作明人。

虞美人 顧氏隱居㈠

黄花翠竹臨溪處。正是幽人住。不嫌拄杖破蒼苔。便道有時陰雨㈡也須來。［一］　隔簾塵土紛紛起。久厭襄陽市。若能招我作西鄰。從此一溪春水㈢兩家分。［二］

【眉評】

[一] 真有山林之癖。

[二] 清高絶俗。

【校記】

㊀ 録自《詞綜》。調名,《半軒集》作「一江春水」。

㊁ 「陰雨」,《半軒集》作「烟雨」。

㊂ 「春水」,《半軒集》作「流水」。

王容溪

○如夢令[一]㊀

林下㊁一溪春水。林上㊂數峰嵐翠。中有隱居人,茅屋數間而已。無事。無事。石上坐看雲起。

【眉評】

［一］銜口而出，漸近自然。

【校記】

㈠録自《詞綜》。

㈡「林下」，《趙氏鐵網珊瑚》作「林上」。

㈢「林上」，《趙氏鐵網珊瑚》作「林下」。

馬致遠 號東籬。

○**天净沙**［一］㈠　**見《老學叢談》**

枯藤老樹昏鴉。小橋流水平沙㈡。古道淒風㈢瘦馬。夕陽西下。斷腸人在天涯。

【眉評】

［一］疊寫景物，末句寄情。

【校記】

㊀三首録自《詞綜》。此實曲調。《庶齋老學叢談》有序：「北方士友傳沙漠小詞三闋，頗能狀其景。」《堯山堂外紀》以此首爲馬致遠作，有題「秋思」，下二首俱屬無名氏。

㊁「平沙」，《梨園樂府》作「人家」。

㊂「淒風」，《梨園樂府》作「西風」。

○又

平沙細草斑斑。曲溪流水潺潺。塞上清秋早寒。一聲新雁。黃雲紅葉青山。

○又[一]

西風塞上胡笳。月明馬上琵琶。那抵昭君怨多。李陵臺下。淡煙衰草黃沙。

【眉評】

[一] 意境蕭颯。

滕賓 字玉霄，睢陽人。官江西儒學提舉，後棄家入天台爲道士。

洞仙歌 送張宗師捧香[一]㊀

醉騎黃鵠，飛下紅雲島。鐵篴吹寒洞天曉。被人間識破，惹起虛名，驚宇宙，一笑天高月小。仙槎人去後，殿上班頭，除卻洪崖總年少。看天香袖裏，散作東風，吹不斷、海北天南都到。試容我、從容㊁五陵間，便吹落㊂一作「入」蒼寒，一蓑煙釣。

【眉評】

[一] 詞意超邁，筆力蒼勁，元人中最錚錚者。

【校記】

㊀ 録自《御選歷代詩餘》。

㊁「從容」，《元草堂詩餘》、《御選歷代詩餘》作「從遊」。

㊂「吹落」，《元草堂詩餘》、《御選歷代詩餘》作「吹入」。

歸朝歡㈠

畫角西風轟萬鼓。猶憶元戎談笑處。鐵衣露重劍光寒，海波飛立魚龍舞。[一]匆匆留不住。萬里玉關如掌路。空悵望，夕陽暮靄，人立渡傍㈡渡。木落山空人掩户。得似舊時春色否。雁聲呼徹㈢楚天低，玉驄嘶入煙雲去。無人憑説與。梅花淚老愁如雨。猶記得，顛崖如此，細向席前語。

【眉評】

[一] 調高響逸。

【校記】

㈠ 録自《御選歷代詩餘》。

㈡ 「渡傍」，《元草堂詩餘》、《御選歷代詩餘》作「灣傍」。

㈢ 「呼徹」，《元草堂詩餘》作「叫徹」。

、○鵲橋仙㊀

斜陽一抹，青山數點。萬里澄江如練。東風吹落櫓聲遙㊁，又喚起、寒雲一片㊂。[一]　殘鴉古渡，荒雞㊃村店。漸覺樓頭人遠。桃花流水小橋東，是那箇、柴門半掩。

【眉評】

[一] 警鍊。

【校記】

㊀ 録自《詞綜》。又據《元草堂詩餘》校改。

㊁ 「遥」，《元草堂詩餘》作「寒」。

㊂ 「一片」，同《元草堂詩餘》，《詞綜》作「片片」。

㊃ 「荒雞」，同《元草堂詩餘》，《詞綜》作「瘦驢」。

明詞

劉基 見《大雅集》。

○如夢令 題畫[一]㈠

草際斜陽紅委。林表晴嵐緑靡。何許一㈡漁舟，摇動半江秋水。風起。風起。櫂入白蘋花裏。

【眉評】

[一]題畫妙以假爲真，淺淺數語，固自入神。

【校記】

㈠録自《寫情集》。《明詞綜》亦有。詞題，《明詞綜》無。字下注，同《明詞綜》。

㈡「一」，《明詞綜》作「小」。

○○千秋歲㈠

淡煙平楚。又送王孫去。花有淚，鶯無語。芭蕉心一寸，楊柳絲千縷。今夜雨，定應化作相思樹。[一]　憶昔歡遊處。觸目成前古。良會知何許。百杯桑落酒，三疊陽關句。情未了，月明潮上迷津渚。

【眉評】

[一] 淒婉芊麗。

【校記】

㊀ 録自《明詞綜》。《寫情集》有詞題「送別」。

劉昺 字彦章，鄱陽人。安慶左丞，余闕待以國士。後歸明太祖，授中書博士廳諮議典籤。有《春雨軒詞》一卷。

憶秦娥㊀

溪頭柳。青青折贈行人手。行人手。最傷心處，西風重九。[一]　陽關一曲長亭酒。停鞭欲去仍回首。仍回首。少年離別，老來依舊。

【眉評】

[一] 清爽。

【校記】

㊀ 録自《明詞綜》。《鄱陽詞》有詞題「送别」。

史鑑 字明古，吴江人。有《西村集》八卷，詞附。

、○臨江仙 贈余浩㊀

秋水芙蓉江上飲，憐渠無限風流。紅牙低按小梁州。澹雲拖急雨，依約見江樓。[一] 最是采蓮人似玉，相逢並著蓮舟。唱歌歸去水悠悠。清砧孤館夜，明月太湖秋。[二]

【眉評】

[一] 詩情畫景。

[二] 筆力清勁，不減青田。

【校記】

㊀録自《明詞綜》。

邊貢 字廷實，歷城人。弘治㊀九年進士，歷官南京户部尚書。有《華泉集》八卷。

【校記】

㊀「弘治」，原稿作「宏治」，諱字徑改。

蝶戀花 留别吴白樓㊀

亭外潮生㊁人欲去。爲怕秋聲㊂，不近芭蕉樹。芳草碧雲凝望處。何時重話巴山雨。㊃[一] 三板輕船頻喚渡。秋水疏楊，欲折絲千縷。白雁横天江館暮。㊄醉中愁見吴山路。

【眉評】

[一]用筆和雅，自是詩人之詞。

【校記】

㈠錄自《明詞綜》。詞題，《華泉詞》作「次韻送別吴白樓」。

㈡「亭外潮生」，《華泉詞》作「亭上雨來」。

㈢「秋聲」，《華泉詞》作「離聲」。

㈣「何時重話巴山雨」，《華泉詞》作「願生雙翼誰能許」。

㈤「三板」四句，《華泉詞》作「萬疊衷情那可賦。風柳如煙，蕩漾絲千縷。白雁嗷嗷江館暮」。

文徵明

初名璧，以字行，更字徵仲，長洲人。以歲貢入京，授待詔。有《莆田集》。

滿江紅㈠

漠漠輕陰，正梅子、弄黄時節。最惱是、欲晴還雨，乍寒又熱。燕子梨花都過也，小樓無那傷春別。傍闌干、欲語更沈吟，終難説。[二]一點點，楊花雪。一片片，榆錢莢。漸西垣日隱，晚涼清絶。池面盈盈清淺水，柳梢淡淡黄昏月。是何人、吹徹玉參差，情悽切。

【眉評】

［一］芊綿宛約，得北宋遺意。

【校記】

㈠録自《明詞綜》。

王好問 字裕卿，樂亭人。嘉靖二十九年進士，歷官南京户部尚書。有《春照齋集》十一卷，詞附。

【校記】好問，號西塘。眉評及之。

賀聖朝 寄遠［一］㈠

嫋嫋西風斂暝煙。日銜山。陰陰楊柳暗長川。水如天。　一别玉京成遠夢。幾經年。錦書千里爲誰傳。思依然。

【眉評】

［一］情景兼至，趙符庚謂西塘詞如秋水芙蓉、寒江映月，此篇庶乎近之。○結三字婉約。

【校記】

㈠ 録自《明詞綜》。

葛一龍

字震父，吴縣人。官雲南布政司理問。

○憶王孫㈠

春風㈡吹後滿天涯。繫馬高樓春日斜。歸夢悠揚㈢隔柳花。不如他。［一］一路青青直到家。

【眉評】

［一］「不如他」三字，妙妙，宋人詠草名作多矣，此詞獨有别致。

【校記】

㈠ 録自《明詞綜》。《艷雪篇》有詞題「草」。

㊁「春風」，《艷雪篇》作「東風」。

㊂「悠揚」，《艷雪篇》作「離披」。

陳子龍　見《大雅集》。

浣溪沙[一]㊀

半枕輕寒淚暗流。愁時如夢夢時愁。角聲初到小紅樓。　風動殘燈摇繡幕，花籠微月澹簾鉤。廿年㊁舊恨上心頭。

【眉評】

[一] 淒婉是詞場本色。

【校記】

㊀録自《明詞綜》。《陳忠裕公全集》有詞題「五更」。

㊁「廿年」，《陳忠裕公全集》作「陡然」。

天仙子㈠

古道棠梨寒惻惻。子規滿路東風濕。留連好景爲誰愁，歸潮急。暮雲碧。和雨和晴人不識。　北望音書迷故國。一江春雨㈡無消息。强將此恨問花枝，嫣紅積。鶯如織。儂淚㈢未彈花淚滴。[一]

【眉評】

[一]感時之作，筆意淒警。

【校記】

㈠録自《明詞綜》。《陳忠裕公全集》有詞題「春恨」。

㈡「春雨」，《陳忠裕公全集》作「春水」。

㈢「儂淚」，《陳忠裕公全集》作「我淚」。

千秋歲㊀

章臺西弄。纖手曾攜送。花影下，相珍重。玉鞭紅錦袖，寶馬青絲鞚。人去後，簫聲永斷秦樓鳳。[一]　菡萏雙燈捧。翡翠香雲擁。金縷枕，今誰共。醉中過白日，望裏悲青塚。休恨也，黃鶯啼破前春夢。

【眉評】

[一] 亦淒艷，亦蒼莽，自是作手。

【校記】

㊀ 録自《明詞綜》。《陳忠裕公全集》有詞題「有恨」。

金俊明　字孝章，吴縣人。諸生。

生查子　北平驛秋夜㊀

逼暝轉深林，瑟瑟松濤沸。日落旅魂驚，嘶馬停還未。　燈縈獨夜情，劍吼清秋氣。涼月照無眠，應見征人淚。

【校記】

㈠ 録自《明詞綜》。

計南陽 字子山，江南華亭人。

花非花[一]㈠

同心花，合歡樹。四更風，五更雨。畫眉山上鷓鴣啼，畫眉山下郎行去。王阮亭云：「可作古樂府讀。」

【眉評】

[一] 音調古雅，雖非詞中正聲，在明代自是矯矯之作。

【校記】

㈠ 録自《明詞綜》。

李明嶽 字青來，嘉興人。

○**阿那曲** 舟中待友㊀

幾回閒夜停機杼。支枕蓬窗風許許。吹盡蘋香不見人，繞塘寒月鵁鶄語。[一]

【眉評】

[一] 語帶鬼氣。

【校記】

㊀ 録自《明詞綜》。

張大烈 字言沖，錢塘人。有《詩餘類函》。

、、○**少年遊** 秋思㊀

蕭瑟秋風古渡橋。江風壯晚潮。夕陽衰柳，何堪輕折，瘦損小蠻腰。[一]

碧雲澹遠澄波

静，慘怨散林皋。山海情深，石尤風急，留住遠征橈。

【眉評】

［一］筆力雄健，詞意酸楚。

【校記】

㈠録自《明詞綜》。

商景蘭 字媚生，會稽人，祁彪佳室。

擣練子㈠

長相思，久離别。爲誰憔悴憑誰説。卷簾貪看月明多，斜風恰打銀釭滅。［一］

【眉評】

［一］情詞淒怨，有樂府遺意。

【校記】

㈠録自《明詞綜》。《錦囊詩餘》有詞題「夜坐」。

葉小鸞 見《大雅集》。

南歌子㈠

門掩瑶琴静，窗消畫卷閒。卷庭㈡香霧遶闌干。一帶淡煙紅樹隔樓看。雲散青天瘦，[一]風來翠袖寒。嫦娥眉又小檀彎。照得滿階花影只難攀。

【眉評】

[一]「雲散」五字新警。

【校記】

㈠録自《明詞綜》。調名，《返生香》作「南柯子」，有詞題「秋夜」。

㈡「卷庭」，《返生香》、《明詞綜》作「半庭」。

徐元端 字延香，江都人，范某室。有《繡閑集》。

○南鄉子㊀

獨坐數歸期㊁。花影重重日影㊂低。無計徘徊思好句，遲遲。㊃除卻春愁沒箇題。[一] 閑倚畫樓西。芳草青青失舊隄。猶記當時人去遠㊄，依依。紅杏花邊罣酒旗㊅。

【眉評】

[一]悽婉得易安筆意。

【校記】

㊀録自《明詞綜》。卷三、卷六重出。《繡閒詞》有詞題「春情」，《明詞綜》、《國朝詞綜》無。

㊁「歸期」，《國朝詞綜》、《詞則·別調集》卷六作「歡期」。

㊂「日影」，《國朝詞綜》、《詞則·別調集》卷六作「月影」。

㊃「遲遲」，《繡閒詞》、《國朝詞綜》、《詞則·別調集》卷六作「支頤」。

㊄「去遠」，《繡閒詞》、《明詞綜》、《國朝詞綜》、《詞則·別調集》卷六作「去處」。

㈥「罩」，《繡閒詞》作「卓」，《明詞綜》作「一」，《國朝詞綜》、《詞則·別調集》卷六作「颾」。

陳氏 江南華亭人。有《梅龕吟》。

謁金門㈠

春欲暮。簾外落紅無數。斜倚曲欄渾不語。笑看雙燕舞。　惆悵夜來風雨。吹散滿城花絮。一段夕陽留不住。馬嘶芳草去。

【校記】

㈠録自《明詞綜》。

呼舉 字文如，江夏妓。

玉樓春 夜坐㈠

一燈㈡半滅愁無數。河畔㈢清蟾涼印户。閒庭細草亂蛩㈣鳴，似共離人分泣露㈤。〔一〕　玉

樓遙隔㊅湘江浦。黯黯㊆離魂尋得去。秋鐘夜半遠隨風，㊇短夢㊈驚回忘去路。[二]

【眉評】

[一] 淒警，勝讀《秋聲賦》結三語。

[二] 有仙氣，亦有鬼氣。

【校記】

㊀ 録自《明詞綜》。調名，《名媛詩緯》作《木蘭花令》。

㊁「一燈」，《名媛詩緯》作「孤燈」。

㊂「河畔」，《名媛詩緯》作「河外」。

㊃「蛩鳴」，《名媛詩緯》作「蟲吟」。

㊄「泣露」，《名媛詩緯》作「泣語」。

㊅「遥隔」，《名媛詩緯》作「杳隔」。

㊆「黯黯」，《名媛詩緯》作「黝黝」。

㊇「秋鐘」句，《名媛詩緯》作「夜半沉鐘落遠聲」。

㊈「短夢」，《名媛詩緯》作「短枕」。

王微 字修微，揚州妓，自號草衣道人。

憶秦娥㊀

多情月。偷雲出照無情别。[一]無情别。清輝無奈，㊁暫圓常缺。傷心好對西湖説。湖光如夢湖流咽。湖流咽。離愁燈畔，㊂乍明還滅。㊃施子野云：「此詞不減李易安。」

【眉評】

[一]起十字警絶，餘亦妥貼。

【校記】

㊀録自《明詞綜》。《女子絶妙好詞選》有詞題「湖上有感」。

㊁「清輝無奈」，《女子絶妙好詞選》作「只似清輝」。

㊂「離愁燈畔」，《女子絶妙好詞選》作「又似離愁」。

㊃「乍明還滅」，《女子絶妙好詞選》作「半明不滅」。

鎖懋堅 西域人。

○菩薩蠻 送春㊀

曉鐘纔到春偏度。一番日永傷遲暮。誰送斷腸聲。黄鸝知客情。　山光青黛濕。仍帶傷春泣。緑酒瀉杯心。卷簾空抱琴。[一]

【眉評】

[一] 別樣淒艷。

【校記】

㊀ 録自《明詞綜》。

玄妙洞天少女

《詞統》：玄㊀之《夢游仙》詞序云：「夏夜倦寢，神游異境，榜曰『玄妙洞天』。見少女獨立，朗然歌〔謁金門〕云云。歌竟，命侍兒傳語曰：『與君有緣，今時尚未至，請辭。』遂翻然而醒。」

【校記】

㊀ 三「玄」字，原稿俱作「元」，諱字徑改。

謁金門 閨情㊀

真堪惜。錦帳夜長虛擲。挑罷㊁銀燈情脈脈。繡花無氣力。　女伴聲停刀尺。蟋蟀爭吟㊂四壁。自起捲簾窺夜色。天青星欲滴。[一]

【眉評】

[一] 真乃洞天中人語。

【校記】

㊀ 録自《明詞綜》。

㈡「挑罷」，《林下詞選》作「挑盡」。
㈢「争吟」，《林下詞選》作「争啼」。

王秋英

女鬼。◯《詞苑叢談》：「福清諸生韓夢雲，嘉靖甲子過石湖山，遇一女子，自稱楚人王秋英，從父德育宦閩，遇寇石湖山，投崖而死。」

瀟湘逢故人慢㈠

春光將暮。見嫩柳拖煙，嬌花染霧㈡。頃刻間風雨。把堂上深恩，閨中遺事，鑽火留餳，都付卻、落花飛絮。又何心、挈榼㈢提壺，鬭草踏青盈路。子規啼，蝴蝶舞。遍南北山頭，紙錢緑醑。奠一邱黄土。歎海角飄零，湘陰淒楚。無主泉扃，也能得、有情雞黍。晝角聲、吹落梅花，又帶離愁歸去。[一]

【眉評】

[一]悽怨，幾令不能卒讀。

【校記】

㊀録自《明詞綜》。《林下詞選》有詞題「上巳答韓夢雲」。

㊁「染霧」，《林下詞選》作「帶霧」，《詞苑叢談》作「帶露」。

㊂「挈榼」，《林下詞選》作「挈罍」。

國朝詞

龔鼎孳

字孝昇，號芝麓，合肥人。崇禎七年進士。國朝官至刑部尚書，謚端毅。有《三十二芙蓉詞》一卷。

青玉案　虎邱㊀

金閶個是迷香路。又月底、移船去。風定石坪笙管度。吴王虹劍，貞娘珠粉，兒女英雄處。〔一〕　草痕短簿荒祠暮。入望寒山夜鐘句。自負多情天應許。要離年茔㊁，館娃人去，一陣催花雨。

【眉評】

［一］直抒本事，不著議論，筆意自高。

【校記】

㈠録自《清綺軒詞選》。詞題，《定山堂詩餘》作「虎邱踏月，用賀方回暮春韻」。

㈡「年崖」，《定山堂詩餘》作「事往」。

宋琬 見《大雅集》。

浣溪沙㈠

乍暖猶寒二月天。玉樓長傍㈡博山眠。沈香火冷少人添。　殘雪纔消春鳥哢，畫闌干外草芊綿。幾時青得到郎邊。［一］

【眉評】

［一］芊雅得賀老之神。

【校記】

㊀録自《國朝詞綜》。《二鄉亭詞》有詞題「芳草」。

㊁「長傍」，《二鄉亭詞》作「長抱」。

宋徵輿 字轅文，江南華亭人。順治四年進士，官至副都御史。有《海闇香詞》一卷。

憶秦娥 楊花㊀

黄金陌。茫茫十里春雲白。春雲白。迷離滿眼，江南江北。　來時無奈珠簾隔。去時著盡東風力。東風力。留他如夢，送他如客。[一]

【眉評】

[一] 語輕圓而意沈著。

【校記】

㊀録自《清綺軒詞選》。

毛萬齡

字大千，蕭山人。順治七年拔貢生，官仁和縣教諭。有《綵衣堂集》。

○瀟湘神[一]㊀

叢嶂迷。㊁黄陵朝暮鷓鴣啼。神女不知何處去，行雲渺渺數峰西。

【眉評】

[一]有古致。

【校記】

㊀録自《國朝詞綜》。

㊁「叢嶂迷」，《東白堂詞選》作「叢嶂迷。叢嶂迷」，《西陵詞選》作「叢嶂迷。青草淒」。

王士禛

見《大雅集》。

○望江南㊀

江南好，春暮雨廉纖。魚子天晴初出水，鼠姑風細不鉤簾。底事惱江淹。㊁

【校記】

㈠此下二首録自《國朝詞綜》。《衍波詞》有詞題「秦郵有贈」，凡五首，此録其二、其四。
㈡《倚聲初集》詞末註：「鼠姑，牡丹也。」

○又[一]

江南好，畫舫聽吴歌。萬樹垂楊青似黛，一灣春水碧於羅。懊惱是横波。

【眉評】

[一] 小令以宛約閑雅爲貴，漁洋近之。

○減字木蘭花 楊花和龠洲韻㈠

紗窗夢起。極目玉關人萬里。斜綰千條。自古銷魂是灞橋。　春陰不盡。除卻殘鶯誰借問。陌上樓前。消得香閨幾日憐。[一]

【眉評】

[一] 淒婉特絶，餘味不盡。

【校記】

㊀ 録自《國朝詞綜》。詞題，《衍波詞》作「楊花步弇洲韻」。

偷聲木蘭花 春情，寄白下故人。㊀

緑楊陰裏秋千索。乳燕學飛池上閣。水漲銀塘。落絮浮萍又夕陽。方山亭下江南路。畫槳凌波從此去。十四樓空。萬葉千花淚眼中。[一]

【眉評】

[一] 淒麗而古雅，情文兼至。

【校記】

㊀ 録自《衍波詞》。

鳳凰臺上憶吹簫和漱玉詞㈠

鏡影圓冰，釵痕卻月，日光又上樓頭。正羅幃夢覺，紅褪緗鉤。睡眼初瞤未起，夢裏事、尋憶難休。人不見，便須含淚，强對殘秋。悠悠。斷鴻南去，便瀟湘千里，好爲儂留。又斜陽聲遠，過盡西樓。顛倒相思難寫，空望斷、南浦雙眸。傷心處，青山紅樹，萬點新愁。[二]

【眉評】

[二] 思深意苦，幾欲駕易安上之。

【校記】

㈠ 録自《衍波詞》。

鄒祗謨 字訏士，武進人。順治十五年進士。有《麗農詞》二卷。

浣溪沙㈠

何事連宵唱懊儂。雙垂斗帳繡芙蓉。淒清曉起怨征鴻。水驛篷窗山驛店，夜程霜月曉程風。[二]丁寧有限意無窮。

【眉評】

[二]「水驛」二句,括得無限旅情旅景。

【校記】

㊀録自《清綺軒詞選》。《今詞苑》、《清綺軒詞選》有詞題「别緒」。

曹貞吉 見《大雅集》。

賣花聲 秋夜㊀

風緊紙窗鳴。秋氣淒清。淡雲籠月未分明。雨點疎如殘夜漏,滴到三更。[一]　孤枕夢難成。怕聽聲聲。㊁一天黄葉雁縱横。搔首自憐霜滿鬢,又喚愁生。㊂

【眉評】

[一]造語清朗,不減宋人。

【校記】

㊀録自《國朝詞綜》。

㊁「孤枕」二句，《珂雪詞》作「無計破愁城，夢斷魂驚」。

㊂「搔首」二句，《珂雪詞》作「不待成霜霜滿鬢，短髮星星」。

掃花游春雪用宋人韻㊀

元宵過也，看春色蘼蕪，澹煙平楚。濕雲萬縷。又輕陰作暈，綿飄絮舞。㊁一夜梅花，暗落西窗似雨。飄摇去。試問逐風，歸到何處。[一]　燈事纔幾許。記流水鈿車，畫橋争路。蘭房列俎。歎蕣華易擲，鬌絲堆素。擁斷關山，知有離人獨苦。漫凝佇㊂。聽寒城、數聲譙鼓。

【眉評】

[一]綿麗幽細，斟酌於美成、梅溪、碧山、公謹而出之者。

【校記】

㊀録自《國朝詞綜》。眉評已注：「此篇已録入《大雅集》。」《大雅集》無評語。

㊁「綿飄絮舞」，《珂雪詞》作「蜂兒亂舞」。

㊂「凝竚」，《珂雪詞》作「凭竚」。

吴綺

見《閑情集》。

明月棹孤舟 江上㊀

黄葉幾枝横灑舍。擺西風、酒旗低亞。醉不成歡，心難與問，誰是蘆中人也。萬里江聲潮欲瀉。似當年、雷轟萬馬。兩眼秋雲，一身斜日，長嘯佛狸祠下。

【校記】

㊀録自《藝香詞》。

滿江紅 金山㊀

一點青青，是媧后、補殘餘石。向此處、洪流獨砥，嵬然千尺。縱步欲凌鷹隼背，蟠根直下蛟龍宅。[二]問當年、留帶舊風流，空陳跡。山兩岸，分南北。水一派，流今昔。把天風海月，儘教收拾。孤磬聲搖殘照紫，亂帆影挂秋雲碧。上危樓、極目送歸鴻，吹橫笛。

【眉評】

［一］設色雄麗。

【校記】

㊀録自《藝香詞》。

又 醉吟㊀

海上閒雲，緣底事、誤來京洛。向金門索米，玉階持槖。髀肉晚銷燕市馬，鄉心秋冷揚州鶴。［一］問英雄、廣武近何如，渾閒卻。雞一肋，蝸雙角。空競逐，終消索。儘浮沈詩酒，任天安著。海上文章蘇玉局，人間遊戲東方朔。看兒曹、得意不尋常，非吾樂。

【眉評】

［一］精警似此，頗不讓迦陵也。〇「向」字上，余擬加「鎮日」二字，較警，不必效九十一字體。

【校記】

㊀ 録自《藝香詞》。

顧貞觀　見《放歌集》。

百字令㊀

冷清清地，便懽場、也只㊁不情不緒。況是髩絲禪榻畔，禁得㊂幾番秋雨。蘭炧㊃微沈，桃笙半疊，瘦盡㊄爐煙縷。春深醉淺，㊅此愁何減羈旅。　不過絮斷柔腸，亂蛩多事，切切空階語。㊆二十五聲清漏永，渾是碎人心處。㊇[一]翠濕雲鬟，涼侵雪腕，莫更催機杼。知他睡否，慢憐別夢無據。㊈

【眉評】

[一] 淒涼哀怨，華峰本色。

【校記】

㊀ 録自《國朝詞綜》。調名，《彈指詞》作「念奴嬌」。

㈡「便㦬場、也只」，《彈指詞》作「便逢歡、也則」。
㈢「髫絲禪榻畔，禁得」，《彈指詞》作「宵長孤枕側，挨得」。
㈣「蘭炧」，《彈指詞》作「蘭炷」。
㈤「瘦盡」，《彈指詞》作「送盡」。
㈥「春深醉淺」，《彈指詞》作「春濃醉薄」。
㈦「亂蛩」二句，《彈指詞》作「亂蛩枉却，費許多言語」。
㈧「渾是碎人心處」，《彈指詞》作「儘𣪊滴殘雙筯」。
㈨「涼侵」四句，《彈指詞》作「涼侵玉腕，那復催砧杵。由他夢醒，别來和夢難據」。

錢芳標

見《閑情集》。

○七娘子 絡緯㈠

轆轤聲斷珠猶滴。酒醒時㈡、何處繅車急。軋軋當窗，淒淒向壁。竇家機畔難成匹。　疏籬幾朵牽牛碧。分明是㈢、便面黄荃筆。歲去年來，風朝露夕。髫絲總被伊催織。

【校記】

㊀録自《清綺軒詞選》。

㊁「酒醒時」，《湘瑟詞》作「酒醒」。

㊂「分明是」，《湘瑟詞》作「分明」。

性德　見《大雅集》。

采桑子㊀

誰翻樂府淒涼曲，風也蕭蕭。雨也蕭蕭。瘦盡燈花又一宵。　不知何事縈懷抱，醒也無聊。醉也無聊。夢也何曾到謝橋。[一]

【眉評】

[一] 哀婉沈著。

【校記】

㊀録自《國朝詞綜》。

、、○太常引 自題小照㊀

晚來風起撼花鈴。人在碧山亭。愁裏不堪聽。那堪雜㊁、泉聲雨聲。無憑蹤跡，無聊心緒，誰説與多情。夢也不分明。又何必、催教夢醒。[一]

【眉評】

[一] 淒切語，亦是放達語。

【校記】

㊀ 録自《國朝詞綜》。

㊁「那堪雜」，《通志堂集》、《國朝詞綜》作「那更雜」。

彭孫遹 見《放歌集》。

○生查子 旅夜㊀

薄醉不成鄉，轉覺春寒重。鴛枕㊁有誰同，夜夜和愁共。夢好恰如真，事往翻如夢。起

立悄無言，殘月生西弄。[一]

【眉評】

[一] 語甚別致。

【校記】

㈠ 録自《國朝詞綜》。

㈡「鴛枕」，《延露詞》作「枕席」。

花心動 早秋客思㈠

幾陣西風，涼氣滿、林下乍收殘暑。極目江天，蹴雪驚沙，千里迢遥吴楚。殷勤謝、茱萸灣水，爲儂好向秦溪去。㈡還恐怕，關山重疊，雙魚無據。[一]　冉冉年光欲暮。正思歸未得，含情誰語。待折疎華，寄取一枝，又遠隔層城路。[二]倚樓人聽斷腸聲，驚秋客㈢、到傷心處。江南夢、一曲瀟瀟暮雨。

【眉評】

［一］發源於淮海，胎息於梅溪，有此意境。

［二］含情綿邈。

【校記】

㈠録自《國朝詞綜》。

㈡「殷勤謝茱萸灣水，爲儂好、向秦溪去」，《百名家詞鈔》本《金粟詞》作「茱萸灣水殷勤謝，好爲儂、向秦淮去」。

㈢「驚秋客」，《百名家詞鈔》本《金粟詞》作「悲秋亭」。

倪燦

字闇公，上元人。康熙十六年舉人，十八年召試博學鴻詞，授檢討。有《雁園詞》一卷。

浣溪沙 暮抵香城寺㈠

逐水尋幽路不窮。溪聲一徑入空濛㈡。疎鐘遥度古城東。

野菊背開崩石下，歸雲横捲亂流中。夕陽將盡㈢佛燈紅。［一］

【眉評】

［一］未免詞勝於情，然措語自精秀。

【校記】

㊀録自《國朝詞綜》。

㊁「空濛」，《瑶華集》作「鴻濛」。

㊂「將盡」，《瑶華集》作「頹盡」。

尤侗 見《放歌集》。

浣溪沙 清明悼亡二首㊀

陌上家家挂紙錢。東風客舍淚潸然。難攜盃酒滴重泉。　朱户幾人同插柳，青山何事尚含煙。江南夢繞斷腸天。［一］

【眉評】

［一］聲情酸楚，不堪卒讀。

【校記】

㊀二首録自《百末詞》。

又

少女長安歌踏春。鸞靴翠韈已成塵。棠梨時候獨沾巾。宮草幾年堆燕冢，土花終夜照魚燈。君王猶自望昭陵。[一]自注：「孝昭皇后忌日，駕幸沙河設祭。」

【眉評】

[一]情韻並絶，如讀唐詩。

菩薩蠻丁巳九月病中有感八首[一]㊀

曲江芳草年年碧。郎君騎馬臙脂色。白首苦低垂。花間扶杖歸。逢場曾作戲。喬扮參軍勢。濃笑寫官銜。排行無二三。

【眉評】

[一]八章源出温、韋，而詞意不免淺顯。身世興衰之感，略見於此，第二章尤使人讀之淚下。漁

洋《題展成新樂府》云：「南苑西風御水流，殿前無復按梁州。飄零法曲人間遍，誰付當年菊部頭。」又云：「猿臂丁年出塞行，灞陵醉尉莫相輕。旗亭被酒何人識，射虎將軍右北平。」其年《壽悔庵六十詞》云：「曾經天語憐才，如今老卻凌雲手。」又云：「長樂笙簫，連昌花竹，可堪回首。」皆當與此參看。吴薗次太守跋云：「阮生失路，澆淚無端；屈子問天，寄愁何處？水以不平而激，木因有鬱而奇。情有所之，理固然矣。吾友悔庵，文高於命，宦薄於名。艷曲三章，欲醉沈香之酒；奇才兩字，不分歸院之燈。孤竹崕前，空隨射虎；百花洲上，徒共眠鷗。劉公幹高卧清漳，王仲宣哀吟荆楚。爰以沈鬱之意，寫爲穠麗之音。此病中八首所由作也。夫生而識字，即種愁根；長解言文，原非善氣。悝悝自合人奴，咄咄何堪令僕。吾儕若此，復何怪耶？子善吹簫，請命小紅而按節；我爲拔劍，聊浮大白以倚聲。」可謂深得悔庵心者。

【校記】

〔一〕八首録自《百末詞》。

○○○又

六宫鬧掃芙蓉鏡。君王偶愛飛蓬髩。殿脚惜空同。昭陽天幾重。自注：「煬帝呼吴絳仙爲崆峒夫人，言空同也。」江南春雨晚。紅豆新歌滿。流落杜秋娘。琵琶憶上皇。

又

少年悔讀高唐賦。片雲片雨無尋處。欲買美人圖。吳宮香粉無。三山青鳥斷。萼綠何時見。夜夢是耶非。玉釵金縷衣。

又

平生脱手千金劍。衣鶉馬狗今誰盼。負負復何言。飢來難叩門。白衣應送酒。凝望終無有。不見夜飛蟬。山妻劇可憐。

又

關山戎馬驚鼙鼓。軍書百道征徭苦。風急雁哀呼。荒田寸草無。千家聞野哭。鬼火逃亡屋。歎息返柴廬。當門立吏胥。

又

短衣匹馬盧龍道。冰霜千里催人老。白髮影婆娑。秋風鬼病多。苦寒還苦熱。飛夢驚明滅。何物返魂丹。空囊無一錢。

又

白雲冉冉蒼梧下。曉猿夜鶴依茅舍。此地豈蓬壺。夢遊疑有無。一生幾兩屐。願作山中客。只乏買山錢。桃源不在天。

又

著書自苦徒爲爾。千秋萬歲誰傳此。前後兩茫茫。三生人斷腸。黄金空鑄錯。彩扇㈠難縫絡。何處度餘年。除非離恨天。㈡

【校記】

㈠「彩扇」，《百末詞》作「彩綫」。

㈡《百末詞》八首後有「豐南吴綺跋」，已録入評語中。

毛奇齡 見《閑情集》。

○**點絳脣** 送春㈠

惱殺啼鵑，逢人還道春歸去。留人不住。誰要留春住。花絮茫茫，萬點愁人緒。歸何處。春歸無路。莫是人歸路。[一]

【眉評】

[一] 鎔成一片，情韻特勝。

【校記】

㈠ 録自《國朝詞綜》。詞題，《毛翰林集》同，《東白堂詞選》作「杜鵑」。

朱彝尊 見《大雅集》。

百字令 燕市逢李分虎㊀

竹垞春雨，悵早梅未放，扁舟先發。别後聞君浮皖口，渺渺波潮天末。燕市經過，相逢一笑，逆旅征衫脱。鄉園無恙，匆匆燈影中説。［一］正好青兕多才，銅駝結伴，按金荃新闋。跋扈飛揚須爲爾，忘卻星星華髮。座有能詩，高三十五，勸飲杯中物。酒闌起舞，滿身都是明月。㊁

【眉評】

［一］情景盡「鄉園」十字。

【校記】

㊀録自《曝書亭詞》。

㊁詞末《曝書亭詞》有注：「高適，行三十五，指旻園也。」

○又 酬陳緯雲[一]㊀

過江人物，數君家伯氏，辭華無敵。比歲才名驚小謝，聽説尤工詩律。二陸機、雲三張載、協、亢，雙丁儀、廙兩到溉、洽，㊁聲動長安陌。新詞贈我，居然黄九秦七。可歎岐路西東，浮雲零雨，别思同蕭瑟。此日高陽逢舊侣，一半酒人非昔。碣石離鴻，香山落葉，風雪重游歷。池塘夢裏，試尋髯也消息。

【眉評】

[一] 緯雲爲迦陵弟，此詞起結皆借迦陵生色，中間譽緯雲處頗見分寸。○《晉書》：「二陸入洛，三張減價。」《梁書》：世祖贈溉、洽詩曰：「魏世重雙丁，晉朝稱二陸。何如今兩到，復似凌寒竹。」○《名家詩鈔小傳》：「其年少清臞，長而于思，學士大夫皆稱爲『陳髯』。一時言詩古文詞者必推髯，由是髯之名滿天下。」

【校記】

㊀ 録自《曝書亭詞》。

㈡「二陸三張，雙丁兩到」句下注，《曝書亭詞》無。

高陽臺

吴江葉元禮少日過流虹橋，有女子在樓上見而慕之，竟至病死。氣方絶，適元禮復過其門，女之母以女臨終之言告葉，葉入哭，女目始瞑。友人爲作傳，余記以詞。㈠

橋影流虹，湖光映雪，翠簾不卷春深。一寸横波，斷腸人在樓陰。游絲不繫羊車住，倩何人、傳語青禽。最難禁。倚徧雕闌，夢徧羅衾。　重來已是朝雲散，悵明珠佩冷，紫玉煙沈。前度桃花，依然開滿江潯。鍾情怕到相思路，盼長隄、草盡紅心。動愁吟。碧落黄泉，兩處誰尋。[一]

【眉評】

[一] 淒警絶世。

【校記】

㈠ 録自《國朝詞綜》。

摸魚子 答沈融谷，即送其游皖口。㊀

記分襟、秋河射角，相逢今已春序。草芽香徑看猶淺，早有落梅無數。桃葉渡。指雁齒橋西，舊是中山墅。留君且住。喚紅友傳杯，青猨剪燭，伴我夜深語。勞生事，白髮蕭閒未許。軟塵翻又催去。鍾山照眼青青在，雲壑笑人何苦。攜手步。那得共、春潮皖口揚舲度。[一]沈吟歸路。算二頃湖田，一絲釣艇，肯負緑蓑雨。

【眉評】

[一] 筆情瀟灑，亦婉折有致。

【校記】

㊀ 録自《國朝詞綜》。調名，《曝書亭詞》、《國朝詞綜》作「邁陂塘」。

又 用前韻題查韜荒詞集㊀

對層檐、沈沈春酌，驚心屢换時序。浮萍蹤跡如相避，飛夢天涯難數。芳草渡。尋不到、斷橋曲港龍山墅。白門此住。望塔火林梢，江樓雁底，莫共小窗語。新詞好，沈鮑同時矜許。朗吟且漫攜去。別裁懊惱迴腸曲，轉覺良工心苦。邀笛步。試喚取、雙鬟綽板樽前度。迢迢紫路。計秋水鱸香，歸期未晚，同聽豆花雨。

【校記】

㈠ 録自《國朝詞綜》。調名，《曝書亭詞》、《國朝詞綜》作「邁陂塘」。

又寄龔衡圃㈠

玉玲瓏、閣前松石，經過朱夏曾撫。主人直待秋期近，金粟滿庭香雨。新樂府。早和徧、蘋洲笛譜篔房句。謂青士、分虎。〔一〕竹垞小住。笑我若歸時，留君爛醉，十日不教去。西堂冷，孔翠應凋錦羽。鹿麑高下騰距。紅泥亭子方池外，深徑共誰延佇。歲既暮。想皖口鱘魚，又好霑犀箸。粉雲風絮。定吹到山樓，叢梅凍雀，把盞舊吟處。〔二〕

【眉評】

〔一〕脱口而出，有不期然而然之妙。

［二］雅麗，兼夢窗、草窗之長。

【校記】

㈠録自《國朝詞綜》。調名，《國朝詞綜》作「邁陂塘」。

又 贈吴天章㈠

愛蓮洋、無多行卷，才華直恁明秀。紛紛日下柴車至，逸藻吴郎希有。李十九。慣把汝詩篇、三載藏懷袖。［一］今秋邂逅。便訪我城東，涼波殘月，曉度玉河柳。　交期合，不在時時握手。傾心偶共杯酒。六街聽倦鼕鼕鼓，頗厭征衣塵垢。殘雪後。待驅馬盧溝，轉入孤山口。［二］蒼崖若舊㈡。伴翠竹黄梅，香林守歲，清興爾能否。

【眉評】

［一］直書所事，非有真氣盤旋不能。

［二］豪情逸致，令我神往。

【校記】

㈠錄自《國朝詞綜》。調名，《國朝詞綜》作「邁陂塘」。

㈡「若舊」，《曝書亭詞》、《國朝詞綜》作「若臼」。

又題王咸中《石塢山房圖》㈠

最撩人、東華塵土，騎驢蹩躠還往。酒徒幸有王郎在，更喜鈍翁無恙。傾宿釀。話黛色堯峰，燈下吳音兩。〔一〕清詩迭唱。畫十里山容，茅堂石塢，隱隱露薇㈡帳。南歸好，髣髴高居仙掌。棲貧儘自蕭放。解蘭焚芰非吾事，只是海懷霞想。春水漲。趁三月桃花，也擬浮輕舫。拖條竹杖。〔二〕約燒筍林香，焙茶風細，來問五湖長。

【眉評】

〔一〕押「兩」字響。

〔二〕意度超玄。

【校記】

㈠錄自《國朝詞綜》。調名，《國朝詞綜》作「邁陂塘」。

㈡「薇帳」，底本作「薇帳」，據《曝書亭詞》、《國朝詞綜》作。

又 送陳雲銘入楚㈠

數才名、鷹揚河朔，新來草檄能否。萍蓬㈡蹤跡何曾定，只是北燕南楚。王粲賦。道四望、山川信美非吾土。晴川密樹。問底事隨人，一帆夏口，又指漢陽渡。　金臺畔，漸少銅駝俊侶。憑誰共按簫譜。蓴鱸稻蟹鄉亭夢，卜了歸期仍誤。君此去。料我亦、無心更戀塵中組。[一]驪歌且住。便解纜今朝，登艫後日，不遠直沽路。

【眉評】

[一] 亦沈著，亦瀟灑。

【校記】

㈠ 録自《曝書亭詞》。調名，《曝書亭詞》、《國朝詞綜》作「邁陂塘」。

㈡「萍蓬」，底本作「萍逢」，據《曝書亭詞》改。

、菩薩蠻[一]㊀

夕陰秋遠樓邊笛。笛邊樓遠秋陰夕。磯斷緑楊垂。垂楊緑斷磯。霧深疑細雨。雨細疑深霧。門掩乍黄昏。昏黄乍掩門。

【眉評】

[一]迴文體最不易佳，且無韻味，故僅收竹垞此篇。

【校記】

㊀録自《曝書亭詞》。

、○柳梢青 馬上望琅琊山[一]㊀

遵海南耶。我行山路，朝儛非耶。遥望秦臺，東觀出日，即此山耶。崖光一線雲耶。青未了、松耶柏耶。獨鳥來時，連峰斷處，雙髻人耶。

【眉評】

［一］全用「耶」字韻，妙有靈光縹緲之致。

【校記】

㊀録自《曝書亭詞》。

浣溪沙 同柯寓匏春望集句［一］㊀

煙柳風絲拂岸斜。遠山終日送餘霞。碧池新漲浴嬌鴉。　閬苑有書多附鶴，春城無處不飛花。馬蹄今去入誰家。雍陶　陸龜蒙　杜牧　李商隱　韓翃　張籍

【眉評】

［一］集句本非正格，且近小家氣，然必須脱口而出，運用自如，無谿町之痕，有生動之趣，亦非易易。録竹垞詞十闋，可見一斑。

【校記】

㊀録自《曝書亭詞》。

又惜别集句㊀

惜别愁窥玉女窗李白。遥知不语泪双双權德輿。綺羅分處下秋江許渾。暮雨自歸山悄悄

李商隱，殘燈無燄影幢幢元稹。仍斟昨夜未開缸李商隱。

【校記】

㊀ 録自《國朝詞綜》。

又春閨集句㊀

十二層樓敞畫檐杜牧。偶然樓上卷珠簾司空圖。金爐檀炷冷慵添劉兼。小院迴廊春寂寂

杜甫，朱欄芳草緑纖纖劉兼。年年三月病懨懨韓偓。[一]

【眉評】

[一] 疊用雙字，映射成趣。

【校記】

㈠ 録自《國朝詞綜》。

、采桑子 秋日度穆陵關集句㈠

穆陵關上秋雲起郎士元，習習涼風蕭穎士。於彼疎桐宋華。摵摵淒淒葉葉同吴融。　平沙渺渺行人度劉長卿，垂雨濛濛元結。此去何從宋之問。一路寒山萬木中韓翃。

【校記】

㈠ 録自《曝書亭詞》。

、鷓鴣天 鏡湖舟中集句㈠

南國佳人字莫愁韋莊。步摇金翠玉搔頭武元衡。平鋪風簟尋琴譜皮日休，醉折花枝作酒籌白居易。　日已暮郎大家，水平流白居易。亭亭新月照行舟張祜。桃花臉薄難藏淚韓偓，桐樹心孤易感秋曹鄴。〔一〕

【眉評】

［一］淒麗精工。

【校記】

㈠録自《國朝詞綜》。

、○玉樓春 燭下美人集句㈠

雨滋苔蘚侵階緑岑參。風動落花紅蔌蔌元稹。愛君簾下唱歌人白居易，初卷珠簾看不足權德輿。何當共剪西窗燭李商隱。美酒一杯聲一曲李頎。不知含淚怨何人皮日休㈡，料得也應憐宋玉李商隱。［一］

【眉評】

［一］情詞淒婉，全在數虚字傳出。

【校記】

㈠録自《曝書亭詞》。詞題，《曝書亭詞》作「燭下」。

㈡「皮日休」，《曝書亭詞》作「張賁」，此句出皮日休《雜體詩夜會問答》，蓋與張賁問答也。

又畫圖集句㈠

劉郎已恨蓬山遠李商隱。金谷佳期重游衍駱賓王。傾城消息隔重簾李商隱，自恨身輕不如燕孟遲。

畫圖省識春風面杜甫。比目鴛鴦真可羨盧照鄰。一生一代一雙人駱賓王，相望相思不相見王勃。[一]

【眉評】

[一] 工緻，用成語真如己出。

【校記】

㈠ 録自《曝書亭詞》。

瑞鷓鴣別思集句㈠

春橋南望水溶溶韋莊。半壁天台已萬重許渾。心寄碧沈空婉孌劉滄，語來青鳥許從容曹唐。更爲後會知何地杜甫，難道今生不再逢韓偓。[一]最憶當時留讌處吕温，桐花暗澹柳惺忪元稹。

【眉評】

[一]工巧特絶，一片神行。

【校記】

㊀録自《曝書亭詞》。

臨江仙 汾陽客感集句㊀

無限塞鴻飛不度李益，太行山礙并州白居易。白雲一片去悠悠張若虚。飢烏啼舊壘沈佺期，古木帶高秋劉長卿。[一] 永夜角聲悲自語杜甫，思鄉望月登樓魏扶。離腸百結解無由魚玄機。詩題青玉案高適，淚滿黑貂裘李白。[二]

【眉評】

[一]聲調高朗。

［二］語自工整，意極悲涼，出以成語，所以爲難。

【校記】

㈠録自《國朝詞綜》。

漁家傲贈别集句㈠

花面鵶頭十三四劉禹錫。調箏夜坐燈光裏王諲。行到階前知未睡無名氏。揮玉指閻朝隱。紘紘掩抑聲聲思白居易。會得離人無限意鄭谷。杯傾别岸應須醉羅隱。曾向五湖期范蠡韋莊。幾千里盧仝。如何遂得心中事劉言史。

【校記】

㈠録自《曝書亭詞》。

解佩令送趙秋谷聯句［一］㈠

城頭畫鼓。馬頭紅樹。最無憀、酒邊人去彝尊。聽遍陽關，也未抵、者番别苦嘉善魏坤禹平。

一程風、一程涼雨彝尊。　斷橋橫浦。淺沙深塢。翠彎環、好山無數海寧查慎行夏重。卸了朝衫，換獨速、莎衣醉舞[二]坤。勝東華、滿韡塵土彝尊。

【眉評】

［一］聯句亦非正格，然卻見力量，偶録一二，以備一體。

【校記】

㈠ 録自《國朝詞綜》。

㈡ 「醉舞」，底本作「翠舞」，據《曝書亭詞》、《國朝詞綜》改。

別調集卷四

國朝詞

陳維崧 見《大雅集》。

、○望江南 歲暮雜憶○十首録一㊀

江南憶，白下最堪憐。東冶璧人新訣絶，南朝玉樹舊因緣。秋雨蔣山前。[一]

【眉評】

[一]結只五字，而氣韻雄蒼。

【校記】

㊀録自《迦陵詞全集》。

○**又**寄東臯冒巢民先生並一二舊游○十首録五[一]㊀

如臯憶，憶得暮雲天。著醋紅蟶經酒脆，帶糟紫蛤點虀鮮。日日醉花前。

【眉評】

[一] 其年小令諸篇，俊爽有餘，少温婉之致。學其年者，不必從此入門。

【校記】

㊀ 五首俱録自《國朝詞綜》。

○**又**

如臯憶，記坐得全堂。幾縷椒雞閒説餅，半甖花露静焚香。絃索夜棖棖。

、○**又**

如臯憶，如夢復如煙。滿院嫩晴歌板脆，一城纖月酒旗偏。過了十多年。[二]

【眉評】

［一］結句筆力亦横。

○又

如皋憶，往事倍盈盈。水郭題名新悵望，板橋話别舊心情。雙鬟可憐生。［一］

【眉評】

［一］悲鬱，正不在多著墨。

○○又

如皋憶，按譜砌香詞。傳語東君須婉轉，此情莫遣外人知。除説與楊枝。［一］

【眉評】

［一］圓美流轉。

桂殿秋 淮河夜泊㊀

波淼淼，月朧朧。神巫争賽禹王宮。船頭水笛吹晴碧，檣尾風燈颭夜紅。[一]

【眉評】

[一] 精于鍊句，「夜紅」二字尤奇警。

【校記】

㊀ 録自《迦陵詞全集》。

楊柳枝㊀

裊娜絲楊水面生。波光柳態兩盈盈。攬來風色昏於夢，不許春江緑不成。[一]

【眉評】

[一] 纏綿淒婉，亦復清俊，仍是其年本色。

【校記】

㊀錄自《迦陵詞全集》。《迦陵詞全集》有詞題「本意」。

○**南鄉子** 清明後一日吳閶道中作○二首㊀

纔過清明。東風怯舞不勝情。紅袖樓頭遙徙倚。垂楊裏。陣陣紙鳶扶不起。

【校記】

㊀錄自《迦陵詞全集》。

又

捲絮搓綿。雪滿山頭是紙錢。門外桃花牆内女。尋春路。昨日子規啼血處。[一]

【眉評】

[一] 沈警。

○**昭君怨** 詠柳㊀

誰把軟黄金縷。裊在最臨風處。低蘸緑波中。太濛濛。愁殺花花絮絮。半是風風雨雨。一樹倍堪憐。寺門前。[一]

【眉評】

[一]「一樹」二字有味。

【校記】

㊀録自《迦陵詞全集》。

○**浣溪沙** 投金瀨懷古㊀

格格沙禽拍野塘。離離苦竹上空牆。投金瀨在漾斜陽。擊絮人纔憐伍員音運，浣紗溪又産夷光。英雄生死繫紅妝。[一]

【眉評】

［一］以感慨勝，不以新巧勝。

【校記】

㊀録自《迦陵詞全集》。

又 雨中由楓橋至齊門㊀

料峭春寒恰未消。鵓鴣啼急水迢迢。半船微雨過楓橋。薺菜緑平齊女墓，梨花雪壓伍胥潮。柳枝和恨一條條。［一］

【眉評】

［一］上半寫景如畫，下半懷古亦自餘味不盡。

【校記】

㊀録自《迦陵詞全集》。

又 橘㊀

秋染包山樹樹蒼。高低斜綴絳紗囊。西風飄過滿湖香。未免爲奴供飲啖，㊁微聞有叟話滄桑。[一]㊂霜紅露白儘徜徉。

【眉評】

[一] 運典中亦別有感慨，令人尋味無窮。

【校記】

㊀ 録自《清綺軒詞選》。詞題，《迦陵詞全集》作「咏橘」。
㊁「未免」句下，《迦陵詞全集》有注：「用橘奴事。」
㊂「微聞」句下，《迦陵詞全集》有注：「用橘叟事。」

又 郊游聯句[一]㊀

出郭尋春春已闌維崧，東風吹面不成寒無錫秦松齡留仙，青村幾曲到西山無錫嚴繩孫蓀友。並馬未須愁路遠慈溪姜宸英西溟，看花且莫放杯閒秀水朱彝尊錫鬯。人生別易會常難長白成德容若。

【眉評】

［一］銖兩悉稱，可謂工力悉敵矣。以其年首唱，故係之。

【校記】

㊀録自《國朝詞綜》。

添字昭君怨 夜泊鑾江㊀

今夜月明江上。緑染吴天新樣。萬家簾幙火微明。佛狸城。　一點瓜洲玉糝。半笏金山雪透。亂帆颯颯響秋江。瀉銀瀧。［一］

【眉評】

［一］骨力雄蒼，措詞和雅。

【校記】

㊀録自《迦陵詞全集》。

減字木蘭花 歲暮燈下作家書竟再繫數詞楮尾[一]㊀

天涯飄泊。湖雨湖煙㊁無定著。暗數從前。汝嫁黔婁二十年。　當時兩小。樂衛人誇門第好。零落而今。累汝荆釵伴藁砧。

【眉評】

[一] 七章皆寄婦之詞。首章總敘，下六章歷寫二十年心跡，淋漓沈痛，情真文亦至矣。

【校記】

㊀ 七首俱録自《迦陵詞全集》。

㊁ 「湖煙」，《迦陵詞全集》作「湘煙」。

又

余年二十。粗曉讀書兼射獵。三十蹉跎。鼓瑟吹篪奈若何。　堪憐阿堵。垂老詎曾親識汝。溝水東西。何用男兒意氣爲。[二]

【眉評】

[一] 激昂沈痛，真令人短氣。

又

今年離別。石畔梅花開似雪。駿馬馳坡㊀。又見流光換碧羅。　歸鞍暫息。看汝機邊還作織。秋月當頭。重附租船江岸游。

【校記】

㊀「馳坡」，底本作「馳波」，據《迦陵詞全集》改。

又

地名破冢。郭璞墓前波浪洶。細剔銀釭。話盡秋宵角枕涼。　橘紅橙綠。九月敬亭山畔宿。水鳥斜飛。又逐孤篷一夜歸。[一]

【眉評】

[一] 寫時節風物，流動而淒警。

、○又[一]

曲阿湖上。重看縠紋平似掌。及到邗溝。絲雨斜風水驛愁。敗荷衰柳。且買高郵紅玉酒。群盜如毛。月黑鄰船響箭刀。

【眉評】

[一] 語至情真，敘事亦撩如指掌。

、○又

吴霜點鬢。客況文情都落盡。檢點行裝。淚滴珍珠疊滿箱。并州曾到。也擬開懷還一笑。塵務相牽。執手雲郎送上船。

、○又

客航風雨。冷雁濕猿齊夜語。欲作家書。腹轉車輪一字無。經年如此。愁裏光陰能

有幾。預報歸期。又在梅開似雪時。[一]

【眉評】

[一]一片飄零之感，悲哀易工，斯之謂也。

好事近 郯城南傾蓋亭下作㊀

落日古郯城，一望禿碑蒼黑。怪底蝸黄蘚紫，更蘚痕斜織。　我來懷古對西風，歇馬小亭側。惆悵共誰傾蓋，只野花相識。[一]

【眉評】

[一]感慨係之，其年詞有云「論交道、令人齒冷」，可與此相發明。

【校記】

㊀録自《迦陵詞全集》。

醉花陰至吴門，喜晤澹心、園次、展成、既庭、石葉諸君，感舊有作。㊀

昔年相見皋橋下。總是清狂者。惜别泰娘家，淚黦胭脂，冰了鮫綃帕。　如今漁火楓橋夜。照沈腰堪把。黄葉似情人，也愛飄零，不肯歸來也。[一]

【眉評】

[一]觸景興懷，纏綿淒楚。

【校記】

㊀録自《迦陵詞全集》。

鷓鴣天七夕後一夕路次淮陰作㊀

袁浦西風響亂灘。楚州纖月卧微瀾。今宵新惹雙星怨，此地原嗟一飯難。[一]　車歷碌，軸斑蘭。故園回首好溪山。赤車應詔渾閒事，贏得征塵涴旅顔。

【眉評】

[一] 筆路頗近遺山，而氣較遒緊。

【校記】

㊀ 録自《迦陵詞全集》。

又 寓興用稼軒韻同蘧庵先生作三首㊀

斫屧吹簫吴市間。恨無大藥駐紅顔。詩情浩蕩風前絮，身計微茫海外山。[一] 躭放浪，恣蕭閒。煙波境界十分寬。新銜麯部兼茶部，舊署園官並橘官。[二]

【眉評】

[一] 兩喻奇特。

[二] 趣甚，亦鬱甚。

【校記】

㊀ 三首俱録自《迦陵詞全集》。

又

曾倚瑶臺喝月行。嗔他鸞鶴不相迎。當時酒態公然好，今日詩狂太瘦生。　千百輩，儘容卿。問誰堪與耦而耕。灌夫已去袁絲死，淪落人間少弟兄。[一]

【眉評】

[一]不可一世。

又

罌粟闌邊已放芽。枝頭梅子著些些。勸過小圃招晴蝶，閒倚疎林數暝鴉。　無個事，帽簷斜。風光消得晚還家。陡然卻憶前生事，看偏蓬萊碧奈花。[一]

【眉評】

[一]使君自是不凡。

○酷相思　冬日行彰德、衛輝諸處，馬上作。㊀

趙北燕南多驛路。見一帶、霜紅樹。又天外、亂山青可數。叢臺也、知何處。雀臺也、知何處。　一鞭梟梟臨官渡。雁叫酸如雨。儘古往、今來誇割據。漳水也、東流去。淇水也、東流去。[二]

【眉評】

[二] 開板橋先路。

【校記】

㊀ 録自《迦陵詞全集》。

、、○歸田樂引　題王石谷《晴郊散牧圖》㊀

散牧涼秋月。或樹根、癢而摩者，或飲寒湫窟。渡者人立者，蹄者鳴者，喜則相濡怒相齕。[二]　矜秋露毛骨。卬首森然如陵闕。緣崖被坂，虧藪滿林樾。駝一塞馬七。豕牛羊

百、三、十。牧笛一聲日西没。[二]㊁

【眉評】

[一] 化筆墨爲煙雲，凌厲無敵。

[二] 純以神行。

【校記】

㊀ 録自《迦陵詞全集》。

㊁ 《迦陵詞全集》詞末有注：「第十五句多二字。」

滿江紅 懷阮亭㊀

隋帝宮門，楊柳岸、春濃花漲。曾密報、杜家書記，平安無恙。相賞每多松石意，此情原在錢刀上。記紅橋、風月六年游，皆君餉。　瓜果讌，離旌漾。禪智寺，驪歌唱。任吴霜鬢裏，漸爲君釀。漫説休文圍帶減，吾年四十還須杖。夜闌時、夢汝帽簷斜，論詩狀。[一]

【眉評】

［一］筆筆生動。

【校記】

㊀ 録自《迦陵詞全集》。

又 酬幾士兄㊀

阿大中郎，論家世、人人有集。吾老矣、沅湘㊁香草，童蒙聊拾。破屋霜紅蘿薜暗，空齋雨黑倉琅澀。［一］歎青衫、原不爲琵琶，年年濕。　誰耐把，殘編緝。久嬾向，侯門揖。算曹劉沈謝，非今所急。一片月懸關塞上，五更笛落闌干北。正匣中、刀作老龍吟，聲於邑。

【眉評】

［一］鍊句精雅。

【校記】

㊀ 詞題，同《陳檢討詞鈔》，《迦陵詞全集》作「再疊前韻酬幾士兄」。

〔二〕「沅湘」，同《陳檢討詞鈔》、《迦陵詞全集》作「沅澧」。

滿庭芳詠宣德窑青花脂粉䈖，爲萊陽姜學在賦。㊀

龍德殿邊，月華門内，萬枝鳳蠟熒煌。六宫半夜，齊起試新妝。詔賜口脂面藥，花枝裊、笑謝君王。燒甆翠，調鉛貯粉，描畫兩鴛鴦。　當初温室樹，宫中事秘，世上難詳。但銅溝漲膩，流出宫牆。今日天家故物，門攤賣、冷市閒坊。摩挲怯，内人紅袖，慟哭話昭陽。〔一〕

【眉評】

〔一〕哀怨凄涼，鵾絃撥碎矣。

【校記】

㊀録自《迦陵詞全集》。

水調歌頭留別澹心，即用來韻。㊀

離別亦常事，惆悵慎毋然。歸舟一路弄笛，吹裂水中天。〔二〕猶記吴趨坊後，再到惠山松畔，兩地酒如泉。不久聚花下，小別向風前。　白翎雀，雞叫子，想夫憐。岐王空宅，舊日法曲散如煙。君有龍文百軸，近作小詞一卷，千載定流傳。早覓賀懷智，亟付李龜年㊁。

【眉評】

［一］超脱，兼稼軒、玉田之長。

【校記】

㊀録自《迦陵詞全集》。

㊁「李龜年」，《迦陵詞全集》作「李延年」。

又 溪泛㊀

誰送半城緑，恰是兩溪風。茫茫銀濤雪浪，天水有無中。每到簟紋平處，不覺水香肥極，［一］一色玉玲瓏。最惱閒鷗鷺，偏解占空濛。　駕一葦，凌萬頃，浩無窮。今宵圓月定好，寄語織綃宮。脱帽五湖風景，捲幔半生心事，杳靄縱吟篷。一笛中流發，乃是緑蓑翁。

【眉評】

［一］平常意，卻未經人道。

【校記】

㈠録自《迦陵詞全集》。

又　酬别沈鳳于，即用來韻。㈠

君住馬溪上，我住滆湖中。平生酒顛花惱，此事那輸公。自逐鵷班鷺隊，回憶練帬檀板，甚日恰重逢。也料秋江畔，開到粉芙蓉。　人世事，枝向背，絮西東。青山見人分袂，替作别時容。縱使錦袍入直，詎抵緑蓑聽雨，釣艇漾晴空。他日訪君處，煙水定留儂。［一］

【眉評】

［一］極疎狂之趣，胸中真無此㆔子俗塵。

【校記】

㈠録自《迦陵詞全集》。

八聲甘州 客有言西江近事者，感而賦此。㊀

説西江近事最銷魂，啼斷竹林猿。[一]歎灌嬰城下，章江門外，玉碎珠殘。争擁紅粧北去，何日遂生還。寂寞詞人句，南浦西山。　誰向長生宮殿，對君王試鼓，别鵠離鸞。怕未終此曲，先已慘天顔。只小姑、端然未去㊁，伴彭郎、煙水月明間。終古是，銀濤雪浪，霧髻風鬟。[二]

【眉評】

[一] 直起老。

[二] 人世之恨何窮，直令人思求仙也。

【校記】

㊀ 録自《迦陵詞全集》。

㊁ 「未去」，底本作「來去」，據《迦陵詞全集》改。

月下笛㊀

今夕何年，滿天皓魄，一輪圓碧。露橋水驛。誰向風前噴笛。趁關山、河漢夜涼，故將鳳竹悽倦客。[一]正寒潭峭岸，離鄉年少，凭江船側。　當初曾記，趁寒食梨花，醉平陽宅。念奴璚管，碎把㊁畫梁塵劈。到如今、漂流路岐，西風落葉無相識。月生煙，生怕鐵龍，歸海何處覓。[二]

【眉評】

[一]「故將」妙，無心偏作有心。

[二]筆力精鋭。

【校記】

㊀録自《迦陵詞全集》。《迦陵詞全集》有詞題「本意」。

㊁「碎把」，底本原作「醉把」，據《迦陵詞全集》改。

金菊對芙蓉 訪單縣琴臺。○邑爲宓子賤、巫馬期舊治，臺有二賢祠。㊀

古樹雲平，荒臺湍激，兩賢留下祠堂。見蛛絲網院，馬莧圍牆。承塵畫壁昏於夢，千年事、陳蹟蒼涼。江南游子，無聊側帽，有恨循廊。迤邐漸下牛羊。響落木西風，颯沓層岡。悵琴聲未杳，蘋藻誰將。擬尋北地韓陵石，呼來語、相伴他鄉。那堪斷碣，摩挲已徧，一笑斜陽。[一]

【眉評】

[一] 感慨中有悱惻纏綿之致，恰與題稱。

【校記】

㊀ 録自《迦陵詞全集》。

渡江雲 江南憶同雲臣和蘧庵先生韻㊀

江豚翻碧浪，憑高望極，折戟半沈沙。[一] 雞籠山下路，記得鳳城，數十萬人家。貂蟬掩映，鍾山翠、疊鼓鳴笳。更參差，青溪紅板，從古説繁華。堪嗟。齊臺梁苑，殘月微風，剩頹

牆敗瓦。衹蒼涼、半林楓槲，四壁龍蛇。幾番夜向寒潮泊，空城下、浪打蒹葭。青衫濕，隔船同訴天涯。[二]

【眉評】

[一] 來勢蒼莽。

[二] 去路淒涼。

【校記】

㈠ 録自《迦陵詞全集》。

㈡「望極」，《迦陵詞全集》作「極望」。

念奴嬌 雲間陳徵君有題余家遠閣一闋，秋日登樓，不勝蔓草零煙之感，因倚聲和之。㈠

得憐堂後，有丹樓飛起，當年爭羨。陽夏門庭能詠絮，那更溪山葱蒨。帶雨房櫳，和煙簾幙，零亂東湖面。碧闌干裏，有人斜映瓊扇。　可惜人去匆匆，而今樓下，秋水帆如箭。老我三吴好男子，緑鬢忽然衰賤。蔓草霜濃，叢祠露悄，白晝鼪鼯現。舍南舍北，亂飛王謝家燕。[一]

【眉評】

［一］一結哀感不盡。

【校記】

㊀ 録自《迦陵詞全集》。

又戲題終葵畫。○鍾馗，一名終葵。㊀

誰將醉墨，潑長箋、寫作十分奇詭。鰨鼻魋肩形狀寢，風刮鬐毛攢蝟。空驛啼杉，頹崖嘯葛，目欲營天地。三間呵壁，荒唐情態如是。休只破宅蹣跚，荒江狼犺，幽窅尋魑魅。鼎鼎試看朝市上，何限揶揄之子。卧者爲屍，坐而成冢，擇肉須來此。［一］笑渠笨伯，翻愁鬼以公戲。

【眉評】

［一］激烈如此。

【校記】

㈠ 録自《迦陵詞全集》。

、○**又途經溧水，是宋周美成作令地，慨焉賦此。**[一]㈠

詞推北宋，有周郎香弱，集名片玉。未向大晟填樂府，此地先留芳躅。隔浦蓮嬌，滿庭芳麗，唱盡相思曲。自註：「〈隔浦蓮〉、〈滿庭芳〉詞俱美成在溧水署中作。」小亭姑射，當初何限花竹。自註：「美成令溧水時，署中搆一亭，名曰姑射。」

彈指六百餘年，詞人重過此，閒愁棖觸。一自汴京時世換，絶調幾人能續。冷店騎驢，野航聽雁，客睡何曾熟。蔣山在望，可憐依舊凝緑。[二]

【眉評】

[一] 此詞絶柔緩，筆墨又變。

[二] 餘情渺渺。

【校記】

㈠ 録自《迦陵詞全集》。

琵琶仙泥蓮庵夜宿，同子萬弟與寺僧閒話。○庵外白蓮數畝。㊀

倦客心情，況遇著、秋院擣衣時節。惆悵側帽垂鞭，凝情佇寥泬。三間寺、水窗斜閉，一聲磬、林香暗結。且啜茶瓜，休論塵世，此景清絶。　詢開士、杖錫何來，奈師亦江東舊狂客。惹起南朝零恨，與疎鐘嗚咽。有多少、西窗閒話，對禪床、剪燭低説。漸漸風弄蓮衣，滿湖吹雪。[一]

【眉評】

[一]大江無風，波浪自湧。

【校記】

㊀録自《迦陵詞全集》。

木蘭花慢過故友周文夏園亭㊀

東風昏似夢，又吹我，此間行。算有限歡娛，無多光景，也費經營。[一]當初笑呼猿鶴，待功成緑野始尋盟。空卻池塘睡鴨，留些欄檻穿鶯。盈盈。殘月不勝情。依舊下簾旌。歎堤楊尚短，林花未滿，舞館先傾。清明。滿園蝴蝶，只和煙帶雨舞迴汀。黄雪廊邊舊事，水明樓畔前生。[二]

【眉評】

[一] 哀感。

[二] 觸物興悲，情詞雙絶。

【校記】

㊀ 録自《迦陵詞全集》。

憶舊游 寄嘉禾俞右吉、朱子葆、子蓉。㊀

松陵東去路，記水程、煙驛幾多般。鴛鴦湖裏泊，重城燈火，一派潺湲。船頭㊁玉人行酒，碧浪瀉紅顔。[一] 更羃靂丹鱗，綿濛黛甲，上下哀湍。 十年成間別，想怪侶狂朋，一樣啼班。

縱玉清歸去，怕滿天風露，猶憶人間。只是南湖柳色，憔悴不堪攀。長望語兒亭，故人爲我且加餐。[二]

【眉評】

[一] 鍊句精秀。

[二] 兼草窗、玉田之勝。

【校記】

㈠ 録自《迦陵詞全集》。

㈡ 「船頭」，《迦陵詞全集》作「船樓」。

瑶花 秋雨新晴登遠閣眺望㈠

青山如黛，淥水如羅，映真珠簾罅。金閶瑟瑟，正青砧隔院，擣衣纔罷。登樓遠望，見一帶、碧雲輕瀉。更蕭關、征雁濛濛，愁煞江南此夜。　幾回搔首沈吟，歎今日深秋，前朝初夏。流光遞換，問何處、更覓鈿車羅帕。傷心故苑，依然似、天涯客舍。對秋風、强舉金尊，

又是夕陽西下。[一]

【眉評】

[一] 悲而鬱，惟鬱故能沈著。

【校記】

㊀ 録自《迦陵詞全集》。

春從天上來 錢塘徐野君、王丹麓來游陽羨，余以浪跡粱溪，闕焉未晤，詞以寫懷。㊀

煙月杭州。記徐卓當年，詩酒風流。水市露井，桂槳蓮舟。老鐵吹裂龍湫。奈十年一夢，斷橋上、落葉颼颼。恨年來，只無情皓月，猶挂湖頭。王郎清歌絶妙，邀白髮詞人，同下長洲。瑟瑟丹楓，濛濛白雁，秣陵總不宜秋。[二] 歎龍峰歸後，人去遠、煙纜難留。漫登樓。數枝殘菊，還替人愁。

【眉評】

［一］警絶。

【校記】

㊀ 録自《迦陵詞全集》。

○○**望明河** 丁巳七夕玉峰作。○明日立秋。㊀

冰輪尚缺，已耿耿流輝，盈堦鋪雪。潭子空香，較蓮子清芬、兩般誰洌。荒唐稗史話，認做是、鵲橋佳節。惹無數、樓上穿鍼兒女，凭欄低說。　風前老顛欲裂。問青海幾處，玉臺銀闕。明日西風，怕點上許多，無情華髮。碧簫吹來破，又躍入、龍堂變精鐵。喚他起、須伴狂奴醉舞，冷光潛掣。［一］

【眉評】

［一］運典亦十分精采，總由筆力雄勁。

【校記】

㈠ 録自《迦陵詞全集》。

慢卷紬 賦得秦女卷衣㈠

長城西去，嶢關一望，萬古銷魂地。悵漢苑秦宮，隴樹洮雲，棧連梁益，閣通燕魏。繡嶺渾河，灞陵紅樹，烏鼠山如髻。有六郡良家，四姓小侯，盡隸都尉。[一] 金鴻嘹唳。蕭閨忽憶寒衣事。刀尺擬裁量，怕帶圍難記。砧響秋宵逾霽。擣瘦銀蟾，敲殘木葉，疊在紅箱裏。倘寄到軍前，驗取羸樓，翠綃封淚。[二]

【眉評】

[一] 濤奔雲湧，大氣盤旋。

[二] 上半雄莽，下半淒清。

【校記】

㈠ 録自《迦陵詞全集》。

小梅花 感事，括古語倣賀東山體。[一]㊀

君莫喜。羊叔子。何如銅雀臺前伎。拍檀槽。横寶刀。屠門大嚼，亦足以自豪。人生有情淚沾臆。雖壽松喬竟何益。捋黄鬚。眺五湖。如此江山應出孫伯符。傷心史。可憐子。聊復何爲爾。大江東。一帆風。來往行人，閒坐説玄宗㊁。連昌宫中滿宫竹。白項老烏啼上屋。穆提婆。蕭摩訶。且自吾爲若舞㊂若楚歌。

【眉評】

［一］運用成語如己出，亦如七寶樓臺，拆碎下來，不成片段也。

【校記】

㊀録自《迦陵詞全集》。

㊁「玄宗」，底本原作「元宗」，諱字徑改。

㊂「吾爲若舞」，《迦陵詞全集》作「吾爲楚舞」。

又[一]㊀

咸陽樹。驪山路。可憐當日作事誤。殷仲文。王衛軍。國家此輩，要是可惜人。憶君清淚如鉛水。奴見大家心亦死。令壺齟。收中吾。聊且酒酣耳熱歌嗚嗚。莫櫟釜。行學估。羞與噲等伍。金屈巵。楊叛兒。阿奴今日，不減向子期。生子當如李亞子。奴價今年大勝婢。轂朱丹。作高官。未若小樓吹徹玉笙寒。[二]

【眉評】

[一] 别有感喟。

[二] 洋洋灑灑，暢所欲言。

【校記】

㊀ 録自《迦陵詞全集》。

沁園春 詠菜花㊀

極目離離，徧地濛濛，官橋野塘。正杏腮低亞，添他旖旎，柳絲淺拂，益爾輕颺。繡襪纔挑，羅裙可擇，小摘情親也不妨。[一]風流甚，映粉紅牆底，一片鵝黃。[二]曾經舞榭歌場。卻付與空園鎖夕陽。縱非花非草，也來蝶鬧，和煙和雨，慣引蜂忙。每到年時，此花嬌處，觀裏夭桃已斷腸。沈吟久，怕落紅如海，流入春江。[三]

【眉評】

[一] 細緻。

[二] 俗。

[三] 題外牽情，感慨無限。

【校記】

㊀ 録自《迦陵詞全集》。

又 秋夜聽梁溪陳四丈彈琵琶㊀

瑟瑟陰陰，嗟哉此聲，胡爲乎來。似靈鼉夜吼，狂崩斷岸，角鷹秋起，怒決荒臺。忽漫沈吟，陡然㊁掩抑，細抵游絲綴落梅。冰絃内，惹一宵涕淚，萬種悲哀。　十年前記追陪。乍握手霜燈暗自猜。歎朱門酒肉，誰容卿傲，梨園子弟，總妒君才。牢落關河，聊蕭身世，迸入空亭小忽雷。顛狂甚，罵人間食客，大半駑駘。[一]

【眉評】

[一] 總以感慨勝。

【校記】

㊀ 録自《迦陵詞全集》。

㊁ 「陡然」，《迦陵詞全集》作「陡焉」。

○**賀新郎**賀阮亭三十㊀

牛馬江東走。陪滿座、鄒枚上客，爲君稱壽。七葉貂蟬連鳳闕，坐擁銀箏翠袖。又兄弟、才雄八斗。三十王郎年正少，恰黄金、鑄印雙懸肘。此意氣，古無有。　淡黄十里隋堤柳。更多少、竹西歌吹，樊川詩酒。滿目關山原不惡，只是繁華非舊。算惟有、文章不朽。簌簌珠簾人不捲，看使君、燈火春城口。依稀羡，歐陽守。

【校記】

㊀録自《迦陵詞全集》。

○○**又**汝洲月夜被酒感懷董二㊀

今夜清輝苦。真醉矣、人生有幾，關山如許。極目海天渾一碧，回首家鄉何處。總則是、年年羈旅。脱帽憑欄何限恨，倚西風㊁、細把寒更數。誰更打，嚴城鼓。[二]　無端忽憶疎狂侶。曾記得、烏衣巷口，别來如雨。明月也知千里共，炤盡秦樓楚戍。應漸到、故人黄土。

只恐白楊和月冷，比人間、更有銷魂處。汝河水，白如乳。[二]

【眉評】

[一] 前半言月夜被酒，因思鄉意引起懷友。

[二] 後半感傷文友，字字沈痛。

【校記】

㈠ 録自《迦陵詞全集》。

㈡ 「倚西風」，《迦陵詞全集》作「倚風前」。

又食李戲作㈠

咄汝前來此。問爾祖、人人都道，猶龍李耳。一自瑶星淪謫後，恰值楊花盡矣。又幻出、李唐家世。縱劣猶能交貴介，伴浮瓜、游戲西園邸。楊家果，詎君比。[一] 如今慣代桃僵死。客經過、其冠不正，視同苦李。一入公門身更辱，鑽核羞他名士。但説著、王戎冷齒。只有井邊堪避世，與螬螬、飲啄稱知己。還愁遇，於陵子。

【眉評】

[一]運典游戲，妙在盤旋一氣，驅遣自如。

【校記】

㊀録自《迦陵詞全集》。

○○**又** 輓韉沙朱南池先生　原敘：先生諱士鯤，明末以明經謁選，得粵西柳州府武宣縣。南荒僻遠，國初尚未入版圖。先生忠於所事，歷官至吏科給事中。子滈任北流知縣。壬辰，王師入粵，先生偕子滈暨闔門三十口俱殉節於北流之黎村。後數年，其子溶徒步七千里，覓先生埋骨所，卒不得，遂慟哭歸。余敬爲詞奉誄，並寄其令嗣孝廉瀓、文學溶。㊀

淚濕蒼梧樹。是千年、騷人謫宦，舊銷魂路。中殪國殤三十口，颯沓靈旗似雨。光㷊㷊、雲中顧慕。[二]鈷鉧潭西羅神廟，笑迎神、枉費昌黎句。須讓爾，歆椒醑。招魂哭入南荒去。痛孤兒、芒鞋曾踏，萬山愁霧。峭壑懸崖藤羃䍥，日落啁啾翠羽。尋不徧、鷓鴣啼處。誰認當年騎箕客，有猩猩、夜共獠奴語。蕉與荔，繡祠宇。

【眉評】

[一] 靈光幽氣，爲烈士生色。

【校記】

㈠ 録自《迦陵詞全集》。

又七夕感懷㈠

鵲又填橋矣。[一] 滿長安、千門砧杵，四圍雲水。長記當年茅屋下，佳節團圞能幾。有和病、雲鬟揮涕。縱病倘然人尚在，也未應、我淚多如此。彈不盡，半襟雨。[二] 如今贕有孱軀耳。便思量、故鄉瓜果，也成千里。誰借鍼樓絲一縷，穿我啼紅珠子。奈又説、春蠶竟死。囑付月鉤休瀲灔，幸憐人、正坐羅窗裏。風乍吼，粉雲起。[三]

【眉評】

[一] 一「又」字，虚領起通篇悼亡之意。

[二] 曲折沈著。

［三］情真語切，幾不知是血是淚。

【校記】

㊀ 録自《迦陵詞全集》。詞題，《迦陵詞全集》作「七夕感懷再用前韻」。

摸魚兒　春雨哭遠公㊀

怪連宵、暗風吹雨，傷心事竟如許。啼衫不恨分飛早，只恨論心何暮。溪畔路。昨歲裏、善權艇繫垂楊樹。洞門把炬。正古寺蒼涼，亂山蔥翠，長嘯落松鼠。［一］沈思極，不是薤歌聲誤。從來易散難聚。衰年故國逢知己，天也把人輕妒。情最苦。記前日、文園一卷多情句。病中親付。怕碎墨零紈，塵昏蠹損，和淚夜深撫。自註云：「遠公臨没前一日㊁，以《青堂詞》一卷囑余收藏。」［二］

【眉評】

［一］措語精鍊又擺脱。

［二］文生於情。

【校記】

㊀ 録自《迦陵詞全集》。

㊁ 自註「一日」，《迦陵詞全集》作「數日」。

李良年 見《大雅集》。

○○暗香 緑萼梅㊀

春纔幾日。早數枝開遍，笑他紅白。仙徑曾逢，萼緑華來記相識。修竹天寒翠倚，翻認了、暗侵苔色。縱一片、月底難尋，微暈怎消得。[一] 脈脈。清露濕。便静掩簾衣，夜香難隔。吴根舊宅。籬角無言照溪側。只有樓邊易墮，又何處、短亭風笛。歸路杳、但夢繞，銅坑斷碧。

【眉評】

[一] 雅麗而清勁，不失南宋名賢矩矱。

【校記】

㊀録自《國朝詞綜》。

柳梢青 懷友人在白下㊀

春事閑探。日斜風細，葉葉輕帆。燕子來時，梅花落盡，人在江南。晚來何處停驂。攜手地、王孫舊譜。白下殘鐘，青溪遠笛，今夜難堪。[一]

【眉評】

[一]情詞俱妙，筆意亦近草窗。

【校記】

㊀録自《國朝詞綜》。

綺羅香 桃源曉行，同分虎賦。㊀

僧磬纔聞，漁歌乍響，一葉早潮催去。背嶺人家，雲碎著簷如絮。記前度、也趁鳴榔，料從此仙源非誤。[一]只長年、見慣秋山，滿船涼翠不教住。[二]好懷都付倦旅。細數青鞵往事，儘諳佳趣。除了江南，此景總無尋處。轉溪灣、錦石分開，又颯颯、水紅花路。甚西風、吹亞霜砧，數枝遮浣女。

【眉評】

[一]畫境。

[二]句法、字法俱從白石、玉田得來。

【校記】

㊀録自《國朝詞綜》。

李符 見《大雅集》。

河滿子 經阮司馬故宅[一]㊀

慘澹君王去國，風流司馬無家。歌扇舞衣行樂地，衹餘衰柳棲鴉。贏得名傳樂部，春燈燕子桃花。

【眉評】

［一］只就本事略點綴，而大鋮之罪自著。遇此種題，總以不著議論爲高。

【校記】

㊀ 録自《國朝詞綜》。

齊天樂 苕南道中㊀

野塘水漫孤城㊁路，曉來載詩移艦。柳惲汀荒，邱遲宅壞，急雨鳴蓑千點。緑蕪如染。映翠藻參差，鵜鶘能占。沽酒何村，花明獨樹小橋店。［一］昔游如昨日耳，記深深院宇，綺羅春艷。粧閣懸蛛，舞衫化蝶，滿目繁華都減。濕雲乍斂。露浮玉遥峰，相看無厭。漁唱滄浪，荻根燈又閃。

【眉評】

［一］一幅畫稿。

【校記】

㈠録自《國朝詞綜》。

㈡「孤城」，《未邊詞》作「菰城」。

汪森

字晉賢，桐鄉人。由監生官户部郎中。有《小方壺存藁》，詞三卷。

步蟾宫

查梅壑，余同里人也。其山水清逸，超然物表。丙辰夏，始晤於邗江寓舍。近以小卷見寄，謾題此闋，愧未能盡畫中之妙耳。㈠

數峰依約渾如暝。怕路遠、歸期難省。寒波不斷古今愁，渺一片、蘆花無影。[一]平沙雁叫西風冷。看江上、月明人静。一聲何處玉龍哀，空極目、煙中孤艇。

【眉評】

[一]空濛無際。

【校記】

㈠録自《國朝詞綜》。

董以寧 見《放歌集》。

滿江紅 乙巳述哀○元日[一]㊀

去歲今朝，念母病、捫心私痛。猶記得、支床慰勞，慈恩深重。此際魂歸何處去，黄泉碧落兒難送。便床前、再欲聽呻吟，除非夢。　椒花在，爲誰頌。荔粉在，爲誰奉。只扶攜弱弟，蔴衣悲慟。從此屠蘇憐最後，親魂若在應猶共。爲愍孫、還盡半杯休，牽牛捧。自註：「牽牛，儒兒小名。」　鄒程村云：「此述哀諸作，文友苦塊中當哭之辭也。家常話以至性出之，都成血淚，是天地間絶大文章。」

【眉評】

［一］十二首無一不從血性中流出，斯謂情真語至。○命題不無可議，而詞則字字真切，令人墮淚，殆亦悲哀之極，不容已於辭耶？○句句是家常語，寫來十分真至。

【校記】

㊀此下十二首録自《蓉渡詞》。

又人日

七葉蓂開，正綵勝、迎歡時節。都只願、年年無恙，勝如疇昔。卻憶稱觴常不御，高堂翻怕逢人日。道待亡、難當世間人，添憂恤。[一]　倏忽裏，音容寂。人一去，誰依膝。便占晴占雨，任他凶吉。捧得宜春煎餅在，行行欲奉高堂食。猛思量、顧我已無人，呼天泣。[二]自註：「《歲時記》：人日煎餅爲熏天會，故吳下作春餅。」　黄艾庵云：「未亡人雖存而待亡，孝子之心雖親亡而不亡，均於此見。」

【眉評】

[一] 思深意苦，不堪多讀。

[二] 真絶痛絶。

又元夕

月正團圓，卻不道、今宵月半。[一]儘處處、笙歌燈火，六鰲争戰。聊責黄虀呼弟喫，爲言吾母腸先斷。念生前、曾未越中門，何曾看。　雙條燭，燒將短。香一縷，行消篆。想慈親若在，此時應倦。妻子相看還有日，新魂獨自思兒伴。好同來、早向繐帷眠，何須勸。[二]自註：「元夕寺中黄虀飯，是宋祁兄弟窮時事。」　魏貞庵云：「即此是宛鳩相誠語。」

【眉評】

[一]「卻不道」三字得神。

[二]不曰兒思親，卻云新魂思兒，真至性語，真令人淚下。

又　清明

父在斯耶，應聽我、孤兒泣告。自父去、年年寒食，淒涼墓道。一盞香羹新婦做，調和費盡慈親教。更聲聲、含淚問黄泉，兒誰靠。[一]　存亡事，傷懷抱。婚嫁事，催衰老。積劬勞悲痛，父魂應曉。後死漫言多十載，幾曾生受孤兒孝。卻堪憐、薙草迓銘旌，行將到。[二]周櫟園云：「是父墓前哭母詞，極其真切。」

【眉評】

[一] 此詞一往痛絶，真令我不能卒讀。

[二] 歷敘家常瑣事，無一字不傷心。

又 四月八日

三十無兒，曾累卻、高堂心疚。每到得、飯宮悉達，降生時候。小製紅衫供浴佛，病中怯腕親縫就。[一] 願膝邊、早得茹飴人，幢前叩。　堪慰處，蘭生又。堪悲處，萱摧驟。念報劉無日，此兒方幼。泣繞靈筵呼祖母，幽魂若聽眉還皺。待施將、金鏡法王臺，慈雲覆。[二] 自註：「劉敬宣浴佛日以金鏡爲母灌，悲泣不勝。」　王阮亭云：「牽牛繞泣，没者存者俱更難爲情。」

【眉評】

[一] 愈真至，愈足動人。

[二] 哀慘淒切。

又午日

素韡欒欒，早映却、一庭榴火。無奈是、萱枝新萎，北堂塵鎖。續命色絲空欲繫，招魂角黍頻教裹。問茫茫、天地獨何之，歸來些。〔一〕　蹣跚苦，應堅坐。劬勞久，應高卧。願魂無去此，還防跌蹉。只聽彩船喧競渡，錦標未奪終憐我。便奠來、桂酒與椒漿，靈難妥。〔二〕㊀陳其年云：「是午日招魂，讀『錦標未奪』語，更爲文友淚下。」又云：「文友尊慈以跌傷足成病，故後調云云。」

【眉評】

〔一〕情詞雙絶。

〔二〕淋漓哀痛，情生文，文生情。

【校記】

㊀詞末《蓉渡詞》有自注：「盧肇登第後《競渡詩》：『向道是龍都不信，果然奪得錦標歸。』」

又七夕

昨歲鋮樓，看兒女、筵前乞巧。曾道述、生兒愚魯，公卿可到。膝上抱孫閒説與，牽牛爾是癡些好。待他年、爲爾娶天孫，同偕老。[一]　秋已再，星仍皎。言猶在，人偏杳。看潄衣曝處，音容非渺。此夕可能歸白鶴，當時空望傳青鳥。[二]漫重陳、瓜果向靈帷，心如擣。㊀

【眉評】

[一] 家常語，道來都成異彩。

[二] 運用七夕事，直恁淒麗。

【校記】

㊀ 詞末《蓉渡詞》有自注：「坡詩：『但願孩兒愚且魯，無災無難到公卿。』《列仙傳》緱山白鶴歸來，西王母青鳥傳書，俱七夕事。」

又七月十五日

時值中元，爲冥赦、十方追奠。記唐代、幡迎七聖，遍傳宮殿。[一]吾母生平堪細數，料無罪過羅幽譴。又何須、佛會赴盂蘭，今朝薦。　結欲解，錢緣線。餤欲飽，花簪麫。總未能免俗，子情聊遣。果得母兮同父在，算來只當家人宴。但空中、曾否一加餐，何由見。㊀[二]

【眉評】

[一] 唐中尚署七夕進盂蘭盆，薦高祖以下七聖。

[二] 一片哀情，十分真至，千載共見。

【校記】

㊀ 詞末《蓉渡詞》有自注：「唐中尚署七夕進盂蘭盆，薦高祖以下七聖。」已寫入眉評。

○○又 中秋

記得當初，向膝下、時時歡笑。到此際、剖菱剥芡，團圓偏好。正待月華猶未冷，高堂已虗金風悄。命小鬟、傳語早添衣，頻頻道。[一]今夜月，依然皎。今夜冷，憑誰告。念繐帷寂寞，烏鴉飛噪。欲問冰輪迴地底，可能還向慈顔照。奈夜臺、一去半年餘，無消耗。[二]計甫草云：「文友近有詩云：『無復高堂憐冷煖，自家珍重慰黄泉。』與此詞前半映發。」

【眉評】

[一] 父母愛子之心，靡不如是。

[二] 想落天外，然思路正自淒絶。

○○又 九日

每到重陽，扶老母、登高樓上。便擬就、三冬日暖，初移帷帳。此際樓空渾不見，淒涼索莫黄花釀。自看來、先做白衣人，誰相餉。[一]雞骨在，愁難狀。馬鬛在，貧難葬。問側身天地，那堪俯仰。漫把茱萸靈几插，未知母去今何傍。[二]想幽魂、也向夜臺登，將兒望。[三]自註：「先慈每於午日前就寧房中避暑，至九日始樓居。」　王西樵云：「思親猶可念及親魂，思子何以爲懷？鐵石人讀之，亦當下淚。」

【眉評】

[一] 運用淒警。

[二] 沈痛語。

[三] 慈親孝子，當不以幽冥隔也，讀之令人酸鼻。

又 冬至逢忌日

永訣經年，渾不禁、呼天搶地。念執手、彌留囑付，宛然昨事。盡道陽春回律口，可能吹轉幽魂至。正愁添、如線引鍼鋩，心頭刺。[一]　杯棬在，空思嗜。楮幣設，空流淚。羨奉觴此日，伯仁兄弟。幸似阿奴都碌碌，生前死後長相侍。奈風飄、翣鐸輓歌催，行將逝。自註：「周顗母冬至賜觴三子，嵩謂母曰：『惟阿奴碌碌，常在阿母目下耳。』阿奴，周謨小字。」又云：「時寧卜葬有期。」

【眉評】

［一］觸處便生癡想，藹然孝子之心，與上中秋一篇同一思路。

又 除夕

日月云除，除不得、心頭愴怳。漫説道、兩年此夕，痛魂相倣。去歲荆棺猶得撫，如今已去歸泉壤。悔芒鞋、壘土太匆匆，難相傍。［一］　爆竹裂，家家響。歲酒熟，家家賞。只棘人此際，愁偕年長。有季可持門户事，有兒堪主蒸嘗饗。算此身、也是一閒人，隨親往。［二］季滄葦云：「諸詞慘摯，實文生於情。但有季有兒，此身那便是閒人，吾恐斯言過矣。」

【眉評】

［一］此情直是無可解得，不然無此悔也。

［二］淋淋漓漓，一往痛哭。

萬樹

字紅友，宜興人。有《香膽詞》一卷。

○金縷曲 三野先生傳贊[一]㊀

三野先生者。謂野居、野心野服，自稱三野。人不知其何從至，姓氏知之者寡。在陋巷、門無車馬。人不堪憂君獨樂，且訢然、樂以忘天下。天山遯，是其卦。蕭然四壁惟圖畫。於吟詩、讀書之外，亦能書寫。閒則雲山隨所至，多與漁樵答話。或共飲、極歡而罷。贊曰夫人生世上，每勞勞、名利而無暇。如是者，一人也。[二]

【眉評】

[一] 紅友詞，余未窺全豹，二詞見《蓮子居詞話》，尚有别致，此章尤極自然。

[二] 直似一篇傳誌。

【校記】

㊀ 録自《蓮子居詞話》。《香膽詞選》調名作《賀新郎》，詞作：「三野先生者。謂野心、野居、野服，

自稱三野。人不知其何從至，姓字知之者寡。住陋室，門無車馬。閒則雲山隨所適，與邨翁、牧豎流連話。探節候，問禾稼。歸來倚仗柴扉下。或吟詩、讀書之外，時多揮寫。倘有鄰人攜樽至，隨分一蔬一斝。便共飲、極歡而罷。贊曰人生斯世者，每勞于、名利而無暇。如是者，一人也。」

○又游石亭記㈠

乙巳春之季。與吴君、自註：「吴天石、天篆。」曹君自註：「曹南耕。」諸子，會於槐里。［一］遂往遊於石亭磵，少長羣賢畢至。興不減、蘭亭修禊。此地崇山多峻嶺，有茂林、修竹清流水。堪暢敘，坐其次。　氣清天朗風和惠。共欣然、形骸放浪，興懷托寄。俯仰彭殤皆妄作，莫問世殊事異。且一觴、一詠相繼。客曰斯游真足樂，不可無、韻語傳於世。余曰諾，是爲記。［二］

【眉評】

［一］敘事直起。

［二］合拍亦巧，惜筆力不足以舉之。

【校記】

㈠録自《蓮子居詞話》。《香膽詞選》無此詞。

沈岸登 見《閑情集》。

如夢令㈠

纔見緑楊飄絮。又見赬桐垂乳。三十六鴛鴦，盡在藕花深處。飛去。飛去。生怕晚來煙雨。[一]

【眉評】

[一]意餘於言。

【校記】

㈠録自《國朝詞綜》。

沈雄 字偶僧，吴江人。有《柳塘詞》一卷。

浣溪沙 梨花㊀

壓帽花開香雪痕。一林輕素隔重門。拋殘歌舞種愁根。遥夜微茫凝月影，渾身輕淺剩梅魂。溶溶院落共黄昏。[一]

【眉評】

[一] 極力洗鍊，自是精心之作。

【校記】

㊀ 録自《國朝詞綜》。

曹亮武 見《閑情集》。

剔銀燈 詠寒燈㊀

戛觸琅玕欲碎。聽㲯毸、六花還未。撥盡鑪灰㊁，磨殘凍墨，一盞寒檠斜背。連宵天氣。怎

逼得、光兒逾細。　直是冷清清地。記起十年前事。滅處情親，燒時心熱，那怕夜長難寐。如今何意。照不了、五更滋味。[一]

【眉評】

[一] 工於言情，語極懊悶。

【校記】

㊀ 録自《清綺軒詞選》。詞題，《南耕詞》作「寒檠」。

㊁ 「鑪灰」，《南耕詞》作「炎灰」。

魏坤 字禹平，嘉善人。康熙三十八年舉人。有《水村琴趣》四卷。

南鄉子 潞河送別㊀

髩影西風。吹上蒲帆六幅中。煙外沙村雲外樹。今夜雨。水驛燈昏聽雁語。[一]

【眉評】

[一] 音調淒斷。

【校記】

㊀ 録自《國朝詞綜》。

城頭月 詠燕，同徐虞木賦。㊀

凌風玉剪穿簾去。花底雙雙住。細雨催歸，輕煙織影，低向紅窗語。

年時漂泊愁如許。瀚海成羈旅。悔別雕梁，難尋舊壘，不記樓中路。[一]

【眉評】

[一] 言中有物，意味便長。

【校記】

㊀ 録自《國朝詞綜》。

徐瑶 字天璧，荆溪人。有《離墨詞》二卷。

惜紅衣 擬夢窗詞[一]㊀

雲母屏前，湘妃簾後，晚寒慵繡。驀地傷心，修蛾一痕皺。閑堦軟步，曾乍遇、悄攜纖手。波溜。無語暗憐，爲新來消瘦。香雲散久。玉碎花萎，春情已非舊。惟教驗取羅袖。盡湮透。待寫別來愁思，寄與斷魂知否。問甚時還許，十二玉樓重叩。

【眉評】

[一]狄立人謂天璧才擅衆長，詞非一格。尤展成謂此詞惝恍迷離，得神光掩映之妙。余謂此詞誠佳，但意境不深，擬諸夢窗，貌似而神不似也。

【校記】

㊀録自《國朝詞綜》。

陳崿

字岫嵐，江南華亭人。貢生。有《呵壁詞》一卷。

憶江南㊀

江南憶，十里芰荷池。微有風來低翠蓋，斷無人處脱紅衣。[一]蘭槳夜深歸。

【眉評】

[一] 詠芰荷偏有此芊麗語，真才人之筆。

【校記】

㊀ 録自《清綺軒詞選》。

杜詔

見《閑情集》。

西江月㊀

人静擁爐時節，夜闌剪燭房櫳。枕邊花落膩殘紅。欹側釵頭小鳳。　睡裏旋銷酒暈，醒

餘還似春慵。鈴聲不耐五更風。並起秋衾說夢。[一]

【眉評】

[一]忍俊不禁。

【校記】

㈠録自《國朝詞綜》。

徐逢吉 字紫珊，自號青蓑老漁，錢唐人。諸生。有《摇鞭集》、《微笑集》、《柳洲清響》、《峰樓寫生》各一卷。

如此江山 吴山望隔江殘雪㈠

朔風捲卻彤雲去，江天正繞寒色。遠踏冰崖，醉扶笻杖，坐向玉清樓側。越山歷歷。見幾點微青，數峰猶白。凍老梅梁，昏鴉斜帶六陵夕。[二]　西興誰又喚渡，是故人欲訪，孤嶼消息。獨樹無依，高帆半落，點綴米家殘墨。海門漸黑。想今夜山陰，柴關岑寂。老鸛鷘

飛，登臺吹短笛。[二]

【眉評】

[一]筆力清勁。

[二]寫景有層折，有聲勢，措語亦自精湛。

【校記】

㊀録自《國朝詞綜》。

緑窗竝倚[一]㊀

忽地西風起。指衡陽縹緲，又早征鴻來矣。故園在何處，怎不把書相寄。念昨夜舟中，今宵夢裏。多少愁滋味。欲住也、渾無計。欲去也、渾無計。還憶緑窗竝倚。正天長地久，不道這回拋棄。想伊更多病，那受得、恁般憔悴。對湘竹簾兒，芙蓉鏡子。彈了千行淚。一半是、西湖水。一半是、西江水。

【眉評】

〔一〕此詞措語容易得妙，然卻不淺率。

【校記】

㊀録自《蓮子居詞話》。

別調集卷五

國朝詞

厲鶚 見《大雅集》。

木蘭花慢城西開元宫，本宋周漢國公主府，元時句曲外史張伯雨入道於此。外史《開元宫得月軒詞》有「環堵隘，花狼藉。溝水漲，雲充斥。似石魚湖小，酒船寬窄」之句。今闌入軍營中，僅矮屋數楹，奉高真像旁有隙地，積水縱横，猶是當日陳跡也。雍正癸卯二月十九日過之，書此以貽訪古者。㈠

自吹簫伴去，還再住，列仙儒。想瑶草呼龍，梅花待鶴，詩鬅慵梳。平生愛尋先隱，冷襟懷、要與俗人疏。可惜風騷零落，而今纔到清都。〔二〕　漫郎曾賦石魚湖。流水繞堦除。賸一片涓涓，斷雲新柳，照影荒渠。宫奩已銷餘艷，覓彩毫、何處寫黄圖。〔三〕説與游人記得，羽觴汎也應無。

【眉評】

［一］超然絶俗，「冷襟懷」八字只是自寫其詞。

［二］淒艷入骨。

【校記】

㊀録自《國朝詞綜》。

桃源憶故人　螢㊀

夜涼那更秋情獨。冷燄雨餘輕撲。墜處濕黏簾竹。瞥見因風逐。　穿煙照水猶難足。小簟窺人新浴。殘月剛移桐屋。一箇牆陰緑。［一］

【眉評】

［一］筆意幽冷。

【校記】

㈠ 録自《國朝詞綜》。

○摸魚兒 得汪舍亭婺州晚春見懷詩，用蜕巖韻答之。㈠

又騰騰、一番春晚，無情潮落江浦。故人猶憶春前别，不肯載愁流去。窗暝處。展淡墨吴牋，忽見殷勤語。客懷定苦。在縠水雙流，池樓一角，日日獨看雨。淒涼意，不數淋鈴督護。風流那減張緒。平生我亦多情者，更招酒邊遺譜。還問取。問青子緑陰，可記城南路。休歌爾汝。待再覓郵筒，餘花晚筍，刻意爲君賦。

【校記】

㈠ 録自《國朝詞綜》。

○清平樂 春游士女圖㈠

膠鬟新拭。正是停針日。小扇撲餘無氣力。風裏楊花吹急。　銷凝石畔兜鞵。不知㈡

偎暖蒼苔。欲就濃香一夢，翩翩蝴蝶飛來。[一]

【眉評】

[一] 婉約，近北宋人手筆。

【校記】

㈠ 録自《國朝詞綜》。

㈡ 「不知」，《樊榭山房詞》作「不如」。

蝶戀花 戊申春暮城東周氏小園㈠

三月風顛吹斷柳。何況薔薇，落處依苔厚。折得一枝花在手。戴花人尚平安否。[一]　行徧回塘銷永晝。水影蘋香，只是侵襟袖。杜宇數聲春欲瘦。斜陽艷艷醺如酒。

【眉評】

[一] 信手寫去，自饒清麗，俗手學之，畢生不得。

【校記】

㊀録自《國朝詞綜》。詞題，《樊榭山房詞》、《國朝詞綜》後尚有「池上作」。

黄之雋 見《大雅集》。

憶漢月 愁月㊀

没箇有情如爾。辛苦尋儂來此。[一]夜闌珍重下迴廊，驀地照人憔悴。　垂簾渾怕看，偏照到、緑羅幃裏。一泓碧水浸衾寒，那忍卸頭來睡。

【眉評】

[一]起二語幽怨。

【校記】

㊀録自《清綺軒詞選》。詞題，《唐堂詞》作「代人愁月」。

季元春 字鳴賡，太平人。有《定餘小草》。

○醉太平 柳㊀

去年今年。樓邊水邊。弄成漠漠春煙。管傷心酒筵。愁牽夢牽。風天雨天。[一]瘦腰扶起三眠。又江潭可憐。

【眉評】

[一]凄警。

【校記】

㊀録自《國朝詞綜》。

陸培 字翼風，號南薌，平湖人。雍正二年進士，官東流縣知縣。有《白蕉詞》四卷。㊀

【校記】

㊀依此選體例，作者下應作「見《大雅集》」。

燭影摇紅 連遭鼓缶，缺賦悼亡，秋夜感生，塡此以當哀些之曲。㊀

征雁來時，捲簾怕看飛成陣。竟牀長簟又空拋，陡覺商飈緊。嬾寫屏風舊恨。早安仁、霜華點鬢。[二]玉簫聲遠，錦瑟煙繁㊁，都縈方寸。已自愁邊，奈他鵲報斜河信。影堂夢尚不分明，鈿盒何從問。緑酒杯巡自引。黯淒涼、黄昏逼近。聽殘蟋蟀，立盡梧桐，怎生眠穩。㊂

【眉評】

[二]微之詩「悼亡詩滿舊屏風」，此云「嬾寫屏風舊恨㊃。早安仁、霜華點鬢」，運用更淒警。

【校記】

㊀録自《國朝詞綜》。

㊁「煙繁」，同《國朝詞綜》，《白蕉詞》作「絃繁」。

㊂《白蕉詞》、《國朝詞綜》詞末有小注：「『悼亡詩滿舊屏風』，微之句。」

㊃「舊恨」，誤奪「恨」字，據原詞補。

真珠簾 白燕㊀

阿誰軟語紋窗畔。依稀認㊁、束素差池輕翦。社日偶相逢，比釵頭㊂嬌顫。莫似尋常烏巷客，漫撇了、舊家亭館。[一]春晚。怕淩波貼地，絮飛交亂。　可要文杏雙棲，喚柔奴㊃、挽上翠簾銀蒜。驀趁鷺鸞㊄肩，看蓼灘雪濺。一樹梨花開正白，好寫入、鵝溪東絹。難辨。約蹁躚、歸候月華如練。[二]

【眉評】

[一] 貼切大雅。

[二] 點染「白」字不可少。

【校記】

㊀ 録自《國朝詞綜》。

㊁ 「認」，《白蕉詞》作「對」。

㊂ 「釵頭」，《白蕉詞》作「玉釵」。

㈣「唤柔奴」,《白蕉詞》作「急叮嚀」。

㈤「鷺鸞」,《白蕉詞》作「鷺鶯」。

賣花聲㈠

昨夢碧峰月額雨頻吹。簾捲簾垂。橫塘重過杳難期。吟得賀家腸斷句,梅子黃時。疑。楚館叢祠。覺來心事阿誰知。三十六鱗遲寄與,空疊烏絲。[一]

【眉評】

[一]沈婉。

【校記】

㈠録自《國朝詞綜》。

王時翔 見《閒情集》。

雨零鈴點閲漢舒《香雪詞》竟，感題卷末。[一]㈠

一編香雪。剔寒燈坐，滴淚翻閲。風流詞客安在，卻愁鬧殺，世間花月。賸有酒鑪癡叔，對麗製淒咽。賞心處、團扇標題，已矣郴江句應絶。　前塵影事分明説。是夕陽、小院生周折。紫蘭香徑孤塚，費盡了、夢花鵑血。零落青衫，更没人知，便冷吟骨。算祇賴、紅袖憐才，地下相攜挈。自註：「漢舒所遇平原君，有『落花小院夕陽黄』之句，漢舒時對人吟之。亡後，㈡漢舒填詞哀輓，累數十闋。」

【眉評】

[一] 小山心折於香雪，嘗云：「吾妻建治三百年，始得一香雪，學之久而不能至者，如余是也。」此詞亦字字從肺腑流出。

【校記】

㈠ 録自《國朝詞綜》。調名，《小山詩餘》作「雨霖鈴」。詞題「竟」，《國朝詞綜》誤作「意」。

㊁「漢舒時對人吟之。亡後」，《小山詩餘》、《國朝詞綜》作「漢舒時時對人吟之。平原君亡後」。

毛健　見《閑情集》。

更漏子㊀

不成眠，還似醉。做就㊁許多憔悴。金鴨冷，玉蟾明。空階落葉聲。[一]　雲母扇。芙蓉面。只隔秋雲一片。愁未了，夢偏稀。曉鴉門外啼。

【眉評】

[一]此詞絕淒警，不減五代人手筆。

【校記】

㊀録自《國朝詞綜》。

㊁「做就」，《昭代詞選》作「做出」。

○月當窗鄰女小名三三[一]㊀

非鶯非燕。邀月成佳伴。何處梅花頻弄，巫山夢、驚分斷。　上巳春步緩。湘波裙褶散。誰贈雙文新句，張家影、柳家變。

【眉評】

[一]句句貼切，巧不傷雅。

【校記】

㊀録自《國朝詞綜》。調名，《昭代詞選》作「霜天曉角」。

王嵩　字潁山，太倉人。諸生。有《別花人語》一卷。

○○疏影秋桐㊀

霜柯槭槭。共竹陰滿地，並起騷屑。白露離離，一點飄零，早報清秋時節。蕭疏不受多風雨，但攪碎、斜陽千疊。更堦前、落滿緗雲，瘦到半庭殘月。[二]　百尺樓空孤影，雁行斜度處，遥露天末。金井荒寒，一片清霜，玉虎敲殘黄葉。西風蝕盡吴宫樹，還愁把、舊題吹滅。悵清宵、立遍殘陰，遥憶美人寒絶。

【眉評】

[二] 清虚騷雅，神似草窗。

【校記】

㊀ 録自《國朝詞綜》。調名，原稿作「疏柳」，據《國朝詞綜》改。

王策　見《大雅集》。

南鄉子㊀

日影紅檐。蜻蜓翼薄柳花粘。隔院鸜哥眠白晝。東風瘦。時節落花人病酒。[二]

【眉評】

［一］語不多而淒感無限，小令雋品也。

【校記】

㊀録自《國朝詞綜》。

、甘州子㊀

畫眉纔了換花冠。簾雨細，篆香殘。雀釵金膩澀煙鬟。風勒柳絲寒。青一把，搭在小闌干。［一］

【眉評】

［一］小令以婉約爲宗，香雪得之矣。

【校記】

㊀録自《國朝詞綜》。

天仙子 曉發尚湖[一]㊀

遠樹驚烏飛不定。煙中漸吐青山影。犬聲荒店未開門，西風緊。霜華凝。半湖殘月蘆花冷。

【眉評】

[一] 全首寫景，亦是一格。

【校記】

㊀ 録自《國朝詞綜》。

浣溪沙 玉山道中[一]㊀

緑葉鶯啼卵色天。柳絲金老漾殘煙。遥峰缺處亂雲聯。山脚草香低蝶翅㊁，灘頭風緊鬧漁船。小橋茅店酒旗偏。

【眉評】

[一] 此篇亦是全首寫景。

【校記】

㊀ 録自《國朝詞綜》。

㊁「蝶翅」，《香雪詞鈔》作「嫩蝶」。

○**虞美人** 平原君生前小詩有「落花小院夕陽黄」之句，詞旨淒婉，惜全首缺落，借填二詞，以志哀悼。[一]㊀

杜蘭香去惱春心，事消魂景。併入香奩詠。落花小院夕陽黄。譜得晚窗風致悵凄涼。新篇少。燕子東風老。誰傳七字向殘箋。賺我夢中吟了十多年。

【眉評】

[一]「落花」七字，精神全在一「黄」字，無怪香雪反覆吟玩不置也，亦可謂情種矣。

【校記】

㈠ 二首録自《國朝詞綜》。

○又

女墳湖畔東風碎。誰送楓根紙。年年杜宇向黄昏。細雨㈡梨花灑血哭殘春。

消他幾句愁邊稿。斷送詩人了。柳陰青粉謝家牆。㈠依舊落花小院夕陽黄。[一]

【眉評】

[一] 情詞淒艷，可以招魂。

【校記】

㈠「柳陰」句下，《香雪詞鈔》有注：「無名氏詩：『柳條金嫩不勝鴉，青粉墻邊道韞家。』」

㈡「細雨」，《香雪詞鈔》作「絲雨」。

臨江仙 呂城道中㊀

一棹離鄉纔四日，羈愁㊁早似天涯。布帆風色掠蒹葭。雨晴山骨瘦，[一]岸圮樹身斜。荒店夕陽人賣酒，青旗冷趁飛鴉。不成村落兩三家。老藤籬角蔓，雜草壁根花。[二]

【眉評】

[一]「雨晴」句勝。

[二]「花」字韻偏押得虛鍊。

【校記】

㊀録自《國朝詞綜》。

㊁「羈愁」，《香雪詞鈔》作「羈孤」。

芭蕉雨 春雨㊀

昏昏天影如墨。不分朝與暮、聲聲滴。煙柳萬絲愁織。膩得一帶紗窗，欲明無力。苔

紋階畔暗積。鳩舌喚晴澀。待何日攜琴、西城陌。只一味、悶懨懨，忘了清明，㊁前朝寒食。[一]

【眉評】

[一] 哀怨在骨。

【校記】

㊀ 録自《國朝詞綜》。

㊁ 「清明」，《香雪詞鈔》作「今日清明」。

高陽臺 舟中用張玉田韻㊀

遠縷鵝黄，短篙鴨緑，東風穩放吴船。十里山光，詩情又入今年。桃溪竹塢誰家住，也鶯聲、一様㊁堪憐。簇青紅，塔影春城，半裹輕煙。

行行漸隔鄉關路，但天低短草，霞没長川。知道來宵，孤帆更落誰邊。且憑閒夢隨輕櫓，水雲中、半晌清眠。莫傷心，縱有㊂飛花，

絶少四啼鴂。[二]

【眉評】

[二]寬一步，正是緊一步。

【校記】

一 録自《國朝詞綜》。
二 「一樣」，《香雪詞鈔》作「一巷」。
三 「縱有」，《香雪詞鈔》作「雖有」。
四 「絶少」，《香雪詞鈔》作「幸少」。

玉燭新 雲期舊居有紅杏一株，每歲花時，輒同吟賞。今屋主他姓，君亦下世。初秋偶過其下，孑立徬徨，不勝繫馬閒庭之感。漫填一長短句，用香巖詞韻。一

清溪環舍後。記小苑鶯邊，杏腮紅縣。兩三騷客，狂吟處、寫遍釵形屋漏。嗅香敲句，常悮了、月痕鐘候。又誰料、人落先花，多時淚無乾袖。[一]　呼君一片吟魂，向斜日光中，爲儂

來否。柳眉遥鬥。似悵望、地下憶花人瘦。花應再秀。只難見、荀郎白首。儘腸斷、煙雨年年，玉梢脂繡。

【眉評】

［一］哀怨沈痛，天地當爲之變色。

【校記】

㊀録自《國朝詞綜》。

二郎神 清明思舊，用歐浦詞韻。㊀

白楊枝老，暗鎖一天愁霧。絶調已銷沈，怎把鍾期重鑄。勝游空數。也識人間懷舊淚，滴不透、夜臺深土。單苦是、山頭灰蝶，飛遍我、凝眸處。［一］聽去。餳冷清簫，鶯棲遠樹。漸挨到、黄昏燈乍點，又門掩、棠梨寒雨。可憐新火新泉換，總催得、少年人暮。［二］看昨日花雞㊁，小家誰添，蘚紋侵路。

【眉評】

［一］沈痛與上章同一迫切。

［二］淒怨如此，香雪享年不永，於詞中已可概見。

【校記】

㊀録自《國朝詞綜》。

㊁「花雞」，《香雪詞鈔》作「花谿」。

徐庚 字冏懷，太倉人。諸生。有《曇華詞》二卷。㊀

【校記】

㊀依此選體例，作者下應作「見《大雅集》」。

踏莎行 梅㊀

蕊珮凌雲，縞衣映樹。飛瓊不向瑤臺去。嫩嵐如黛月如眉，玉魂瘦盡無人處。［一］　紙帳幽清，琴心澹苦。東風流恨無重數。暮江飄忽雨絲寒，斷鴻渺失孤山路。［二］

【眉評】

［一］語亦逋峭。

［二］梅詞最難工，此篇幽艷中見身分，自是佳作。

【校記】

㊀録自《國朝詞綜》。

鄭燮 見《放歌集》。

○**浪淘沙** 瀟湘夜雨㊀

風雨夜江寒。篷背聲喧。漁人穩卧客人歎。［一］明日不知晴也未，紅蓼花殘。　晨起望沙灘。一片波瀾。亂流飛瀑洞庭寬。何處雨晴還是舊，只有君山。

【眉評】

［一］一忙一閑，對寫好。

【校記】

㊀二首録自《板橋詞鈔》。《板橋詞鈔》有總題「和洪覺範瀟湘八景」，此録其一、其六。

又 平沙落雁

秋水漾平沙。天末澄霞。雁行棲定又喧譁。怕見洲邊燈火焰，怕近蘆花。　是處網羅賒。何苦天涯。勸伊早早北還家。江上風光留不得，請問飛鴉。[一]

【眉評】

[一]神在箇中，意在言外。

唐多令 寄懷劉道士，並示酒家徐郎。[一]㊀

一抹晚天霞。微紅透碧紗。顫西風、涼葉些些。正是客愁愁不穩，楊柳外、又驚鴉。　桃李別君家。霜淒菊已花。數歸期、雪滿天涯。分付河橋多釀酒，須留待、故人賒。

【眉評】

［一］此詞絶類西麓短調，《板橋集》中最平正者。

【校記】

㈠録自《國朝詞綜》。

江炳炎 見《大雅集》。

綺羅香 春晚同陳玉几夜泊虎邱，聽鄰舫琵琶聲與雨聲互作，悽然於懷，各賦一闋，以寫此憂。㈠

帆腳初收，船頭小泊，共向山塘攜手。可惜來遲，恰過好春時候。絶不見、倚檻調鶯，更那處、垂簾唤酒。算殷勤，只有東風，依依分緑上楊柳。［一］　何須重省舊夢，生怕幽懷感觸，頓添腰瘦。夜永燈枯，喜得故人相耦。聽敲篷、雨滴鄉心，和隔水、絃聲指驟。一絲絲，彈出悲涼，淚痕餘兩袖。

【眉評】

［一］宛雅幽怨，逼近宋賢。

【校記】

㊀ 録自《國朝詞綜》。

買陂塘 送史南如還陽羨㊀

弄檐牙、懸冰滴溜，驚心又是冬序。天涯知己悽然別，勾引鄉愁良苦。揚子渡。望不斷、寒山遶盡煙波路。君從此去。趁雪點荒江，蘆飛斷岸，猶見冷楓舞。[一] 荆溪畔，竹徑斜穿簾户。早梅開遍無數。盈樽笑酌鵝兒醑，更挽室中眉嫵。相對語。郵似我、蓬吹梗汎家何處。[二] 休遺舊侶。計春水挼藍，楊條渲緑，來聽隔窗雨。

【眉評】

[一] 情韻固勝，筆力亦高。

[二] 無留滯之跡，可與竹垞把臂入林。

【校記】

㊀ 録自《國朝詞綜》。

江昱[一]　字賓谷，號松泉，儀徵人。諸生。有《梅鶴詞》四卷。

【眉評】

[一] 松泉詞深得南宋人遺意，雖未臻深厚，卻與淺俗者迴別。

買陂塘　題家研南《冷紅詞》㊀

掐檀痕、細巡銀字，冷楓江外紅舞。些兒宛轉淒涼意，渾是玉田儔侶。梅子雨。又那信、江南腸斷無佳句。湖山間阻。漫芍藥廳前，茱萸灣畔，寂寞寫離緒。　垂虹路。雪夜吹簫自度。風流空憶南渡。平生亦有梅邊集，流水靜傳絃語。自註：「余詞初名《梅邊琴泛》。」堪和汝。還共歎、幽商不入昭華譜。爲鄰舊許。約鷗雨漁煙，蓑春篷月，吟嘯傲千古。[一]

【眉評】

[一] 言爲心聲，有不期然而然者，自歎亦自負也。

【校記】

㈠録自《國朝詞綜》。

鷓鴣天 冬夜感舊㈠

午夜寒多酒不勝。夢華往事記瞢騰。屏留緑霧香煤煖，帳掩紅羅燭淚凝。[一]　嗟歲月，愴無憑。近來風味轉如僧。紙窗竹屋閒聽雨，人與梅花共一燈。[二]

【眉評】

[一]淒艷近夢窗。

[二]冷雋。

【校記】

㈠録自《國朝詞綜》。

清平樂 題《板橋雜記》㈠

才人老去。寂寞修花譜。長板橋邊桃葉渡。細説舊游佳處。　尊前往事誰彈。雪窗自

剪燈看。他日秦淮夜泊，蟪蛄明月勾欄。[一]

【眉評】

［一］結語淒冷。

【校記】

㈠録自《國朝詞綜》。

琵琶仙 康山㈠

春草臺荒，古城角、獨躡探幽吟屐。駘宕輕煖吹衣，危欄撫空碧。看一桁、檣竿近遠，揖江外、數峰青濕。[一]太子樓閒，東山宅冷，遥伴岑寂。　卻因甚、前代風流，漫尋遍、殘碑少遺跡。渾把一襟依黯，付閒來詞客。還暗想、琵琶碎了，信鬱輪、比擬非匹。悵望散絶廣陵，夕陽愁笛。[二]

【眉評】

[一] 流連感歎，黯然銷魂。

[二] 清警似玉田。

【校記】

㊀ 録自《國朝詞綜》。

湘月 嘉定趙飲谷自北歸，年七十，授衣調此爲壽，爰倚其聲贈之。㊀

天涯孤旅，是幾番夢繞，吟邊紅葉。彈折冰絃誰見賞，一棹鷗波煙闊。詞客梁園，酒人燕市，贏得蕭蕭髮。薄游情味，小窗剪燭同説。[一]

休歎散跡江湖，天教料理，世外閑風月。畢竟千秋歸我輩，眼底何須簪笏。[二] 兩版叢書，雙鬟度曲，髯也風流絶。吴鄉春好，何年長占梅雪。

【眉評】

[一] 上半歎其遇，下半慰其名。

[二] 懷才不遇者爲之開顔。

【校記】

㊀ 録自《國朝詞綜》。

○蝶戀花 青山夜泊㊀

夜定收帆葭葦際。鷗夢驚回，撲簌深叢裏。月上潮生涼入袂。篷窗酒醒人無寐。　隱隱鐘聲何處寺。響答空山，遥度空江水。何必天涯縈旅思。初程諳盡淒涼味。[一]

【眉評】

[一]「黯然銷魂者，唯別而已矣」，正不分遠近也。

【校記】

㊀ 録自《國朝詞綜》。

張四科 見《閑情集》。

○醜奴兒令 春日渟川招往湖上，不赴。㊀

玉梅花下晴光嫩，散了茶煙。閑了冰絃。好箇傷春病酒天。[一]　提壺幽鳥空相喚，夢繞湖邊。愁到尊前。自愛斜陽枕手眠。

【眉評】

[一] 淺而有味。

【校記】

㊀ 録自《國朝詞綜》。

○○臺城路 春日登平山堂作㊀

閑來且放登臨眼，高堂暫留人住。繡野林光，撐空塔影，詩在數峰青處。[二]　闌干漫撫。悵六一風流，去人千古。小瀹名泉，山僧爲拾墮樵爇。支筇翻感白髮，酒旗歌板地，游冶曾誤。解帶量松，尋題捫蘚，一箭流光如許。前蹤暗數。剩飛動龍蛇，斷碑堪語。又報昏鐘，竹鳩呼夜雨。

【眉評】

［一］有雲煙縹渺之致。

【校記】

㈠ 録自《國朝詞綜》。調名，《響山詞》作「如此江山」。

齊天樂 送樊榭歸湖上㈠

緑楊城郭黄梅雨，清尊故人高會。涼沁琴絲，愁翻篋葉，誰寫一襟無賴。吴船旋買。悵黯黯江湑，蕭蕭篷背。數罷郵籤，滿湖煙景正相待。［一］ 魚天空闊夜話，想西窗剪燭，喧枕潮籟。聽竹先秋，弄泉忘暑，看足水光山態。塵棲自悔。羡鷗鷺爲群，蒲蓮如海。别酒醒

時，去帆横暮靄。[二]

【眉評】

[一] 既騷雅又清脆，應得力於樂笑翁。

[二] 挽題蒼茫。

【校記】

㈠ 録自《國朝詞綜》。

江昉 見《大雅集》。

木蘭花慢 秋帆和厲丈樊榭㈠

近蒹葭野岸，展十幅、挂檣竿。慣遥障隄痕，低遮鷺浴，高拂雲寒。争先。鶩飛雁底，帶蕭蕭落葉下江干。惆悵登樓望眼，幾番張盡涼天。[一] 悠然。波静遠如閒。宛轉度楓灣。指一片斜陽㈡，參差影裏，回首鄉關。空懸。離愁渺渺，任西風送客自年年。畫出瀟湘數

點，依稀没入蒼煙。[二]

【眉評】

[一] 情景兼寫，措語清雋，亦不減樊榭。

[二] 收足正面，空濛無際。

【校記】

㈠ 録自《國朝詞綜》。

㈡「一片斜陽」，《練溪漁唱》作「斜陽一片」。

清平樂㈠

新陰滿徑。月底花篩影。寂寞心情憑自領。小院無人春静。海棠開到三分。憐他伴我温存。始解華胥是夢，曉風吹破行雲。[一]

【眉評】

[一] 悠然意遠。

【校記】

㈠ 録自《國朝詞綜》。

憶蘿月㈠

嘹嘹征雁。蕭瑟殘蘆岸。迷入暮雲孤影斷。望盡倚樓心眼。[一]　屏空舊夢難成。簟凄燈暗愁生。幾陣梧桐夜雨，隨風攪作秋聲。

【眉評】

[一] 筆意近高竹屋。

【校記】

㈠ 録自《國朝詞綜》。

買陂塘蘆㈠

一枝枝、荒江送響，記曾摇過煙艇。雪花點點偏侵鬢，飄泊斷篷㈡殘梗。看弄影。更瑟瑟蕭蕭，攪亂斜陽冷。空波萬頃。慣曳轉西風，捎來疏雨，引領入詩境。[一]　關鴻早，辛苦銜將路迴。圓沙棲也難定。月明塞管吹寒夜，多少征人愁聽。驚夢醒。又幾葉敲窗，喚起吟秋興。[二]遥山掩映。認魚浦鷗鄉，參差遮斷，極目水天暝。

【眉評】

[一]筆致淒警，亦灑脱。

[二]四面烘染，渾是淒怨。

【校記】

㈠録自《國朝詞綜》。

㈡「斷篷」，《練溪漁唱》作「斷蓬」。

又　蘋花㈠

愛平鋪、水明沙浄，葉分十字偷聚。風漪翠影煙如織，小樣白蓮無數。花放處。早鷗夢驚回，幾陣橫塘雨。冰雕雪縷。慣弄影邀涼，吹香潤碧，點點破殘暑。[一]江南種，付與蘇潭深貯。託根不染塵土。蓴絲荇帶難相並，輸此清標幽素。[二]還認取。盡剪碎秋雲，點綴湖天暮。輕橈盪去。載山色青青，玉纖㊁采摘，和月澹遥浦。[三]

【眉評】

[一] 佳處全從南宋人得來。

[二] 二語嫌滯。

[三] 鍊字鍊句，歸於純雅，姜、史化境也。

【校記】

㊀ 録自《國朝詞綜》。

㊁ 「玉纖」，《練溪漁唱》作「纖纖」。

摸魚子 月夜登金山，集《山中白雲詞》句。[一]㊀

艤孤篷、水平天遠，古臺半壓琪樹。石根清氣千年潤，禪外更無今古。浮浄宇。對此境塵消，江影㊁沈沈露。停杯問取。任一路白雲，炯然冰潔，空翠灑衣履。憑欄久，説與霓裳莫舞。此時心事良苦。浦潮夜湧平沙白，落葉空江無數。還自語。聽虚籟泠泠，無避秋聲處。離情萬緒。正獨立蒼茫，嗚嗚歌罷，小艇載詩去。

【眉評】

［一］集成語，一氣相生，騷情雅調，便如玉田復生。

【校記】

㊀録自《國朝詞綜》。調名，《集山中白云詞》作「摸魚兒」。詞題，《集山中白云詞》作「月夜登金山」。

㊁「江影」，底本作「紅影」，據《集山中白云詞》、《國朝詞綜》改。

史承謙 見《大雅集》。

祝英臺近 碧鮮巖相傳爲祝英臺讀書處，明邑令谷蘭宗先生鐫一詞於壁，秋日過之，因和原韻。［一］㊀

楚雲歸，湘珮杳，芳意寄瓊簪。碧蘚蒼苔，曾記讀書處。未輸錦水鴛鴦，花叢蛺蝶，長自向、春風容與。便應慮。留作粉本流傳，千年賦情語。縹緲青鸞，應把舊游覷。祇今月冷空山，香銷幽谷，想猶有、凌波來去。

【眉評】

［一］淒艷中自饒温雅，較《神女》、《洛神》，轉得其正。

【校記】

㈠ 録自《國朝詞綜》。

玉樓春㈠

年來不覺歡情減。太息韶華真荏苒。淒迷只似雨餘花，涼冷畧如秋後簟。［一］　酒醒多分愁依黯。那得芳尊時瀲灧。蕭蕭瑟瑟到天明㈡，蟋蟀聲中燈一點。［二］

【眉評】

［二］兩喻淒警。

[二]冷絕中有鬼氣。

【校記】

㈠録自《國朝詞綜》。

㈡「天明」,《小眠齋詞》作「三更」。

石州慢 歲暮寄廣陵同學諸君㈠

寒掩空庭,迴首清游,轉添淒咽。故人雲外難期,歲晚凝情空切。愛閒多病,十年不到揚州,清狂杜牧還傷別。把酒慰飄零,記天涯風雪。[一] 愁絕。閒來擬趁,沙岸雲帆,江頭桂楫。只待看燈潮穩,落梅風歇。隋堤攜手,相邀重認風流,絲絲楊柳應堪折。二十四橋邊,醉年時明月。[二]

【眉評】

[一]情文相生,得賀老遺意。

[二]深情苦意,「年時」二字中含曲折。

【校記】

㈠ 録自《國朝詞綜》。

探芳訊㈠

冶城暮。見衰草連波，晚花縈霧。指垂楊深岸，重尋六朝路。閒人㈡莫問興亡事，冷笑蘭成賦。只當年、璧月瓊枝，竟歸何處。[一]　休覓歡游侶。悵故苑荒涼，怨歌愁舞。斷粉零香，都逐寒潮去。畫船不向秦淮泊，寂寞空煙浦。最傷心，桃葉渡頭秋雨。[二]

【眉評】

[一] 幽情逸韻，神明乎姜、史。

[二] 淒涼哀怨。

【校記】

㈠ 録自《國朝詞綜》。

㈡「閒人」，同《國朝詞綜》，《小眠齋詞》作「書生」。

臺城路[一]

江南五月寒如許，驚心又移芳序。梅子初黄，冰荷漸展，倦客誰題紈素。薰籠頻貯。但鎮日惟消，水沈煙縷。重試春衣，如今那是舊情緒。　鶯聲尚留深樹。笑耽詩殢酒，懶尋青羽。潤逼紅綃，香消珠絡，轉憶蕭娘眉嫵。層樓凝佇。捱不到黄昏，便添淒楚。暮靄沈沈，遠天都是雨。[二]

【眉評】

[二] 全得力於南宋，後半尤逼真西麓。

【校記】

㈠ 録自《國朝詞綜》。

解佩令 登大别山[一]

澄江如練，碧峰孤擁。指晴川、片帆催送。轉眼春歸，奈客裏、登臨誰共。踏殘芳、玉鞭飛

鞚。東連彭蠡，斜通嶓冢。古山川、楚天遥控。落日魚龍，唤長笛、一聲吹動。恨茫茫、北雲南夢。[一]

【眉評】

[一] 此位存縱調，集中偶一爲之。

【校記】

㊀ 録自《國朝詞綜》。

任曾貽 見《閑情集》。

臨江仙 暨陽道中㊀

斷雁西風古驛，暮煙落日荒城。乍來江館駐宵程。砧聲今夜月，燈影昔年情。[一]　拂曉片帆欲去，一川流水泠泠。蜻蜓如葉劃波輕。亂愁高下樹，飛夢短長亭。

【眉評】

［一］「燈影」五字，言中有物。

【校記】

㊀ 録自《國朝詞綜》。

張雲錦 字龍威，平湖人。監生。有《紅闌閣詞》一卷。

雨霖鈴 南榷署中觀宋芙蓉石，署即德壽宫基址。㊀

炎精銷歇。草離離處，蘚碑重剔。芙蓉十丈猶矗，寒蟬抱宿，向人凝咽。問訊宫梅，卻早已、花散如雪。指一抹、牆角斜陽，不照蓬萊舊城闕。［一］　君臣南渡甘心屈。枉承歡、寶母供煙月。奉華上壽那處，誰信道、不成王業。半壁江山，風捲雲飛，都付磨滅。只一拳、剩話淒涼，是宋偏安物。

【眉評】

［一］感慨中有筆力。

【校記】

㊀ 録自《國朝詞綜》。

朱雲翔 字遂佺，元和人。諸生。有《蝶夢詞》一卷。

玉漏遲 雁㊀

莽秋雲一片，征鴻點點，夕陽無數。影落樓頭，抛下一天疎雨。望斷巫峰十二，但滿眼、蘆花風絮。驚歎處。玉關衰草，江南煙浦。[一] 自顧尚是漂零，甚錦字堪裁，異鄉相遇。倚遍危欄，贏得悶懷千縷。空寫㊁一行古篆，漸移過、風窗月户。歸路阻。今宵夢魂同苦。[二]

【眉評】

[一] 融情鍊景，雅近耆卿。

[二] 結處映「漂零」三語，極其淒黯。

【校記】

㊀ 録自《國朝詞綜》。

〔二〕「空寫」，《蝶夢詞》作「空演」。

浣溪沙 桃源早發〔一〕

淡月微黄雨乍晴。征衫初試馬蹄輕。關情柳絮舞郵亭。　芳草已非裙帶緑，遠山猶是黛眉青。〔二〕故園冷落木香屏。

【眉評】

〔二〕「已非」、「猶是」四虚字，唱歎得神。

【校記】

〔一〕録自《國朝詞綜》。

朱方靄〔一〕 字吉人，號春橋，桐鄉人。監生。有《小長蘆漁唱》四卷。

【校記】

〔一〕作者名，原寫「朱芳靄」，據《小長蘆漁唱》、《國朝詞綜》改。

釣船笛 月夜瓜步守風㊀

雪浪打城根，一片蘆花搖白。天意欲留人住，領濤聲月色。　江南昨夜繫孤篷，今夜又江北。應惹沙頭宿鷺，笑飄零蹤跡。

【校記】

㊀ 録自《國朝詞綜》。

董均 字平銓，婁縣人。貢生，官無爲州訓導。有《踈庵詩餘》。

鵲踏枝㊀

嵇阮壚邊司馬壁。檢點平生，多少閒蹤跡。客裏亦家家亦客。近來心緒誰知得。[一]　靜處思量頻淚滴。何事撩人，更有山陽笛。一夜梅花催放白。天涯芳草無窮碧。

【眉評】

[一] 憤懣語，卻不激烈，愈婉曲愈沈著也。

【校記】

㊀録自《國朝詞綜》。《疎庵詩餘》有詞題「無題」。

吴烺 見《閑情集》。

浣溪沙 新晴㊀

獨倚危樓望曉天。雨餘風景劇堪憐。馬嘶深巷草芊芊。幾點濃愁山染黛，一行香夢柳梳煙。斷腸春色又今年。[一]

【眉評】

[一] 淒麗不減陳卧子。

【校記】

㊀録自《國朝詞綜》。

過春山 見《大雅集》。

臨江仙 秋柳㈠

試數舊愁餘幾縷，暮蟬淒斷西風。蕭疏無力繫游驄。津亭攜手地，夢逐曉霜空。　似與玉樓人比瘦，翠痕都減眉峰。多情只有晚煙籠。秋聲吹不盡，長笛月明中。[一]

【眉評】

[一] 筆意清超，琢句婉雅，自是湘雲本色。

【校記】

㈠ 録自《國朝詞綜》。

綺羅香 湖上聞歌㈠

舊恨消香，新愁倦酒，寂寞又驚春晚。小立斜陽，何處暗飛銀管。有幾許、離緒吟秋，怎知我，天涯腸斷。莫隨風、吹入西泠，爲渠喚起故宫怨。　霓裳遺曲曾譜，悵望青鸞已杳，彩雲消散。剩粉零紅，忍向尊前重見。消幾度、月淡窗寒，更那堪、夢回人遠。指青袍、今夜愁痕，倩誰江上浣。[一]

【眉評】

[一] 凄凉幽怨，出入南宋諸賢而得其神理，最是高境。

【校記】

㈠ 録自《國朝詞綜》。

江亭怨 西泠晚渡㈠

寒翠濕衣欲暮。煙際亂山無數。露滴宿鷗鷺，飛過沙洲自語。　欲摘白蘋寄與。幾點鳴蓑絲雨。雙槳趁潮平，載取江雲歸去。[一]

【眉評】

［一］風流疎雅，不減樂笑翁。

【校記】

㈠録自《國朝詞綜》。

○清平樂㈠

雨輕風細。小院深深閉。夢醒餘寒侵翠被。又被啼鶯催起。　悄然微步香階。柳塘斜日初開。數盡落花無語，黄昏雙燕還來。［一］

【眉評】

［一］得五代人神髓，不同貌似者。

【校記】

㈠録自《國朝詞綜》。

水龍吟 太湖晚泊㊀

片帆斜挂西風，水雲捲盡秋無際。[一]沙聲擁沫，波光弄暝，一痕新霽。散髮臨流，扣舷長嘯，滿身空翠。悵釣徒去後，煙波冷落，憑誰唱、漁歌子。　青篛緑蓑容與，倚斜陽、亂山如此。鱸香菰冷，幾番付與，眠鷗夢裏。一點閑愁，欲採蘋花，相思誰寄。最難堪此夜，短篷新月，聽征鴻唳。[二]

【眉評】

[一] 超曠。

[二] 疎密適中，兼夢窗、玉田之美。

【校記】

㊀ 録自《國朝詞綜》。

西子妝雨中坐放鶴亭，眺湖光山色，感而賦此。㊀

露滴松梢，泉穿竹徑，一帶疏陰催暮。凭闌目斷白雲深，但蕭蕭、滿身香霧。閒情欲訴。悵荒渚、難招鷗鷺。俯滄浪，歎荷衣誰浣，天涯塵土。佳期誤。落盡梅花，寂寞誰爲主。玉琴彈破碧天寒，問東風、鶴歸何處。重尋舊址。謾贏得、蒼煙冷雨。黯銷魂，入夜啼鵑更苦。[一]

【眉評】

[一]清虛騷雅中又極深厚，此湘雲所以爲高也。

【校記】

㊀録自《國朝詞綜》。

朱昂　見《閑情集》。

浣溪沙㊀

蕙鼎香微掩畫屏。酴醾架外月斜明。誰家簾閣夜吹笙。憶自春濃圓好夢，拚他花謝引柔情㊁。那堪重聽杜鵑聲。

【校記】

㊀録自《國朝詞綜》。

㊁「引柔情」，《緑陰槐夏閣詞》作「諱癡情」。

江立　初名炎，字聖言，歙縣人，寓居江都。監生。有《夜船吹篴詞》二卷。

百字令　夜渡揚子江，泊舟金山下。㊀

孤雲海樹，趁回潮拍岸，尚懸蒼暝。三兩點鷗沙外月，同載煙波千頃。山勢北來，水聲東去，一葉江心冷。醉餘夢裏，而今翻被驚醒。[一]　一夜換卻西風，也應回首，步屧交枝徑。憶著舊時歌舞地，花影倒窺天鏡。㊁濯足吹簫，吴頭楚尾，未了清游興。世塵空擾，闌干來此閒凭。[二]

【眉評】

[一] 措語警鍊。

〔二〕必以情運詞乃工。

【校記】

㊀録自《國朝詞綜》。

㊁「花影」句下，《夜船吹笛詞》有注：「前年登山觀競渡。」

吴泰來 見《大雅集》。

祝英臺近 和述庵、少華蘋花水閣聽雨憶山中舊游之作㊀

石玲瓏，花㔩匝，池館翠陰密。蘋末風來，雨意正蕭瑟。〔一〕最憐柳外舟移，葦間門掩，聽徹了、隔林漁笛。　坐岑寂。是誰手欵雙扉，幽堦點藤屐。夢裏寒山，跳珠濺千尺。恁時桐帽穿雲，荷衣滴露，共賞遍、松龕苔壁。〔二〕

【眉評】

〔一〕起數語佈景工於點綴。

〔二〕風流婉雅，是竹嶼本色。吴中七子，璞函而外，固當首屈一指。

【校記】

㊀録自《國朝詞綜》。

卜算子㊀

蕙帳裊殘煙，寶篆消寒霧。小小闌干曲曲屏，人在深深處。　夢斷楚樓雲，恨比秦箏柱。窗外芭蕉不忍聽，更著風和雨。

【校記】

㊀録自《國朝詞綜》。

臺城路　葭溪晚步㊀

垂楊零落西堤路，楚天倦聞征雁。蘆管藏鴉，楓林帶月，十里滄江秋晚。閒愁檢點。悵如此溪山，荷衣未换。好景匆匆，西風空復感團扇。　天涯暗催旅思，想苔深杜曲，朱户長

掩。白髮新愁，青衫舊淚，供盡庾郎吟卷。故山在眼。送一點歸心，暮帆天畔。回首秦樓，斷腸人正遠。[一]

【眉評】

[一]宛轉流麗，頗近小長蘆。

【校記】

㊀録自《國朝詞綜》。

買陂塘別璞函㊀

又匆匆、水天分袂，蒲帆輕挂洲渚。倦游人老荷衣破，未浣舊時塵土。情最苦。是一片斜陽，催送離亭杵。相看無語。但倚遍闌干，楚鴻聲裏，重譜斷腸句。江南路。雙槳桃根古渡。俊游何限淒楚。寶箏紈扇俱零落，休問庾郎詞賦。君看取。又幾陣西風，吹散高陽侶。離愁幾許。向竹屋秋燈，水窗夜月，都是夢君處。[一]

【眉評】

［一］清圓瀏滾，如聞蘇門長嘯。

【校記】

㊀録自《國朝詞綜》。詞題，《曇香閣琴趣》作「璞庵」。

趙文哲 見《大雅集》。

○酷相思 吴淞雨發㊀

草草一尊臨欲去。頻執手、渾無語。看幾陣、東風催日暮。酒醒也、人何處。夢醒也、人何處。［一］　短棹鼕鼕撾畫鼓。咫尺天涯路。但一種、凄涼須記取。小樓也、瀟瀟雨。小舟也、瀟瀟雨。

【眉評】

［一］運用柳詞，妙是自出機杼。

【校記】

㈠ 録自《國朝詞綜》。

摸魚子

竹嶼別業近鄧尉，梅花之盛甲於吳會。曩時相逢蕭寺，有入山之約，會竹嶼宦游未果。戊辰冬杪，韓懷書來，言將以獻歲扁舟載酒，期我於銅坑香雪中，爰成此解寄之。山中人去，殊歎息壤之消沈也。㈠

記當年、破窗風雨，相逢清話連夕。吳儂家近東西崦，繞屋老梅三百。清興劇。算載酒攜琴，花發期來覿。枯筇短屐。歎此意沈吟，山中人去，極目暮雲隔。[一]　滄江卧，聞道蕪城賦客。扁舟幾度游歷。天寒倚樹微吟好，莫弄舊時橫笛。丸月白。想獨醉蒼苔，翠羽紛啾唧。迢迢水驛。縱盼斷瓊枝，夢魂飛去㈡，踏遍五湖碧。[二]

【眉評】

[一] 風流雲散。

[二] 清警似玉田。

【校記】

㈠録自《國朝詞綜》。調名，《媕雅堂詞集》作「摸魚兒」。詞序「鞾懷」，《媕雅堂詞集》作「對琴」。

㈡「飛去」，《媕雅堂詞集》作「飛處」。

洞僊歌 索竹嶼作《江村圖》㈠

庾郎蕭瑟，悵鬢絲如許。老去生涯小園賦。愛叢鷗水北，乳燕花南，湘簾捲，恰對數重芳樹。　東皋除隙地，十笏吟窩，隨意招要故人住。望斷剡溪舟，有約連床，幾負卻、夜窗風雨。問別後相思定何如，試乞我新圖，漢陰雞黍。

【校記】

㈠録自《國朝詞綜》。

惜秋華 牽牛花㈠

過了星期，愛疎籬一帶，娟娟秋色。風小露濃，篘竿挂來無力。桐君藥録曾聞，應怕墮、尋常標格。勻碧。是宮眉罷描，乍分螺筆。[二]　回首小樓北。記穿鍼人倦，鴛機停織。微步處、翠欄外，剥葱同摘。而今夢散梨雲，但殘蟾、花梢猶昔。相識。問銀灣、隔年消息。

【眉評】

[二] 紆徐婉折，運典亦雅麗有致。

【校記】

㊀ 録自《國朝詞綜》。

鄭澐 字晴波，號楓人，儀徵人。乾隆二十七年舉人，三十年召試，賜内閣中書，官至浙江督糧道。有《玉勾草堂詞》一卷。㊀

【校記】

㊀ 「儀徵人」，原稿在小傳末，依體例前移。

長亭怨慢 送金椶亭㊀

甚相見、匆匆如此。落木秋帆，酒闌人起。興冷看花，茂陵今更倦游矣。別離情緒，流不盡、桑乾水。底事説重來，似短夢、驚回千里。[一] 遥指。正煙空過雨，晚照數峰凝紫。孤雲鶴背。謾贏得、舊時行李。卻笑我、送客天涯，算楊柳、前身應是。只一點歸心，吹入南鴻聲裏。[二]

【眉評】

[一] 低回曲折，情勝而筆力亦勝。

[二] 欸欸深深，極其淒婉。

【校記】

㊀ 録自《國朝詞綜》。詞題，《玉勾草堂詞》作「送金椶亭南歸」。

吴省欽 字沖之，號白華，南匯人。乾隆二十四年召試，賜内閣中書，二十八年進士，官至左都御史。

憶蘿月㈠

鑪薰被暖。好夢和春短。夢又不來人又遠。[一]月上梨花小院。　更更更漏沈沈。無眠低枕橫琴㈡。纔是瞢騰倚睡，窗前早唤山禽。

【眉評】

[一]「夢又不來」，四字中有多少委曲。

【校記】

㈠録自《國朝詞綜》。

㈡「橫琴」，《白華前稿》作「朱琴」。

林蕃鐘 見《大雅集》。

菩薩蠻丁亥暮春抵澄江作㈠

春風一棹天涯客。沈沈暮靄傷行色。遠樹欲生煙。夕陽波上寒。［一］篷窗今夜永。酒薄征衫冷。江水送人行。夢中柔櫓聲。［二］

【眉評】

［一］詞骨亦高。

［二］寫客感淒切。

【校記】

㈠録自《國朝詞綜》。詞題，《蘭葉詞》作「丁亥暮春之初抵澄江作」。

鬲溪梅令吴淞舟中記所見㈠

蓀橈載酒下吴淞。水溶溶。昨夜春寒吹出、緑楊風。畫橋煙雨中。［一］翩翩珠袖倚房櫳。似驚鴻。斷續疏香只在、玉樓東。隔花簾影重。

【眉評】

[一] 婉雅閒麗，詞場本色。

【校記】

㊀ 録自《國朝詞綜》。

清平樂㊀

晚粧初就。爐篆空閒晝。冷落夕陽疎雨後。花影一簾紅瘦。　低鬟無語盈盈。畫羅涼意微生。爲問翠陰孤蝶，近來多少春情。[一]

【眉評】

[一] 筆意閒雅。

【校記】

㊀ 録自《國朝詞綜》。

浣溪沙 八月十九日夜過潤城[一]

漠漠寒汀起暮愁。平蕪吹緑送行舟。煙波只許傍閑鷗。帆影涼生明月夜，燈痕人在隔江樓。荻花風裏過殘秋。[一]

【眉評】

[一] 字字秀鍊，無一淺滑語，是蠡槎勝人處。

【校記】

(一) 録自《國朝詞綜》。

珍珠簾 石湖爲白石老仙游行地也，秋夜泊舟，有感而作。[一]

暮帆微覺西風勁。正閑看幾處，疎林殘暝。秋色畫橋邊，引十年游興。柳外新蟾涼意淺，早澹了、碧溪雲影。[二] 人靜。愛入棹蘋香，翠痕千頃。

重問。舊日詞仙，有花飛玉笛，

雪依孤艇。零落翠樽空，幾月圓如鏡。今夜湖光留我住，但夢與、閒鷗俱冷。還省。又隔院飄來，一聲清磬。[二]

【眉評】

[一]此詞筆意亦雅近石帚。

[二]清虛騷雅，居然作手。

【校記】

㊀録自《國朝詞綜》。

沈起鳳 見《大雅集》。

浣溪沙 淮城夢草園，余童時釣游地也，别來忽忽二十年矣。戊子之春，遇芥山於白傅堤邊，作此寄意。[一]㊀

幾度天涯夕照殘。美人家在碧雲端。柳邊小閣一春寒。　芳草如煙空極浦，疏花留月共闌干。好懷何日對江山。

【眉評】

[一] 遣詞温雅，桐威詞以雋永勝。

【校記】

㈠ 録自《國朝詞綜》。

慶春宮露華在水，明月同舟，江國梅花，依依入夢。㈠

波遠生煙，雲低分暝，荒江日暮回首。木葉亭臯，傷心望極，飄零誰共樽酒。斷橋霜月，照江國、梅花開否。闗山此夜，幾處闌干，露華依舊。　閒庭拾蕊吹花，詞客生平，畧曾消受。孤舟蕩雪，踈燈夢雨，歸去春衫剪後。小園那樹，倚風雪、佳人翠袖。如今無奈，津鼓煙鐘，助人清瘦。[一]

【眉評】

［一］亦綿麗，亦清雅，詞品在上下、中上之間。

【校記】

㊀録自《國朝詞綜》。

感皇恩㊀

流水謝橋灣，幾行柳色。愁損江南舊相識。亂雲向晚，人在江樓吹笛。欄干空倚遍，天涯客。　舊雨情懷，阻風蹤跡。喚取佳人共游歷。雲深月淡，幾處瑣窗寒碧。露濃花重也，歸時節。［一］

【眉評】

［一］風流婉娩，而清瘦在骨，所以爲高。

【校記】

㊀録自《國朝詞綜》。

施源 字實君，號蒙泉，吴縣人。乾隆三十九年舉人，官舒城縣知縣。有《愛静詞》。

瑶華 梅魂㈠

美人何處。院宇黄昏，恨悄然無主。聲聲玉篴吹未散，多謝澹煙扶住。[一]水邊林下，料應爲、逋仙延佇。倩冷風、偷逐疎英，吹度幾重簾户。還教夢裏相招，歎夜帳殘燈，悄寒淒楚。參横瘦影，認不出、當日松林歸路。[二]餘香在否，想幽恨、翠禽能訴。望枝南、一片迷離，今夜月明尋去。[三]

【眉評】

[一] 疎狂中别饒清雅。

[二] 輕揚宛轉，令人銷魂。

[三] 情癡得妙。

【校記】

㈠ 録自《國朝詞綜二集》。

吴錫麒 見《大雅集》。

鳳凰臺上憶吹簫 城東瓦子巷本南宋時勾欄㈠

冷落鴉邊，淒涼葉底，一條古巷彎環。問冶春蹤跡，數夢都難。歎息琵琶仙去，流水外、别調誰彈。西風緊，蕭蕭草樹，暗起清寒。〔一〕　湖山。故宫十里，算桂子荷花，儘足盤桓。甚小門閉後，斜照同閒。燕子歸時應戀，凭翠袖、幾處闌干。重回首，新愁舊愁，併作秋看。〔二〕

【眉評】

〔一〕撇去弔詠套語，獨得淒婉之神。

〔二〕淒警。

【校記】

㈠ 録自《國朝詞綜二集》。詞題，《有正味齋詞》原作小序：「城東瓦子巷本南宋時勾欄，夢窗《玉樓春》詞有云：『問稱家住城東陌。欲買千金應不惜。歸來困頓殢春眠，猶夢婆娑斜趁拍。』蓋指此也。今則委巷蕭然，知者殆寡。余以秋日經行其間，彌覺衰草夕陽，黯然懷抱矣。」

臺城路 富春道中㊀

江流不管閒鷗夢，匆匆似隨帆轉。鬢短籠煙，衫輕浣雪，禁得天涯人慣。絲風乍捲。聽萬竹陰中，畫眉低囀。鎮日狂歌，早催斜照墮天半。[一] 回頭山遠水遠。只依依霽月，無限情戀。短笛能橫，長魚欲舞，相對蓬壺清淺。空明一片。想深谷高眠，白雲都嬾。釣火何人㊁，隔灘流數點。

【眉評】

[一] 祭酒詞深得南宋之雅正，此篇尤與西麓相近。

【校記】

㊀ 録自《國朝詞綜二集》。

㊁ 「何人」，《有正味齋詞》作「何來」。

鎖窗寒 綠陰㊀

淺壓山腰，深籠巷尾，碧陰千樹。濛濛密密，香臢幾花明處。映蒼苔、餘寒未休，隔簾又釀江南雨。甚滿身冷翠，低鬟微嚲，摘梅簪去。[一]　延佇。聽蟬語。縱未到斜陽，已成淒楚。殘紅換了，早是薰風庭宇。認江邊、煙耶水耶，誤人望眼雲又暮。問遮將、一徑春歸，恁禁秋來路。[二]

【眉評】

[一] 全以蘊藉勝人，自是先生本色。

[二] 結淒警。

【校記】

㊀ 録自《國朝詞綜二集》。

臺城路 南湖感舊㊀

夕陽多少閒鷗在，曾盟舊時秋水。[一] 松墜枯釵，柳迴浄眼，換了袈裟初地。陂塘數里。歎誰替詞仙，石闌重倚。遠暈煙蛾，晚山低鎖一奩翠。

平泉都已割捨，甚龍華發願，難埽文字。酒被雲殘，詩襟雪瘦，夢老幅巾花底。休提燕子。問頭白僧歸，主人知未。獨立蒼茫，冷螢移暗尾。

【眉評】

[一] 落筆清超閑雅，得白石意趣。

【校記】

㊀ 録自《國朝詞綜二集》。

黃景仁 見《大雅集》。

蘇幕遮㊀

雪初晴，簾正捲。未試春燈，先把春衣澣。第一番風須放軟。怯怯春魂，萬一驚他轉。[一] 飲厭厭，歌緩緩。驀地㈡思量，春近家鄉遠。細粟柳芽枝上滿。待爾春深㈢，把我離愁綰。

【眉評】

［一］情勝於詞，中含怨意。

【校記】

㈠録自《國朝詞綜》。

㈡「驀地」，《竹眠詞》作「猛地」。

㈢「春深」，《竹眠詞》作「抽長」。

吴翊鳳 字伊仲，吴縣人。諸生。有《曼香詞》。

淒涼犯 牙弨有「坤寧宫提鈴癸第二」八字。案陳悰《天啓宫詞》注：宫人有罪，罰提鈴唱夜。自乾清宫門至日精門、月華門，仍還乾清門而止。徐行正步，高唱「天下太平」四字，聲緩而長，與鈴聲相應，雖風雨不敢避。此弨其遺物也。三十年前，嘗見於鄭于谷丈紺珠堂，索賦詩，未果，因補綴此詞。［一］㈠

宵深和淚，郎當韻、淒清更雜風雨。沈沈永巷，迢迢長夜，纖纖微步。恁般哀楚，比蜀棧、啼䳇又苦。五雲中、銅壺徐滴，兀未歇歌舞。[二]　規樣牙弝在，癸二分明，問誰約取。太平四字，曳春絲、曼聲如許。舊物空留，弔芳草、宮斜甚處。是曾親玉指，恨血帶幾縷。[三]

【眉評】

[一] 題甚酸楚，詞亦淒麗。

[二] 榮悴相形，愈難爲情。

[三] 收足牙弝，亦甚沈痛。

【校記】

㈠ 録自《國朝詞綜二集》。詞序「《天啓宮詞》注」、「其遺物」、「鄭于谷」、「未果」，《曼香詞》作「《天啓宮詞》注云」、「乃其遺物」、「鄭迂谷」、「未果作」。

錢季重

字季重，陽湖人。有《黄山詞》。

鷓鴣天㈠

落魄天南意未降。倦游何處覓歸艭。幾時載酒擕紅袖，終日焚香坐碧幢。　尋杜若，採

蘭荭。清愁怕見影雙雙。纔能吹得燈兒黑，明月無言又到窗。[一]

【眉評】

[一] 無避影處，只是無避愁處，語極婉至。

【校記】

㈠ 録自《詞選附録》。

別調集卷六

國朝詞

張惠言 見《大雅集》。

傳言玉女[一]

多謝東風，吹送故園春色。低晴淺雨，做清明時節。昨夜花影，認得江南新月。一枝枝漾，春魂如雪。[一]　卻問東風，怎都來、共[二]闃寂。繡屏綺陌，有春人濃覓。閑庭閉門，拚鎖[三]一絲愁絶。夢兒無奈，又隨春出。[二]

【眉評】

[一]奇情幻景，有神光離合之致。

［二］結筆又變，一往無盡。

【校記】

㈠録自《詞選附録》。

㈡「共」，《茗柯詞》作「伴」。

㈢「拚鎖」，《茗柯詞》作「翻鎖」。

陸繼輅

字祁生，陽湖人。有《清鄰詞》。

鬲溪梅胡蝶㈠

游絲不繫可憐身。竟㈡誰鄰。早又飛花和雨、委輕塵㈢。將魂付與春。　羅浮仙侶怨輕分。怕黄昏。待得清光一院、月如銀。無由更覓君。［一］

【眉評】

［一］深情婉轉，詞之可以怨者。

【校記】

㈠ 録自《詞選附録》。調名，《清鄰詞》作「鬲溪梅令」。

㈡ 「竟」，《篋中詞》作「更」。

㈢ 「輕塵」，《清鄰詞》作「芳塵」。

金應城 見《大雅集》。

臨江仙㈠

篆縷厭厭人悄悄，欹鬟慵倚銀屏。紅兒笑道月華明。海棠枝上，一半碧雲横。[一] 坐待窺窗窗正滿，一身花影亭亭。隔牆何處又吹笙。簾兒下了，雙袖悄寒生。[二]

【眉評】

[一] 「一半」二字有情。

[二] 旁面生情，極離合之妙。

【校記】

㊀録自《詞選附録》。

○○又㊀

花外啼鵑簾外燕，夕陽容易黄昏。絲絲篆縷是愁魂。闌干倚遍，幽恨共誰論。　賸得柳梢明月上，夜深還照重門。厭厭心事素娥聞。也應怪得，不是舊眉痕。[一]

【眉評】

[一]情詞酸楚，黯然銷魂。

【校記】

㊀録自《詞選附録》。

鄭善長　見《大雅集》。

○○高陽臺　柳㊀

暮雨催眠，朝風催起，絲絲綰住春愁。依舊清明，還教伴我登樓。平蕪一片斜陽影，問韶光、何處勾留。[一]怎憑他，蘸盡流波，送盡行舟。　當年繫馬江南路，正歌臺月暗，舞榭煙稠。纖手而今，攀來可記温柔。　儂心化作天涯絮，怕重來、錯認簾鉤。便拚他，過了殘春，又是殘秋。[二]

【眉評】

[一]含情要眇。

[二]深婉沈篤，純乎碧山詠物諸篇。

【校記】

㊀録自《詞選附録》。

前調 秋海棠㊀

粉暈微搓，脂痕淺印，招來嬝嬝秋魂。一樣紅粧，偏教背卻青春。相思無數深閨淚，向西風、染就愁痕。有誰憐，幾度凝嬌，幾度含顰。[一]　江南昨夜霜華滿，算蕭蕭蘭徑，都付芳塵。倚盡雕闌，殷勤誰伴黄昏。斷腸贉得娉婷影，斂嬌紅、欲上羅裙。[二]又消他，漠漠輕煙，漠漠斜曛。

【眉評】

[一]怨深愁重，情見乎詞。

[二]幽窈綿遠，中仙高境。

【校記】

㈠録自《詞選附録》。

、○○甘州㈠

漸香篝餘燼冷羅衾。簾捲對秋陰。悵夫容已老，西風不管，獨自沈吟。可惜斷紅雙臉，只是淚痕深。細憶遼陽夢，恨殺蘭砧。　十二闌干倚遍，只霜花抱信，又到疏林。看亭臯落葉，片片是秋心。怕天涯、幾經摇落，向雪關、風渡更難禁。[二]怎倩得、征鴻爲我，寄與芳音。

【眉評】

［一］哀怨纏綿，碧山之深厚，玉田之清雅，兩得之矣。

【校記】

㈠録自《詞選附録》。

楊芳燦 見《閑情集》。

摸魚兒 韓大景圖有句云：「歸來坐深林，誤到秋生處。」余愛之，作此寄韓。㈠

據胡床、深林獨坐，微茫天色催暮。碧雲幾葉流空影㈡，窣地感秋無據㈢。秋欲語㈣。道還叩騷人，識我家何處。君應不誤。想籬豆花邊，涼蟬聲裏，依約認來路㈤。淒涼意，不數庾詩江賦。天然空外琴趣。悵悵我亦悲秋者，忍掐檀槽遺譜。拚睡去。枕半榻明蟾，夢與秋同住。玲瓏窗户。正露沁蓮池，夜深人静，花氣冷於雨。［一］

【眉評】

［一］措詞清麗，蓉裳擅長在此，特不可語於大雅也。

【校記】

㈠録自《國朝詞綜二集》。詞題，《芙蓉山館詞》作「韓景圖有句云：「歸來坐深林，悟到秋生處。」心甚愛之，作此以寄」。

㈡「空影」，《芙蓉山館詞》作「無影」。

㈢「無據」，《芙蓉山館詞》作「成悟」。

㈣「欲語」，《芙蓉山館詞》作「有語」。

㈤「來路」，《芙蓉山館詞》作「前路」。

小重山㈠

一桁珠簾小綺疏。斷腸人未睡、鳳衾孤。香箋錦字淚模糊。青奩掩、怕檢寄來書。　懊惱夜窗虛。沈檀然一瓣、博山爐。尖風料峭襲羅襦。銀燈炧、微雨雁飛初。［一］

【眉評】

[一] 結五字景中帶情，意味甚永。

【校記】

㊀ 録自《國朝詞綜二集》。

楊揆 見《閑情集》。

渡江雲 渡江赴金陵㊀

連雲低暝色，江風暮緊，㊁莽莽長春潮。[一] 蜻蜓舟一葉，漸覺摇融，接桅水花高。煙中翠黛，乍回頭、已失金焦。空載取、滿船離恨，人向石城橋。[二] 魂銷。當年金粉，何處樓臺，漸荒涼多少。憑檢點、香箋螺墨，閒賦南朝。新聲誰唱瓊枝曲，和風前、欸乃無聊。愁未了、打篷雨又瀟瀟。[三]

【眉評】

[一] 起勢雄勁。

［二］後半不過套語，殊少餘味。

［三］挽入本題。

【校記】

㊀ 録自《國朝詞綜二集》。

㊁ 「江風暮緊」，《瓔珞香奩詞》作「江風緊」。

浣溪沙 水榭即事㊀

檻外春流長暮潮。石城艇子不須招。相逢同到赤欄橋。　簾影自明波瑟瑟，茶煙低颺雨瀟瀟。水天涼夜聽吹簫。［一］

【眉評】

［一］措語沙明水浄，小品雋品也。

【校記】

㊀ 録自《國朝詞綜二集》。

沈清瑞 字芷生，長洲人。乾隆五十二年進士。有《沈氏羣峰集》，詞一卷。

點絳唇 梨花[一]㊀

夢隔涼煙，半簾月轉花陰午。粉香吹度。羅幕無重數。　歸倚銀屏，澹到無言處。輕寒聚。曉雲來去。依約留春住。

【眉評】

[一] 起語精秀，「澹到無言處」五字尤佳，通首亦俱生動。

【校記】

㊀ 録自《國朝詞綜》。

洪亮吉 字稚存，陽湖人。乾隆五十五年進士，官編修。有《機聲燈影樓詞》。

一萼紅 龔孝廉克一寓居晉陽庵側，因屬余顔其齋曰「聞鐘」，並系以詞。㊀

傍禪關，搆閒亭似舫，四面啓疏櫺。十五良宵，一雙人影，三千里外鐘聲。有多少、春人心事，奈秋窗、黄葉已先零。借了蒲團，繙殘梵頁，悟徹燈檠。[一] 我亦能來聽此，只青衫似夢，百倍淒清。苦竹疎蘆，幽花淡草，此身如在江城。況惹起、寒蟲鳴砌，又丁丁、蓮漏滴殘更。待得蕭齋響寂，人語還生。[二]

【眉評】

[一] 淒清婉轉，似周草窗。

[二] 旁面烘染，意不深而措詞合拍。

【校記】

㈠ 録自《國朝詞綜二集》。

余鵬翀 字少雲，懷寧人。諸生。有《少雲詞》一卷。

玉樓春 獨夜㈠

荒村盡處多時立。殘夜暗風吹冥色。無僧古屋一燈青，落月平原千樹黑。[一] 重來誰記

江南客。自繞蒼苔尋履跡。無端影墮碧溪邊，一片寒蘆秋瑟瑟。[二]

【眉評】

[一] 寫夜景淒泠中有鬼氣。

[二] 語亦駭人。

【校記】

㊀ 録自《國朝詞綜》。

孫源湘㊀ 字子瀟，昭文人。嘉慶年進士，官編修。著有《長真閣詞》。

【校記】

㊀「孫源湘」，當作「孫原湘」。

○昭君怨㊀

花裏一絲雲影。花外一聲清磬。曉露滴衣裳。滿身香。　折得幽蘭誰贈。彈出瑤琴誰

聽。一蝶繞人飛。自依依。[一]

【眉評】

[一]「一蝶」妙，便有姿態。

【校記】

㊀ 録自《國朝詞綜二集》。《天真閣集》有詞題「春曉」。

小桃紅 白門舟中㊀

又趁西風去。衰草連天暮。看老江邊，幾番斜照，南徐北固。只金焦兩點浪花中，鎮青青如故。垂柳絲千縷。似我曾攀處。試挽柔條，問他前夢，依然無語。漸黄昏蘆荻並江聲，作瀟瀟秋雨。[一]

【眉評】

[一]後半闋意味甚濃，頗得此中三昧。

【校記】

㊀録自《國朝詞綜二集》。《天真閣集》詞題作「阻風江口登北固樓晚眺」，全詞作：「柳色催人去。風色留人住。如此江山，不堪醒眼，獨尋秋語。看横空一雁瘦於雲，帶詩情徑渡。試問樓前樹。可識儂前度。六曲闌干，一番憑眺，一番情緒。只金焦兩點浪花中，鎮青青自古。」

蔣元龍

字乾九，秀水人。乾隆三十六年副榜。有《桃花亭詞》一卷。

憶江南

敬堂舊有「樓冷一燈紅」句，訖未成詩。予心賞有年，因補成是闋。使敬堂見之，當不笑爲黄九慣竊也。㊀

深院静，簾外雨濛濛。夢到江城人悄悄，酸雞啼斷五更風。樓冷一燈紅。[二]

【眉評】

[二] 語亦淒警，宜其自賞。

【校記】

㊀録自《國朝詞綜》。

郭麐　見《閑情集》。

十二時　同湘湄夜坐[一]㊀

疏窗四面，秋霖一陣，愁人兩箇。天涯已腸斷，況離情無那。　桐葉初肥蕉葉大。説淒涼、也無人和。今宵尚相對，怕來宵燈火。

【眉評】

[一] 雋語，總是小品。

【校記】

㊀ 録自《國朝詞綜二集》。

陶梁

字寧求，號鳧卿，長洲人。諸生。有《紅豆樹館詞》。

解連環

辛酉四月六日，隨述庵先生及何君春渚，送樊榭徵君並姬人月上栗主入祔黄文節公祠，用玉田生拜陳西麓墓韻。㊀

白楊依郭。歎逋仙老去，空山無鶴。〔一〕鎮吟魂、未戀南湖，怕重覓雙棲，舊時門鑰。「舊隱南湖淥水旁，穩雙棲處轉思量」，樊榭悼月上句也。聊慰蕭索。幽靈酹酒應卻。悵春風，又卌度、棠梨花落。只泉臺月好，聽取珮環，泣故人高義，千古如昨。況瓣香、分占涪翁，伴荒殿吟蛩，廢龕飛雀。豔魄同招，恐夢裏、雨聲迷著。記西泠、妥神曲就，定傳夜壑。〔二〕

【眉評】

〔一〕起超遠。

〔二〕後半面面都到，中有淒感之神，故佳。

【校記】

㊀録自《國朝詞綜二集》。

賣花聲李香君小影㊀

薄暈臉烘霞。雙髻堆鴉。香名千載屬侯家。賸粉零脂無著處，飛上桃花。風月譜紅牙。往事堪嗟。板橋依舊夕陽斜。卻笑南朝渾一霎，扇底繁華。[一]

【眉評】

[一] 淒麗，尚不病尖薄。

【校記】

㊀ 録自《國朝詞綜二集》。

黄承勳 字樸存，仁和人。有《眠鷗集·詞》。

臺城路歸燕[一]㊀

烏衣深巷西風緊，如今又逢歸去。祇引新雛，難移故壘，飛向當時來路。梳翎振羽。歎衰草迷空，亂山如故。縱去仍來，半年離緒更誰訴。　呢喃簾下已久，憶曾穿柳陌，銜住飛絮。蓼渚捎紅，蘆塘掠雪，秋思渾生南浦。柔情萬縷。怕客裏魂銷，暗愁吟苦。記取江南，杏花村店雨。

【眉評】

［一］亦是沐浴於南宋諸家，雖未臻深厚，然自是清雅。

【校記】

㊀録自《眠鷗集・詞》。

浪淘沙 漁舟［一］㊀

不載旅人愁。欸乃中流。兩三星火一江秋。潮落夜深歸去晚，紅蓼灘頭。　短篷唱涼州。驚起沙鷗。浪花圓處釣絲柔。蓑笠不辭江上老，雲水悠悠。

【眉評】

［一］聲調清朗，泠泠作泉石響。

【校記】

㈠録自《眠鷗集・詞》。

吴會 見《放歌集》。

相見歡 維揚道上㈠

天涯裁罷閒游。木蘭舟。又載離情無數、下邗溝。㈡　蛩聲亂。鴻聲斷。惹新愁。始信最難爲客、是深秋。[一]

【眉評】

[一]衝口而出，不煩雕琢，自成絶妙好詞。

【校記】

㈠録自《竹所詩鈔》附詩餘。詞題，《竹所詞鈔》作「揚州道中」。

㈡上闋，《竹所詞鈔》作「停鞭纔罷閒游。木蘭舟。又把離情載滿、下邗溝。」

沁園春 題《梅花書屋圖》[一]㈠

若有人兮，我欲呼之，仙耶隱耶。見昏黄者月，三更清冷，空濛者雪，萬樹横斜。白欲藏天，香能作海，㈡老屋中間是那家。容高卧，掃蕭蕭四壁，滿貯煙霞。

誰能筆洗鉛華。只水墨輕描一味賒。好添將隻鶴，閒依苔徑，呼來些雀，凍啅簷牙。得化千身，竟從今夜，飛入圖中去伴他。憑誰問，問梅花似我，我似梅花。

【眉評】

[一]句法、字法别樣清新，但骨不高耳。

【校記】

㈠録自《竹所詩鈔》附詩餘。

㈡「香能作海」，《竹所詞鈔》作「香全做海」。

沈星煒

字吉暉，號秋卿，仁和人。諸生。有《夢緑庵詞》。

○○臨江仙

亡婦江來歸四年，情好綦篤。丁春月吉，舉丈夫子，遂得羸疾，漸成不起。病中令余坐榻前絮話一切，彌留時僅一執手而已。痛定悲來，不能自已，爰作〔臨江仙〕十首。〔一〕㊀

記得樓頭深夜語，幾分春到梅花。天寒翠袖薄羅遮。月和人瘦，透影上窗紗。　今日瑣窗成獨倚，無憀憶遍年華。東風依舊滿天涯。斷腸玉笛，吹夢入誰家。

【眉評】

〔一〕悼亡十闋，情文交至，措詞以真切勝，正不必求深也。

【校記】

㊀十首録自《冷廬雜識》。

○○又

記得春前江上别，離愁黯盡黄昏。羅巾空惹舊啼痕。香寒被角，應許夢温存。　不信浮

雲催聚散，而今真箇銷魂。此情欲語更誰論。迢迢彩石，何處問西崑。[一]

【眉評】

[一] 音節瀏亮，情韻雙絕。

○○又

記得滄江歸路晚，飛鴻遠寄相思。三生恩義少人知。紅箋記註，珍重乍開時。[一]　一別秋風人隔世，錦書惆悵何之。淚寒鰥枕雁來遲。淒涼心事，望斷碧雲祠。[二]

【眉評】

[一] 低回婉曲。

[二] 文生於情，淚隨聲墮。

○○又

記得畫眉窗下立，粉香輕浣羅衣。落花消瘦草痕肥。[一]翠分淺黛，一角遠山低。　痛絕

當年京兆筆，柔情已逐雲飛。月中環珮是耶非。空餘遺挂，掩幔卻依稀。[二]

【眉評】

[一]「落花」七字精秀。

[二] 淒絕。

又

記得荆花開五樹，東風忽殞雙枝。謝庭殘雪燕歸遲。衰親健在，猶賴汝維持。[一]　何事仙雲纔現影，玉簫又動離思。傷心阿母最堪悲。七年一瞬，三度喪瓊姿。

【眉評】

[一] 情真語至，沈痛絕倫。

又[一]

記得良言曾勸我，讀書須惜分陰。功名水到自渠成。忍將心力，輕棄十年情。　畢竟珊

瑚沈斷網，夢花空許相尋。西風無那又飄零。青燈負我，我自負卿卿。[二]

【眉評】

[一]字字酸楚，尤爲十章之冠，真令人淚下。

[二]用書館語，偶一爲之尚可。

又

記得天涯逢七夕，搯雲初見秋河。可堪經歲别離多。緑窗消息，争奈薄情何。似此星辰原昨夜，劇憐潘鬢蹉跎。陰陰涼月轉垂蘿。闌干風露，盥水欲生波。[一]

【眉評】

[一]好句如秋煙籠月。

又

記得繡簾風影細，并刀乍剪輕紈。綵絲無力挽雙鸞。絮痕著處，點點唾花寒。[一]幾向

空房尋舊跡，新愁又上眉端。糢糊卷本鼠拖殘。年時鍼線，和淚更重看。[二]

【眉評】

[一] 情詞淒艷。

[二] 「鍼線猶存未忍看」，轉不及「和淚更重看」爲真至。

○○又

太息

記得涼颸吹碧樹，愁心不耐清秋。短衣喜趁薄寒收。遙知臨篋，中夜自綢繆。[一]年華同逝水，孤蟾影破瓊鉤。寂寥庭院曉霜浮。繭絲抽盡，雙袖冷香篝。[二]

【眉評】

[一] 婉轉生哀。

[二] 淒斷。

又[一]

記得傷心臨去日，喘絲欲斷還連。相持縱有萬千言。不成一語，忍痛向重泉。　曾是達人應作達，此情何計周旋。茫茫來日快抽鞭。好將心事，同證後身緣。[二]

【眉評】

[一] 此章寫臨訣時，十分哀慘。

[二] 情緣不斷，筆墨淋漓。

項達

字梅侶，道光□□年進士。㊀

【校記】

㊀ 項達，《國朝詞綜續編》作「項名達」，小傳：「字梅侶，仁和人。道光六年進士，官國子監學正。」

祝英臺近　悼亡㊀

惱蜂情，慵蝶意，春色又如許。愁立蒼苔，花影亂深隝。[一]如花人已天涯，花開依舊，爭忍見、翠園紅舞。　漫延佇。猶記雙袖凭欄，冷香上詩句。能幾番游，風月竟拋去。只除夢裏歸來，夢醒何處，重簾外、斷煙零雨。[二]

【眉評】

[一] 字字沈細。

[二] 此情此境，何以爲懷。

【校記】

㊀ 録自《兩般秋雨庵隨筆》。詞題，《國朝詞綜續編》作「悼亡後作」。

陳行 見《放歌集》。

太常引 水上人家[一]㊀

水天水地水人家。水上做生涯。㊁ 一二畝蒹葭。七八畝、菱花藕花。　蒹葭活火，菱香藕熟，湖水可煎茶。秋夢有些些。只不管、朝雲暮鴉。

【眉評】

［一］筆致在宋人中近竹山，在國朝人近板橋。

【校記】

㈠録自《兩般秋雨庵隨筆》。

㈡「水天」二句，《小魯詞鈔》作「水天水地水生涯。水上作人家」。

趙慶熺 見《閑情集》。

浣溪沙 悼亡㈠

檢點青衫有淚痕。十年前事最銷魂。偏他細雨又黄昏。鸚鵡一篇才子淚，桃花三尺女兒墳。不知何處弔湘君。［一］秋舲所聘室卒，作《續離騷招魂》哭之，末題此闋。

【眉評】

［一］淒艷絶世，真才人之筆。

【校記】

㊀ 録自《兩般秋雨庵隨筆》。

生查子㊀

青溪幾尺長，中有雙枝艤。楊柳小於人，便解留船住。[一] 歌聲遏㊁暮雲，酒氣蒸香霧。又落碧桃花，紅了來時路。[二]

【眉評】

[一] 清思婉轉。

[二] 清麗語最能撩人。

【校記】

㊀ 録自《兩般秋雨庵隨筆》。

㊁ 「遏」，《香消酒醒詞》作「按」。

朱瓣香 山陰人。道光中進士，早卒。

○○○醉太平 用獨木橋體，十二解。[一](一)

高槐怒聲，修篁恨聲。蕭騷葉墮堦聲，破窗兒紙聲。一解

沈沈鼓聲，寥寥磬聲。小樓橫笛聲聲，接長街柝聲。二解

鄰猧吠聲，池魚躍聲。啾啾獨鳥棲聲，竹籠鵝鴨聲。三解

蟲娘絡聲，狸奴趕聲。牆根蟋蟀吟聲，又空梁鼠聲。四解

重門喚聲，層樓應聲。村夫被酒歸聲，聽雙扉闔聲。五解

蘭窗剪聲，芸窗讀聲。孀閨少婦吞聲，雛兒啼乳聲。六解[二]

喁喁囈聲，喃喃夢聲。咿唔小女嬌聲，有爺娘惜聲。[三]七解

盤珠算聲，機絲織聲。松風隱隱濤聲，是茶爐沸聲。八解

風鳴瓦聲，人離坐聲。窗盤叩響連聲，想殘煙管聲。[四]九解

床鉤觸聲，窗鐶蕩聲。簷前玉馬飛聲，似丁當珮聲。十解

空堂颯聲，虛廊颭聲。花陰濕土蟲聲，作爬沙蟹聲。十一解

遥聲近聲，長聲短聲。孤衾捱到雞聲，盼晨鐘寺聲。[五]十二解

【眉評】

[一]愁緒萬千，中夜交集，冷冷清清，如泣如訴，亦絶調也。○正不必作一悲秋語，而善言悲秋者亦不能到。

[二]此解尤淒切，不堪卒讀。

[三]「惜聲」妙。

[四]「想殘煙管聲」，匪夷所思。

[五]無限秋聲，卻是從枕上聽得，「孤衾」二語結醒。

【校記】

㈠ 録自《冷廬雜識》。

蔣春霖 見《大雅集》。

壽樓春 揚州之行，歷春徂秋，萍梗再移，短夢雲散，作閑情賦。[一]㈠

過垂楊春城。罥游絲一縷，偷倚紅情。記得開簾收燕，隔花調鶯。桃葉渡，誰相迎。又幾番、潮生潮平。待菱唱船歸，荷香路悄，留月伴娉婷。　西風起，涼蟬鳴。早拋閑素扇，歌斷瑶箏。可奈詩題愁寄，夢回無憑。珠户寂，銀釭明。任聽殘、秋宵長更。但疎雨空階，蕭蕭半山黄葉聲。

【眉評】

[一]此調不易合拍，似此清虚騷雅中仍復圓美流轉，固是神技。

【校記】

㈠録自《水雲樓詞》。

○○**鷓鴣天**㈠

楊柳東塘細水流。紅窗睡起喚晴鳩。屏間山壓眉心翠，鏡裏波生鬢角秋。[一]　臨玉管，試瓊甌。醒時題恨醉時休。明朝花落歸鴻盡，細雨春寒閉小樓。

【眉評】

[一] 造語精鍊。

【校記】

㈠ 録自《水雲樓詞》。

○○**臺城路** 金麗生自金陵圍城出，爲述沙洲避雨光景，感成此解。時晝角咽秋，燈燄慘緑，如有鬼聲在紙上也。㈠

驚飛燕子魂無定，荒洲墜如殘葉。樹影疑人，鴞聲幻鬼，欹側春冰途滑。頹雲萬疊。又雨擊寒沙，亂鳴金鐵。似引宵程，隔谿燐火乍明滅。[一] 江間奔浪怒湧，斷笳時隱隱，相和嗚咽。野渡舟危，空村草濕，一飯蘆中淒絶。孤城霧結。賸羂網離鴻，怨嘑昏月。險夢愁題，杜鵑枝上血。[二]

【眉評】

[一] 狀景逼真。

[二] 層折極多，有聲有色。

【校記】

㊀ 録自《水雲樓詞》。

霜葉飛 庚申重九，杜小舫以西岐登高之作見寄，是日余遊虎墩大聖寺，亦用清真韻和之。[一]㊀

岸雲湖草秋無際，斜帆疑挂雲表。傍村楓葉未全霜，擁寺門紅悄。正雨霽、山容似曉。經臺吹帽西風小。試筆染餻香，又卻怕、黃花笑我，空醉斜照。遥認瘦塔玲瓏，苔斑青換，去年人又重到。翠莢杯冷客衣單，況玉琴孤抱。算髩影、蒼華誤了。絲闌愁和淒涼調。待寄還、相思語，寒樹冥冥，舊鴻稀少。

【眉評】

［一］措語超，用筆健，託體亦在夢窗、玉田之間，在國朝斷推作手。

【校記】

㊀録自《水雲樓詞》。

鶯啼序 哀顧鶯㊀

淒風又驚院竹，是春魂悄轉。沍殘霧、眉月微陰，背窗如聽嬌歎。夢回乍、蘭釭淡碧，飛鴻冉冉輕煙散。誤籠鸚，檀板聲空，畫圖誰喚。［二］

剪燭青樓，桐陰試茗，道尋春未晚。鏡華掩、相見還休，那時争似不見。記犀帷、扶肩問字，枉吟熟、鴛鴦詩卷。玉簫寒，門閉緗桃，去年人面。

離巾寄語，藥檻移栽，算棲香願滿。旛影護、蔫紅幾日，露葉霜蘂，瘦倚斜陽，頓成秋苑。啼鵑夜訴，飄蓬舊事，無端落絮緇塵涴㊁。更關山、笛裏江烽亂。羅囊尚祕，傷心繡纈痕銷，淚點凝滴湘管。[一] 蓮枝解脱，丈室禪枯，任髩絲素趲。但沈恨、珠根玉蒂，墮溷何因，寄燕巢成，妒鶯緣短。韋郎老矣，楚招歌罷，清宵歸鶴環珮冷，賸西陵、松柏埋幽怨。今生拌醉拌愁，聽絶哀絃，翠衾怕展。[二][三][四]

【眉評】

[一] 語帶鬼氣。◯從夢境敘起，章法奇變。

[二] 中二折追敘舊事。

[三] 末折映第一段。

[四] 自敘以寫哀，字字淒斷。

【校記】

㊀ 録自《水雲樓詞》。

㊁「涴」，《水雲樓詞》作「涴」。

西泠酒民 見《閑情集》。

謁金門 江樓㊀

江樓晚。帆影櫓聲争亂。剩得夕陽剛一線。任風吹不見。[一] 燕子也應飛倦。誤入誰家深院。只有雙鷗眠水淺。愁人凝淚眼。

【眉評】

[一] 言外有無窮哀感，極耐玩索。

【校記】

㊀ 録自《國朝詞綜》。

蝶戀花 秋日湖上㊀

一片明湖歌舞舊。景色蕭騷，恁處堪回首。波上殘荷堤上柳。秋山都被西風瘦。[二] 撲

面黄塵吹滿袖。寒入香林，賓雁來時候。雲破窮陰纖月逗。會須重醉當壚酒。[二]

【眉評】

[一] 淒涼哀怨，如讀《黍離》、《麥秀》之歌。

[二] 語極快樂，意極悲涼，一片傷心，言外可會。

【校記】

㈠ 録自《國朝詞綜》。

高雲　盤山寺僧。

踏莎行　寄花影庵主㈠

漏静鐘鳴，霜寒月冷。羣陰剥盡春將醒。滿腔碧血阿誰知，百年心事傳花影。[一]　去去留留，潛潛等等。高雲一樣蹤無定。[二]玲瓏夢破玉壺中，翩翻光映摩尼頂。

【眉評】

[一] 起三句似語録，「滿腔」二句極憤懣，殆隱於僧者耶？

[二] 「高雲」句插入自己，趣甚。

【校記】

㊀ 録自《國朝詞綜》。

徐燦 見《大雅集》。

○○臨江仙㊀

不識秋來鏡裏，個中時見啼妝。碧波清露殢紅香。蓮心羞結，多半是空房。[一] 低閣垂楊罷舞，窺簾歸雁成行。夢魂曾到水雲鄉。細風將雨，一夜冷銀塘。[二]

【眉評】

[一] 觸物生愁。

［二］絶去纖冶之習，乃見淒艷。

【校記】

㊀録自《國朝詞綜》。《拙政園詩餘》有詞題「閨情」。

風中柳㊀

春到眉端，還怕愁無著處。問年華、替誰㊁爲主。怨香零粉，待春來憐護。被東風、霎時催去㊂。日望南雲，難道夢歸無據。徧天涯、亂紅如許。絲絲垂柳，帶恨舒千縷。這番又、一簾梅雨。［一］

【眉評】

［一］意纏綿而語沈鬱，居然作手。

【校記】

㊀録自《國朝詞綜》。《拙政園詩餘》有詞題「春閨」。

㈡「替誰」，《拙政園詩餘》作「爲誰」。

㈢「催去」，《拙政園詩餘》作「吹去」。

滿江紅 示四妹㈠

碧海苕溪，彈指又、一年離別。看過眼、倦楊青老，怨桃紅歇。[一]相約每期燈火夜，相逢長是葵榴月。倩殘燈、喚起半生愁，今宵說。[二]　采蓮沼，香波咽。鬥草逕，芳塵絶。痛煙蕪何處，舊家華閥㈡。嬌小鳳毛堂構遠，飄零蟬鬢門楣孑。拂銀檠、譜向玉參差，聲聲血。[三]

【眉評】

[一] 鍊字鍊句。

[二] 運筆空靈，遺詞沈著，不落小家數。

[三] 緣情生文，慰歎兼至。

【校記】

㈠ 録自《國朝詞綜》。

㊁「華闕」，《拙政園詩餘》作「華閼」。

又 將至京寄素庵㊀

柳岸欹斜，帆影外、東風偏惡。人未起、旅愁先到，曉寒時作。滿眼河山牽舊恨，茫茫何處藏舟壑。記玉簫、金管振中流，今非昨。[一]　春尚在，衣憐薄。鴻去盡，書難託。歎征途憔悴，病腰如削。咫尺玉京人未見，又還負卻朝來約。[二]料殘更、無語把青編，愁孤酌。

【眉評】

[一] 有筆力，有感慨，偏出自婦人手，奇矣。

[二] 措語絕生動，真是奇才。

【校記】

㊀ 録自《國朝詞綜》。

滿庭芳 寒夜別意㊀

水點成冰，離雲愁暮，能禁幾陣淒風。綺窗吟寂，頻倚曲闌東。夢短宵長難寐，聽不了、點滴銅龍。銷魂也，梅花憔悴，飛雪斷來鴻。[一]　翠幃，春乍透，㊁鴛鴦香冷，兩地愁同。只天涯離別，如此㊂匆匆。争奈多愁多病，無頭悶、一夜惺忪。風搖處，獸環雙控，銀燭影微紅。[二]

【眉評】

[一] 淒警。

[二] 結筆淒婉而温雅。

【校記】

㊀ 録自《國朝詞綜》。

㊁ 「春乍透」，《拙政園詩餘》作「□乍逗」。

㊂ 「如此」，《拙政園詩餘》作「□又」。

柳是 字如是，嘉興人。歸虞山錢氏。

金明池 詠寒柳㈠

有恨寒潮，無情殘照，正是蕭蕭南浦。更吹起、霜條孤影，還記得、舊時飛絮。況晚來、煙浪迷離，見行客、特地瘦腰如舞。總一種淒涼，十分憔悴，尚有燕臺佳句。[一] 春日釀成秋日雨。念疇昔風流，暗傷如許。縱饒有、繞堤畫舫㈡，冷落盡、水雲猶故。念㈢從前、一點春風㈣，幾隔著重簾，眉兒愁苦。待約箇梅魂，黄昏月澹，與伊深憐低語。[二]

【眉評】

[一] 情景兼到，用筆亦灑落有致。

[二] 去路甚别致。

【校記】

㈠ 録自《國朝詞綜》。

㈡「畫舫」，《牧齋初學集》有美詩》注引作「畫舸」。

㈢「念」，《牧齋初學集》有美詩》注引作「憶」。

㈣「春風」，《牧齋初學集》有美詩》注引作「東風」。

侯承恩 字孝儀，嘉定人。有《盆山詞鈔》一卷。

○**搗練子**[一]㈠

情脈脈，思悠悠。花自紛飛水自流。青鳥不來春又盡，含愁無那倚妝樓。

【眉評】

[一] 小令以婉約爲宗，須言盡而意不盡。「青鳥」七字，極婉約之致。

【校記】

㈠ 録自《國朝詞綜》。

吴芳　字芳英，秀水人。徐然室。

、阮郎歸　寄遠㊀

東風吹就雨廉纖。慵將鍼線拈。暗愁多半上眉尖。殘燈和淚添。羅帳冷，髻鬟偏。無言且獨眠。欲憑清夢到君邊。誰知夢也慳。[一]

【眉評】

[一] 疊進一層，更見淒警。

【校記】

㊀ 録自《國朝詞綜》。

鍾筠　字蕡若，仁和人。仲某室。有《梨雲榭詩餘》三卷。

減字木蘭花　春曉㊀

曉鶯破夢。九十春光誰與共。望眼迷離。粉蝶梨花一處飛。東風無力。小院迴廊春

寂寂。悄傍妝臺。明鏡無端引恨來。[一]

【眉評】

[一] 淒感之詞，筆力頗健。

【校記】

㊀ 録自《國朝詞綜》。

張學雅 字古什，太原人。張佚女。流寓蘇州，早卒。

菩薩蠻㊀

纖纖眉月窺簾小。夜深人静閒庭悄。香袖倚闌干。玉階花露寒。[一]　鈿箏㊁絃斷續。懶奏歸雲曲。微濕㊂素牋紅。燈前帶淚封。

【眉評】

[一] 淒艷，似飛卿語。

【校記】

㈠ 録自《國朝詞綜》。

㈡ 「鈿箏」,《衆香詞》作「搊箏」。

㈢ 「微濕」,《衆香詞》作「淚濕」。

蝶戀花㈠

紫燕雙飛春去了。桃李枝頭,留得春多少。簾箔重重人悄悄。相思一半縈芳草。[一] 空憶故園歸去好。正是池塘,緑滿荷錢小。深院垂楊煙繚繞。落紅荒樹啼鵑老。

【眉評】

[一] 離愁滿紙。

【校記】

㈠ 録自《國朝詞綜》。《閨秀詞鈔》有詞題「春曉」。

燭影摇紅 秋思㊀

摇落江天，一庭淡日閒清晝。素衣時怯曉風侵，睡起籠金獸。病後東陽消瘦。憑高幾度空回首。籬邊疎菊，天際孤鴻，年光依舊。[一]　不解雙蛾，偏將惱恨深深覆。蓮房泣露粉香愁，池水風吹皺。昨夜雨輕寒驟。海棠滿砌胭脂透。暮蟬疎柳，黄葉堆堦，斷腸時候。

【眉評】

[一] 旅懷寂寞，觸處淒涼，哀感如此，所以不永年也。

【校記】

㊀ 録自《國朝詞綜》。

沈闗闗 字宫音，吴江人。

臨江仙㊀

春睡懨懨如中酒，小庭閒步徘徊。雨餘新緑遍蒼苔。落花驚鳥去，飛絮捲愁來。[一]　纔

覺春來春已暮㊁，枝頭纍纍青梅。年光一瞬總堪哀。浮雲隨水逝，殘照上樓臺。[二]

【墨評】

[一] 造句精警。

[二] 情詞並美，筆力亦佳。

【校記】

㊀ 録自《國朝詞綜》。《古今詞選》有詞題「春暮」。

㊁ 「已暮」，《古今詞選》作「又暮」。

葉宏緗 見《閑情集》。

踏莎行 秋閨㊀

寒雁侵吟，籬花伴繡。蕭疎一派秋時候。曲欄倚遍望天涯，斜陽斷處青山瘦。　屏掩銀牀，篆噴金獸。芭蕉影壓疎簾縐。那堪月上又黃昏，聲聲露滴芙蓉漏。[一]

【眉評】

［一］清麗紆徐，最耐人思。

【校記】

㊀録自《國朝詞綜》。

浣溪沙 題女史楊倩玉《遠山遺集》㊀

吹落雙星雁獨歸。斷魂殘夢繞花枝。西風冷落舊羅幃。［一］黛筆難描索笑影，淚珠抛作亂紅飛。挑燈讀遍遠山詞。

【眉評】

［一］字字淒艷。

【校記】

㊀録自《國朝詞綜》。

李紉蘭 長洲人。有《生香館詞》。㊀

【校記】

㊀李紉蘭，名佩金，字紉蘭，一字晨蘭。邦燮女，何湘室。

賣花聲 暮春感賦㊀

眉影控簾釘。花補苔痕。滿身香霧嫩寒侵。怨入杜鵑聲裏血，獨自愁吟。

玉笛擫㊁離情。草長紅心。月鉤空弔美人魂。憐爾爲花猶命薄㊂，何況儂今。[一]

【眉評】

[一]淒婉沈至，押「今」字韻尤極遒峭。

【校記】

㊀録自《蓮子居詞話》。詞題，《生香館詞》作「暮春感懷」。

㊁「擫」，《生香館詞》作「咽」。

㊂「命薄」,《生香館詞》作「薄命」。

菩薩蠻 秋夜書懷㊀

冰輪碾破遥空碧。砧聲敲冷相思夕。望斷雁來天。瀟湘煙水寒。[一] 玲瓏花裏月。知否人間别。一樣去年秋。如何幾樣愁。[二]

【眉評】

[一] 雅韻欲流。

[二] 宛轉悲涼。

【校記】

㊀ 録自《蓮子居詞話》。詞題,《生香館詞》作「秋夜書懷寄查紉芳」。

蝶戀花㊀

記得黄昏躭静坐。寵柳嬌花,春恨吟難妥。珠箔飄燈風婀娜。四圍碧浪春痕皺。[一] 譜就紅鹽蘭燭墮。擊碎珊瑚，唱徹誰人和。提起閒愁無一可。淚絲彈瘦緗桃朵。

【眉評】

［一］鍊句鍊字。

【校記】

㈠録自《蓮子居詞話》。《生香館詞》有詞題「春日雨窗憶舊，感懷寄示大弟湘芷、蓉岑弟婦，兼寄雪蘭、蕊淵、蘅芳、琴綺、林風、畹蘭諸姊妹」，凡十二首，此其二。

露華 殘月㈠

星疎雲斂。正蓮漏將殘，樹影低轉。忽逗惺忪，依舊一痕秋淺。憐渠那忍先眠㈡，夜夜照人清減。還知否，眉梢恨多，偏是儂見。［一］ 小庭暑退紈扇。便悮拜深深，香裊心篆。争奈一回凝佇㈢，一回長歎。賸得前度閒愁，挂在寶簾銀蒜。羅衣冷，花魂和夢銷黯。［二］

【眉評】

［一］「偏是儂見」四字淒警，中含無限悲怨。

[二] 淒艷，直似鬼語。

【校記】

㊀ 録自《蓮子居詞話》。

㊁「先眠」，《小檀欒室彙刻閨秀詞》本《生香館詞》作「先瞑」。

㊂「凝佇」，《生香館詞》作「憔悴」。

金縷曲 闌干㊀

梵宇㊁隨花轉。正銷凝、孤鴻影裏，斜陽庭院。一桁翠簾波瑟瑟，依約隔花曾見。渺天際、嬌雲弄晚。背立東風空徙倚，奈離愁、曲曲都縈徧㊂。認千點，啼紅怨。[一] 低徊怕問㊃閒池館。剩依然、杏梁雙燕，惜春微歎。寂寞海棠紅暈近，只是看花人遠。再軟踏、苔衣尋徧。十二碧城天似水，嵌玲瓏、夜月春痕淺。[二] 又試拍，輕魂喚。

【眉評】

[一] 悲怨中一唱三歎，極其繾綣。

［二］「秋水樓臺，澹不可畫」，語意似之。

【校記】

㊀録自《蓮子居詞話》。
㊁「梵宇」，《生香館詞》作「梵字」。
㊂「縈徧」，《生香館詞》作「縈滿」。
㊃「怕問」，《生香館詞》作「怕向」。

又　題黄仲則《悔存詞》後，即用其贈汪劍潭韻。㊀

展卷靈光放。罨銀屏、玉蕤煙燼，冷吟閒望。讀到夜窗虚似水，百斛淚珠難量。可只爲、落梅淒悵。真向百花頭上死，倩二分、明月和愁葬。［一］疎影澹，暗香蕩。　奇才合住青冥上。想當時、裁紅暈碧，清狂情況。歎息詞人零落盡，祇有青山無恙。對衰草、斜陽門巷。小雨滴殘秋夢瘦，［二］怪金飈、涼透朱櫻帳。正繞砌，亂蛩響。

【眉評】

［一］出筆淒怨，正如寒潭弔影，落花辭枝。

［二］「小雨」七字警絕。

【校記】

㈠録自《蓮子居詞話》。詞題「其贈」，《生香館詞》作「贈」。

曹玉雨 西江人。有《擷芳館詞》。

玉漏遲 燈㈠

緑陰涼月暗。湘簾欲下，紗籠漫捲。病起支離，瘦影怕教重見。休認夜珠一點。繫多少、春愁秋怨。［一］思無限。香消漏盡，酒闌歌散。　曾記舊日蘭閨，正剪燭分題，尚嫌宵短。爭似而今，衹解照人腸斷。況對疎窗冷雨，更獨倚、熏篝挑倦。鄉夢遠。心緒落花零亂。

【眉評】

［一］淒警。○筆意亦雅近南宋諸家。

【校記】

㊀ 録自《蓮子居詞話》。

徐元端 字延香，江都人。

○南鄉子㊀

獨坐數歡期㊁。花影重重月影㊂低。無計徘徊思好句，支頤。㊃除卻春愁沒箇題。[一] 閒倚畫樓西。芳草青青失舊堤。猶記當時人去處㊄，依依。紅杏花邊颺㊅酒旗。

【眉評】

[一] 脱口如生。

【校記】

㊀ 録自《國朝詞綜》。卷三、卷六重出。《繡閒詞》有詞題「春情」，《明詞綜》、《國朝詞綜》無。

㊁ 「歡期」，《繡閒詞》、《明詞綜》、《詞則・別調集》卷三作「歸期」。

㊂「月影」，《繡閒詞》、《明詞綜》、《詞則・別調集》卷三作「日影」。

㊃「支頤」，《明詞綜》、《詞則・別調集》卷三作「遲遲」。

㊄「去處」，《詞則・別調集》卷三作「去遠」。

㊅「颺」，《繡閒詞》作「卓」，《詞則・別調集》卷三作「罩」，《明詞綜》作「一」。

孫雲鳳 見《閑情集》。

菩薩蠻㊀

玉階露冷蟲聲咽。珠簾影透玲瓏月。長夜夢難成。秋窗不肯明。　柳眉花似臉。鎮日深閨掩。人立小闌干。鶯花春正殘。[一]

【眉評】

[一] 後半雅近飛卿。

【校記】

㊀ 録自《湘筠館詞》。

張玉珍

字藍生，一字清河，江南華亭人。嫁太倉金瑚秀才，早寡。有《得樹樓詞》。

金縷曲

余自遭變以來，久拋筆硯，春光通半，腸斷淚流，無可自解，聊寄長調，以寫悲懷。㊀

小院春寒冽。又無端、過了清明，斷腸時節。剪紙招魂招不得，路黑關山影滅。但只有、愁心凝結。[一]五載離情空繾綣，苦而今、蹤跡成鴻雪。歌宛轉，復嗚咽。　林中杜宇應啼血。看天邊、月缺猶圓，幾曾常缺。命薄紅顏㊁千古恨，舊事何堪重説。化夢裏、雙飛蝴蝶。一霎光陰如露電，願黄泉、碧落休言別。生已負，死同穴。

【眉評】

[一] 慘戚憯悽，聲盡氣咽，不必計其句調之工拙也。

【校記】

㊀ 録自《晚香居詞》。詞題「通半」，《晚香居詞》作「過半」。

㊁ 「紅顏」，《晚香居詞》作「蛾眉」。

祝英臺近 病起㊀

雁書沈，芳信遠。麗句寫紈扇。小極無聊，睡也幾曾倦。縱有鴻雪行蹤，絮泥心事，都付與、舊時鶯燕。　蠟燈泫。早又院落黄昏，螢火兩三點。曲彔闌干，不語苦憑徧。倩攜緑綺輕彈，一天離恨，任香影、回風低卷。［一］

【眉評】

［一］曲折哀怨，一片血淚。

【校記】

㊀ 録自《國朝詞綜》。詞題，《晚香居詞》作「病起偶成，用竹垞集中韻」。

清平樂㊀

藥鐺茶臼。病骨閒消受。愁到眉心頻斂皺。不是秋來纔瘦。［一］　無言悶拍闌干。西風

早報輕寒。回首鄉關迢遞，負他紅樹青山。[二]

【眉評】

[一]刻骨之痛，情見乎詞。

[二]淒惋閑雅。

【校記】

㊀録自《晚香居詞》。

孫雲鶴 字蘭友。析州孫令宜廉使之次女，嫁金氏。

點絳唇㊀

村柝聲寒，鄉關夢斷三更過。紙窗風破。一點殘燈墮。　静院無人，獨自開簾坐。重門鎖。梅花和我。對月成三箇。[一]

【眉評】

［一］灑脱可喜。

【校記】

㈠録自《聽秋聲館詞話》。

吴蘋香 見《大雅集》。

○○**柳梢青** 題《無人院落圖》㈠

不索燒茶。一重簾捲，幾摺闌遮。楊柳樓臺，桃花世界，燕子人家。［一］東風幅幅窗紗。望翠袖、非耶是耶。鸚鵡前頭，秋千背面，没處尋他。［二］

【眉評】

［一］「楊柳」三語清麗，無人意言外自見。

［二］錦心繡口，語極圓脆。

【校記】

㈠ 録自《兩般秋雨庵隨筆》。

雙卿[一] 見《西青散記》。

【眉評】

[一] 雙卿負絶世才，秉絶代姿，爲農家婦，姑惡夫暴，勞瘁以死。生平所爲詩詞，不願留墨跡，每以粉筆書蘆葉上，以粉易脱，葉易敗也。其旨幽深窈曲，怨而不怒，古今逸品也。余録其詞十二闋，並附録《西青散記》數則，令閲者同聲一哭焉。○按：史梧岡《西青散記》載雙卿事甚詳，或疑其寓言，亦刻舟之見。

○浣溪沙㈠

暖雨無晴漏幾絲。牧童斜插嫩花枝。小田新麥上場時。汲水種瓜偏怒早，忍煙炊黍又嫌遲㈡。日長酸透軟腰肢。

【校記】

㈠下十二首均録自《西青散記》。

㈡「嫌遲」，《西青散記》作「嗔遲」。

望江南

春不見，尋過野橋西。染夢淡紅欺粉蝶，鎖愁濃緑騙黄鸝。幽恨莫重提。　人不見，相見是還非。拜月有香空惹袖，惜花無淚可沾衣。山遠夕陽低。

濕羅衣

世間難吐只幽情。淚珠嚥盡還生。手撚殘花，無言倚屏。　鏡裏相看自驚。瘦亭亭。春容不是，秋容不是，可是雙卿。[一]

【眉評】

[一]淒怨不勝，婉娩有致，想見素質幽情。

二郎神 菊花詞[一]

絲絲脆柳。裊破淡煙依舊。向落日、秋山影裏，還喜花枝未瘦。苦雨重陽挨過了，虧耐到、小春時候。知今夜，蘸微霜，蝶去自垂首。 生受。新寒浸骨，病來還又。可是我、雙卿薄倖，撇你黃昏靜後。月冷闌干人不寐，鎮幾夜、未鬆金扣。枉辜卻、開向貧家愁處，欲澆無酒。[二]

【眉評】

[一] 雙卿性愛菊，植野菊於破盂，春嬰皆對之，爲此詞淒涼宛轉，可以怨矣。○總無一語落恒逕，所以爲高。

[二] 低回留戀，我不忍卒讀。○此詞絕厚，根於性情。

孤鸞[一]

午寒偏準。早瘧意初來，碧衫添襯。宿髻慵梳，亂裹帕羅齊鬢。忙中素裙未浣，摺痕邊、斷絲雙損。玉腕近看如藕，可香腮還嫩。算一生、淒楚也拚忍。便化粉成灰，嫁時先忖。錦思花情，敢被爨煙薰盡。東菑卻嫌餉緩，冷潮回、熱潮誰問。歸去將棉曬取，又晚炊相近。

【眉評】

［一］雙卿之夫橫戾暴虐，粗醜不堪，雙卿無憎意。一日餉黍遲，夫怒，揮鋤擬之，乃爲此詞。芊綿淒怨，讀「一生淒楚」三語，誰不爲之呼天耶？

惜黃花慢 孤雁［一］

碧盡遙天，但暮霞散綺，碎剪紅鮮。聽時愁近，望時怕遠，孤鴻一個，去向誰邊。素霜已冷蘆花渚，更休倩、鷗鷺相憐。暗自眠。鳳凰雖好，寧是姻緣。淒涼勸你無言。趁一沙半水，且度流年。稻粱初盡，網羅㊀正苦，夢魂易驚，幾處寒煙。斷腸可似嬋娟意，寸心裏、多少纏綿。夜未闌。倦飛誤宿平田。

【眉評】

［一］日暮，雙卿左攜帚，右挾畚，自場歸。見孤雁哀鳴，投圩中宿焉，乃西向佇立而望。其姑自後叱之，墮畚於地。雙卿素膽小易驚，久疾益虛損，聞暗響即怔忡不寧，姑以此特苦之。乃爲此詞。鵑血猿聲，令人腸斷。

【校記】

㈠「網羅」，《西青散記》作「羅網」。

鳳凰臺上憶吹簫 殘燈［一］

已暗忘吹，欲明誰剔，向儂無焰如螢。聽土堦寒雨，滴破三更。獨自懨懨耿耿，難斷處、也忒多情。香膏盡，芳心未冷，且伴雙卿。　星星。漸微不動，還望你淹煎，有個花生。勝野塘風亂㈠，搖曳漁燈。辛苦秋蛾散後，人已病、病減何曾。相看久，朦朧成睡，睡去空驚。

【眉評】

［一］雙卿諫其夫賭，夫怒，屏之爨室。倚薪而坐，對殘燈泣焉，乃爲此詞。情文酸楚，不堪卒讀。

【校記】

〔一〕「風亂」，《西青散記》作「風動」。

薄倖 詠瘧〔一〕

依依孤影。渾似夢、憑誰喚醒。受多少、蝶嗔蜂怒，有藥難醫花證。最忙時、那得工夫，淒涼自整紅爐等。總訴盡濃愁，滴乾清淚，冤煞蛾眉不省。去過酉來先午，偏放卻、更深宵永。正千迴萬轉，欲眠仍起，斷鴻叫破殘陽冷。晚山如鏡。小柴扉煙鎖，佳人翠袖懨懨病。春歸望早，只恐東風未肯。

【眉評】

〔一〕雙卿夙有瘧疾，體弱性柔，能忍事，即甚悶，色常怡然。一日，雙卿舂穀喘，抱杵而立。夫疑其惰，推之，仆臼傍，杵壓於腰，忍痛復舂。炊粥半而瘧作，火烈粥溢，沃之以水。姑大詬，掣其耳環曰：「出！」耳裂環脱，血流及肩，乃拭血畢炊。於是抒臼俯地而歎曰：「天乎！願雙卿一身，代天下絶世佳人受無量苦，千秋萬世後爲佳人者，無如我雙卿爲也。」至是爲苦瘧詞，以蘆葉書之，嘆曰：「誠不如『化作彩雲飛』也。」○日用細故，信手拈來，都成異彩。得雙卿詞，足爲《別調集》生色。

摸魚兒

喜初晴、晚霞西現。寒山煙外清淺。苔紋乾處容香履，尖印紫泥猶軟。人語亂。忙去倚柴扉，空負深深願。相思一線。向新月搓圓，穿愁貫恨，珠淚總成串。黄昏後，殘熱誰憐細喘。小窗風射如箭。春紅秋白無情艷，一朵似儂難選。重見遠。聽説道、傷心已受殷勤餞。斜陽刺眼。休更望天涯，天涯只是，幾片冷雲展。鄰女韓西新嫁而歸，性頗慧，見雙卿獨舂汲，恒助之。瘧時坐於床，爲雙卿泣。不識字，然愛雙卿書，乞雙卿寫《心經》，且教之誦。是時將返其夫家，父母餞之，召雙卿，瘧弗能往。韓西亦弗食，乃分其所食，自裹之遺雙卿。雙卿泣爲此詞，以淡墨細書蘆葉，又以竹葉題〈鳳凰臺上憶吹簫〉一闋。㈠

【校記】

㈠ 詞末引《西青散記》語，依例應在眉評，蓋書眉已滿。

鳳凰臺上憶吹簫[一]

寸寸微雲，絲絲殘照，有無明滅難消。正斷魂魂斷，閃閃摇摇。望望山山水水，人去去、隱隱迢迢。從今後，酸酸楚楚，只似今宵。青青遥遥。問天不應，看小小雙卿，嫋嫋無聊。更見誰誰見，誰痛花嬌。誰望歡歡喜喜，偷素粉、寫寫描描。誰還管，生生世世，夜夜朝朝。[二]

【眉評】

[一] 疊用雙字累二十餘疊，亦可謂廣大神通矣。易安見之，亦當避席。

[二] 纏綿悽惻，「隴頭流水」不如是之嗚咽也。

春從天上來 梅花[一]

自笑懨懨。費半晌春忙，去省花尖。玉容憔悴，知爲誰添。病來分與花嫌。正臘衣催洗，春波冷、素腕愁沾。硬東風，枉寒香一度，新月纖纖。多情滿天墜粉，偏只累雙卿，夢裏空拈。與蝶招魂，替鶯拭淚，夜深㊀偷誦楞嚴。有傷春佳句，酸和苦、生死俱甜。祝花年。向觀音稽首，掣偏靈籤。

【眉評】

[一] 雙卿事姑孝謹，事夫柔順。元夜，持《楞嚴經》，就竈燈誦之。姑出游歸，奪而罵曰：「半本爛

紙簿，秀才覆面上且窮死，蠢奴乃考女童生耶？」偶滌硯，夫見之，怒曰：「偷閒即弄泥塊耳，釜煤尚可肥田。」雙卿於火紙上，日爲夫記腐酒，夫不識字，從旁故睥睨，謾罵曰：「此字倒矣！」雙卿愛花，拾花片和土埋之。夫怒曰：「敗花者醜，今世醜，復敗花耶？」雙卿好潔，雖拮据煙塵，而髻鬟不染。其夫則狐臊逆鼻，垢膩積頤項，揉可成丸，勸之沐，則大怒。常敬禮白衣大士，夫罵曰：「汝何脩？嫁我，福已厚矣。」雙卿謂鄰女韓西曰：「余舌苦，食餳反甚，何也？」爲梅花、餉耕二闋，情詞淒怨。

【校記】

〔一〕「夜深」，《西青散記》作「夜夜」。

又 餉耕

紫陌春晴。慢額裹春紗，自餉春耕。小梅春瘦，細草春明。春田步步春生。記那年春好，向春燕、説破春情。到於今，想春箋春淚，都化春冰。　憐春痛春春幾，被一片春煙，鎖住春鶯。贈與春儂，遞將春你，是儂是你春靈。算春頭春尾，也難算、春夢春醒。甚春魔，做一春春病，春誤雙卿。

【校記】

㊀ 録自《蟫蛣雜記》。

袁九 粤妓。　見《蟫蛣雜記》。

○○**曳腳望江南**[一]㊀

無人到花外，已聞倒挂一聲聲。往事都爲商女笑，新詩要掩大家名。乞得情人小字篆雙成。

【眉評】

[一] 出奇制勝，與張八作可謂兩美必合。

【校記】

㊀ 録自《蟫蛣雜記》。

圖書在版編目(CIP)數據

詞則 /（清）陳廷焯編選;鍾錦點校. —上海：上海古籍出版社,2023.5（2023.11 重印）
ISBN 978-7-5732-0709-8

Ⅰ.①詞… Ⅱ.①陳… ②鍾… Ⅲ.①詞(文學)—詩詞研究—中國—清代 Ⅳ.①I207.23

中國國家版本館 CIP 數據核字(2023)第 075895 號

詞則

（全四册）

［清］陳廷焯 編選

鍾錦 點校

上海古籍出版社出版發行

（上海市閔行區號景路 159 弄 1-5 號 A 座 5F 郵政編碼 201101）

（1）網址：www.guji.com.cn

（2）E-mail：guji1@guji.com.cn

（3）易文網網址：www.ewen.co

蘇州市越洋印刷有限公司印刷

開本 850×1168 1/32 印張 65.25 插頁 25 字數 1,110,000

2023 年 5 月第 1 版 2023 年 11 月第 2 次印刷

印數：1,501—2,300

ISBN 978-7-5732-0709-8

I·3724 定價：298.00 元

如有質量問題,請與承印公司聯繫

詞則

叁

〔清〕陳廷焯 編選
鍾錦 點校

閑情集

閑情集序

《閑情》一賦，白璧微瑕，昭明誤會其旨矣。淵明以名臣之後，際易代之時，欲言難言，時時寄託。「閑情」云者，閑其情使不得逸也。是以㊀歷寫諸願，而終以所願必違，其不仕劉宋之心，言外可見。淺見者膠柱鼓瑟，致使美人香草之遺意，等諸桑間濮上之淫聲，此昭明之過也。兹編之選，綺説邪思，皆所不免。然夫子删《詩》，並存鄭、衛，知所懲勸，於義何傷？㊁名以「閑情」，欲學者情有所閑，而求合於正，亦聖人「思無邪」旨也。録《閑情集》。

丹徒亦峰陳廷焯識

【校記】

㊀「是以」，原寫「故」，後改。

㊁「知所」二句，後增。

閑情集詞目

歐陽修　七首 ……………… 一〇二六

司馬光　一首 ……………… 一〇三一

晏幾道　三十首 ……………… 一〇三二

卷二

卷三

卷四

卷五

卷六

總共二百十七家，詞六百五十五首

閑情集卷一

唐詞

昭宗皇帝

巫山一段雲 題寶雞驛壁㈠

蝭舞梨園雪㈡，鶯啼柳帶煙。小池殘日艷陽天。苧羅山又山。青鳥不來愁絶。忍看鴛鴦雙結。春風一等少年心。閑情恨不禁。[一]

【眉評】

[一] 遺詞哀艷，至有李茂貞之變。

【校記】

㈠録自《詞綜》。此調朱本《尊前集》凡二首，詞題「上幸蜀宮人留題寶雞驛壁」，此其二。

㈡「雪」，底本作「雲」，據朱本《尊前集》、《詞綜》改。

韓翃　字君平，南陽人。天寶十三載進士，以駕部郎中知制誥，終中書舍人。

、○**章臺柳**　寄柳氏㈠

章臺柳。章臺柳。往日依依今在否。縱使長條似舊時㈡，也應㈢攀折他人手。[一]

【眉評】

[一] 疑似之詞，卻説得婉折。

【校記】

㈠録自《詞綜》。

㈡「舊時」，《全芳備祖》同，《詞綜》作「舊垂」。

㈢「也應」，《花草粹編》作「亦應」。

白居易 見《放歌集》。

花非花㈠

花非花，霧非霧。夜半來，天明去。來如春夢不多時，去似朝雲無覓處。

【校記】

㈠ 録自《詞綜》。

長相思[一]㈠

深畫眉。淺畫眉。蟬鬢鬅鬙雲滿衣。陽臺行雨迴。巫山高，巫山低。暮雨瀟瀟郎不歸。[二]空房獨守時。

【眉評】

[一] 詞近鄙褻。

[二] 好在「暮雨瀟瀟」四字。○妙在絶不着力，若「黄昏卻下瀟瀟雨」，便見痕跡。

【校記】

㊀ 録自《詞綜》。

温庭筠 見《大雅集》。

○南歌子㊀

手裏金鸚鵡，胸前繡鳳凰㊁。偷眼暗形相。[一]不如從嫁與，作鴛鴦。[二]

【眉評】

[一] 五字摹神。

[二] 「鴛鴦」二字，與上「鸚鵡」、「鳳凰」映射成趣。

【校記】

㊀ 録自《詞綜》。

㈡「鳳凰」，鼂本《花間集》作「鳳皇」。

○又[二]㈠

倭墮㈡低梳髻，連娟細掃眉。終日兩相思。爲君憔悴盡，百花時。

【眉評】

[一] 低回欲絶。

【校記】

㈠録自《詞綜》。

㈡「倭墮」，《花間集》作「髿墮」。

○又[二]㈠

懶拂鴛鴦枕，休縫翡翠裙。羅帳罷爐薰。近來心更切，爲思君。

【眉評】

[一] 上三句三層，下接「近來」五字甚緊，真是一往情深。

【校記】

㊀ 録自《詞綜》。

女冠子㊀

含嬌含笑。宿翠殘紅窈窕。鬢如蟬。寒玉簪秋水，輕紗卷碧煙。[一]　雪胸鸞鏡裏，琪樹鳳樓前。寄語青娥伴，早求仙。[二]

【眉評】

[一] 仙骨珊珊，知非凡艷。

[二] 後半無味。

【校記】

㊀ 録自《詞綜》。

韓偓

字致堯，一作光，萬年人。龍紀元年擢進士第，官至兵部侍郎，朱全忠惡之，貶濮州司馬。有《香奩集》。

○生查子[一]㊀

侍女動妝奩，故故驚人睡。那知本未眠，背面偷垂淚。　嬾卸鳳凰釵，羞入鴛鴦被。時復見殘燈，和煙墜金穗。

【眉評】

[一]柔情密意。

【校記】

㊀録自《詞綜》。

○浣溪沙㊀

攏鬌新收玉步摇。背燈初解繡裙腰。枕寒衾冷異香焦。　深院不關㊁春寂寂，落花和雨

夜迢迢。恨情殘醉卻無聊。[一]

【眉評】

[一]上下闋結句微嫌並頭，然五代人多犯此弊。

【校記】

㊀録自《全唐詩》。

㊁「不關」，朱本《尊前集》作「下關」。

柳氏 韓翃寵姬。

楊柳枝答韓員外[一]㊀

楊柳枝，芳菲節。可恨年年贈離別。一葉隨風忽報秋，縱使君來豈堪折。

【眉評】

[一]君平寄詞云「也應攀折他人手」，此則並不剖白，但云「縱使君來豈堪折」，而相憶之情，貞一

之志，言外自見。和平温厚，不愧風人。

【校記】

㈠録自《詞綜》。調名，《花草粹編》作「章台柳」。

五代十國詞

後主李煜

子夜㈠

花明月暗籠輕霧。今宵㈡好向郎邊去。剗襪步香階。手提金縷鞋。畫堂南畔見。一晌㈢偎人顫。好爲㈣出來難。教君恣意憐。[一]

【眉評】

[一]荒淫語十分沈至。

【校記】

㊀録自《詞綜》。調名，《尊前集》作「子夜啼」，吕遠本《南唐二主詞》作《菩薩蠻》。

㊁「今宵」，吕遠本《南唐二主詞》作「今朝」。

㊂「一晌」，吕遠本《南唐二主詞》作「一向」。

㊃「好爲」，吕遠本《南唐二主詞》作「奴爲」。

○長相思㊀

雲一緺。玉一梭。澹澹衫兒薄薄羅。輕顰雙黛螺。　秋風多。雨如和。㊁簾外芭蕉三兩窠。夜長人奈何。[一]

【眉評】

[一]情詞淒婉。

【校記】

㊀録自《清綺軒詞選》。

㊁「雨如和」，吕遠本《南唐二主詞》作「雨相和」。

○一斛珠 美人口㊀

曉妝初過。沈檀輕注些兒箇。向人微露丁香顆。一曲清歌，暫引櫻桃破。　羅袖裛殘殷色可。盃深旋被香醪涴。繡床斜凭嬌無那。爛嚼紅茸，笑向檀郎唾。[一]

【眉評】

[一] 風流秀曼，失人君之度矣。

【校記】

㊀ 録自《清綺軒詞選》。詞題，吕遠本《南唐二主詞》無。

和凝 字成績，鄆州人。舉進士，仕後唐，知制誥，翰林學士。晉天福中，拜中書侍郎，同中書門下平章事。歸後漢，拜太子太傅，封魯國公。有《紅葉稿》。

○采桑子㊀

蝤蠐領上訶梨子，繡帶雙垂。椒户閑時。競學樗蒲賭荔枝。　叢頭鞋子紅編細，裙窣金

絲。無事嚬眉。春思翻教阿母疑。[一]

【眉評】

[一]以婉雅之筆，繪穠麗之詞，耐人尋味。

【校記】

㊀録自《詞綜》。

、、江城子 五首[一]㊀

初夜含嬌入洞房。理殘粧。柳眉長。翡翠屏中、親爇玉爐香。整頓金鈿呼小玉，排紅燭，待潘郎。

【眉評】

[一]五詞不少俚淺處，取其章法清晰，爲後人聯章之祖。

【校記】

㊀五首俱録自《全唐詩》。

又

竹裏風生月上門。理秦箏。對雲屏。輕撥朱絃、恐亂馬嘶聲。含恨含嬌獨自語，今夜約㊀，太遲生。

【校記】

㊀「約」，朱本《尊前集》作「月」。

又

斗轉星移玉漏頻。已三更。對棲鶯。歷歷花間、似有馬蹄聲。含笑整衣開繡户，斜斂手，下階迎。

又

迎得郎來入繡闈。語㊀相思。連理枝。鬢亂釵垂、梳墮印山眉。婭姹含情嬌不語，纖玉手，撫郎衣[一]。

【校記】

[一]「語」，明吴訥《唐宋名賢百家詞》鈔本《尊前集》作「話」。

又

帳裏鴛鴦交頸情。恨雞聲。天已明。愁見街前、還是説歸程。臨上馬時期後會，待梅綻，月初生。

韋莊　見《大雅集》。

上行盃[一]

芳草灞陵春岸。柳煙深、滿樓絃管。一曲離聲腸寸斷。今日送君千萬。紅縷[二]玉盤金縷[三]盞。須勸。珍重意，莫辭滿。[二]

【眉評】

［一］殷勤悃欵，令人情醉。

【校記】

㊀録自《詞綜》。

㊁「紅縷」，四印齋本《花間集》同，鼂本《花間集》、《詞綜》作「紅鏤」。

㊂「金縷」，鼂本《花間集》、《詞綜》作「金鏤」。

女冠子㊀

四月十七。正是去年今日。别君時。忍淚佯低面，含羞半斂眉。不知魂已斷，空有夢相隨。［一］除卻天邊月，没人知。

【眉評】

［一］一往情深，不着力而自勝。

【校記】

㊀錄自《詞綜》。

薛昭蘊 仕至侍郎。

謁金門㊀

春滿院。疊損羅衣金線。睡覺水精簾未卷。簾前㊁雙語燕。　斜掩金鋪一扇。滿地落花千片。早是相思腸欲斷。忍教頻夢見。[一]

【眉評】

[一]曰「相思」，曰「夢見」，泛常語分作兩層寫，意態便濃，斯謂翻陳出新。

【校記】

㊀錄自《詞綜》。《續詞選》亦有。

㊁「簾前」，《花間集》作「簷前」。

浣溪沙[一]㊀

粉上依稀有淚痕。郡庭花落欲㊁黄昏。遠情深恨與誰論。記得去年寒食日，延秋門外卓金輪。日斜人散暗銷魂。

【眉評】

[一]〈浣溪沙〉數闋，委婉沈至，音調亦閑雅可歌。

【校記】

㊀録自《詞綜》。

㊁「欲」，晁本《花間集》作「斂」。

又㊀

握手河橋柳似金。蜂須輕惹百花心。蕙風蘭思寄清琴。意滿便同春思滿㊁，情深還似酒杯深。楚煙湘月兩沈沈。

【校記】

㈠ 録自《唐五代詞選》。

㈡「春思滿」，《花間集》、《唐五代詞選》作「春水滿」。

又㈠

江館清秋纜客船。故人相送夜開筵。麝煙蘭焰簇花鈿。正是斷魂迷楚雨，不堪離恨咽湘弦。月高霜白水連天。

【校記】

㈠ 録自《唐五代詞選》。

又㈠

越女淘金春水上，步搖雲髻佩鳴璫。渚風江草又清香。不爲遠山凝翠黛，只應含恨向斜陽。碧桃花謝㈡憶劉郎。[一]

【眉評】

［二］遣詞大雅。

【校記】

㊀録自《唐五代詞選》。

㊁「花謝」，晁本《花間集》作「花榭」。

牛嶠 見《大雅集》。

○望江怨㊀

東風急。惜別花時手頻執。羅幃愁復入㊁。馬嘶殘雨春蕪濕。倚馬㊂立。寄語薄情郎，粉香和淚泣。

【校記】

㊀録自《詞綜》。《花間集》未分片。

㊁「復入」，《花間集》作「獨入」。

㈢「倚馬」,《花間集》作「倚門」。

、○**感恩多**㈠

兩條紅粉淚。多少香閨意。强攀桃李枝。斂愁眉。[一]　陌上鶯啼蝶舞,柳花飛。柳花飛。願得郎心,憶家還早歸。[二]

【眉評】

[一]中有傷心處。

[二]自然而然,絶不著力。

【校記】

㈠録自《詞綜》。

○**西溪子**㈠

捍撥雙盤金鳳。蟬鬢玉釵摇動。畫堂前,人不語。絃解語。彈到昭君怨處。翠蛾㈢愁。不

擡頭。[一]

【眉評】

[一]意在言外。

【校記】

㈠録自《詞綜》。《詞選》亦有。

㈡「翠蛾」，晁本《花間集》作「翠娥」。

毛文錫　字平珪。唐進士，事蜀，爲翰林學士，遷内樞密使，歷文思殿大學士、司徒。㈠

【校記】

㈠小傳重出，依原稿體例，應徑寫：「見《放歌集》。」

更漏子㈠

春夜闌，春恨切。花外子規啼月。人不見，夢難憑。紅紗一點燈。偏怨別。是芳節。

庭下丁香千結。宵霧散，曉霞輝。梁間雙燕飛。

【校記】

㊀録自《詞綜》。

醉花間㊀

休相問。怕相問。相問還添恨。[一]春水滿塘生，鸂鶒還相趁。昨夜雨霏霏，臨明寒一陣。偏憶戍樓人，久絕邊庭信。

【眉評】

[一]合下章自成章法。

【校記】

㊀録自《詞綜》。

又㊀

深相憶。莫相憶。相憶情難極。銀漢是紅牆，一帶遥相隔。金盤珠露滴。兩岸榆花白。風摇玉佩清，今夕爲何夕。[一]

【眉評】

[一] 筆意古雅。

【校記】

㊀ 録自《詞綜》。

牛希濟 嶠兄子。仕蜀，爲御史中丞，降於後唐。

生查子㊀

春山煙欲收，天澹稀星少㊁。殘月臉邊明，别淚臨清曉。[一] 語已多，㊂情未了。回首猶重道。記得緑羅裙，處處憐芳草。

【眉評】

［一］別後情景，「曉風殘月」不是過也。

【校記】

㊀録自《詞綜》。《詞選》亦有。

㊁「稀星少」，《花間集》作「稀星小」。

㊂「語已多」，晁本《花間集》詞末注：「一本無『已』字。」

又㊀

新月曲如眉，未有團圓㊁意。紅豆不堪看，滿眼相思淚。［一］　終日劈㊂桃穰，人在心兒裏。兩朵隔牆花，早晚成連理。［二］

【眉評】

［一］淋漓沈至。

[二] 後半近纖巧。

【校記】

㊀ 録自《詞綜》。此詞《詞綜》據《詞林萬選》作牛希濟詞，楊金本《草堂詩餘》作宋人趙彦端詞，未知孰是。

㊁「團圓」，楊金本《草堂詩餘》同，《詞林萬選》、《詞綜》作「團圞」。

㊂「劈」，楊金本《草堂詩餘》作「擘」。

謁金門㊀

秋已暮。重疊關山岐路。嘶馬搖鞭何處去。曉禽霜滿樹。　夢斷禁城鐘鼓。淚滴枕檀無數。一點凝紅和薄霧。翠蛾愁不語。

【校記】

㊀ 録自《唐五代詞選》。

歐陽炯 見《大雅集》。

○三字令㊀

春欲盡，日遲遲。牡丹時。羅幌卷，翠簾垂。彩箋書，紅燭㊁淚，兩心知。[一] 人不在，燕空歸。負佳期。香燼落，枕函欹。月分明，花淡薄，惹相思。

【眉評】

[一]「兩心知」較端己「憶君君不知」更深。

【校記】

㊀ 録自《詞綜》。《詞選》亦有。

㊁「紅燭」，《花間集》、《詞綜》作「紅粉」。

顧敻 仕蜀，爲太尉。

醉公子[一]

岸柳垂金綫。雨晴鶯百囀。家住緑楊邊。往來多少年。馬嘶芳草遠。高樓簾半捲。歛袖翠蛾攢。相逢爾許難。[二]

【眉評】

[二]麗而有則。

【校記】

[一]録自《詞綜》。

訴衷情[一]

永夜抛人何處去，絶來音。香閣掩。眉歛。月將沈。争忍不相尋。怨孤衾。换我心。爲

你心。始知相憶深。[一]

【眉評】

[一] 末三語嫌近曲。

【校記】

㊀ 録自《詞綜》。

浣溪沙㊀

紅藕香寒翠渚平。月籠虛閣夜蛩清。塞鴻驚夢兩牽情。　寶帳玉爐殘麝冷，羅衣金縷暗塵生。小窗孤燭淚縱横。㊁[一]

【眉評】

[一] 婉雅芊麗，不背於古。

【校記】

㊀ 録自《唐五代詞選》。

㈡晁本《花間集》詞末注：「舊前作『天際鴻，枕上夢，兩牽情』，後作『小窗深，孤燭背，淚縱横』。」

又㈠

雲澹風高葉亂飛。小庭寒雨緑苔微。深閨人静掩屏帷。　粉黛暗愁金帶枕，鴛鴦空繞畫羅衣。那堪孤負不思歸。[一]

【眉評】

[一] 婉約。

【校記】

㈠録自《唐五代詞選》。

木蘭花㈠

月照玉樓春漏促。颯颯風摇庭砌竹。夢驚鴛被覺來時，何處管弦聲斷續。　惆悵少年遊冶去，枕上兩蛾攢細緑。曉鶯簾外語花枝，背帳㈡猶殘紅蠟燭。[一]

【眉評】

[一] 此猶是詞，若飛卿〔木蘭花〕，直是絶妙古樂府矣，録入《希聲集》詩選中，兹編不載。

【校記】

㈠ 録自《唐五代詞選》。《詞綜》亦有。調名，《花間集》、《詞綜》作「玉樓春」。

㈡ 「帳」，晁本《花間集》作「悵」。

閻選 後蜀處士，事後主。

○**浣溪沙**㈠

寂寞流蘇冷繡茵。倚屏山枕惹香塵。小庭花露泣濃春。[一]　劉阮信非仙洞客，嫦娥終是月中人。此生無路訪東鄰。[二]

【眉評】

[一] 「小庭」七字凄艷。

［二］下半闋已是元、明一派。

【校記】

㊀録自《詞綜》。

尹鶚 官參卿。

○菩薩蠻㊀

隴雲暗合秋天白。俯窗獨坐窺煙陌。樓際角重吹。黄昏方醉歸。　荒唐難共語。明日還應去。上馬出門時。金鞭莫與伊。［一］

【眉評】

［一］摹寫嬌寵，只此已足。稍不自持，即流爲「一面發嬌嗔，碎挼花打人」之惡習矣，不可不防其漸。

【校記】

㊀録自《詞綜》。

毛熙震 蜀人，官秘書監。

○南歌子㊀

遠山愁黛碧，橫波慢臉明。膩香紅玉茜羅輕。深院晚堂人靜，理銀箏。　鬢動行雲影，裙遮點屐聲。嬌羞愛問曲中名。楊柳杏花時節，幾多情。

【校記】

㊀録自《詞綜》。

○○臨江仙㊀

幽閨欲曙聞鶯囀，紅窗月影微明。好風頻謝落花聲。隔幃殘燭，猶照綺屏箏。　繡被錦茵眠玉暖，炷香斜裊煙輕。淡蛾羞斂不勝情。暗思閑夢，何處逐雲行。[一]

【眉評】

[一]風流淒婉，晏、歐先聲。

【校記】

㊀録自《詞綜》。《續詞選》亦有。

李珣

梓州人。蜀秀才。有《瓊瑤集》。黄休復《茅亭客話》：「其先波斯人，有詩名，預賓貢。」㊀

【校記】

㊀依原稿例，當作「見《大雅集》」。

○南鄉子[一]㊀

蘭橈㊁舉，水文㊂開。競携藤籠采蓮來。回塘深處遥相見。邀同宴。淥酒一巵紅上面。

【眉評】

[一]李珣〈南鄉子〉諸詞，語極本色，於唐人《竹枝》外，另闢一境矣。

【校記】

㊀録自《詞綜》，又據《唐五代詞選》校改。

㈡「蘭橈」，《花間集》、《唐五代詞選》作「蘭棹」。

㈢「水文」，同《唐五代詞選》，《詞綜》作「水紋」。

○又㈠

歸路近，扣舷歌。采真珠處水風多。曲岸小橋山月過。煙深鎖。豆蔻花垂千萬朵。

【校記】

㈠録自《唐五代詞選》。《詞綜》亦有。

○又㈠

乘綵舫，過蓮塘。櫂歌驚起睡鴛鴦。帶香遊女㈡偎伴笑。争窈窕。競折團荷遮晚照。

【校記】

㈠録自《詞綜》。

㈡「帶香遊女」，鼂本《花間集》作「遊女帶香」。

○又㊀

相見處，晚晴天。刺桐花下越臺前。暗裏迴眸深屬意。遺雙翠。騎象背人先過水。[一]

【眉評】

[一]情態可想。

【校記】

㊀録自《詞綜》。

○又㊀

登畫舸，泛清波。采蓮時唱采蓮歌。攔棹聲齊羅袖斂。池光颭。驚起沙鷗八九點。

【校記】

㊀録自《詞綜》。

○又㊀

雙髻墜，小眉彎。笑隨女伴下春山。玉纖遥指花深處。争回顧。孔雀雙雙迎日舞。

【校記】

㊀録自《詞綜》。

○浣溪沙㊀

晚出閒庭看海棠。風流學得内家妝。小釵横戴一枝芳。　鏤玉梳斜雲鬢膩，縷金衣透雪肌香。暗思何事立殘陽。[一]

【眉評】

[一]其妙正在説不出處。

【校記】

㊀録自《詞綜》。

孫光憲 見《大雅集》。

清平樂㊀

愁腸欲斷。正是青春半。連理分枝鸞失伴。又是一場離散。　掩鏡無語眉低。思隨芳草萋萋。憑仗東風吹夢，與郎終日東西。[一]

【眉評】

[一] 癡情幻想，説得温厚，便有《風》《騷》遺意。

【校記】

㊀ 録自《詞綜》。

浣溪沙㊀

碧玉衣裳白玉人。翠眉紅臉小腰身。[一]瑞雲飛雨逐行雲。　除卻弄珠兼解佩，便隨西子與東鄰。是誰容易比真真。

【眉評】

[一] 起二語纖小。

【校記】

㊀ 録自《全唐詩》。

又㊀

何事相逢不展眉。苦將情分惡猜疑。眼前行止想應知。　半恨半嗔回面處，和嬌和淚泥人時。萬般饒得爲憐伊。[一]

【眉評】

[一] 描繪逼真，惜語近俚。

【校記】

㊀ 録自《全唐詩》。

○又㊀

烏帽斜欹倒佩魚。靜街偷步訪仙居。隔牆應認打門初。將見客時微掩斂，得人憐處且生疎。低頭羞問壁邊書。[一]

【眉評】

[一] 情態畢傳。

【校記】

㊀ 録自《清綺軒詞選》。

○又㊀

蘭沐初休曲檻前。煖風遲日洗頭天。濕雲初斂㊁未梳蟬。翠袂半將遮粉臆，寶釵長欲墜香肩。此時模樣不禁憐。

【校記】

㈠錄自《清綺軒詞選》。

㈡「初斂」，《花間集》作「新斂」。

○又㈠

月淡風和畫閣深。露桃煙柳影相侵。斂眉凝緒夜沈沈。　長有夢魂迷別浦，豈無春病入離心㈡。少年何處戀虛襟。

【校記】

㈠錄自《全唐詩》。

㈡「離心」，《尊前集》作「愁心」。

張泌　字子澄，江南人。仕南唐爲內史舍人。㈠

【校記】

㈠《花間集》無南唐人，此張泌疑非彼。

蝴蝶兒㊀

蝴蝶兒。晚春時。阿嬌初著淡黃衣。倚窗學畫伊。　還似花間見，雙雙對對飛。無端和淚拭胭脂。惹教雙翅垂。[一]

【眉評】

[一] 如許鍾情，干卿甚事？

【校記】

㊀ 録自《清綺軒詞選》。

江城子㊀

浣花溪上見卿卿。臉波明。㊁黛眉輕。高綰緑雲㊂、金簇小蜻蜓。好是問他來得麼，和笑道，莫多情。[二]

【眉評】

［一］妙在若會意若不會意之間，惜語近俚。

【校記】

㊀録自《詞綜》。

㊁「臉波明」，《花間集》作「臉波秋水明」，《唐宋諸賢絶妙詞選》作「眼波明」。

㊂「高綰緑雲」，《花間集》作「緑雲高綰」。

馮延巳 見《大雅集》。

○**虞美人**㊀

玉鈎鸞柱調鸚鵡。宛轉留春語。雲屏冷落畫堂空。薄晚春寒無奈落花風。　搴簾燕子低飛去。拂鏡塵鸞舞。不知今夜月眉彎。誰佩同心雙結倚闌干。［一］

【眉評】

［一］風神藴藉，自是正中本色。

【校記】

㊀録自《詞綜》。《詞選》亦有。

○菩薩蠻㊀

欹鬟墮髻摇雙槳。采蓮晚出晴江㊁上。顧影約流萍。[一]楚歌嬌未成。　相逢顰翠黛。笑把珠璫解。[二]家住柳陰中。畫橋東復東。[三]

【眉評】

[一]五字閑婉。

[二]似子夜一流人物。

[三]結二句若關合若不關合，妙甚，較「家住緑楊邊，往來多少年」高出數倍。

【校記】

㊀録自《詞綜》。

㊁「晴江」，《詞綜》、《陽春集》作「清江」。

成幼文 江南人。仕南唐，官大理卿。

謁金門㊀

風乍起。吹皺一池春水。閑引鴛鴦香徑裏。手挼紅杏蘂。鬭鴨闌干遍倚㊁。碧玉搔頭斜墜。終日望君君不至。舉頭聞鵲喜。[一]陳質齋云：「世言『風乍起』爲馮延巳作，或云成幼文也。今《陽春集》無有，當是幼文作。」

【眉評】

[一]結二語若離若合，密意癡情，宛轉如見。

【校記】

㊀録自《詞綜》。

㊁「遍倚」，四印齋本《陽春集》作「獨倚」，有注：「獨，別作『遍』。」

許岷

○木蘭花二首　大石調㈠

小庭日晚花零落。倚户無聊妝臉薄。寶筝金鴨任生塵，繡畫工夫全放卻。　有時覷着同心結。萬恨千愁無處説。當初不合儘饒伊，贏得如今長恨别。

【校記】

㈠二首俱録自《全唐詩》。

○又

江南日暖芭蕉展。美人折得親裁剪。書成小簡寄情人，臨行更把輕輕撚。　其中撚破相思字。卻恐郎疑蹤不似。若還猜妾倩人書，誤了平生多少事。[一]

【眉評】

[一]思路未精，筆意卻爽朗。

宋詞

寇準 字平仲，下邽人。太平興國中進士，累官尚書右仆射、集賢殿大學士，景德中同中書門下平章事，封萊國公。爲丁謂所搆，乾興初貶雷州司户參軍。卒，贈中書令，謚忠愍。有《巴東集》。

點絳脣㊀

小陌㊁輕寒，社公雨足東風慢。定巢新燕。濕雨穿花轉。　象尺薰爐，拂曉停鍼線。愁蛾淺。飛紅零亂。側卧珠簾卷。[一]

【眉評】

[一] 遺詞凄艷，姿態甚饒。

【校記】

㊀ 録自《詞綜》。

㊁「小陌」，《唐宋諸賢絶妙詞選》作「水陌」。

晏殊　見《大雅集》。

破陣子㊀

燕子來時新社，梨花落後清明。池上碧苔三四點，葉底黄鸝一兩聲。日長飛絮輕。　巧笑東鄰女伴，采桑徑裏逢迎。疑怪昨宵春夢好，元是今朝鬭草贏。[一]笑從雙臉生。

【眉評】

[一]風神婉約。

【校記】

㊀録自《詞綜》。《續詞選》亦有。《唐宋諸賢絶妙詞選》有詞題「春景」。

清平樂㊀

紅箋小字。説盡平生意。[一]鴻雁在雲魚在水。惆悵此情難寄。　斜陽獨倚西樓。遥山恰對簾鈎。人面不知何處，緑波依舊東流。

【眉評】

[一] 低回婉曲。

【校記】

㊀ 録自《詞綜》。

玉樓春㊀

緑楊芳草長亭路。年少拋人容易去。樓頭殘夢五更鐘，花底離愁㊁三月雨。[一] 無情不似多情苦。一寸還成千萬縷。天涯地角有窮時，只有相思無盡處。[二]

【眉評】

[一] 淒艷。

[二] 低回反覆，言有盡而意無窮。

【校記】

㊀録自《清綺軒詞選》。《唐宋諸賢絶妙詞選》有詞題「春恨」。

㊁「離愁」，《唐宋諸賢絶妙詞選》作「離情」。

踏莎行㊀

碧海無波，瑤臺有路。思量便合雙飛去。[一]當時輕别意中人，山長水遠知何處。　綺席凝塵，香閨掩霧。紅箋小字憑誰附。高樓目盡欲黄昏，梧桐葉上蕭蕭雨。

【眉評】

[一]起三語妙，是憑空結撰。

【校記】

㊀録自《詞綜》。

漁家傲　采蓮㊀

越女采蓮江北岸。輕橈短棹隨風便。人貌與花相鬭艷。流水漫㊁。時時照影看粧面。[一]

蓮葉層層張綠繖。蓮房箇箇垂金盞。一把藕絲牽不斷。紅日晚。回頭欲去心撩亂。[二]

【眉評】

[一] 有顧影自憐意。

[二] 纏綿盡致。

【校記】

㊀ 録自《清綺軒詞選》。詞題，《珠玉詞》無。

㊁ 「漫」《珠玉詞》作「慢」。

林逋 見《大雅集》。

長相思㊀

吴山青。越山青。兩岸青山相送㊁迎。誰知離別情。㊂　君淚盈。妾淚盈。羅帶同心結

未成。江頭㊃潮已平。[一]

【眉評】

[一]「此情此水共天涯」，可爲此詞接筆。

【校記】

㊀録自《清綺軒詞選》。調名，《樂府雅詞拾遺》作「相思令」。《清綺軒詞選》有詞題「惜别」，《樂府雅詞拾遺》無。

㊁「相送」，《樂府雅詞拾遺》作「相對」。

㊂「誰知離别情」，《樂府雅詞拾遺》作「争忍有離情」。

㊃「江頭」，《樂府雅詞拾遺》作「江邊」。

聶冠卿 字長孺，新安人。舉進士，慶曆中入翰林爲學士，判昭文館，兼侍讀學士。有《蘄春集》。

、〇**多麗** 李良定席上賦[一]㊀

想人生，美景良辰堪惜。向㊁其間、賞心樂事，古來㊂難是并得。況東城、鳳臺沁苑㊃，泛晴波、淺照金碧。露洗華桐，煙霏絲柳，緑陰摇曳，蕩春一色。畫堂迥、玉簪瓊佩，高會盡詞客。清歡久、重燃絳蠟，別就瑶席。　有飄若驚鴻㊄體態，暮爲行雨標格。逞朱脣、緩歌妖麗，似聽流鶯亂花隔。慢舞縈回，嬌鬟低嚲，腰肢纖細困無力。忍分散、彩雲歸後，何處更尋覓。休辭醉、明月好花，莫謾輕擲。[二]黄叔暘云：「冠卿詞不多見，如此篇亦可謂才情富麗矣。其『露洗華桐』四句，又所謂玉中之珙璧，珠中之夜光，每一觀之，撫玩無斁。」胡元任云：「『露洗華桐』二語，此是仲春天氣。下乃云『緑陰摇曳，蕩春一色』，其時未有緑陰，亦語病也。」

【眉評】

[一] 此詞情文並茂，富麗精工。湯義仍《還魂記》從此脱胎，《西廂》「彩雲何在」亦是盜襲此詞後闋語。○長孺此篇，爲詞中降格，實爲曲中上乘，蓋元、明人雜曲之祖也。

[二] 起結相應。

【校記】

㊀ 録自《詞綜》。《能改齋漫録》云：「翰林學士聶冠卿嘗於李良定公席上賦《多麗》詞。」

㊁ 「向」，《能改齋漫録》作「問」。

㊂「古來」，《能改齋漫録》作「就中」。

㊃「沁苑」，《能改齋漫録》作「沙苑」。

㊄「飄若驚鴻」，《能改齋漫録》作「翩若輕鴻」。

范仲淹 見《大雅集》。

御街行㊀

紛紛墜葉㊁飄香砌。夜寂静、寒聲碎。真珠簾卷玉樓空，天澹銀河垂地。年年今夜，月華如練，長是人千里。愁腸已斷無由醉。酒未到、先成淚。殘燈明滅枕頭攲，諳盡孤眠滋味。都來此事，眉間心上，無計相迴避㊂。[一]

【眉評】

[一]淋漓沈着，《西廂》「長亭」篇襲之，骨力遠遜，且少味外味，此北宋所以爲高。小山、永叔後，此調不復彈矣。

【校記】

㈠録自《詞綜》。《續詞選》亦有。朱本《范文正公詩餘》有詞題「秋日懷舊」。

㈡「墜業」，朱本《范文正公詩餘》作「墮業」。

㈢「迴避」，朱本《范文正公詩餘》作「違避」。

歐陽修 見《大雅集》。

○長相思㈠

深花枝。淺花枝。深淺花枝相並時。花枝難似伊。[一]　玉如肌。柳如眉。愛著鵝黃金縷衣。啼妝更爲誰。[二]

【眉評】

[一] 連用四「花枝」，二「深」、「淺」字，姿態甚足。

[二] 後半殊遜。

【校記】

㊀ 録自《唱經堂批歐陽永叔詞》。

○○蝶戀花㊀

越女采蓮秋水畔。窄袖輕羅，暗露雙金釧。照影摘花花似面。芳心只共絲爭亂。[一] 鸂鶒灘頭風浪晚。霧重煙輕，不見來時伴。隱隱歌聲歸棹遠。離愁引著江南岸。

【眉評】

[一] 與元獻作同一纏綿，而語更婉雅。

【校記】

㊀ 録自《詞綜》。

○浣溪沙㊀

香靨凝羞一笑開。柳腰如醉暖相挨。日長人困㊁下樓臺。照水有情聊整鬢，倚闌無緒更兜鞋。眼邊牽恨㊂懶歸來。

【校記】

㊀録自《清綺軒詞選》。當爲秦觀作，見《淮海居士長短句》。《清綺軒詞選》有詞題「閨情」。

㊁「人困」，《淮海居士長短句》作「春困」。

㊂「牽恨」，《淮海居士長短句》作「牽繫」。

訴衷情 畫眉㊀

清晨簾幕卷輕霜。呵手試梅妝。都緣自有離恨，故畫作遠山長。[一]　思往事，惜流光㊁。易成傷。擬歌先斂，欲笑還顰，最斷人腸。

【眉評】

[一] 縱畫長眉，能解離恨否？筆妙能於無理中傳出癡女子心腸。

【校記】

㊀録自《清綺軒詞選》。詞題，《歐陽文忠公集》之《近體樂府》作「眉意」。

㈢「流光」，《歐陽文忠公集》之《近體樂府》作「流芳」。

南歌子㈠

鳳髻金泥帶，龍紋玉掌梳。去來㈡窗下笑相扶。愛道畫眉深淺入時無。　弄筆偎人久，描花試手初。等閑妨了繡工夫。笑問雙鴛鴦字怎生書。

【校記】

㈠録自《詞綜》。

㈡「去來」，《歐陽文忠公集》之《近體樂府》作「走來」。

洛陽春㈠

紅紗未曉黄鸝語。蕙爐銷蘭炷。錦屏羅幕護春寒，昨夜三更雨。　繡簾閒倚吹輕絮。斂眉山無緒。看花拭淚向歸鴻，問來處、逢郎否。

【校記】

㊀ 録自《宋六十一家詞選》。

○臨江仙[一]㊀

柳外輕雷池上雨，雨聲滴碎荷聲。小樓西角斷虹明。闌干倚遍㊁，留待㊂月華生。　燕子飛來窺畫棟，玉鈎垂下簾旌。涼波不動簟紋平。水精雙枕，傍有墮釵横。宋錢文僖罷政爲西京留守，一日，宴於後園，客集而歐公與妓俱不至，移時方來，在坐相視以目。公責妓云：「末至何也？」妓云：「中暑，往涼堂睡着，覺失金釵，猶未見。」公曰：「若得歐推官一詞，當爲償汝。」歐陽公即席云云，合座稱善。遂命妓滿酌賞歐，而令公庫償釵。

【眉評】

[一] 遣詞大雅，宜爲文僖所賞。

【校記】

㊀ 録自《詞綜》。《詞選》亦有。

㈡「倚遍」，同《錢氏私志》、《歐陽文忠公集》之《近體樂府》、《詞綜》作「倚處」。
㈢「留待」，同《錢氏私志》、《歐陽文忠公集》之《近體樂府》、《詞綜》作「待得」。

司馬光

字君實，夏縣人。寶元初中進士甲科，累官資政殿學士、尚書左僕射兼門下侍郎，贈太師、温國公，謚文正。

西江月㈠

寶髻鬆鬆挽就，鉛華淡淡妝成。紅煙㈡翠霧罩輕盈。飛絮游絲無定。相見争如不見，有情還似㈢無情。[一]笙歌散後酒微醒㈣。深院月明㈤人静。

【眉評】

[一]真情至語，《西廂》「多情總被無情惱」，淺矣。

【校記】

㈠録自《清綺軒詞選》。

㈡「紅煙」，《侯鯖録》作「青煙」。
㈢「還似」，《侯鯖録》作「何似」。
㈣「微醒」，《侯鯖録》作「初醒」。
㈤「月明」，《侯鯖録》作「月斜」。

晏幾道 見《大雅集》。

長相思[一]㈠

長相思。長相思。若問相思甚了期。除非相見時。　長相思。長相思。欲把相思説似誰。淺情人不知。

【眉評】

[一]此爲小山集中别調，而纏綿往復，姿態有餘。

【校記】

㈠録自《小山詞》。疑自《冷廬雜識》轉録。

○○清商怨㊀

庭花香信尚淺。最玉樓先暖。夢覺香衾㊁，江南依舊遠。[一] 迴文錦字暗剪。謾寄與、也應歸晚。要問相思，天涯猶自短。[二]

【眉評】

[一] 夢生於情，「依舊」二字中一波三折。

[二] 艷詞至小山，全以情勝。後人好作淫褻語，又小山之罪人也。

【校記】

㊀ 録自《詞綜》。

㊁ 「香衾」，《小山詞》作「春衾」。

、○點絳脣㊀

妝席相逢，旋勻紅淚歌金縷。意中曾許。欲共吹花去。 長愛荷香，柳色殷橋路。留人

住。淡煙微雨。好箇雙棲處。[一]

【眉評】

[一] 情景兼寫，景生於情。

【校記】

㊀ 録自《詞綜》。

又㊀

明日征鞭，又將南陌垂楊折。自憐輕別。擁得音塵絶。　杏子枝邊，倚遍㊁闌干月。依前缺。去年時節。舊事無人説。[一]

【眉評】

[一] 流連往復，情味自永。

【校記】

㊀ 録自《詞綜》。

㈡「倚遍」，朱本《小山詞》作「倚處」。

又㈠

花信來時，恨無人似花依舊。又成春瘦。折斷門前柳。天與多情，不與長相守。分飛後。淚痕和酒。占了雙羅袖。[一]

【眉評】

[一] 淋漓沈至。

【校記】

㈠ 録自《宋六十一家詞選》。

生查子㈠

金鞍㈡美少年，去躍青驄馬。縈係㈢玉樓人，繡被春寒夜。消息未歸來，寒食梨花謝。無處説相思，背面秋千下。

【校記】

㈠録自《詞綜》。

㈡「金鞍」，《小山詞》作「金鞭」。

㈢「縈係」，《小山詞》作「牽繫」。

更漏子㈠

柳絲長，桃葉小。深院斷無人到。紅日淡，緑煙晴。流鶯三兩聲。[一]　雪香濃，檀暈少。枕上臥枝花好。春思重，曉妝遲。尋思殘夢時。

【眉評】

[一] 情餘言外，不必用香澤字面。

【校記】

㈠録自《詞綜》。

又〔一〕

露華高，風信遠。宿醉畫簾低捲。梳洗倦，冶遊慵。緑窗春睡濃。　綵條輕，金縷重。昨日小橋相送。芳草恨，落花愁。去年同倚樓。〔一〕

【眉評】

〔一〕曰「昨日」，曰「去年」，宛雅哀怨。

【校記】

〔一〕録自《宋六十一家詞選》。

玉樓春〔一〕

秋千院落重簾暮。彩筆閑來題繡户。牆頭丹杏雨餘花，門外緑楊風後絮。〔二〕　朝雲信斷知何處。應作襄王春夢去。紫騮認得舊游蹤，嘶過畫橋東畔路。

【眉評】

［一］「餘」、「後」二字有意味。

【校記】

㊀録自《詞綜》。調名，《小山詞》作「木蘭花」。

又㊀

採蓮時候慵歌舞。永日閒從花裏度。暗隨蘋末曉風來，直待柳梢斜月去。［一］　停橈共説江頭路。臨水樓臺蘇小住。細思巫峽夢回時，不減秦源腸斷處。

【眉評】

［一］綿麗有致。

【校記】

㊀録自《詞綜》。

又㊀

離鸞照罷塵生鏡。幾點吴霜侵緑鬢。琵琶絃上語無憑，豆蔻梢頭春有信。　　相思拌損朱顔盡。天若多情終欲問。雪窗休記夜來寒，桂酒已銷人去恨。

【校記】

㊀録自《宋六十一家詞選》。

兩同心㊀

楚鄉春晚，似入仙源。拾翠處、閒隨流水，踏青路、暗惹香塵。心心在，柳外青帘，花下朱門。　　對景且醉芳樽。莫話銷魂。好意思、曾同明月，惡滋味、最是黄昏。[一]相思處，一紙紅箋，無限啼痕。

【眉評】

［一］清詞麗句，爲元曲濫觴。

【校記】

㈠ 録自《詞綜》。

六么令㈠

緑陰春盡，飛絮遶香閣。晚來翠眉宮樣，巧把遠山學。一寸狂心未説。已向横波覺。畫簾遮帀。新翻曲妙，暗許閑人帶偷掐。前度書多隱語，意淺愁難答。昨夜詩有回文，韻險還慵押。都待笙歌散了，記取留時霎。不消紅蠟。閑雲歸後，月在庭花舊欄角。

【校記】

㈠ 録自《詞綜》。

滿庭芳㈠

南苑吹花，西樓題葉，故園歡事重重。凭闌秋思，閒記舊相逢。幾處歌雲夢雨，可憐流水各西東。㈡別來久，淺情未有，錦字繫征鴻。年光還少味，開殘檻菊，落盡溪桐。謾留得尊

前，淡月西風。此恨誰堪共説，清愁付、緑酒杯中。佳期在，歸時待把，香袖看啼紅。[一]

【眉評】

[一] 柔情密意。

【校記】

㈠ 録自《宋六十一家詞選》。

㈡「可憐」句，朱本《小山詞》作「可憐便、流水西東」。

思遠人㈠

紅葉黄花秋意晚，千里念行客。飛雲過盡，歸鴻無信，何處寄書得。淚彈不盡臨窗滴。就硯旋研墨。漸寫到別來，此情深處，紅箋爲無色。[一]

【眉評】

[一] 就「淚」、「墨」二字渲染成詞，何等姿態。

【校記】

㊀ 録自《宋六十一家詞選》。

虞美人㊀

濕紅箋紙回紋字。多少柔腸事。去年雙燕欲歸時。還是碧雲千里錦書遲。

南樓風月長依舊。別恨無端有。倩誰橫笛倚危闌。今夜落梅聲裏怨關山。

【校記】

㊀ 録自《宋六十一家詞選》。

鷓鴣天㊀

綵袖殷勤捧玉鍾。當筵㊁拚卻醉顏紅。舞低楊柳樓心月，歌盡桃花扇底㊂風。[一]

從別後，憶相逢。幾回魂夢與君同。今宵剩把銀釭照，猶恐相逢是夢中。[二]

【眉評】

［一］仙乎麗矣。

［二］後半闋一片深情，低回往復，真不厭百回讀也。○言情之作，至斯已極。

【校記】

㈠録自《清綺軒詞選》。

㈡「當筵」，朱本《小山詞》作「當年」。

㈢「扇底」，朱本《小山詞》作「扇影」。

○○又㈠

小令尊前見玉簫。銀燈一曲太妖嬈。歌中醉倒誰能恨，唱罷歸來酒未消。　春悄悄，夜迢迢。碧雲天共楚宮腰㈡。夢魂慣得無拘檢，又踏楊花過謝橋。程叔徹㈢云：「伊川聞誦晏叔原『夢魂慣得無拘檢，又踏楊花過謝橋』，笑曰：『鬼語也。』意亦賞之。」

【校記】

㈠録自《宋六十一家詞選》。

㊁「楚宮腰」，朱本《小山詞》作「楚宮遥」。

㊂「程叔徹」，《河南邵氏聞見後録》卷十九作「程叔微」。

○○又㊀

陌上濛濛殘絮飛。杜鵑花裏杜鵑啼。年年底事不歸去，怨月愁煙長爲誰。[一]　梅雨細，曉風微。倚樓人聽欲沾衣。故園三度羣花謝，曼倩天涯猶未歸。

【眉評】

[一] 筆意亦俊爽，亦婉約。

【校記】

㊀録自《宋六十一家詞選》。

○○又㊀

緑橘梢頭幾點春。似留香蕊送行人。明朝紫鳳朝天路，十二重城五碧雲。　歌漸咽，酒初醺。儘將紅淚濕湘裙。贛江西畔從今日，明月清風憶使君。

【校記】

㊀ 録自《宋六十一家詞選》。

蝶戀花㊀

卷絮風頭寒欲盡。墜粉飄紅，日日香成陣。新酒又添殘酒困。今春不減前春恨。　蝶去鶯飛無處問。隔水高樓，望斷雙魚信。惱亂層波横一寸。斜陽只與黄昏近。[一]

【眉評】

[一] 宛轉幽怨。

【校記】

㊀ 録自《宋六十一家詞選》。

又[一]㊀

庭院碧苔紅葉徧。金菊開時，已近登高㊁宴。日日露荷凋緑扇。粉塘煙水澄如練。試倚涼風醒酒面。雁字來時，恰向層樓見。幾點護霜雲影轉。誰家蘆管吹秋怨。

【眉評】

[一] 出語必雅。北宋艷詞自以小山爲冠，耆卿、少游皆不及也。

【校記】

㊀ 録自《詞綜》。

㊁ 「登高」，朱本《小山詞》作「重陽」。

又㊀

碧草池塘春又晚。小葉風嬌，尚學娥妝淺。雙燕來時還念遠。珠簾繡户楊花滿。緑柱頻移絃易斷。細看秦箏，正似人情短。一曲啼烏心緒亂。紅顔暗與流年换。

【校記】

㊀ 録自《宋六十一家詞選》。

○○又㊀

碧玉高樓臨水住。紅杏開時，花底曾相遇。一曲陽春春已暮。曉鶯聲斷朝雲去。 遠水來從樓下度㊁。過盡流波，未得魚中素。月細風尖垂柳渡。夢魂長在分襟處。[一]

【眉評】

[一] 淒婉欲絶，仙耶鬼耶？

【校記】

㊀ 録自《詞綜》。

㊁「度」，《小山詞》作「路」。

○○又㊀

喜鵲橋成催鳳駕。天爲歡時㊁，乞與初涼夜。乞巧雙蛾加意畫。玉鉤斜傍西南挂。 分

鈿擘釵涼葉下。香袖凭肩，誰記當時話。路隔銀河猶可借。世間離恨何年罷。[一]

【眉評】

[一] 思深意苦。

【校記】

㊀ 録自《詞綜》。

㊁ 「歡時」，《小山詞》作「歡遲」。

浣溪沙㊀

床上銀屏幾點山。鴨爐香過瑣窗寒。小雲雙枕恨春閒。[一]　惜別謾成涼夜㊁醉，解愁時有翠箋還。那回分袂月初殘。

【眉評】

[一] 幽怨。

【校記】

㊀録自《宋六十一家詞選》。

㊁「涼夜」，《小山詞》、《宋六十一家詞選》作「良夜」。

又㊀

樓上燈深欲閉門。夢雲散處㊁不留痕。幾年芳草憶王孫。白日㊂闌干依舊緑，試將前事倚黄昏。記曾來處易銷魂。

【校記】

㊀録自《宋六十一家詞選》。

㊁「散處」，朱本《小山詞》作「歸去」。

㊂「白日」，朱本《小山詞》作「向日」。

又㊀

團扇初隨碧簟收。畫簾歸燕尚遲留。靨朱眉翠喜清秋。風意未應迷狹路，燈痕猶自記高樓。露花煙葉與人愁。

【校記】

㊀録自《宋六十一家詞選》。

○又[二]㊀

翠閣朱闌倚處危。夜涼閒捻彩簫吹。曲中雙鳳已分飛。　緑酒細傾銷別恨，紅箋小寫問歸期。月華風意似當時。

【眉評】

[二]小山諸詞無不閒雅，後人描寫閨情，大半失之淫冶，此唐、五代、北宋所以猶爲近古。

【校記】

㊀録自《宋六十一家詞選》。

破陣子㊀

柳下笙歌庭院，花間姊妹秋千。記得青樓當日事，寫向紅窗夜月前。[一]憑伊㊁寄小蓮。　　絳蠟等閑陪淚，吴蠶到了纏綿。綠鬢能供多少恨，未肯無情比斷絃。今年老去年。[二]

【眉評】

[一]對法活潑，措詞亦婉媚。

[二]淒咽芊綿。

【校記】

㊀録自《詞綜》。

㊁「憑伊」，《小山詞》作「憑誰」。

張先 見《大雅集》。

○**生查子** 彈箏㊀

含羞整翠鬟，得意頻相顧。雁柱十三絃，一一春鶯語。[一] 嬌雲容易飛，夢斷知何處。深院鎖黃昏，陣陣芭蕉雨。

【眉評】

[一] 工雅芊麗，自是唐賢遺意。

【校記】

㊀ 録自《詞綜》。此詞又見《歐陽文忠公近體樂府》。詞題，朱本《張子野詞》無。

○○**木蘭花**㊀

西湖楊柳風流絶。滿縷青春看贈別。牆頭簌簌暗飛花，山外陰陰初落月。 秦姬穠麗

雲梳髮。持酒聽㈡歌留晚發。驪駒應亦解㈢人情，欲出重城嘶不歇。[一]

【眉評】

[一] 較叔原「紫騮認得舊游蹤，嘶過畫橋東畔路」更覺有味。

【校記】

㈠ 録自《詞綜》。此調朱本《張子野詞》凡三首，題「邠州作」，此其二。

㈡ 「聽」，朱本《張子野詞》作「唱」，下注「一作『聽』」。

㈢ 「亦解」，朱本《張子野詞》作「解惱」，下注「一作『亦解』」。

○減字木蘭花 贈妓[一]㈠

垂螺近額。走上紅裀初趁拍。只恐驚飛㈡。擬倩游絲惹住伊。文鴛繡履。去似風流㈢塵不起。舞徹梁州㈣。頭上宮花顫未休。

【眉評】

[一] 子野詞最爲近古，耆卿而後，聲色大開，古調不復彈矣。

【校記】

㈠録自《詞綜》。詞題，朱本《張子野詞》無。

㈡「驚飛」，朱本《張子野詞》作「輕飛」。

㈢「風流」，《詞綜》作「流風」，朱本《張子野詞》作「楊花」，下注「一作『流風』」。

㈣「梁州」，朱本《張子野詞》作「伊州」。

○**醉落魄** 美人吹笛[一]㈠

雲輕柳弱。内家髻子㈡新梳掠。生香真色人難學。橫管孤吹，月淡天垂幕。朱脣淺破櫻桃㈢萼。倚樓人㈣在闌干角。夜寒指㈤冷羅衣薄。聲入霜林，簌簌驚梅落。

【眉評】

[一] 情詞並茂，姿態橫生，李端叔謂子野才短情長，豈其然歟？

【校記】

㈠録自《詞綜》。詞題，朱本《張子野詞》無。

㊁「子」，朱本《張子野詞》作「要」，下注「一作『子』」。

㊂「櫻桃」，朱本《張子野詞》作「桃花」，下注「一作『櫻桃』」。

㊃「人」，朱本《張子野詞》作「誰」，下注「一作『人』」。

㊄「指」，朱本《張子野詞》作「手」，下注「一作『指』」。

碧牡丹㊀

步障㊁搖紅綺。曉月墮、沈煙砌。緩板香檀，唱徹伊家新製。怨入眉頭，斂黛峰橫翠。芭蕉寒，雨聲碎。　鏡華翳。閑照孤鸞戲。思量去時容易。鈿合瑶釵，至今冷落輕棄。望極藍橋，正㊂暮雲千里。幾重山，幾重水。[一]《道山清話》云：「晏文獻爲京兆，辟張先爲通判。新納侍兒，公甚屬意。先能爲詩詞，公雅重之。每張來，令侍兒出侑觴，往往歌子野所爲之詞。其後王夫人寖㊃不容，公即出之。一日，子野至，公與之飲。子野作此詞，令營妓歌之，至末句，公聞之憮然曰：『人生行樂耳，何自苦如此！』亟命於宅庫支錢若干，復取前所出侍兒。既來，夫人亦不復誰何也。」

【眉評】

[一] 深情綿邈，晏公聞之，能無動心耶？

【校記】

㈠録自《詞綜》。朱本《張子野詞》有詞題「晏同叔出姬」。

㈡「步障」，《張子野詞》作「步帳」。

㈢「正」，《詞綜》、《張子野詞》作「但」。

㈣「寢」，《百川學海》本《道山清話》作「寖」。

柳永　見《大雅集》。

蝶戀花㈠

獨倚㈡危樓風細細。望極離愁㈢，黯黯生天際。草色山光㈣殘照裏。無人會得㈤凭闌意。

也擬㈥疏狂圖一醉。對酒當歌，彊樂還無味。衣帶漸寬終不悔。爲伊消得人憔悴。[一]

【眉評】

[一]情深語切。

【校記】

㊀録自《宋六十一家詞選》。調名，朱本《樂章集》作「鳳棲梧」。又見《歐陽文忠公近體樂府》。

㊁「獨倚」，朱本《樂章集》作「竚倚」。

㊂「離愁」，朱本《樂章集》作「春愁」。

㊃「山光」，朱本《樂章集》作「煙光」。

㊄「無人會得」，朱本《樂章集》作「無言誰會」。

㊅「也擬」，朱本《樂章集》作「擬把」。

○婆羅門令㊀

昨宵裏、恁和衣睡。今宵裏、又恁和衣睡。小飲歸來，初更過、醺醺醉。[一]中夜後，何事還驚起。㊁　霜天冷，風細細。觸疏窗、閃閃燈摇曳。空床展轉重追想，雲雨夢、任欹枕難繼。寸心萬緒，咫尺千里。好景良天，彼此空有相憐意。未有相憐計。[二]

【眉評】

[一]起數語俚淺。

［二］末二語開出多少傳奇。

【校記】

㊀録自《詞綜》。

㊁分片，朱本《樂章集》在「觸疏窗、閃閃燈摇曳」句下。

雪梅香㊀

景蕭索，危樓獨立面晴空。動悲秋情緒，當時宋玉應同。漁市孤煙裊寒碧，水村殘葉舞愁紅。［一］楚天闊，浪浸斜陽，千里溶溶。　臨風。想佳麗，别後愁顔，鎮斂眉峰。可惜當年，頓乖雨跡雲蹤。雅態妍姿正歡洽，落花流水忽西東。無憀恨，相思意，盡分付征鴻。［二］

【眉評】

［一］造語精絶。

［二］一往不盡。

【校記】

㈠録自《詞綜》。

秦觀 見《大雅集》。

○**南歌子** 贈陶心兒㈠

玉漏迢迢盡，銀潢淡淡横。夢回宿酒未全醒。已被鄰雞催起怕天明。　臂上妝猶在，襟間淚尚盈。水邊燈火漸人行。天外一鈎殘月帶㈡三星。[一]

【眉評】

[一]雙關巧合，再過則傷雅矣。

【校記】

㈠録自《宋六十一家詞選》。《詞綜》亦有。調名，《詞綜》作「南柯子」。詞題，《淮海居士長短句》無。

㈡「帶」，《詞綜》作「照」。

玉樓春㊀

秋容老盡芙蓉院。草上霜花勻似翦。西樓促坐酒杯深，風壓繡簾香不捲。　玉纖慵整銀箏雁。紅袖時籠金鴨暖。歲華一任委西風，獨有春紅留醉臉。[一]

【眉評】

[一] 頑艷中有及時行樂之感。

【校記】

㊀ 録自《宋六十一家詞選》。調名，《淮海居士長短句》作「木蘭花」。

水龍吟 贈妓樓東玉[一]㊀

小樓連苑㊁橫空，下窺繡轂雕鞍驟。疏簾㊂半捲，單衣初試，清明時候。破暖輕風，弄晴微雨，欲無還有。賣花聲過盡，斜陽院落，紅成陣、飛鴛甃。　玉佩丁東別後。悵佳期、參差難又。名韁利鎖，天還知道，和天也瘦。花下重門，柳邊深巷，不堪回首。念多情但有，當時皓月，照人㊃依舊。

【眉評】

［一］前後闋起處醒「樓東玉」三字，稍病纖巧。

【校記】

㊀録自《宋六十一家詞選》。《詞綜》亦有。詞題，《淮海居士長短句》、《詞綜》無。

㊁「連苑」，《淮海居士長短句》作「連遠」。

㊂「疏簾」，《淮海居士長短句》作「朱簾」。

㊃「照人」，《淮海居士長短句》作「向人」。

○海棠春㊀

流鶯窗外啼聲巧。睡未足、把人驚覺。［一］翠被曉寒輕，寶篆沈煙裊。　宿醒㊁未解宮娥報。道別院、笙歌會早。試問海棠花，昨夜開多少。

【眉評】

[一]「睡未足」句，終嫌俚淺。

【校記】

㊀録自《清綺軒詞選》。《詞選》亦有。又見《草堂詩餘》，作無名氏詞。汲古閣本《淮海詞》調下注：「舊刻不載。」

㊁「宿醒」，汲古閣本《淮海詞》、《清綺軒詞選》作「宿酲」。

陳師道 字履常，一字無己，彭城人。元祐初，以蘇軾等薦爲徐州教授，遷太學博士，終秘書省正字。有《後山集》，長短句二卷。

○**菩薩蠻** 箏㊀

哀箏一弄湘江曲。聲聲寫盡湘波緑。纖指十三絃。細將幽恨傳。　當筵秋水慢。玉柱斜飛雁。彈到斷腸時。春山眉黛低。[一]

【眉評】

[一] 淒怨自在言外。

【校記】

㊀ 録自《詞綜》。又見晏幾道《小山詞》。

減字木蘭花 晁無咎出小鬟佐飲[一]㊀

娉娉嫋嫋。芍藥枝頭紅樣小。舞袖低迴。心到郎邊客已知。　金尊玉酒。勸我花前千萬壽。莫莫休休。白髮簪花我自羞。

【眉評】

[一] 後山詞亦以情勝，微遜子野沈著，而措語較婉雅。

【校記】

㊀ 録自《詞綜》。詞題，《後山集》作「贈晁無咎舞鬟」，詞作：「娉婷娜嫋。紅落東風青子小。妙舞

逶迤。拍誤周郎卻未知。　花前月底。誰喚分司狂御史。欲語還休。喚不回頭莫著羞。」附注一本云，即此首，「紅樣」、「低迴」、「金尊玉酒」、「花前千萬」，作「紅玉」、「遲遲」、「當筵舉酒」、「尊前松柏」。

賀鑄　見《大雅集》。

薄倖[一]㊀

淡妝㊁多態。更滴滴㊂、頻迴盼睞㊃。便認得、琴心先許㊄，欲綰合歡㊅雙帶。記畫堂、風月逢迎㊆，輕顰淺笑㊇嬌無奈。待翡翠屏開，芙蓉帳掩，羞把㊈香羅暗解㊉。自過了燒燈⑪，都不見⑫、踏青挑菜。幾回憑雙燕，丁寧深意，往來卻恨⑬重簾礙。約何時再。正春濃酒困⑭，人閑晝永無聊賴。厭厭睡起，猶有花梢日在。[二]

【眉評】

[一] 低回往復。

[二] 意致纏綿，而筆勢飛舞。〇方回善用虛字，其味甚永。

【校記】

㈠録自《詞綜》。

㈡「淡妝」，《東山詞上》作「艷真」。

㈢「滴滴」，《東山詞上》作「的的」。

㈣「盼睞」，《東山詞上》作「眄睞」。

㈤「先許」，《東山詞上》作「相許」。

㈥「欲綰合歡」，《東山詞上》作「與寫宜男」。

㈦「風月逢迎」，《東山詞上》作「斜月朦朧」。

㈧「淺笑」，《東山詞上》作「微笑」。

㈨「羞把」，《東山詞上》作「與把」。

㈩「暗解」，《東山詞上》作「偷解」。

⑪「燒燈」，《東山詞上》作「收燈後」。

⑫「不見」，底本作「不是」，據《東山詞上》、《詞綜》改。

⑬「卻恨」，《東山詞上》作「翻恨」。

⑭「酒困」，《東山詞上》作「酒暖」。

柳色黃㊀

薄雨催寒㊁，斜照弄晴，春意空闊。長亭柳色纔黃，遠客一枝先折。煙橫水際，映帶幾點歸鴉，東風消盡龍沙雪。[一]還記出門時㊂，恰而今時節。[二]將發。畫樓芳酒，紅淚清歌，頓成輕別。已是經年，杳杳音塵都絶㊃。欲知方寸，共有幾許清愁，芭蕉不展丁香結。枉望斷天涯，兩厭厭風月。[三]《能改齋漫録》：「方回眷一姝，别久，姝寄詩云：『獨倚危闌淚滿襟，小園春色懶追尋。深恩縱似丁香結，難展芭蕉一寸心。』賀因所寄詩，遂成此調。」

【眉評】

[一]寫景亦佈置得宜。

[二]十字往復不盡。

[三]淋漓頓挫，情生文，文生情。

【校記】

㊀録自《詞綜》。《續詞選》亦有。調名，或賀鑄别題新名，《能改齋漫録》作「石州引」。

㈡「催寒」，《能改齋漫録》作「初寒」。

㈢「出門時」，《能改齋漫録》作「出關來」。

㈣「都絶」，《能改齋漫録》作「多絶」。

菩薩蠻㈠

厭厭別酒商歌送。蕭蕭涼葉秋聲動。小泊畫橋東。孤舟月滿篷。　高城遮短夢。衾藉餘香擁。多謝五更風。猶聞城裏鐘。

【校記】

㈠録自《御選歷代詩餘》。調名，《東山詞上》作「城裏鐘」，係賀鑄別題新名，下注「菩薩蠻」。

瑞鷓鴣㈠

月痕依約到西廂。曾羡花枝拂短牆。初未試愁那是淚㈡，每渾疑夢奈餘香。[一]　歌逢婣處眉先嫵，酒半醒㈢時眼更狂。閒倚繡簾吹柳絮，問人何似冶游郎。[二]

【眉評】

[一] 此種句法，賀老從心化出。

[二] 亦有別致。

【校記】

㈠ 録自《清綺軒詞選》。調名，《東山詞上》作「吹柳絮」，係賀鑄别題新名，下注「鷓鴣詞」。

㈡「試愁那是淚」，《東山詞上》作「識愁那得淚」。

㈢「半醒」，《東山詞上》作「半酣」。

秦觀 字少章，觀弟。

○**黃金縷** 足司馬才仲夢中蘇小小詞㈠

妾本㈡錢塘江上住。花落花開，不管流年㈢度。燕子銜將㈣春色去。紗窗幾陣黃梅㈤雨。[一]

斜插犀梳雲半吐。檀板輕敲㈥，唱徹黃金縷。夢斷彩雲無覓㈦處。夜涼㈧明月生南浦㈨。

【眉評】

［一］情詞淒艷，不愧少游之弟。

【校記】

㊀錄自《詞綜》。《張右史文集》、《云齋廣錄》以上闋爲司馬槱夢中聞一女子所歌，下闋爲槱續。《春渚紀聞》以下闋爲秦覯續。詞題，《張右史文集》無。

㊁「妾本」，《張右史文集》作「家在」。

㊂「流年」，《張右史文集》作「年華」。

㊃「銜將」，《張右史文集》作「又將」。

㊄「幾陣黄梅」，《張右史文集》作「一陣黄昏」。

㊅「輕敲」，《張右史文集》作「清歌」。

㊆「彩雲無覓」，《張右史文集》作「雲行無去」。

㊇「夜涼」，《張右史文集》作「夢回」。

㊈「南浦」，《張右史文集》作「春浦」。

潘元質 金華人㊀。

【校記】

㊀《全宋詞》：「潘汾：汾字元質。」

○倦尋芳㊀

獸環半掩，鴛甃無塵，庭院瀟灑。樹色沈沈，春盡燕嬌鶯姹。夢草池塘青漸滿，海棠軒檻紅相亞。[一]聽簫聲，記秦樓夜約，彩鸞齊跨。　漸迤邐、更催銀箭，何處貪歡，猶繫驄馬㊁。旋剪燈花，兩點翠眉誰畫。香滅㊂羞回空帳裏，月高猶在重簾下。[二]恨疎狂、待歸來、碎揉花打。[三]

【眉評】

[一] 秀麗不減柳七。

[二] 楚楚可憐。

〔三〕結末免惡劣，轉使上二語減色。

【校記】

㊀録自《詞綜》。《唐宋諸賢絶妙詞選》有詞題「閨思」。

㊁「驄馬」，《唐宋諸賢絶妙詞選》作「嬌馬」。

㊂「香滅」，《唐宋諸賢絶妙詞選》、《詞綜》作「香滅」。

周紫芝

字少隱，宣城人。舉進士，爲樞密編修，守興國。有《竹坡詞》三卷。

鷓鴣天㊀

一點殘紅欲盡時。乍涼秋氣滿屏幃。梧桐葉上三更雨，葉葉聲聲是別離。〔一〕　調寶瑟，撥金猊。那時同唱鷓鴣詞。如今風雨西樓夜，不聽清歌也淚垂。

【眉評】

〔一〕從愁人耳中聽得。

【校記】

㊀ 録自《詞綜》。

○生查子㊀

金鞍欲別時，芳草溪邊渡。不忍上西樓，怕看來時路。簾幙卷東風，燕子雙雙語。薄倖不歸來，冷落春情緒。

【校記】

㊀ 録自《詞綜》。

、○又㊀

青絲結曉鬟，臨鏡心情嬾。知爲曉愁濃，畫得雙蛾淺。[一] 柳困玉樓空，花落紅窗暖。相對語春愁，只有春閨燕。

【眉評】

[一] 永叔詞云：「都緣自有離恨，故畫作遠山長。」此反用其意，亦復入妙。

【校記】

㈠録自《詞綜》。

謁金門㈠

春雨細。開盡一番桃李。柳暗曲闌花滿地。日高人睡起。　綠浸小池春水。沙暖鴛鴦雙戲。薄倖更無書一紙。畫樓愁獨倚。

【校記】

㈠録自《詞綜》。

謝逸　字無逸，臨川人。第進士。㈠有《溪堂詞》一卷。

【校記】

㈠陸心源《宋史翼》卷二十六云：「再舉進士不第。」

虞美人㈠

碧梧翠竹交加影。角簟紗幮冷。疎雲淡月媚橫塘。一陣荷花風起隔簾香。[一]　雁橫天末無消息。水闊吴山碧。刺桐花上蝶翩翩。唯有夜深清夢到郎邊。

【眉評】

［一］「一陣」句稍粗。

【校記】

㈠録自《宋六十一家詞選》。

周邦彦 見《大雅集》。

少年游㈠

并刀如水，吴鹽勝雪，纖指㈡破新橙。錦幄初温，獸香㈢不斷，相對坐調笙。低聲問向誰行宿，城上已三更。馬滑霜濃，不如休去，直是少人行。［一］

【眉評】

［一］曰「向誰行宿」，曰「城上三更」，曰「馬滑霜濃」，曰「不如休去」，曰「少人行」，顛倒重複，層折入妙。

【校記】

㈠ 録自《詞綜》。《詞選》亦有。

㈡「纖指」，《片玉集》作「纖手」。

㈢「獸香」，《片玉集》作「獸煙」。

點絳脣[一]㈠

遼鶴歸來，故鄉多少傷心地。短書㈡不寄。魚浪空千里。　憑仗桃根，説與相思㈢意。愁無際。舊時衣袂。猶有東風㈣淚。《夷堅支志》云：「美成在姑蘇，與營妓岳楚雲相戀。後從京師過吴，則岳已從人久矣。因飲於太守蔡巒子高坐上，見其妹，因作此詞寄之。楚雲讀之，感泣者累日。」

【眉評】

[一] 纏綿淒咽，措語亦極大雅，艷體正則也。

【校記】

㈠ 録自《詞綜》。

㈡「短書」,《片玉集》作「寸書」。

㈢「相思」,《片玉集》作「凄涼」。

㈣「東風」,《片玉集》作「東門」。

意難忘㈠

衣染鶯黄。愛停歌駐拍,勸酒持觴。低鬟蟬影動,私語口脂香。蓮露㈡滴,竹風涼。拚劇飲淋浪。夜漸深、籠燈就月,仔細端相。　知音見説無雙。解移宫换羽,未怕周郎。長顰知有恨,貪耍不成粧。些個事,惱人腸。待説㈢與何妨。又恐伊、尋消問息,瘦減容光。[一]

【眉評】

[一]灑落有致,吐棄一切香奩泛話。

【校記】

㈠録自《清綺軒詞選》。

㈡「蓮露」,《片玉集》作「檐露」。

㊂「待説」，《片玉集》作「試説」。

、〇〇蝶戀花㊀

魚尾霞生明遠樹。翠壁黏天，玉葉㊁迎風舉。一笑相逢蓬海路。人間風月如塵土。[一]

翦水雙眸雲半㊂吐。醉倒天瓢㊃，笑語生青霧㊄。此會未闌須記取。桃花㊅幾度吹紅雨。

【眉評】

[一] 語帶仙氣，似贈女冠之作。

【校記】

㊀録自《宋七家詞選》。又見《陽春白雪》，題何大圭作。

㊁「玉葉」，《陽春白雪》作「一葉」。

㊂「雲半」，《陽春白雪》、四印齋本《清真集》作「雲鬟」。

㊃「天瓢」，四印齋本《清真集》作「天風」。

㊄「青霧」，《陽春白雪》作「香霧」。

㈥「桃花」，《陽春白雪》作「蟠桃」。

、○望江南[一]㊀

歌席上，無賴是橫波。寶髻玲瓏欹玉燕，繡巾柔膩掩香羅。人好自宜多。　無箇事，因甚斂雙蛾。淺淡梳妝疑見畫，惺忪言語勝聞歌。何況會婆娑。

【眉評】

[一]美成以〈少年游〉一詞通顯，以此詞得罪，榮枯皆繫於一詞，異矣。○艷詞至美成，一空前人，獨闢機杼。如此詞下半闋，不用香澤字面，而姿態更饒，濃艷益至，此美成獨絕處也。

【校記】

㊀録自《詞綜》。

閑情集卷二

宋詞

陳克 見《大雅集》。

浣溪沙㈠

淺畫香膏拂紫綿。牡丹花重翠雲偏。手挼梅子竝郎肩。　病起心情終是怯，困來模樣不禁憐。旋移鍼線小姑㈡前。[一]

【眉評】

[一] 嬌態如見。

【校記】

㈠録自《清綺軒詞選》。

㈡「小姑」，《樂府雅詞》作「小窗」。

沈會宗 字文伯。

、○**驀山溪**㈠

想伊不住。船在藍橋路。別語未甘聽，更忍問㈡、而今是去。[一] 門前楊柳，幾日轉西風，將行色，欲留心，忽忽城頭鼓。　一番幽會，只覺添愁緒。邂逅㈢卻相逢，又還有、此時歡否。臨岐把酒，莫惜十分斟，尊前月，月中人，明夜知何處。

【眉評】

[一] 曲折傳出離情。○只是善用托筆。

【校記】

㈠録自《詞綜》。《唐宋諸賢絶妙詞選》有詞題「惜別」。

㈡「忍問」，《樂府雅詞》作「擬問」，「擬」下注：「一作『忍』。」
㈢「邂逅」，《唐宋諸賢絶妙詞選》作「解後」。

沈公述

○念奴嬌㈠

杏花過雨，漸殘紅零落，胭脂顔色。流水飄香人漸遠，難託春心脈脈。恨別王孫，牆陰目斷，手把青梅摘。金鞍何處，緑楊依舊南陌。消散雲雨須臾，多情因甚，有輕離輕拆。燕子㈢千般争解説，些子伊家消息。厚約深盟，除非重見，見了方端的。[一]而今無奈，寸腸千恨堆積。

【眉評】

[一]用筆亦沈著。

【校記】

㈠録自《詞綜》。沈公述，名唐。《京本通俗小説》誤作沈文述。

㈡「燕子」,《全芳備祖》作「燕語」。

方喬 樂至人。

○**生查子** 贈紫竹㈠

晨鶯不住啼,故喚愁人起。無力曉妝慵,閑弄荷錢水。　欲呼女伴來,鬬草花陰裏。嬌極不成狂,[一]更向屏山倚。

【眉評】

[一]「嬌極不成狂」五字入細。

【校記】

㈠録自《詞綜》。實出《瑯嬛記》小説,爲紫竹作。

向子諲

字伯恭，臨江人，敏中玄孫。以欽聖憲肅皇后從姪恩補假承奉郎，建炎初遷直龍圖閣、江淮發運副使，爲黄潛善所斥，尋起知潭州，累遷户部侍郎，自號薌林居士。有《酒邊集》四卷。

鷓鴣天㊀

垂玉筯，説著分飛百種猜。泥人細數幾時回。風流可慣長㊁孤冷，懷抱如何得好開。　　垂玉筯，下香堦。並肩㊂小語更兜鞋。再三莫遣歸期誤，第一頻教入夢來。［一］

【眉評】

［一］臨別綢繆，十分親切。○結句更寫出癡情。

【校記】

㊀録自《詞綜》。《酒邊詞》前首有詞題「宣和己亥代人贈別」，此首題「同前」。

㊁「長」，《酒邊詞》作「曾」。

㊂「並肩」，《酒邊詞》作「凭肩」。

梅花引 戲代李師周作[一]㊀

花如頰。梅如葉。小時笑弄階前月。最盈盈。最惺惺。閑愁未識、無計説㊁深情。一年㊂空省春風面。花落花開不相見。要相逢。得相逢。須信靈犀、中自有心通。同杯杓。同斟酌。千愁一醉都忘卻㊃。花陰邊。柳陰邊。幾回擬待、偷憐不成憐。傷春玉瘦慵梳掠。抛擲琵琶閑處著。莫猜疑。莫嫌遲。鴛鴦翡翠、終是一雙飛。

【眉評】

[一] 此調頗不易工，古今合作僅此一首。蓋轉韻太多，真氣必減，且轉韻處必須另换一意，方能步步引人入勝，作者多爲調所窘。此作層層入妙，如轉丸珠，又如七寶樓臺，不容拆碎也。

【校記】

㊀ 録自《詞綜》。詞題「李師周」，《酒邊詞》作「李師明」。

㊁「説」，《酒邊詞》作「定」。

㊂「一年」，《酒邊詞》作「十年」。

㊃「忘卻」，《酒邊詞》作「推卻」。

蔡伸

字伸道，莆田人，襄之孫。宣和中官彭城倅，歷左中大夫。有《友古詞》一卷。

洞仙歌㊀

鶯鶯燕燕。本是于飛伴。風月佳時阻幽願。但人心堅固後，天也憐人，相逢處，依舊桃花人面。［一］

緑窗攜手乍㊁，簾幙重重，燭影摇紅夜將半。對樽前如夢，欲語魂驚，語未竟、已覺衣襟淚滿。我只爲相思特特來，這度更休推，後回相見。［二］

【眉評】

［一］情到至處，誠無不格。「天也憐人」，要知真有此情，真有此理。

［二］結三語粗鄙。

【校記】

㊀録自《詞綜》。

㈡「攜手乍」，《友古居士詞》作「攜手」。

虞美人㈠

瑶琴一弄清商怨。樓外桐陰轉。月華澄淡露華濃。寂寞小池煙水冷芙蓉。[一]　攀花擷翠當時事。綠葉同心字。有情還解憶人無。過盡寒沙新雁甚無書。

【眉評】

[一] 佈景甚幽。

【校記】

㈠ 録自《詞綜》。

又[二]㈠

飛梁石徑關山路。慘淡秋容暮。一行新雁破寒空。腸斷碧雲千里水溶溶。　鸞衾欲展誰堪共。簾幙霜華重。鴨爐香盡錦屏中。幽夢今宵何許與君同。

【眉評】

［一］艷詞亦以雅爲宗，仲道〈虞美人〉、〈菩薩蠻〉小詞最爲有則。

【校記】

㊀録自《詞綜》。

菩薩蠻 詠髮㊀

杏花零落清明雨。卷簾雙燕來還去。枕上玉芙蓉。暖香堆錦紅。　翠翹金鈿雀。蟬鬢慵梳掠。心事一春閑。黛眉顰遠山。［一］

【眉評】

［一］婉雅逼近温、韋。

【校記】

㊀録自《宋六十一家詞選》。詞題，《友古居士詞》同調前首題「沐髮」。

李邴　字漢老，任城人。崇寧五年進士第，紹興初參知政事，授資政殿學士，卒，謚文敏。有《雲龕草堂集》。

玉樓春　美人書字㊀

沈吟不語晴窗畔。小字銀鈎題欲徧。雲情散亂未成篇，花骨欹斜終帶軟。〔一〕重重説盡情和怨。珍重提攜常在眼。暫時得近玉纖纖㊁，翻羨鏤金紅象管。〔二〕

【眉評】

〔一〕雙管齊下。

〔二〕即「願在髮而爲澤」、「願在絲而爲履」之意。

【校記】

㊀録自《詞綜》。調名，《中興以來絶妙詞選》作「木蘭花」。

㊁「纖纖」，《中興以來絶妙詞選》作「尖纖」。

趙鼎 見《放歌集》。

點絳脣㊀

香冷金爐，夢回鴛帳餘香嫩。更無人問。一枕江南恨。[一] 消瘦休文，頓覺春衫褪。清明近。杏花吹盡。薄暮東風緊。

【眉評】

[一] 淒艷似飛卿，芊雅似同叔。

【校記】

㊀ 録自《詞綜》。《得全居士詞》有詞題「春愁」。

趙長卿 自號仙源居士，南豐宗室。有《惜香樂府》十卷。

更漏子㊀

燭消紅，窗送白。冷落一衾寒色。鴉喚起，馬馱行。月來衣上明。酒香脣，妝印臂。

憶共箇人春睡㊁。魂蝶亂，夢鸞孤。[一]知他睡也無。

【眉評】

[一]「魂」、「夢」二字，運用淒警。

【校記】

㊀録自《詞綜》。

㊁「箇人春睡」，《惜香樂府》作「人人睡」。

李呂 字東老，邵武軍光澤人。有《澹軒集》七卷，詞一卷。

○**鷓鴣天** 寄情㊀

臉上殘霞酒半消。晚妝勻罷卻無聊。金泥帳小教誰共，銀字笙寒懶更調。　人悄悄，漏迢迢。瑣窗虛度可憐宵。一從恨滿丁香結，幾度春深荳蔻梢。

【校記】

㊀疑録自《詞綜補遺》。

張元幹 見《放歌集》。

、○清平樂㊀

明珠翠羽。小縮同心縷。好去吴淞江上路。寄與雙魚尺素。　蘭橈飛取歸來。愁眉待得伊開。相見嫣然一笑，眼波先入郎懷。[一]

【眉評】

[一] 傳神之筆，麗而不佻。

【校記】

㊀ 録自《詞綜》。

○○○樓上曲[一]㊀

樓外夕陽明遠水。樓中人倚東風裏。何事有情怨别離。低鬟背立君應知。　東望雲山君去路。斷腸迢迢盡愁處。明朝不忍見雲山。從今休傍曲闌干。

【眉評】

［一］意味深長，音調古雅，艷體中陽春白雪也。

【校記】

㊀録自《宋六十一家詞選》。

朱敦儒 見《大雅集》。

○念奴嬌㊀

别離情緒，奈一番好景，一番悲戚。燕語鶯啼人乍遠，還是他鄉寒食。桃李無言，不堪攀折，總是風流客。東君也自，怪人冷淡蹤跡。　花艷草草春工，酒隨花意薄，疎狂何益。除卻清風並皓月，脈脈此情誰識。料得文君，重簾不卷，且等閒消息。不如歸去，受他真箇憐惜。［一］

【眉評】

［一］風流藴藉。

【校記】

㈠録自《詞綜》。

辛棄疾　見《大雅集》。

○青玉案元夕㈠

東風夜放花千樹。更吹隕㈡、星如雨。寶馬雕車香滿路。鳳簫聲動，玉壺光轉，一夜魚龍舞。　蛾兒雪柳黄金縷。笑語盈盈暗香去。衆裏尋他千百度。驀然回首，那人卻在，燈火闌珊處。［一］

【眉評】

［一］艷語亦以氣行之，是稼軒本色。

【校記】

㈠録自《詞綜》。

㈡「吹隕」，《稼軒長短句》作「吹落」。

程垓 見《大雅集》。

愁倚闌令㈠

春猶淺，柳初芽。杏初花。楊柳杏花交映㈡處，有人家。　玉窗明煖烘霞。小屏上、水遠山斜。昨夜酒多春睡重，莫驚他。[一]

【眉評】

[一] 此詞甚別致，不言情而情勝。

【校記】

㈠録自《詞綜》。調名，《書舟詞》作「愁倚闌」。

㊁「交映」，《書舟詞》作「交影」。

劉克莊 見《放歌集》。

○清平樂 贈維揚陳師文參議家舞姬㊀

一團香玉温柔。笑顰俱有風流。貪與蕭郎眉語，不知舞錯伊州。［一］

宫腰束素。只怕能輕舉。好築避風臺護取。莫遣驚鴻飛去。

【眉評】

［一］亦復誰能遣此？

【校記】

㊀録自《詞綜》。詞題，《後村長短句》作「贈陳參議師文侍兒」，《後村别調》作「頃在維揚陳師文參議家舞姬絶妙賦此」。

俞國寶「俞」，一作「于」，臨川人。淳熙間太學生。有《醒庵遺珠集》。

、風入松 題酒肆㊀

一春長費買花錢。日日醉湖邊㊁。玉驄慣識西湖路，驕嘶過、沽酒樓前㊂。紅杏香中歌舞㊃，緑楊影裏秋千。暖風十里麗人天。花壓鬢雲㊄偏。畫船載得㊅春歸去，餘情付㊆、湖水湖煙。明日重扶殘醉，來尋陌上花鈿。[一]

【眉評】

[一] 餘波綺麗。

【校記】

㊀ 録自《詞綜》。《續詞選》亦有。詞題，《陽春白雪》無。

㊁ 「湖邊」，《陽春白雪》作「花邊」。

㊂ 「樓前」，《陽春白雪》作「壚前」。

㈣「歌舞」,《陽春白雪》作「簫鼓」。
㈤「髩雲」,《陽春白雪》作「髻雲」。
㈥「載得」,《陽春白雪》作「載取」。
㈦「付」,《陽春白雪》作「寄」。

姜夔　見《大雅集》。

解連環㈠

玉鞍㈡重倚。卻沈吟未上,又縈離思。爲大喬、能撥春風,小喬妙攜箏㈢,雁啼秋水。[一]柳怯雲鬆,[二]更何必、十分梳洗。道郎攜羽扇,那日隔簾,半面曾記。西窗夜涼雨霽。歎幽歡未足,何事輕棄。問後約、空指薔薇,算如此溪山,甚時重至。水驛燈昏,又見在、曲屏近底。念惟有、夜來皓月,照伊自睡。

【眉評】

[一]寫離別情事,妙在起四字已將題説完,卻以「沈吟」二字起下,以「爲」字爲一篇總領,申明所

以沈吟之故，用筆矯變莫測。

［二］「柳怯雲鬆」四字精艷，左與言「滴粉搓酥」不足道矣。

【校記】

㊀録自《詞綜》。

㊁「玉鞍」，《白石道人歌曲》作「玉鞭」。

㊂「攜箏」，《白石道人歌曲》作「移箏」。

少年游 戲平甫㊀

雙螺未合，雙蛾先斂，家在碧雲㊁西。別母情懷，隨郎滋味，桃葉渡江時。［一］扁舟載了匆匆去㊂，今夜泊前溪。楊柳津頭，梨花牆外，心事兩人知。

【眉評】

［一］綺語自白石出之，亦自閑雅，具有仙筆。

【校記】

㈠録自《御選歷代詩餘》。詞題「平甫」，底本作「平浦」，據《白石道人歌曲》、《御選歷代詩餘》改。

㈡「碧雲」，底本作「別雲」，據《白石道人歌曲》、《御選歷代詩餘》改。

㈢「匆匆去」，《白石道人歌曲》作「匆匆歸去」。

百宜嬌 戲仲遠㈠

看垂楊連苑，杜若吹沙㈡，愁損未歸眼。信馬青樓去，重簾下、娉婷人妙飛燕。翠尊共款。聽艷歌㈢、郎意先感。〔一〕便攜手、月地雲階裏，愛良夜微煖。無限風流疎散。有暗藏弓履，偷寄香翰。明日㈣聞津鼓，湘江上、催人還解春纜。亂紅萬點。悵斷魂、煙水遥遠。又爭似相攜，乘一舸，鎮長見。《耆舊續聞》：「姜堯章嘗寓吴興張仲遠家。仲遠屢出外，其室人知書，賓客通問，必先窺來札，性頗妒。堯章戲作〔百宜嬌〕以遺仲遠云云。仲遠歸，竟莫能辨，則受其指爪損面，至不能出外云。」

【眉評】

［一］言情微至。

【校記】

㈠録自《詞綜》。調名，《白石道人歌曲》、《詞綜》作「眉嫵」，《白石道人歌曲》調下注：「一名『百宜嬌』。」詞題，同《白石道人歌曲》，《詞綜》作「戲張仲遠」。

㈡「吹沙」，《白石道人歌曲》作「侵沙」。

㈢「艷歌」，《雲韶集》作「歌聲」。

㈣「明日」，同《宋六十一家詞選》，《詞綜》作「明月」。

劉儗 見《放歌集》。

江神子㈠

東風吹夢落巫山。整雲鬟。卻霜紈。雪貌冰膚、曾共控雙鸞。吹罷玉簫香霧濕，殘月墜，亂峰寒。　解璫回首憶前歡。見無緣。恨無端。憔悴蕭郎、贏得帶圍寬。紅葉不傳天上信，空流水，到人間。〔二〕

【眉評】

［一］自然合拍。

【校記】

㈠録自《詞綜》。

一剪梅㈠

唱到陽關第四聲。香帶輕分。羅帶輕分。杏花時節雨紛紛。山繞孤村。水繞孤村。
更没心情共酒樽。春衫香滿，空有啼痕。一般離思兩銷魂。馬上黄昏。樓上黄昏。［一］

【眉評】

［一］兩面都到。

【校記】

㈠録自《絶妙好詞》。

劉過 見《放歌集》。

賀新郎

去年秋，余試牒四明，賦贈老娼，至今天下與禁中皆歌之。江西人來，以爲鄧南秀詞，非也。[一]㊀

老去相如倦。向文君、説似而今，怎生消遣。衣袂京塵曾染處，空有香紅尚軟。料彼此、魂消腸斷。一枕新涼眠客舍，聽梧桐、踈雨秋風㊁顫。燈暈冷，記初見。　樓低不放珠簾捲。晚妝殘、翠蛾㊂狼籍，淚痕流臉㊃。人道愁來須殢酒，無奈愁深酒淺。但託意㊄、焦琴紈扇。莫鼓琵琶江上曲，怕荻花、楓葉俱淒怨。雲萬疊，寸心遠。

【眉評】

[一] 亦只從「同是天涯淪落人」化出，而波瀾轉折，悲感無端，改之艷詞中最雅者。

【校記】

㊀ 録自《詞綜》。《續詞選》亦有。詞題，沈愚本《龍洲詞》作自跋，「去年秋」三字作「壬子春」。

㊁「秋風」，沈愚本《龍洲詞》作「秋聲」。

㊂「翠蛾」，沈愚本《龍洲詞》作「翠鈿」。

㊃「流臉」，沈愚本《龍洲詞》作「凝面」。

㊄「託意」，沈愚本《龍洲詞》作「寄興」。

○**沁園春**美人足[一]㊀

洛浦淩波，爲誰微步，輕生暗塵。㊁記踏花芳徑，亂紅不損，步苔幽砌，嫩緑無痕。襯玉羅慳，銷金樣窄，載不起盈盈一段春。嬉游倦，笑教人款捻，微褪些跟。有時自度歌勻㊂。悄不覺、微尖點拍頻。憶金蓮移換，文鴛得侣，繡茵催衮，舞鳳輕分。懊恨深遮，牽情半露，出没風前煙縷裙。知何似，似一鈎新月，淺碧籠雲。

【眉評】

[一]〈沁園春〉二闋，去古已遠，麗而淫矣。然風流頑艷，如攬嫱、施之袪，亦不能盡棄也。◯此調自劉龍洲作俑，後來瞿宗吉、馬浩瀾輩，愈衍愈多，愈趨愈下矣。

【校記】

㊀ 録自《詞綜》。

㊁ 「輕生暗塵」，《龍洲詞》作「輕塵暗生」。

㊂ 「歌勺」，《龍洲詞》作「歌聲」。

又 美人指甲㊀

銷薄春冰，碾輕寒玉，漸長漸彎。[一] 見鳳鞋泥污，偎人彊剔，龍涎香斷，撥火輕翻。學撫瑶琴，時時欲剪，更掬水魚鱗波底寒。纖柔處，試摘花香滿，鏤棗成斑。　時將粉淚偷彈。記綰玉、曾教柳傅看。算恩情相著，搔便玉體，歸期暗訴㊂，劃遍闌干。[二] 每到相思，沈吟静處，斜倚朱脣皓齒間。風流甚，把仙郎暗掐，莫放春閑。

【眉評】

[一] 兩「漸」字妙。◯只四字，姿態甚饒。

[二] 低回宛轉。

【校記】

㈠録自《詞綜》。

㈡「暗訴」，《龍洲詞》作「暗數」。

醉太平㈠

情高㈡意真。眉長鬢青。小樓明月調箏。寫春風數聲。思君憶君。魂牽夢縈。[一]翠銷㈢香暖雲屏。更那堪酒醒。

【眉評】

[一]重疊以盡其致。

【校記】

㈠録自《詞綜》。調名，沈愚本《龍洲詞》作「四字令」。

㈡「情高」，沈愚本《龍洲詞》作「情深」。

㈢「翠銷」，朱本《龍洲詞》作「翠綃」。

史達祖　見《大雅集》。

、風流子㊀

紅樓橫落日，蕭郎去、幾度碧雲飛。[一]記窗眼遞香，玉臺妝罷，馬蹄敲月，沙路人歸。如今但、一鶯通信息，雙燕説相思。入耳舊歌，怕聽金㊁縷，斷腸新句，羞染烏絲。相逢南溪上，桃花嫩嬌樣，淺淡羅衣。恰是怨深腮赤，愁重聲遲。[二]悵東風巷陌，草迷春恨，軟塵庭户，花悞幽期。多少寄來芳字，都待還伊。

【眉評】

[一]起勢超忽。

[二]「怨深腮赤」八字，簡約，亦静細。

【校記】

㊀録自《詞綜》。

㈡「金」，四印齋本《梅溪詞》作「琴」，字下注：「别作『金』。」

釵頭鳳 寒食飲緑亭㈠

春愁遠。春夢亂。鳳釵一股輕塵滿。江煙白。江波碧。柳户清明，燕簾寒食。憶。憶。憶。鶯聲煖㈡。簫聲短。落花不許春拘管。新相識。休相失。翠陌吹衣，畫橋㈢横笛。得。得。得。

【校記】

㈠録自《宋七家詞選》。

㈡「煖」，四印齋本《梅溪詞》作「曉」，字下注：「别作『煥』，又作『晚』。」

㈢「橋」，四印齋本《梅溪詞》作「樓」，字下注：「别作『橋』。」

西江月 閨思㈠

西月澹窺樓角，東風暗落簷牙。一燈初見影窗紗。又是重簾不下。幽思屢隨芳草，閒愁多似楊花。楊花芳草徧天涯。繡被春寒夜夜。

【校記】

㊀録自《詞綜》。又據《宋七家詞選》校改。詞題，《詞綜》無。

○臨江仙㊀

愁與西風應有約，年年同赴清秋。舊游簾幙記揚州。一燈人著夢，雙雁月當樓。[一]羅帶鴛鴦塵暗澹，更須整頓風流。天涯萬一見温柔。瘦因緣㊁此瘦，羞亦爲郎羞。[二]

【眉評】

[一]「一燈」二句警鍊。

[二]後半多俚詞。

【校記】

㊀録自《宋七家詞選》。《梅溪詞》有詞題「閨思」。

㈢「因緣」，《宋七家詞選》作「應緣」，《梅溪詞》作「應因」。

高觀國 見《大雅集》。

玉樓春 憶舊㈠

春煙澹澹生春水。曾記芳洲蘭棹艤。岸花香到舞衣邊，汀草色分歌扇底。　棹沈雲去情千里。愁壓雙鴛飛不起。[一]十年春事十年心，怕説濺裙當日事㈡。[二]

【眉評】

[一]「雙鴛」七字淒警。

[二]結二語不説破，情味最永。

【校記】

㈠録自《宋六十一家詞選》。

㈡「當日事」，《詞綜》作「當日意」。

尹焕 字惟曉，山陰人。官左司。有《梅津集》。

○唐多令 吴興席上㊀

蘋末轉清商。溪聲供夕涼。緩傳杯、催唤紅妝。斜綰㊁烏雲新浴罷，裙拂地、水沈香。歌短舊情長。重來驚鬢霜。悵緑陰、青子成雙。説著前歡佯不記㊂，颺蓮子、打鴛鴦。[一]周公謹云：「可與杜牧之尋芳較晚爲偶。」

【眉評】

[一] 情態可想。

【校記】

㊀ 録自《詞綜》。調名，《絶妙好詞》作「糖多令」，詞題，作「苕溪有牧之之感」。

㊁ 「斜綰」，《絶妙好詞》作「慢綰」。

㊂ 「不記」，《絶妙好詞》作「不保」。

吴文英 見《大雅集》。

齊天樂 別情[一]㊀

煙波桃葉西陵路，十年斷魂潮尾。古柳重攀，輕漚㊁驟別㊂，陳跡危亭獨倚。涼颸乍起。渺煙磧飛帆，暮山横翠。但有江花，共臨秋鏡照憔悴。　華堂燭暗送客，眼波回盼處，芳艷流水。素骨凝冰，柔葱蘸雪，猶憶分瓜深意。清尊未洗。夢不濕行雲，謾霑殘淚。可惜秋宵，亂蛩疏雨裏。

【眉評】

[一] 遺詞大雅，一洗綺羅香澤之態。

【校記】

㊀ 録自《詞綜》。又據《宋六十一家詞選》校改。詞題，同《宋六十一家詞選》、《夢窗詞集》、《詞綜》無。

㊁「輕漚」，同《宋六十一家詞選》，《夢窗詞集》、《詞綜》作「輕鷗」。

㊂「驟別」，《夢窗詞集》作「聚別」。

浣溪沙 春情㊀

門隔花深夢舊游。夕陽無語燕歸愁。玉纖香動小簾鈎。落絮無聲春墮淚，行雲有影月含羞。東風臨夜冷於秋。[一]

【眉評】

[一]字字淒警。

【校記】

㊀録自《宋六十一家詞選》。詞題，《夢窗詞集》無。

生查子 稽山對雪有感㊀

暮雲千萬重，寒夢家鄉遠。愁見越溪娘，鏡裏梅花面。醉情啼枕冰，往事分釵燕。三月灞陵橋，心翦東風亂。

【校記】

㈠録自《宋六十一家詞選》。

蝶戀花 題華山女道士扇[一]㈠

北斗秋横雲髻影。鶯羽衣輕，腰減青絲剩。一曲游仙聞玉磬。月華深處㈡人初定。十二闌干和笑凭。風露生寒，人在蓮花頂。睡重不知殘酒醒。層城㈢幾度啼鴉暝。

【眉評】

[一]語帶仙氣，吐棄一切凡艷，惟「腰減」五字病俗，在全篇中不稱。

【校記】

㈠録自《詞綜》。詞題，《夢窗詞集》作「題華山道女扇」。

㈡「深處」，《夢窗詞集》作「深院」。

㊂「層城」，《夢窗詞集》作「紅簾」。

醉落魄 題藕花洲尼扇㊀

春温紅玉。纖衣學剪嬌鴉緑。夜香燒短銀屏燭。偷擲金錢，重把寸心卜。　翠深不礙鴛鴦宿。採菱誰記當時曲。青山南畔紅雲北。一葉波心，明滅淡妝束。[一]

【眉評】

[一] 别饒仙艷，未許俗人問津。

【校記】

㊀ 録自《詞綜》。

思佳客 賦半面女髑髏㊀

釵燕籠雲㊁睡起時。隔牆折得杏花枝。青春半面妝如畫，細雨三更花欲飛㊂。[一]　輕愛別，舊相知。斷腸青冢幾斜暉。亂紅㊃一任風吹起，結習空時不點衣。

【眉評】

［一］淒麗奇警，從何處得來？

【校記】

㊀録自《宋六十一家詞選》。

㊁「籠雲」，四印齋本《夢窗甲乙丙丁稿》同，《宋六十一家詞選》作「攏雲」。

㊂「欲飛」，《浩然齋雅談》同，《宋六十一家詞選》作「又飛」。

㊃「亂紅」，《全宋詞》作「斷紅」，未知何據。

蔣捷

見《放歌集》。

、、柳梢青 游女㊀

學唱新腔。秋千梁上㊁，釵股敲雙。柳雨花風，翠鬆裙褶，紅膩鞋幫。［一］　歸來門掩銀缸。淡月裏、疎鐘漸撞。嬌欲人扶，醉嫌人問，斜倚樓窗。

【眉評】

［一］麗語不免於俗。

【校記】

㈠録自《詞綜》。

㈡「梁上」，朱本《竹山詞》作「架上」。

趙汝茪 字參晦，號霞山。

如夢令㈠

小砑紅綾箋紙。一字一行春淚。封了更親題，題了又還折起㈡。［一］歸未。歸未。好箇瘦人天氣。

【眉評】

［一］「行人臨發又開封」，真有此情。

【校記】

㊀録自《詞綜》。

㊁「折起」，《絶妙好詞》作「坼起」。

袁去華 字宣卿，豫章人。有《袁宣卿詞》一卷。

謁金門㊀

春索莫。樓上晚來風惡。午醉初醒羅袖薄。護寒添翠幙。　愁裏花時過卻。閑處淚珠偷落。憔悴只羞人問著。鏡中還自覺。[一]

【眉評】

[一] 所謂自己酸辛自己知。

【校記】

㊀録自《御選歷代詩餘》。

張樞 字斗南，號窗雲，又號寄閒㊀，循王五世孫。

【校記】

㊀「寄閒」，底本作「寄門」，據《詞綜》改。

○清平樂㊀

鳳樓人獨。飛盡羅心燭。夢繞屏山三十六。依約水西雲北。　曉奩嬾試脂鉛。一緺鸞髻微偏。留得宿妝眉在，要教知道孤眠。[一]

【眉評】

[一] 苦心密意。

【校記】

㊀ 録自《浩然齋雅談》。

木蘭花慢㊀

歌塵凝燕壘，又軟語、在雕梁。記翦燭調絃，翻香校譜，學品伊涼。屏山夢雲正煖，放東風、捲雨入巫陽。[一]金冷紅絛孔雀，翠閑綵結鴛鴦。　銀釭。燄冷小蘭房。夜悄怯更長。待采葉題詩，含情贈遠，煙水茫茫。春妍尚如舊否，料啼痕、暗裏浥紅妝。須覓流鶯寄語，爲誰老卻劉郎。

【眉評】

[一]麗句卻是雅調。

【校記】

㊀録自《浩然齋雅談》。

周容 字子寬，四明人。

小重山[一]㊀

謝了梅花恨不禁。小樓羞獨倚、暮雲平。夕陽微放柳梢明。東風冷、眉岫翠寒生。　無限遠山青。重重遮不斷、舊離情。傷春還上去年心。怎禁得、時節又燒燈。

【眉評】

［一］此詞精絶，只寫眼前景物，而愁恨連綿不解，直令讀者神迷所往。

【校記】

㊀録自《浩然齋雅談》。

張炎　見《大雅集》。

長相思　贈別笑倩㊀

去來心。短長亭。只隔中間一片雲。不知何處尋。　悶還顰。恨還嗔。同是天涯流落人。此情煙水深。

【校記】

㊀録自《御選歷代詩餘》。

○虞美人 余昔賦柳兒詞，今有杜牧重來之歎。劉夢得詩云：「春盡絮飛留不住，隨風好去落誰家。」作憶柳曲。㊀

修眉刷翠春痕聚。難翦愁來處。斷絲無力綰韶華。也學落紅流水到天涯。　那回錯認章臺下。卻是陽關也。待將新恨趁楊花。不識相思一點在誰家。[一]

【眉評】

[一]情事宛轉達出。

【校記】

㊀録自《宋七家詞選》。

李彭老 見《大雅集》。

○清平樂㊀

合歡扇子。撲蝶花陰裏。半醉海棠扶半起。淡日秋千閑倚。　寶筝彈向誰聽。一春能

幾番晴。帳底柳綿吹滿，不教好夢分明。[一]

【眉評】

[一] 有飛卿遺意。

【校記】

㊀ 録自《浩然齋雅談》。

章臺月㊀

玉簫金縷

露輕風細。中庭夜色涼如水。荷香柳影成秋意。螢冷無光，涼入樹聲碎。[一]

西樓醉。長吟短舞花陰地。素娥應笑人憔悴。漏歇簾空，低照半牀睡。[二]

【眉評】

[一] 鍊句。

[二] 情詞並妙，筆意亦近方回。

【校記】

㈠録自《浩然齋雅談》。

○青玉案㈠

楚峰十二陽臺路。算只有、飛紅去。玉合香囊曾暗度。榴裙翻酒，杏簾吹粉，不識愁來處。

燕忙鶯嬾青春暮。蕙帶空留斷腸句。草色天涯情幾許。荼蘼開盡，舊家池館，門掩風和雨。[一]

【眉評】

［一］詞以雅正爲貴，情爲物役，則失其雅正之音。似此頗近西麓手筆。

【校記】

㈠録自《浩然齋雅談》。

李萊老 字秋厓，號遯翁，彭老弟。㈠

【校記】

㈠據《絶妙好詞》，李萊老，字周隱，號秋崖。

○**點絳脣**㊀

緑染春波，袖羅金縷雙鸂鶒。小桃匀碧。香襯蟬雲濕。　舞帶歌鈿，閑傍秋千立。情何極。燕鶯塵跡。芳草斜陽笛。[一]

【眉評】

[一] 語亦雅秀。

【校記】

㊀ 録自《浩然齋雅談》。

翁元龍 字時可，號處静。

○○**江城子**[一]㊀

一年簫鼓又疎鐘。愛東風。恨東風。吹落燈花、移在杏梢紅。玉靨翠鈿無半點，空濕透，繡羅弓。　燕魂鶯夢漸惺忪。月簾櫳。影迷濛。催趁年華、都在艷歌中。明日柳邊春意思，便不與，夜來同。

【眉評】

［一］詞勝，骨韻亦勝。草窗稱時可與夢窗爲親伯仲，作詞各有所長，今觀此詞，固可亞於夢窗。

【校記】

㈠録自《絶妙好詞》。

西江月 立春㈠

畫閣换粘春帖，寶筝抛學銀鈎。東風輕滑玉釵流。織就燕紋鶯繡。隔帳燈花微笑，倚窗雲葉低收。［一］雙鴛刺罷底尖頭。剔雪閒尋荳蔻。

【眉評】

［一］精秀。

【校記】

㈠録自《浩然齋雅談》。

朝中措 茉莉㊀

花情偏與夜相投。心事鬢邊羞。薰醒半妝㊁涼夢，能消幾箇開頭。[一] 風輪慢卷，冰壺低架，香霧飀飀。更著月華相惱，木犀淡了中秋。

【眉評】

[一] 筆致甚別。

【校記】

㊀ 録自《浩然齋雅談》。

㊁ 「半妝」，《浩然齋雅談》作「半牀」。

趙聞禮 字立之，號約月。有《約月集》。「約」，一作「釣」。

踏莎行[一]㊀

照眼菱花，翦情菰葉。夢雲吹散無蹤跡。聽郎言語識郎心，當時一點誰消得。柳暗花

明，螢飛月黑。臨窗滴淚研殘墨。合歡帶上舊題詩，如今化作相思碧。[二]

【眉評】

[一] 周公謹《浩然齋雅談》謂《約月集》中「大半皆樓君亮、施仲山所作，此詞安知非他人者？」

[二] 沈痛。

【校記】

㊀ 録自《浩然齋雅談》。

無名氏

生查子[一]㊀

閒倚曲屏風，試寫相思字。不道極多情，卻是渾無思。　　笑近短牆陰，拋箇青梅子。苔上印鈎彎，邂逅難忘此。

【眉評】

［一］屏去浮艷，純用白描，往復纏綿，情味無盡。

【校記】

㊀録自《御選歷代詩餘》。《花草粹編》有詞題「閨情」。

○**踏莎行**［一］㊀

碧蘚迴廊，緑楊深院。花期㊁夜入簾猶捲。照人無奈月華明，潛身卻恨花陰㊂淺。　密約難憑㊃，幽歡未展㊄。看看滴盡銅壺㊅箭。闌干敲遍不應人，分明燭下㊆聞刀剪㊇。

【眉評】

［一］爲元人諸曲借徑。

【校記】

㊀録自《詞綜》。此詞歐陽修作，見《醉翁琴趣外篇》。

〔二〕「花期」，《醉翁琴趣外篇》作「偷期」。
〔三〕「花陰」，《醉翁琴趣外篇》作「花深」。
〔四〕「難憑」，《醉翁琴趣外篇》作「如沉」。
〔五〕「未展」，《醉翁琴趣外篇》作「未便」。
〔六〕「滴盡銅壺」，《醉翁琴趣外篇》作「擲盡金壺」。
〔七〕「燭下」，《醉翁琴趣外篇》作「簾下」。
〔八〕「刀剪」，《醉翁琴趣外篇》作「裁剪」。

○○玉瓏璁〔一〕

城南路。橋南樹。玉鈎簾卷香横霧。新相識。舊相識。淺顰低笑，嫩紅輕碧。惜。惜。惜。劉郎去。阮郎住。爲雲爲雨朝還暮。心相憶。空相憶。露荷心性，柳花蹤跡。得。得。得。

〔一〕《能改齋漫〔二〕録》：「近有士人，嘗於錢塘江漲橋爲狹斜之游，作此詞。其後，朝廷復收河南，士人陷而不返。其友作詩寄之，且附以龍涎香，詩云：『江漲橋邊花發時，故人曾共著征衣。請君莫唱橋南曲，花已飄零人不歸。』士人在河南得詩，酬之云：『認得吳家心字香，玉窗春夢紫羅囊。餘薰未歇人何許，洗破征衣更斷腸。』」

【眉評】

[一] 筆意生動。

【校記】

㈠ 録自《詞綜》。

㈡「漫」，底本誤作「慢」。

鷓鴣天[一]㈠

鎮日無心掃黛眉。臨行愁見理征衣。樽前只恐傷郎意，閣淚汪汪不敢垂。　停寶馬，捧瑶巵。相斟相勸忍分離。不如飲待奴先醉，圖得不知郎去時。

【眉評】

[一] 深情入骨，「天雨粟，鬼夜哭」矣。〇語不深而情深，千古離别之詞，以此爲最。

【校記】

㈠ 録自《清綺軒詞選》。《清綺軒詞選》有詞題「别離」。亦見《詞林萬選》，作夏竦詞，未知孰是。

○點絳脣㊀

蹴罷鞦韆，起來整頓纖纖手。露濃花瘦。薄汗輕衣透。　見客入來，襪剗金釵溜。和羞走。倚門回首。卻把青梅嗅。[一]

【眉評】

[一] 情態如畫，微傷莊雅。

【校記】

㊀ 録自《清綺軒詞選》。亦見《詞林萬選》，作李清照詞。亦見楊金本《草堂詩餘》，作蘇軾詞。亦見《詞的》，作周邦彥詞。

○○琴調相思引㊀

膽樣瓶兒幾點春。剪來猶帶水雲痕。且移孤冷，相伴最深樽。　每爲惜花無曉夜，教人甚處不銷魂。爲君惆悵，何獨是㊁黄昏。[一]

【眉評】

[一]宛約得唐五代遺意。

【校記】

㊀録自《詞綜》。調名，《梅苑》作「玉交枝」。

㊁「何獨是」，《梅苑》作「獨自倚」。

、○眼兒媚㊀

蕭蕭㊁江上荻花秋。做弄許多愁㊂。半竿落日㊃，兩行新雁㊄，一葉扁舟。　惜分長怕春先去，㊅直待醉時㊆休。今宵㊇眼底，明朝心上，後日眉頭。[一]

【眉評】

[一]緊峭。

【校記】

㊀録自《詞綜》。又見張孝祥《于湖先生長短句》。亦見《陽春白雪》，作賀鑄詞。

㈡「蕭蕭」，《于湖先生長短句》作「曉來」。

㈢「許多愁」，《于湖先生長短句》作「箇離愁」。

㈣「落日」，《于湖先生長短句》作「殘日」。

㈤「新雁」，《于湖先生長短句》作「珠淚」。

㈥「惜分長怕君先去」，《于湖先生長短句》作「須知此去應難遇」，《陽春白雪》作「惜分長怕郎先去」，《詞則》作「惜分長怕春先去」。

㈦「醉時」，《于湖先生長短句》作「醉方」。

㈧「今宵」，《于湖先生長短句》作「如今」。

○○謁金門㈠

山無數。遮斷故人何處。見説蘭舟獨繫住。溪邊紅葉樹。　憶著前時歡遇。惹起今番愁緒。怎得西風吹淚去。陽臺爲暮雨。[一]

【眉評】

[一] 癡情奇想，用筆亦精警。

【校記】

㊀ 録自《詞綜》。調下，依例應補「見《天機餘錦》」。

○○**又**㊀ 見《浩然齋雅談》

休只坐。也去看花則箇。明日滿庭紅欲墮。花還愁似我。索性癡眠一和。憑箇夢兒好做。杜宇不知春已過。枝頭聲越大。[一]

【眉評】

[一] 一味樸直，似粗實精，此境不易到，亦不必學也。

【校記】

㊀ 録自《浩然齋雅談》。

○○**小重山**㊀ 見《浩然齋雅談》

鼓報黄昏禽影歇。單衣猶未試、覺寒怯。塵生錦瑟可曾閲。人去也、閒過好時節。對

景復愁絶。東風吹不散、鬢邊雪。些兒心事對誰説。眠不得、一枕杏花月。[一]

【眉評】

[一] 神在箇中，情餘言外。

【校記】

㊀ 録自《浩然齋雅談》。

朱淑真 見《大雅集》。

○生查子 元夕[一]㊀

去年元夜時，花市燈如晝。月上㊁柳梢頭，人約黄昏後。今年元夕㊂時，月與燈依舊。不見去年人，淚濕㊃春衫袖。

【眉評】

[一] 此詞一云歐陽公作，漁洋辨之於前，雲伯辨之於後，俱有挽扶風教之心。然淑真本非佚女，

不得以一詞短之。

【校記】

㈠録自《詞綜》。又見歐陽修《歐陽文忠公近體樂府》。

㈡「月上」，《歐陽文忠公近體樂府》作「月到」。

㈢「元夕」，《歐陽文忠公近體樂府》、《詞綜》作「元夜」。

㈣「淚濕」，《歐陽文忠公近體樂府》作「淚滿」。

陸游妾

生查子㈠

只知眉上愁，不識愁來路。窗外有芭蕉，陣陣黄昏雨。　曉起㈡理殘妝，整頓教愁去。不合畫春山，依舊留愁㈢住。[二]陸游之蜀，宿一驛中，見題壁詩，詢之，則驛中女也，遂納爲妾。半載，夫人逐之，妾賦詞而別。

【眉評】

〔一〕怨深情至，獨怪放翁不能庇一妾，何也？

【校記】

㊀録自《詞綜》。

㊁「曉起」，《陽春白雪》作「逗曉」。

㊂「留愁」，《陽春白雪》作「留連」。

蕭淑蘭

○菩薩蠻㊀

有情潮落西陵浦。無情人向西陵去。去也不教知。怕人留戀伊。　憶了千千萬。恨了千千萬。畢竟憶時多。恨時無奈何。〔一〕

【眉評】

〔一〕憶是真憶，恨非真恨，用意忠厚，益知「待雁卻回時，也無書寄伊」之薄矣。

【校記】

㊀ 録自《清綺軒詞選》。

金詞

劉仲尹 字致君，蓋州人。正隆中進士，以潞州節度副使召爲都水監丞。有《龍山集》。

○**浣溪沙** 春情㊀

繡館人人倦踏青。粉垣深處簸錢聲。賣花門外緑陰清㊁。[一]　簾幕風柔飛燕燕，池塘花暖語鶯鶯。有誰知道一春情。

【眉評】

[一] 婉麗不減陳子高。

【校記】

㊀ 録自《詞綜》。詞題，《中州樂府》無。

㈡「清」，《中州樂府》作「輕」。

琴調相思引[一]㈠

蠶欲眠時日已曛。柔桑葉大綠團雲。羅敷猶小，陌上看行人。翠實低條梅弄色，輕花吹壠麥初勻。鳴鳩聲裏，過盡太平村。[二]

【眉評】

[一]天然情態。

[二]下半闋一味敷衍，了無意味。

【校記】

㈠録自《詞綜》。調名，《中州樂府》作「攤破浣溪沙」。

劉著 字鵬南，皖城人。宣、政末登進士第，仕金，官翰林修撰，出守武遂，終忻州刺史。

鷓鴣天㈠

雪照山城玉指寒。一聲羌管怨樓間。江南幾度梅花發，人在天涯鬢已斑。星點點，月

團團。倒流河漢入杯盤。翰林風月三千首，寄與吴姬忍淚看。[一]

【眉評】

[一] 風流酸楚。

【校記】

㊀ 録自《詞綜》。

元好問　見《大雅集》。

滿江紅㊀

一枕餘醒㊁，厭厭共、相思無力。人語定、小窗風雨，暮寒岑寂。繡被留歡香未減，錦書封淚紅猶濕。問寸腸、能著幾多愁，朝還夕。[一]　春草遠，春江碧。雲黯淡，花狼藉。更柳綿閑颺，柳絲難織㊂。入夢終疑神女賦，寫情除有文通㊃筆。恨伯勞、東去燕西飛㊄，空相憶。

【眉評】

[一] 淒麗芊雅，叔原遺響。

【校記】

㊀録自《詞綜》。

㊁「餘醒」，《遺山樂府》、《詞綜》作「餘酲」。

㊂「難織」，《遺山樂府》作「誰織」。

㊃「文通」，《遺山樂府》作「文星」。

㊄「西飛」，《遺山樂府》作「西歸」。

元詞

張弘範

字仲疇，定興人。官至鎮國上將軍、江東道宣慰使，贈銀青榮禄大夫、平章政事，謚武略，加贈太師、開府儀同三司、上柱國、齊國公，改謚忠武，延祐中追封淮陽王，更謚獻武。

、○臨江仙 憶舊[一]㊀

千古武陵溪上路，桃花流水潺潺。可憐仙侶㊁剩濃歡。黄鸝驚夢破，青鳥喚春還。回首舊游渾不見，蒼煙一片荒山。玉人何處倚闌干。紫簫明月底，翠袖暮雲寒。

【眉評】

［一］清詞麗句，不減永叔、小山諸賢。從古大英雄必非無情者，吾於仲疇益信。

【校記】

㊀録自《詞綜》。詞題，《淮陽樂府》無。

㊁「仙侶」，《淮陽樂府》作「仙契」。

趙孟頫　見《大雅集》。

蝶戀花㊀

儂是江南游冶子。烏帽青鞋，行樂東風裏。落盡楊花春滿地。萋萋芳草愁千里。［一］　扶上蘭舟人欲醉。日暮青山，相映雙蛾翠。萬頃湖光歌扇底。一聲吹下㊁相思淚。

【眉評】

［一］淒涼哀怨，艷詞中亦寓憂患之思。

【校記】

㈠録自《詞綜》。此首《别調集》重出。

㈡「吹下」，《松雪齋文集》作「催下」。

劉景翔㈠ 號溪山，安成人。

【校記】

㈠劉景翔詞見《元草堂詩餘》，《詞綜》作元人，《全宋詞》作宋人。

如夢令㈠

獨立荷汀煙暮㈡。一霎錦雲香雨。似爲我無情，[一]驚起鴛鴦飛去。飛去。飛去。卻在緑楊深處。[二]

【眉評】

[一]「似爲我無情」五字妙甚。

[二] 欲去仍留，結意不盡。

【校記】

㊀ 録自《詞綜》。

㊁ 「煙暮」，《叢書集成》本《元草堂詩餘》作「煙渚」。

吴元可㊀ 字山庭，吉安人。

【校記】

㊀ 吴元可詞見《元草堂詩餘》，《詞綜》作元人，《全宋詞》作宋人。

○**采桑子**㊀

江南二月春深淺，芳草青㊁時。燕子來遲。翦翦輕寒不滿衣。　清宵欲寐還無寐，顧影顰眉。整帶心思。一樣東風兩樣吹。[一]

【眉評】

[一] 輕雋語，自是元人手筆。

【校記】

㈠ 録自《詞綜》。《元草堂詩餘》有詞題「春夜」。

㈡ 「芳草青」，《元草堂詩餘》作「燕子來」。

蕭允之㈠ 號竹屋。

【校記】

㈠ 蕭允之詞見《元草堂詩餘》，《詞綜》作元人，《全宋詞》作宋人。

○點絳脣㈠

花徑相逢，眼期心諾情如昨。怕人疑著。佯弄鞦韆索。　知有而今，何似當初莫。愁難託。雨鈴風鐸。夢斷燈花落。

【校記】

㈠ 録自《詞綜》。《元草堂詩餘》有詞題「記夢」。

劉天迪㊀ 字雲閑，西昌人。

【校記】

㊀劉天迪詞見《元草堂詩餘》，《詞綜》作元人，《全宋詞》作宋人。

○蝶戀花㊀

一翦晴波嬌欲溜。緑怨紅愁，長爲春風瘦。舞罷金杯眉黛皺。背人倦倚晴窗繡。　臉暈潮生微帶酒。催唱新詞，不應頻摇手。閑抱㊁琵琶調未就。羞郎還又垂紅袖。[一]

【眉評】

[一]一時情態，曲曲傳出。

【校記】

㊀録自《清綺軒詞選》。調名，《元草堂詩餘》作「鳳棲梧」。《元草堂詩餘》有詞題「舞酒妓」，《清綺軒詞選》作「舞妓」。

㈡「閑抱」，《元草堂詩餘》作「閑把」。

王從叔㈠ 見《大雅集》。

【校記】

㈠王從叔詞見《元草堂詩餘》，《詞綜》作元人，《全宋詞》作宋人。

阮郎歸 憶別㈠

風中柳絮水中萍。聚散兩無情。斜陽路上短長亭。今朝第幾程。[一]　何限事，可憐生。能消幾度春。別時言語總傷心。何曾一字真。[二]

【眉評】

[一]景中帶情，屏去浮艷。

[二]淒情苦語，耆卿〔夜半樂〕云「歎後約丁寧竟何據」，亦此意也。

【校記】

㈠録自《清綺軒詞選》。詞題，《元草堂詩餘》無。

趙雍 字仲穆，文敏之子。官待制。

○**浣溪沙**㊀

楊柳樓臺鎖翠煙。楊花簾幕撲香綿。佳人何處隔江山。　芳草已生千里恨，玉笙吹徹五更寒。夜深和淚倚闌干。

【校記】

㊀録自《詞綜》。

邵亨貞 字復孺，號清溪，華亭人。有《蛾術詞選》四卷。

○**沁園春** 美人眉㊀

巧鬬彎環，纖凝嫵媚，明妝未收。似江亭曉望㊁，遥山拂翠，宫簾暮捲，新月横鉤。[二] 掃黛嫌濃，塗鉛訝淺，能畫張郎不自由。傷春倦，爲皺多無力，翻做嬌羞。　填來不滿横秋。料著得人間多少愁。記魚箋緘啓，背人偷斂，雁鈿交併㊂，運指輕柔。有喜先占，長顰難效，柳葉輕黄今在不。雙尖鎖，試臨鸞一展，依舊風流。

【眉評】

［一］「江亭」四語切合大雅，餘尚不過纖小。○復孺美人目詞，如「幾度孜孜頻送情」等句，未免賤相，故置不録。

【校記】

㊀ 録自《詞綜》。詞題，《蛾術詞選》作小序：「龍洲先生以此詞詠指甲、小脚，爲絶代膾炙，繼其後者，獨未之見。彦强庚兄示我眉、目二作，真能追逐古人于百歲之上，不既難矣。暇日偶于衛立禮座上，以告孫季野丈，爲之擊節不已。因約相與同賦，翼日而成什焉。」此序並及其本下首詠美人目者。

㊁ 「曉望」，《蛾術詞選》作「曉玩」。

㊂ 「交併」，《蛾術詞選》作「膠併」。

明詞

楊基

字孟載，嘉州人，大父仕江左，遂家吴中。洪武初知滎陽縣，歷山西按察副使。有《眉庵詞》。

浣溪沙 花朝[一]㊀

鸞股先尋鬭草釵。鳳頭新繡㊁踏青鞋。衣裳宫樣不須裁。　軟玉鏤㊂成鸚鵡架，泥金鐫就牡丹牌。明朝相約看花來。

【眉評】

[一] 此詞麗極，然雅而不纖，固是作手。

【校記】

㊀ 録自《明詞綜》。此調《眉庵集》凡四首，合題「四春圖四景美人各賦」，此首末題「右花朝」。

㊁ 「新繡」，同《眉庵集》，《明詞綜》作「先繡」。

㊂「軟玉鏤」，《眉庵集》作「雕玉疊」。

聶大年

字壽卿，臨川人。正統間官仁和縣教諭，景泰初徵入翰林。

○卜算子㊀

粉淚濕鮫綃，只恐㊁郎情薄。夢到巫山第幾重㊂，酒醒燈花落。數日尚春寒，未把羅衣著。眉黛含顰爲阿誰，但悔從前錯。[一]

【眉評】

[一]中有怨情，令人尋味不盡。

【校記】

㊀録自《明詞綜》。

㊁「只恐」，《西湖遊覽志餘》作「只怨」。

㊂「重」，《西湖遊覽志餘》作「峰」。

祝允明

字希哲，長洲人。弘治㊀五年舉人，官應天府通判，有《懷里堂集》三十卷。

【校記】

㊀「弘治」，原稿作「宏治」，諱字徑改。

○蝶戀花 贈妓㊀

鬧蝶㊁窺春花性淺。未了妝梳，小顆脣朱點。㊂玉絮吹寒飛力軟。深深繡户珠簾掩㊃。廝放臨時仍泥戀。一把風情，錯認徐娘減。略綽暈香紅半片。闌干回首東風遠。[一]

【眉評】

[一] 雅麗足愧宗吉一流人。

【校記】

㊀録自《明詞綜》。調名，《枝山先生詞》作「鳳棲梧」，無詞題。

㊁「鬧蝶」，《枝山先生詞》作「鬬蝶」。

㊂「未了妝梳，小顆脣朱點」，《枝山先生詞》作「試重含輕，未放風流點」。

㊃「捲」，《枝山先生詞》作「掩」。

唐寅 字子畏，吴縣人。弘治㊀十一年南京鄉試第一，坐事被斥。有《六如詞》一卷。

【校記】

㊀「弘治」，原稿作「宏治」，諱字徑改。

○一翦梅[一]㊀

雨打梨花深閉門。忘了㊁青春。誤了㊂青春。賞心樂事共誰論。花下銷魂。月下銷魂。

愁聚眉峰盡日顰。千點啼痕。萬點啼痕。曉看天色暮看雲。行也思君。坐也思君。

【眉評】

[一]此詞頗工，但「千點」、「萬點」一意，分不出兩層，亦小疵也。

【校記】

㈠録自《明詞綜》。

㈡「忘了」，《六如居士詞》作「孤負」。

㈢「誤了」，《六如居士詞》作「虚負」。

楊慎 見《大雅集》。

○昭君怨㈠

樓外東風到早。染得柳條黄了。低拂玉闌干。怯春寒。　正是困人時候。午睡濃於中酒。好夢是誰驚。一聲鶯。[一]

【眉評】

[一]宛約。

【校記】

㈠録自《明詞綜》。

浪淘沙[一]㊀

春夢似楊花。繞遍天涯。黃鶯啼過緑窗紗。驚散香雲飛不去，篆縷煙斜。油壁小香車。水渺雲賒。青樓珠箔那人家。舊日羅巾今日淚，濕透韶華。㊁

【眉評】

[一] 此詞絶沈至。明代才人，自以升庵爲冠，詞非專長，偶一涉獵，卻有獨到處。

【校記】

㊀ 録自《明詞綜》。調名，《楊升庵先生長短句》作「賣花聲」。

㊁ 「濕透韶華」，《楊升庵先生長短句》作「濕盡鉛華」。

湯顯祖 字義仍，臨川人。萬曆十一年進士，官禮部主事。有《玉茗堂詞》一卷。

阮郎歸㊀

不經人事意相關。牡丹亭夢殘。斷腸春色在眉彎。倩誰臨遠山。[一] 排恨疊，怯衣單。

花枝紅淚彈。蜀妝晴雨畫來難。高唐雲影間。

【眉評】

［一］寄怨無端。

【校記】

㊀録自《明詞綜》。

馬洪　字浩瀾，仁和人。有《花影集》三卷。

、、少年游㊀

弄粉調脂，［一］梳雲掠月，次第曉妝成。鸚鵡籠邊，鞦韆牆裏，半晌不聞聲。　原來卻在瑤階下，獨自踏花行。笑摘朱櫻，微揎翠袖，枝上打流鶯。［二］

【眉評】

［一］起四字俗。

［二］小有情態，不免輕薄相。

【校記】

㊀ 録自《明詞綜》。

施紹莘［一］ 字子野，青浦人。有《花影詞》四卷。

【眉評】

［一］浪仙詞格不高，然小令卻間有佳者，較之馬浩瀾之陳言穢語，固自有別。

○浣溪沙㊀

半是花聲半雨聲。夜分淅瀝打窗櫺㊁。薄衾單枕一人聽。　密約不明渾夢境，佳期多半待來生。淒涼情況是㊂孤燈。

【校記】

㊀ 録自《明詞綜》。《秋水庵花影集》有詞題「雨夜有懷」，凡四首，此其一。

㊁「窗櫺」，《秋水庵花影集》作「窗楞」。

㊂「是」，《秋水庵花影集》作「似」。

○**又** 月夜㊀

如鏡窺妝逗小樓。真珠簾外半痕收。倒簪花影上人頭。品得秦箏初度曲，花前和露耍鞦韆。[一]柳絲濃翠拂鞋鈎。[二]

【眉評】

[一]「耍」字俗惡。

[二]結語纖麗。

【校記】

㊀録自《明詞綜》。詞題，《秋水庵花影集》作「閨中月夜」。

○**謁金門**㊀

春欲去㊁。如夢一庭空絮。牆裏鞦韆人笑語。花飛撩亂㊂處。無計可留春住。只有斷

腸詩句。萬種消魂多寄與。斜陽天外㊃樹。[一]

【眉評】

[一] 情韻既深，筆力亦健，浪仙最高之作。

【校記】

㊀録自《明詞綜》。《秋水庵花影集》有詞題「春盡」。

㊁「欲去」，《秋水庵花影集》作「歸去」。

㊂「花飛撩亂」，《秋水庵花影集》作「撩亂花飛」。

㊃「斜陽天外」，《秋水庵花影集》作「芳草斜陽」。

陳子龍

見《大雅集》。

清平樂㊀

繡簾花散。難與東風算。拈得金鍼絲又亂。尚剩檀心一半。[一]　幾回黛蹙雙蛾。斜添紅縷微波。閒看燕泥欲墮，柳綿吹滿輕羅。

【眉評】

［一］低回欲絶。

【校記】

㈠録自《明詞綜》。《陳忠裕公全集》有詞題「春繡」。

○虞美人㈠

香雲黯淡枝頭殘雪餘寒透。人影花陰瘦。紅妝悄立暗消魂。鎮日相看無語又黃昏。　疎更歇。慣伴纖纖月。冰心寂寞恐難禁。早被曉風零亂又春深。［一］

【眉評】

［一］情不自禁，寫來婉折入妙，不流於邪，所謂麗而有則。

【校記】

㈠録自《明詞綜》。

單恂　字質生，江南華亭人。崇禎十三年進士，官麻城縣知縣。有《竹庵詞》。

○采桑子[一]㊀

畫簾微雨春風暮，最苦今番。羅袖痕斑。留待歸時逐點看。桃花門巷無人到，蹙損蛾彎。手約雲鬟。斜倚殘紅第幾闌。

【眉評】

[一]質生平日論詞，以含情綿麗者爲宗，謂不失《風》、《騷》、樂府遺意。其所自作，大半藻思麗句，誠如所言，但風骨太低，開後人尖巧之習。

【校記】

㊀録自《明詞綜》。《倚聲初集》作：「《醜奴兒令·所思》：花篩翠箔鐘聲小，最苦今番。羅袖痕斑。等個人人逐點看。　只愁他也三分瘦，壓損蛾彎。手約瓊鬟。斜靠殘紅第幾欄。」

○浣溪沙㈠

荳蔻花紅滿眼明。小簾貼燕雨如塵。踏青時節又因循。　倦蝶有情隨髩𩬊，遠山無奈㈡學眉顰。冷清清地奈何春。[一]

【眉評】

[一]結句巧小。

【校記】

㈠録自《明詞綜》。《倚聲初集》作：「《浣溪沙 所思》：荳蔻花紅滿眼春。小簾貼燕雨如塵。踏青時節又因循。　驀地一團愁到了，怎生圖個不眉顰。冷清清地奈何人。」

㈡「無奈」，《明詞綜》作「無頼」。

王彦泓 字次回，金壇人。官華亭縣訓導。有《疑雨集》，詞附。

○○滿江紅[一]㈠

眼角眉端，誰道是、便成拋散。㈡怕向那、定情簾下，訴愁窗畔。幾度卸妝垂手㈢望，無端夢覺低聲[四]喚。猛思量、此際正天涯，啼珠濺。　欲寄語，加餐飯。難囑付，憑魚雁。隔雲山牽挽，寸心如線。善病每逢春月卧，長愁多向花前歎。況如今、憔悴已難堪，何曾慣。

【眉評】

［一］次回《疑雨集》，鈎魂攝魄，極盡香奩能事，真詩中之妖也。詞附見集中，如此篇亦可謂淒麗矣。

【校記】

㊀録自《明詞綜》。《古今詞匯》有詞題「憶」。

㊁「眼角眉端，誰道是、便成抛散」，《古今詞匯》作「眼角相勾，誰道有、這場抛散」。

㊂「垂手」，《古今詞匯》作「低首」。

㊃「低聲」，《古今詞匯》作「頻聲」。

湯傳楹

字卿謀，吴縣人。諸生。有《湘中草》一卷。

鷓鴣天[一]

一片傷心花影封[二]。美人初出曉雲宫。簾前泥落常憎燕，鬌側花摇數避蜂[三]。［一］　鈎月

翠，暈潮紅。倚煙欺雨咒東風。[二] 碧紗深掩喁喁處，塞北江南春夢中。[三]

【眉評】

[一]「鬌側」七字，摹寫活現。

[二]賤相。

[三]兼晏、歐、周、秦之美。

【校記】

㊀録自《明詞綜》。《湘中草》有詞題「佳人」。

㊁「封」，同《湘中草》，《明詞綜》作「重」。

㊂「蜂」，《湘中草》作「風」。

錢應金 字而介，嘉興人。有《古處堂詞》二卷。

○**踏莎行**㊀

銅雀春深，紙鳶書暖。繡床無力抛鍼倦。朝來不是嬾看花，羞顔怕與花相見。　粉靧啼

痕，羅消裙襴。紅泉脈脈流松磵。湘琴一曲美人愁，雲連猿路秋連雁。[一]

【眉評】

[一] 情景相生，綿邈無際。

【校記】

㊀ 録自《明詞綜》。

于儒穎 字弢仲，金壇人。

○浣溪沙[一]㊀

一片心情眼底柔。倦容疏態越風流。未經惆悵不知愁。　鴛譜怪來鍼綫減，功夫强半爲梳頭。日西初見下妝樓。

【眉評】

[一] 設色自好，通篇只衍出「倦容疎態」四字。

【校記】

㊀ 録自《明詞綜》。《蘭皋明詞彙選》有詞題「閨情」。

沈謙 字去矜，仁和人。有《東江詞》二卷。

○**清平樂**羅帶㊀

香羅曾寄。小鳳盤雲膩。要識春來腰更細。剩得許多垂地。　玉鈎移孔難尋。有時撚著沈吟。蹤跡可知無定，兩頭都結同心。[一]

【眉評】

[一] 思路雋巧。

【校記】

㊀ 録自《明詞綜》。

沈宜修 字宛君，吴江人，同邑葉紹袁室。

○**浣溪沙** 侍女隨春羞作嬌憨之態，諸女詠之，余亦戲作。㈠

千喚嬾回佯看蝶，半含嬌語㈡恰如鶯。嗔人無賴惱秦箏。[一]

袖惹飛煙緑鬒輕。翠裙拖出粉雲屏。飄殘柳絮未知情。

【眉評】

[一] 描摹入畫。

【校記】

㈠ 録自《明詞綜》。詞題，《鸝吹集》「隨春」下有「破瓜時」三字，「羞」作「善」。

㈡ 「嬌語」，同《鸝吹集》，《明詞綜》作「嬌雨」。

葉小紈 字蕙綢，吴江人，同邑沈永禎室。

○**浣溪沙**爲侍女隨春作㊀

鬌薄金釵半嚲輕。佯羞微笑隱湘屏。嫩紅染面太多情。長怨曲欄看鬥鴨，慣嗔南陌聽啼鶯。月明簾下理瑶箏。[一]

【眉評】

[一]嬌態可想。

【校記】

㊀録自《明詞綜》。

葉紈紈 字昭齊，吴江人，葉紹袁女。有《愁言》。

○**浣溪沙**[一]㊀

幾日輕寒懶上樓。重簾低控小銀鈎。東風深鎖一窗幽。晝永香消㊁春寂寂，夢殘燭跋㊂思悠悠。近來長自只知愁。

【眉評】

[一] 淒婉。

【校記】

㊀ 録自《明詞綜》。

㊁「香消」，《愁言》作「半消」。

㊂「燭跋」，《愁言》作「獨語」。

葉小鸞 見《大雅集》。

浣溪沙㊀

紅袖香濃日上初。幾番無力倩風扶。緑窗時掩悶妝梳。 一晌多慵嫌刺繡，近來聊喜學臨書。鳥啼春困落花疎。[一]

【眉評】

[一] 芊綿宛約，視《斷腸集》有過之無不及也。

【校記】

㊀ 録自《明詞綜》。《返生香》有詞題「春思」。

又㊀

幾日東風倚畫樓。碧天清靄半空浮。韶光多半杏梢頭。垂柳有情留夕照，飛花無計卻春愁。但憑天氣困人休。[一]

鈕玉樵云：「小鸞父仲韶，風神雅令，工六朝駢體，同沈宜人宛君偕隱汾湖，與子女刻意詩詞以自娱樂。小鸞生十歲，能韻語。秋夜，仲韶命以句云『桂寒清露濕』，即對曰：『楓冷亂紅彫。』是時以爲夭折之徵。及未婚而歿，見有五彩雲捧足而去，知前身爲緱嶺女仙，今當歸月府。適有冥中比邱尼智泐傳天台教，起無葉堂以收女士慧業而早亡者，小鸞從之。泐師審戒，信口答應，如『研香製就夫人字，鏤雪吟成幼婦詞』，凡十餘聯，皆晚唐名句也。泐師留之堂中，與姊昭齊薰習梵行。所存詩詞，皆似不食人間煙火者。」

【眉評】

[一] 淒涼哀怨，所以不能永年也。

【校記】

㈠録自《明詞綜》。《返生香》有詞題「春閨」。

張紅橋

閩縣人。居紅橋之西，因以爲號，後歸福清林鴻。

○念奴嬌 次韻寄子羽[一]㈠

鳳凰山下，恨聲聲玉漏，今宵易歇。三疊陽關歌未竟，城上棲烏催别。一縷情絲，兩行清淚，漬透千重鐵。重來休問，尊前已是愁絶。　還憶浴罷畫眉，夢回攜手，踏碎花間月。謾道胸前懷荳蔻，今日總成虛設。[二]桃葉津頭，莫愁湖畔，遠樹雲煙疊。剪燈簾幕，相思誰與㈡同説。

【眉評】

[一]紅橋寄此詞後，獨坐小樓，感念而卒。一時倡和諸詩甚多，不獨工長短句也。

[二]淒怨。

【校記】

㈠ 録自《明詞綜》。詞題，《女子絶妙好詞選》、《明詞綜》無。

㈡「誰與」，底本作「與誰」，據《女子絶妙好詞選》、《明詞綜》改。

閑情集卷三

國朝詞

吳偉業 見《大雅集》。

如夢令[一]㊀

煙鎖畫橋人病。燕子玉關歸信。報道負情儂，屈指還家春盡。休聽。休聽。又是海棠開近。

【眉評】

[一] 憶遠之情，淡而彌遠。

【校記】

㊀ 録自《吴詩集覽》。此調《國朝名家詩餘》本《梅村詞》凡四首，其一下有詞題「閨情」，此其四。

生查子㊀

青鎖隔紅牆，撇下韓嫣彈。花底玉驄嘶，立在垂楊岸。纖指弄東風，飛去銀箏雁。寄語畫樓人，留得春光半。[一]

【眉評】

[一] 有心人語。

【校記】

㊀ 録自《吴詩集覽》。《國朝名家詩餘》本《梅村詞》有詞題「春景」。

又[一]㊀

香煖合歡襦，花落雙文枕。嬌鳥出房櫳，人在梧桐井。小院賭紅牙，輸卻蒲桃錦。學寫貝多經，自屑泥金粉。

【眉評】

[一] 詞新句麗，是有福澤人聲口。

【校記】

㊀ 録自《國朝詞綜》。《國朝名家詩餘》本《梅村詞》有詞題「閨情」。

浣溪沙㊀

斷頰微紅眼半醒。背人驀地下堦行。摘花高處賭身輕。[一]　細撥薰爐香繚繞，嫩塗吟紙墨欹傾。慣猜閒事爲聰明。[二]

【眉評】

[一] 何等姿態。

[二] 妖冶極矣，然傳神繪影，卻不傷雅。○千古詠美人者説不到此。

【校記】

㊀録自《國朝詞綜》。此調《國朝名家詩餘》本《梅村詞》凡二首，此其一，有詞題「閨情」。

○又㊀

一斛明珠孔雀羅。湘裙窣地錦文韈。紅兒進酒雪兒歌。石黛有情新月皎，玉簪無力暖雲拖。見人先唱定風波。[一]

【眉評】

[一] 且慰且留。結七字簡妙。

【校記】

㊀録自《國朝詞綜》。此調《國朝名家詩餘》本《梅村詞》凡二首，其一有詞題「閨情」，此其二。

○醜奴兒令㊀

低頭一霎風光變，多大心腸。没處参詳。做箇生疏故試郎。何須抵死催儂㊁去，後約

何妨。卻費商量。難得今宵是乍涼。[一]

【眉評】

[一] 未免麗而淫矣，然用筆甚婉折。

【校記】

㊀ 録自《清綺軒詞選》。又據《吴詩集覽》校改。調名，《清綺軒詞選》作「采桑子」。《國朝名家詩餘》本《梅村詞》有詞題「艷情」，《清綺軒詞選》作「閨情」。

㊁ 「催儂」，同《吴詩集覽》，《清綺軒詞選》作「推儂」。

南柯子 竹夫人㊀

玉骨香無汗，從教換兩頭。受人顛倒被人勾。只是更無腸肚便風流。　嬌小通身滑，玲瓏滿眼愁。有些情性欠温柔。怕的一時抛擲在深秋。[一]

【眉評】

[一] 遊戲之筆。

【校記】

㊀ 録自《吴詩集覽》。

○○○臨江仙 逢舊[一]㊀

落拓江湖常載酒，十年重見雲英。依然綽約掌中輕。燈前纔一笑，偷解砑羅裙。　薄倖蕭郎憔悴甚，此生終負卿卿。姑蘇城外㊁月黄昏。[二]緑窗人去住，紅粉淚縱横。　靳介人曰：「逸情雋上，非大蘇不能。」

【眉評】

[一] 一片身世之感，胥於言外見之，不第以麗語見長也。

[二] 「姑蘇」七字超脱。

【校記】

㊀ 録自《吴詩集覽》。

㊁ 「城外」，《國朝名家詩餘》本《梅村詞》作「城上」。

○醉春風㊀[一]

門外青驄騎。山外斜陽樹。蕭郎何事苦思歸，去。去。去。燕子無情，落花多恨，一天憔悴。私語牽衣淚。醉眼偎人覷。今宵微雨怯春愁，住。住。住。[二]笑整鸞衾，重添香獸㊁，别離還未。

【眉評】

[一]合下首當是妓館之作，此首是將别而挽留之。

[二]「去」、「住」兩字疊用巧。

【校記】

㊀録自《吴詩集覽》。《國朝名家詩餘》本《梅村詞》、《吴詩集覽》有詞題「春思」。

㊁「香獸」，《古今詞選》作「獸炭」。

○又㊀

眼底桃花媚。羅襪鈎人處。四肢紅玉軟無言，醉。醉。醉。小閣廊深㊁，玉壺茶煖，水沈香

細。重整蘭膏膩。偷解羅襦繫。知心侍女下簾鈎，睡。睡。睡。皓腕頻移，雲鬟低擁，羞眸斜睇。[一]

【眉評】

[一] 極淫褻事，偏寫得如許婉麗。國初諸老多工艷詞，梅村其首倡也。

【校記】

㈠ 録自《清綺軒詞選》。《國朝名家詩餘》本《梅村詞》有詞題「春情」，《清綺軒詞選》作「閨夜」。

㈡ 「廊深」，《國朝名家詩餘》本《梅村詞》、《吴詩集覽》作「迴廊」。

曹溶 見《放歌集》。

○十六字令㈠

輕。認得伊家畫屧聲。花邊遶，蛺蝶不曾驚。

【校記】

㊀録自《清綺軒詞選》。

梁清標

字玉立，真定人。崇禎十六年進士，國朝官至保和殿大學士。有《棠邨詞》二卷。

○生查子[一]㊀

蘭湯浴罷時，簫局沈煙縷。偷取遠山青，描作眉兒譜。　茉莉幾時㊁開，小摘還重數㊂。香汗等閒消，一陣黄昏雨。

【眉評】

[一]棠邨詞工麗婉雅，自是福澤人語。

【校記】

㊀録自《清綺軒詞選》。調名，《棠村詞》作「美少年」。《棠村詞》、《清綺軒詞選》有詞題「夏夜」。

㊁「幾時」，《棠村詞》作「幾枝」。

㊂「重數」，《棠村詞》、《清綺軒詞選》作「頻數」。

菩薩蠻㊀

亂鴉啼處春風曉。流蘇香煖金鈎小。晴影入窗紗。街頭賣杏花。　鴛鴦初睡足。偏墮雲鬟緑。拂鏡試新妝。低回問粉郎。[一]

【眉評】

[一] 宛轉有情。

【校記】

㊀ 録自《清綺軒詞選》。《棠村詞》、《清綺軒詞選》有詞題「春閨」。

一翦梅　閨夜[一]㊀

宛宛冰輪上畫樓。聽罷更籌。薰罷衾裯。畫眉人是舊風流。對面温柔。背面嬌羞。　雙結燈花兩意投。一晌低頭。半晌迴眸。玉猊煙冷睡還休。倚了香篝。褪了蓮勾。

【眉評】

［一］精工秀麗，與梅村〔醉春風〕次闋異調同工，然皆不免失之纖冶。

【校記】

㊀ 録自《清綺軒詞選》。詞題，《棠村詞》作「閨詞」。

○釵頭鳳㊀

簾櫳悄。流蘇小。薰籠斜倚香還裊。歡方嫩。愁來頓。纖腰非舊，湘裙争寸。褪。褪。褪。［一］

釵輕掉㊁。梅如笑。銀釭生暈燈花爆。春將近。鴻無信。天涯人遠，金錢難問。恨。恨。恨。

【眉評】

［一］生香真色，穠麗無比。

【校記】

㊀ 録自《清綺軒詞選》。《棠村詞》有詞題「閨情」，《清綺軒詞選》作「閨怨」。

(二)「輕掉」,《棠村詞》作「斜掉」。

○**望江南**(一)

銀燈(二)翦,雜坐漏偏遲。欲寫烏絲嗔燕子,將輸楸局倩猧兒。薌澤乍聞時。

【校記】

(一)録自《國朝詞綜》。此調《棠村詞》凡十首,其一有題「鄉思」,此列其十。

(二)「銀燈」,《棠村詞》作「燈兒」。

曹爾堪 見《放歌集》。

○**清平樂**(一)

眉痕頻皺。不似東風舊。欺盡孤眠寒更透。生得腰肢原瘦。　梨花静掩長門。尋常過幾黄昏。魂向當初銷盡,如何又説銷魂。[一]

【眉評】

[一]進一層説便深。

【校記】

㊀録自《國朝詞綜》。《南溪詞》、《國朝詞綜》有詞題「閨詞」。

張淵懿 字硯銘，青浦人。順治十一年舉人。有《月聽軒詩餘》一卷。

○**浣溪沙** 閨怨㊀

春事飄零付晚風。小樓長伴一燈紅。藏鈎無對只猜空。愁緒不隨煙縷斷，悶懷還似月陰重。羅衣孤負兩心同。

【校記】

㊀録自《國朝詞綜》。

王士禛 見《大雅集》。

○**浣溪沙**㊀

柳暖花寒雨似酥。流鶯和夢覺來無。東風料峭捲蝦鬚。欲覺㊁瀟湘屏上路，楚山如黛少雙魚。口脂慵點鏡中朱。[一]彭羡門云：「『夜聞馬嘶曉無跡』，不如『流鶯』句之神合。」

【眉評】

[一]遣詞茗雅。

【校記】

㊀録自《國朝詞綜》。此調《衍波詞》凡三首，有詞題「春閨」，此其一。

㊁「欲覺」，《衍波詞》作「欲覓」。

○又 和漱玉詞㊀

漸次紅潮趁靨開。木瓜香粉印桃顋。爲郎瞥見被郎猜。　不逐晨風飄陌路，願隨明月入君懷。[一]半床犤夢待郎來。

【眉評】

[一]詞意温雅，鄒程邨輩獨賞其末句，何也？

【校記】

㊀録自《衍波詞》。此題《衍波詞》凡三首，此其三。

○應天長 刺繡㊀

餞春時節深深院。睡起金衣花外囀。繡床輕，素絲軟。一幅鴛鴦剛半面㊁。麝煙微，螺黛淺。衣上唾絨紅濺。花落日長人倦。偏髻拖殘線。[一]

【眉評】

[一]「偏髻」五字，尋常姿態，卻是先生道得真，使無情處都有情也。

【校記】

㊀録自《國朝詞綜》。詞題，《衍波詞》作「閨人刺繡」。

㊁「鴛鴦剛半面」，《衍波詞》、《國朝詞綜》作「吴綾秋水面」。

、○○蝶戀花 和漱玉詞[一]㊀

涼夜沈沈花漏凍。欹枕無眠，漸聽荒雞動。此際閑愁郎不共。月移窗罅春寒重。憶共錦衾㈡無半縫。郎似桐花，妾似桐花鳳。往事迢迢徒入夢。銀箏斷續㈢連珠弄。

【眉評】

［一］此詞絶雅麗，一時京師盛傳，呼之爲「王桐花」。

【校記】

㈠録自《清綺軒詞選》。

㈡「錦衾」，《衍波詞》作「錦裯」。

㈢「斷續」，《衍波詞》作「斷絶」。

菩薩蠻　迷藏㈠

玉蘭花發清明近。花間小蝶黏香鬢。邀伴捉迷藏。露微花氣涼。　花深防暗邏。潛向花陰躲。蟬翼惹花枝。背人扶鬢絲。［一］

【眉評】

［一］於無人處曲繪情狀。

【校記】

㊀ 録自《國朝詞綜》。此調《衍波詞》凡九首，總題「詠青溪遺事畫册同其年、程邨、羨門」，此其四。

又 彈琴㊀

玲瓏嵌石紅蕉葉。蕉陰寶鴨香初爇。獨整素琴彈。琴清玉手寒。　聲聲珠作串。彈出湘君怨。今夜夢瀟湘。琴心秋水長。[一]

【眉評】

[一] 雅韻欲流。

【校記】

㊀ 録自《國朝詞綜》。此調《衍波詞》凡九首，總題「詠青溪遺事畫册同其年、程邨、羨門」，此其五。

又 秘戲㊀

蟬紗半幅圍紅玉。龜紋枕畔雙鬟緑。銀蒜鎮垂垂。含羞忍笑時。[一]　屏山金屈戍。女伴偷相覷。明日畫堂中。須防面發紅。彭羨門云：「僕最愛牛嶠詞『須作一生拚，盡君今日歡』，猶讓此『忍笑含羞』四字。」

【眉評】

［一］盡態極妍。

【校記】

㊀録自《衍波詞》。此調《衍波詞》凡九首，總題「詠青溪遺事畫册同其年、程邨、羨門」，此其八。

丁澎 字飛濤，仁和人。順治十二年進士，官禮部郎中。有《扶荔詞》三卷、《詞變》一卷。

○**搗練子**㊀

情脈脈，淚瀸瀸。半臂春寒晚更添。燕子自來春自去，梨花飛盡不開簾。［一］

【眉評】

［一］小令貴以宛約勝，此爲近之。

【校記】

㊀録自《清綺軒詞選》。《扶荔詞》、《清綺軒詞選》有詞題「春情」。

甘州子㊀

晝長人夢小紅樓。橫毾枕，壓春愁。緑窗花影裊煙柔。乳燕墜香篝。貪睡穩、忘卻下簾鉤。[一]

【眉評】

[一]言外含情。

【校記】

㊀録自《清綺軒詞選》。《扶荔詞》、《清綺軒詞選》有詞題「春睡」。

雙調南鄉子㊀

柳色半紅樓。漫捲湘簾不上鈎。故説日長鍼線懶，羞羞。偷把鴛鴦繡枕頭。[一]　約伴踏

青遊。飛絮流鶯倍惹愁。歸去小姑春未諳，啾啾。閒語窗前絮不休。㊂

【眉評】

［一］慧心密意。

【校記】

㊀録自《清綺軒詞選》。調名，《扶荔詞》作「南鄉子」。《扶荔詞》、《清綺軒詞選》有詞題「閨情」。

㊁「閒語窗前絮不休」，《扶荔詞》作「冷語幽窗笑不休」。

攤破浣溪沙㊀

一剪鴉翎半鞸肩。生憎嬌小向人前。曾解東風多少恨，自今年。［一］　愛唱新翻歌尚怯，學梳時樣髻長偏。捉得蜻蜓雙疊翅，背人看。［二］

【眉評】

［一］「自今年」三字，含蓄不盡。

[二] 閑處生情。

【校記】

㊀ 録自《國朝詞綜》。《扶荔詞》有詞題「嬌小」。

○**踏莎行** 村女㊀

淺碧藏鳩，亂紅吹絮。疎疎幾陣催㊁花雨。小橋一帶種桃花，花邊便是兒家住。[一] 近水湘簾，幾重春霧。鷓鴣聲裏人何處。月明偷出浣溪沙，笑將花影同歸去。[二]

【眉評】

[一] 如畫。

[二] 此情此景，直以夷光作一影子。

【校記】

㊀ 録自《清綺軒詞選》。

㊁「催」，底本作「吹」，據《扶荔詞》、《清綺軒詞選》改。

蝶戀花㊀

嫩緑枝頭鶯睡穩。羞帶宜男，閒卻雙蟬鬢。夢逐春歸和淚搵。薔薇消得東風恨。　眉鎖斜陽添薄暈。初試冰綃，漸覺香肌褪。蝴蝶也知春意盡。花鬚亂落輕黄粉。[二]

【眉評】

[二] 情詞悽婉，「摽梅」、「蔓草」之遺也。

【校記】

㊀ 録自《國朝詞綜》。《扶荔詞》有詞題「初夏」。

行香子 離情㊀

纔住香車。忽過平沙。片時間、人遠天涯。今宵好夢，何處尋他。但一更鐘，三更雨，五更鴉。　愁對飛花。怕見殘霞。別離情、付與琵琶。斷魂江上，吹落誰家。正夢兒來，燈兒暈，枕兒斜。

【校記】

㊀錄自《國朝詞綜》。

李天馥 字湘北，永城人。順治十五年進士，官至武英殿大學士，謚文定。有《容齋詞》一卷。

○**烏夜啼** 採蓮㊀

遠山漸隱斜陽。渡横塘。行到綠楊深處畫橈香。　芙蕖畔。紅波亂。濺羅裳。怕摘㊁青青蓮子有空房。

【校記】

㊀錄自《國朝詞綜》。

㊁「怕摘」，《容齋詩餘》作「怕折」。

毛際可 字會侯，遂安人。順治十五年進士，授漳德府推官，改官知縣。有《浣雪詞鈔》二卷。

蘇幕遮[一]㈠

早春天，連雨夜。欲寄征衣，幾度裁還罷。肥瘦近來無定也。前歲相偎，記妾腰微窄。寶鋮連，金斗砑。短尺機頭，襯上生香帕。一色縫成全没罅。只有啼痕，點點應難化。

【眉評】

[一] 上半極昵密，下半極哀怨。

【校記】

㈠ 録自《清綺軒詞選》。《浣雪詞鈔》、《清綺軒詞選》有詞題「閨情」。

青玉案㈠

彈箏銀甲寒初卸。始覺得、孤眠乍。静裏更籌都數下。司天無準，雞人貪睡，[一]竟把年成

夜。　梅花幾日開還謝。酒泛屠蘇爲誰把。兩地情悰全没假。昨宵書到，小姑偷看，説向人前怕。[二]

【眉評】

[一]「司天無準」二語太板重。

[二]若隱若現，得味外味。

【校記】

㊀録自《清綺軒詞選》。《浣雪詞鈔》、《清綺軒詞選》有詞題「冬閨」。

謁金門　夏閨㊀

雛燕囀。雨過緑槐如染。小徑行來蓮印淺。新苔添數點。　簾上鰕鬚半捲。甌内鳳團初碾。瞥見回廊羞自掩㊁。衫輕微露腕。

【校記】

㊀録自《國朝詞綜》。

㈡「回廊羞自掩」，《浣雪詞鈔》作「檀郎還靦覥」。

○清平樂 春愁㊀

落花時節。和淚飄紅雪。畢竟淚流無斷絕。不似飛花先歇。　春愁百計難醫。天涯隔斷相思。㊁除是花長不謝，與伊㊂同撚花枝。[一]

【眉評】

[一] 深情癡想。

【校記】

㊀録自《國朝詞綜》。

㊁「天涯隔斷相思」，《浣雪詞鈔》作「醫時怕笑情癡」。

㊂「與伊」，《浣雪詞鈔》作「與郎」。

張養重 字虞山，山陽人。

○浣溪沙 紅橋即事，同阮亭作。㊀

狹巷朱樓認妾家。捲簾初下碧油車。東風翠袖曳輕紗。　岸上鶯歌隨柳弱，水邊燕尾掠波斜。春江流落可憐花。

【校記】

㊀録自《國朝詞綜》。詞題，《倚聲初集》「同」作「奉同」。

余懷 字無懷，莆田人。有《秋雪詞》一卷。

○憶秦娥㊀

蛾眉淡。芙蓉映日秋將半。秋將半。畫樓微醉，鶯兒聲喚。㊁　小橋日日嬌癡慣。甚無情緒心腸亂。心腸亂。慵拈鍼線，拋殘絃管。[二]

【眉評】

［一］澹心詞頗輕倩，此篇尤温雅。

【校記】

㊀録自《國朝詞綜》。《玉琴齋詞》有詞題「却寄」。

㊁「鶯兒聲喚」，《玉琴齋詞》作「阿孃驚喚」。

陸埜 字我謀，平湖人。有《曠莽詞》一卷。

○**相見歡**㊀

碧桃落盡前溪。杜鵑啼。不喚離人歸也喚春歸。　非干病，不關醉，是思伊。幾度夢中相見又還非。［一］

【眉評】

［一］纏綿淒楚。

【校記】

㈠録自《國朝詞綜》。

張潮 字山來，新安人。有《花影詞》一卷。

○**浣溪沙** 曉粧㈠

日影罘罳罷曉眠。蝦鬚簾捲嫩涼偏。㈡工夫拚得費周旋。[一] 玉腕半擡釵上裊㈢，星眸頻轉鏡中傳㈣。粧成應得箇人憐。

【眉評】

[一] 句法脱胎孫孟文。

【校記】

㈠録自《國朝詞綜》。《百名家詞鈔》本《花影詞》有詞題「曉妝」。

㈡「日影」二句，《百名家詞鈔》本《花影詞》作「曉日臨窗不耐眠。嫩涼消受鏡臺前」。

㈢「半擡釵上裊」，《百名家詞鈔》本《花影詞》作「慵擡愁力少」。

㊃「鏡中傳」，《百名家詞鈔》本《花影詞》作「覺神牽」。

王晫 初名棐，字丹麓，仁和人。諸生。有《峽流詞》一卷。

憶少年㊀

春山淡沲，春陰靉靆，春風嫋娜。楊花亂吹入，正倚床閑坐。檢點琴書無一可。撥金爐、僅留餘火。鸚哥向人説，怪將他籠鎖。[一]

【眉評】

[一] 味在言外，此詞彷彿丁飛濤。

【校記】

㊀ 録自《清綺軒詞選》。《峽流詞》、《清綺軒詞選》有詞題「春情」。

吴綺 字薗次，江都人。由選貢生，官湖州府知府。有《藝香詞》四卷。

【眉評】薗次有「把酒祝東風，種出雙紅豆」之句，當時呼爲「紅豆詞人」。《藝香詞》四卷，大約綺語最工，竹垞謂其絶似陳西麓，則未必然也。

歸自謡 閨情㊀

深院静。風颭落花紅不定。牆東月上㊁鞦韆映。玉驄一去成孤另。愁誰證。説來但與鸚哥聽。

【校記】

㊀録自《清綺軒詞選》。詞題，《藝香詞》、《清綺軒詞選》作「閨憶」。

㊁「月上」，《藝香詞》作「月下」。

點絳唇 春情㊀

幾度鶯啼，垂楊緑了千千縷。玉驄人去。滴盡西窗雨。瘦損㊁菱花，金粉都無緒。相思處。無情雲樹㊂。遮卻多情路。[一]

【眉評】

[一] 雅麗和平。

【校記】

㈠録自《國朝詞綜》。

㈡「瘦損」，《藝香詞》作「撲損」。

㈢「雲樹」，《藝香詞》作「山色」。

○**南歌子** 最憶㈠

最憶愁時面，難爲别後心。夢牽紅袖玉樓陰。卻是醒來原自挽羅衿。　香冷鴛鴦帶，寒輕翡翠衾。一生難負是知音。何況蛾眉相望到而今。

【校記】

㈠録自《藝香詞》。

○**釵頭鳳** 冬閨㈠

燈花滴。爐香熄。屏風静掩遥山碧。簫誰弄。衾長空。五更簾幙，月明霜重。凍。凍。

凍。閑尋覓。無消息。淚痕冰惹紅綿濕。愁難送。情還種。巫雲昨夜，同騎雙鳳。夢。夢。夢。[一]

【眉評】

[一] 結三字妙，倒裝文法。

【校記】

㈠ 録自《國朝詞綜》。

花發沁園春 無題㈠

艷極生愁，嬌深成歉，恨人恨事長有。雲英未嫁，道韞無聊，豈料一時都逅。柔腸點點，怎奈取、多般禁受。把幾許、劍嘯書慵，平分花憔香瘦。[一]　況復才華輻輳。更箋裁濤樣，字臨漪手。封綃托雁，製錦憑魚，總是痛花傷柳。三生石老，何處可、種蓮成藕。[二]只應也、影裏人兒，夢中相見巫岫。

【眉評】

[一] 此詞必有所感，紅顏薄命，今古同慨。

[二]「天若有情天亦老」。

【校記】

㈠ 録自《藝香詞》。

高士奇 字澹人，錢塘人，《一統志》作「平湖人」。以諸生供奉内廷，官至禮部侍郎，謚文恪。有《蔬香詞》一卷、《竹窗詞》一卷。

○雙調望江南㈠

堪憶處，牆遶院西樓。紅樹窗前花鬭錦，碧天簾外月如鈎。時序又新秋㈡。　消瘦㈢了，減卻㈣舊風流。閑摘珠蘭供晚浴，㈤爲開㈥茉莉更梳頭。同坐看牽牛。[二]

【眉評】

[一] 不腐不纖，艷詞如此卻好。

【校記】

㈠録自《國朝詞綜》。調名，《蔬香詞》作「望江南」。此調《蔬香詞》凡五首，其一有詞題「病中和蓀友作」，此其二。

㈡「又新秋」，《蔬香詞》作「總悠悠」。

㈢「消瘦」，《蔬香詞》作「消減」。

㈣「減卻」，《蔬香詞》作「少小」。

㈤「閑摘珠蘭供晚浴」，《蔬香詞》作「午摘珠蘭纔被浴」。

㈥「爲開」，《蔬香詞》作「晚開」。

丁煒 字澹汝，德化人。由漳平教授，官至湖北按察使。有《紫雲詞》一卷。

○碧窗夢㈠

蓮漏催蟾影，梨雲妒蠟明。銀箏低訴可憐情。不道翠幃風細有人聽。

【校記】

㈠録自《國朝詞綜》。《紫雲詞》、《國朝詞綜》有詞題「春夜」。

佟世南 見《大雅集》。

望江南 閨情㈠

閑倚檻，螺翠淡眉尖。滿院落花春晝静，一窗疎雨暮寒添。不病也懨懨。

【校記】

㈠ 録自《國朝詞綜》。

謁金門 春感㈠

春寂寂。人似曉風無力。露濕殘花飛不得。滿階紅淚滴。[一] 驕馬未回空磧。芳草又生南陌。十二闌干和恨立。日斜山影直。

【眉評】

[一] 凄涼哀怨，晏小山、秦淮海之流亞也。

【校記】

㊀録自《國朝詞綜》。

周綸 見《放歌集》。

○**浣溪沙**㊀

懶捉瓊梳倚鏡前。一番春病損眉尖。見時阿母不勝憐。多恐有心争識得，嬌羞紅透雪腮邊。東風寒峭嚲香肩。[一]

【眉評】

[一]麗語遠追孟文。

【校記】

㊀録自《清綺軒詞選》。《柯齋詩餘》有詞題「有述」，《清綺軒詞選》作「閨情」。

顧貞觀 見《放歌集》。

如夢令㊀

顛倒鏡鸞釵鳳。纖手玉臺呵凍。惜別儘俄延，也只一聲珍重。[一]如夢。如夢。傳語曉寒休送。

【眉評】

[一]言情必真。

【校記】

㊀録自《清綺軒詞選》。《清綺軒詞選》有詞題「惜别」。

歸國遥㊀

舒玉腕。鬭草昨赢纏臂换。[一]明日湔裙誰伴。問他佯不管。　幾疊纔開羅扇。莫教題

字滿。㊁空卻回文一半。有人親落欵。[二]

【眉評】

[一] 俗態俗句。

[二] 押韻甚峭。

【校記】

㊀ 録自《國朝詞綜》。

㊁ 前六句,《彈指詞》作:「呼女伴。鬬草鬬花輪日換。相約羅衣同澣。略嫌天氣暖。　幾摺纔開筠扇。莫教題便滿。」

錢芳標 字葆馚,江南華亭人。康熙五年舉人,官中書舍人。有《湘瑟詞》四卷。

憶少年[一]㊀

小屏殘燭,小窗殘雨,小樓殘夢。銖衣已煙散,只蘅蕪香重。　錦瑟華年愁裏送。便淒涼、也無人共。傷心白團扇，畫秦娥簫鳳。

【眉評】

［一］出入《風》、《騷》，乃臻斯境。彼好爲艷詞者，那得如此雅麗。

【校記】

㈠ 録自《國朝詞綜》。

萬里春㈠

顋霞鬌翠。淡泞月光花氣。下鈿車、鬭草歸遲，帶些些薄醉。愛極翻憎你。怎藏向、刺桐屏裏。笑聰明、輸與娃僮，早猜將人意。㈡［一］

【眉評】

［一］情態逼真，妙在並未道破。

【校記】

㈠ 録自《清綺軒詞選》。《湘瑟詞》有詞題「和片玉詞」，《清綺軒詞選》作「無題」。

㈡《湘瑟詞》詞末有小註：「長吉《惱公詩》：『小閣睡娃僮。』」

○**南歌子**㈠

添麝更衣後，挑朱對鏡時。故故弄妝遲。日高牽女伴、折花枝。[一]

【眉評】

[一]瑣細有情。

【校記】

㈠録自《國朝詞綜》。

陳玉璂 字賡明，武進人。康熙六年進士，官中書舍人。有《耕煙詞》一卷。

○**憶漢月** **慵起**㈠

明月一天如水。變作五更殘雨。夢魂只在枕頭邊，幾度思量不起。[二]繡簾呼小婢。金

獸裏、衣香添未。今朝無力試新妝，且把玉臺深閉。[二]

【眉評】

[一]靈警。

[二]結二語意淺，語亦率易。

【校記】

㊀録自《清綺軒詞選》。《清綺軒詞選》有詞題「慵起」。

汪懋麟 字季角，江都人。康熙六年進士，官刑部主事。有《錦瑟詞》一卷。

○**誤佳期** 閨怨㊀

寒氣暗侵簾幕。辜負芳春小約㊁。庭梅開遍不歸來，直恁心情惡。　獨抱影兒眠，背看燈花落。待他重與畫眉時，細數郎輕薄。[一]

【眉評】

[一]機趣自勝，然近於薄矣。

【校記】

㈠ 録自《清綺軒詞選》。

㈡ 「芳春小約」，《錦瑟詞》作「小春芳約」。

葉燮 字星期，嘉善籍吴江人。康熙九年進士，官寶應縣知縣。

○遐方怨 閨情㈠

粧未了，日高升㈡。菱花眉暈小，蘭葉髻雲横。簾通煙篆曉痕平。寶釵斜膩墜㈢無聲。[一]

春漸老，帶圍輕。簷鵲頻偷報，應知鬭草赢。晝長無事理銀箏。困人疏雨小池亭㈣。[二]

【眉評】

[一] 綺麗，是艷詞本色。

[二] 結獨閑雅。

【校記】

㈠ 録自《國朝詞綜》。

㈡「高升」，《倚聲初集》作「初生」。
㈢「斜膩墜」，《倚聲初集》作「斜墜膩」。
㈣「小池亭」，《倚聲初集》作「在長亭」。

性德 見《大雅集》。

酒泉子[一]㈠

謝卻荼蘼。一片月明如水。篆香消，猶未睡。早鴉啼。嫩寒無奈㈡羅衣薄。休傍闌干角。最愁人，燈欲落。雁還飛。

【眉評】

[一]情詞淒婉，似韋端己手筆。

【校記】

㈠録自《清綺軒詞選》。原稿標注：「此篇已録入《大雅集》。」《大雅集》無評語。

㈡「無奈」，《通志堂集》、《清綺軒詞選》作「無賴」。

○○**浣溪沙** 詠五更，和湘真韻。㈠

微暈嬌花濕欲流。簟紋燈影一生愁。夢回疑在遠山樓。[一] 殘月暗窺金屈戌，軟風徐蕩玉簾鈎。待聽鄰女喚梳頭。

【眉評】

[一] 調和意遠，似此真不愧大雅矣，古今艷詞亦不多見也，惜全篇平平。

【校記】

㈠ 録自《國朝詞綜》。

葉舒崇 字元禮，吴江人。康熙十五年進士，官中書舍人。有《謝齋集》。

○**浣溪沙** 孤山別墅有感㈠

彷彿清溪似若耶。底須惆悵怨天涯。青驄繫處是儂家。 生小畫眉分細繭，近來綰髻

學靈蛇。粧成不耐合歡花。[一]

【眉評】

[一] 婀娜有致。

【校記】

㊀ 此下三首録自《國朝詞綜》。

○又

潛背紅窗解珮遲。銷魂爾許月明時。羅裙消息落花知。[一]　蝶粉蜂黃拚付與，淺顰深笑總難知。教人何處懺情癡。[二]

【眉評】

[一]「知」字複韻，當易。

[二] 一往情深。

又

斗帳脂香夜半侵。[一]幾番絮語夢難尋。清波一樣淚痕深。南浦鶯花新別恨，西陵松柏舊同心。一番生受到而今。[二]

【眉評】

[一]起七字扭捏，亦鄙俗。

[二]情詞並茂。

沈朝初 字洪生，吴縣人。康熙十八年進士，官至侍讀學士。有《不遮山閣詩餘》二卷。

如夢令㊀

花裏鶯聲歌溜。簾外海棠紅瘦。寂寞倚欄杆，摘得青梅如豆。低嗅。低嗅。又是酸心時候。[一]

【眉評】

[一] 淒警語，雙闋妙。

【校記】

㊀ 録自《國朝詞綜》。《不遮山閣詩餘》有詞題「春閨」。

彭孫遹 見《放歌集》。

○浣溪沙 **閨情**㊀

翠浪生紋點㊁曲池。春深閨閣弄妝遲。弓鞋羅襪踏青時。　鴉髻輕分金縷縷，燕釵低顫㊂玉差差。杏花春雨細如絲。[一]

【眉評】

[一] 雅麗得北宋遺韻。

【校記】

㊀ 録自《國朝詞綜》。詞題，《延露詞》作「踏青」。

〔二〕「點」，《延露詞》作「漲」。

〔三〕「低顫」，《延露詞》作「低颭」。

○柳梢青〔一〕

何事沈吟。小窗斜日，立遍春陰。翠袖天寒，青衫人老，一樣傷心。　十年舊事重尋。回首處、山高水深。兩點眉峰，半分腰帶，憔悴而今。〔一〕

【眉評】

〔一〕「而今」字倒煞，與元禮〈浣溪沙〉同一雋妙。

【校記】

〔一〕録自《國朝詞綜》。《延露詞》有詞題「感事」。

尤侗　見《放歌集》。

○憶王孫　閨情〔一〕

一春心事付眉尖。小院無人風雨纖。落盡桃花倚繡奩。思淹淹。燕子歸來〔二〕不捲簾。〔一〕

【眉評】

［一］措語婉雅，在西堂集中尤爲難得。

【校記】

㊀録自《國朝詞綜》。

㊁「歸來」，《百末詞》作「歸家」。

○醉公子㊀

何處貪杯酒。愁殺閨中婦。尚喜晚還家。剛留一盞茶。　扶得和衣睡。冷卻鴛鴦被。不敢罵檀郎。喃喃咒杜康。［一］

【眉評】

［一］語妙解頤。

【校記】

㊀録自《清綺軒詞選》。《百末詞》、《清綺軒詞選》有詞題「本意」。

醉花間㊀

蘭湯沐。湘裙束。懶把鞦韆蹴。儂自理秦箏，郎自歌吴曲。 花冠一笑偏，翠袖三薰足。芙蓉帳底眠，春夢同郎續。

【校記】

㊀録自《清綺軒詞選》。《百末詞》、《清綺軒詞選》有詞題「春閨」。

春光好㊀

掩繡閣，㊁鏡臺封。髩雲鬆。聊聊私語小窗中。罵春風。[一] 整日懨懨沈睡，侍兒問怎朦朧。卻是背人偷揾淚，枕痕紅。

【眉評】

[一] 風致頗似和凝。

【校記】

㈠ 錄自《清綺軒詞選》。《百末詞》、《清綺軒詞選》有詞題「春閨」。

㈡「掩繡閣」，同《百末詞》，《清綺軒詞選》作「繡閣掩」。

、、○菩薩蠻 夏閨㈠

一堦芳草茸茸綠。亂飛蛺蝶無人撲。欲摘小薔薇。嫌他棘刺衣。[一]　晝長停繡譜。私共雙鬟語。心怯越梅酸。只將纖手摶。

【眉評】

[一] 寫意好。

【校記】

㈠ 錄自《清綺軒詞選》。詞題，《百末詞》作「夏閨二首」，其二即下首。

○又[一]㈠

錦葵花底㈡彈棋坐。一簾明月留人臥。粉汗濕紅襴。倩郎搖素紈。　雲鬟胡亂挽。羅帳金鉤捲。笑擲竹夫人。無端一面嗔。

【眉評】

[一] 上章命意閑雅，此更欲出奇鬥巧，姿態雖饒，終嫌鄙褻。

【校記】

㈠ 録自《百末詞》。

㈡ 「花底」，《國朝名家詩餘》本《百末詞》作「花側」。

○南鄉子 席上戲贈女伶文玉㈠

鬢髮尚盤螺。一瓣絲鞭燕尾拖。爲待情人親解取，誰何。春草江南細馬馱。[二]㈡

珠箔舞蠻靴。淺立氍毹宛轉歌。忽換猩袍紅燭豔，瞧科。錦繖將軍小黛蛾。[一]

【眉評】

[一] 時妝淮陰侯故事，故云。

[二] 艷語別致。○未字者髻後垂辮，解辮則破瓜矣。

【校記】

㈠ 録自《百末詞》。

㈡《百末詞》後有識語：「晉女未字者，鬢後垂辮，解辮則破瓜矣。」

○**踏莎行** 閨怨㈠

獨上妝樓，青山如昨。畫眉彩筆春來閣。休彈紅雨濕花梢，淚珠自向心頭落。可恨東風，年年輕薄。天涯不共㈡人飄泊。漫將薄倖比楊花，楊花猶解穿羅幙。[一]

【眉評】

[一] 深入一層，怨之至也。

【校記】

㈠ 録自《國朝詞綜》。

㈡「不共」，《百末詞》、《國朝詞綜》作「不管」。

毛奇齡

初名甡，字大可，蕭山人。康熙十八年，以監生召試博學鴻詞，授檢討。有《毛翰林集》，填詞六卷。

相見歡㊀

倚牀還繡芙蓉。對花叢。牽得絲絲柳線、翠煙籠。　愁思遠。拋金剪。唾殘絨。羞殺鴛鴦銜去、一絲紅。[一]

【眉評】

[一] 情態穠麗。

【校記】

㊀ 録自《清綺軒詞選》。

風蝶令　鬬草㊀

喜摘惟紅豆，難攀是白榆。百花亭外展氍毹。藏得宜男臨賽又躊躇。[一]　綃帕銷㊁藤刺，緗幱解㊂露珠。朦朧卻把翠鈿輸。暗揀花枝插補髩邊虛。

【眉評】

[一]柔情密意，曲折繪出。

【校記】

㊀録自《清綺軒詞選》。調名，《毛翰林集》作「南柯子」，詞題作「鬥草詞」。

㊁「銷」，《毛翰林集》作「牽」。

㊂「解」，《毛翰林集》作「裹」。

、○小重山㊀

麥壠青青菜壠黃。野棠花滿路，日初長。誰家女伴鬭新妝。蜂來往，刺得口脂香。三五映垂楊。見人還卻步，背方塘。小姑不解斷人腸。看花落，又看浴鴛鴦。[一]

【眉評】

[一]一無心，一有心，從對面寫。

【校記】

㈠ 録自《清綺軒詞選》。

徐釚

字電發，吴江人。康熙十八年，以監生召試博學鴻詞，授檢討。有《菊莊詞》一卷、《楓江漁父詞》一卷。

○昭君怨 對鏡㈠

小立妝臺悄悄。又被薄情偷照。羞澀卻難拚。背郎看。[一]

愁畫遠山鏡裏。難掩春波帳底。含笑復含顰。肯窺人。

【眉評】

[一] 情態逼真。

【校記】

㈠ 録自《清綺軒詞選》。調名，《菊莊詞》作「一痕沙」，詞題作「對鏡和勒山韻」。

○生查子 夏夜[一]㊀

晶簾乍捲時，沈水香千縷。偷弄玉簫寒㊁，翻作新詞㊂譜。　不寐倚桃笙，更漏頻頻數。冰骨自清涼，休倩芭蕉雨。

【眉評】

[一] 遣詞尚雅。

【校記】

㊀録自《清綺軒詞選》。調名，《菊莊詞》作「美少年」，詞題作「夏夜用棠村詞韻」。

㊁「寒」，《菊莊詞》、《清綺軒詞選》作「聲」。

㊂「新詞」，《菊莊詞》作「新愁」。

○清平樂 春雨㊀

梨花無語。斷送春如許。因恁斜陽留不住。變做一天絲雨。　簾前都滿苔痕。魂消不等黃昏。柳眼皆含珠淚，山頭錯認巫雲。[一]

【眉評】

［一］觸處銷魂，有情人語。

【校記】

㈠ 録自《國朝詞綜》。

、○鳳棲梧春草［一］㈠

簾纖絲雨春陰重。嫩草平鋪，低把金鞍鞚。緑遍天涯無半縫。憐伊歲歲和愁種。　飛絮落花都不動。斗帳微寒，自做池塘夢。明日踏青誰與共。芳郊怕損鞋頭鳳。

【眉評】

［一］情詞悽艷，北宋風流之目，信非虚譽。○電發當時盛負詞名，至爲海外所寶貴，可謂榮矣。

【校記】

㈠ 録自《國朝詞綜》。

嚴繩孫 字蓀友，無錫人。康熙十八年，以布衣召試博學鴻詞，授檢討。有《秋水詞》一卷。

、、○**浣溪沙**[一]㊀

緑擁紅遮惱暗期。慧心無處不先知。鳳屏東畔獨來時。　忍待愁煙㊁憐紫玉，敢將詩句㊂比紅兒。等閑蹤跡易猜疑。[二]

【眉評】

[一] 藕漁小令取法北宋，合者頗近方回。

[二] 結句意味不盡。

【校記】

㊀ 録自《國朝詞綜》。

㊁ 「愁煙」，《秋水詞》作「成煙」。

㊂ 「敢將詩句」，《秋水詞》作「敢誇能事」。

又㊀

隙影餘香望未賒。爲誰惆悵似天涯。紫蘭重院謝娘家。　生小暈眉臨卻月，近來書格愛簪花。[一]麝煤蘭紙映輕紗。

【眉評】

[一]麗而雅。

【校記】

㊀録自《國朝詞綜》。

雙調望江南[一]㊀

歌宛轉，風日渡江多。柳帶結煙留淺黛，桃花如夢送橫波。一覺嬾雲窩。㊁　曾幾日，輕扇掩纖羅。白髮黃金雙計拙，緑陰青子一春過。歸去意如何。

【眉評】

［一］情詞雙絶。樊榭論詞云：「獨有藕漁工小令，不教賀老占江南。」如此篇真不愧矣。

【校記】

㊀録自《國朝詞綜》。調名，《秋水詞》作「望江南」。

㊁上闋，《秋水詞》作「聽宛轉，愁到渡江多。杏子雨餘梅子雨，柳枝歌罷竹枝歌。一抹遠山螺。」

又㊀

臨欲别，何處見回眸。一丈紅牆迷玉杵㊁，十年青鳥斷銀鈎。往事總成愁。　憔悴盡，花滿憶春游。褰幌月華窺擁被，隔簾風影報梳頭。［一］終日並蘭舟。

【眉評】

［一］閑雅，是詞家本色。

【校記】

㊀録自《國朝詞綜》。調名，《秋水詞》作「望江南」。

㈡「迷玉杵」，《秋水詞》作「遮玉砌」。

王顯祚 字湛求，曲周人。官至山西布政使。

○點絳唇 鞦韆，同竹垞賦。㈠

青粉牆高，是誰紅索中搖曳。窄衫初試。轉覺腰支細。冷笑江南，不省春游戲。層檐底。畫裙窣地。生怕風扶起。[一]

【眉評】

[一] 筆意靈動。

【校記】

㈠ 録自《國朝詞綜》。

閑情集卷四

國朝詞

朱彝尊[一]　見《大雅集》。

【眉評】[一]艶詞至竹垞，空諸古人，獨抒妙藴，其味濃，其色澹，自有綺語以來，更不得不推爲絶唱也。故所選獨多。

○○**木蘭花慢**上元㊀

今年風月好，正雪霽、鳳城時。把魚鑰都開，鈿車溢巷，火樹交枝。參差。鬪蛾㊁歌後，聽笛家、齊和落梅詞。翠幌低懸罘罳，紅樓不閉葳蕤。　蛾眉。簾卷再休垂。衆裏被人窺。

乍含羞一晌，眼波又擲，鬟影相隨。腰肢。風前轉側，卻凭肩、回睇似沈思。料是金釵溜也，不知兜上鞋兒。[一]

【眉評】

[一] 一句一意，描寫入微，畫亦不能到。

【校記】

㈠ 録自《清綺軒詞選》。調名，原稿作「木蘭花漫」，據《曝書亭詞》、《清綺軒詞選》改。

㈡「闘蛾」，《曝書亭詞》作「鬧蛾」。

、、○金縷曲 初夏㈠

誰在紗窗語。是梁間、雙燕多愁，惜春歸去。早有田田青荷葉，占斷板橋西路。聽半部、新添蛙鼓。小白蔫紅都不見，但愔愔、門巷吹香絮。緑陰重，已如許。[一]　花源豈是重來誤。尚依然、倚杏雕闌，笑桃朱户。隔院秋千看盡折㈡，過了幾番疎雨。知永日、簸錢何處。

午夢初回人定倦，料無心、肯到閑庭宇。空搔首，獨延佇。[二]

【眉評】

[一] 後半言情，前半寫景，濃淡各極其致。

[二] 不作艷語，去華存實，情更深，味更濃。

【校記】

㊀ 録自《國朝詞綜》。

㊁ 「盡折」，《曝書亭詞》作「盡拆」。

、南樓令㊀

春水到門長。春蕪繞徑香。好花枝、未隔東牆。來往花陰仙犬熟，已無意、吠劉郎。

舊事費迴腸。支機片石旁。便金梭、投也何妨。暗悔當時真箇錯，無一語、但形相。[一]

【眉評】

[一] 屏去浮艷，其情乃真。

【校記】

㈠録自《曝書亭詞》。

○玉樓春㈠

舊游聽説臨邛路。罏畔燒春誇卓女。不同新寡更風流，斷續巫山朝暮雨。遥峰眉樣應如故。只有琴心難寄與。從前翻恨是相逢，剛道勝常看又去。[一]

【眉評】

[一]善用翻筆，情節自深。

【校記】

㈠録自《曝書亭詞》。

○思佳客㈠

杜牧秋霜染鬢多。樽前無奈紫雲何。春風澹澹三城夜，暮雨瀟瀟一曲歌。眉解語，眼

橫波。更看柔弱舞雙鞾。黄姑悔不憐須女，枉自含情盼隔河。[一]

【眉評】

[一]語意淒感。○河鼓、黄姑，牽牛也，皆語之轉，見《荆楚歲時記》。

【校記】

㊀録自《曝書亭詞》。

○玉抱肚㊀

橋頭官渡。沙頭煙樹。放歸船、碧浪湖中，短篷同聽疎雨。恨參差朔雁，何苦又、慘澹江天叫秋暮。城隅漸近，隱隱梵鼓。臨當去、重自註：「去聲。」分付。[一] 少別經年，相逢地、單衫佇立，知誰畫眉嫵。好春兒、過了都無緒。好夢兒、作自註：「去聲。」成都無據。限仙源、百尺紅牆，翠禽小小不度，斷魂難訴。從今憶、舊事淒涼尚堪賦。但只怕你，朱顏在、也非故。[二]水又遥、山又阻。便成都，染就牋十樣，也寫不盡、相思苦。

【眉評】

［一］情景雙寫。

［二］後二段措語未高，情則深絶。

【校記】

㈠ 録自《曝書亭詞》。

○百字令 偶憶㈠

横街南巷，記鈿車小小，翠簾徐揭。緑酒分曹人散後，心事低徊潛説。蓮子湖頭，枇杷花下，綰就同心結。明珠未斛，朔風千里催别。　同是淪落天涯，青青柳色，争忍先攀折。紅浪香温圍夜玉，墮我懷中明月。暮雨空歸，秋河不動，蚪箭丁丁咽。十年一夢，鬢絲今已如雪。［一］

【眉評】

［一］情不必深，詞卻沈著，詞勝，情亦勝也。

【校記】

㊀錄自《曝書亭詞》。

○**鵲橋仙**席上贈伎張伴月〇二首錄一㊀

橫汾清濟，十年舊事，祇恨玉鞭歸暮。碧桃先自笑春風，全不待、社公新雨。　章臺穉柳，漢南移種，憐取柔條最苦。游絲無力强夭斜，萬一把、飛花黏住。[一]

【眉評】

[一]純以筆勝。

【校記】

㊀錄自《曝書亭詞》。此二首其二。

○**一翦梅**㊀

子夜琴心調乍翻。放誕文君，多病文園。柔腸繫處酒杯濃，骰子巡拋，射覆更番。　紅

蠟連燒花燼繁。斜對雙蛾，暗蹴雙鴛。不應草草放他歸，去便如期，來便空言。[一]

【眉評】

[一] 較「來是空言去絶蹤」更婉折。

【校記】

㈠ 録自《曝書亭詞》。

清平樂[一]㈠

齊心耦意。下九同嬉戲。兩翅蟬雲梳未起。一十二三年紀。　春愁不上眉山。日長慵倚雕闌。走近薔薇架底，生擒蝴蝶花間。

【眉評】

[一] 自此章至〔洞仙歌〕十七首，皆録《静志居琴趣》一卷中者，生香真色，得未曾有，前後次序，略可意會，不必穿鑿求之也。

【校記】

㊀ 録自《曝書亭詞》。

四和香[一]㊀

小小春情先漏泄。愛綰同心結。喚作自註：「去聲。」㊁莫愁愁不絕。須未是、愁時節。　纔學避人簾半揭。也解秋波瞥。篆縷難燒心字滅。且拜了、初三月。

【眉評】

[一] 合上章皆寫髫年情態。

【校記】

㊀ 録自《清綺軒詞選》。《清綺軒詞選》有詞題「閨情」。

㊁「作」，同《曝書亭詞》，《清綺軒詞選》作「做」，無自注。

卜算子[一]㊀

殘夢繞屏山，小篆消香霧。鎮日簾櫳一片垂，燕語人無語。 庭草已含煙，門柳將飄絮。聽徧梨花昨夜風，今夜黃昏雨。

【眉評】

[一] 此章致思慕之情。

【校記】

㊀ 録自《國朝詞綜》。

憶少年㊀

飛花時節，垂楊巷陌，東風庭院。重簾尚如昔，但窺簾人遠。 葉底歌鶯梁上燕。一聲聲、伴人幽怨。相思了無益，悔當初相見。[一]

【眉評】

［一］情詞凄絶，較耆卿「彼此空有相憐意，未有相憐計」，更見沈痛。

【校記】

㈠録自《曝書亭詞》。

、、○漁家傲㈠

淡墨輕衫染趁時。落花芳草步遲遲。行過石橋風漸起。香不已。衆中早被遊人記。

桂火初温玉酒巵。柳陰殘照柁樓移。一面船窗相並倚。看淥水。當時已露千金意。［一］

【眉評】

［一］合《曝書亭全集》詩詞觀之，同舟一層自是兩情相照之始，故集中屢屢言之。

【校記】

㈠録自《曝書亭詞》。

○朝中措㈠

蘭橈並載出横塘。山寺踏春陽。細草弓弓韈印，微風葉葉衣香。　一灣流水，半竿斜日，同上歸艎。[一]羸得渡頭人説，秋娘合配冬郎。

【眉評】

[一] 此亦前章之意，但彼出此歸。

【校記】

㈠ 録自《曝書亭詞》。

○秦樓月㈠

春眠足。畫樓十二屏山六。屏山六。柔波不斷，遠峰難續。　庭前種盡相思木。機中織就相思曲。相思曲。看朱成碧，視丹如緑。[一]

【眉評】

［一］情思迷離。

【校記】

㈠録自《曝書亭詞》。

瑶花　午夢㈠

日長院宇。鍼綫㈡慵拈，況倚闌無緒。翡幃㈢翠幄，看盡展、忘卻東風簾户。芳魂摇漾，漸聽不、分明鶯語。逗紅蕉、葉底微涼，幾點緑天疎雨。［一］　畫屏遮徧遥山，知一縷巫雲，吹墮何處。愁春未醒，定化作鳳子、尋香留住。相思人並，料此際、驚回最苦。亟丁寧、池上楊花，莫便枕邊飛去。［二］

【眉評】

［一］寫入夢之情逼真。

［二］吕渭老詞云：「做夢楊花隨去也，妝閣畔，繡床前。」無此情味。

【校記】

㈠録自《國朝詞綜》、《曝書亭詞》。

㈡「針線」，同《浙西六家詞》本《江湖載酒集》、《國朝詞綜》，《曝書亭詞》作「針繡」。

㈢「翠幃」，《曝書亭詞》、《國朝詞綜》作「翠帷」。

天仙子㈠

小櫂若邪乘曉入。苧蘿人已當風立。好春不雨但濃陰，鉛水急。谿紗濕。麗草雲根香暗拾。[一]

【眉評】

[一]語帶仙氣。

【校記】

㈠録自《曝書亭詞》。

○又㊀

小閣春寒煙乍禁。爐香先潤鴛鴦錦。低帷纔悔殺明燈，花影浸。窗櫺滲。斜月一條剛到枕。[一]

【眉評】

[一] 工於寫景，不多著墨，情致已饒。

【校記】

㊀ 録自《曝書亭詞》。

○南歌子[一]㊀

忍淚潛窺鏡，催歸懶下階。臨去不勝懷。爲郎迴一盼、强兜鞋。

【眉評】

[一] 寥寥數語，意態絶勝。

【校記】

㊀ 録自《曝書亭詞》。

芙蓉月㊀

鑾府輟櫂時，梅熟處、日日闌風吹雨。無心好夢，早被行雲勾住。難道今番是夢，夢裏分明說與。[一]留不得，翠衾涼，珠淚飄殘蜜炬。　啼鵑滿山樹。謝多情小鳥，勸儂歸去。秋期過了，夜月寒生南浦。執手枯荷池上，宛種玉、亭東路。貪夢好，問柔魂、可曾飛度。[二]

【眉評】

[一] 層折入妙，極分析，正極迷離。

[二] 當亦「甘與子同夢」矣。

【校記】

㊀ 録自《曝書亭詞》。

眼兒媚㊀

那年私語小窗邊。明月未曾圓。含羞幾度，已拋人遠，忽近人前。[一]　無情最是寒江水，催送渡頭船。一聲歸去，臨行又坐，乍起翻眠。

【眉評】

[一]梁武帝「恃愛如欲進，含羞未肯前」，即此意也。

【校記】

㊀録自《曝書亭詞》。

鵲橋仙㊀

辛夷花落，海棠風起，朝雨一番新過。貍奴去後繡墪温，且伴我、日長閑坐。　笑言也得，欠伸也得，行處丹鞋婀娜。簸錢鬬草已都輸，問持底、今宵償我。[一]

【眉評】

［一］絶世風趣。

【校記】

㊀録自《曝書亭詞》。

增字漁家傲㊀

百蝶仙裙風易裊。藕覆低垂，淺露驚鴻爪。元夕初過寒尚峭。呼別櫂。雪花點點輕帆杪。　別院羊燈收未了。高揭珠簾，特地留人照。衆裏偏他迴避早。猜不到。羅幃昨夜曾雙笑。［一］

【眉評】

［一］情態入妙，可謂工於做作。

【校記】

㊀録自《曝書亭詞》。

金縷曲[一]㊀

枕上閑商畧。記全家、元夜看燈，小樓簾幙。暗裏横梯聽點屐，知是潛回香閣。險把個、玉清追著。徑仄春衣風漸逼，惹釵横、翠鳳都驚落。三里霧，旋迷卻。星橋路返填河鵲。算天孫、已嫁經年，夜情難度。走近合歡床上坐，誰料香含紅萼。又兩暑、三霜分索。緑葉清陰㊁看總好，也不須、頻悔當時錯。且莫負，曉雲約。[二]

【眉評】

[一]元夜一節，《風懷》二百韻中言之詳矣，此篇可與參看。

[二]欲合仍離，即《風懷》詩所謂「月難中夜墮，羅枉北山張」也。○「已嫁經年」，猶「含紅萼」，即《風懷》所謂「瓜字尚含瓤」也。○此篇似追訴之詞，起五字是正面，結二語遥遥呼應。

【校記】

㊀録自《曝書亭詞》。

㊁「緑葉清陰」，原稿作「緑葉青葉」，據《曝書亭詞》改。

摸魚子㊀

粉牆青、虯檐百尺，一條天色催暮。洛妃偶值無人見，相送韈塵微步。教且住。攜玉手、潛行莫惹冰苔仆。芳心暗訴。認香霧鬟邊，好風衣上，分付斷魂語。[一]　雙棲燕，歲歲花時飛度。阿誰花底催去。十年鏡裏樊川雪，空裊茶煙千縷。離夢苦。渾不省、鎖香金篋歸何處。小池枯樹。算只有當時，一丸冷月，猶照夜深路。[二]

【眉評】

[一] 情詞俱臻絶頂，擺脱綺羅香澤之態，獨饒仙艷，自非仙才不能。

[二] 淒艷獨絶，是從《風》、《騷》、樂府來，非晏、歐、周、柳一派也。

【校記】

㊀ 録自《國朝詞綜》。

西江月㊀

傍玉何曾暑熱，惜香最恨眠遲。殘燈未殺影迷離。一點紗籠紅蕊。小雨初過庭樹，新涼漸近羅幃。殷勤臨別爲披衣。軟語蟲飛聲裏。[一]

【眉評】

[一] 選詞獨別，總非凡艷。

【校記】

㊀ 録自《曝書亭詞》。

城頭月㊀

別離偏比相逢易。衆裏休迴避。唤坐回身，料是秋波，難制盈盈淚。[一]　酒闌空有相憐意。欲住愁無計。漏鼓三通，月底燈前，没箇商量地。

【眉評】

［一］情生文，文生情。

【校記】

㊀録自《曝書亭詞》。

○**南鄉子**㊀

明日別離人。未戀今宵月似銀。只願五更風又雨。飛到暮。啼殺杜鵑催不去。［一］

【眉評】

［一］癡情人真有此想。

【校記】

㊀録自《國朝詞綜》。

○夢芙蓉㊀

日長深院裏。見微吟紅豆，學書青李。鼠鬚散卓，[一]曾付埽眉翠。緑紗風不起。爐煙都篆心字。密綈星期，許支機石畔，來往絳河水。誰料分飛萬里。霧露芙蓉，恨別成秋蔕。桃蹊重到，仙犬遽迎吠。澀塵凝滿砌。夕陽空自垂地。舊日迴廊，剩枇杷一樹，花下小門閉。[二]

【眉評】

[一]《青李》，王羲之《十七帖》之一也。○《文房四説》：「宣州諸葛高造鼠鬚散卓及長心筆絶佳。」（此女工書，《風懷》及《洞仙歌》屢屢言之。）㊁

[二] 層節較多，不止「人面桃花」之感。

【校記】

㊀ 録自《曝書亭詞》。

㊁ 「此女」以下，原稿用雙行小字。

滿庭芳[一]㊀

雨蓋飄荷，霜枝釘菊，滿庭芳草萋萋。莫愁催送，香徑手重攜。疊取鴛鴦繡被，屏山近、已分雙棲。金簪拔，暗除了鳥，不用繞唐梯。低帷。聽細語，五湖心事，釵卜難稽。得霧深三里，花隔千谿。只是仙源無路，添惆悵、殘月荒雞。繩河曉，黄姑織女，依舊水東西。

【眉評】

[一] 此章敘離而復合，暫合仍離，情致綿遠。

【校記】

㊀ 録自《曝書亭詞》。

南樓令㊀

疎雨過輕塵。圓莎結翠茵。惹紅襟、乳燕來頻。乍煖乍寒花事了，留不住、塞垣春。歸夢苦難真。别離情更親。恨天涯、芳信無因。欲話去年今日事，能幾箇、去年人。[一]

【眉評】

[一]「不見去年人，淚滿春衫袖」，無此曲折。

【校記】

㊀録自《國朝詞綜》。

好事近㊀

往事記山陰，風雪鏡湖殘臘。燕尾香緘小字，十三行封答。　中央四角百回看，三歲袖中納。一自凌波去後，悵神光難合。[一]

【眉評】

[一]情深語至，脱盡香奩門面語。

【校記】

㊀録自《曝書亭詞》。

卜算子㊀

留贈鏡湖紗，浣女機中織。裁作輕衫穩稱身，更染蒲萄色。　松葉頗黎碧。勸飲春纖執。本向人前欲避嫌，禁不住、心憐惜。[一]

【眉評】

[一] 情深入骨。○艷詞有竹垞，真乃盡掩古人，獨闢機杼。

【校記】

㊀ 録自《曝書亭詞》。

浣溪沙㊀

桑葉陰陰淺水灣。更無人處竹迴環。飛來一片望夫山。　勸客且留今日住，催歸深悔那時還。[一] 斷腸朝雨賦陽關。

【眉評】

［一］言情必深。

【校記】

㊀録自《曝書亭詞》。調名，《曝書亭詞》作「浣溪紗」。

○换巢鸞鳳㊀

桐扣亭前。記春花落盡，纔返吟鞭。鴨頭凝練浦，鵞眼屑榆錢。蘭期空約月初絃。待來不來，紅橋小船。蓬山近，又風引、翠鬟不見。飛燕。書乍展。哽咽淚痕，猶自芳牋染。玉鏡妝臺，青蓮硯匣，定自沈吟千徧。解道臨行更開封，背人一縷香雲翦。知他別後，鳳釵攏髻深淺。［一］

【眉評】

［一］情癡如許。

【校記】

㈠録自《曝書亭詞》。

一葉落㈠

淚眼注。臨當去。此時欲住已難住。下樓復上樓，樓頭風吹雨。風吹雨。草草離人語。[一]

【眉評】

[一]如讀唐人短樂府。

【校記】

㈠録自《國朝詞綜》。

無悶 雨夜㈠

密雨垂絲，細細晚風，約盡浮萍池水。乍一霎黄昏，小門深閉。作自註：「去聲。」弄新涼天氣。怕早有、井梧飄階砌。正楚筠，簟冷香篝，簡點舊時鴛被。[一]　無計。纔獨眠，更坐

起。[二]恁説愁邊滋味。翠蛾别久，遠信莫致。縱有夢魂能記。尋不到、長安三千里。料此夜、一點孤燈，知他睡也不睡。[三]

【眉評】

[一]迆邐寫來，清寒入骨。

[二]八字形容得盡。

[三]從對面想來，更深切。

【校記】

㊀録自《國朝詞綜》。

點絳唇㊀

萬里將行，翦燈重伴西樓語。遠書欲附。細把郵籤數。　風雨江頭，不許離人去。離人去。斷腸歸路。秋草真娘墓。[一]

【眉評】

［一］設色亦工雅。

【校記】

㈠録自《曝書亭詞》。

風蝶令㈠

秋雨疎偏響，秋蟲夜迸啼。空牀取次薄衾攜。未到酒醒時候已淒淒。塞雁横天遠，江雲擁樹低。一灣楊柳板橋西。料得燈昏獨上小樓梯。［一］

【眉評】

［一］與〔無悶〕篇同一從對面著想，而語更雅鍊。

【校記】

㈠録自《國朝詞綜》。

鵲橋仙㊀

青鸞有翼，飛鴻無數，消息何曾輕到。瑶琴塵滿十三徽，止記得、思歸一調。此時便去，梁間燕子，定笑畫眉人老。天涯況是少歸期，又匹馬、亂山殘照。[一]

【眉評】

[一] 後半闋分兩層説，更淒切。

【校記】

㊀ 録自《曝書亭詞》。

柳梢青㊀

回雁書遲。燒燈時候，尚促歸期。獸錦梭拋，鮫珠淚盡，也忒相思。彩雲天遠瑶姬。便不管、人間別離。約指輕彄，薰香小像，都悔還伊。[一]

【眉評】

[一] 情至，詞亦至，不可强求也。

【校記】

㊀ 録自《曝書亭詞》。

留春令㊀

鍼樓殘燭，鏡臺剩粉，醉眠曾許。長記羅幬夢回初，響幾點、催花雨。

別淚連絲繫主簿。賸定情詩句。[二]一樣霜天月仍圓，只不照、凌波步。

【眉評】

[二]「自傷失所欲，淚下如連絲」，休伯《定情》佳句也。運用入詞，更自淒警。

【校記】

㊀ 録自《曝書亭詞》。

祝英臺近㊀

紫簫停，錦瑟遠。寂寞舊歌扇。萍葉空池，卧柳埽還倦。便令鳳子㊁頻書，芹泥長潤，招不到、别巢秋燕。　露華泫。猶剩插髩金鈴，殘菊四三點。階面青苔，不雨也生徧。縱餘一縷香塵，韈羅曾印，奈都被、西風吹卷。[一]

【眉評】

[一] 淒涼景物，不堪回首。

【校記】

㊀ 録自《曝書亭詞》。《國朝詞綜》亦有。《浙西六家詞》本《静志居琴趣》有詞題「過廢園有感」。

㊁「鳳子」，《曝書亭詞》、《國朝詞綜》作「鳳紙」。

風入松㊀

朝雲不改舊時顔。飛下屏山。嚴城乍報三通鼓，何繇得、遮夢重還。露葉猶聞響屧，風簾

莫礙垂鬟。　簪花小字篋中看。別思迴環。穿鍼縱有他生約，悵迢迢、路斷銀灣。錦瑟空成追憶，玉簫定在人間。[一]

【眉評】

[一] 情到至處，每多癡想。

【校記】

㊀ 録自《曝書亭詞》。

臨江仙㊀

昨日苦留今日住，來朝再住無因。畫樓欲下幾逡巡。殘燈三兩燄，別淚一雙人。　料得離居多少恨，歸期數徧冬春。長愁不獨藕眉顰。口中生石闕，腹内轉車輪。[一]

【眉評】

[一] 中有難言之隱。○樂府「石闕生口中，銜碑不得語」。

【校記】

㊀録自《曝書亭詞》。

、○又㊀

白鷺飛邊舟一箇，縈迴幾曲芳洲。晚涼重過曝衣樓。籠燈迎竹外，摇櫓到沙頭。　烟水空存桃葉渡，依然蘭月如鈎。十年霜鬢不禁秋。可憐新蝶夢，猶戀舊蚊幬。[一]

【眉評】

[一]情詞雙絶。

【校記】

㊀録自《曝書亭詞》。

○○○洞仙歌[一]㊀

書床鏡檻，記相連斜桷。慣見修蛾遠山學。倩青腰授簡，素女開圖，纔凝盼，一綫靈犀先覺。新來窺宋玉，不用登牆，近在蛛絲畫屏角。見了乍驚回，點屐聲頻，分明睹、翠帷低擢。旋手揭流蘇近前看，又何處迷藏，者般㈢難捉。

【眉評】

[一] 竹垞〔洞仙歌〕十七首，是指一人一事言，而歷敘悲歡離合之情也。低回宛轉，情意纏綿，色取其淡，骨取其高，不用綺語，風韻自勝，斯謂驚才絕艷。○〔洞仙歌〕善用折筆，淺處皆深。如云：「傍妝臺見了，已慰相思，原不分，雲母船窗同載。」又云：「津亭回首，望高城天遠。何況城中玉人面。」又云：「周郎三爵後，顧曲無心，争忍厭厭夜深飲。」又云：「正不在相逢合歡頻，許並坐雙行，也都情分。」諸如此類，一折便深，可悟用筆之妙。○〔洞仙歌〕之妙，全在烘襯，正面寥寥。惟四章云：「冉冉行雲，明月懷中半宵墮。」十五章云：「明月重窺舊時面。」均可謂仙乎麗矣。○〔洞仙歌〕每以樸處見長，最是高妙。如云：「仲冬二七，算良期須果。若再沈吟甚時可。」下云：「難道又，各自抱衾閒坐。」結云：「也莫說今番，不曾真個。」又云：「最難得相逢上元時，且過了收燈，放船由恁。」又云：「佳期四五，問黄昏來否。說與低帷月明後。」又云：「隔年芳信，要同衾元夕。比及歸時小寒食。」又云：「十三行小字，寫與臨摹，幾日看來便無別。」又云：「行舟已發，又經旬調笑。不算悤悤別離了。」此類皆愈樸愈妙。艷詞有竹垞，直是化境。○〔洞仙歌〕有運思極雋極深者。如云：「旋手揭流蘇近

前看，又何處迷藏，者般難捉。」又云：「若不是臨風暗相思，肯猶把留題，舊時團扇。」又云：「翻喚養娘眠，底事誰知，燈一點、尚懸紅豆。」又云：「隨意楚臺雲，抱玉挨香，冰雪浄、素肌新浴。便歸觸簾旌侍兒醒，只認是新涼，拂檐蝙蝠。」又云：「偏走向儂前道勝常，渾不似西窗，夜來曾見。」皆能發前人所未發。不必用穠麗之詞，而視彼穠麗者，淺深判然矣。○〔洞仙歌〕有極密極昵者。如「恩深容易怨，釋怨成歡，濃笑懷中露深意」，古香古艷，無此子綺羅俗態。○〔洞仙歌〕有淒艷入骨者。如云：「起折贈黄梅鏡奩邊，但流睇無言，斷魂誰省。」又云：「同夢裏，又是楝花風雨。」又云：「怪十樣蠻箋舊曾貽，祇一紙私書，更無消息。」又云：「舍舊枕珊瑚更誰知，有淚雨烘乾，萬千愁夢。」又云：「奈飛龍骨出，束竹腸攢，月額雨，持比淚珠差少。」又云：「中有錦箋書，密囑歸期，道莫忘、翠樓煙杪。枉辜負劉郎此重來，戀小洞春香，尚餘細草。」又云：「自化彩雲飛，蟲網蝸涎，又誰對、芳容播喏。儘沈水煙濃向伊熏，覷萬一真真，夜深來也。」此類皆淒絶艷絶。然自是竹垞之淒艷，非棠邨、藕漁輩所能到也。○艷詞至竹垞，掃盡綺羅香澤之態，純以真氣盤旋，情至者文亦至，前無古人，後無來者，〔洞仙歌〕其最上乘也。

【校記】

㈠以下十七首録自《曝書亭詞》。

〔二〕「者般」，底本作「也般」，據《曝書亭詞》改。

又

謝娘春曉，借貧家螺黛。須拗花枝與伊戴。傍妝臺見了，已慰相思，原不分，雲母船窗同載。叢祠燈火下，暗祝心期，衆裏分明並儂拜。盡説比肩人，目送登艫，香漸粹、晚風羅帶。信柔艣嘔啞撥魚衣，分燕尾谿流，赤欄橋外。

又

津亭回首，望高城天遠。何況城中玉人面。數郵籤萬里，嶺路千重，行不得，懊惱鷓鴣啼徧。鬱孤臺畔水，解送行人〔一〕，三板輕船疾於箭。指點莫愁村，樹下門前，怪別後、雙蛾較淺。若不是臨風暗相思，肯猶把留題，舊時團扇。

【校記】

〔一〕「行人」，《曝書亭詞》作「歸人」。

又

仲冬二七，算良期須果。㈠若再沈吟甚時可。況薰爐漸冷，窗燭都灰，難道又，各自抱衾㈡閒坐。銀灣橋已就，冉冉行雲，明月懷中半宵墮。歸去忒悤悤，軟語丁寧，第一怕、韈羅塵涴。料消息青鸞定應知，也莫說今番，不曾真個。㈢

【校記】

㈠「算良期須果」下，《曝書亭詞》有注：「『仲冬二七是良期』，秀州精嚴寺鬼詩也。」

㈡「抱衾」，底本作「抱琴」，據《曝書亭詞》及評語改。

㈢末句下，《曝書亭詞》有注：「詹玉詞：『不曾真個已銷魂。』」

又

別離改月，便懨懨成病。鎮日相思夢難醒。喚連船渡口，晚飯蘆中，相見了，不用藥爐丹鼎。雙銀蓮葉琖，滿貯椒花，同向燈前醉司命。昵枕未三更，蘭夜如年，奈猶憾、亂鴉

初景。起折贈黄梅鏡奩邊，但流睇無言，斷魂誰省。㊀

【校記】

㊀末句下，《曝書亭詞》有注：「《東京夢華録》：十二月二十四日備酒果送神，以糟塗竈門，謂之醉司命。」

又

東風幾日，覺春寒猶甚。纖手偷攜笑誰禁。對初三微月，看到團圞，鋪地水，處處轆羅涼浸。周郎三爵後，顧曲無心，争忍厭厭夜深飲。只合並頭眠，有限春宵，切莫負、煖香鴛錦。最難得相逢上元時，且過了收燈，放船由恁。

又

佳期四五，問黄昏來否。説與低帷月明後。怕重門不鎖，仙犬窺人，愁未穩，花影悤悤分手。雞缸三兩琖，力薄春醪，何事卿卿便中酒。翻喚養娘眠，底事誰知，燈一點、尚懸

紅豆。恨咫尺繩河隔三橋，全不管黄姑，夜深來又。㊀

【校記】

㊀末句下，《曝書亭詞》有注：「雞缸，成窰小酒杯也。」

又

城頭畫角，報横江艫舳。催上扁舟五湖曲。怪匒尼噪罷，蟢子飛來，重攜手，也算天從人欲。紅牆開窔奥，轉入迴廊，小小窗紗拓金屋。隨意楚臺雲，抱玉挨香，冰雪浄、素肌新浴。便歸觸簾旌侍兒醒，只認是新涼，拂檐蝙蝠。

又

韶光最好，甚眉峰長聚。相勸乘船漾南浦。盼海棠簪後，插到荼蘼，同夢裏，又是楝花風雨。橋東芳草岸，勝樂游原，勾隊争看小蠻舞。雀舫曳疎簾，蛛網浮杯，但日日、鸞簫吹度。聽唱徧青春鶯山溪，待拆了歌臺，放伊歸去。

又

三竿日出，愛調妝人近。㒵藻熏爐正香潤。看櫻桃小注，桂葉輕描，圖畫裏，只少耳邊朱暈。

金簪二寸短，留結殷勤，鑄就偏名有誰認。便與奪鸞篦，錦髻梳成，笑猶是、少年風韻。正不在相逢合歡頻，許並坐雙行，也都情分。

又

花餻九日，綴蠻王獅子。圓菊金鈴髩邊媚。向閑房密約，三五須來，也不用，青雀先期飛至。

恩深容易怨，釋怨成歡，濃笑懷中露深意。得箇五湖船，雉婦漁師，算隨處、可稱鄉里。笑恁若將伊借人看，留市上金錢，儘贏家計。㈠

【校記】

㈠末句下，《曝書亭詞》有注：「《孟子注》：西施每入市，人欲見者，先輸金錢一文。」

又

隔年芳信，要同衾元夕。比及歸時小寒食。悵鴨頭船返，桃葉江空，端可惜，誤了蘭期初七。易求無價寶，惟有佳人，絶世傾城再難得㈠。薄命果生成，小字親題，認點點、淚痕猶裛。怪十樣蠻箋舊曾貽，祇一紙私書，更無消息。

【校記】

㈠「再難得」，原稿作「難再得」，據《曝書亭詞》改。

又

蘋洲小櫂，約兜娘相共。豈意錢唐片帆送。逢故人江上，一路看山，寧料我，過了惡溪靈洞。東甌城下泊，孤嶼中流，明月秋潮夜來湧。此際最消凝，苦憶西樓，想簾底、玉鈎親控。舍舊枕珊瑚更誰知，有淚雨烘乾，萬千愁夢。

又

蕭郎歸也，又燒燈時節。白馬重嘶畫橋雪。早青綾帳外㊀，含笑相迎，花枝好，繡上春衫誰襭。十三行小字，寫與臨摹，幾日看來便無别。排悶偶題詩，玉鏡臺前，渾不省、竊香人竊。待和了封題寄還伊，怕密驛沈浮，見時低説。

【校記】

㊀「帳外」，同《曝書亭詞注》，《曝書亭詞》作「障外」。

又

明湖碧浪，枉輕帆尋徧。咫尺仙源路非遠。訝杜蘭香去，已隔多時，又誰料，佳約三年還踐。纖腰無一把，飛入懷中，明月重窺舊時面。歸去怯孤眠，鏡鵲晨開，雲鬟掠、小脣徐染。偏走向儂前道勝常，渾不是㊀西窗，夜來曾見。

【校記】

㊀「渾不是」，《曝書亭詞》作「渾不似」。

又

行舟已發，又經旬調笑。不算匆匆別離了。奈飛龍骨出，束竹腸攢，月頟雨，持比淚珠差少。　羅囊鍼管就，絡以朱繩，淡墨疎花折枝裊。中有錦箋書，密囑歸期，道莫忘、翠樓煙杪。枉姑負劉郎此重來，戀小洞春香，尚餘細草。

又[二]

崔徽風貌，信十㊀分姚冶。八尺吴綃問誰借。悔丹青不學，殺粉調鉛，呈花面，輸與畫工傳寫。　乘閒思挂壁，分付裝池，卷處香生一囊麝。自化彩雲飛，蟲網蝸涎，又誰對、芳容播喏。儘沈水煙濃向伊熏，覬萬一真真，夜深來也。㊁

【眉評】

［二］此篇爲十七章總結，藍橋夢杳，遺像空留，情詞雙絶。○「十分」，「十」字當讀作平聲。《老學

庵筆記》：「『十』轉平聲，可讀爲『諶』。白樂天詩：『緑浪東西南北路，紅闌三百九十橋。』」

【校記】

㈠「十」字下，《曝書亭詞》有注：「平聲。」

㈡末句下，《曝書亭詞》有注：「『圓姿替月，潤臉呈花』，唐人志銘中語也。李賀詩：『沉香熏小像。』」

○點絳唇 鞦韆[一]㈠

香袂飄空，爲誰一笑穿花徑。有時花頂。羅襪纖纖並。　飛去飛來，不許驚鴻定。重門靜。粉牆深映。留取春風影。

【眉評】

[一]以下八章，録《茶煙閣體物集》一卷中者。情不必真，而傳神寫照，頰上添毫，得未曾有。

【校記】

㈠録自《曝書亭詞》。

釵頭鳳 藏鈎㊀

華筵半。銀燈燦。玉鈎纖手陳青案。傳言快。分曹待。暗將心事，把秋波賣。在。在。在。[一]

番番換。低低喚。箇儂翻被人偷算。三杯外。含嬌態。不應輸與，笑拈衣帶。再。再。再。[二]

【眉評】

[一] 疊字妙。

[二] 疊字更妙，尤勝前疊。

【校記】

㊀ 録自《曝書亭詞》。

臨江仙 金指環[一]㊀

削就蔥根待束，挂將榴火齊炎。殷勤搓粉爲君拈。愛他金小小，曾近玉纖纖。　數徧檀郎十指，帶來第五猶嫌。憑教麗句續香奩。解時愁不斷，約了悶翻添。

【眉評】

［一］諸篇各有機趣，較《静志居琴趣》一卷，情雖不及，趣則過之。

【校記】

㊀録自《國朝詞綜》。

秦樓月 吹笙㊀

涼煙翠。銀河瀲灎光垂地。光垂地。小樓一曲，月華如水。排成鳳翅聲初遞。聽殘鵾管君須記。君須記。風簾卷處，那人雙髻。［二］

【眉評】

［二］鄭重分明，〈憶秦娥〉複句須知如此。

【校記】

㊀録自《國朝詞綜》。

沁園春 掌㊀

小小瓊田，煖玉無塵，紋生細波。慣先調粉澤，兩邊齊傅，未昏菱鏡，一面頻磨。[一] 鞋拓真纖，指離偏遠，水上湔裙著意搓。闌干拍，惹鴛鴦驚起，飛度風荷。　樽前一握無多。縱燕燕身輕舞則那。任青紅碧緑，挼成彩縷，裁縫熨貼，砑就香羅。冷露三霄，明珠幾顆，除是仙人不讓他。[二] 春來病，把芳心捧罷，百徧摩挲。㊁

【眉評】

[一] 押韻峭甚。

[二] 四面烘染，長袖善舞。

【校記】

㊀ 録自《曝書亭詞》。

㊁ 詞末《曝書亭詞》有注：「楊無咎詞：『掌拓鞵兒』。《漢雜事》：『指去掌四寸』。李商隱詩：『仙人掌上三宵露。』」

又腸㈠

嫈嫇輕軀，能有幾多，容萬斛愁。慣悲銜腹内，相看脈脈，事來心上，一樣悠悠。鳥道千盤，轆轤雙綆，又類車輪轉未休。[一]縈方寸，穿錦梭暗擲，弱縷中抽。柔情曲似江流。怕易割秋山嬾上樓。況三朝三暮，巴猨峽口，一聲一斷，杜宇枝頭。[二]百結將離，九迴猶剩，杯沃能勝酒力不。樽前曲，再休歌河滿，淚落難收。㈡[三]

【眉評】

[一]萬感千愁，縈迴不解。

[二]運典沈至，無堆砌之跡。

[三]結淒斷。○唐孟才人歌《河滿子》畢，武宗命醫候之，脈尚温，而氣已絶矣。事見張祜詩《孟才人歎》序，載《全唐詩話》中。

【校記】

㈠録自《曝書亭詞》。

㊁詞末《曝書亭詞》有注：「白居易詩：『能有幾多腸。』錦梭，用『梭腸有意錦絲穿』語。（《瑤華集》後尚有『見内典』三字。）魚玄機詩：『離腸百結解無由。』李商隱詩：『回腸九迴後，猶有剩迴腸。』又白詩：『三杯自要沃中腸。』唐孟才人歌《河滿子》畢，武宗命醫候之，脈尚温而腸已絶矣。」

○又　背㊀

意遠態濃，珠壓腰衱，冰肌最勻。盼新月堂前，殷勤匍伏，秋千架上，推遞逡巡。見客遥來，和羞卻走，翩若驚鴻望未真。踏青去，惹春游年少，目送香塵。　催歸潛理紈巾。怕汗浹輕容拭更頻。憶閒中指爪，癢須爬慣，宵分姊妹，擁便情親。每到嗔時，抛郎半枕，難齧猩紅一點脣。堪憎甚，縱千呼萬喚，未肯迴身。㊁[一]

【眉評】

[一]風趣絶勝，是謂艷詞。

【校記】

㊀録自《曝書亭詞》。

㈡詞末《曝書亭詞》有注：「杜甫詩：『背後何所有，珠壓腰衱穩稱身。』」

雙雙燕 別淚㈠

問銀海水，有多少層波，斂愁飄怨。[一]含辛欲墮，轉自把人凝盼。霑向長亭早晚。定減了、輕塵一半。安排玉箸離筵，伴我樽前腸斷。偷看。夜來枕畔。傍鏡影初乾，袖痕重按。心心心上，總是別情難慣。縱遣絲垂縷綰。穿不起、南珠盈串。裁得幾幅榴裙，點點行行都滿。[二]

【眉評】

[一] 起勢蒼茫，亦沈著。

[二] 淋漓頓挫。

【校記】

㈠ 録自《國朝詞綜》。

陳維崧[一] 見《大雅集》。

【眉評】

[一]艷詞非其年專長，然振筆寫去，吐棄一切閨襜泛話，不求工而自工，才大者固無所不可也。

桂殿秋 偶紀㈠

春漠漠，雨疎疎。綺窗偷訪薛濤居。凝情低詠年時句，人在東風二月初。㈡

【校記】

㈠録自《迦陵詞全集》。

㈡《陳檢討詞鈔》詞末有注：「結句余舊作無題詩句。」

長相思 贈別楊枝㈠

漱金巵。閣金巵。不是樽前抵死辭。今宵是別離。[一]

撚楊枝。問楊枝。花萼樓前踠

地垂。休忘初種時。[二]

【眉評】

[一]愈樸直，愈婉曲，愈沈痛。

[二]言盡而意不盡。

【校記】

㈠録自《迦陵詞全集》。

菩薩蠻題青谿遺事畫册，同鄒程村、彭金粟、王阮亭、董文友同賦。○八首録六。○乍遇㈠

流蘇小揭人初起。博山煙裊屏風裏。紅日映簾衣。梁間玉剪飛。　迴眸驚瞥見。笑倚中門扇。[一]准擬嫁文鴦。燈花昨夜雙。

【眉評】

[一]情態絶世。

【校記】

㊀六首俱録自《迦陵詞全集》。詞題「同賦」，《迦陵詞全集》作「賦」。

○又私語

銀河斜墜光如雪。碧虚淺浸天邊月。月色太嬋娟。行來剛並肩。闌干渾倚倦。小樣裙花茜。風細語難聞。亭亭雙璧人。[一]

【眉評】

[一]虚處著筆，無中生有。

○又迷藏

後堂恰與中門近。當時日傍飛蟬鬢。猶記捉迷藏。水晶庭院涼。侍兒前後邏。何計將他躲。匿笑顫花枝。鞋尖露一絲。[一]

【眉評】

[一]風致劇佳。

又 彈琴

迴廊碧甃芭蕉葉。鴨罏瑞腦薰猶熱。春笋抱琴彈。一行金雁寒。　聲聲鬆寶串。彈到昭君怨。促柱鼓瀟湘。風吹羅帶長。[一]

【眉評】

[一] 低回哀怨，饒有古意。

又 潛窺

梨花簌簌飛紅雪。貍奴夜撲氍毹月。物也解雄雌。教奴恣意窺。[一]　潛蹤殊未慣。猛被蕭郎看。羞走暈春潮。門邊落翠翹。[二]

【眉評】

[一] 不免俚褻。

[二] 情態逼真。

○又 秘戲

桃笙小擁樓東玉。紅蕤濃軃春鬟緑。寶篆鎮垂垂。珊瑚鈎響時。花陰搖屈戍。小妹潛偷覷。故意繡屏中。剔他銀燭紅。[一]

【眉評】

[一]譎甚。

、○極相思 思夢[一]

濕雲未斂香蟬。斜欹[二]枕屏前。分明昨夜，依稀往事，院後廊邊。下了紅簾擎翠鑑，悄不覺、笑靨微圓。濛濛脈脈，如塵似影，記也難全。[一]

【眉評】

[一]是夢境，亦得「思」字神理。

【校記】

㈠録自《國朝詞綜》。

㈡「欹」，《迦陵詞全集》作「倚」。

○七娘子 春閨㈠

紅檠斜照人無語。圓冰對漾春無緒。陌上鶯啼，梁間燕乳。夢中怕到銷魂處。　小樓春色留難住。斜橋春水流將去。三月時光，一年節序。水晶簾外廉纖雨。

【校記】

㈠録自《國朝詞綜》。

○蝶戀花 紀艷十首[一]○避人㈠

劉氏三娘雙姊妹。生小繁華，家住雞鳴埭。梵字闌干花影碎。粧樓恰與春波對。　兩小後堂曾博簺。阿母簾前，此日教重會。傳語翾風空至再。蟬釵只靠秋千背。

【眉評】

［一］十章次第分明，詞意俊快，正如丈夫見客，絶不蒙頭蓋面，齷齪之態，對此消盡。

【校記】

㊀ 十首俱録自《迦陵詞全集》。

又促坐

簾外桐花閑弄影。不便相辭，悄語傳聲請。猶自眉峰煙不定。避人奩内添宫餅。［一］說道今宵天色冷。且自留停，莫憾猧兒醒。珠斗斕斑斜又整。人間第一銷魂景。

【眉評】

［一］傳神妙手。

又鬭葉［一］

犀蒜銀釘紅玉槅。小小簾櫳，不與金堂接。鬭草又慵彈阮怯。邀郎今夜拋金葉。百子枝花香粉浥。郎是椿家㊀，好把豪犀厭。入聲。㊁小負紅潮生兩頰。給郎博進惟榆莢。

【眉評】

［一］先安頓鬭葉之地，是前一層，卻以慵鬭草、怯彈阮兩層逼出鬭葉來，迤邐有致。

【校記】

㊀「椿家」，《迦陵詞全集》作「樁家」。

㊁小注「入聲」，《迦陵詞全集》作「音葉」。

又 跳索

涼夜金街天似洗。打疊銀篝，薰透吴綾被。作劇消愁何計是。鬌絲扶定相思子。［一］對漾紅繩低復起。明月光中，亂捲瀟湘水。匿笑佳人聲不止。檀奴小絆花陰裏。［二］

【眉評】

［一］麗句。

〔二〕令人失笑。○此意亦未經人道過。

○又 聽歌

梔子簾前鬥鵲腦。隔著屏山，愛聽銀箏好。唱盡紅鹽人不曉。依稀記是蕭郎稿。偷得新聲三兩調。悄學春鶯，唇綻櫻桃小。銀蒜輕搖郎到了。和羞吹滅蘭釭早。〔一〕

【眉評】

〔一〕結有情態，恰好收足「聽」字意。

○又 迷藏

亞字闌干花一朵。每到花朝，〔一〕春夢偏難妥。女伴相攜爭婀娜。迷藏小捉妝樓左。髻柬微鬆蟬翼嚲。怕有人窺，輕合黃金鎖。戲罷偎人苔砌坐。日移交綢花陰簸。

【眉評】

〔一〕「花朝」二字勿泥看，下章云「玉梅花下交三九」，此不過泛言耳。

、○又圍爐

拂曉相逢花弄口。如此天寒，何事清晨走。小院緑熊鋪褥厚。玉梅花下交三九。[一]　招入繡屏閑寫久。斜送横波，郎莫衣單否。袖裏任郎沾寶獸。雕龍手壓描鸞手。[二]

【眉評】

[一]大雅。

[二]泥人情態。

○又教簫

一帶紅牆剛六幅。忽聽簫聲，欲斷還將續。知是東鄰吹鳳竹。邀來教弄相思曲。　風起落花紅簌簌。香唾猩絨，小印琅玕束。故説玉人吹未熟。[一]明朝重到黄金屋。

【眉評】

[一]「故説」二字妙，是多情人眼中心中事。

○又 中酒

年少雙文能勸酒。笑折花枝，今夜爲郎壽。[一]紅燭厭厭籠翠鈕。飲深忘卻春宵久。若下烏程春釀厚。卻笑佳人，腰似三眠柳。明日綠紗窗外走。手搖屈戍妝成否。[二]

【眉評】

[一] 綿麗有情。

[二] 題後一層妙。

○又 潛來

滿院姊歸啼惻惻。隔著中門，悵望游絲織。訊至方知娘小極。潛來小揭蜻蜓翼。怕響金梯行不得。半晌徘徊，纔到菱花側。立久微聞輕歎息。春陰簾外天如墨。[一]

【眉評】

[一] 結七字寫景，著而不著，其品最高，其味最永。

○又春閨同周文夏賦㊀

芳草萋萋人脈脈。緑遍東西，不空南和北。滿院春晴無氣力。海棠花下捱時刻。[一] 惆悵去年逢玉勒。酒市紅橋，此際曾相識。往事不堪重憶得。餳簫陣陣催寒食。[二]

【眉評】

[一] 語意悽惻，然爲輕淺佻滑者作俑。

[二] 結和雅。

【校記】

㊀ 録自《迦陵詞全集》。

、○又㊀

記在繡裙親見汝。深院潛行，驀又花間遇。綴緑粘紅無定處。濛濛撲徧東園路。 艷粉退來還幾度。天若多情，休遣春光暮。拆了鞦韆飛卻絮。成團滚過牆頭去。[一]

【眉評】

［一］痛快淋漓之句。

【校記】

㈠録自《迦陵詞全集》。《迦陵詞全集》有詞題「本意」。

落燈風 冬閨㈠

五更一陣寒偏準。冷焰挑來纔半寸。無語撥香灰，天應要糁銅街粉。怪底霜風緊。簾外烏龍眠不穩。城河小結冰猶嫩。江梅入舊年，掀破床頭殘歷本。歲盡愁難盡。［一］

【眉評】

［一］不作一香澤語，而情致無限。

【校記】

㈠録自《迦陵詞全集》。

師師令 席上同雲臣詠雛姬[一]

匀紅剔翠，擲星眸斜賣。春嬌尚未忒玲瓏，卻已會、三分無賴。[二]笑匿花叢衫影在。怨風吹羅帶。　銀箏砑緊雞鳴快。做殢人情態。玉船頻到只推辭，道酒病、昨宵曾害。挼碎紅梅庭下灑。罵粉郎心壞。

【眉評】

[二]達得出。

【校記】

[一]録自《迦陵詞全集》。

滿庭芳 紀夢[一]

黄入東風，緑來南内，夢中春水跉竮。個儂香粉，髣髴也曾經。還是簸錢堂上，當年事、有影無形。高樓外，珠圓鶯脆，隔院已聞聲。　衷情。渾欲訴，新愁點點，舊恨星星。奈一

場春夢，不甚分明。此際銀燈耿耿，羅衾濕、紅淚如冰。難分手，滿街細雨，愁煞夢回程。[二]

【眉評】

［二］纏綿淒斷。○若遠若近，極恍惚之致。

【校記】

㊀ 録自《迦陵詞全集》。

水調歌頭 留别阿雲㊀

真作如此别，直是可憐蟲。[一]鴛裯麝薰正煖，别思已匆匆。昨夜金尊檀板，今夜曉風殘月，蹤跡大飄蓬。莫以衫痕碧，偷揾臉波紅。　分手處，秋雨底，雁聲中。迴軀攬持重抱，[二]宵箭悵將終。安得當歸藥缺，更使大刀環折，萍梗共西東。絮語未及已，帆勢破晴空。[三]

【眉評】

［一］亦纏綿，亦突兀，言盡而意無窮。

［二］「迴軀」六字，似褻而實古雅，固知不可無書，不可無筆。

［三］結寫分手匆遽之情，咄咄逼人。

【校記】

㊀ 録自《迦陵詞全集》。

○○揚州慢 送蘧庵先生之廣陵，並示宗定九、孫無言、汪蛟門、舟次諸子。㊀

十里珠簾，半城畫艇，百年花月維揚。有君家丞相，梅嶺舊祠堂。每年到、清明賽社，傾城士女，愁弄絲簧。只無情、堤柳舞腰，還鬬宮妝。扁舟上冢，聽鄰船、重話興亡。奈石馬嘶風，銀蠶弔月，往蹟全荒。我亦當年薄倖，曾吹過、一帽紅香。問桃花、認否風前，前度劉郎。［一］

【眉評】

［一］感慨無限。

【校記】

㊀録自《迦陵詞全集》。

瑣窗寒　本意閨情㊀

鸞字牆兒，冰紋槅子，謝娘三徑。烏龍怕睡，吠煞翠梧桐影。蔚藍天、一派雁程，年年躭誤蕭關信。又棲鴉閑過，誰家玉笛，叫西樓暝。[一]　愁聽。商飈勁。便黑了一燈，唤人誰應。銀鴨嬌憨，還泥薰籠偎並。卸蜜簪、剗月闌干，峭寒陡覺秋夜丙。[二]伴黄花、且熨紅綿，冬釭應倍冷。

【眉評】

[一]景中帶情，吐棄浮艷。

[二]措辭精雅，兼賀、周、高、史之長。

【校記】

㊀録自《迦陵詞全集》。

○換巢鸞鳳 春感㈠

月煖㈡絲柔。正花枝罘罳，鳥語鉤輈。斜橋雲似粉，合澗水如油。臨風卻憶少年游。閑蹤跡徧，旗亭酒樓。如今也，只淺淡、眉痕相鬭。知否。人感舊。滿砌蘼蕪，糝緑窗清晝。記得年時，暗曾經處，深巷紅欄弱柳。飄盡楊花雨偏肥，摘來梅子春先瘦。[一]悵風光，更消人、幾徧回首。

【眉評】

[一]句法、字法，總非凡艷。

【校記】

㈠録自《迦陵詞全集》。

㈡「月煖」，《陳檢討詞鈔》作「日煖」。

○○齊天樂 暮春風雨㈠

小樓昨夜東風到，吹落滿園空翠。時有茶煙，絶無人影，好箇他鄉天氣。[一]淒涼欲死。見燕翦平蕪，柳拖春水。暗省從前，如塵似夢最難記。當年曲院寒食，餳香花更煖，許多情事。金斗猶温，玉釵還響，已送愁人到此。也思寬慰。奈把酒聽歌，幾番不是。[二]暮雨瀟瀟，記吴娘曲子。

【眉評】

[一] 寫景凄涼。

[二] 意鬱而語達。

【校記】

㊀ 録自《迦陵詞全集》。

又 驥沙旅店紀夢㊀

坐來冷店思量遍，昨夢太無頭緒。燈影青熒，被痕紅皺，説也惹人凄楚。迴腸千縷。總些箇情懷，舊時言語。[一]枕畔匆匆，三更人到消魂㊁處。那人還未憔悴，松兒猶合數，帕

兒親與。燕子愔愔，柳花拍拍，多分池臺易主。黯然無語。憶鏡裏朱顏，簾前白紵。一片空江，響數聲疎雨。㊂[二]

【眉評】

[一] 筆意雅近大晟。

[二] 結寫景而情自足。

【校記】

㊀ 録自《迦陵詞全集》。

㊁ 「消魂」，《陳檢討詞鈔》作「斷魂」。

㊂ 「一片空江，響數聲疎雨」，《陳檢討詞鈔》作「一片空明，數聲江上雨」。

石州慢夏閨㊀

竹院臨池，蕉軒翳日，蕭然煙幌。送春留病，賒秋做惱，嬾梳蟬樣。懨懨永晝，誰令幽夢驚回，偏嫌多事茶爐響。侍女秉齊紈，隔紗幮低蕩。　來往。一湖水氣，滿院蘭風，撲歸裙

上。悄覺涼釵委枕，簟紋鋪浪。起來慵繡，將泉戲瀉團荷，憐他葉嫩纔如掌。珠滑不成圓，卻添人閒想。[一]

【眉評】

[一] 觸處生情，意味絶勝。

【校記】

㊀ 録自《迦陵詞全集》。

○**賀新郎** 雲郎合巹詞[一]㊀

小酌酴醾釀。喜今朝、釵光簟影，燈前滉漾。隔著屏風喧笑語，報道雀翹初上。又悄把、檀奴偷相。撲朔雌雄渾不辨，但臨風、私取春弓量。送爾去，揭鴛帳。　六年孤館相依傍。最難忘、紅蕤枕畔，淚花輕颺。了爾一生花燭事，宛轉婦隨夫唱。努力做、藁砧模樣。只我羅衾渾似鐵，擁桃笙、難得紗窗亮。休爲我，再惆悵。

【眉評】

［一］按：徐郎名紫雲，廣陵人，冒巢民家青童。儇巧善歌，與其年狎。其年嘗畫雲郎小像，遍索諸名人題詠。至是出橐中金爲雲郎合卺，復繫以詞。語不免於褻，而情致甚酸楚。

【校記】

㊀録自《本事詩》。詞題，《迦陵詞全集》作「雲郎合卺爲賦此詞」。

○又夏日爲代菊巖催妝㊀

乳燕飛晴晝。鳳城邊、靈符剛换，女兒節後。報道侯門方合卺，預釀菖蒲花酒。待醉也、玉釵纔溜。更喜石榴開幾簇，小闌前、要與猩裙鬭。一般樣，胭脂透。　檀奴才在温邢右。羨催妝、昨宵燭下，填詞立就。耳畔依稀聞郎字，似説東籬比秀。惹一笑、玉人回首。且俟秋來黄菊院，捲簾人、同倚西風口。問果是，誰清瘦。［一］

【眉評】

［一］與上半闋同一比較入妙，而筆法深淺有别。

【校記】

㈠ 録自《迦陵詞全集》。詞題下，《迦陵詞全集》有注：「菊巖，滿州人，乙卯孝廉。」

又 和竹逸江村遇妓之作㈠

寒食江村約。正水上、紛紛士女，采蘭調謔。[一] 中有一人曾相識，記在那家簾閣。驚會面、愁他非確。[二] 細取玉容花下認，果天涯、斷雨翻重握。花欲謝，人猶昨。　風前小進休仍卻。從古是、蛾眉燕頷，此身奚託。我有紅綃無窮淚，彈與多情灼灼。悔則悔、當初輕諾。十載雲英還未嫁，訴傷心、撥盡琵琶索。[三] 且少駐，對春酌。

【眉評】

[一] 輕率。

[二] 故作疑筆，欲合仍離。

[三] 淋漓慷慨，情文相生，深人無淺語，信然。

【校記】

㈠ 録自《迦陵詞全集》。

摸魚兒 清明感舊㈠

正輕陰、做來寒食，落花飛絮時候。踏青隊隊嬉游侶，只我傷心偏有。休回首。新添得、一堆黄土垂楊後。[一]風吹雨溜。記月榭鳴箏，露橋吹笛，説着也眉皺。十年事，此意買絲難繡。愁容酒罷微逗。從今縱到岐王宅，一任舞衣輕鬭。君知否。兩三日、春衫爲汝重重透。啼多人瘦。定來歲今朝，紙錢挂處，顆顆長紅豆。[二]

【眉評】

[一] 只淺淺説來，已覺悽惻入骨。

[二] 此更撲入深處，幾於猿聲鵑血。

【校記】

㈠ 録自《迦陵詞全集》。

蘭陵王 春恨㊀

鏡鸞空掩卻。愁覷玉肌減削。東風外、斜壓香衾，蹙損瀟湘遠山角。香腮托。[一]人與梨花俱弱。又不是、中酒傷春，盡日沈吟倚妝閣。[二] 唾花裙上落。奈紫棧纔温，紅綿正薄。水晶簾額輕寒絡。更陣陣春雨，懨懨殘日，小樓欲睡那便着。[三]且自漱春酌。 飄泊。舊時約。只柳綿花絮，年年如昨。緑遍平蕪天又各。念馬嘶門外，聽來常錯。清明寒食，無限恨，燕子覺。[四]

【眉評】

[一]起三字俗。

[二]曲折盡致。

[三]「小樓」七字，不鍊而鍊，與輕率者有別。

[四]結數語沈至，純乎大晟。

【校記】

㊀録自《迦陵詞全集》。

、○十二時 偶憶㈠

綿濛二月如酥雨，做出銷魂天氣。更獨客、冷清清地。拚則向紅篝倚。燈炧香焦㈡，天寒酒醒，往事難提起。想那日、元夜迷藏，禊日鞦韆，人在綠楊絲裏。更當初、戟門嬉戲。[一]一部煙花軼記。簾畔分釵，屏間惜曲，無限慨慨意。便海棠月上，夜深誰放花睡。奈幾年、飄零羈旅，已隔千山萬水。昨歲銅街，記曾一見，隱隱卓金車子。恰柳花如夢，又早香輪過矣。[二]

【眉評】

[一] 此折較上又進一層，故用「更」字提起。

[二] 若近又遠，似夢如塵。

【校記】

㈠ 録自《迦陵詞全集》。

㈡ 「香焦」，底本作「香蕉」，據《迦陵詞全集》改。

瑞龍吟春夜見壁間三絃子，是雲郎舊物，感而填詞。㊀

春燈炮。拚取歌板蛛縈，舞衫塵灑。屏間乍見檀槽，與秋風扇，一般斜挂。　簾兒罅。幾度漫將音理，冰絃都啞。可憐萬斛春愁，十年舊事，憾憾倦寫。　記得蛇皮絃子，當時粧就，許多聲價。曲項微垂流蘇，同心結打。也曾萬里，伴我關山夜。有客向、潼關店後，昆陽城下。一曲琵琶者。月黑楓青，輕攏細砑。此景堪圖畫。今日愴人琴，淚如鉛瀉。一聲聲是，雨窗閑話。[一]

【眉評】

[一]游絲落絮之情，雲湧風飛之筆，彼好爲粉白黛緑語者，盍取其年詞三復之也？

【校記】

㊀録自《迦陵詞全集》。

○豐樂樓 辛酉元夜㊀

上元許多往事，摺鑾牋倦寫。對皎皎、一片冰輪，背人鉛淚偷瀉。記年少、心情百種，拋來都付傳柑夜。月將圓、狂到收燈，那宵剛罷。[一] 要識狂奴蹤跡，除是問、寶釵羅帕。喜人月、一色相看，盈盈堆滿簾罅。粉牆西、火蛾低旋，軟幔左、飛蟬頻卸。也曾招、花朵般人，倚風輕罵。[二]

誰差詞客，去作官人，舊情仍亂惹。況今歲、鳳城中，煙柳外、添了萬盞晶籠，水邊斜挂。獅鑾假面，參軍雜爨，繡帷飄得天街滿，更夾路、香謎憑人打。鸞韉獸襖，幾群牙帳毬門，彈壓紫陌坊瓦。[三] 昇平士女，京國樓臺，荷九重放假。囑閶闔、雞人漫唱，月總西沈，人忍空辜，舞場歌榭。緩扶薄醉，御溝斜轉，前門小立偏妒煞。綴犀釘、鈿粟繚垣下。往來月裏摩挲，多被春纖，絮伊情話。㊁[四]

【眉評】

[一] 語必極致，其年本色。

[二] 姿態絕饒。

〔三〕寫昇平盛世，如火如荼。

〔四〕亦見風致。

【校記】

㈠ 録自《迦陵詞全集》。詞題，《陳檢討詞鈔》作「辛酉元夜同嶯山賦」。

㈡ 詞末《迦陵詞全集》有注：「燕京風俗，元夜，婦女競往前門摸釘爲戲，相傳讖宜男也。」

閑情集卷五

國朝詞

李良年 見《大雅集》。

西興樂追憶㈠

天街燈火繡簾重。去年今日曾逢。斜蹴纖羅，相思暗通。[一] 別後雲山數峰。悵離蹤。舊游不再，夢中芳草，春雨茸茸。[二]

【眉評】

[一] 心心相印。

[二] 淒艶似篔房筆意。

【校記】

㊀録自《國朝詞綜》。

蝶戀花　渡口㊀

映水藤邊絲萬縷。往事驚心，柳下斜陽路。渡口湔裙曾小住。年年別有流紅聚。[一]　燕也移巢誰可語。指點分明，翻似無憑據。鏡檻梨花留一樹。春風又到憑欄處。[二]

【眉評】

[一] 婉麗。

[二] 情致纏綿，含蓄不盡。

【校記】

㊀録自《國朝詞綜》。

李符 見《大雅集》。

、○摘紅英 春雨惜花㊀

鴛衾冷。春眠醒。温馨爐火銷金餅。簷聲細。添愁思。料得煙梢，都無香氣。[一] 粧樓凭。鈎簾聽。暗傾一地臙脂凝。迴心髻。簪花未。怪他紫燕，銜來紅碎。

【眉評】

[一] 慘淡春光，有心人不堪寓目。

【校記】

㊀ 録自《國朝詞綜》。

、○華胥引 夢㊀

試妝纔罷，乍坐還眠，任欹翠枕。漸斂嬌波，嬾雲釵溜渾不省。屈戌難鎖柔魂，度柳牆無影。[一]暗逐春驄，徧尋煙水雲嶺。此際相逢，道真真、畫眉人並。不知紅日，窗間移桃過杏。分付呢喃雙燕，近前催醒。重疊花陰，怕伊迷了鴛徑。

【眉評】

[一]夢境惝怳。

【校記】

㊀録自《國朝詞綜》。

生查子㊀

松翠石楠紅，寒食孤墳路。[一]素手摘金鹽，苔印弓弓步。細槳畫橋邊，微雨催歸去。風度鬢花香，吹到回眸處。[二]

【眉評】

[一]醒題。

[二] 雅而不佻，風致絶妙。

【校記】

㊀ 録自《國朝詞綜》。

董以寧[一] 見《放歌集》。

【眉評】

[一] 董文友，詞中之妖也，與詩中之王次回可謂匹敵。○文友《蓉渡詞》三卷，艷體居其八九，鉤心鬥角，工麗芊綿，又遠出施浪仙、馬浩瀾、沈去矜、㊀周冰持輩上矣。○《花影詞》不過如倚門賣笑者流，並不足爲詞之妖。《蓉渡詞》乃真足惑人矣，此妖之神通也。

【校記】

㊀「沈去矜」，底本誤作「沈去衿」，徑改。

叩叩詞調〔憶江南〕㊀

章臺女，叩叩結新歡。堂下每迎花底笑，人前私向鏡中看。可許一生拚。

【校記】

〔一〕録自《蓉渡詞》。《蓉渡詞》「叩叩詞」在詞調下。

醉公子〔一〕

乍握纖纖手。儂意他知否。莫便使他知。教他歸去思。重來花下見。紅暈潮生面。纖手只微籠。多時露玉蔥。

【校記】

〔一〕録自《蓉渡詞》。《蓉渡詞》有詞題「重來」。

浣溪沙 曉〔一〕

幽夢宵來托錦膠。起看雜樹已花交。不禁蓮瓣一輕敲。〔二〕盥手試香挼荳蔻，開奩占喜得蠨蛸。繡床針帖尚閒抛。〔三〕宋茘裳云：「細膩熨貼，固是當家。」

【眉評】

［一］「蓮瓣」句纖俗。

［二］後半絶婉雅。

【校記】

㊀ 録自《蓉渡詞》。

感恩多 鴻信㊀

昨夜傳鴻信。雨後花扶病。兼傳病有因。爲郎顰。　忒覺情多，真假轉難分。轉難分。便是空言，忍猜他未真。［一］

【眉評】

［一］情到海枯石爛時。○王小山詞云：「空言亦是玉人恩。」未嘗不刻入，尚不及此之沈痛。

【校記】

㊀ 録自《蓉渡詞》。

菩薩蠻 代伊㊀

阿娘碎語綿如絮。檀郎只好心頭貯。音信日來稀。思伊轉恨伊。此情頻欲寄。又恐傷郎意。斟酌數行書。言歡字字虚。[一]王阮亭云：「艷情中之有文友，繪風手也。」

【眉評】

[一] 曲折哀婉，情之至也。

【校記】

㊀ 録自《蓉渡詞》。

相思引 爲雲孫詠侍兒小福㊀

年紀花稍半未諳。柔情先似再眠蠶。偏將串結，珍重疊香函。　閑伴夫人同鬬草，沈思未敢摘宜男。郎情深淺，還向夢回參。[一]

【眉評】

［一］慧心密意，描寫入微，當爲千古詠侍女者絶唱。

【校記】

㈠ 録自《蓉渡詞》。

憶秦娥 堪訝㈠

暱人秋水臨行瀉。［一］舊時殊堪訝。自將阿鶩無端嫁。無端嫁。留他不得，掉他不下。團扇應難舍。應難舍。看他明日，耐他今夜。［二］

【眉評】

［一］「暱人」句殊難爲情。

［二］四「他」字用得甚雋。

【校記】

㈠ 録自《蓉渡詞》。

桃源憶故人 擬代㊀

鴛鴦枕上青山誓。話得十分容易。不料有頭無尾。枉受他調戲。[一] 知他又把前翻計。別院應還重試。暗笑那人知未。薄倖從前既。[二]尤西堂云：「是秦九得意筆，『既』字押得甚穩。」[三]

【眉評】

[一] 淺率。

[二] 怨詞以婉語出之，最妙。

[三] 西堂評語，「九」字當是「七」字之訛。

【校記】

㊀ 録自《蓉渡詞》。

鷓鴣天 憶[一]㊀

荳蔻香含正未笄。三年嫣笑手長攜。羽衾熨處分龍腦，羅幞縫成索麝臍。花並蒂，燕

雙棲。合歡猶卜紫姑乩。傍人已道成連理，惹得春山翠黛低。[二]

【眉評】

[一] 文友〔鷓鴣天〕諸闋，婉雅芊麗，艷詞之有則者。

[二] 丰神可想，情態可繪。

【校記】

㊀ 録自《國朝詞綜》。又據《蓉渡詞》校改。《國朝詞綜》無詞題。

又 繡苑㊀

繡苑晴光盡日佳。更無愁思望天涯。名花結果春前定，小鳥姻緣枝上諧。[一] 纏錦帶，脱金釵。秋千架子近香街。綵繩握處開裙衩，多少香風正入懷。吴梅村云：「『名花』二語，妙在是詞非詩。」

【眉評】

[一] 何等婉麗，與馬浩瀾輩自別。

【校記】

㊀録自《國朝詞綜》。又據《蓉渡詞》校改。《國朝詞綜》無詞題。

又　別㊀

賦得將離向綺窗。桃花流水送游艭。柔腸乍結先迴九，小字親鈎定取雙。[一]　同玉案，伴銀釭。慣來一晌不驚厖。多情恐逐浮萍去，發願拈鍼繡佛幢。㊁[二]

【眉評】

[一]九迴腸、雙鈎字，支對不免纖俗。

[二]其天女墮落耶？

【校記】

㊀録自《國朝詞綜》。又據《蓉渡詞》校改。《國朝詞綜》無詞題。

㊁《蓉渡詞》詞末有小注：「芍藥，一名將離。」

○○又寄㊀

兩小無猜直到今。丙寅鵲腦慣同斟。鴛鴦向午常交頸，荳蔻多時始見心。[一]　曾賦別，幾嗣音。天涯南北雁難尋。歸來朱鳥窗前看，應有蛛絲網畫琴。㊁

【眉評】

[一]麗而不佻，得詩人「比」義。

【校記】

㊀録自《國朝詞綜》。又據《蓉渡詞》校改。《國朝詞綜》無詞題。

㊁《蓉渡詞》、《國朝詞綜》詞末有小注：「十月丙寅以鵲腦入酒，令人相思。」

○○又嘆㊀

是處常來好當家。慣從明鏡看朝霞。夢中猶認崔娘枕，扇底難披温令紗。[一]　人忽別，思無涯。歸來空訝七香車。迎風一笑回頭望，鬏髻雙簪並蒂花。[二]

【眉評】

[一] 典麗，亦芊雅。

[二] 「雙簪」妙。

【校記】

㈠ 録自《蓉渡詞》。

又 慰㈠

何處春風著柳斜。深深庭院緑陰遮。每彈指處聞花歎，自抵牙時爲曲差。[一] 頻減膳，漫呼茶。莫將惆悵餞年華。門前流水藍橋鎖，猶度當初金犢車。[二] 曹顧庵云：「三、四殊令人思，何處看得此無人態也？」

【眉評】

[一] 摹寫入神。

[二] 纏綿雅麗，馬浩瀾輩何嘗夢見？

【校記】

㈠ 録自《國朝詞綜》。又據《蓉渡詞》校改。《國朝詞綜》無詞題。

又 昨夜㈠

昨夜天孫罷錦梭。輕槎無恙到明河。幾經私語全珍重，再試真心薄譴訶。[一]　羞月姊，避鸚哥。玉人頻問夜如何。最憐蝴蝶驚魂驟，輸與莊生曉夢多。[二]

【眉評】

[一] 情深意密，令人魂銷。千古艷詞，以此爲極。

[二] 後半闋寫正面，芊雅工麗，亦非俗艷。

【校記】

㈠ 録自《國朝詞綜》。又據《蓉渡詞》校改。《國朝詞綜》無詞題。

虞美人 臨風寄語㈠

花陰空覆鴛鴦寢。寒入紅衾凜。早知好事付秋風。何似當初索性不相逢。　聞伊別後思量意。竊自沾沾喜。累伊憔悴倍心傷。又望伊家索性不思量。[一]王阮亭云：「言情處入木三分。」

【眉評】

[一]幽情苦緒，曲折達出。

【校記】

㊀録自《蓉渡詞》。

東坡引 湖鏡[一]㊀

苕溪前歲住。曾把銀華鑄。玉臺猶恐塵埃駐。須將珍重貯。須將珍重貯。伊家自信，傾城無侶。試照向、簾前去。箇中人也將人覰。肯教他讓汝。肯教他讓汝。陳其年云：「前疊句妙在叮嚀，後疊句妙在較量。」

【眉評】

[一]〔東坡引〕九章皆亦婢詞，細意熨貼，無微不入，不及秀水之清雅，而韻致過之，亦秀水之勁敵

也。○竹垞眷所戚，璞函眷一妹，文友則眷一婢，惟其情真，是以無微不至。

【校記】

〔一〕此下九首録自《蓉渡詞》。《蓉渡詞》有總題「十賚詞示婢選九首」。

又　杭粉

粉丸鉛雪冶。捻就和蘭麝。幾年西子湖頭買。開函香尚惹。開函香尚惹。　慇懃贈與，料應稱謝。卻留向、湘簾下。道儂真色何曾借。不堪珠汗灑。不堪珠汗灑。〔一〕陳其年云：「前疊句妙在歎賞，後疊句妙在嘮叨。」

【眉評】

〔一〕瑣碎得妙，寫來逼真。

又　濟寧油臙脂

朱脣何待染。刺繡憐香腕。不龜手藥任城換。簪來挑與看。簪來挑與看。　剔開寸紙，腥紅膩輭。偏半晌、沈吟玩。問郎原碟多應滿。是誰分一半。是誰分一半。[一]陳其年云：「前疊句妙在慇懃，後疊句妙在瑣碎。」

【眉評】

[一]猜忌得妙，妒態可哂。

又 如皋篦

如皋人射雉。曾把湘篦寄。勻排密比多堅緻。與誰除髮膩，與誰除髮膩。記他枕上，蘭膏微滓。便喚向、風前試。原來背後無人倚。宛伸憐玉臂。宛伸憐玉臂。[一]陳其年云：「前疊句妙在商量，後疊句妙在留戀。」

【眉評】

[一]旁面生情，妙妙。

、、○又 六合肥皂

纔梳雲髻嚲。旋把新羹做。藥爐茶竈時時課。恐教纖手涴。恐教纖手涴。[一] 雄州皂莢，搗成百和。浣手處、挼抄過。夜深推枕鈎郎卧。餘香猶在麽。餘香猶在麽。陳其年云：「前疊句妙在沈吟，後疊句妙在揣摹。」

【眉評】

[一] 情寄於物，加意憐惜。

、○○又 餘東手巾

香巾何細潔。云是餘東織。見他珠汗融融濕。換他紅袙襪。換他紅袙襪。繡床閒掛，有時輕摺。將素手、頻頻拭。拭時莫把雙銀脫。應防儂欲竊。應防儂欲竊。[二] 陳其年云：「前疊句妙在踴躍，後疊句妙在指點。」

【眉評】

［一］題外點綴，思路玲瓏。

、○○又建寧香袋

縫成紅素絹。妝就鴛鴦綫。雙雙蟢子雙雙燕。一雙圖半面。一雙圖半面。［一］　繫他裙衩，氤氲堪羨。願翠管、郎親撚。翻來覆去教郎見。這邊題欲徧。這邊題欲徧。［二］陳其年云：「前後疊句俱妙在一句兩意。」

【眉評】

［一］天然結構，語亦穠麗。

［二］情致絶佳，想見昵昵之態。

○○又川扇

泥金疊扇子。別樣成都紙。盤來雙鳳雲如綺。藏時曾見未。藏時曾見未。　偶然檢出，攜來花底。早捉向、纖纖指。輕搖莫便心兒喜。秋風明日起。秋風明日起。[一]陳其年云：「前疊句妙在躊躇，後疊句妙在跌宕。」

【眉評】

[一] 此章最悽惋，雖一時戲言，合觀〔憶秦娥〕一闋，此爲詞讖矣。

又 蘄簟

簟紋冰玉潤。獨有儂床襯。伊家臂上紋微印。怕人容易認。怕人容易認。當初買向，田家古鎮。這長物、應難吝。與伊鋪在紗帷近。銀燈將欲暈。銀燈將欲暈。[一]㊀陳其年云：「前疊句妙在憂疑，後疊句妙在催促。」

【眉評】

[一] 情態絶佳，正妙在説了一半。

【校記】

㊀《蓉渡詞》詞末有小注：「王忱索王恭六尺簟，送之，遂坐薦上曰：『吾生平無長物』。『長』，

去聲。」

、蘇幕遮 簾外聽墮釵聲㈠

玉鈎垂，犀箔護。肯遞春風，偏斷游絲路。内裏暗聞釵響度。擲地金聲，抵得天台賦。

望明妝，遮薄霧。鬧掃雖鬆，窣墮知何故。難道拔時纖手誤。倘爲儂來，忽地迴頭顧。[一]湯荆峴云：「『肯遞春風』二語詠簾佳，就簾先布置，下意尤佳。後半摹擬揣度，卻都爲『簾外』二字寫神。」

【眉評】

[一]「鬧掃」二語先作疑筆，妙甚。○「難道」句更妙，先有此層，既見波折，愈見情致。

【校記】

㈠此下十首録自《蓉渡詞》。

又 花間聽彈指聲

緑初迴，紅漸出。[一]樹樹春交，纖手輕來折。爲底關心攀又歇。無語無言，自把螺紋畫。

爪纔修，琴罷撥。嚙遍纖痕，獨向東風剔。畢竟思量春可惜。待問分明，瞥去屏山隙。[二]許力臣云：「都於前後想出神情。」

【眉評】

[一] 寫景亦自含情。

[二] 隱括《牡丹亭》前半部。

又 窗下聽咳聲

粉罘罳，金屈戌。花影交加，昨夜扶行處。欲嗽還驚蘭玉飫。低鎖輕喉，不放隨風去。怪重來，偏未遇。窗外濛濛，立盡三更雨。不是嗽聲能聽取。便認衣香，難捉迷藏住。[一]汪叔定云：「妙有非霧非雲、溟濛蕩漾之致。」

【眉評】

[一] 情景夾寫，真癡於情者。

又　迴廊聽鞋底聲

月初沈，星欲滴。一帶迴廊，曲曲猶能覓。暗數闌干應六七。聽偏行蹤，不是伊家屧。步偏那，行轉怯。似待如迎，卻是來時節。半晌消停憐窄窄。[一]兩瓣輕蓮，[二]曉起看無跡。孫介夫云：「『暗數』句妙，寫迴廊以後字字入細。」

【眉評】

[一]曲曲傳出，畫所不到。

[二]四字纖俗。

又　屏邊聽浴聲[一]

兔華輕，螢照冷。瞰浴潛來，轉傍湘簾等。誰料銀屏遮鳳脛。小玉嬌憨，枉賺黃金餅。粉應消，珠定映。喚取湯添，冷熱心頭省。荳蔻方挼知未竟。半晌纔看，禿袖來花徑。薛固庵云：「就『屏邊』字翻用漢瞰浴金餅事，妙。」

【眉評】

[一] 此題易流於褻，此作卻字字雅麗，固與瞿宗吉輩不同。○「冷熱心頭省」五字有味。

又 樓前聽骰子聲

鳳簫停，鸞幕啓。十二樓高，結遍春風綺。今夜玉人慵不倚。骰子逡巡，擲向纖纖指。似無愁，如有思。漫想閑猜，卜甚心頭事。轉憶前宵楸局裏。親點牙籌，賭喝雙雙雉。[一]王北山云：「『骰子逡巡裹手拈，無因得見玉纖纖』，『玲瓏骰子藏紅豆，刻骨相思知未知』，總不如『親點牙籌，賭喝雙雙雉』爲銷魂鑠骨也。轉親轉熱，愈難爲情耳。」

【眉評】

[一] 癡情慧想，真令人骨醉魂銷。

又 房中聽喚婢聲[一]

綺窗明，金屋煖。香篆浮簾，脈脈垂銀蒜。翠幔欲搴行又緩。生怕鴉鬟，閑話長和短。茗須烹，花待灌。檀口輕圓，頻把蘭香喚。[二]喚久不來誰作伴。知道伊家，獨坐妝臺畔。黃初子云：「末句淡而可思，含蓄不盡。」

【眉評】

[一] 十章俱就上二字生情，俗手必貪發下數字，那得如許波折。

[二] 五字俗。

又 燈下聽剪刀聲

紫紋綾，紅錦緞。裁向燈前，響褓黃金釧。應恐鴛鴦分背面。鈿尺頻移，停處商量遍。[一]晃還移，人未倦。疊股并刀，運處分明見。萬縷愁腸縈莫遣。欲斷仍連，試倩蕭娘剪。吳薗次云：「字字細貼，都傳『聽』字之神。」

【眉評】

[一] 含思綿婉。

、、○又　隔幃聽夢魘聲

穗煤昏，蓮漏杳。只隔重幃，遠似蓬萊島。魂夢知他何處繞。欲醒頻呼，話覺糊塗好。養孃癡，香婢小。憨睡瞢騰，只索將伊叫。[一]狂夢魘來應未料。試問伊家，可唤江郎覺。

薛內文云：「『聽夢魘』與別題不同，故先下『只隔重幃』等語，自是作者細心。後轉入唤江郎夢魘事，更自慧心。」

【眉評】

[一] 命題別致，措語亦新雋。

○○又　帳畔聽流蘇響聲

枕珊瑚，床玳瑁。懸蛤初收，帳底容難照。忘卻流蘇能轉掉。漫揭輕羅，傍動銀鈎了。響原輕，聲漸消。睡熟鸚哥，定不驚他覺。和月和雲和被抱。一夜春風，散盡愁多少。[一]

姜西銘云：「『和月和雲』三語化工。」　吴梅村云：「十首細膩熨貼，一字不閒卻，無意不出，無思不入，真有繪影繪聲之妙，而筆筆圓轉，更如珠走盤中。」

【眉評】

[一] 穠麗之極，設色欲仙。〇「和被抱」三字粗俗。

沁園春 美人額(一)

眉黛峰侵，髩絲雲亂，似玉無瑕。笑黃飾仙娥，難方桂蕊，素妝公主，待點梅花。慣道如螓，真看似月，塗處休將宮樣誇。春寒也，怕杭羅猶重，裹上蟬紗。[一] 卻憐人去天涯。欲叩額，低垂幾歎嗟。更輾轉愁添，回頭半枕，平安喜報，舉手頻加。卻訝蕭郎，虛稱上客，歲歲龍門望總賒。[二] 歸來也，又翠圍珠匝，代抹鉛華。(二) 汪蛟門云：「文友情癖溫柔，才工香艷，故描寫美人諸詞，淪肌浹髓，不許《香奩》獨步。至於選事典僻，尤屬專長。」

【眉評】

[一] 運典多多益善，不爲題所窘。

[二] 寓以感慨，情味尤勝。〇文友「美人額」等數篇，精工刻摯，勝似竹垞所詠諸篇，以此知詞各有極也。

【校記】

㈠ 此下七首録自《蓉渡詞》。《蓉渡詞》題下注：「用蔣竹山體，前第四句、後第二句用平聲。」

㈡ 《蓉渡詞》詞末有小注：「桂詩：『智瓊額黄且漫誇，眼中見此風流葩。』『月額』，見《金樓子》。又謡：『楚王好廣眉，宮中皆半額。』又詩：『漢宮嬌額半塗黄。』又元稹詩：『復裹杭州透額羅。』」

又 美人鼻[一]

閒際相看，見他梨頰，玉準停勻。料楚國夫人，掩來定妒，宜城公主，見後應嗔。花氣嗅來，歌聲收入，蘊得風前無限春。迴頭處，又一鈎斜見，半面平分。不因口過逡巡。願指向，明河索問津。想微亞風檐，侵寒欲嚏，潛攜月幌，屏息無聞。素手輕挼，薄巾微掩，曾惱蕭郎被酒醺。傷心處，更有時酸甚，悶把香薰。㈠[二]

【眉評】

[一] 運用雅麗。

[二] 八面烘託，詞意兼勝。

【校記】

㈠《蓉渡詞》詞末有小注：「歐公詩：『旁有梨頰生微渦。』『楚王夫人』，用鄭袖教歌人掩鼻事。唐宜城主劓駙馬寵人鼻。」

○○又美人齒

看去纖匀，生成伶俐，掩映偏宜。念襯處參紅，榴編細貝，露時凝素，瓠破明犀。[一]刷後留芬，談餘剩慧，啓向風前一笑遲。曾徵倖，有姓名輕掛，何福消伊。　問來年紀應知。每剔罷、沈思叩欲低。更吟費推敲，咬鬆鵵管，繡商深淺，嚼爛絨絲。漱石應同，拈梅欲冷，難畫楊妃病抵時。銷魂處，向檀郎戲囓，印臂痕微。㈠[二]

【眉評】

[一] 運用處極其工麗。

[二] 風流蘊藉，令人神往。○彭駿孫見沈去矜、董文友詞，謂泥犁中皆若人，故無俗物。然去矜亦《花影》之餘，冰持之匹，不及文友之工也。

【校記】

㊀《蓉渡詞》詞末有小注：「孫楚曰：『所以漱石欲礪其齒。』古詩：『齒冷越梅酸。』畫譜有《楊妃病齒圖》。」

又 美人肩

此日鴉侵，當年絲覆，格韻偏賒。想向月凭時，削成軟玉，將雲護著，襯出明霞。兩兩同隨，雙雙並比，應羨風流是陸家。愁多處，似相思擔盡，繞遍天涯。[一] 每因午倦頻加。便側著、芙蓉自枕他。更昵語羞膺，笑時微聳，慵情漫倚，軃處恒斜。嬌若難勝，瘦如欲脱，寒倩蕭郎半袂遮。長相並，覺偎紅擁翠，勝拍洪崖。㊀

【眉評】

[一] 情詞並茂，想其落筆時，必沈思渺慮爲之。

【校記】

㊀《蓉渡詞》詞末有小注：「《洛神賦》：『肩若削成。』『將雲』句，謂婦人所著雲肩。陸東美夫婦相

愛，人稱『比肩』，子婦稱『小比肩』。鄭雲卿書云：『雙肩欲脱。』《選》詩：『右拍洪崖肩。』」

又　美人乳

拊手應留，當胸小染，兩點魂銷。訝素影微籠，雪堆姑射，紫尖輕暈，露滴葡萄。〔一〕漫説酥凝，休誇菽發，玉潤珠圓比更饒。開襟處，正粉香欲藉，花氣難消。　當年初捲芳髫。奈墳起、逾豐漸欲高。見浴罷銅窪，羅巾掩早，圍來繡襪，錦帶拴牢。〔二〕逗向瓜期，褪將裙底，天壤何人吮似醪。幽歡再，爲嬌兒抛下，濕透重綃。〔三〕㊀

【眉評】

〔一〕細膩。

〔二〕描摹殆盡。

〔三〕「寧斷嬌兒乳，不斷郎殷勤」，未免過涉荒淫，似此運用入妙，轉有分寸。

【校記】

㊀《蓉渡詞》詞末有小注：「楊妃裙腰褪，露一乳，禄山云：『軟温新剥鷄頭肉，膩滑凝來塞上酥。』

又祿山醉傷楊妃。古官妝裙束乳上也。漢《雜事秘辛》：『胸乳菽發。』」

又 美人背

轉去人看，側來自顧，穩稱停勻。見腰衱壓珠，搭餘半錦，領巾成字，掛下輕雲。羞把欄凭，惱將身撇，俯拜深深總覷真。[一]驚回首，是檀郎偷立，欲拍逡巡。

浹來紅汗還頻。便浴室、潛窺此獨親。[二]想郎手遶將，柔鄉熨貼㊀，妹胸擁著，寒夜横陳。剪爪輕搔，靠窗閒曝，問相應封號與秦。偏芒刺，怕無端笑指，向後紛紛。㊁[三]

【眉評】

[一] 思路必真。

[二] 「浴室」句更想入非非。

[三] 語語工雅，勝竹垞作。

【校記】

㊀ 「熨貼」，《蓉渡詞》作「慰貼」。

㊁《蓉渡詞》詞末有小注：「杜詩：『背後何所見，珠壓腰衱穩稱身。』《飛燕外傳》：昭儀曰：『姊寧忘共被，夜長苦寒不成寐，使合德擁姊背耶？』」

又　美人膝

搖動衣紋，蹴開裙衩，似鶴仙仙。正藕覆交籠，垂過素笋，花茵盤坐，加上紅蓮。蜀國琴橫，華山錦蔽，補屋纔容也自妍。還堪覷，爲勝常數四，宛曲遷延。〔一〕　有時晝擁床邊。好一任、蕭郎做枕眠。更愛欲頻登，促來綺席，愁教獨抱，閣盡吟箋。誓月幽窗，拈花法座，屈向氍毹較可憐。如今見，有阿侯旋繞，長在伊前。㊀〔二〕董得仲云：「數詞天巧人工，至此而極最。拈題得此，豈龍洲、清溪所能夢見耶？」

【眉評】

〔一〕近日勝常，惟低眉斂手俯拜而已，宛曲遷延者必爲人所笑，時態又一變矣。

〔二〕四面烘襯，典麗極矣。

【校記】

㈠《蓉渡詞》詞末有小注：「楊妃膝衣名『藕覆』，古膝衣在膝上也。《華山畿》：女有錦蔽膝，在席下。又唐詩云：『半睡起來思舊夢，見人忘卻道勝常。』注云：即萬福也。古語云：『愛人欲登膝。』又《古樂府》：『盧家少婦名莫愁，十六生兒字阿侯。』」

吴棠楨 字伯憇，山陰人。諸生。有《吹香詞》一卷。

○甘州子㈠

鴉啼露井玉樓寒。梳綠髻，整青鬟。鬭將蟋蟀凭欄干。桐子墮來圓。銀甲細，剥與小姑看。[一]

【眉評】

[一]含情言外。

【校記】

㈠録自《清綺軒詞選》。《吹香詞》無題。《清綺軒詞選》有詞題「秋閨」。《東白堂詞選》有詞題「荆門懷古」，與詞不合。

蝴蝶兒㊀

錦樓東。又西風。燕飛井上啄殘紅。金巵誰與同。酒病鶯春瘦，花愁入鬢濃。羅衣耐得五更鐘。繡床明月空。[一]

【眉評】

[一] 淒艷幽秀，似唐五代人寓意之作。

【校記】

㊀ 録自《清綺軒詞選》。

山花子 閨夜㊀

江影涵天蘸月青。杜娘和冷立中庭。滿頰羞紅嬌不語，看春星。聽得喚眠佯咳嗽，避人滅燭又消停。只説鄰家催繡枕，待三更。[一]

【眉評】

［一］故作留連，描寫閨情盡致。

【校記】

㈠録自《清綺軒詞選》。詞題，《吹香詞》無。

兩同心　春夜［一］㈠

斗帳剛垂，沈香初浸。喜小腰、半卸紅裙，見玉手、緩移珊枕。又呼人，剔了燈花，教郎先寢。

城上三更漏鼓，春寒太甚。不回頭、媚眼羞開，假生嗔、笑聲難禁。須記得，昨日看梅，前朝催飲。

【眉評】

［一］此詞絶細膩，較棠邨〔一剪梅〕詞，尤覺極情盡致。

【校記】

㈠録自《清綺軒詞選》。

陸次雲

字雲士，錢塘人。官江陰縣知縣。有《玉山詞》一卷。

蘇幕遮　玫瑰[一]㊀

賣花聲，聲甚美。叫過街頭，驚醒樓頭睡。買向妝臺呼小婢。道似薔薇，更比薔薇媚。

鏡中人，私自擬。妾貌如花，花貌還如你。紫艷斜簪雲髻墜㊁。暗裏撩人，㊂別有濃香味。

【眉評】

［一］小有可取處。○《四庫全書提要》謂「次雲《北墅緒言》有《屬友人改正詩餘姓氏書》，蓋因《西泠詞選》借名刻其詞三首，故力辯之。高士奇稱其自處甚高，今觀所作，乃往往多似元曲，不能如書中所稱周、秦、蘇、辛體也」。

【校記】

㊀ 録自《清綺軒詞選》。

㊁ 「墜」，《玉山詞》作「翠」。

㊂ 「暗裏撩人」，《玉山詞》作「撩人」。

曹鑑徵

字徵之，嘉善人。布衣。

山花子㊀

小院西風木葉殘。新愁勾引到眉端。人與嫦娥共憔悴，捲簾看。　塞雁不傳千里信，鄰雞初報五更寒。一自意中人去也，淚偷彈。

【校記】

㊀録自《國朝詞綜》。《柳州詞選》有詞題「秋思」。

俞士彪

見《放歌集》。

浣溪沙㊀

眉翠都殘畫未成。臉波微褪夢初醒。惱他妝鏡㊁忒分明。　心裏祇因㊂常有恨，人前還似㊃不知情。[二]背拈釵子畫銀屏。

【眉評】

[一] 曲而能達。

【校記】

㊀ 録自《國朝詞綜》。

㊁「惱他妝鏡」，《今詞苑》作「怪他燈影」。

㊂「衹因」，《玉蕤詞鈔》作「衹應」。

㊃「還似」，《今詞苑》作「却做」。

沈岸登 字覃九，一字南渟，平湖人。有《黑蝶齋詞》一卷。

○**采桑子**㊀

桃花馬首桃花放，小雨初收。草緑山郵。春色年年獨自愁。　東風一帶河橋柳，柳外朱樓。不上簾鈎。定有愁人樓上頭。[一]

【眉評】

［一］「定有」妙，與幼安「白鳥無言定是愁」並能使無情處都有情也。

【校記】

㊀録自《國朝詞綜》。

○**浣溪沙**㊀

自在珠簾不上鈎。篆煙微潤逼香篝。薄羅衫子疊春愁。［一］　乳燕寒深渾不語，落花風定也難收。謝娘且莫倚西樓。

【眉評】

［一］淒警語，微嫌小樣。

【校記】

㊀録自《國朝詞綜》。

○**步蟾宫** 席上和竹坨韻㊀

雲花未浄侵堦滑。奈小小、鴉頭羅襪。惱人三五月朦朧，數不定、風鬟十八。　歌闌纔把觥籌撒㊁。聽去也、一聲愁殺。尊前相對尚㊂無言，又那得、相思書札。[一]

【眉評】

[一]艶詞亦饒筆力，真竹坨之亞也。

【校記】

㊀録自《國朝詞綜》。詞題「竹坨」，《黑蝶齋詞》作「錫鬯」。

㊁「撒」，《黑蝶齋詞》作「撤」。

㊂「尚」，《瑶華集》作「且」。

○**卜算子**㊀

長簟點疎㊁螢，冷砌銀蟾墮。吹遍梧桐葉葉風，定自挑燈坐。　一片亂山秋，不管離魂破。[一]望斷天邊少個人，雁字空排過。

【眉評】

[一] 情景兼寫，聲調高抗。

【校記】

㈠ 録自《國朝詞綜》。

㈡「點疎」，底本作「點點」，據《黑蝶齋詞》、《國朝詞綜》改。

曹亮武 字渭公，宜興人。有《南畊詞》六卷、《荆溪歲寒詞》一卷。

浣溪沙㈠

畫閣春眠貼繡茵。起尋殘夢立香塵。髩邊山枕印纖痕。芳草有情憐蕩子，落花無力戀愁人。[二]日長風細暗銷魂。

【眉評】

［一］淒艷。

【校記】

㊀録自《清綺軒詞選》。《南耕詞》、《清綺軒詞選》有詞題「春閨」。

楊通佺 字聖期，濟寧人。貢生。官合肥縣教諭。有《竹西詞》一卷。

生查子［一］㊀

欲繡合歡襦，先畫雙鴛譜。口誦梵王經，窗外教鸚鵡。　香煖夏蘭開，細屈春纖數。綠蟻上盆牙，倒撥金釵股。［二］

【眉評】

［一］此詞絶似梅村。

［二］寫惜花心事，筆情婉麗。

【校記】

㊀錄自《國朝詞綜》。《竹西詞》有詞題「閨情」。

盛楓 字丹山，秀水人。康熙二十年舉人，官安吉縣教諭。有《梨雨選聲》二卷。

○**浪淘沙**㊀

槐影綠毿毿。午夢初殘。北窗燕子自呢喃。樓外晚香人寂寂，月到闌干。帳冷小雙鸞。斜嚲雲鬟。黃鶯催起卻無端。有意尋愁愁不見，鏡裏眉山。[一]

【眉評】

[一]只是「愁」、「眉」二字，卻運用得妙，故知人不可無筆。

【校記】

㊀錄自《國朝詞綜》。《梨雨選聲》有詞題「夏日，分韻得鸞字」。

龔翔麟　字天石，號蘅圃，仁和人。康熙二十年副榜，官工部主事，擢監察御史。有《紅藕莊詞》三卷。

○**醉公子**　春游㊀

馬首山無數。緑繞仙源去。花外雨如絲。青青濕酒旗。　笑指垂楊碧。未把紅樓隔。樹杪有雙鬟。春風小畫欄。[一]

【眉評】

[一] 點綴有情。

【校記】

㊀ 録自《清綺軒詞選》。詞題，《紅藕莊詞》無。

馮瑞 字霄燕，婁縣人。康熙二十四年進士，官編修。有《棣華堂詩餘》。

○**更漏子** 七夕㊀

藕花風，梧葉露。何處鵲橋堪渡。金屋底，繡簾前。秋蘭繞夜煙。[一]　蛾眉斂。鶯聲囀。團扇輕羅半掩。立縵縵，步遲遲。相逢月落時。

【眉評】

[一]「秋蘭」五字精秀。

【校記】

㊀錄自《清綺軒詞選》。

焦袁熹 字廣期，金山人。康熙三十五年舉人。有《此木軒直寄詞》二卷。

○**采桑子** 秋怨[一]㊀

蘚階苔砌無人跡，閒立閒行。有甚心情。唱個相思曲得成。[二]　無憀最是黃昏雨，遮莫深更。聽盡秋鉦。攙入芭蕉點滴聲。

【眉評】

[一] 語勁直而意閒婉。

[二]「唱箇」句矗。

【校記】

㈠ 録自《清綺軒詞選》。詞題,《此木軒直寄詞》無。

更漏子㈠

漏初殘,更未審。半暖半寒鴛錦。雛燕語,乳鴉飛。憶他臨別時。[一] 隔窗㈡花,臨牖柳。陌上幾番㈢回首。紅洗露,緑梳風。舊歡如夢中。[二]

【眉評】

[一] 五字真,最難忘情者臨別時也。

［二］造語精鍊。

【校記】

㈠録自《國朝詞綜》。

㈡「隔窗」，《此木軒直寄詞》作「隔紗」。

㈢「幾番」，《此木軒直寄詞》作「幾人」。

范允鏋

字用賓，錢唐人。康熙三十九年進士，官監察御史。有《嘯堂詩餘》一卷。

蘇幕遮 春思㈠

粉牆陰，蝴蝶路。楊柳樓心，故作夭斜舞。綠淺紅深春幾許。一半將歸，一半還留住。

杏花灣，桃葉渡。芳草連天，没箇遮闌處。［一］悵望王孫從此去。舊時燕子歸來語。

【眉評】

［一］「芳草」二句，自是「心中事，眼中淚」人語。

【校記】

㊀録自《國朝詞綜》。

葉尋源 字硯孫，江南華亭人。有《玉壺詞》。

○**蝴蝶兒**㊀

蝴蝶兒。粉牆西。一雙高下逐晴絲。日長舞影遲。思婦含嚬繡，鴉鬟撲扇隨。兩般情緒落花時。笑啼争爲伊。[一]

【眉評】

[一]歡戚不同，一有知，一無知也。

【校記】

㊀録自《清綺軒詞選》。

周稚廉 字冰持，婁縣人。著有《容居詞》一卷。

相見歡㊀

小鬟衫著輕羅。髮如螺。睡起釵偏髻倒、喚娘梳。[一] 心上事，春前景，悶中過。打疊閒情別緒、教鸚哥。[二] 合下章別本作明代湖廣女子龍輔作，未知何據。

【眉評】

[一] 嬌態如畫，然流入荒淫矣。

[二] 風致絶勝。

【校記】

㊀ 録自《清綺軒詞選》。《國朝詞綜》亦有。

又㊀

雛鸝啄下紅櫻。曲欄晴。笑取泥金小扇、撲蜻蜓。 牽得住。推不去。是春情。多少

柔腸囑付、護花鈴。[一]

【眉評】

[一] 宛轉纏綿。

【校記】

㊀ 録自《清綺軒詞選》。

生查子㊀

鸂鶒翠鈿飛，翡翠榴裙篏。含笑入羅幃，人影燈光蘸。眠枕聽晨雞，點點銅壺勘。虧得種芭蕉，日閃紅窗暗。[二]

【眉評】

[二] 雅筆傳艷情，妙只不露。

【校記】

㊀ 録自《清綺軒詞選》。《容居堂詞鈔》、《清綺軒詞選》有詞題「擬艷」。

○玉蝴蝶㊀

越羅初繡雙鸞。臂小綰貓環。試點鬱金油，花酥膩粉山。暱人紅玉輭，嬌妒翠眉攢。半醉帶郎冠。暗中試小鬟。[一]

【眉評】

[一] 妒情可哂，可謂「善戲謔兮」。

【校記】

㊀ 録自《清綺軒詞選》。

○卜算子㊀

剗襪墜金菱，髻溜瓊粧軃。爲愛鸚哥紅豆拋，莫認車邊菓。[一] 曲檻小屏山，月淡花如霧。倦倚檀肩數亂星，數到牽牛住。[二]

【眉評】

［一］自愛自拋，自解自剖，妙甚。

［二］思路甚巧，而筆路病纖。

【校記】

㊀録自《清綺軒詞選》。

添字昭君怨㊀

斗帳朝褰銀蒜。繡幕夜燃蘭燄。戲鬭紅豆叫㊁郎猜。笑郎呆。　看遍狼朱藉粉。無奈杏殘梅褪。倚闌故意教鸚哥。罵兒夫。［一］

【眉評】

［一］摹寫嬌憨，不免纖小。

【校記】

㊀録自《清綺軒詞選》。

㈡「叫」，《容居堂詞鈔》作「喚」，《清綺軒詞選》作「笑」。

浪淘沙㈠

把盞餞東君。緑皺紅顰。爲春憔悴不憎春。嬌鳥避風翻葉底，狼籍花裀。細雨濕香塵。柳魄梅魂。今年花伴去年人。只有心愁如織錦，别樣翻新。[一]

【眉評】

[一] 凄婉頗近小山。

【校記】

㈠ 録自《清綺軒詞選》。

送入我門來 贈歌伶㈠

青粉牆頭，緑珠簾畔，彩棚高矗雲端。年少彭郎，眉學小姑攢。葵花淡寫泥金扇，更榴火低簪碧玉冠。鴛鴦帕偷換，息肥仙藥，香窨雙丸。初見十三年紀，認得髮鬆髻小，腰細衫

寬。曲榭重逢，往事異悲歡。尊前譜我淋鈴調，與滴雨新梅一樣酸。看舞餘欲墜，歌餘微喘，不忍催完。[一]

【眉評】

[一] 淒涼酸楚，情韻雙絕。

【校記】

㊀ 錄自《清綺軒詞選》。詞題，《容居堂詞鈔》作「和漢茂贈歌伶彭大」。

柴震 字尺階，錢唐人。

更漏子 閨夜㊀

麝煙微，蟬影瀉。樓上晚妝初卸。釵翠滑，髩雲鬆。月移花影重。　漏無聲，鶯未語。睡熟銀屏深處。芳草徑，馬蹄塵。夢回還當真。[一]

【眉評】

[一] 結語婉至。

【校記】

㊀ 録自《國朝詞綜》。

查慎行 見《大雅集》。

念奴嬌 贈別碧紋録事㊀

尋春較晚，人都笑、小杜舊時光景。曲港橋通門啓處，翠柳紅薇交映。喚起梳頭，懨懨猶帶，中酒催花病。有心絳蠟，夜闌留照雙影。　卻是我未成名，匆匆輕別了，翻嫌薄倖。此意沈吟行復住，不爲石尤㊁風緊。明日回頭，離煙恨水，多少愁人境。問重來約，叮嚀莫似瓶井。[一]㊂[二]

【眉評】

[一] 後半低回宛轉，一往情深。

[二] 李嶠詩「消息似瓶井」，言瓶沈井底也。

【校記】

㈠録自《國朝詞綜》。

㈡「石尤」，《餘波詞》作「石郵」。

㈢句末《餘波詞》、《國朝詞綜》有注「李嶠詩『消息似瓶井』」，已録於眉評。

許田　字莘野，錢唐人。康熙四十二年進士，官高縣知縣。有《屏山春夢詞》二卷、《水痕詞》一卷、《屏山詞話》一卷。

○**小重山**㈠

百囀新鶯在柳梢。杏花嬌欲語、映輕綃。銀塘東畔赤欄橋。尋芳去、女伴記曾邀。　扶袖上蘭橈。臨波争照影、儘妖嬈。休將閒事故相嘲。纔一笑、雙頰上紅潮。[一]

【眉評】

[一]情態如繪。

【校記】

㈠ 録自《國朝詞綜》。

解語花偶見[一]㈠

鴨頭波浄，燕尾沙横，人坐磯邊石。黛眉修碧。卻好有、一樹絲楊遮額。粉裙風揭。剛小露、鞖兒雙窄。擊青瑶、玉腕冰紗，問比來誰白。記取那年歡席。有蟲娘似否，醉聽歌拍。閒愁曾積。思量起、素體横陳薌澤。多情過客。空費汝、星眸小擲。漾花梢、一朵行雲，化水痕難覓。

【眉評】

[一] 此闋最爲劉廷璣所愛，以結二語妙在離即之間，不著迹象，然篇中俚語甚多，除結數語外，皆無可取。

【校記】

㈠ 録自《國朝詞綜》。

華宗鈺 字荆山，江南華亭人。有《尋雲遺草》。

○**減蘭**㊀

朱門更静。簾卷瓊鈎風不定。對影沈吟。待剪燈花惜寸心。[一] 鎮常相見。只有巢梁雙海燕。繡被香温。夢斷棠梨雨後魂。

【眉評】

[一] 寄情綿邈。

【校記】

㊀ 録自《國朝詞綜》。

杜詔

字紫綸，號雲川，無錫人。康熙五十一年進士，授庶吉士。有《浣花詞》一卷、《鳳髓詞》三卷、《蓉湖漁笛譜》一卷。

○南鄉子㊀

絮語曲闌邊。小炷金猊窄袖偏。手約篆絲風不定，凭肩。一袖香分兩袖煙。　幾欲卸頭眠。翠被重熏夢不圓。錯認柔鄉容易住，從前。纔著思量便渺然。[一]

【眉評】

[一]思路悠遠，筆意清峭。

【校記】

㊀録自《國朝詞綜》。

厲鶚 見《大雅集》。

○賣花聲 徐翩翩書扇，自稱金陵蕩子婦。㊀

花月秣陵秋。十四妝樓。青溪迴抱板橋頭。舊日徐娘無覓處，芳草生愁。　金粉一時休。團扇誰留。殢人只有小銀鈎。句尾可憐書蕩婦，似訴漂流。[一]

【眉評】

[一]結二語可括《琵琶行》，不煩多著墨也。

【校記】

㊀録自《國朝詞綜》。

○眼兒媚㊀

一寸横波惹春留。何止最宜秋。妝殘粉薄，矜嚴消盡，只有温柔。　當時底事匆匆去，悔不載扁舟。分明記得，吹花小徑，聽雨高樓。

【校記】

㊀ 録自《國朝詞綜》。

黄之雋 見《大雅集》。

一枝春 有爲聽浴詞者，嫌近猥褻，正之以雅。㊀

絮撲東鄰，艷陽斜、小浹羅衣香汗。蘭湯試否，細語杜鵑花畔。窗紗閉響，想卸到、畫鸞裙襉。知尚怯、一縷微風，逗得玉肌寒淺。[一] 移時暗聞水濺。是冰綃三尺，輕勻濕徧。梨花鏡裏，帶雨自憐春軟。闌牆未許，肯簾外、侍兒金賺。應怕有、雛燕雕粱，看人未免。[二]

【眉評】

[一] 細緻。

[二] 麗而有則。

【校記】

㊀録自《國朝詞綜》。詞題「猥褻」,《唐堂詞》作「嫚褻」。

陳沆 字湛斯,海寧人。監生。有《小波詞鈔》一卷。

○**浣溪沙**㊀

紫陌人嬌細馬馱。緑楊風碎亂鶯歌。箇儂閨裏笑蹉跎。珊枕有情圓夢小,芸篝無奈㊁藕香多。春山也會赚雙蛾。

【校記】

㊀録自《國朝詞綜》。

㊁「無奈」,《小波詞鈔》、《國朝詞綜》作「無賴」。

○**又**㊀

簾外將雛燕語忙。緑陰濃壓繡金牀。困人天氣費商量。梅子酸心憐舊渴,荷花嬌面

學新妝。干卿何事惱迴腸。[二]

【眉評】

[二] 從「忽見陌頭楊柳色」化出。

【校記】

㊀ 録自《國朝詞綜》。

又㊀

斜挂桐梢月一弓。碧雲高洗暮天空。疎螢無力點簾櫳。涼意嫩侵團扇底，秋心微裊篆煙中。[二] 小鬟催著越羅重。

【眉評】

[二] 「秋心」七字精絕。

【校記】

㊀ 録自《國朝詞綜》。

毛之玉 字用羽，太倉人。雍正八年進士，官至御史。著有《曉珠詞》一卷。

○**拜星月** 中秋燒夜香作㊀

露洗冰蟾，涼生㊁玉宇，小院可憐新霽。一炷秋雲，裊晴檐風細。漫惆悵、龍麝雞熏消歇，如今識得，旃檀風味。佛火蛩窗，歎荀郎憔悴。記章臺、柳葉顰眉翠。更天台、桃浪烘花醉。春情半似寒灰，趁殘煙飛起。[一] 苦相思、人隔銀河水。夢不到、十二瓊樓閉。更莫把、心字香燒，恐心兒先碎。

【眉評】

[一] 精鍊語。

【校記】

㊀ 録自《國朝詞綜》。

㈡「涼生」，《國朝詞綜》作「涼深」。

毛健

字今培，號鶴汀，太倉人。貢生。有《卧茨樂府》一卷。

○菩薩蠻㈠

流蘇百結參差影。繡羅輕軟鴛鴦枕。斜月小屏風。玉人殘夢中。[一] 起來無意緒。記得銷魂處。窗外子規啼。梨花飄滿衣。

【眉評】

[一]前半闋似唐五代人筆意。

【校記】

㈠録自《國朝詞綜》。

○昭君怨㈠

簾底燭花銷盡。惹得春寒春悶。初月乍朦朧。杏花風。 繡帳文鸞半捲。人在畫屏前

面。道是没心情。理銀箏。[一]

【眉評】

[一]只此便住，意味正自不盡。

【校記】

㊀録自《國朝詞綜》。

玉樓春㊀

玉船銷盡銀缸焰。幾度風枝窗外閃。閒階夜久月痕移，漸漸落花牆角暗。　牀空枕冷屏虚掩。好夢難成成亦暫。畫樓人去不歸來，猶卧迴文湘縷簟。[一]

【眉評】

[一]遺詞閒雅，逼近北宋。

【校記】

㊀ 録自《國朝詞綜》。

、○臨江仙㊀

樓上輕寒風景悄，橙陰静鎖濃煙。玉琴抛在亂書邊。花枝燈影，低供小金仙。 白髮懺愁香篆裏，憑銷錦字因緣[一]。斷雲惹夢又無端。一鈎斜月，偏挂曲欄前。

【眉評】

[一]美人好佛，名士亦好佛。美人懺悔在老大時，名士懺悔亦在白髮後。然終不能脱去羈縛者，只是情關一點打不破耳。

【校記】

㊀ 録自《國朝詞綜》。

、○眼兒媚㊀

柳條輕輭杏花鮮。見了便情牽。送鬮微笑，背燈私語，别是巫山。 瓊枝想像春還在，題破浣花牋。昨宵醉後，今朝夢裏，明日愁邊。

【校記】

㈠ 録自《國朝詞綜》。

閑情集卷六

國朝詞

王時翔[一]

字抱翼，號小山，太倉人。以諸生薦舉，官至成都府知府。有《香濤集》一卷、《紺寒集》一卷、《青綃樂府》一卷、《初蟬綺語》《旗亭夢囈》一卷。

【眉評】

[一]太倉諸王皆工詞，漢舒最爲傑出，次則小山。小山工爲綺語，才不高而情勝，措語亦自婉雅，無綺羅惡態。〇小山自云規模北宋，此亦未必盡然。大約得晏、歐之貌，不能升周、秦之堂也。

〇浣溪沙㈠

消減惟應鵲鏡知。壓肩濃緑鬌鬟攲。病容扶起淡黄時。　碧院無人春寂寂，畫樓㈡有燕雨絲絲。藥煙影裏過相思。

【校記】

㊀録自《國朝詞綜》。

㊁「畫樓」，《小山詩餘》作「畫樓」。

采桑子㊀

梨花小院東風謝，無主殘春。燕子尋人。巷口斜陽記不真。[一]　個儂背面羅窗下，粉淚偷勻。立到黄昏。淡月微風上繡裙。

【眉評】

[一]「記不真」三字絶有味。

【校記】

㊀録自《國朝詞綜》。

又九日作㊀

涼波倒浸層樓影，疎柳寒塘。簾裏重陽。一朵秋花點鬢黄。　無端惹起離人恨，不住迴腸。[一]約略新妝。曾把茱萸酒數行。

【眉評】

[一]短句節短韵長。

【校記】

㊀録自《國朝詞綜》。

踏莎行㊀

嫩嫩煙絲，輕輕風絮。絳旗斜颭秋千處。花枝照得畫樓空，薄情燕子和人去。　冷落闌干，淒清院宇。夕陽西下明殘雨。一雙紅豆寄相思，遠帆點點春江路。[一]

【眉評】

[一] 婉約中見筆態，小晏之流亞也。

【校記】

㊀ 録自《國朝詞綜》。

、○一斛珠㊀

夜來聞雨。羅幃越覺孤眠苦。玉人微病深深處。一點紅燈，燕子寒相語。

可惜春光留不住。知他薄倖今何許。卜花曉起添愁緒。纔捲珠簾，卻又飛香絮。[一]

【眉評】

[一] 情絲宛轉，觸處生愁。

【校記】

㊀ 録自《國朝詞綜》。

臨江仙[一]

不斷柔情春似水[二]，迢迢那計西東。午眠初起玉釵鬆。畫屏離思遠，羅袖淚痕濃。[一]雲水黏天樓外路，捲簾試認狂蹤。一雙燕子夕陽中。莫銜殘髩影，吹向落花風。[二]

【眉評】

[一] 淒麗。

[二] 思路淒絶，真才人之筆。

【校記】

㈠ 録自《國朝詞綜》。

㈡ 「春似水」，《小山詩餘》作「春水似」。

又次漢舒韻[一]

一段旅情無處著，閑眠中酒平分。燕歸窗黑又黄昏。燈微屏背影，淚暗[二]枕留痕。夢

入怨花傷柳地，分明有個人人。壓簾香氣倚輕裙。小園春雨過㊂，扶病問殘春。[一]

【眉評】

[一]悽婉全得小晏遺意。

【校記】

㊀録自《國朝詞綜》。

㊁「淚暗」，《國朝詞綜》作「暗淚」。

㊂「春雨過」，《小山詩餘》作「風雨後」。

釵頭鳳㊀

瓊窗口。雕闌右。輕煙半冪梨花瘦。燕兒尾。鶯兒嘴。都來勾引，酒情春思。醉。醉。醉。

銀燈後。蛾眉皺。知他一樣孤眠否。分離意。相思味。裙量繡帶，袖彈紅淚。寄。寄。寄。

【校記】

㊀録自《國朝詞綜》。

青玉案㊀

暗飄玉笛高樓暮。更誰管、人羈旅。早睡何曾央夢去。殘燈挂壁，破窗鳴紙，一枕相思雨。

起來欲寫相思句。惱斷愁腸心不聚。須待與伊當面訴。安排茶椀，畫屏深處，鎮日低低語。[一]

【眉評】

[一]真切墾至，無限纏綿。

【校記】

㊀録自《國朝詞綜》。

蝶戀花㊀

曉揭風簾猶帶倦。獨下瑤階，繡履輕裙展。朵朵香蘭釵上顫。苔衣露滑纖腰軟。

花

事闌珊飛絮滿。庭角殘枝，幽鳥啼紅怨。多病藥爐煙未斷。檻邊莫信春寒淺。

【校記】

㊀録自《國朝詞綜》。

又㊀

碧樹蕭疎斜日漏。雪藕調冰，已過炎蒸候。幾許西風吹薄袖。畫闌人似秋花㊁瘦。綵綫慵拈誰耐繡。玉骨支離，莫使新涼透。露下蟲聲添孱僽。月明珍重分攜後。[一]

【眉評】

[一]淒麗閑婉，洵沐浴於晏、歐而出之者。

【校記】

㊀録自《國朝詞綜》。

㊁「秋花」，《小山詩餘》作「秋光」。

浣溪沙㊀

彩扇輕遮畫燭紅。捲簾微步玉丁東。眼波低剪篆絲風。[一]梅額有香人澹澹，梨雲無夢月朧朧。暗驚雕刻費春工。[二]

【眉評】

[一]「剪」字警。

[二]意境全從宋人來。

【校記】

㊀録自《國朝詞綜》。

又㊀

半是含嬌半是慵。寶釵欲墮翠鬟鬆。錦窩情態爲誰濃。春淺花招新㊁蛺蝶，夜寒香燼繡芙蓉。一彎愁思駐螺峰。[一]

【眉評】

[一]不尚新奇，自饒婉麗。

【校記】

㈠録自《國朝詞綜》。

㈡「招新」，《小山詩餘》作「新招」。

又㈠

楊柳梧桐翠色齊。小鸞么鳳鎮雙棲。夢中仙路有丹梯。[一]　玉簟分明花氣重，瑣窗蕭淡月痕低。惺忪那易到如泥。

【眉評】

[一]離即之間，用筆超妙。

【校記】

㈠録自《國朝詞綜》。

又㊀

細雨尖風欲斷魂。落紅庭院又黄昏。麝煙金鴨被微温。無計可令春睡穩，空言亦是玉人恩。分明曾許拭啼痕。[一]

【眉評】

[一]情到至處，乃有此語，淺情人不知也。

【校記】

㊀録自《國朝詞綜》。

南柯子㊀

握藕香沾雪，垂珠淚滴紅。分襟地是桂堂東。一徑斜斜鑄就寸心中。夢易鶯兒唤，書難燕子通。情緣㊁輕裊斷魂風。小醉清愁無日不朦朧。[一]

【眉評】

[一]「刻意傷春復傷別，人間惟有杜司勳」。

【校記】

㊀ 録自《國朝詞綜》。

㊁「情絲」，《小山詩餘》作「晴絲」。

訴衷情近㊀

晚香庭院，簾捲西風人瘦。驚看真比黃花，痛惜惟持翠袖。無限向時深意，欲語都慵，咽淚頻低首。[一]　鴛盟久。幾載人前難就。怨歌重唱，尚有芳心逗。依然又。夜涼衣薄，秋燈影裏，坐醒殘酒。明月空如晝。

【眉評】

[一] 語語真至。

【校記】

㊀ 録自《國朝詞綜》。

王輅 字素威，太倉人。諸生。有《滓虚詞》二卷。

虞美人㊀

聞説碧桃開滿院。强作尋芳伴。畫橋西畔弄秋千。幾葉繡裙飄碎緑楊煙。　　秦樓記有蕭郎約。春色輕拋卻。香鬟不整嚲金釵。知向亂花㊁深處悄歸來。[一]

【眉評】

[一] 描寫分花拂柳之態，設色頗妍。

【校記】

㊀ 録自《國朝詞綜》。

㊁「亂花」，《滓虚詞》作「覩花」。

王策 見《大雅集》。

踏莎行 次皋謨叔韻㊀

短燭三條，凍梅一樹。月痕窗外徐徐去。落燈天似晚秋寒，病春人卧消魂處。[一] 撥火香殘，彈絲調苦。客愁央及啼鴉訴。夢中尋夢幾時醒，小橋流水東風路。[二]

【眉評】

[一] 淒警。

[二] 較叔原鬼語更覺有味。

【校記】

㊀ 録自《國朝詞綜》。

臨江仙㊀

綵絡雙鈎銀蒜小，鸚哥簾外貪眠。幾枝楊柳漾新煙。碧闌絲雨嫩，人在杏花天㊁。[一]

半嚲香鬟窗裏坐，書愁自疊紅箋。夾衫初著卸輕綿。珊珊㊂腰更瘦，不耐晚風前。

【眉評】

［一］清麗。

【校記】

㊀録自《國朝詞綜》。

㊁「杏花天」，《香雪詞鈔》、《國朝詞綜》作「落花天」。

㊂「珊珊」，《香雪詞鈔》作「姍姍」。

滿江紅㊀

睡眼初回，衾麝煖、翠瀠煙浪。臨曉鏡、春山一對，別翻新樣。拂砌風輕鶯作態，穿簾雨細花無恙。［一］繡床前、纖指怯朝寒，金鍼放。雙綵燕，釵梁傍。雙繡蝶，裙拖上。聽賣花聲過，柳邊深巷。鬥草心慵垂手立，兜鞋夢好低頭想。［二］正鄰姬、敲户送香來，銅環響。

【眉評】

[一] 何等芊雅。

[二] 絶世丰神，幾令讀者不能釋手。

【校記】

㈠ 録自《國朝詞綜》。

又前韻㈠

嫩碧池塘，楊柳岸、細風吹浪。颭千縷、煙絲撩亂，不成春樣。檻外紅新花有信，鏡中黄淡人微恙。兩眉尖、疊著許多愁，難安放。[一]　屏風側，闌干傍。香正熟㈡，簾初上。看鶯啼遠樹，燕歸斜巷。夢短易添清晝倦，書長㈢慣費黄昏想。[二]又隔廊、雛婢覺㈣敲棋，楸枰響。

【眉評】

[一] 描寫病容，另是一種筆墨，香雪真繪風繪影手。

[二] 字字耐人玩索。

【校記】

㊀ 録自《國朝詞綜》。詞題，《香雪詞鈔》、《國朝詞綜》無。

㊁ 「熟」，《昭代詞選》作「香正爇」。

㊂ 「書長」，《香雪詞鈔》作「晝長」。

㊃ 「覺」，《香雪詞鈔》作「學」。

又 用秋水詞韻㊀

黛拂輕螺，看淡淡、兩山青了。須念我、筆花新落，休嫌潦草。架上牛衣紅淚在，夢中鸞信青天杳。把歸來、堂裏話閒提，爲伊道。 紬繡譜，鴛鍼小。書唐韻，籠香㊁繞。且清尊互勸，瘦琴同抱。風榻茶煙秋病思，月簾花氣春愁料。怎簫樓、一對可憐人，如今㊂老。[一]

【眉評】

[一] 騷情雅意，一片商音，固知漢舒之不永年也。

【校記】

㈠録自《國朝詞綜》。詞題「詞韻」二字，《香雪詞鈔》作「調韻」。

㈡「籠香」，《香雪詞鈔》作「龍香」。

㈢「如今」，《香雪詞鈔》作「如斯」。

蘇幕遮 寒食㈠

柳綿㈡新，梨粉瘦。脈脈消魂，池館輕寒透。一霎花梢斜日漏。細雨連天，又做黄昏候。

翠原風，青塚酒。地下紅妝，睡損苔花繡。腸斷玉蘭㈢香荳蔻。春到人間，也到幽泉否。[一]

【眉評】

[一] 一味淒絕，較夢窗女髑髏之作，筆墨又變。

【校記】

㈠録自《國朝詞綜》。

㊁「柳綿」，底本作「柳棉」，據《香雪詞鈔》、《國朝詞綜》改。

㊂「玉蘭」，《香雪詞鈔》作「玉闌」。

蘭陵王㊀

小樓角。一樹新桐孕萼。湘簾冷，雛燕怯飛，那堪㊁東風曉偏惡。菱花瑩妝閣。淡淡臨窗梳掠。玉梯畔，隨意行來，一種天真最難學。　無言映珠箔。正閒拂霜毫，字仿釵腳。珠珞珊珊㊂影並爐煙弱。旋小斂鴛研，微揎羅袖，筍嬌荑嫩宛似削。把鬟縷低約。鎮閒卻。愛釦綴通犀，鞋繡文雀。藥房深處葳蕤鑰。恰襟上香煖，鬢邊花落。這般情景，怎教我，不念著。[一]

【眉評】

[一]全篇從對面寫來，直至結處，一筆挽入，戛然而止，真有龍跳虎卧之奇。

【校記】

㊀録自《國朝詞綜》。

㈡「那堪」，《香雪詞鈔》、《國朝詞綜》作「那更」。

㈢「珊珊」，《香雪詞鈔》作「姍姍」。

鄭燮 見《放歌集》。

、○**賀新郎** 贈王一姐[一]㈠

竹馬相過日。還記汝、雲鬟覆頸，胭脂點額。阿母扶攜翁負背，幻作兒郎粧飾。小則小、寸心憐惜。放學歸來猶未晚，向紅樓、存問春消息。問我索，畫眉筆。　廿年湖海長爲客。都付與、風吹夢杳，雨荒雲隔。今日重逢深院裏，一種温存猶昔。添多少、周旋形跡。回首當年嬌小態，但片言、微忤容顏赤。只此意，最難得。

【眉評】

[一] 意芊婉而語俊爽，是板橋本色。

【校記】

㈠ 録自《板橋詞鈔》。

○○○又有贈㈠

舊作吴陵客。鎮日向、小西湖上，臨流弄石。雨洗梨花風欲輭㈡，已逗蝶蜂消息。卻又被、春寒微勒。[一]聞道可人家不遠，轉畫橋、西去蘿門碧。時聽見，高樓笛。[二]緣慳覿面還相失。誰知向、海雲深處，殷勤款惜。一夜尊前知己淚，背卻㈢短檠偷滴。又互把、羅衫拉濕。相約明年春事早，嚼花心、細蕊㈣相思汁。共染得，肝腸赤。[三]

【眉評】

[一] 題前設色。

[二] 迤邐寫來，宛如畫稿。

[三] 情深似海，血淚淋漓，不謂艷詞有如許筆力，真正神勇。

【校記】

㈠ 録自《板橋詞鈔》。

㈡ 「欲輭」，底本殘損，據《板橋詞鈔》補。

㊂「背卻」，《板橋詞鈔》作「背着」。

㊃「細蕊」，《板橋詞鈔》作「紅蕊」。

○**虞美人** 無題㊀

盈盈十五人兒小。慣是將人惱。撩他花下去圍棋。故意推他勍敵讓他欺。　而今春去花枝老。別館斜陽早。還將舊態作嬌癡。也要數番憐惜憶當時。[一]

【眉評】

[一] 情態可哂亦可憐。

【校記】

㊀ 録自《板橋詞鈔》。

○**酷相思**㊀

杏花深院紅如許。一線畫牆攔住。歎人間、咫尺千山路。不見也、相思苦。便見也、相思苦。　分明背地情千縷。拚惱從教訴。奈花間、乍遇言辭阻。半句也、何曾吐。一字

也、何曾吐。[一]

【眉評】

[一] 惟其情真，故言之親切有味，不著力而自勝。

【校記】

㊀ 録自《板橋詞鈔》。《板橋詞鈔》有詞題「本意」。

張四科

字喆士，號漁川，臨潼人。監生，寓居江都。有《響山詞》四卷。

浣溪沙㊀

夜合花西水閣東。依然一曲亞欄紅。柳絲搭在夕陽中。 賸覓爪痕知劃月，曾憐腰態看憑風。[一] 簾鈎飛下翠玲瓏。

【眉評】

[一] 冷處傳神，工於刻畫。

【校記】

㊀録自《國朝詞綜》。

江昉 見《大雅集》。

高陽臺 贈素蘭席間賦㊀

乍茁瑶房，初調玉軫，冰裾浄浣纖塵。雅不成嬌，飄飄翠帶輕分。曲闌響珮東風外，似飛來、空谷香雲。兩眉尖，瘦彈春山，澹掃秋痕。[一] 洞花幽草羞窺面，愛生來静婉，不惹游氛。試捲晶簾，娟娟涼月移人㊁。十千斗酒通宵醉，解金貂、誰換温存。趁苔階，嫩緑纔鋪，暗蹙湘裠。

【眉評】

[一]雅麗似夢窗手筆。

【校記】

㊀録自《國朝詞綜》。

㈡「移人」，《練溪漁唱》、《國朝詞綜》作「宜人」。

史承謙 見《大雅集》。

南歌子[一]㈠

月上輕羅扇，涼生小畫衣。玉腕又重攜。曲池風不定㈡，水螢飛。

【眉評】

[一]景中帶情，不著浮艷。

【校記】

㈠録自《國朝詞綜》。

㈡「風不定」，《小眠齋詞》作「風欲定」。

又㈠

茜袖凝香重，銀燈照影嬌。人去月痕消。[二]畫堂空似水，可憐宵。

【眉評】

[一]「人去月痕消」五字淒警。

【校記】

㈠録自《國朝詞綜》。

小重山㈠

閒倚風前數落紅。殘寒猶未去、酒尊空。竹聲都在畫廊東。春庭月、無夜不朦朧。[一]

獨自理薰籠。合歡人去久、與誰同。清宵迢遞最愁儂。書應寄、何處覓征鴻。

【眉評】

[一]措語宛約，得南宋人神髓。

【校記】

㈠録自《國朝詞綜》。

滿江紅㈠

纔説春來，轉眼又、送春歸去。算幾日、淡紅香白，鬥他眉嫵。祓禊洛濱游已散，湔裙湑水人何處。料卿卿、應向瑣窗眠，吹香絮。[一] 知多少，閑情緒。都付與，新詞句。歎朱顔非舊，韶華空度。更不推辭花下酒，最難消受黄昏雨。悶懨懨、和夢聽鶯聲，空無語。[二]

【眉評】

[一] 語極深款。

[二] 此種句法，自是衝口而出，然非天人兼到者不能。

【校記】

㈠ 録自《國朝詞綜》。

鵲橋仙㈠

經時消渴，連宵中酒，未試酴醾新釀。日長慵敞小簾櫳，聽雨點、緑陰中響。好花輕謝，好春閑過，[一]總是淒涼情況。試教說向玉樓人，怕蹙損、橫雲眉樣。

【眉評】

[一]有心人語。

【校記】

㊀録自《國朝詞綜》。

留春令㊀

薄羅初試，深杯交勸，橫波分付。十二金堂小闌干，偏没箇、留儂處。[一]燈前又是分攜去。定有愁千縷。説與今年小樓中，第一夜、聽春雨。

【眉評】

[一]句法頗似竹垞。

【校記】

㊀録自《國朝詞綜》。

○東風第一枝㊀

杏葉陰繁，蕉心碧重，東風不放簾捲。尋香怕認羅囊，覓句先題紈扇。春光去也，只剩與、輕寒輕煖。奈今宵、淡月籠煙，記起謝娘庭院。　想多少、年時私願。又添得、幾番恩怨。相思恁日能消，薄倖今生怎免。歡期如夢，枉負了、當初心眼。問何時、嚼蕊吹花，更向綺窗重見。〔一〕

【眉評】

〔一〕曲折哀怨，才不大而情勝。

【校記】

㊀録自《國朝詞綜》。

任曾貽　字淡存，荆溪人。諸生。有《矜秋閣詞》一卷。

○踏莎行㊀

搗麝絮影簾櫳，鶯聲門徑。相逢記得清明近。畫闌紅袖許雙凭，東風也解撩人鬢。〔一〕

成塵，分蓮作寸。春光已盡情難盡。待將惆悵託賓鴻，書成又怕無憑準。[二]

【眉評】

[一] 妙在有意無意之間。

[二] 情詞婉轉。

【校記】

㊀ 録自《國朝詞綜》。

陸烜 字蝶厂，平湖人。有《夢影詞》三卷。

浣溪沙「淋鈴夜雨滴空階」，洪子持寰夢仙姝所贈句也，余取入〔浣溪沙〕歌之，聲甚悽惋。㊀

好夢無端上玉釵。仙人親見縷金鞋。相思風味病情懷。　青鳥不來春竟去，落花無主月長埋。淋鈴夜雨滴空階。[一]

【眉評】

［一］凄咽直似鬼語。

【校記】

㈠録自《國朝詞綜》。詞序及詞中「淋鈴」，《夢影詞》作「淋泠」。

夏宗沂 字蘭臺，江陰人。有《浣花集》三卷，詞一卷。

○**浣溪沙** 雨窗別意，嘲茝濱。㈠

暗別偷啼掩淚珠。畫檐絲雨惜分初。個人襟袖夜窗虚。　犬吠定疑微步至，風聲應認隔簾呼。孤帷曾絮薄情無。［一］

【眉評】

［一］此意昔人用之屢矣，然情節特妙，不病其襲也。

【校記】

㊀ 録自《國朝詞綜》。

徐柱臣 字題客，崑山人。貢生。有《艮岑樂府》。

、珍珠簾 拜月㊀

雲空碧落寒光透。挂疎簾、小院新秋時候。粧罷下蘭堦，正月華如晝。鵲尾燒香心字結，問此意、素娥知否。稽首。恰花陰滿地，玲瓏衫袖。[一] 惟願萬里嬋娟，似清輝此夕，年年依舊。莫漫近黄昏，只照人消瘦。涼露濕衣扶不起，壓繡墊、湘裙微皺。垂手。倚熏爐小立，又聞蓮漏。

【眉評】

[一] 深情若揭。

【校記】

㊀ 録自《國朝詞綜》。

吴烺

字荀叔，全椒人。乾隆十六年召試，賜内閣中書，官至寧武府同知。有《杉亭詞》四卷。

探春㊀

度曲人歸，賣花聲散，嫩涼天氣初霽。窄袖拖藍，輕衫束素，弱骨不堪羅綺。小立赤欄橋，還只怕、晚風吹起。無端擲與相思，雙瞳斜剪秋水。　舊事思量如醉。便銷盡吟魂㊁，知他知未。[一]病草侵階，蠻花糝徑，小雨黄昏門閉。獨自守空庭，争禁得、許多憔悴。一幅鮫綃，爲伊都染紅淚。

【眉評】

[一]「魂不勝銷死也拚」，癡於情者亦猶是也。

【校記】

㊀録自《國朝詞綜》。

㊁「吟魂」，《杉亭詞》作「羸魂」。

王鳴盛 字鳳喈，號西沚，嘉定人。乾隆十九年進士，官至光禄寺卿。有《謝橋詞》二卷。

漁家傲㊀

淺夢輕寒添酒病。瞢騰怕問梨花信。走近玉臺肩卻並。窺明鏡。相憐愁對春風影。[一]　愛看月華雕檻凭。丁寧薄薄衫兒冷。小膽不宜躭寂静。[二]燈將燼。側身單枕和衣等。

【眉評】

[一]即顧影自憐意。

[二]「不宜」二字妙，是代他設想。

【校記】

㊀録自《國朝詞綜》。

過春山 見《大雅集》。

、、○踏莎行 游秦園㊀

寂寂簾櫳，深深院宇。碧桃花下聞人語。閒情尋遍小闌干，東風猶裊餘香縷。　酒外啼鶯，鬢邊飛絮。夕陽山色愁如許。游絲不解繫春留，爲誰偏逐香車去。[一]

【眉評】

[一] 詞不必艷，而情自芊婉。

【校記】

㊀ 録自《國朝詞綜》。

、○更漏子㊀

半開簾，斜背燭。困倚畫屏新浴。眉淡掃，鬢低梳。夜涼生繡襦。　秋聲驟。雁來候。

人共海棠消瘦。香乍熱，簟微寒。魂銷似去年。[一]

【眉評】

[一] 措語宛約，規橅古人，不肯流入時派。

【校記】

㈠ 録自《國朝詞綜》。

朱昂 字適庭，號秋潭，休寧人，寓居長洲。監生。有《緑陰槐夏閣詞》一卷。

攤破浣溪沙　閨病㈠

藥鼎微温枕半欹。不曾中酒眼迷離。憶著傷春斷腸句，總無題。　弱絮輕萍愁似水，曉風殘月命如絲。[一] 簷馬丁東燈燄小，五更時。[二]

【眉評】

[一] 微傷纖巧。

〔一一〕結二語尚可。

【校記】

㊀錄自《國朝詞綜》。

趙文哲[一]

見《大雅集》。

【眉評】

〔一〕璞函艷詞，情最深，味最濃，筆力卻絕遒，與竹垞分道揚鑣，各有千古。○艷詞至竹垞，仙骨珊珊，正如姑射神人，無一點人間煙火氣。璞函則如麗娟、玉環一流人物，偶墮人間，亦非凡艷。此兩家艷詞之別也。

霓裳中序第一㊀

輕煙弄暝色。竚立單衣寒側側。一片東風巷陌。問送過幾番，寶鞍金勒。憑高望極。但暮雲、芳草凝碧。人何處，瑤華信杳，迢遞亂山驛。

疇昔。清尊瑤席。記玉面、燈前初

識。江湖誰念倦客。感滅燭匆匆,許聞薌澤。越羅紅淚拭。道别後、休思此夕。今應是,梨花門掩,燕子伴岑寂。

【校記】

㈠録自《國朝詞綜》。

憶少年㈠

楊花時節,梨花庭院,桃花人面。重尋已無路,吠雲中仙犬。[一]幾點春山横遠岸。也難比、翠眉痕淺。東風落紅豆,悵相思空徧。

【眉評】

[一]仙乎仙乎,絶非凡艷。

【校記】

㈠録自《國朝詞綜》。

綺羅香[一]

寶帳圍春，瓊窗映曉，鸚鵡催回幽睡。蘭語無多，只道未消殘醉。開鸞鏡、慣畫春山，調雁柱、似啼秋水。趁風流、雙蝶穿花，幾番同住翠簾底。[一]　西風吹夢乍散，紅袖闌干凭處，餘香猶膩。一夜相思，題徧碧羅裙子。怕飛鴻、也替人愁，寫繡牋、又還休寄。想而今、門掩梨雲，小樓人未起。

【眉評】

［一］璞函詞以穠麗勝，而氣甚清，筆甚遒，所以不可及。

【校記】

㊀ 録自《國朝詞綜》。

又　席上[一]㊀

乳燕棲梁，絲鶯坐檻，曾記看花同住。十載蓬飄，那分者回重聚。渾已換、欵柳心情，猶未減、咒桃眉嫵。向芳筵、粉箋輕招，剪燈還認舊題句。相看惟有掩袖，無限鴛思鳳想，都隨飛絮。還堳窗邊，可憶斷魂柔路。縱尊前、不鼓琵琶，算青衫、也無乾處。[二]怕明朝、刬地東風，鈿轅吹又去。

【眉評】

[一]贈妓之詞，亦以雅爲貴，此篇情深文明，可推絶唱。作艷詞者以此爲法，則不病詞蕪，亦不患情淺矣。

[二]淋漓曲折，一往情深，較古人贈妓之作高出數倍。

【校記】

㊀録自《國朝詞綜》。

祝英臺近[一]㊀

映紅霞，環碧水，宛在苧蘿住。小扇篔扉，恰對大堤路。番番南浦迴舟，東風試馬，曾繫到、畫樓芳樹。　幾朝暮。不是手控簾鈎，誰分見眉嫵。約略華年，纔到玉箏柱。横波一寸無多，儘人魂斷，問底事、雙鴛還露。

【眉評】

［一］八章遣詞閑雅，用筆沈至，艷詞中運以絶大筆力，真千年絶調也，竹垞〔洞仙歌〕後又闢一境矣。○首章敘識面之始。

【校記】

㈠此下八首録自《國朝詞綜》。此組《媕雅堂詞集》凡十首，據《國朝詞綜》録八首，其七、其九未録。其七：「掩緘箱，懸繡軸，遲日小門閉。棐几無塵，思學衛娘字。乞將碧粉魚箋，紅絲鴛硯，道自有、畫眉螺子。　女銀至。傳來十幅簪花，妙格有誰比。博士風流，合坐絳紗裏。一從口授唐詩，愁看楊柳，更不向、翠樓頻倚。」其九：「伴廚娘，呼竈妾，含笑未嘗怪。日日忘餐，恣看小眉黛。從茲暗赴紅樓，明攜翠袖，將心事、星前深拜。　十年待。何人立馬躊躇，陌上問同載。腸斷羅敷，難説有夫在。試看百福奩中，玳簪對對，委禽後、幾曾迴睞。」

又［二］

採茶天，挑菜地，有意者邊走。記得高樓，一笑目成久。趁他葉葉衣香，弓弓襪印，盼歸路、翠堤煙柳。　板扉扣。殷勤試乞瓊漿，堂上話清晝。墮地釵聲，只在曲屏後。多時阿母呼來，勝常道罷，又背立、花陰垂手。

【眉評】

［一］此章訪之，句句承上章來。○借乞漿入門，偏先見其母，層折妙。○「墮地」二語，有意無意，八面玲瓏。

又［一］

鳳釵盟，鸞鏡約，心事尚難料。見説東鄰，争撲小庭棗。何如一舸移家，三楹賃屋，獨占取、燕昏鶯曉。　道南好。遥指修竹吾廬，别院更清悄。隨意安排，藥臼與茶竈。年來手種梅花，玉羅窗下，算合有、冶妝人到。

【眉評】

［一］此章既見之後，特移居以就之。○「心事尚難料」五字妙，是初見時情景，心尚摇摇如懸旌。

又[一]

拓書巢，安鈿檻，南北喜連楝。砑粉牆低，含睇獨窺宋。笑他折齒機邊，針心晝裏，盼不到、眼波微送。　兩情重。幾番月午霜辰，不怕玉樓凍。佳約無憑，寂寞翠帷㊀夢。最憐持贈殷勤，白團扇子，也描取、吹簫雙鳳。

【眉評】

[一]此章移居已就，上半言彼此心心相印，下半歎佳約仍是無憑，所謂「空有相憐意，未有相憐計」也。殷勤反覆，以起下章之意。

【校記】

㊀「翠帷」，《媕雅堂詞集》作「翡帷」。

又[二]

井桐陰，牆杏外，小犬臥花影。那角單扉，別有竊香徑。尋來鳳眼窗心，蝦鬚簾額，笑一捻、露萋尖冷。　夜初靜。留取如豆銀釭，細照晚妝靚。犀蝶雙雙，偷解意偏肯。通宵軟語吹蘭，雲情水盼，拚種了、菖蒲相等。

【眉評】

［一］此章因比鄰既久，有隙可乘，遂赴佳約也。○「偷解意偏肯」五字，筆力絕大，寫到此處，學力稍次者立見其蹶矣。

又［一］

月如弓，風似翦，花外漏將盡。夢醒催歸，燒燭酌殘醞。分明三五星期，枕函留約，恁臨去、又還重問。　別難忍。依然獨擁羅衾，無那薄寒陣。日度梅梢，睡起意猶困。［二］銷魂髩惹脂香，衣沾粉淚，更鏡裏、腕闌留印。

【眉評】

［一］此章敘暫時離別，更重堅後約也。「臨去」七字，姿態逼真。

〔二〕「睡起意猶困」，題後傳神，正是加一倍寫法，筆力亦自横絶。

又〔一〕

捲魚雲，收虹雨，弦月半池浸。溪閣臨風㊀，滅燭愛涼寢。一聲宿鳥翻檐，流螢撲扇，笑挽住、瑣蓮㊁誰禁。　薄羅衽。莫愁濕徧真珠，高柳恰垂蔭。欵語遲遲，偏戀碧瓷飲。可憐良夜如年，柔情似水，休負了、珊瑚雙枕。

【眉評】

〔一〕五章是訪彼美，此章是彼美自來，情節特妙。曰「誰禁」者，非比前日之訪彼美不免蹈險也。

○「一聲」二語，寫來時情景妙。

【校記】

㊀「臨風」，《婠雅堂詞集》作「庖風」。

㊁「瑣蓮」，《婠雅堂詞集》作「鎖蓮」。

又[一]

颼茶煙，堆燭淚，簾閣鎮長掩。猶是雙棲，已覺別魂黯。誰令玉箸成珠，金環化玦，連翠帳、風情都減。　倚闌檻。屈指陌上花開，難把繡袪摻。夢斷芝田，只合寫魚梵。還愁藕色春裙，蘭香秋帕，尚留得、猩紅殘點。[二]

【眉評】

[一] 此章敘離別，中有一片不得已之情，欲言難言，令讀者自悟。

[二] 不作心灰意死語，結而不結，餘情無盡。

孤鸞 帳[一]⊖

當年鴛社。指小小紅樓，薄羅低挂。四角垂垂，看取碧霞如畫。相逢幾回中酒，笑扶來、粉粧初卸。魂斷流蘇揭處，正燭昏香灺。　倩銀壺，留住好春夜。算真個今番，醉忘歸也。夢醒催人愁，見冷蟾交射。何時淺斟低唱，[二] 搦纖葱、玉鈎雙下。一任嬌鬟簾角，聽吹蘭情話。

【眉評】

［一］通篇是追憶之詞，用「當年」二字領起，非泛詠帳也。儷雲偶月之詞，都憑虚駕過。

［二］「何時」二字，挽到目前，映上「當年」字。

【校記】

㈠録自《國朝詞綜》。

雙頭蓮 枕㈠

學繡棚邊，愛描取花枝，翠禽交頸。柔荑曉冷。搓碧艾、裝就吴綿難勝。［一］小閣日度梅梢，恰鶯聲堪聽。人乍醒。起掠雙鬟，宵來墮釵初省。一自留下相思，向空牀獨倚，啼紅常凝。空餘破鏡。歎玉鏤金帶，不堪持贈。好賸半棱珊瑚，待夢中相並。魂斷處，斜月條條，紗幮逗影。［二］

【眉評】

［一］從繡枕時敘起。

［二］後半淒艷芊綿，深情無限。

【校記】

㊀録自《國朝詞綜》。

摸魚子 過舊遊處㊀

怪苔痕、一番疎雨，閑堦蚤被新緑。雙鴛綦跡歸何處，回首鬱金堂北。燒畫燭。記一石留髡，扇底人如玉。明珠未斛。歎別後生涯，爐香經卷，倦耳罷絲竹。揚州路，誰念三生杜牧。重來魂夢相逐。飄蕭髩影西風裏，還憶内家妝束。尋舊曲。恨病蝶秋來，不到花房宿。悲吟斷續。更燕子年年，斜陽多處，幾度話華屋。［一］

【眉評】

［一］「春風重到凭欄處，腸斷妝樓不忍登」，劉改之詩也。此詞情深一往，固自不減。

【校記】

㈠録自《國朝詞綜》。調名，《嫏雅堂詞集》作「摸魚兒」。

臺城路 舟中憶所見㈠

紅闌橋轉逢西弄，誰家畫樓斜啓。鳳子單衣，鴉雛淺襪，人在珍珠簾底。牆陰犬吠。恨千縷垂楊，玉驄難繫。結網無憑，片帆空掛五湖水。　簣窗愁掩六扇，任琳腴不飲，冶思如醉。一鏡遥山，半梳初月，依約分梢眉翠。崔郎再至。怕落盡桃花，小門深閉。望斷微波，素牋何處寄。[一]

【眉評】

[一]情景兼寫，艷詞必如此乃不俚俗。

【校記】

㈠録自《國朝詞綜》。

黄景仁　見《大雅集》。

點絳脣［一］㊀

瘦骨無情，年年此際懨懨病。小立風前，討箇傷春信。　淡月微雲，作出春宵景。斜還整。斷無人處，卍字闌干影。

【眉評】

［一］此詞絶有味，但上半第三句變調，下半第四句不押韻，終非正格。

【校記】

㊀録自《國朝詞綜》。《竹眠詞》有詞題「雨霽」。

吴蔚光　字慹甫，號竹橋，昭文人。乾隆四十五年進士，官禮部主事。有《小湖田樂府》十卷。

臨江仙㊀

樓上闌干閒倚遍㊁，暮天㊂又近昏黄。是誰偷學晚來妝。月梳山髻小，風剪水裙㊃長。［一］

相見時難偏別易㊄，千迴百折柔腸。可能拚箇不思量。嬾描鶯蛺蝶，怕繡睡鴛鴦。

【眉評】

［一］工麗語，亦警鍊。

【校記】

㊀録自《國朝詞綜》。

㊁「閒倚遍」，《小湖田樂府》作「人壓遍」。

㊂「暮天」，《小湖田樂府》作「冬天」。

㊃「水裙」，底本作「水雲」，據《小湖田樂府》、《國朝詞綜》改。

㊄「偏別易」，《小湖田樂府》作「相別易」。

楊芳燦 字蓉裳，金匱人。貢生，官户部郎中。有《吟翠軒初稿》。

雙調望江南㊀

人去也，極目碧雲流。梧葉有情留夕照，柳絲如夢送殘秋。倦倚晚妝樓。　無聊甚，强把縷鞋兜。纔捉康猧翻玉局，又移么鳳近香篝。[一]誰解箇中愁。

【眉評】

[一] 淒麗不減楊孟載。

【校記】

㊀ 録自《國朝詞綜二集》。

又㊀

腰圍減，芳思漸消磨。白紵單衫裁卻月，紅鹽怨曲唱迴波。閒處斂雙蛾。[一]　人跡少，瓊砌草成窠。鬟影恰同花影瘦，淚絲持比雨絲多。惆悵㊁奈秋何。

【眉評】

[一] 情必極深，詞必極艷。

【校記】

㊀録自《國朝詞綜二集》。

㊁「惆悵」，《芙蓉山館詞》、《國朝詞綜二集》作「怊悵」。

楊揆 字荔裳，金匱人。乾隆四十五年召試舉人，官四川布政使。有《瓔珞香龕詞》。

浣溪沙㊀

手展文窗幾扇紗。當筵銀燭影斜斜。暗拋紅豆記韶華。　寶枕共憑連理蕊㊁，香衾多繡折枝花。[一]銷魂真到莫愁家。

【眉評】

[一]淒秀刺骨。

【校記】

㊀録自《國朝詞綜二集》。

〔二〕「蕊」，《瓔珞香龕詞》作「木」。

吴志遠　字毅哉，江南華亭人。有《粤游詞草》一卷。

○**卜算子**　和竹垞先生韻〔一〕

攬鏡不成妝，盼去花如霧。誰向蕭郎索素書，傳到心頭語。　顑頷又而今，衣薄還裝絮。如豆殘燈未殺時，卻更瀟瀟雨。〔一〕

【眉評】

〔一〕筆意亦近秀水。

【校記】

〔一〕録自《國朝詞綜》。

吴寶書 字松崖，無錫人。諸生。有《桐華樓詞》。

○**浣溪沙**㊀

對鏡何心理翠鈿。粉柔香軟只貪眠。金爐裊出並頭煙。[一] 飄盡柳綿人似夢，燒殘銀燭夜如年。小樓閑過杏花天。

【眉評】

[一] 閑麗。

【校記】

㊀ 録自《國朝詞綜二集》。

李福 見《大雅集》。

、○**臨江仙**㊀

春色三分澹宕㊁，吟魂一餉迷離。爐煙裊裊日遲遲。落花飛不遠，有恨幾人知。[一] 卯

酒千鍾㊂醉後，丁香百結愁時。樓空人去燕差池。天涯無夢到，生悔舊題詩。[二]

【眉評】

[一] 幽怨。

[二] 哀婉沈著。

【校記】

㊀ 録自《國朝詞綜二集》。

㊁「澹蕩」，《花嶼讀書堂詞鈔》作「澹宕」。

㊂「千鍾」，《花嶼讀書堂詞鈔》作「數巡」。

郭麐[一] 字祥伯，號頻伽，吴江人。諸生。有《蘅夢樓詞》。

【眉評】

[一] 頻伽詞骨不高而情勝。

好事近㊀

深院斷無人，拆徧秋千紅索。一桁畫簾開處，在曉涼池閣。潛行行過曲欄干，往事正思著。猶認墮釵聲響，卻梧桐葉落。[一]

【眉評】

[一] 措語甚雅，頻伽詞之最正者。

【校記】

㊀ 録自《國朝詞綜二集》。

卜算子㊀

簾外雨如煙，柳外花如雪。已是懨懨薄病天，又作清明節。昔日結如心，今日心如結。心裏重重疊疊愁，愁裏山重疊。[一]

【眉評】

［二］語太尖而氣不厚。

【校記】

㊀録自《國朝詞綜二集》。

、○憶少年㊀

三巡淥酒，三條紅蠟，三通畫鼓。輕船只三板，載桃根歸去。［一］　天爲濃歡容易曙。月朧、那人窗户。當時已依約，況夢中尋路。［二］

【眉評】

［一］小有別致。

［二］一結頗似竹垞筆路，頻伽詞中不可多得。

【校記】

㊀録自《國朝詞綜二集》。

清平樂㊀

小桃如綺。命短東風裏。[一]薄薄輕寒人半臂。且把簾兒垂地。　春人如許年華。春閨幾幅窗紗。又是一番寒食，不知多少飛花。[二]

【眉評】

[一]「命短」句惡劣不堪，餘亦尖薄。

[二]結二語有意味。

【校記】

㊀録自《國朝詞綜二集》。

賣花聲㊀

十二玉闌干。六曲屏山。留春不住送春還。昨夜梨花今夜雨，多分闌珊。[一]　春夢太無端。到好先殘。裌衣初換又添綿。只是别來珍重意，不爲春寒。[二]

【眉評】

［一］筆頭總嫌尖，味便不永。

［二］結真情至語。録楊、郭、黄、袁等詞，只可截取，全璧甚少也。

【校記】

㊀ 録自《國朝詞綜二集》。

○又㊀

秋水澹盈盈。秋雨初晴。月華洗出太分明。照見舊時人立處，曲曲圍屏。　風露浩無聲。衣薄涼生。與誰人説此時情。簾幙幾重窗幾扇，説也零星。［一］

【眉評】

［一］輕倩語。

【校記】

㊀ 録自《國朝詞綜二集》。

○喝火令題許校書《清露瑶臺圖》㈠

鶴背吹笙下，橋頭步屧通。雲鬟霧髩太玲瓏。只恐五銖衣薄，曉起不禁風。好夢渾難記㈡，重游未易逢。鬱金堂北畫樓東。記得樓頭，一樹碧梧桐。記得碧梧桐外，兩度月如弓。〔一〕

【眉評】

〔一〕只寫景，而情在其中，但筆意總嫌尖薄。

【校記】

㈠ 録自《國朝詞綜二集》。

㈡「難記」，《靈氛館詞・蘅夢詞》作「難覓」。

○江城梅花引㈠

一重方空一重紗。采蓮花。采菱花。愛住吴船，生小號吴娃。牆内紅樓樓外水，有明月，照鴛鴦，宿那家。那家。那家。在天涯。雨又斜。雲又遮。聽也聽也，聽不到、一曲琵琶。[一]漸漸西風，秋柳不藏鴉。欲倩西風吹夢去，還只恐，夢魂中，太遠些。[二]

【眉評】

[一] 亦有筆意，然總不免俚淺。

[二] 此數語尚佳。

【校記】

㊀ 録自《兩般秋雨庵隨筆》。

袁通[一] 字蘭邨，錢唐人，袁枚子。有《捧月樓詞》二卷。

【眉評】

[一] 蘭邨詞輕薄尖小，又下於頻伽。擇録其稍正者數闋。

綺羅香 墜歡如夢，杳不可尋，作《南園春影圖》。[二]㊀

香夢勾人，胡麻飯客，想不分明前度。無主桃花，因甚亂飛如雨。便堤楊、癡綰春來，恐梁燕、已知人去。問亭亭、倩女魂歸，啼痕窗上解尋否。闌干曾記共倚，一度摩挲欲遍，一番酸楚。縱有春山，争似箇人眉嫵。說來遲、緑易成陰，試覓取、緑陰何處。一聲聲、淒入東風，隔林啼杜宇。

【眉評】

［一］此篇詞意極融洽，爲蘭邨集中壓卷。

【校記】

㊀録自《捧月樓詞》。

臨江仙㊀

記得小喬初嫁了，雲軿駕鶴歸時。九雛釵壓兩鬟欹。薄撩蟬翼鬌，窄畫月稜眉。無意詢他夫壻事，頰潮紅暈胭脂。新來言笑太矜持。不應裙帶上，雙寫合歡詩。［一］

【眉評】

［一］不免過於艷冶，然卻有心思。

【校記】

㊀此下四首俱録自《捧月樓詞》。

又㊀

記得蘭期初七夜，秋窗曾約春人。㊁癡雲圍住閣三層。下梯嬌刬襪，避影巧遮燈。暖絮一團飛入抱，輕盈碧玉腰身。訴來别恨太零星。薄羅衫一角，曾爲拭紅冰。[一]

【眉評】

[一]情詞淒斷。

【校記】

㊀此下四首俱録自《捧月樓詞》。

㊁「秋窗」句，《捧月樓綺語》作「秋空吹下雙成」。

又

記得春寒寒側側，藥鑪曾伴雙文。傳聞肺疾忌香熏。麝珠容姊乞，瓶卉許郎分。行近紗幮貪久坐，等閒壓皺羅裙。慵粧不整兩鬟雲。偏忘纖指冷，强爲數螺紋。

又

記得畫闌紅壓水，水邊一帶垂楊。攜將冰簟坐迴廊。波平同鑒影，簾薄不遮香。　忽地柔腸涼似雪，分來一盌瓊漿。料無消息到王昌。只愁瞞不得，三十六鴛鴦。[一]

【眉評】

[一] 麗而不佻，蘭畹集中尤爲難得。

陳行 見《放歌集》。

浣溪沙 懷董九九[一]

一世楊花二世萍。無疑三世化卿卿。不然何事也飄零。[二]　掬水攀條無別意，百般憐惜汝前生。何人知我此時情。

【眉評】

[一]筆致尚佳，工於取巧，總非正格也。

【校記】

㊀録自《兩般秋雨庵隨筆》。《一窗秋影庵詞》有詞序：「董九九，村姬也，娟麗婉好，爲打鳳者所得，遠嫁數百里外。每過門，不見其人，但垂楊數株，流水半灣，上下一碧而已。」

吴會 見《放歌集》。

○**摸魚兒** 寫愁[一]㊀

倩東風、吹愁不去，教人直欲吟瘦。心頭眼底眉尖上，幾度欲抛還又。黄昏後。與酒病詩魔，累了人兒彀。猜他不透。算只有春波，映儂雙黛，替得半分皺。湘簾外，鶯語一聲初溜。風光那堪拖逗。世間歡少離多日，此境何堪消受。頻回首。記那日簾櫳，賸有閑花柳。春風依舊。把别後箋兒，年時詩句，脈脈記紅豆。

【眉評】

［一］句法、字法，趨入輕巧一路，此乾隆以後風氣也。無往不復，皋文唱於前，蒿庵興於後，所謂「貞下起元」也。

【校記】

㈠録自《竹所詩鈔》附詩餘。《竹所詞稿》無此詞。

蕭掄 字子山，太倉人。諸生。有《判花閣詞》。

卜算子㈠

幾度悔相思，猶倚秦樓等。淡月疎風葉滿庭，時見寒鵶影。　酒病何曾病，夢醒何曾醒。拚盡今宵長短更，［一］翠被餘香冷。

【眉評】

［一］深情在「拚盡」二字。

【校記】

㈠録自《國朝詞綜二集》。

董國華 字榮若，號琴南，吴縣人。貢生。有《香影庵詞》一卷。

浣溪沙㈠

背著銀釭伴寂寥。新愁未了舊愁撩。可憐人度可憐宵。[一]

香恨深緘紅荳蔻，秋心欲碎緑芭蕉。夢魂如水不禁消。[二]

【眉評】

[一] 惡劣語。

[二] 淒秀似元人筆意。

【校記】

㈠録自《國朝詞綜二集》。

吴蘭修[一]

字石華，嘉應人。有《桐華閣詞》。

【眉評】

[一]石華詞氣格不高，措語卻淒警。

菩薩蠻[二]㊀

愁蟲瑣碎啼金井。離人漸覺秋衾冷。一味做淒涼。夢魂都不雙。當年相戀意。萬種心頭記。酒醒一燈昏。更長細細温。

【眉評】

[二]語極鬆秀。嶺南絶少詞家，如石華者，即傑出也。

【校記】

㊀録自《冷廬雜識》。

虞美人 七夕寄內㊀

一年又到穿鍼節。樓角纖纖月。素馨棚外倚闌干。最憶二分風露玉釵寒。[一]　人間無限銀河水。相隔長千里。九回今夕在天涯。只有心頭夢裏不離家。[二]

【眉評】

[一] 語亦閑雅。

[二] 情真語切。

【校記】

㊀ 録自《冷廬雜識》。詞題，《桐花閣詞》作「廉州七夕寄內」。

黃金縷㊀

柳絲細膩煙如織。病過花朝，又是逢寒食。多少春懷拋不得。都來壓損眉峰窄。[一]　可憐生抱傷心癖。一味多愁，只恐非長策。葬罷落花無氣力。小闌干外斜陽碧。

【眉評】

［一］佳處亦不免淺薄，然不得謂之不佳。

【校記】

㊀録自《兩般秋雨庵隨筆》。

汪焜 字宜伯，號憶蘭，錢唐人。有《懷蘭室詞》。

喝火令㊀

弱絮黏紅豆，名花委緑苔。一奩秋水鏡初揩。聞道香泥舊逕，重印鳳頭鞋。　欲見無端借，［一］相期有夢來。模糊心事繫春懷。記得盟時，笑指髩邊釵。記得髩邊釵上，雙鳳不分開。［二］

【眉評】

［一］「欲見」五字不妥，與下所云亦不貫。

[二] 小有姿態。

【校記】

㊀ 録自《兩般秋雨庵隨筆》。

趙慶熺 字秋舲，仁和人。道光壬午進士。有□□集。

蘇幕遮㊀

玉闌干，金屈戍。簾外長廊，廊響弓弓屧。髩影春雲衫影雪。如水裙拖，幅幅相思摺。

阮絃鬆，笙字澀。心上燒香，香上心先滅。安得返魂枝底葉。便做青蟲，也褪花蝴蝶。[一]

【眉評】

[一] 語極沈痛，古人亦説不到此。

【校記】

㊀ 録自《兩般秋雨庵隨筆》。

冒褒 見《倚聲初集》。㊀

【校記】

㊀依例補小傳：冒褒，字無譽，如皋人。冒襄弟。有《鑄錯軒詩草》。

○浣溪沙 春寒㊀

翠被生寒寶篆斜。銀荷㊁半炷透窗紗。舊時閒事記些些。[一] 懶向重幃鬆扣領，誰來隔院理琵琶。自攜殘臘照梅花。

【眉評】

[一] 婉妙。

【校記】

㊀録自《國朝詞綜》。

㊁「銀荷」，底本作「銀河」，據《倚聲初集》、《國朝詞綜》改。

歐陽德榕 見《古學指南集》。㊀

【校記】

㊀依例補小傳：歐陽德榕，字惺堂，江西安福人。諸生，由拔貢官彭澤教諭。有《歸去來詞集》。

長相思㊀

雲蒼蒼。樹蒼蒼。雲樹蒼蒼獨雁翔。秋來愁怎當。　山茫茫。水茫茫。真見偏稀夢見長。相思天一方。[一]

【眉評】

[一]語淺情長，低回哀怨。

【校記】

㊀録自《國朝詞綜》。

程振鷺 見《諧鐸》。

金縷曲 贈葛九[一]㊀

廿四橋頭步。怪東風、等閒吹過，良宵十五。重向十三樓上望，謾掩四圍珠户。欠好夢、十年一度。數遍巫山峰六六，第三峰、留作行雲路。雙星照，七襄渡。三三徑裏三生譜。倚花前、闌干六曲，三絃低訴。彈到六么花十八，一半魂銷色舞。添一縷、謝娘眉嫵。卌六鴛鴦周四角，更二分、明月三更鼓。且莫把，四愁賦。

【眉評】

[一]處處貼切「九」字，分寫合寫，如天衣無縫，巧奪化工，葛九之名，焉得不著？○雅麗精工，而不纖巧，視宋人無名氏贈妓崔念四一闋，瑣屑不足道矣，誰謂今人不逮古人耶？

【校記】

㊀録自《諧鐸》。

趙彦俞 見《大雅集》。

蝶戀花 藏花㊀

醉裏花奴停羯鼓。誰折花枝，戲把輸贏賭。只記迷藏花外覷。那知花在迷離處。暗擲瓊盤偏細數。疑有疑無，眼底真如霧。射罷蠟燈紅不語。嫣然一笑花全吐。[一]

【眉評】

[一] 傳神阿堵。

【校記】

㊀ 録自《瘦鶴軒詞》。

又 閨人葉子戲㊀

長晝懨懨無箇事。舊譜新翻，數偏麻姑指。薄命生憎輕若紙。郎心輕薄休相似。[一] 坐

久犀籌閒自理。相對相當，簾外花開矣。一笑佯輸窺葉底。驀然亂掃秋風裏。[二]

【眉評】

[一] 淒感。

[二] 形容盡致。

【校記】

㊀ 録自《瘦鶴軒詞》。

李慎傳

見《放歌集》。

釵頭鳳㊀

相思字。更番記。懷中已露千金意。衣佯整。釵難穩。欲言又住，低頭爲甚。肯。肯。肯。[一]

燈花墜。蟲聲碎。珊珊細步來猶未。慵欹枕。樓頭冷。不應爽約，累人癡等。怎。怎。怎。[二]

【眉評】

［一］信得妙。

［二］疑得妙。

【校記】

㈠ 録自《植庵集》。

西泠酒民 有《酣酣詞鈔》一卷。

繡帶兒［一］㈠

金靨小桃春。愁鎖緑眉顰。一種風情抛也，偏做別離人。何處苧蘿邨。倚碧檻、憶斷黄昏。水雲沙草，青楓白露，兩下銷魂。

【眉評】

［一］酣酣子詞，一片傷心，寄情言外，讀者當别具會心，不可泥跡求之也。

【校記】

㈠録自《國朝詞綜》。

沙塞子㈠

休將醽醁破愁城。除非是、常醉無醒。空贏得、夜闌人静，淚轉盈盈。〔一〕　隔幃還剩小紅燈。熒熒影、斜照秦筝。恁無語、沈檀添炷，背立雲屏。

【眉評】

〔一〕恨深怨極，寥寥數語，極淋漓之致。

【校記】

㈠録自《國朝詞綜》。

徐燦

見《大雅集》。

浣溪沙 春歸㈠

金斗香生繞畫簾。細風時拂兩眉尖。繡床針綫㈡幾曾添。　數點落花紅㈢寂寂，一庭芳

草雨纖纖。不須春病也懨懨。[一]

【眉評】

[一]淒麗而和雅，無纖佻之習。

【校記】

㊀録自《國朝詞綜》。詞題，《拙政園詩餘》作「春閨」。

㊁「針線」，《拙政園詩餘》作「絨線」。

㊂「紅」，《拙政園詩餘》作「春」。

水龍吟 春閨㊀

隔花深處聞鶯，鎖窗一霎東風驟。㊁濃陰侵幔，飛紅堆砌，殿春時候。送晚微寒，將歸雙燕，去來迤逗。想冰弦悽鶴，寶釵分鳳，別時語、無還有。[一]　怕聽玉壺催漏。滿珠簾、月和煙瘦。微雲捲恨，春波釀淚，爲誰眉皺。夢裏憐香，燈前顧影，一番消受。[二]恰無聊、問取花枝，人長悶，花愁否。

【眉評】

［一］綿麗得北宋遺意。

［二］神味淵永，固自不讓李易安。

【校記】

㊀録自《國朝詞綜》。

㊁「鎖窗一霎東風驟」，《拙政園詩餘》作「小閣鎖愁風雨驟」。

葉宏緗

字書城，崑山人。有《繡餘詞草》。

○望江南㊀

人別後，獨自倚窗紗。畫譜嬾圖連理樹，繡床羞刺並頭花。愁思近來加。［一］

【眉評】

［一］結五字婉約。

【校記】

㊀錄自《國朝詞綜》。《繡餘詞草》有詞題「秋思」。

秦清芬

憶江南[一]㊀

人靜也，獨自怯憑欄。戲剥瓜仁排梵字，閒將箋底印連環。無事上眉彎。

【眉評】

[一]纖巧語，小有聰明。

【校記】

㊀錄自《清綺軒詞選》。《清綺軒詞選》有詞題「閨情」。

孫雲鳳 字碧梧，析州孫令宜廉使之長女，嫁程氏。

少年游㊀

淡掃蛾眉，輕盤螺髻，粧罷更塗黃。雲母屏前，水晶簾外，荷氣雜衣香。　晚來放艇波心去，獨自覓清涼。笑摘青蓮，故驚女伴，隔水打鴛鴦。[一]

【眉評】

[一]似馬浩瀾一派，然語卻聰明。

【校記】

㊀録自《湘筠館詞》。

吴蘋香 見《大雅集》。

浪淘沙[一]㊀

蓮漏正迢迢。涼館燈挑。畫屏秋冷一枝簫。真箇曲終人不見，月轉花梢。　何處暮砧㊁

敲。黯黯魂銷。斷腸詩句可憐宵、欲向㊂枕痕㊃尋舊夢，夢也無聊。

【眉評】

［一］措語輕圓，亦不免習氣。◯蘋香初好讀詞曲，或勸之曰：「何不自作？」遂援筆賦〔浪淘沙〕一闋云云，一時湖上名流傳誦殆遍。

【校記】

㊀録自《兩般秋雨庵隨筆》。

㊁「暮砧」，《花簾詞》作「暮鐘」。

㊂「欲向」，《花簾詞》作「莫向」。

㊃「枕痕」，《花簾詞》、《兩般秋雨庵隨筆》作「枕根」。

○如夢令 燕子㊀

燕子未隨春去。飛入㊁繡簾深處。軟語話多時，莫是要和儂住。延佇。延佇。含笑回他不許。［二］

【眉評】

[一] 風流蘊藉，有意無意之間。

【校記】

㊀ 録自《兩般秋雨庵隨筆》。

㊁「飛入」，《花簾詞》作「飛到」。

李畹

字梅卿，馮柳東室。

南歌子 寒夜㊀

細點瓜虀譜，閑栽萱草花。三年爲婦慣貧家。且喜蘆簾紙閣手同叉。[一] 獸火温簫局，蛾燈罷紡車。戲他㊁小女綰雙丫。嬾放金鍼㊂今夜較寒些。[二]

【眉評】

[一] 語亦樸實。

[二] 芊綿温婉，音節自佳。

詞則

壹

〔清〕陳廷焯 編選

鍾錦 點校

本書爲

華東師範大學2022年度文化傳承創新研究專項項目

（2022ECNU—WHCCYJ-03）成果

圖一：南京圖書館藏《詞則》手稿封面

原稿分裝八册，封面無總名，各題四集名及上、下字樣。這是第一册的封面。

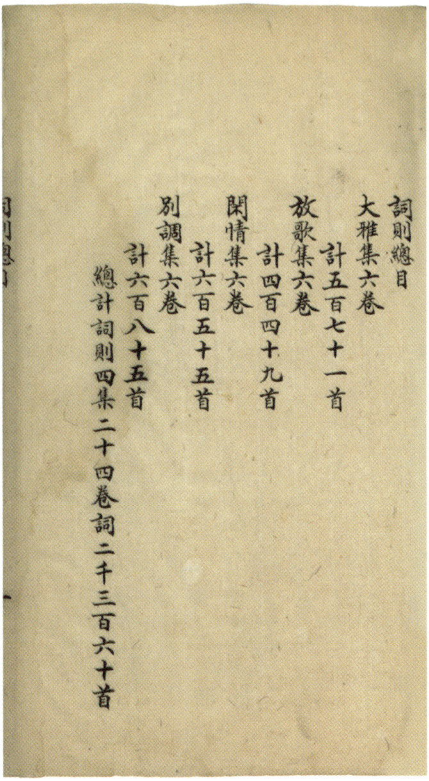

詞則總目

大雅集六卷

計五百七十一首

放歌集六卷

計四百四十九首

閑情集六卷

計六百五十五首

別調集六卷

計六百八十五首

總計詞則四集二十四卷詞二千三百六十首

圖二：南京圖書館藏《詞則》手稿總目

詞則

大雅集卷一　丹徒亦峯陳廷焯選評

唐詞

李白 字太白，隴西人，供奉翰林

菩薩蠻憶秦娥兩闋，神在個中，音流弦外，可以是為詞中鼻祖。

○○菩薩蠻

平林漠漠烟如織。寒山一帶傷心碧。暝色入高樓。有人樓上愁。闌干空佇立。宿鳥歸飛急。何處是歸程。長亭更短亭。湘山野錄云：此詞不知何人寫在鼎州滄水驛樓，復不知何人所撰。魏道輔泰見而愛之，後至長沙，得古風集於曾子宣內翰家，乃知李白所撰。

○○憶秦娥

簫聲咽。秦娥夢斷秦樓月。秦樓月。年年柳色。灞陵傷別。

大雅集卷一　唐詞　一

圖三：南京圖書館藏《詞則》手稿正文首頁

可以看到，頁面最上端加了“、”的標識。

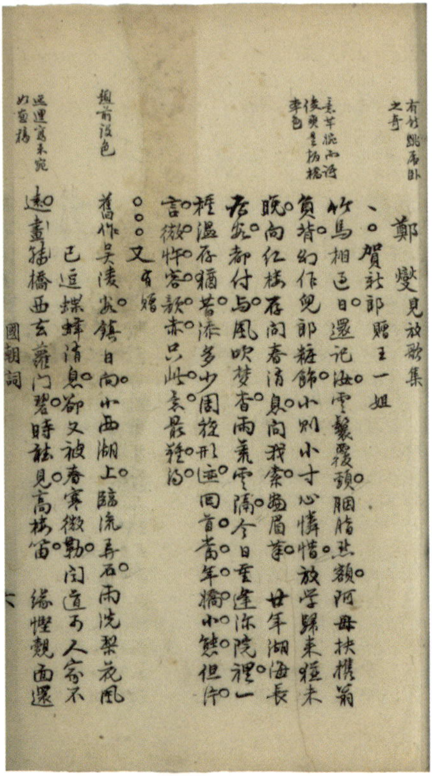

圖四：南京圖書館藏《詞則·閑情集》手稿卷六第六頁

原稿有破損，缺字處不知何人補寫“欲輭”二字。

全稿頗有一些類似的校改字迹。

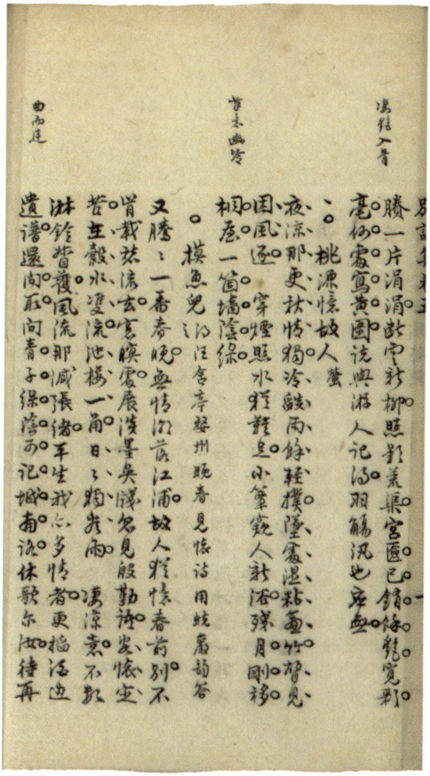

圖五：南京圖書館藏《詞則·別調集》手稿卷五第一頁

眉評“曲而達”一句，影印本漏掉了。

圖六：《詞則》影印本書影

上海古籍出版社 1984 年 5 月第一版第一次印刷，

精裝本 2600 册，平裝本 8400 册，迄今没有重印過。

序

風騷既息樂府代興自五七言盛行於唐長短句無所
依詞於是作焉詞也者樂府之變調風騷之流派也溫
韋發其端兩宋名賢暢其緒風雅正宗於斯不墜金元
而後競尚新聲眾喙爭鳴古調絕響操選政者率昧正
始之義媸妍不分雅鄭並奏後之為詞者茫乎不知其
所從卓哉皋文詞選一編宋風賴以不滅可謂獨具冷
眼矣惜篇幅狹隘不足以見諸賢之面目而去取未
當者十亦有二三夫風會既衰不必無一篇之偶合而
求諸古作者又不少靡曼之詞衡鑒不精貽誤匪淺余
竊不自揣自唐迄今擇其尤雅者五百餘闋匯為一集
名曰大雅長吟短諷覺南豳雅化湘漢騷音至今猶在

詞則總序　一

圖七：北京大學圖書館藏《詞則》抄本序言

詞則

大雅集卷一　丹徒亦峰陳廷焯選評

唐詞

李白　字太白隴西人供奉翰林

菩薩蠻

平林漠漠烟如織。寒山一帶傷心碧。暝色入高樓。有人樓上愁。闌干空佇立。宿鳥歸飛急。何處是歸程。長亭更短亭。

憶秦娥

簫聲咽。秦娥夢斷秦樓月。秦樓月。年年柳色。灞陵傷別。

圖八：北京大學圖書館藏《詞則》抄本首頁

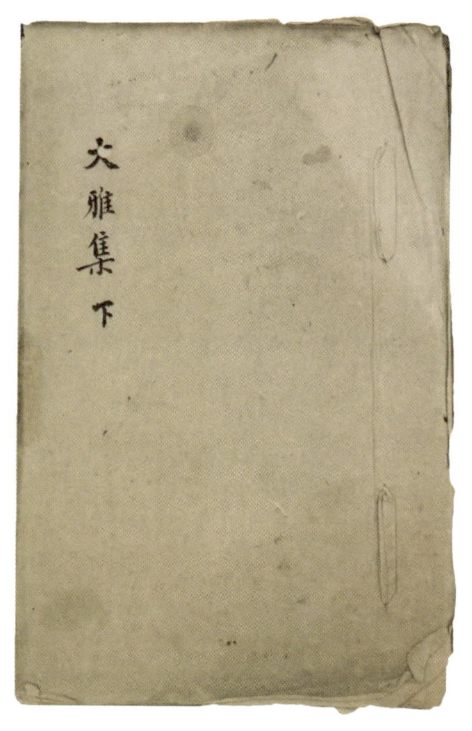

圖九：中國科學院圖書館藏《詞則》抄本封面

這套抄本首册《大雅集》上佚失，現存第一册就是《大雅集》下。

中仙詞惟此篇最疎快風骨稍低情詞婉妙

洗芳林夜來風雨。匆匆還送春去。方纔送得春歸了。
那又送君南浦。君聽取。怕此際。春歸也。過吳中。路君
行到處。便快折河邊。千條翠柳。爲我繫春住。春還
住。休索吟春伴侶。殘花今已塵土。姑蘇臺下煙波遠。
西子近來何許。能喚否。又只恐。殘春到了。無憑據。煩
君妙語。更爲我且將春。連花帶柳。寫入翠箋句。
、。又尊
玉簾寒翠綠微斷。浮空清影零碎。碧芽也抱春洲怨。
雙捲小緘芳字。還又似。繫羅帶相思。幾點青鈿綴。吳
中舊事。悵酪乳爭奇。鱸魚漫好。誰與共秋醉。江湖。

圖十：中國科學院圖書館藏《詞則・大雅集》抄本卷四第十三頁

這套抄本正楷抄寫，時見朱筆批校，很可能是準備刊印用的。

前言

陳廷焯身後才刊印的《白雨齋詞話》，和況周頤《蕙風詞話》、王國維《人間詞話》一起被稱作近代三大詞話，給他帶來極大的聲望。但陳廷焯一生僻處泰州，從未進入當時社會的主流，加之早逝，交遊不廣，門人零落，完全靠自己的著述取得這樣的聲望，相當不容易。《詞則》是《白雨齋詞話》之外，陳廷焯現存最重要的著作，雖經影印，卻一直未有整理本，限制了其應有的影響。這次進行全面整理，自是爲了提供一個便於使用的讀本，同時希望喚起對陳廷焯詞學更爲全面的關注。

一

陳廷焯生前名聲不彰，僅爲當地所知，他的生平史料都保留在地方志裏。清光緒十六年《丹徒縣志摭餘》的「儒林文苑」裏，民國十九年《續丹徒縣志》的「文苑」裏，還有民國十三年《續纂泰州志》的「人物流寓」裏，有他極爲簡略的傳記，而且疏失不少。

方志俱載：陳廷焯，字亦峰。南京圖書館所藏《光緒戊子科江南鄉試同年齒録》刻本則載：「陳廷焯，字伯與，號亦峰。」這兩個説法都不够全面，我們可以根據陳廷焯現存稿本的署名補正。《雲韶集》、《詞則》和《白雨齋詞話》都有明確的編撰時間，後兩部要晚將近二十年。《騷壇精選録》殘卷的編撰時間應該和《雲韶集》較接近，但無法確定孰先孰後。《騷壇精選録》署名：「耀先陳世焜。」其上有小字：「一字亦峰。」《雲韶集》署名：「陳世焜亦峰。」《詞則》和《白雨齋詞話》稿本署名：「亦峰陳廷焯。」根據這些署名推測，他原名陳世焜，字亦峰，一度改作耀先。如果他先字耀先，後改亦峰，應該不會在「耀先陳世焜」上再加「一字亦峰」，反倒應該寫作：「亦峰陳世焜，一字耀先。」按照常理推測，一定是改字耀先後，纔會加上曾用的字——「一字亦峰」。《左傳・昭公三年》：「焜耀寡人之望。」世焜和耀先，名字之間的聯繫很明顯。或許他更願意用亦峰這個字，而他父親字是鐵峰，所以後來又改了回來，名也改成了廷焯。但很難明白世焜、廷焯和亦峰的聯繫，或者，焜、焯都有顯明的意思，和峰之卓立有點兒關聯吧。又或許在光緒戊子前後，他又改字伯與，把亦峰變作别號，纔會出現《齒録》的説法。伯與是出現在《尚書》裏的人名，舜帝的臣子，堪稱廷焯。根據王耕心《白雨齋詞話》的敘文，陳廷焯「嘗言四十後當委棄詞章，力求經世性命之藴」，伯與大概寄託了這樣的志向。不過，大概最後他還是再次改回字亦峰，就是方志的説法和《詞則》、《白雨齋詞話》稿本的署名。伯與經過諧音，成了齋號，就是我們熟知的白雨齋。陳氏家族中人説：「陳廷焯，原名世焜，字耀先，一字亦峰，又字伯與。」還是基本可靠的。

陳氏爲江蘇丹徒（今鎮江市）人。《光緒戊子科江南鄉試同年齒録》記載：「世居鎮江西門内堰頭街。」並載：「咸豐癸丑年十一月二十日吉時生。」他在咸豐三年生於鎮江，公曆是一八五三年十二月二十日。《齒録》詳細記述了他的家世：「曾祖洪緒，曾祖妣氏李、王、汪、馬，祖書田，祖妣氏胡，父壬齡，母氏吕。胞伯祖書勳，胞叔祖書曾、書疇、書玉。胞兄廷烝，胞侄兆煊，胞侄孫長慶。妻氏王。」父親陳壬齡，泰州圖書館藏《重燕鹿鳴詩徵》刻本録其七言律詩四首，介紹説：「陳壬齡，字鐵峰，江蘇丹徒人，官鹾尹。」陳氏姻親京口順江洲王氏光緒癸巳重修《王氏家乘》中記載，爲「同邑附貢生，提舉銜，浙江黄巖場大使」。黄巖是浙江台州府所領六縣之一，歸太平縣管轄，縣内鹽場即名黄巖場。大使即課鹽司大使，官階僅是正八品，但能擔任此職需要一定的家資，由此可見陳家的經濟情況。根據《光緒太平續志》，陳壬齡擔任黄巖場大使，在同治十年（一八七一年）至光緒元年（一八七五年）。咸豐三年（一八五三年），陳壬齡故鄉丹徒遭受太平天國戰事，飽嘗戰亂之苦。泰州恰處在一個緩衝地，素號「太平之州」，成爲當時很多人希望遷居的地方。據陳家人説，大約在一八七一年或更早，陳壬齡在泰州購買了位於八字橋西堍北側小街（今税務橋南小街）的宅院，全家遷居泰州，因此《齒録》記載陳廷焯「現居泰州城内八字橋西街」。這所宅院始建年代無考，爲明式建築，清乾隆年間是光禄卿程盛修的居所。陳家在此一直居住到解放後，現在存留的屋室已由泰州市文物局於二〇一二年七月十三日確定爲「泰州市一般不可移動文物」。《齒録》還載陳廷焯「行十」，是大排行，陳壬齡只有二子。陳廷焯是次子，他長兄廷烝，據陳氏家族人説，曾在浙江爲官，官位稍高於知府，從四品。

陳壬齡任黄巖場大使期間，陳廷焯也隨父居住台州黄巖，在官署幫辦文案，時時往來江、浙間。此後長期居住泰州，短期到過金陵等地。光緒十四年戊子（一八八八年），陳廷焯中鄉試，名列「經魁」之内。十五年己丑（一八八九年），赴京參加會試，不中。陳廷焯一直以著述、授徒爲業，中年又潛心醫理，頗能濟人。光緒十八年（一八九二年）泰州白喉流行，死者日以百計。八月十一日，其五子兆馨出生的次日，陳廷焯一早起來，没來得及用餐，趕去給鄰里傳染的小孩看病，不幸感染致死，年紀還不到四十歲。死後葬在鎮江附近的山上。

據《丹徒縣志摭餘》記載，陳廷焯「性磊落，敦品行，素有抱負，尤能豪飲。嘗念朝政不綱，輒中宵不寐，痛飲沈醉。早年致力詩詞，而於詞尤精。……中年潛心醫理，篤志古文」。我們可以想見他短暫的一生，始終在不得志中度過，没有走向社會的中心，但並未放棄對學問的追求。一件僅有的佚事可以見出他的爲人，光緒間《丹徒縣志摭餘》載：「己丑赴禮闈試罷，歸經山東途次，聞某婦哭聲哀，詢悉夫浙江人，棺久停，無力歸，慨然贈資，僱舟伴回。有俠某，伺旁密偵之，嗣見廷焯公正不苟，始吐實情以謝。」民國的《續丹徒縣志》裏也記載了這件佚事，以説明他敦尚氣節，由此不難知道他的口碑。

陳廷焯偏處泰州，交遊有限，現在可以考知的就更少了，且大多見於他自己的著作中。在《詞則》

中，録有莊棫詞三十首，王蔭祜詞四首，李慎傳詞七首，唐煜詞二首。莊棫是他父親的從母弟，唐煜是他中表弟兄。陳廷焯的次女陳仲蓀嫁給了王蔭祜之孫王海山（父名王夔立），也成爲親戚。王蔭祜之子王耕心給《白雨齋詞話》寫了敘，陳廷焯給李慎傳《植庵集》寫了序，他們是志同道合的好友。陳廷焯自己説：「余詞得力處，半由蒿庵（莊棫）一言，半由道農（王耕心）、子薪（李慎傳）辯論之功也。」（《白雨齋詞話》卷七）

陳廷焯去世後第二年，光緒二十年（一八九四年），也就是甲午戰争那年，《白雨齋詞話》正式刊行，附有《白雨齋詩鈔》、《白雨齋詞存》各一卷。《詞話》手稿十卷，自序的時間是光緒十七年（一八九一年），在陳廷焯去世前一年，可算他生平定論。不過，刊行的八卷經過陳壬齡的删訂。從此很快引起關注，自一九三〇年以來出了五六種版本，影響不斷擴大。一九三〇年前後，陳廷焯四子陳兆鼎就職於柳詒徵主持的南京國學圖書館，將陳廷焯的《雲韶集》稿本捐贈該館。國學圖書館後來成爲南京圖書館，《雲韶集》稿本直到現在還保存在那裏。《白雨齋詞話》卷九説：「癸酉、甲戌之年，余初習倚聲，曾選古今詞二十六卷，得三千四百三十四首，名曰《雲韶集》。」癸酉、甲戌之年是一八七三年、一八七四年，編選這部詞選時，陳廷焯年僅二十一二歲。《雲韶集》一直没有正式出版，其評語則由葛渭君《詞話叢編補編》和孫克强等《白雨齋詞話全編》進行了全面輯録，二書都在二〇一三年出版。一九八四年，上海古籍出版社將陳廷焯三子陳兆鵬的夫人張萃英保存的《詞則》和《白雨齋詞話》兩種手稿影印出版。《白雨齋詞話》手稿因是十卷足本，再次引起關注，先後有屈興國、彭玉平、孫克强的整理本出版。《詞則》自序的時間是光緒十六年（一八九〇年），僅早於《白雨齋詞話》一年，但卻是更基礎的著作，我們得以從一個宏觀的背景審視其詞學理論。《詞則》全書也没有整理本出版，評語同樣見於《詞話叢編補編》和《白雨齋詞話全編》。陳廷焯還有一部詩學著作《騷壇精選録》，稿本原由陳廷焯五子陳兆馨收藏，但經過數十年家族間的輾轉，現在僅存三册計十六卷，其中最末者爲第二十七卷，但原稿究竟有多少卷已經無從得知了。根據抄寫的筆跡和署名方式判斷，編撰時間應該和《雲韶集》相近。二〇一〇年彭玉平將其中的評語整理爲《白雨齋詩話》，二〇一四年由鳳凰出版社出版。二〇一四年六月十四日，陳氏後人陳光裕（陳兆鵬之子）、陳昌（陳兆馨之子）、陳光遠（陳兆鼎之子）將《詞則》、《白雨齋詞話》、《騷壇精選録》稿本捐贈南京圖書館，與《雲韶集》一併收藏，至此，可知下落的現存陳廷焯稿本都聚合在一起了。

二

從《騷壇精選録》殘稿可以看出，陳廷焯受到沈德潛詩學的深刻影響，其理論旨歸在於儒家詩教。《禮記·經解》：「其爲人也，温柔敦厚，詩教也。」這是從學習《詩經》的角度，對儒家核心思想的「中庸」進行的一種描述。《詩經》和《楚辭》因爲時代相近被連類相稱，但最終卻在學理上被看成了一體，沈德潛所謂：「《離騷》者，《詩》之苗裔也。」（《説詩晬語》卷上）學理表面上的關聯是「比興」，實質上的關聯則在「比興」所寄託的内容。《經解》對此内容的指陳就是「温柔敦厚」，這讓我們想到《論語・八佾》裏説：「《關雎》樂而不淫，哀而不傷。」不過，還是朱熹從《國語》裏借來的「怨而不怒」一語（見《論語章句集注・陽貨》「詩可以怨」一句的注釋），更符合「温柔敦厚」的語境，後來往往將兩者視爲一致的描述。在以儒家詩教爲旨歸的沈德潛詩學和常州派詞學那裏，「風騷」、「比興」、「温柔敦厚」、「怨而不怒」，很自然地成爲核心的概念。

我們先談内容。無論是「温柔敦厚」、「怨而不怒」，還是「中庸」，其實仍只是一種描述，描述所指則在儒家的核心問題：道德上的善。康德區分了兩種善：「我們把一些東西稱爲對什麽是善的（有利的），這些東西只是作爲手段而使人喜歡的；但我們把另一種東西稱爲本身是善的，它是單憑自身就令人喜歡的。」（《判斷力批判》第四節）道德上的善指的是後一種，儒學義理即以這種善爲核心，其詩教的目的也在於此。由於道德上的善没有一個功利的鵠的，在對功利的超越中擺脱了經驗實證的限制，也就不再遵循科學的進路。康德由此將我們全部認識能力劃分作兩個領域，即：作爲感性東西的（用他的術語叫作自然概念）領域和作爲超感官東西的（叫作自由概念）領域，（參看《判斷力批判》導言）前者是科學的領域，後者是道德的領域。作爲手段的善没有超越性（指對功利的超越），屬於前者，道德上的善卻屬於後者。科學領域的知識有其一貫行之有效的方法，即經驗歸納，這也是被世俗理智認可的獲得知識的唯一途徑。但康德看到，道德上的善完全無法由此方法獲得：「誰想從經驗得出德性的概念，誰想使充其量只能充當不完善的説明之實例的東西成爲知識源泉的一個典範（如同實際上許多人做過的那樣），他就會使德性成爲一種依時間和環境變遷的、不能用爲任何規則的、模棱兩可的怪物。」（《純粹理性批判》A315＝B372）因此，從破除經驗歸納的有效性，進而指示出超感官東西的領域，成爲研究道德上的善的一個重要思路，最顯著的就是蘇格拉底。儒家也是如此對道德上的善進行了探索，最完善的始推孟子，陸象山所謂「夫子以仁發明斯道，其言渾無罅縫。孟子十字打開，更無隱遁。蓋時不同也。」（《象山語録》上）孟子的入手處是「權」。「淳于髡曰：『男女授受不親，禮與？』孟子曰：『禮也。』曰：『嫂溺，則援之以手乎？』曰：『嫂溺不援，是豺狼也。男女授受不親，禮也；嫂溺援之以手者，權也。』」（《孟子·離婁上》）我們不能將「權」過度理解作「權變」，就其本義來説，應該理解爲經驗歸納法則之外的特例。特例可能違背歸納的法則，卻並不違背道德自身，因此《公羊傳》的講法可謂精妙：「權者何？權者反於經，然後有善者也。」（《桓公十一年》）「權」造成了歸納法則的失效，從而將道德引向作爲超感官東西的領域。這時我們發現道德知識不從經驗得來，也就無需學習，或如古希臘人所謂不可被教授，孟子則稱之爲「良知」：「人之所不學而能者，其良能也；所不慮而知者，其良知也。」（《孟子·盡心上》）不必通過學習獲得，高揚了超越性，不必思慮而知，貶抑了功利性。於是由良知進而講到「性善」，便是作爲超感官東西的自由概念的中國式表述。後來張載區分了「義理之性」和

「氣質之性」後，全部認識能力的兩個領域也以中國的方式得到了確認。

道德上的善成爲儒家學術傳承的本質内容，所謂「道統」即指此而言。這個道統，儒家公認「軻之死，不得其傳焉」（韓愈《原道》），至宋明儒纔能接續上，在詩學上極有影響的漢儒是被排除在外的。究其原因則是漢儒把表現於客觀政治社會之制度的禮樂刑政誤當作道德上的善，其實不過是作爲統治手段的善而已。漢儒的詩學於是將詩教隸屬在社會政治之下，發揮政治功能，就是《詩大序》的説法：「情發于聲，聲成文謂之音。治世之音安以樂，其政和；亂世之音怨以怒，其政乖；亡國之音哀以思，其民困。故正得失，動天地，感鬼神，莫近於詩。先王以是經夫婦，成孝敬，厚人倫，美教化，移風俗。」這樣一來，「温柔敦厚」也就只能做到「主文而譎諫」：「上以風化下，下以風刺上，主文而譎諫，言之者無罪，聞之者足以戒。」（《詩大序》）沈德潛詩學中的「温柔敦厚」，自然有此一義，但經歷過宋明儒，眼界畢竟比漢儒開闊，道德上的善重新回歸其視域，並且成爲其詩學更主要的内容。《説詩晬語》開篇的第一句話：「詩之爲道，可以理性情，善倫物，感鬼神，設教邦國，應對諸侯，用如此其重也。」比較一下《詩大序》，「善倫物」就是「經夫婦，成孝敬，厚人倫」，「感鬼神」就是「動天地，感鬼神」，「設教邦國，應對諸侯」就是「美教化，移風俗」，「理性情」則回歸了先秦詩教，並且放在了首要的位置。這大概是儒家詩教内容最全面的理論了，應該看作自葉燮以來清代詩學的一個重要成果，和桐城派文論强調的「義理」互相呼應。不奇怪的是，桐城派的詩論也和沈德潛論調相合。

但兩種善畢竟屬於性質背離的東西，沈德潛的調合掩蓋不了其内在的衝突。但沈德潛也敏鋭地認識到道德上的善的超越性，這樣的超越性既無法歸納出明確法則，也無法通過日常語言表述，這時「比興」的手段恰好發揮了重要的作用。在沈德潛那裏，「比興」已不再是一個普泛的表達手法，而成爲專門針對道德上的善的表述方式，一如海德格爾的「詩化的語言」之於「存在」。《説詩晬語》在開篇講完詩教内容之後，第二條立刻全面論述了「比興」的重要意義：「事難顯陳，理難言罄，每託物連類以形之。鬱情欲抒，天機隨觸，每借物引懷以抒之。比興互陳，反復唱歎，而中藏之歡愉慘戚，隱躍欲傳，其言淺，其情深也。」我們不能不説，這是十分深刻的見解，遺憾的是沈德潛自己也難免經常混淆兩種善，這很大地削弱了其理論的真實意義。但作爲酒席歌筵之間流行的詞，卻因其特殊的娱樂語境，將詩承擔功利之善的重負輕易地擺脱了。在那樣即興抒寫美女和愛情的場合下，顯得很放鬆，也没什麽顧忌。一旦作爲手段的功利之善被置之不顧，賢人君子竟然在男女哀樂的敘寫中不經意地流露出紛然多彩的品格之美。這在詩裏久已難得一遇，也因此成爲詞最迷人的特質，竟直到張惠言纔被一眼覷定，這時沈德潛的「比興」説正好被完美地移植到了詞學之中。陳廷焯能够從沈德潛詩學很容易地轉向常州派詞學，其中的内在一致性自是極爲關鍵的。我們往往有種錯覺，似乎莊棫使陳廷焯知道了張惠言的詞學，陳廷焯猶如「認識論斷裂」般的一下子從浙西派投入到常州派。其實沈德潛詩學給陳廷焯的深刻影響，同樣體現在他早年以浙西派眼光編選的《雲韶集》中，這預示了他轉向常州派的必然，大概莊棫替他捅破了一層窗户紙，頓見光明。《雲韶集》的編成在一八七四年，莊棫去世在一八七八年，短短四年中發生的轉向並非我們想象的那樣突然。

陳廷焯的聲望主要是靠《白雨齋詞話》的刊行而確立的，這部詞話正是在《詞則》的基礎上進行的一個詞學理論概括。用陳廷焯自己的話説：「本諸風騷，正其情性，温厚以爲體，沈鬱以爲用，引以千端，衷諸壹是。」（《白雨齋詞話》自序）從中可以看到他自覺的理論意識，試圖通過一以貫之的觀念對詞學進行全面的思考。對於理解《詞則》來説，《白雨齋詞話》無疑像是一把鑰匙，值得我們先予了解。陳廷焯對沈德潛詩學和常州派詞學的要點都能敏鋭把握，《白雨齋詞話》的核心觀念均與之一脈相承。寄託内容和表達方式，他以「温厚以爲體，沈鬱以爲用」來闡述。先講體，陳廷焯看到的正是儒家詩教，他的説法是：「温厚和平，詩教之正，亦詞之根本也。」（《白雨齋詞話》卷九）他没有特别區分詩、詞的不同，因爲對於寄託内容來説，詩、詞原本就是一致的，同時也表現了對沈德潛和張惠言理論貢獻的同時肯定。但他並没有忽視詩、詞差别的存在，在論述表達方式，即「沈鬱以爲用」之時，詞的獨特性就表現出來了。陳廷焯説：「所謂沈鬱者，意在筆先，神餘言外。寫怨夫思婦之懷，寓孽子孤臣之感。凡交情之冷淡，身世之飄零，皆可於一草一木發之。而發之又必若隱若現，欲露不露，反復纏綿，終不許一語道破。匪獨體格之高，亦見性情之厚。」（《白雨齋詞話》卷一）詩帶著歷史賦予的沉重身份負擔，修齊治平的「言志」責任似乎已無時或忘，也就很難完全擺脱隸屬在社會政治之下的手段之善。詞則因爲它興起時的特殊語境——酒席歌筵的非正式場合，不必顧及這種負擔，反而從「詩化的語言」中將道德上的善真實地表現了出來，這就是張惠言所謂「極命風謡里巷男女哀樂，以道賢人君子幽約怨悱不能自言之情」。這和漢儒詩學影響下的「寄託」之説是異質的，張惠言提醒，「蓋詩之比興，變風之義，騷人之歌，則近之矣」（《詞選序》），近之，但不同。在陳廷焯看來，詞既然可以做到道德上的善的表達，盡可專力爲之，不必借用詩的美學特質，由此他明確講到詩、詞在「沈鬱以爲用」時的差異：「詩詞一理，然亦有不盡同者。詩之高境，亦在沈鬱，然或以古朴勝，或以沖淡勝，或以鉅麗勝，或以雄蒼勝。納沈鬱於四者之中，固是化境，即不盡沈鬱，如五七言大篇，暢所欲言者，亦别有可觀。若詞則舍沈鬱之外，更無以爲詞。蓋篇幅狹小，倘一直説去，不留餘地，雖極工巧之致，識者終笑其淺矣。」（《白雨齋詞話》卷一）在這裏，陳廷焯走得更遠，考慮得更複雜，也無怪乎「沈鬱」成爲其詞學的核心觀念。

《白雨齋詞話》圍繞著「温厚以爲體，沈鬱以爲用」展開，論及詞之做法、評判，並對詞的歷史和作品，以及選本、詞話、詞律等進行了全面論述，是有意識的系統性詞學著作。不過，理論以綜會簡括爲上，具體的分析就需要《詞則》來相輔了。而且詞話大部分的篇幅是詞的歷史和作品，這些内容都從《詞則》中摘出，甚至絶大部分連文字都没有改動。因此，全面了解陳廷焯成熟時期的詞學，《詞則》絶對不可忽視，其重要的程度至少不在詞話之下。

固然，歷來詞的選本都會有選家獨特的審美眼光，不過有些側重風格的偏愛，有些側重文獻的保存，但朱彝尊的《詞綜》卻綜合了兩方面，成爲詞選本的一個代表作。陳廷焯早年究心浙西派，也在詞選的編撰上下了功夫，我們不得不提到他的《雲韶集》。這部篇幅不小的詞選主要選自朱彝尊的《詞綜》和王昶的《明詞綜》、《國朝詞綜》，不難見出宗尚。不過，他又從夏秉衡的《歷朝詞選》（通行稱作《清綺軒詞選》）中汲取了浙西派正宗所忽視的香豔風格的詞作，加上對陳維崧的推崇，從各自的别集中大量選録鄭燮、蔣士銓的詞作，又豐富了陽羨派的風格。可見，雖然年紀很輕，陳廷焯卻已經在詞學上打下了深厚的基礎，具有更廣闊的視野。入選《雲韶集》的三千四百三十四首詞作，他每一首都寫了評語，這是詞學史上没有前例的。這些評語，有將近上千條的内容被保留在《詞則》中。

在陳廷焯接觸張惠言的《詞選》時，除了常州派的理論，詞選新穎的編撰方式也一定讓他眼前一亮。在《詞綜》之後，我們看到一部特别突出理論方法的詞選本，其中包含著張惠言的創造和匠心。可以説，張惠言開創了一種新的詞選編撰路向，影響了後來的周濟、譚獻，直到朱祖謀。但陳廷焯對《詞選》也有一點保留看法，他希望把浙西派詞選編撰的優點與之結合起來。他説：「張氏惠言《詞選》，可稱精當，識見之超，有過於竹垞十倍者，古今選本，以此爲最。但唐五代兩宋詞，僅取百十六首，未免太隘。」（《白雨齋詞話》卷一）在這樣的認識下，他對《雲韶集》重加增删論定，有了全新的選本《詞則》。《詞則》區分四個小集，既體現了宗尚常州派的主旨，又不忽略浙西派對文獻的重視，詞學方法和詞史視野相輔相成，大概類似的詞選至今尚無第二部。《大雅集》很明確，以儒家詩教爲準，步趨常州派的理論，上溯風騷，所謂「長吟短諷，覺南豳雅化，湘漢騷音，至今猶在人間也」。《大雅集》共選五百七十首，較之《詞選》已經大爲豐富。但陳廷焯很清楚，常州派的理論要求過高，因此也會對義理之性以外的情感形成拒斥，這無疑是常州派走向極端後的必然局限，因此又分別選了《放歌集》和《閑情集》。如果説，《大雅集》表現的是志，《放歌集》則表現的是氣，《閑情集》表現的是情。志、氣、情恰是柏拉圖對靈魂的三種區分（參看《理想國》），雖説志是主導者，但氣和情並不因此就被摒棄。《別調集》顯得複雜，但在有個方面很值得重視，就是對藝術形式的關注，所謂「辭極其工，意極其巧」（《別調集序》），這大概是浙西派正宗的主要觀念。因此，《放歌集》、《閑情集》、《別調集》的内容，很近似常州派金應珪所謂的「詞有三蔽」，即：鄙詞、淫詞、游詞。應該説，金應珪既合理指出了三者末流的弊端，也反顯出常州派的獨到之處，在他的語境下不算是明顯的失誤。但陳廷焯在少年時代，已經對三者都有了深入的了解，其同情之心或者比金應珪要多些。儘管同樣謹守常州派的宗旨，金應珪批評得多些，陳廷焯卻肯定得多些，恰好形成了互補。在這樣的互補裏，陳廷焯的詞選編撰顯得更趨完備。我們還需要强調一點，陳廷焯的補充不是割裂的，《詞則》四集是一個有機統一體，《大雅集》是貫穿其中的核心，由此入門學詞纔能如他《總序》所説：「求諸《大雅》，固有餘師，即遁而之他，亦即可於《放歌》、《閑情》、《別調》中求大雅，不至入於岐趨。」

陳廷焯這種編撰思路不僅體現在編排上，也體現在工作過程中。《詞則》立足於常州派理論，對

《雲韶集》進行了全面修訂，删去將近兩千首詞作，增補了一千餘首。《詞則》自《雲韶集》録出將近一半的内容，雖有不少校改，但依賴得更多，因爲在校勘過程中發現沿襲了那裏相當部分的筆誤。《詞則》增補的詞作，體現常州派的觀念，主要依據張氏《詞選》，以及近於常州派理論的馮煦《宋六十一家詞選》和成肇麐《唐五代詞選》。也很重視戈載《宋七家詞選》對格律的訂正，可見在内容和形式兩方面俱不偏廢，規模更爲宏闊。《詞則》還自《樂府雅詞》、《陽春白雪》、《絶妙好詞》等選本，以及《兩般秋雨庵隨筆》、《冷廬雜識》等筆記中補充了一些詞作，只是些拾遺補缺，並不重要。但值得注意的是，他直接從諸家别集進行了自己獨特的選擇，大都是清人之作，我以爲這是有意識地進行詞史的完善。陳廷焯一般並不直接從别集進行遴選，肯定不是因爲他不熟悉别集，而是體現出對前人詞選的尊重和有意識的繼承。這是一種詞史的態度，認可歷史的遺産，自己不去刻意地標新立異。但他並不保守，看到前人還不曾關注到的佳作，就只能自己直接從别集遴選了。這種情況自然集中在清代，這時期相對來説缺少詞史的反思。在編撰《雲韶集》時，陳廷焯已經關注到鄭燮、蔣士銓的别集，《詞則》裏就更加廣泛了。其中關注最多的是陳維崧，《雲韶集》中僅選了三十七首，《詞則》竟選了二百七十八首，並且附以面面俱到的評論，爲陳維崧詞研究做了真正的奠基工作。其次是朱彝尊，在《雲韶集》中是五十三首，《詞則》增至一百一十二首。第三是董以寧，在《雲韶集》中是六首，《詞則》增至五十六首。對兩人豔詞的不凡成就，尤其是《静志居琴趣》的獨特品質，在詞史上做出了首次最恰切的定位。其餘還有很多使人印象深刻的評語，如評論王策、過春山、史承謙、趙文哲、張惠言等，都能够與選詞相應，爲詞史的構建做出貢獻。和他時代相近的作者，蔣春霖、莊棫、譚獻都選了不少，這些作者在當時尚未有大名，可見其敏鋭的眼光。

總之，《詞則》是一部在充分吸取前人詞選長處的基礎上，取得更高成就的出色選本，既表現了陳廷焯自己獨到的詞學思想，也具有開闊的詞史視野。陳廷焯自己説：「作詞難，選詞尤難。以我之才思，發我之性情，猶易也。以我之性情，通古人之性情，則非易矣。竹垞《詞綜》，備而不精。皋文《詞選》，精而未備。然與其不精也，寧失不備，古今善本，仍推張氏《詞選》。若選本之盡美盡善者，吾未之見也。」（《白雨齋詞話》卷十）隱然以「盡善盡美」自許，我認爲是客觀的。甚至到今日，也並没有任何一部詞選超越其成就。

三

關於本書的整理情況，也在這裏稍作交待。

《詞則》手稿八册，今存南京圖書館。另有傳抄本二種：一種在北京大學圖書館，八册，題《丹徒陳亦峰選評詞則》；一種在中國科學院圖書館，存七册，首册《大雅集》卷一至卷三佚失，有批校。手稿有上海古籍出版社一九八四年影印本，唐圭璋跋。這次整理用南京圖書館藏手稿爲底本，影印本未能做到完全忠實於手稿，下面會談到。至於兩種傳抄本，限於條件，不能取以通校，多少有些遺憾。

首先，依據標點符號使用規範施加標點。只是詞正文的標點一依詞律，句中頓處用頓號，句末用逗號，押韻處用句號。陳廷焯手稿原有斷句，但往往與詞律參差，故未遵用。

手稿有圈點和評語，均按原稿録出。圈點分兩類，一類加在每首詞的詞調之上，凡九種符號：單點、雙點、三點、單圈、單點單圈、雙點單圈、雙圈、單點雙圈、三圈，應該是按下下、中下、上下、下中、中中、上中、下上、中上、上上的九品區分。在詞調上加圈點，也是張惠言的方法，但《詞選》僅用單圈、雙圈、三圈區分了三品，陳廷焯則更加細致，這對於我們了解他對每首詞的評價極有幫助。另一類加在正文中，除了在佳句和較佳句旁加了「圈」、「點」外，還有在斷句處用「點」的，表示不佳，用「半圈」的，表示不甚佳。圈點自是普遍使用的符號，但在斷句處用「點」表示不佳，這是沈德潛習慣的用法，比如《唐詩別裁集》選齊己《早梅》，五、六句的斷句處用的「點」，沈評曰：「五、六只是凡句。」陳廷焯則再區分出一個「半圈」，更有層次些，比如《詞則·閑情集》選牛希濟《生查子》「新月曲如眉」，評語曰：「後半近纖巧。」但「終日劈桃穰，人在心兒裏」兩句斷句處用了「點」，「兩朵隔牆花，早晚成連理」兩句斷句處用了「半圈」。總的説來，《詞則》的圈點體系不算繁複，但對於批評來説又足够清楚，算是比較完善的形式。這些圈點是陳廷焯詞學批評的重要手段，其意義不亞於評語，這次能够予以保留，特別感謝出版社的支持。不過需要説明的是，原稿斷句處都使用「圈」，整理本已經施加現代標點，這些

「圈」就略去了。但斷句處的「點」和「半圈」依然保留，在感覺上便不太協調，這也是無可奈何的事情。原稿評語也有兩類，徵引的和自撰的，徵引者置於詞末，自撰者寫在頁眉相應位置。自撰的眉評和圈點是對應的，大多能够確指所評的具體詞句，但有時也不容易肯定。整理本將評語一概置於詞末，但以注碼標出相應位置，讀者仍需和圈點比對以確定所評詞句。

其次，就是校勘。整理底本使用手稿本，兩種傳抄本無法參校，唯一可以參考的就是影印本了。但影印本其實不能提供任何新的材料，反而缺失了一些信息。最嚴重的是《别調集》卷五，影印本第七五二頁，所選厲鶚《摸魚兒》一詞，眉評「曲而達」不知何故遺漏了。還有，手稿本的一些詞，在對應的頁面最上端加了「點」的標識，數量不算少，顯然是有意的，但並不明白用意所在。就此我請教了劉永翔教授，先生説：「前賢著作，有請人是正的習慣，很可能是友朋所作記號。」先生認爲應該保存，以便研究者利用。爲了避免造成更多的排版麻煩，我將這些「點」改用※加在了新編目録對應的每一首詞題之上。另外，手稿上還有極細的像是鉛筆的筆跡，標出了一些原稿的筆誤。這做得並不全面，似乎較爲隨意，經過全面校勘後顯得意義不大了，就没有再保留。

《詞則》選詞大多依據前人選本，根據校勘核查，能够逐首核出所據原書，以「録自某書」標注在詞題的校記中。如果不加特別説明，所選詞作的文字跟所據原書是一致的。一般來説，其所據原書不難檢得，只有數十首未能確指，往往臆斷，期待多聞者有以教我。

校勘的程序，先校陳廷焯所據原書，再校諸家詞的通行本。《全唐五代詞》、《全宋詞》、《全金元詞》、《全元詞》、《全明詞》、《全清詞》所擇用之版本，及諸家别集定本，視作通行本。校勘的原則，一是校訂陳廷焯的筆誤，二是校出通行本常見的異文。陳廷焯筆誤還是比較少的，因此對於改字特别謹慎，盡量保留原稿面貌。即使陳廷焯誤從所據原本，也僅出校記而不改字，因爲這並非他的筆誤。陳廷焯所據原本，或者用了並不通行的文字而難免讓讀者産生疑慮，或者像王昶《明詞綜》和《國朝詞綜》那樣擅加改動而淆亂了原文，所以有必要根據通行本校勘。由於不是校勘别集，不再廣徵異本，所據通行本，爲避繁瑣，只要不致誤會者概不標注版本。偶有異本文字也較爲通行者，並出校記，酌情標注版本。

經過這樣的整理，希望這個本子既能够盡量接近手稿本的原貌，也更便於閲讀和研究使用。

我少年時代購得上海古籍出版社影印的《詞則》稿本，一直諷誦不斷，對它的感情較之理解更是日益加深。數年前，友人幫助録出了全部文字，期望我進行全面整理。我自二〇一八年底開始著手，經過三年多的時間，終於全部完成。這樣，少年時代就深爲喜愛的一部書，居然在三十多年後，由我親手標校，並在同一家出版社出版，真是感謝運氣的佳賜。同時，感謝高克勤社長慨允出版，祝伊涓責編認真審校，以及友人的無私幫助。

鍾錦 二〇二三年一月三十一日於滬上

新刊序

夫詞，興起於歌筵坊曲之間，流傳於妓兒遊子之口，淫冶不避，辭采莫究。及詩客爲之，加之藻飾，而未能變其豔科也。然未嘗無豪傑之士，拔出其外，顧人莫能識，己亦莫能言耳。或者推情使之遠，更不直抒，遲回惝怳，若有境生焉。由是也，上焉照徹心性，下焉亦綺靡藴藉，皆詩所未有者。或者鑄詞使之雅，雅而抑情，得不溺焉，而遊於藝。情既抑，能及乎性，固是向上一路，即不能及，因句式之曲折，遊焉而尤較詩多韻致也。或者縱氣使之長，氣之盛焉，配義與道，而爲詩者每先存義與道於心，反覺著相。氣雖餒，墮於句式之長短間，猶能激蕩盤旋，别生姿態。詞境之妙，不出此三途焉。其高者，在宋人爲晏、歐，爲周、姜，爲蘇、辛。後人求其故，往往不能徑見其高者，退而得其次，亦能澤被一時，即雲間也，浙西也，陽羡也。卓哉皋文，直揭最上一旨，千古不傳之秘，一朝盡發。從此詞學昌明，人無復以豔科視之矣。其旨既最高，毋須更瑣瑣分三途，故《詞選》一編，總而述之。然其傳人矯枉，殊覺過正，摘三途之末流，詆爲淫詞、游詞、鄙詞，宛然若相立異，自張一軍者。彼淫詞、游詞、鄙詞，寧得論晏、歐、周、姜、蘇、辛耶？雖卧子、錫鬯、其年亦不受也。門徑既高，規模復隘，恐常州亦趨末流矣。於是而得陳亦峰《詞則》一編，承皋文之旨，萃三途之英，指津發微，旁徵博求，詞選集大成者也。其書四集，曰《大雅集》，主常州也，三途之高者莫不匯此；曰《放歌集》，縱氣者也；曰《閑情集》，綺情者也；曰《別調集》，遊藝者也。集以途分，更不限以人，舉人特其權耳，切不可執。錫鬯，固浙西宗師也，然《静志居琴趣》一編，《閑情》之上乘，不可入《別調》。亦當知隨時之義，不爲途限。《別調集》固是遊於藝者，而晚近以來藝既熟習，便是常途，不繫乎藝者如雙卿，乃不得不以別調視之也。舉此二端，略見讀法。讀者若能就此編揣摩誦數，更以介存之説相砥礪，上求皋文，則於詞學登堂入室矣。而皋文一選，貴在得其旨歸，不當斤斤求諸評語間，無已，可求諸附録之詞，能於皋文、子居之作得其意趣，旨歸不難知也。顧此可與知者道，王静安輩何能知？恨不起亦峰一商榷之也。壬寅十月廿三日，鍾錦恭序。

詞則總目

總計詞則四集二十四卷，詞二千三百六十首

序

風騷既息，樂府代興。自五七言盛行於唐，長短句無所依，詞於是作焉。詞也者，樂府之變調，風騷之流派也。温、韋發其端，兩宋名賢暢其緒，風雅正宗，於斯不墜。金、元而後，競尚新聲，衆喙争鳴，古調絶響。操選政者，率昧正始之義，媸妍不分，雅鄭並奏，後之爲詞者，茫乎不知其所從。卓哉臯文，《詞選》一編，宗風賴以不滅，可謂獨具隻眼矣。惜篇幅狹隘[一]，不足以見諸賢之面目，而去取未[二]當者，十亦有二三。夫風會既衰，不必無一篇之偶合，而求諸古作者，又不少靡曼之詞，衡鑒不精，貽誤匪淺。余竊不自揣，自唐迄今，擇其尤雅者五百餘闋，滙爲一集，名曰《大雅》。長吟短諷，覺南豳雅化，湘漢騷音，至今猶在人間也。顧境以地遷，才有偏至，執是以尋源，不能執是以窮變。《大雅》而外，爰取縱横排奡、感激豪宕者[三]四百餘闋爲一集，名曰《放歌》。取盡態極妍[四]、哀感頑豔者[五]六百餘闋爲一集，名曰《閑情》。其一切清圓柔脆[六]、争奇鬬巧者[七]，別録一集，得六百餘闋，名曰《別調》。《大雅》爲正，三集副之，[八]而總名之曰《詞則》。求諸《大雅》，固有餘師，即遁而之他，亦即可於《放歌》《閑情》《別調》中求大雅，不至入於岐[九]趨。古樂雖亡，流風未闃，好古之士，庶幾得所宗焉。光緒十六年五月望日，丹徒亦峰陳廷焯序。

【校記】

㊀「狹隘」，原寫「過狹」，後改。
㊁「未」，原寫「不」，後改。
㊂「者」，原寫「之作」，後改。
㊃「盡態極妍」，原寫「刻翠裁紅」，後改。
㊄「者」，原寫「之作」，後改。
㊅「脆」，初改作「麗」，復改回。
㊆「者」，原寫「之作」，後改。
㊇「三集副之」，原寫「《放歌》、《閑情》、《別調》爲副」，後改。
㊈「岐」，原寫「詭」，後改。

大雅集

大雅集序

太白詩云：「大雅久不作，吾衰竟誰陳。」然詩教雖衰，而談詩者猶得所祖禰，詞至兩宋而後，幾成絕響。古之爲詞者，志有所屬而故鬱其辭，情有所感而或隱其義，而要皆本諸《風》《騷》，歸於忠厚。自新聲競作，懷才之士皆不免爲風氣所囿，務取悦人，㊀不復求本原所在。迦陵以豪放爲蘇、辛，而失其沈鬱；竹垞以清和爲姜、史，而昧厥旨歸。下此者更無論矣。無往不復，皋文溯其源，蒿庵引其緒，兩宋宗風，一燈不滅。斯編之録，猶是志也。録《大雅集》。

丹徒亦峰陳廷焯識

【校記】

㊀「務取悦人」，原寫「而務爲悦人之詞」，後改。

大雅集詞目

卷二

卷三

卷四

卷五

卷六

總共一百二十八家，詞五百七十一首

大雅集卷一

唐詞

李白

字太白，隴西人，供奉翰林。

菩薩蠻[一]㊀

平林漠漠烟如織。寒山一帶傷心碧。暝色入高樓。有人樓上愁。闌干㊁空佇立。宿鳥㊂歸飛急。何處是歸程㊃。長亭更㊄短亭。《湘山野録》云：「此詞不知何人寫在鼎州滄水驛樓，復不知何人所撰。魏道輔泰見而愛之。後至長沙，得古風集於曾子宣内翰家，乃知李白所撰。」㊅

【眉評】

[一]《菩薩蠻》《憶秦娥》兩闋，神在箇中，音流絃外，可以是爲詞中鼻祖。

【校記】

㊀録自《詞綜》。《詞選》亦有。

㊁「闌干」，《詞綜》作「玉階」，小字注「一作闌干」；《草堂詩餘》作「欄干」；《唐宋諸賢絶妙詞選》作「玉梯」。

㊂「宿鳥」，《湘山野録》作「宿鴈」。

㊃「歸程」，朱本《尊前集》作「回程」。

㊄「更」，《詞綜》有小字注「一作連」，《唐宋諸賢絶妙詞選》作「連」；朱本《尊前集》作「接」。

㊅「古風集」、「曾子宣」、「所撰」，《湘山野録》原書作「古集」、「子宣」、「所作」。《詩話總龜》前集卷四十二「樂府門」引《古今詩話》曰：「鼎州滄水驛有《菩薩蠻》云，……曾子宣家有古風集，此詞乃太白作也。」

○○憶秦娥㊀

簫聲咽。秦娥夢斷秦樓月。秦樓月。年年柳色，灞陵㊁傷別。　樂遊原上清秋節。咸陽古道音塵絶。音塵絶。西風殘照，漢家陵闕。《詞律》云：「『灞』、『漢』二字必須用仄，得去聲尤妙。」

【校記】

㈠録自《詞綜》。《續詞選》亦有。

㈡「灞陵」，《唐宋諸賢絶妙詞選》作「霸陵」，《邵氏聞見後録》作「灞橋」。

張志和

字子同，金華人。擢明經，肅宗命待詔翰林，坐貶，不復仕，自稱烟波釣徒。

○漁歌子㈠

西塞山前㈡白鷺飛。桃花流水鱖魚肥。青蒻笠㈢，緑蓑衣。斜風細雨不須歸。黄魯直云：「有遠韻。」

【校記】

㈠録自《詞綜》。《續詞選》亦有。調名，《李文饒文集》別集卷七《玄真子漁歌記》作「漁歌」，《尊前集》作「漁父」。

㈡「山前」，《玄真子漁歌記》作「山邊」。

㈢「蒻笠」，《玄真子漁歌記》作「箬笠」。

王建

字仲初，潁州人。大曆十年進士，太和中爲陝州司馬。㊀

【校記】

㊀王建小傳，底本無，據《雲韶集》補。

、○調笑㊀

團扇。團扇。美人竝㊁來遮面。玉顔憔悴三年。誰復商量管絃。絃管。絃管。春草昭陽路斷。[一]

【眉評】

[一]結句淒怨，勝似《宮詞》百首。

【校記】

㊀録自《詞綜》。調名，朱本《尊前集》作「宮中調笑」，《唐宋諸賢絶妙詞選》作「古調笑」。

㊁「竝」，朱本《尊前集》作「病」。

温庭筠

本名岐，字飛卿，太原人。官方山尉。有《握蘭》、《金荃》等集。

菩薩蠻[一]㊀

小山重疊金明滅。鬢雲欲度㊁香顋雪。懶起畫蛾眉。弄妝梳洗遲。照花前後鏡。花面交相映。新貼繡羅襦。雙雙金鷓鴣。《詞選》云：「此感士不遇也。篇法彷彿《長門賦》，而用節節逆敘。此章從夢曉後領起，『懶起』二字，含後文情事。『照花』四句，《離騷》初服之意。」

【眉評】

[一]飛卿短古，深得屈子之妙。《菩薩蠻》諸闋，亦全是楚騷變相，徒賞其芊麗，誤矣。

【校記】

㊀録自《詞綜》。《詞選》亦有。

㊁「欲度」，底本原作「欲渡」，據《詞綜》、《詞選》改。

○○○又㊀

水精簾裏頗黎枕。暖香惹夢鴛鴦錦。江上柳如煙。雁飛殘月天。[一]　藕絲秋色淺。人勝參差剪。雙鬢隔香紅。玉釵頭上風。《詞選》云：「『夢』字提。『江上』以下，略敘夢境。『人勝參差』、玉釵香隔，言夢亦不得到也。」　又云：「『江上柳如煙』是關絡。」

【眉評】

[一] 夢境淒涼。

【校記】

㊀ 録自《詞綜》。《詞選》亦有。

○○○又㊀

蘂黃無限當山額。宿妝隱笑紗窗隔。相見牡丹時。暫來還別離。　翠釵金作股。釵上雙蝶㊁舞。心事竟誰知。月明花滿枝。《詞選》云：「提起。」　又云：「以下三章，本入夢之情。」

【校記】

㈠ 録自《詞選》。

㈡ 「雙蝶」，晁本《花間集》作「蝶雙」。

又㈠

翠翹金縷雙鸂鶒。水紋細起春池碧。池上海棠梨。雨晴紅滿枝。　繡衫遮笑靨。煙草粘飛蝶。青瑣對芳菲。玉關音信稀。

【校記】

㈠ 録自《詞選》。

又㈠

杏花含露團香雪。緑楊陌上多離別。燈在月朧明。[一]覺來聞曉鶯。　玉鈎褰翠幙。妝淺舊眉薄。春夢正關情。鏡中蟬鬢輕。《詞選》云：「結。」

【眉評】

[一] 夢境迷離。

【校記】

㊀ 録自《詞選》。

又㊀

玉樓明月長相憶。柳絲裊娜春無力。門外草萋萋。送君聞馬嘶。　畫羅金翡翠。香燭消成淚。花落子規啼。緑窗殘夢迷。[一]《詞選》云：「『玉樓明月長相憶』又提。『柳絲裊娜』，送君之時，故『江上柳如煙』，夢中情境亦爾。七章『闌外垂絲柳』，八章『緑楊滿院』，九章『楊柳色依依』，十章『楊柳又如絲』，皆本此『柳絲裊娜』言之，明相憶之久也。」

【眉評】

[一] 低回欲絶。

【校記】

㊀録自《詞綜》。《詞選》亦有。

○○○又㊀

鳳皇相對盤金縷。牡丹一夜經微雨。明鏡照新妝。鬢輕雙臉長。　畫樓相望久。闌外垂絲柳。音信不歸來。社前雙燕回。

【校記】

㊀録自《詞選》。

○○○又[二]㊀

牡丹花謝鶯聲歇。緑楊滿院中庭月。相憶夢難成。背窗燈半明。　翠鈿金壓臉。寂寞香閨掩。人遠淚闌干。燕飛春又殘。《詞選》云：「『相憶夢難成』，正是『殘夢迷』情事。」

【眉評】

[一]三章云「相見牡丹時」，五章云「覺來聞曉鶯」，此云「牡丹花謝鶯聲歇」，言良辰已過，故下云「燕飛春又殘」也。

【校記】

㊀録自《詞綜》。《詞選》亦有。

○○○**又**㊀

滿宮明月梨花白。故人萬里關山隔。金雁一雙飛。淚痕沾繡衣。小園芳草緑。家住越溪曲。楊柳色依依。燕歸君不歸。[一]

【眉評】

[一]結句即七章「音信不歸來」二語意，重言以申明之，音更促，語更婉。

【校記】

㊀録自《詞綜》。《詞選》亦有。

又㈠

寶函鈿雀金鸂鶒。沈香閣㈡上吴山碧。楊柳又如絲。[一]驛橋春雨時。畫樓音信斷。芳草江南岸。鸞鏡與花枝。此情誰得知。[二]《詞選》云：「『鸞鏡』二句結，與『心事竟誰知』相應。」

【眉評】

[一]只一「又」字，含多少眼淚。

[二]沈鬱。

【校記】

㈠録自《詞綜》。《詞選》亦有。

㈡「閣」，宋本《花間集》作「闕」。

又㈠

南園滿地堆輕絮。愁聞一霎清明雨。雨後卻斜陽。杏花零落香。無言匀睡臉。枕上屏山掩。時節欲黄昏。無憀獨倚門。

【校記】

㊀録自《詞選》。《詞選》有評語：「此下乃敘夢。此章言黄昏。」

○○○又㊀

夜來皓月纔當午。垂簾悄悄無人語。深處麝煤㊁長。卧時留薄妝。　當年還自惜。往事那堪憶。花落㊂月明殘。錦衾知曉寒。[一]《詞選》云：「此自卧時至曉，所謂『相憶夢難成』也。」

【眉評】

[一]「知」字淒警，與「愁人知夜長」同妙。

【校記】

㊀録自《詞選》。

㊁「麝煤」，《花間集》作「麝煙」。

㊂「花落」，鼂本《花間集》作「花露」。

○○○又㊀

雨晴夜合玲瓏日。萬枝香裊紅絲拂。閒夢憶金堂。滿庭萱草長。繡簾垂䍡䍤。眉黛遠山綠。春水渡溪橋。凭欄魂欲銷。[一]《詞選》云：「此章正寫夢，垂簾、凭欄皆夢中情事，正應『人勝參差』三句。」

【眉評】

[一]「繡簾」四語婉雅。叔原㊁「夢中慣得無拘檢，又踏楊花過謝橋」，聰明語，然近於輕薄矣。

【校記】

㊀錄自《詞選》。

㊁「叔原」，底本誤作「叔源」。

○○○又㊀

竹風輕動庭除冷。珠簾月上玲瓏影。山枕隱濃妝㊁。綠檀金鳳皇。兩蛾愁黛淺。故國吴宮遠。春恨正關情。畫樓殘點聲。[一]《詞選》云：「此言夢醒。『春恨正關情』與五章『春夢正關情』相對雙鎖。」又云：「『青瑣』、『金堂』、『故國吴宮』，略露寓意。」

【眉評】

[一] 纏綿無盡。

【校記】

㊀ 録自《詞綜》。《詞選》亦有。

㊁ 「濃妝」，《花間集》作「穠粧」。

更漏子㊀

柳絲長，春雨細。花外漏聲迢遞。驚塞雁，起城烏。畫屏金鷓鴣。香霧薄。透簾幙。惆悵謝家池閣。紅燭背，繡簾垂。夢長君不知。[一]《詞選》云：「此三首亦〈菩薩蠻〉之意。『驚塞雁』三句，言懽戚不同，興下『夢長君不知』。」

【眉評】

[一] 思君之詞，託於棄婦以自寫哀怨，品最工，味最厚。

【校記】

㊀ 録自《詞綜》。《詞選》亦有。

又㊀

星斗稀，鐘鼓歇。簾外曉鶯殘月。蘭露重，柳風斜。滿庭堆落花。[一] 虛閣上。倚闌望。還是㊁去年惆悵。春欲暮，思無窮。舊歡如夢中。[二]《詞選》云：「『蘭露重』三句，與『塞雁』、『城烏』義同。」

【眉評】

[一]「蘭露」三句即上章意，署將懽戚顛倒爲變换。

[二]「還是去年惆悵」，欲語復咽，中含無限情事，是爲沈鬱。「舊歡」五字，結出不堪回首意。

【校記】

㊀録自《詞綜》。《詞選》亦有。

㊁「還是」，同《詞選》，《詞綜》作「還似」。

又㊀

玉爐香，紅蠟淚。偏照畫堂秋思。眉翠薄，鬢雲殘。夜長衾枕寒。梧桐樹。三更雨。不道離情正苦。一葉葉，一聲聲。空階滴到明。[一]胡元任㊁云：「庭筠工於造語，極爲奇麗㊂，此詞尤佳。」

【眉評】

[一]後半闋無一字不妙，沈鬱不及上二章，而淒警特絶。

【校記】

㊀録自《詞綜》。《詞選》亦有。

㊁「胡元任」，底本原作「胡云任」，據《詞綜》改，引文見胡仔《苕溪漁隱叢話》後集卷十七。

㊂「奇麗」，《苕溪漁隱叢話》作「綺靡」。

玉蝴蝶㈠

秋風凄切傷離。行客未歸時。塞外草先衰。江南雁到遲。[一]芙蓉凋嫩臉，楊柳墮新眉。摇落使人悲。斷腸誰得知。[二]

【眉評】

[一]括多少《秋思賦》。

[二]「凋嫩臉」，「墮新眉」，微落俗調。結語怨，卻有含蓄。

【校記】

㈠録自《詞綜》。

夢江南㈠

梳洗罷，獨倚望江樓。過盡千帆皆不是，斜暉脈脈水悠悠。腸斷白蘋洲。

【校記】

㊀ 録自《詞綜》。《詞選》亦有。

河傳㊀

湖上。閒望。雨瀟瀟㊁。煙浦花橋。路遥。謝娘翠蛾愁不銷。終朝。夢魂迷晚潮。[一]蕩子天涯歸棹遠。春已晚。鶯語空腸斷。若耶溪。溪水西。柳堤。不聞郎馬嘶。[二]

【眉評】

[一] 淒怨而深厚，最是高境。

[二] 此調最不易合拍，五代而後，幾成絶響。

【校記】

㊀ 録自《詞綜》。《續詞選》亦有。

㊁ 「瀟瀟」，同《續詞選》，《詞綜》作「蕭蕭」。

皇甫松 字子奇，湜之子。

夢江南㊀

蘭燼落，屏上暗紅蕉。閑夢江南梅熟日，夜船吹笛雨瀟瀟㊁。人語驛邊橋。

【校記】

㊀ 録自《詞綜》。《續詞選》亦有。

㊁ 「瀟瀟」，《花間集》作「蕭蕭」。

又㊀

樓上寢，殘月下簾旌。夢見秣陵惆悵事，桃花柳絮滿江城。[一] 雙髻坐吹笙。

【眉評】

[一] 夢境、畫境，婉轉淒清，亦飛卿之流亞也。

【校記】

㈠録自《詞綜》。《續詞選》亦有。

無名氏

後庭宴㈠

千里故鄉，十年華屋。亂魂飛過屏山簇。眼重㈡眉褪不勝春，菱花知我銷香玉。雙雙燕子歸來，應解笑人幽獨。斷歌零舞，遺恨清江曲。萬樹緑低迷，一庭紅撲簌。

【校記】

㈠録自《詞綜》。《詞選》亦有。

㈡「眼重」，《庚溪詩話》作「眼看」。

五代十國詞

南唐中宗李景㈠

【校記】

㈠ 李景，《舊五代史》：「景，本名璟，及將臣於周，以犯廟諱，故改之。」《新五代史》：「景，初名景通，昪長子也。既立，又改名璟。」

○○○山花子㈠

菡萏香銷翠葉殘。西風愁起緑波間。還與韶光㈡共憔悴，不堪看。[一] 細雨夢回雞塞遠㈢，小樓吹徹玉笙寒。多少淚珠何限恨，㈣倚闌干。

【眉評】

[一] 淒然欲絕。後主雖工於怨詞，總遜此哀婉沈至。

【校記】

㊀録自《詞綜》。《詞選》亦有。調名，吕遠本《南唐二主詞》作「浣溪沙」。

㊁「韶光」，吕遠本《南唐二主詞》作「容光」。

㊂「雞塞遠」，《苕溪漁隱叢話》作「清漏永」。

㊃「多少」句，《苕溪漁隱叢話》作「漱漱淚珠多少恨」。

又㊀

手捲真珠㊁上玉鈎。依前春恨鎖重樓。風裏落花誰是主，思悠悠。　青鳥不傳雲外信，丁香空結雨中愁。回首淥波三峽㊂暮，接天流。

【校記】

㊀録自《詞綜》。《詞選》亦有。調名，吕遠本《南唐二主詞》作「浣溪沙」。

㊁「真珠」，《唐宋諸賢絶妙詞選》作「珠簾」。

㊂「淥波三峽」，吕遠本《南唐二主詞》作「緑波三楚」。

○○浣溪沙㊀

風壓輕雲貼水飛。[一]乍晴池館燕爭泥。沈郎多病不勝衣。　沙上未聞鴻雁信，竹間時聽㊁鷓鴣啼。此情惟有落花知。

【眉評】

[一]起七字亦工於寫景。

【校記】

㊀録自《詞選》，據《唐五代詞選》校改。亦見《東坡樂府》，王仲聞考訂爲蘇軾作。

㊁「時聽」同《唐五代詞選》，《詞選》作「時有」。

南唐後主李煜

○○○相見歡[一]㊀

林花謝了春紅。太匆匆。無奈㊁朝來寒雨㊂晚來風。　胭脂淚。相留醉。㊃幾時重。自是人生長恨水長東。

【眉評】

［一］後主詞悽惋出飛卿之右，而騷意不及。

【校記】

㈠録自《詞綜》。《詞選》亦有。調名，吕遠本《南唐二主詞》作「烏夜啼」。

㈡「無奈」，吕遠本《南唐二主詞》作「常恨」。

㈢「寒雨」，吕遠本《南唐二主詞》作「寒重」。

㈣「相留醉」，吕遠本《南唐二主詞》作「留人醉」。

又㈠

無言獨上西樓。月如鈎。寂寞梧桐深院鎖清秋。　剪不斷。理還亂。是離愁。别是一般㈡滋味在心頭。［一］黄叔暘云：「此詞最淒婉，所謂『亡國之音哀以思』。」

【眉評】

［一］哀感頑艷，妙只説不出。

【校記】

㈠録自《詞綜》。《詞選》亦有。調名，《唐宋諸賢絶妙詞選》作「烏夜啼」。

㈡「一般」，《唐宋諸賢絶妙詞選》作「一番」。

浪淘沙㈠

簾外雨潺潺。春意闌珊㈡。羅衾不耐㈢五更寒。夢裏不知身是客，一晌貪歡。獨自暮㈣凭欄。無限江山㈤。别時容易見時難。流水落花歸去也㈥，天上人間。［二］蔡絛云：「含思悽惋。」

【眉評】

［一］結得悲惋，尤妙在神不外散，而有流動之致。

【校記】

㊀録自《詞綜》。《詞選》亦有。

㊁「闌珊」，吕遠本《南唐二主詞》作「將闌」。

㊂「不耐」，同《詞選》，《詞綜》作「不暖」。

㊃「暮」，吕遠本《南唐二主詞》作「莫」。

㊄「江山」，吕遠本《南唐二主詞》作「關山」。

㊅「歸去也」，吕遠本《南唐二主詞》原注「一作『何處也』」，董氏誦芬室鈔《南詞十三種》本《南唐二主詞》作「春去也」。

又㊀

往事只堪哀。[一]對景難排。秋風庭院蘚侵階。一桁㊁珠簾閒不卷，終日誰來。　金劍㊂已沈埋。壯氣蒿萊。晚涼天静㊃月華開。想得玉樓瑶殿影，空照秦淮。

【眉評】

[一]起五字極悽婉，而來勢妙，極突兀。

【校記】

㊀録自《詞綜》。《詞選》亦有。

㊁「一桁」，同《詞選》，《詞綜》作「一行」，董氏誦芬室鈔《南詞十三種》本《南唐二主詞》作「一任」。

㊂「金劍」，吕遠本《南唐二主詞》作「金鎖」。

㊃「天静」，吕遠本《南唐二主詞》作「天浄」。

清平樂㊀

別來春半。觸目愁腸斷。砌下落梅如雪亂。拂了一身還滿。　雁來音信無憑。路遥歸夢難成。離恨恰如春草，更行更遠還生。[一]

【眉評】

[一]永叔「離愁漸遠漸無窮」二語，從此脱胎。

【校記】

㊀録自《詞綜》。《詞選》亦有。

蜀主孟昶

玉樓春 夜起避暑摩訶池上作㊀

冰肌玉骨清無汗。水殿風來暗香滿。繡簾一點月窺人，㊁欹枕釵横雲鬢亂。　起來瓊户啓無聲，時見疎星渡河漢。屈指西風幾時來，只恐流年暗中換。《詞綜》云：「蘇子瞻《洞仙歌》本檃括此詞，然未免反有點金之憾。」

【校記】

㊀録自《詞綜》。詞題，《花草粹編》作「與花蕊夫人夜起避暑摩訶池上」。

㊁「繡簾」句，《花草粹編》作「簾開明月獨窺人」。

韋莊

字端己㊀，杜陵人。乾甯元年進士，入蜀，王建辟掌書記，尋召爲起居舍人，建表留之，後爲蜀散騎常侍，判中書門下事。有《浣花集》。

【校記】

㊀「端己」，原稿作「端巳」，以下俱同，徑改。

○○○菩薩蠻[一]㊀

紅樓別夜堪惆悵。香燈半捲流蘇帳。殘月出門時。美人和淚辭。琵琶金翠羽。絃上黃鶯語。勸我早歸家。緑窗人似花。《詞選》云：「此詞蓋留蜀後寄意之作。一章言奉使之志本欲速歸也。」

【眉評】

[一]深情苦調，意婉詞直，屈子《九章》之遺。○詞至端己，語漸疎快，意卻深厚，雖不及飛卿之沈鬱，亦古今絶構也。

【校記】

㊀録自《詞綜》。《詞選》亦有。

○○○又㊀

人人盡説江南好。游人只合江南老。[二]春水碧於天。畫船聽雨眠。鑪邊人似月。皓腕凝霜雪㊁。未老莫還鄉。還鄉須斷腸。《詞選》云：「此章述蜀人勸留之辭，即下章云『滿樓紅袖招』也。」

江南即指蜀，中原沸亂，故曰『還鄉須斷腸』。」

【眉評】

［一］諱蜀爲江南，是其良心不死處。端己人品未爲高，然其情亦可哀矣。

【校記】

㊀録自《詞綜》。《詞選》亦有。

㊁「霜雪」，《花間集》作「雙雪」。

又㊀

如今卻憶江南樂。當時年少春衫薄。騎馬倚斜橋。滿樓紅袖招。翠屏金屈曲。醉入花叢宿。此度見花枝。白頭誓不歸。［一］《詞選》云：「上云『未老莫還鄉』，猶冀老而還鄉也。其後朱溫篡成，中原愈亂，遂決勸進之志，故曰『如今卻憶江南樂』，又曰『白頭誓不歸』。則此詞之作，其在相蜀時乎？」

【眉評】

［一］決絕語正自淒楚。

【校記】

㊀ 録自《詞綜》。《詞選》亦有。

又㊀

洛陽城裏春光好。洛陽才子他鄉老。柳暗魏王堤。此時心轉迷。[一] 桃花春水淥。水上鴛鴦浴。凝恨對斜暉㊁。憶君君不知。《詞選》云：「此章致思君㊂之意。」

【眉評】

[一] 中有難言之隱。

【校記】

㊀ 録自《詞選》。

㊁ 「斜暉」，《花間集》作「殘暉」。

㊂ 「思君」，《詞選》原書作「思唐」。

歸國遥[一]㊀

金翡翠。爲我南飛傳我意。罨畫橋邊春水。幾年花下醉。別後只知相愧。淚珠難遠寄。羅幙繡幃鴛被。舊歡如夢裏。

【眉評】

[一]此亦《菩薩蠻》之意。

【校記】

㊀録自《詞綜》。《續詞選》亦有。

應天長㊀

緑槐陰裏黃鸝㊁語。深院無人春晝午。畫簾垂，金鳳舞。寂寞繡屏香一炷。碧天雲，無定處。空有夢魂來去。夜夜緑窗風雨。斷腸君信否。[一]

【眉評】

[一] 亦「憶君君不知」意。

【校記】

㊀ 録自《詞綜》。《續詞選》亦有。

㊁ 「黃鸝」，《花間集》作「黃鶯」。

浣溪沙㊀

夜夜相思更漏殘。傷心明月凭闌干。想君思我錦衾寒。[一] 咫尺畫堂深似海，憶來惟把舊書看。幾時攜手入長安。

【眉評】

[一] 從對面設想便深厚。

【校記】

㊀ 録自《清綺軒詞選》，原有詞題「閨怨」，《花間集》亦無。

謁金門㊀

空相憶。無計得傳消息。天上嫦娥人不識。寄書何處覓。　新睡覺來無力。不忍把君㊁書跡。滿院落花春寂寂。斷腸芳草碧。

【校記】

㊀録自《唐五代詞選》。

㊁「把君」，晁本《花間集》作「把伊」。

更漏子㊀

鐘鼓寒，樓閣暝。月照古桐金井。深院閉，小庭空。落花香露紅。　煙柳重，春霧薄。燈背水窗高閣。閒倚户，暗沾衣。待郎郎不歸。

【校記】

㊀録自《詞綜》。《續詞選》亦有。

牛嶠

字松卿，一字延峰，隴西人。乾符五年進士，歷官拾遺，補尚書郎。王建鎮蜀，辟判官，後事蜀，爲給事中。

菩薩蠻㊀

舞裙香暖金泥鳳。畫梁語燕驚殘夢。門外柳花飛。玉郎猶未歸。　愁匀紅粉淚。眉剪春山翠。何處是遼陽。錦屏春晝長。[一]

【眉評】

[一] 温麗芊綿，飛卿流亞。

【校記】

㊀ 録自《詞綜》。《詞選》亦有。

又㊀

緑雲鬢上飛金雀。愁眉斂翠春煙薄。香閣掩芙蓉。畫屏山幾重。　窗寒天欲曙。猶結同心苣。啼粉涴[二]羅衣。問郎何日歸。《詞選》云：「『鶯殘夢』一點，以下純是夢境。章法似《西洲曲》。」又云：「《花間集》七首，詞意頗雜，蓋非一時之作。《詞綜》刪存二首，章法絶妙。」[三]

【校記】

[一] 録自《詞綜》。《詞選》亦有。

[二] 「涴」，《花間集》作「汙」。

[三] 「《花間集》七首」一段，《詞選》原書在前首調下。

、○江城子[一]

鵁鶄飛起郡城東。碧江空。半灘風。越王宮殿、蘋葉藕花中。[一]簾捲水樓魚浪[二]起，千片雪，雨濛濛。

【眉評】

[一] 感慨蒼涼。

【校記】

㈠録自《詞綜》。

㈡「魚浪」，《花間集》作「漁浪」。

歐陽炯

事後蜀，爲中書舍人，《宣和畫譜》貫休傳云「大學士」。

、○江城子[一]㈠

曉日㈡金陵岸草平。落霞明。水無情。六代繁華、暗逐逝波聲。空有姑蘇臺上月，如西子鏡，照江城。

【眉評】

[一]與松卿作同一感慨，彼於悲壯中寓風流，此於伊鬱中饒蘊藉。

【校記】

㈠録自《詞綜》。

㊁「曉日」，誤從《詞綜》，應從《花間集》作「晚日」。

鹿虔扆 事蜀，爲永泰軍節度使，加太保。

臨江仙㊀

金鎖重門荒苑靜，綺窗愁對秋空。翠華一去寂無蹤。玉樓歌吹，聲斷已隨風。　煙月不知人事改，夜闌還照深宮。藕花相向野塘中。暗傷亡國，清露泣香紅。[一]

【眉評】

[一]《黍離》、《麥秀》之悲。

【校記】

㊀録自《詞綜》。《詞選》亦有。

李珣

梓州人。蜀秀才。有《瓊瑶集》。黄休復《茅亭客話》：「其先波斯人，有詩名，預賓貢。」

○菩薩蠻㊀

回塘風起波文細。刺桐花裏門斜閉。殘日照平蕪。雙雙飛鷓鴣。征帆何處客。相見還相隔。不語欲魂銷。望中煙水遥。

【校記】

㊀録自《詞綜》。《續詞選》亦有。

孫光憲

字孟文，陵州人。游荆南，高從晦署爲從事。仕南平，累官檢校秘書兼御史大夫。勸高繼冲獻三州之地，宋太祖授以黄州刺史，將用爲學士，未及而卒。有《荆臺》、《筆傭》、《橘齋》、《鞏湖》諸集。

、○後庭花㊀

石城依舊空江國。故宫春色。七尺青絲芳草碧㊁。絶世難得。玉英落盡何人識。㊂野

棠如織。只是教人添怨憶。悵望無極。[一]

【眉評】

[一] 胸有所鬱，觸處傷懷，妙在不説破，説破則淺矣。

【校記】

㊀ 録自《詞綜》。

㊁「芳草碧」，《花間集》作「芳草緑」。

㊂「玉英」句，《花間集》作「玉英凋落盡，更何人識」。

○浣溪沙㊀

蓼岸風多橘柚香。江邊一望楚天長。片帆煙際閃孤光。　目送征鴻飛杳杳，思隨流水去茫茫。蘭紅波碧憶瀟湘。

【校記】

㊀ 録自《詞綜》。

謁金門㊀

留不得。留得也應無益。白紵春衫如雪色。揚州初去日。　輕別離，甘拋擲。江上滿帆風疾。卻羨綵鴛三十六。孤鸞還一隻。[一]

【眉評】

[一]不遇之感，自嘆語，亦是自負語。◯「還」字妙，落拓非一日矣。

【校記】

㊀録自《詞綜》。

馮延巳 字正中，其先彭城人，唐末徙家新安。事南唐，爲左僕射同平章事。有《陽春録》一卷。

蝶戀花㊀

六曲闌干偎碧樹。楊柳風輕，展盡黄金縷。誰把鈿筝移玉柱。穿簾燕子雙飛㊁去。　滿

眼游絲兼落絮。紅杏開時，一霎清明雨。濃睡覺來鶯亂㊂語。驚殘好夢無尋處。[一]

【眉評】

[一] 憂讒畏譏，思深意苦，信其言不必論其人也。

【校記】

㊀ 録自《詞綜》。《詞選》亦有。

㊁ 「燕子雙」，四印齋本《陽春集》作「海燕驚」，下注云：「別作『燕子雙』。」

㊂ 「鶯亂」，四印齋本《陽春集》作「慵不」，下云：「別作『鶯亂』。」

又㊀

誰道閑情拋棄㊁久。每到春來，惆悵還依舊。日日花前常病酒。不㊂辭鏡裏朱顏瘦。[一] 河畔青蕪堤上柳。爲問新愁，何事年年有。獨立小橋㊃風滿袖。平林新月人歸後。

【眉評】

[一] 始終不踰其志，亦可謂自信而不疑，果毅而有守矣。

【校記】

㈠録自《詞綜》。《詞選》亦有。

㈡「棄」，四印齋本《陽春集》作「擲」，下注云：「別作『棄』」。

㈢「不」，四印齋本《陽春集》作「敢」，下注云：「別作『不』」。

㈣「橋」，四印齋本《陽春集》作「樓」，下注云：「別作『橋』」。

又㈠

幾日行雲何處去。忘卻㈡歸來，不道春將暮。百草千花寒食路。香車繫在誰家樹。[一]　淚眼倚樓頻獨語。雙燕來時㈢，陌上相逢否。[二]　撩㈣亂春愁如柳絮。依依㈤夢裏無尋處。《詞選》云：「三詞忠愛纏綿，宛然《騷》、《辨》之義。延巳爲人專蔽嫉妒，又敢爲大言，此詞蓋以排間異己者，其君之所以信而弗疑也。」

【眉評】

[一]　低回曲折，藹乎其言，可以羣，可以怨。

[二]　情詞悱惻。○「雙燕」二語，映首章。

【校記】

㊀録自《詞綜》。《詞選》亦有。

㊁「卻」，四印齋本《陽春集》字下注云：「別作『了』。」

㊂「來時」，四印齋本《陽春集》作「飛來」，下注云：「別作『來時』。」

㊃「掩」，四印齋本《陽春集》作「撩」，下注云：「別作『掩』。」

㊄「依依」，四印齋本《陽春集》作「悠悠」，下注云：「別作『依依』。」

又[一]㊀

庭院深深深幾許。楊柳堆煙，簾幙無重數。玉勒雕鞍游冶處。樓高不見章臺路。雨橫風狂三月暮。門掩黃昏，無計留春住。淚眼問花花不語。亂紅飛過㊁秋千去。

【眉評】

[一]《詞選》本李易安詞序，指此章爲歐陽永叔作，謂：「『庭院深深』，閨中既以邃遠也；『樓高不見』，哲王又不寤也；『章臺』、『游冶』，小人之徑；『雨橫風狂』，政令暴急也；『亂紅飛去』，斥逐非一人而已，殆爲韓、范作乎？」此論亦通。他本亦多作永叔詞，惟《詞綜》獨斷爲馮延巳作。竹垞博覽群

書，必有所據，且與上三章一色筆墨，從之。

【校記】

㈠録自《詞綜》。《詞選》亦有。

㈡「飛過」，四印齋本《陽春集》作「飛入」。

羅敷艷歌㈠

小堂深静無人到，滿院春風。惆悵牆東。一樹櫻桃帶雨紅。愁心似醉兼如病，欲語還慵。日暮疏鐘。雙燕歸來㈡畫閣中。

【校記】

㈠録自《詞綜》。《續詞選》亦有。調名，《陽春集》作「采桑子」。下同。

㈡「來」，四印齋本《陽春集》作「棲」，下注云：「别作『來』。」

又㈠

笙歌放後㈢人歸去，獨宿江樓。月上雲收。一半珠簾挂玉鈎。起來檢點㈢經遊地，處處新愁。憑仗東流。將取離心過橘州㊃。

【校記】

㊀ 録自《唐五代詞選》。
㊁「放後」，四印齋本《陽春集》、《唐五代詞選》作「放散」。
㊂「檢點」，四印齋本《陽春集》作「點檢」。
㊃「州」，四印齋本《陽春集》作「洲」，下注云：「别作『州』。」

菩薩蠻[一]㊀

畫堂昨夜西風過。繡簾時拂朱門鎖。驚夢不成雲。雙蛾枕上顰。金爐煙嫋嫋。燭暗紗窗曉。殘日㊁尚彎環。玉筝和淚彈。

【眉評】

[一]〔菩薩蠻〕諸闋，語長心重，温、韋之亞也。

【校記】

㈠録自《唐五代詞選》。

㈡「殘日」，此從《唐五代詞選》，宜從四印齋本《陽春集》作「殘月」。

又㈠

回廊遠砌生秋草。夢魂千里青門道。鸚鵡怨長更。碧籠金鎖横。羅帷中夜起。霜月清如水。玉露不成圓。寶箏悲斷絃。

【校記】

㈠録自《唐五代詞選》。

又㈠

嬌鬟堆枕釵横鳳。溶溶春水楊花夢。紅燭涙闌干。翠屏煙浪寒。錦壺催畫箭。玉佩天涯遠。和涙試嚴妝。落梅飛夜霜㈡。

【校記】

㈠録自《唐五代詞選》。

㈡「夜霜」，四印齋本《陽春集》作「曉霜」。

○○又㈠

西風嫋嫋凌歌扇。秋期正與行雲㈡遠。花葉脱霜紅。流螢殘月中。　蘭閨人在否。千里重樓暮。翠被已銷香。夢隨寒漏長。

【校記】

㈠録自《唐五代詞選》。

㈡「雲」，四印齋本《陽春集》作「人」，下注云：「人，别作『雲』。」

○○又㈠

沈沈朱户横金鎖。紗窗月影隨花過。燭淚欲闌干。落梅生晚寒。　寶釵横翠鳳。千里香屏夢。雲雨已荒涼。江南春草長。

【校記】

㊀ 録自《唐五代詞選》。

清平樂㊀

雨晴煙晚。緑水新池滿。雙燕飛來垂柳院。小閣畫簾高卷。　黄昏獨倚朱闌。西南新月眉彎。砌下落花風起，羅衣特地春寒。

【校記】

㊀ 録自《詞選》。

喜遷鶯㊀

宿鶯啼，鄉夢斷，春樹曉朦朧。殘燈和燼閉朱櫳。人語隔屏風。[一]　香已寒，燈已絶。忽憶去年離別。石城花雨倚江樓。波上木蘭舟。

【眉評】

［一］恍惚得妙。

【校記】

㈠録自《詞綜》。《續詞選》亦有。

耿玉真女郎

菩薩蠻㈠

玉京人去秋蕭索。畫簷鵲起梧桐落。攲枕悄無言。月和清夢㈡圓。　背燈惟暗泣。何處㈢砧聲急。眉黛遠山㈣攢。芭蕉生暮寒。［一］南唐盧絳病痁，且死，夜夢白衣婦人歌此詞勸酒，歌數闋，因謂絳曰：「子之疾，食蔗即愈。」如言果差。追數夕，又夢前婦人曰：「妾乃玉真也。他日富貴，相見於固子坡。」後入金陵，累官柱國。唐亡歸宋，以龔慎儀事坐誅。臨刑，有白衣婦人同斬，姿貌宛如所夢。問其姓名，曰：「耿玉真。」問受刑之地，即固子坡也。

【眉評】

［一］如怨如慕，極深款之致。

【校記】

㈠録自《詞綜》。

㈡「清夢」，馬令《南唐書·盧絳傳》作「殘淚」。

㈢「何處」，馬令《南唐書·盧絳傳》作「甚處」。

㈣「遠山」，馬令《南唐書·盧絳傳》作「小山」。

大雅集卷二

宋詞

徽宗皇帝

燕山亭見杏花作㊀

裁剪冰綃，輕疊數重，冷淡㊁臙脂勻注。新樣靚妝，艷溢香融，羞殺蘂珠宮女。易得凋零，更多少、無情風雨。愁苦。問㊂院落淒涼，幾番朝暮㊃。　憑寄離恨重重，這雙燕何曾，會人言語。天遥地遠，萬水千山，知他故宫何處。怎不思量，除夢裏、有時曾去。無據。和夢也、新來㊄不做。[一]

【眉評】

[一] 情見乎詞，宋構之罪，擢髮難數矣。

【校記】

㈠録自《詞綜》。《詞選》亦有。詞題，朱本《宋徽宗詞》作「北行見杏花」。

㈡「冷淡」，朱本《宋徽宗詞》作「淡著」，下注云：「《（花草）粹編》作『冷淡』，《草堂詩餘》作『淺淡』。」

㈢「問」，朱本《宋徽宗詞》作「閒」。

㈣「朝暮」，朱本《宋徽宗詞》、《詞綜》、《詞選》作「春暮」。

㈤「新來」，同《詞綜》，《詞選》作「有時」，《詞綜》字下注云：「一作『新來』。」

晏殊

字同叔，臨川人。景祐二年同進士出身，康定間拜集賢殿學士，同中書門下平章事，兼樞密使。卒，贈司空兼侍中，謚元獻。有《珠玉詞》一卷。㈠

【校記】

㈠小傳，據《宋史》「景祐」應爲「景德」，「康定」應爲「慶曆」。

浣溪沙㈠

一曲新詞酒一杯。去年天氣舊亭臺。夕陽西下幾時回。[一]　無可奈何花落去，似曾相識燕歸來。小園香徑獨徘徊。

【眉評】

[一]有一刻千金之感。

【校記】

㊀録自《清綺軒詞選》。

踏莎行㊀

小徑紅稀，芳郊緑遍。高臺樹色陰陰見。春風不解禁楊花，濛濛亂撲行人面。翠葉藏鶯，珠簾㊁隔燕。爐香静逐遊絲轉。一場愁夢酒醒時，斜陽卻照深深院。《詞選》云：「此詞亦有所興，蓋亦『庭院深深』之流也。」

【校記】

㊀録自《詞綜》。《詞選》亦有。

㊁「珠簾」，《珠玉詞》作「朱簾」。

○○蝶戀花㊀

檻菊愁煙蘭泣露。羅幙輕寒，燕子雙飛去。明月不諳離別㊁苦。斜光到曉穿朱户。昨夜西風凋碧樹。獨上高樓，望盡天涯路。欲寄彩鸞㊂無㊃尺素。山長水闊知何處。[一]

【眉評】

[一] 纏綿悱惻，雅近正中。

【校記】

㊀ 録自《詞綜》。調名，汲古閣本《珠玉詞》注：「向另刻《鵲踏枝》。」

㊁ 「離別」，汲古閣本《珠玉詞》作「離恨」。

㊂ 「彩鸞」，汲古閣本《珠玉詞》作「彩箋」。

㊃ 「彩鸞無」，吴訥本《珠玉詞》作「彩箋兼」。

李師中

字誠之，楚邱人。中進士科，仁宗朝，權主管經略司文字，提點廣西刑獄，歷天章閣待制、河東都轉運使，貶和州團練副使安置，遷右司郎中。

○菩薩蠻㊀

子規啼破城樓月。畫船曉載笙歌發。兩岸荔枝紅。萬家煙雨中。　佳人相對泣。淚下羅衣濕。從此信音稀。嶺南無雁飛。［一］

【眉評】

［一］結得凄咽。「從此」二字，包括前後多少事情。

【校記】

㊀録自《詞綜》。

林逋 字君復，錢塘人。結廬孤山二十年，足不及城市。真宗賜以粟帛，詔長吏歲時勞問。既卒，仁宗賜謚和靖先生。有集。

點絳脣 草(一)

金谷年年，亂生春色誰爲主。餘花落處。滿地和煙雨。又是離歌，一闋長亭暮。王孫去。萋萋無數。南北東西路。

【校記】

(一) 録自《詞綜》。

范仲淹 字希文，吴縣人。大中祥符八年進士，仕至樞密副使、參知政事。卒，贈兵部尚書、楚國公，謚文正。有集。

蘇幕遮〔二〕(一)

碧雲天，紅葉(二)地。秋色連波，波上寒煙翠。山映斜陽天接水。芳草無情，更在斜陽外。[二]　黯鄉魂，追旅意㊂。夜夜除非，好夢留人睡。明月樓高休獨倚。酒入愁腸，化作相思淚。《詞選》云：「此去國之情。」

【眉評】

[一] 工於寫景，層折極多。

[二] 「芳草」二語沈至。

【校記】

㊀ 録自《詞綜》。《詞選》亦有。

㊁ 「紅葉」，《樂府雅詞》作「黄葉」。

㊂ 「旅意」，《樂府雅詞》、《唐宋諸賢絶妙詞選》作「旅思」。

歐陽修　字永叔，廬陵人。第進士，歷官禮部侍郎，兼翰林侍讀學士，拜樞密副使、參知政事，以太子少師致仕，卒，贈太子太師，謚文忠。有《六一居士詞》三卷。

踏莎行㊀

候館梅殘，溪橋柳細。草熏風暖摇征轡。離愁漸遠漸無窮，迢迢不斷如春水。[一]　寸寸柔腸，盈盈粉淚。樓高莫近危欄倚。平蕪盡處是春山，行人更在春山外。

【眉評】

［一］較後主「離恨恰如芳草」二語，更綿遠有致。

【校記】

㊀ 録自《詞綜》。《續詞選》亦有。

玉樓春㊀

湖邊柳外樓高處。望斷雲山多少路。闌干倚遍使人愁，又是天涯初日暮。輕無管繫狂無數。水畔飛花㊁風裏絮。算伊渾似薄情郎，去便不來來便去。

【校記】

㊀ 録自《詞綜》。

㊁「飛花」，《歐陽文忠公集》之《近體樂府》作「花飛」。

○○**少年游** 草㈠

闌干十二獨凭春。晴碧遠連雲。千里萬里，二月三月，行色苦愁人。　謝家池上，江淹浦畔，吟魄與離魂。那堪疏雨滴黄昏。更特地、憶王孫。[一]吴虎臣云：「不惟君復、聖俞二詞不及，雖求諸唐人温、李集中，殆與之爲一矣。」㈡

【眉評】

[一] 將「憶王孫」三字插在「疏雨」、「黄昏」之後，筆力既横，意味亦長，故應勝君復、聖俞作。（君復詞見前，聖俞詞録入《别調集》。）

【校記】

㈠ 録自《詞綜》。《能改齋漫録》調名作「少年遊令」，無詞題。

㈡ 此評吴曾《能改齋漫録》卷十七作「不惟前二公所不及，雖置諸唐人温、李集中，殆與之爲一矣。」

○○**蝶戀花**㈠

畫閣歸來春又晚。燕子雙飛，柳軟桃花淺。細雨滿天風滿院。愁眉斂盡無人見。　獨倚闌干心緒亂。芳草芊綿，尚憶江南岸。風月無情人暗換。舊遊如夢空腸斷。

【校記】

㊀録自《宋六十一家詞選》。

又㊀

小院深深門掩乍㊁。寂寞珠簾，畫閣重重下。欲近禁煙微雨罷。緑楊深處秋千挂。[一]傅粉狂遊猶未捨。不念芳時，眉黛無人畫。薄倖未歸春去也。杏花零落紅香㊂謝。

【眉評】

[一]清雅芊麗，正中之匹也。

【校記】

㊀録自《詞綜》。

㊁「乍」，《詞綜》字下注：「一作『亞』。」《歐陽文忠公集》之《近體樂府》作「亞」。

㊂「紅香」,《歐陽文忠公集》之《近體樂府》作「香紅」。

王安石 字介甫,臨川人。舉進士,熙寧初,同中書門下平章事,封舒國公,加司空,卒,贈太傅,謚曰文,崇寧中追封舒王。有《臨川集》,詞一卷。

桂枝香 金陵懷古㊀

登臨送目。正故國晚秋,天氣初肅。千里澄江似練,翠峰如簇。征帆去棹殘陽裏,背西風、酒旗斜矗。綵舟雲淡,星河鷺起,圖畫難足。　念自昔㊁、豪華競逐。歎門外樓頭,悲恨相續。千古憑高對此,謾嗟榮辱。六朝舊事隨流水,但寒煙、衰草㊂凝綠。[一]至今商女,時時猶唱,後庭遺曲。

【眉評】

[一]筆力蒼秀。

【校記】

㊀録自《詞綜》。《續詞選》亦有。

㈡「自昔」，《樂府雅詞》作「往昔」。
㈢「衰草」，《樂府雅詞》作「芳草」。

晏幾道 字叔原，殊幼子。監潁昌許田鎮。有《小山詞》一卷。

臨江仙㈠

夢後樓臺高鎖，酒醒簾幕低垂。去年春恨卻來時。落花人獨立，微雨燕雙飛。[一]　記得小蘋初見，兩重心字羅衣。琵琶絃上説相思。當時明月在，曾照綵雲歸。[二]

【眉評】

[一]「落花」十字，自是天生好言語。

[二]回首可憐。

【校記】

㈠録自《詞綜》。《詞選》亦有。

又㊀

身外閒愁空滿，眼中歡事常稀。明年應賦送君詩。細從今夜數，相會幾多時。[一]淺酒欲邀誰勸，深情惟有君知。東溪春近㊁好同歸。柳垂江上影，梅謝雪中枝。

【眉評】

[一] 淺處皆深。

【校記】

㊀ 録自《宋六十一家詞選》。

㊁ 「春近」，底本作「春盡」，據《小山詞》、《宋六十一家詞選》改。

又㊀

淡水三年歡意，危絃幾夜離情。曉霜紅葉舞歸程。客情今古道，秋夢短長亭。緑酒㊁尊前清淚，陽關疊裏離聲。少陵詩思舊才名。雲鴻相約處，煙霧九重城。

【校記】

(一) 録自《宋六十一家詞選》。

(二) 「緑酒」，朱本《小山詞》作「淥酒」。

蝶戀花(一)

醉別西樓醒不記。春夢秋雲，聚散真容易。斜月半窗人少睡(二)。畫屏閒展吳山翠。

衣上酒痕詩裏字。點點行行，總是淒涼意。紅燭自憐無好計。夜寒空替人垂淚。[一]

【眉評】

[一] 一字一淚，一字一珠。

【校記】

(一) 録自《詞綜》。

(二) 「人少睡」，《小山詞》、《詞綜》作「還少睡」。

○○又[一]㊀

欲減羅衣寒未去。不卷珠簾，人在深深處。殘杏枝頭花幾許。啼紅正恨㊁清明雨。　盡日沈香煙㊂一縷。宿酒醒遲，惱破春情緒。遠信還因歸燕誤。㊃小屏風上西江路。

【眉評】

[一] 此詞亦見趙德麟《聊復集》，今從《宋六十一家詞選》屬小山作。

【校記】

㊀ 録自《宋六十一家詞選》。《詞綜》作趙令時詞。

㊁ 「正恨」，《詞綜》作「止恨」。

㊂ 「沈香煙」，《詞綜》作「水沉香」。

㊃ 「遠信還因歸燕誤」，《詞綜》作「飛燕又將歸信誤」。

張先 字子野，吴興人。爲都官郎中。有《安陸集》，詞一卷。

卜算子㊀

夢短寒夜長，坐待清霜曉。臨鏡無人爲整妝，但自學、孤鸞照。樓臺紅樹杪。風月依前好。江水東流郎在西，問尺素、何由到。[一]

【眉評】

[一] 饒有古意。

【校記】

㊀ 録自《詞綜》。

天仙子㊀

水調數聲持酒聽。午睡醒來愁未醒。送春春去幾時回，臨晚鏡。傷流景。往事悠悠㊁空記省。沙上竝禽池上暝。雲破月來花弄影。重重翠幕㊂密遮燈，風不定。人初靜。明日落紅應滿徑。

【校記】

㊀録自《詞選》。朱本《張子野詞》有詞序：「時爲嘉禾小倅，以病眠，不赴府會。」

㊁「悠悠」，朱本《張子野詞》作「後期」。

㊂「翠幕」，朱本《張子野詞》作「簾幕」。

木蘭花 乙卯吴興寒食㊀

龍頭舴艋吴兒競。筍柱秋千遊女竝。芳洲拾翠暮忘歸，秀野踏青來不定。　行雲去後遥山暝。已放笙歌池院静。中庭月色正清明，無數楊花過無影。

【校記】

㊀録自《詞綜》。

青門引㊀

乍煖還清冷㊁。風雨晚來方定。庭軒寂寞近清明，殘花中酒，又是去年病。［一］　樓頭畫角風吹醒。入夜重門靜。那堪更被明月，隔牆送過秋千影。

【眉評】

［一］韻流絃外，神注箇中。〇耆卿而後，聲調漸變，子野猶多古意。

【校記】

㊀録自《詞綜》。《詞選》亦有。

㊁「清冷」，《張子野詞》、《詞綜》、《詞選》作「輕冷」。

柳永　初名三變，字耆卿，樂安人。景祐元年進士，官至屯田員外郎。有《樂章集》九卷。

雨零鈴㊀

寒蟬淒切。對長亭晚，驟雨初歇。都門帳飲無緒，方留戀㊁處，蘭舟催發。執手相看淚眼，竟無語凝咽㊂。念去去、千里煙波，暮靄沈沈楚天闊。 多情自古傷離別。更那堪、冷落清秋節。今宵酒醒何處，楊柳岸、曉風殘月。[一] 此去經年，應是良辰，好景虛設。便縱有、千種風情，待與㊃何人說。

【眉評】

[一] 預思別後情況，工於言情。

【校記】

㊀ 録自《詞綜》、《清綺軒詞選》。《續詞選》亦有。調名，同《清綺軒詞選》，朱本《樂章集》、《詞綜》作「雨霖鈴」。

㊁ 「方留戀」，朱本《樂章集》作「留戀」。

㊂ 「凝咽」，朱本《樂章集》作「凝噎」。

㊃ 「待與」，同《清綺軒詞選》，朱本《樂章集》、《詞綜》作「更與」。

○少年遊㊀

參差煙樹霸陵橋。風物盡前朝。衰楊古柳，幾經攀折，憔悴楚宮腰。 夕陽閒淡秋光老，離思滿蘅皋。一曲陽關，斷腸聲盡，獨自上蘭橈㊁。

【校記】

㊀ 録自《詞綜》。

㊁ 「上蘭橈」，朱本《樂章集》作「凭蘭橈」。

八聲甘州[一]㊀

對瀟瀟㊁暮雨灑江天，一番洗清秋。漸霜風凄緊㊂，關河冷落，殘照當樓。是處紅衰緑減㊃，苒苒物華休。惟有長江水，無語東流。不忍登高臨遠，望故鄉渺邈，歸思難收。歎年來蹤跡，何事苦淹留。想佳人、妝樓長望㊄，[二]誤幾回、天際識歸舟。爭知我、倚闌干處，正恁凝愁。

【眉評】

[一] 情景兼到，骨韻俱高，無起伏之痕，有生動之趣，古今傑搆，耆卿集中僅見之作。

[二]「佳人妝樓」四字連用，俗極。擇言貴雅，何不檢點如是？致令白璧微瑕。

【校記】

㈠ 録自《詞綜》。
㈡「蕭蕭」，朱本《樂章集》作「瀟瀟」。
㈢「凄緊」，朱本《樂章集》作「凄慘」。
㈣「緑減」，朱本《樂章集》作「翠減」。
㈤「長望」，朱本《樂章集》作「顒望」。

蘇軾　字子瞻，眉山人。嘉祐初試禮部第一，歷官翰林學士，紹聖初安置惠州，徙昌化，元符初北還，卒於常州。高宗即位，贈資政殿學士，復贈太師，謚文忠。有《東坡居士詞》三卷。

點絳唇[一]㈠

月轉烏啼，畫堂宮徵生離恨。美人愁悶。不管羅衣褪。　清淚斑斑，揮斷柔腸寸。嗔人問。背燈偷搵。拭盡殘妝粉。

【眉評】

[一] 一片去國流離之思，卻能哀而不傷。

【校記】

㊀ 録自《清綺軒詞選》。此詞《東坡樂府》、《淮海居士長短句》俱有。

水調歌頭[一]㊀

明月幾時有，把酒問青天。不知天上宮闕，今夕是何年。我欲乘風歸去，又恐瓊樓玉宇，高處不勝寒。起舞弄清影，何似在人間。轉朱閣，低綺户，照無眠。不應有恨，何事偏向㊁別時圓。人有悲歡離合，月有陰晴圓缺，此事古難全。[二]但願人長久，千里共嬋娟。[三]《詞選》㊂云：「忠愛之言，惻然動人。神宗讀『瓊樓玉宇，高處不勝寒』之句，以爲『終是愛君』，宜矣。」

【眉評】

[一] 純以神行，不落騷雅窠臼。太白之詩，東坡之詞，皆是異樣出色。

[二] 平情。

[三] 結得忠厚。

【校記】

㈠ 録自《續詞選》。《東坡樂府》有小序：「丙辰中秋，歡飲達旦，大醉。作此篇，兼懷子由。」

㈡ 「偏向」，《東坡樂府》作「長向」。

㈢ 所引《詞選》語，實出《續詞選》。

賀新涼㈠

乳燕飛華屋。悄無人、槐陰㈡轉午，晚涼新浴。手弄生綃白團扇，扇手一時似玉。漸困倚、孤眠清熟。簾外誰來推繡户，枉教人、夢斷瑶臺曲。又卻是，風敲竹。石榴半吐紅巾蹙。待浮花、浪蕊都盡，伴君幽獨。穠艷㈢一枝細看取，芳意㈣千重似束。又恐被、西風㈤驚緑。若待得君來向此，花前對酒不忍觸。共粉淚，兩簌簌㈥。胡元任云：「托意高遠。」

【校記】

㈠ 録自《詞綜》。《詞選》亦有。調名，《東坡樂府》作「賀新郎」。

㈡「槐陰」，《東坡樂府》作「桐陰」。
㈢「穠艷」，《東坡樂府》作「濃艷」。
㈣「芳意」，《東坡樂府》作「芳心」。
㈤「西風」，吴訥《唐宋名賢百家詞》本《東坡詞》同，《東坡樂府》作「秋風」。
㈥「簌簌」，《東坡樂府》作「蔌蔌」。

水龍吟 和章質夫楊花韻[一]㈠

似花還似非花，也無人惜從教墜。拋家傍路，思量卻似㈡，無情有思。縈損柔腸，困酣嬌眼，欲開還閉。夢隨風萬里，尋郎去處，又還被、鶯呼起。不恨此花飛盡，恨西園、落紅難綴。曉來雨過，遺蹤何在，一池萍碎。春色三分，二分塵土，一分流水。細看來不是，楊花點點，是離人淚。張叔夏云：「後片愈出愈奇，直是壓倒今古。」

【眉評】

［一］身世流離之感，而出以温婉語，令讀者喜悅悲歌，不能自已。

【校記】

㈠録自《詞綜》。《詞選》亦有。詞題,《東坡樂府》作「次韻章質夫《楊花》詞」。

㈡「卻似」,《東坡樂府》作「卻是」。

○**蝶戀花**㈠

春事闌珊芳草歇。客裏風光,又過清明節。小院黃昏人憶別。落紅㈡處處聞啼鴂。　咫尺江山分楚越。目斷魂消,應是音塵絶。夢破五更心欲折。角聲吹落梅花月。

【校記】

㈠録自《詞綜》,據《宋六十一家詞選》校改。《續詞選》亦有。

㈡「落紅」,同汲古閣本《東坡詞》、《宋六十一家詞選》,《詞綜》、《續詞選》作「落花」。

○○○**卜算子** 雁[一]㈠

缺月挂疏桐,漏斷人初定㈡。時見㈢幽人獨往來,縹緲孤鴻影。　驚起卻回頭,有恨無人省。揀盡寒枝不肯棲，寂寞沙洲㊃冷。[二]黄魯直云：「語意高妙，似非喫煙火食人語。」《詞選》云：此東坡在黄州作也。鮦陽居士云：「『缺月』，刺明微也；『漏斷』，暗時也；『幽人』，不得志也；『獨往來』，無助也；『驚鴻』，賢人不安也；『回頭』，愛君不忘也；『無人省』，君不察也；『揀盡寒枝不肯棲』，不偷安於高位也；『寂寞沙洲冷』，非所安也。此詞與《考槃》詩極相似。」

【眉評】

[一] 或以此詞爲温都監女作，陋甚。從《詞綜》與《詞選》，庶見坡公面目。

[二] 寓意高遠，運筆空靈，措語忠厚，是坡仙獨至處，美成、白石亦不能到也。

【校記】

㊀ 録自《詞綜》。《詞選》亦有。詞題，《東坡樂府》作「黄州定慧院寓居作」。

㊁「初定」，《東坡樂府》作「初静」。

㊂「時見」，《東坡樂府》作「誰見」。

㊃「寂寞沙洲」，《東坡樂府》作「楓落吴江」。

念奴嬌 赤壁懷古[一]㊀

大江東去，浪聲沈㊁、千古風流人物。故壘西邊，人道是、三國㊂孫吳㊃赤壁。亂石崩雲，驚濤掠岸㊄，捲起千堆雪。江山如畫，一時多少豪傑。　遙想公瑾當年，小喬初嫁了，雄姿英發。羽扇綸巾，談笑處、㊅檣櫓㊆灰飛煙滅。故國神遊，多情應是，笑我㊇生華髮。人間㊈如寄㊉，一樽還酹江月。《詞綜》云：「按他本『浪聲沈』作『浪淘盡』，與調未協。『孫吳』作『周郎』，犯下『公瑾』字。『崩雲』作『穿空』，『掠岸』作『拍岸』。又『多情應是，笑我生華髮』作『多情應笑我，早生華髮』，益非。今從《容齋隨筆》黄魯直手書本更正。至於『小喬初嫁』宜句絶，『了』字屬下句乃合。」

【眉評】

[一] 滔滔莽莽，其來無端。○大筆摩天，是東坡氣槩過人處。後人刻意摹仿，鮮不失之叫囂矣。

【校記】

㊀録自《詞綜》、《清綺軒詞選》。《續詞選》亦有。

㊁「聲沈」，《東坡樂府》作「淘盡」。

㊂「三國」，《東坡樂府》下注云「一作『當日』」。
㊃「孫吳」，《東坡樂府》作「周郎」。
㊄「掠岸」，《東坡樂府》作「裂岸」。
㊅「談笑處」，同《清綺軒詞選》，《東坡樂府》作「談笑間」。
㊆「檣櫓」，《東坡樂府》作「强虜」。
㊇「是，笑我」，《東坡樂府》作「笑我，早」。
㊈「人間」，紫芝漫鈔《宋元明家詞》本《東坡詞》作「人生」。
㊉「如寄」，《東坡樂府》作「如夢」。

秦觀 字少游，高郵人。登第後，蘇軾薦於朝，除太學博士，遷正字，兼國史院編修官，坐黨籍徙，徽宗立，放還，至藤州卒。有《淮海詞》三卷。

○○如夢令[二]㊀

門外鴉啼楊柳。春色著人如酒。睡起熨沈香，玉腕不勝金斗。消瘦。消瘦。還是褪花時候。

【眉評】

[一]起伏照應，六章如一章，彷彿飛卿《菩薩蠻》遺意。

【校記】

㊀録自《續詞選》。

○○又[一]㊀

遥夜月明㊁如水。風緊驛亭深閉。夢破鼠窺燈，霜送曉寒侵被。無寐。無寐。門外馬嘶人起。

【眉評】

[一]此章離別。

【校記】

㊀録自《詞綜》。《續詞選》亦有。

㊁「月明」，《淮海居士長短句》作「沉沉」。

又[一]㈠

幽夢匆匆破後。妝粉亂紅㈡霑袖。遥想酒醒來，無奈玉銷花瘦。回首。回首。遶岸夕陽疏柳。[二]

【眉評】

[一] 別後。

[二] 映起句「門外鵶啼楊柳」。

【校記】

㈠ 録自《續詞選》。

㈡ 「亂紅」，《淮海居士長短句》作「亂痕」。

又㈠

樓外殘陽紅滿。春入柳條將半。桃李不禁風，回首落英無限。腸斷。腸斷。人與㈢楚天俱遠。

【校記】

㈠録自《續詞選》。

㈡「人與」，《淮海居士長短句》作「人共」。

○○**又**[一]㈠

池上春歸何處。滿目落花飛絮。孤館悄無人，夢斷月堤歸路。無緒。無緒。簾外五更風雨。

【眉評】

[一]上章春半，此章春暮。

【校記】

㈠録自《續詞選》。

又㊀

鶯嘴啄花紅溜。燕尾點波緑皺。指冷月笙㊁寒，吹徹小梅春透。依舊。依舊。人與緑楊俱瘦。[一]

【眉評】

[一] 映起章首句，亦申明五、六章之意。

【校記】

㊀ 録自《清綺軒詞選》。《續詞選》亦有。

㊁ 「月笙」，汲古閣本《淮海詞》、《清綺軒詞選》作「玉笙」。

江城子㊀

西城㊁楊柳弄春柔。動離憂。淚難收。猶記多情、曾爲繫歸舟。碧野朱橋當日事，人不見，水空流。韶華不爲少年留。恨悠悠。幾時休。飛絮落花、時候一登樓。便做春江都

是淚，流不盡，許多愁。[一]

【眉評】

[一]「飛絮」九字淒咽，以下盡情發洩，卻終未道破。

【校記】

㊀録自《詞綜》。《詞選》亦有。

㊁「西城」，底本原作「江城」，據《淮海居士長短句》、《詞綜》改。

浣溪沙㊀

漠漠輕寒上小樓。曉陰無賴似窮秋。澹煙流水畫屏幽。　自在飛花輕似夢，無邊絲雨細如愁。寶簾閑掛小銀鉤。[一]

【眉評】

[一]宛轉幽怨，温、韋嫡派。

【校記】

㈠録自《詞綜》。《詞選》亦有。

又㈠

錦帳重重卷暮霞。屏風曲曲鬭紅牙。恨人何事苦離家。枕上夢魂飛不去，覺來紅日又西斜。滿庭芳草襯殘花。

【校記】

㈠録自《宋六十一家詞選》。

菩薩蠻㈠

金風簌簌驚黄葉。高樓影轉銀蟾匝。夢斷綉簾垂。月明烏鵲飛。新愁知幾許。欲似柳千縷。雁已不堪聞。砧聲何處村。

【校記】

㊀録自《宋六十一家詞選》。

虞美人㊀

高城望斷塵如霧。不見聯驂處。夕陽村外小灣頭。只有柳花無數送歸舟。　瓊枝玉樹頻相見。只恨離人遠。欲將幽恨寄青樓。争奈無情江水不西流。[一]

【眉評】

[一]沈至。

【校記】

㊀録自《詞綜》。此詞《雲韶集》未選，或據《宋六十一家詞選》補選。

八六子[一]㊀

倚危亭。恨如芳草，萋萋㊁剗盡還生。念柳外青驄别後，水邊紅袂分時，愴然暗驚。　無端天與娉婷。夜月一簾幽夢，春風十里柔情。怎奈向、歡娛漸隨流水，素絃聲斷，翠綃香減，那堪片片飛花弄晚，濛濛殘雨籠晴。正銷凝。黄鸝又啼數聲。

【眉評】

［一］寄慨無端。

【校記】

㊀録自《詞綜》。《續詞選》亦有。

㊁「萋萋」，《淮海居士長短句》作「凄凄」。

滿庭芳㊀

山抹微雲，天黏㊁衰草，畫角聲斷譙門。暫停征棹，聊共引㊂離樽。多少蓬萊舊事，空回首、煙靄紛紛。斜陽外，寒鴉數點㊃，流水遶孤村。［一］消魂。當此際，香囊暗解，羅帶輕分。謾贏得青樓，薄倖名存。此去何時見也，襟袖上、空染㊄啼痕。傷情處，高城望斷，燈火已

黄昏。[二]

【眉評】

[一]詩情畫景。

[二]情詞雙絶。此詞之作，其在坐貶後乎？

【校記】

㈠録自《詞綜》。《詞選》亦有。

㈡「天黏」，《淮海居士長短句》作「天連」。

㈢「共引」，《淮海居士長短句》作「共飲」。

㈣「數點」，《淮海居士長短句》作「萬點」。

㈤「空染」，《淮海居士長短句》作「空惹」。

又

紅蓼花繁，黄蘆葉亂，夜深玉露初零。霽天空闊，雲淡楚江清。獨棹孤篷小艇，悠悠過、煙渚沙汀。金鈎細，絲綸慢捲，牽動一潭星。〔一〕㊀　時時，横短笛，清風皓月，相與忘形。任人笑生涯，泛梗飄萍。飲罷不妨醉卧，塵勞事、有耳誰聽。江風静，日高未起，枕上酒微醒。

【眉評】

〔一〕警絶。

【校記】

㊀録自《宋六十一家詞選》。

又㊀

曉色㊁雲開，春隨人意，驟雨方過㊂還晴。高臺芳樹，㊃飛燕蹴紅英。舞困榆錢自落，秋千外、緑水橋平。東風裏，朱門映柳，低按小秦筝。　多情。行樂處，珠鈿翠蓋，玉轡紅纓。漸酒空金榼，花困蓬瀛。豆蔻梢頭舊恨，十年夢、屈指堪驚。凭欄久，疏煙淡日，寂寞下蕪城。

【校記】

㈠ 録自《詞綜》。《詞選》亦有。

㈡ 「曉色」，同《淮海居士長短句》，《詞綜》作「晚色」。

㈢ 「方過」，《淮海居士長短句》作「纔過」。

㈣ 「高臺芳樹」，《淮海居士長短句》作「古臺芳樹」。

又[二]㈠

碧水驚秋，黄雲凝暮，敗葉零亂空階。洞房人静，斜月照徘徊。又是重陽近也，幾處處、砧杵聲催。西窗下，風摇翠竹，疑是故人來。傷懷。增悵望，新懽易失，往事難猜。問籬邊黄菊，知爲誰開。謾道愁須殢酒，酒未醒、愁已先回。憑闌久，金波漸轉，白露點蒼苔。

【眉評】

[一]〔滿庭芳〕諸闋，大半被放後作，戀戀故國，不勝熱中。其用心不逮東坡之忠厚，而寄情之遠，

措詞之工，則各有千古也。

【校記】

㊀ 録自《宋六十一家詞選》。

踏莎行 郴州旅舍㊀

霧失樓臺，月迷津渡。桃源望斷無尋處。可堪孤館閉春寒，杜鵑聲裏斜陽暮。驛寄梅花，魚傳尺素。砌成此恨無重數。郴江幸自遶郴山，爲誰流下瀟湘去。釋天隱云：「末二句從『沅湘日夜東流去，不爲愁人住少時』變化來。」黄山谷云：「此詞高絶，但『斜陽暮』三字爲重犯耳。」又云：「極似劉夢得楚、蜀間語。」胡元任云：「子瞻絶愛尾兩句，自書於扇，曰：『少游已矣，雖萬身何贖！』」

【校記】

㊀ 録自《詞綜》。《詞選》亦有。詞題，《淮海居士長短句》無。

望海潮 洛陽懷古㊀

梅英踈淡，冰澌溶洩，東風暗换年華。金谷俊遊，銅駝巷陌，新晴細履平沙。長記誤隨車。

正絮翻蝫舞，芳思交加。柳下桃蹊，亂分春色到人家。[一]　西園夜飲鳴笳。有華燈礙月，飛蓋妨花。蘭苑未空，行人漸老，重來事事㊁堪嗟。煙暝酒旗斜。但倚樓極目，時見棲鴉。無奈歸心，暗隨流水到天涯。

【眉評】

［一］思路雋絶，其妙直令人不可思議。

【校記】

㊀録自《詞綜》。《詞選》亦有。詞題，《淮海居士長短句》、《詞選》無。

㊁「事事」，《淮海居士長短句》作「是事」。

減字木蘭花㊀

天涯舊恨。獨自淒涼人不問。欲見迴腸。斷續薰鑪㊁小篆香。　黛蛾長斂。任是東風吹不展。困倚危樓。過盡飛鴻字字愁。

【校記】

㊀録自《詞綜》。《詞選》亦有。

㊁「斷續薰鑪」，《淮海居士長短句》作「斷盡金爐」。

、○生查子㊀

眉黛遠山長，新柳開青眼。樓閣斷霞明，羅幙春寒淺。杯嫌玉漏遲，燭厭金刀剪。月色忽飛來，花影和簾卷。[一]

【眉評】

[一]雅麗，是詞場本色。少游名作甚多，而俚詞亦不少，去取不可不慎。

【校記】

㊀録自《詞綜》。《詞選》亦有。汲古閣本《淮海詞》收録，别見張孝祥《于湖居士文集》。

賀鑄 字方回，衛州人，孝惠皇后族孫。元祐中，通判泗州，又倅太平州。退居吴下，自號慶湖遺老。有《東山寓聲樂府》三卷。

○○青玉案㊀

淩波不過横塘路。但目送、芳塵去。錦瑟年華㊁誰與度。月臺花榭，㊂瑣窗朱户。惟有㊃春知處。　碧雲㊄冉冉蘅皋暮。綵筆新題斷腸句。試問閒愁㊅都幾許。一川煙草，滿城風絮。梅子黄時雨。《中吴紀聞》云：「鑄有小築在姑蘇盤門之内十餘里，地名横塘，方回往來其間，作此詞。後山谷有詩云：『解道江南腸斷句，只今惟有賀方回。』其爲前輩推重如此。」　潘子真云：「寇萊公詩：『杜鵑啼處血成花，梅子黄時雨如霧。』世推方回所作『梅子黄時雨』爲絶唱，蓋用萊公語也。」

【校記】

㊀ 録自《詞綜》。《詞選》亦有。調名，《東山詞上》作「横塘路」，係賀鑄别題新名，下注「青玉案」。

㊁ 「年華」，《東山詞上》作「華年」。

㊂ 「月臺花榭」，《東山詞上》作「月橋花院」。

㈣「惟有」,《東山詞上》作「只有」。

㈤「碧雲」,《東山詞上》作「飛雲」。

㈥「試問閒愁」,《東山詞上》作「若問閒情」。

踏莎行 荷花[一]㈠

楊柳回塘,鴛鴦别浦。緑萍漲斷蘭舟㈡路。斷無蜂蝶慕幽香,紅衣脱盡芳心苦。　返照迎潮,行雲帶雨。依依似與騷人語。當年不肯嫁東風㈢,無端卻被秋風誤。

【眉評】

[一] 此詞應有所指,騷情雅意,哀怨無端,讀者亦不自知何以心醉也。

【校記】

㈠録自《詞綜》。調名,《東山詞上》作「芳心苦」,係賀鑄别題新名。詞題,《東山詞上》無。

㈡「蘭舟」,《東山詞上》作「蓮舟」。

㈢「東風」,《東山詞上》作「春風」。

又㊀

急雨收春，斜風約水。浮紅漲緑魚文起。年年游子惜餘春，春歸不解招游子。［一］留恨城隅，關情紙尾。闌干長對西曛倚。鴛鴦俱是白頭時，江南渭北三千里。

【眉評】

［一］低徊曲折。方回詞只就衆人所有之語，運用入妙，其長處正不可及。

【校記】

㊀録自《詞綜》。調名，《東山詞上》作「惜餘春」，係賀鑄别題新名，下注「蹋莎行」。

浣溪沙㊀

秋水斜陽遶緑陰㊁。平山隱隱隔横林。㊂幾家村落幾聲碪。記得西樓凝醉眼，昔年風物似而今㊃。只無人與共登臨。［一］

【眉評】

[一] 只用數虚字盤旋唱歎，而情事畢現，神乎技矣。

【校記】

㊀録自《詞綜》。調名，《賀方回詞》作「減字浣溪沙」。

㊁「遶緑陰」，《賀方回詞》作「演漾金」。

㊂「平山」句，《賀方回詞》作「遠山隱隱隔平林」。

㊃「而今」，《賀方回詞》作「如今」。

望湘人㊀

厭鶯聲到枕，花氣動簾，醉魂愁夢相半。被惜餘熏，帶驚剩眼。幾許傷春春晚。淚竹痕鮮，佩蘭香老，湘天濃暖。記小江、風月佳時，屢約非煙㊁游伴。須信鸞絃易斷。奈雲和再鼓，曲終人遠。認羅襪無蹤，舊處弄波清淺。青翰棹艤，白蘋洲畔。儘目臨皋飛觀。不解寄、一字相思，幸有歸來雙燕。

【校記】

㈠録自《詞綜》。《唐宋諸賢絶妙詞選》有詞題「春思」。

㈡「非煙」，底本原作「飛煙」，據《唐宋諸賢絶妙詞選》改。

清平樂[一]㈠

小桃初謝。雙燕還來也。記得年時寒食下。紫陌青門遊冶。　楚城滿目春華。可堪遊子思家。惟有夜來歸夢，不知身在天涯。

【眉評】

[一]宛約有味。

【校記】

㈠録自《詞綜》。

毛滂

字澤民，江山人。爲杭州法曹，以樂府受知蘇軾得名，嘗知武康縣，又知秀州。有《東堂詞》二卷。

惜分飛[一]

淚濕闌干花著露。愁到眉峰碧聚。此恨平分取。更無言語空相覷。　斷雨[二]殘雲無意緒。寂寞朝朝暮暮。今夜山深處。斷魂分付潮回去。陳質齋云：「澤民他詞雖工，未有能及此者。」周煇云：「語盡而意不盡，意盡而情不盡。」

【校記】

[一] 録自《詞綜》。朱本《東堂詞》有詞題「富陽僧舍代作別語」。

[二] 「斷雨」，朱本《東堂詞》作「短雨」。

玉樓春 至盱眙作[一]

長安回首空雲霧。春夢覺來無覓處。冷煙寒雨又黄昏，數盡一堤楊柳樹。　楚山照眼青無數。淮口潮生催曉渡。西風吹面立蒼茫，欲寄此情無雁去。

【校記】

㊀ 録自《詞綜》。

張舜民 字芸叟，別號浮休居士。以薦爲諫官，仕至吏部侍郎。有《畫墁集》。

○**賣花聲** 題岳陽樓㊀

木葉下君山。空水漫漫。十分斟酒斂芳顔。不是渭城西去客，休唱陽關。醉袖撫危欄。天淡雲閒。何人此路得生還。回首夕陽紅盡處，應是長安。[一]

【眉評】

[一] 戀闕之心，藹然言外。

【校記】

㊀ 録自《詞綜》。《詞選》亦有。

周邦彦

字美成，錢唐人。歷官秘書監，進徽閣待制，提舉大晟府，出知順昌府，徙處州，卒，贈宣奉大夫。有《清真集》二卷，《後集》一卷。㊀

【校記】

㊀「徽閣」，《宋史》卷四四四作「徽猷閣」。

蘭陵王 柳㊀

柳陰直。煙裏絲絲弄碧。隋堤上，曾見幾番，拂水飄綿送行色。登臨望故國。誰識。京華倦客。長亭路、年去歲來，應折柔條過千尺。　閒尋舊蹤跡。又酒趁哀絃，燈照離席。梨花榆火催寒食。愁一箭㊁風快，半篙波暖，回頭迢遞便數驛。望人在天北。悽惻。恨堆積。漸别浦縈迴，津堠岑寂。斜陽冉冉春無極。念月榭攜手，露橋聞笛。沈思前事，似夢裏，淚暗滴。[二]

【眉評】

[二] 一則曰「登臨望故國」，再則曰「閒尋舊蹤跡」，至收筆「沈思前事，似夢裏，淚暗滴」，遥遥挽

合，妙有許多説不出處，欲語復咽，是爲沈鬱。

【校記】

㈠ 録自《詞綜》。《詞選》亦有。

㈡「一剪」，《片玉集》、《詞綜》作「一箭」，《詞綜》「箭」字下注：「一作『剪』。」《花草粹編》作「一剪」。

六醜 薔薇謝後作㈠

正單衣試酒，悵客裏、光陰虛擲。願春暫留，春歸如過翼。一去無跡。爲問家㈡何在，〔一〕夜來風雨，葬楚宮傾國。釵鈿墮處遺香澤。亂點桃蹊，輕翻柳陌。多情更誰㈢追惜。但蜂媒蝶使，時叩窗槅㈣。　東園岑寂。漸蒙籠暗碧。静遶珍叢底，成歎息。長條故惹行客。似牽衣待話，别情無極。殘英小、强簪巾幘。終不似、一朵釵頭顫裊，向人欹側。漂流處、莫趁潮汐。恐斷紅㈤、尚有相思字，何由見得。〔二〕《浩然齋雅談》：「李師師歌〈大酺〉、〈六醜〉二解於上前，上問教坊使袁祹〈六醜〉之義，莫能對。急召邦彦問之，對曰：『此犯六調，皆聲之美者，然絶難歌。昔高陽氏有子六人，才而醜，故以比之。』上喜。」

【眉評】

[一] 沈鬱。

[二] 思深意苦，亦哀婉，亦恣肆。

【校記】

㊀ 録自《詞綜》。《詞選》亦有。

㊁「家」，《片玉集》作「花」。

㊂「更誰」，《片玉集》作「爲誰」。

㊃「槅」，《片玉集》作「隔」。

㊄「斷紅」，《片玉集》作「斷鴻」。

齊天樂㊀

緑蕪彫盡臺城路，殊鄉又逢秋晚。暮雨生寒，鳴蛩勸織，深閣時聞裁剪。雲窗靜掩。歎重拂羅裀，頓疏花簟。尚有㊁練囊㊂，露螢清夜照書卷。荆江留滯最久，故人相望處，離思何限。渭水西風，長安亂葉，空憶詩情宛轉。[一]凭高眺遠。正玉液新蒭，蟹螯初薦。醉倒山翁，但愁斜照斂。

【眉評】

［一］蒼涼沈鬱，開白石、碧山一派。

【校記】

㊀録自《詞綜》。

㊁「有」，底本原作「右」，據《片玉集》、《詞綜》改。

㊂「練囊」，《片玉集》作「練囊」。

浣溪沙㊀

水漲魚天拍柳橋。雲鳩拖雨過江皋。一番春信入東郊。　閒碾鳳團消短夢，靜看燕子壘新巢。又移日影上花梢。

【校記】

㊀録自《清綺軒詞選》。此汲古閣本《片玉集》補遺據陳鍾秀本《草堂詩餘》所補，尚有詞題「春

景」，元本《草堂詩餘》作無名氏詞。

點絳唇㈠

征騎初停，酒行莫放離歌舉。柳汀蓮浦㈡。看盡江南路。苦恨斜陽，冉冉催人去。空回顧。淡煙橫素。不見揚鞭處。

【校記】

㈠ 録自《詞綜》。

㈡ 「蓮浦」，《片玉集》作「煙浦」。

菩薩蠻〔二〕㈠

銀河宛轉三千曲。浴鳧飛鷺澄波綠。何處望㈡歸舟。夕陽江上樓。天憎梅浪發。故下封枝雪。深院捲簾看。應憐江上寒。

【眉評】

［一］美成小令於温、韋、晏、歐外別開境界，遂爲南宋諸名家所祖。

【校記】

㊀録自《詞綜》。

㊁「望」，《片玉集》作「是」。

掃花游㊀

曉陰翳日，正霧靄煙横，遠迷平楚。暗黄萬縷。聽鳴禽按曲，小腰欲舞。細遶回隄，駐馬河橋避雨。信流去。問㊁一葉怨題，今到㊂何處。［一］　春事能幾許。任占地持杯，掃花尋路。淚珠濺俎。歎將愁度日，病傷幽素。恨入金徽，見説文君更苦。黯凝竚。掩重關、徧城鐘鼓。

【眉評】

［一］宛雅幽怨，梅溪全祖此種。

【校記】

㊀ 録自《宋七家詞選》。

㊁「問」，《片玉集》作「想」。

㊂「今到」，《片玉集》作「今在」。

滿庭芳 夏日溧水無想山作㊀

風老鶯雛，雨肥梅子，午陰嘉樹清圓。地卑山近，衣潤費爐煙。人静烏鳶自樂，小橋外、新緑濺濺。凭欄久，黄蘆苦竹，擬泛九江船。年年。如社燕，飄流瀚海，來寄脩椽。且莫思身外，長近樽前。憔悴江南倦客，不堪聽、急管繁絃。歌筵畔，先安枕簟㊁，容我醉時眠。[一]

【眉評】

[一] 烏鳶自樂，社燕自苦，九江之船，卒未嘗泛，沈鬱頓挫中别饒蘊藉。

【校記】

㊀ 録自《詞綜》。《續詞選》亦有。

㊁「枕簟」，《片玉集》作「簟枕」。

玉樓春㊀

桃溪不作從容住。秋藕絶來無續處。當時相候赤欄橋，今日獨尋黃葉路。　煙中列岫青無數。雁背夕陽紅欲暮。人如風後入江雲，情似雨餘黏地絮。[一]

【眉評】

[一] 上句人不能留，下句情不能已，平常意寫得姿態如許。

【校記】

㊀ 録自《詞綜》。《續詞選》亦有。

一絡索㊀

杜宇催歸㊁聲苦。和春催去。倚闌一霎酒旗風，任撲面、桃花雨。　目斷隴雲江樹。難逢尺素。落霞隱隱日平西，料想是、分攜處。

【校記】

㈠録自《詞綜》。調名，《片玉集》、《詞綜》作「一落索」。

㈡「催歸」，《片玉集》作「思歸」。

花犯 梅花㈠

粉牆低，梅花照眼，依然舊風味。露痕輕綴。疑浄洗鉛華，無限清麗㈡。去年勝賞曾孤倚。冰盤共㈢宴喜。更可惜、雪中高士㈣，香篝熏素被。今年對花太㈤匆匆，相逢似有恨，依依憔悴㈥。凝望㈦久，青苔上、旋看飛墜。相將見、脆圓㈧薦酒，人正在、空江煙浪裏。但夢想、一枝瀟灑，黄昏斜照水。　黄叔暘云：「此只詠梅花，而紆徐反覆，道盡三年間事，圓美流轉如彈丸。」

【校記】

㈠録自《詞綜》。《詞選》亦有。

㈡「清麗」，《片玉集》作「佳麗」。

㈢「共」，《片玉集》作「同」。

㊃「高士」，《片玉集》作「高樹」。
㊄「太」，《片玉集》作「最」。
㊅「憔悴」，《片玉集》作「愁悴」。
㊆「凝望」，《片玉集》作「吟望」。
㊇「脆圓」，《片玉集》作「脆丸」。

尉遲杯㊀

隋堤路。漸日晚、密靄生深樹。陰陰淡月籠沙，還宿河橋深處。無情畫舸，都不管、煙波隔前浦㊁。等行人、醉擁重衾，載將離恨歸去。[一]　因思舊客京華，長偎傍、疎林小檻歡聚。冶葉倡條俱相識，仍慣見、珠歌翠舞。如今向、漁村水驛，夜如歲、焚香獨自語。有何人、念我無聊，夢魂凝想鴛侶。

【眉評】

[一] 窈曲幽深，筆情雋上。

【校記】

㈠録自《詞綜》。《續詞選》亦有。此詞《雲韶集》未選，或據《續詞選》補選。

㈡「前浦」，《片玉集》作「南浦」。

浪淘沙慢㈠

曉陰㈡重，霜凋岸草，霧隱城堞。南陌脂車待發。東門帳飲乍闋。正拂面垂楊堪攬結。掩紅淚、玉手親折。念漢浦離鴻去何許，經時音信㈢絶。情切。望中地遠天闊。向露冷風清，無人處、耿耿寒漏咽。嗟萬事難忘，惟是輕別。翠樽未竭。憑斷雲留取，西樓殘月。羅帶光銷紋衾疊。連環解、舊香頓歇。怨歌永、瓊壺敲盡缺。恨春去、不與人期，弄夜色，空餘滿地梨花雪。[一]

【眉評】

[一]第三段飄風驟雨，急管繁絃，歌至曲終，覺萬彙哀鳴，天地變色。◯「恨春去」七字甚深。

【校記】

㈠録自《詞綜》。《續詞選》亦有。調名，《片玉集》作「浪淘沙」。

㈡「曉陰」，《片玉集》作「晝陰」。

㈢「音信」，同《歷代詩餘》，《詞綜》作「信音」。

渡江雲㈠

晴嵐低楚甸，煖回雁翼，陣勢起平沙。驟驚春在眼，借問何時，委曲到山家。塗香暈色，盛粉飾、争作妍華。千萬絲、陌頭楊柳，漸漸可藏鴉。堪嗟。清江東注，畫舸西流，指長安日下。愁宴闌、風翻旗尾，潮濺烏紗。今朝㈡正對初弦月，傍水驛、深艤蒹葭。沈恨處，時時自剔燈花。

【校記】

㈠録自《清綺軒詞選》。《清綺軒詞選》有詞題「春景」。

㈡「今朝」，《片玉集》作「今宵」。

解語花 上元[一]㊀

風銷絳蠟㊁，露浥紅蓮㊂，燈市㊃光相射。桂華流瓦。纖雲散、耿耿素娥欲下。衣裳淡雅。看楚女、纖腰一把。簫鼓喧、人影參差，滿路飄香麝。因念帝城㊄放夜。望千門如晝，嬉笑游冶。鈿車羅帕。相逢處、自有暗塵隨馬。年光是也。惟只見、舊情衰謝。清漏移、飛蓋歸來，從舞休歌罷。[二]

【眉評】

[一]《詞綜》、《詞選》皆作「花市」，「桂華」亦作「桂花」，今從戈選《七家詞》本。

[二] 後半闋念及禁城放夜時，縱筆揮灑，有水逝雲卷、風馳電掣之感。

【校記】

㊀ 録自《詞綜》，又據《宋七家詞選》校改。《續詞選》亦有。詞題，《片玉集》、《詞綜》作「元宵」。

㊁「絳蠟」，《片玉集》、《詞綜》作「焰蠟」。

㊂「紅蓮」，《片玉集》、《詞綜》作「烘爐」。

㈣「燈市」，《片玉集》、《詞綜》作「花市」。

㈤「帝城」，同《詞綜》，《片玉集》、《宋七家詞選》作「都城」。

夜飛鵲㈠

河橋送人處，良夜㈡何其。斜月遠墮餘輝。銅盤燭淚已流盡，霏霏涼露沾衣。相將散離會處㈢，探風前津鼓，樹杪參旗。花驄會意，縱揚鞭、亦自行遲。迢遞路迴清野，人語漸無聞，空帶愁歸。何意重經前地㈣，遺鈿不見，斜徑都迷。兔葵燕麥，向斜陽、影㈤與人齊。但徘徊班草，欷歔酹酒，極望天西。[一]

【眉評】

[一] 哀怨而渾雅，白石《揚州慢》一闋，從此脱胎。

【校記】

㈠録自《詞綜》。《續詞選》亦有。此詞《雲韶集》未選，或據《續詞選》補選。

㈡「良夜」，《片玉集》作「涼夜」。

㊂「離會處」，《片玉集》作「離會」。

㊃「重經前地」，《片玉集》作「重紅滿地」。

㊄「影」，《片玉集》作「欲」。

霜葉飛㊀

露迷衰草。疏星挂，涼蟾低下林表。素娥青女鬬嬋娟，正倍添悽悄。漸颯颯、丹楓撼曉。横天雲浪魚鱗小。見皓月㊁相看，又透入、清暉半晌，特地留照。　迢遞望極關山，波穿千里，度日如歲難到。鳳樓今夜聽秋風，奈五更愁抱。想玉匣、哀絃閉了。無心重理相思調。念故人㊂、牽離恨，屏掩孤顰，淚流多少。

【校記】

㊀錄自《詞綜》。

㊁「見皓月」，《片玉集》作「似故人」。

㊂「念故人」，《片玉集》作「見皓月」。

陳克 字子高，臨海人，僑寓金陵。元豐間，以呂安老薦入幕府，得官。有《赤城詞》一卷。

菩薩蠻㊀

赤欄橋盡香街直。籠街細柳嬌無力。金碧上晴空㊁。花晴簾影紅。黄衫飛白馬。日日青樓下。醉眼不逢人。午香吹暗塵。《詞選》云：「此刺時也。」

【校記】

㊀録自《詞綜》。《詞選》亦有。此詞《雲韶集》未選，或據《詞選》補選。

㊁「晴空」，《樂府雅詞》作「青空」。

又㊀

緑蕪牆遶青苔院。中庭日淡芭蕉卷。蝴蝶上階飛。風簾㊁自在垂。玉鈎雙語燕。寶甃楊花轉。幾處簸錢聲。緑窗春夢㊂輕。［一］《詞選》云：「此自寓。」

【眉評】

[一] 工雅芊麗，温、韋流派。

【校記】

㊀ 録自《詞綜》。《詞選》亦有。

㊁ 「風簾」，《樂府雅詞》作「烘簾」。

㊂ 「春夢」，《樂府雅詞》作「春睡」。

謁金門[一]㊀

愁脈脈。目斷江南江北。煙樹重重芳信隔。小樓山幾尺。　細草孤雲斜日。一晌弄晴天色。簾外落花飛不得。東風無氣力。[二]

【眉評】

[一] 此詞不減孫孟文。

[二] 中有怨情。

【校記】

㈠録自《詞綜》。《續詞選》亦有。

又㈠

花滿院。飛去飛來雙燕。紅雨入簾寒不卷。曉屏山六扇。[一]　翠袖玉笙悽斷。脈脈兩蛾愁淺。消息不知郎近遠。一春長夢見。

【眉評】

[一] 和凝詞：「拂水雙飛來去燕，曲檻小屏山六扇。」此詞用其語，更覺婉麗。

【校記】

㈠録自《詞綜》。《續詞選》亦有。

陳與義

字去非，季常孫，本蜀人，後徙居河南葉縣。政和中登上舍甲科，紹興中拜翰林學士，知制誥，參知政事。有《簡齋集》、《無住詞》一卷。

臨江仙㊀

憶昔午橋橋上飲，坐中都是㊁豪英。長溝流月去無聲。杏花疏影裏，吹笛到天明。[一]二十餘年成㊂一夢，此身雖在堪驚。閑登小閣眺㊃新晴。古今多少事，漁唱起三更。[二]張叔夏云：「真是自然而然。」胡仔云：「清婉奇麗，簡齋詞惟此最優。」

【眉評】

[一]自然流出，若不關人力者。

[二]筆意逼近大蘇。

【校記】

㊀録自《詞綜》。《續詞選》亦有。《無住詞》有詞題：「夜登小閣，憶洛中舊遊。」

㈡「都是」，《無住詞》作「多是」。

㈢「成」，《無住詞》作「如」。

㈣「眺」，《無住詞》作「看」。

魯逸仲

南浦㈠

風悲畫角，聽單于、三弄落譙門。投宿駸駸征騎，飛雪滿孤村。酒市漸闌㈡燈火，正敲窗、落葉㈢舞紛紛。送數聲驚雁，乍離㈣煙水，嘹唳渡寒雲。好在半朧淡月㈤，到如今、無處不消魂。故國梅花歸夢，愁損緑羅裙。爲問暗香閑艷，也相思、萬點付啼痕。[一]算翠屏應是，兩眉餘恨倚黃昏。

【眉評】

[一]十分沈至。

【校記】

㈠録自《詞綜》。《續詞選》亦有。《唐宋諸賢絶妙詞選》有詞題「旅懷」。

㈡「漸闌」，《唐宋諸賢絶妙詞選》作「漸閑」。

㈢「落葉」，《唐宋諸賢絶妙詞選》、《詞綜》作「亂葉」。

㈣「乍離」，《唐宋諸賢絶妙詞選》作「下離」。

㈤「淡月」，《唐宋諸賢絶妙詞選》作「溪月」。

朱敦儒

字希真，一作希直，洛陽人。以薦起，賜進士出身，爲秘書省正字兼兵部郎官，遷兩浙東路提點刑獄，上疏乞歸，居嘉禾，晚除鴻臚少卿。有《樵歌》三卷。

好事近㈠

春雨細如塵，樓外柳絲黄濕。風約繡簾斜去，透窗紗寒碧。美人慵剪上元燈，彈淚倚瑶瑟。卻卜㈡紫姑香火，問遼東消息。[一]

【眉評】

[一] 筆意古雅。

【校記】

㊀録自《詞綜》。

㊁「卻卜」,《樵歌》作「卻上」。

又 漁父[一]㊀

摇首出紅塵,醒醉更無時節。生計緑蓑青笠,慣披霜衝雪。晚來風定釣絲閑,上下是新月。千里水天一色,看孤鴻明滅。

【眉評】

[一]希真《漁父》五篇,自是高境。雖偶雜微塵,而清氣自在,煙波釣徒流亞也。

【校記】

㊀録自《詞綜》。《詞選》亦有。詞題,《樵歌》作「漁父詞」,下同。

又㊀

漁父長身來,只共釣竿相識。隨意轉船回櫂,似飛空無跡。蘆花開落任浮生,長醉是

良策。昨夜一江風雨，都不曾聽得。[一]

【眉評】

[一] 此中有真樂，未許俗人問津。

【校記】

㊀ 録自《詞綜》。《詞選》亦有。

又㊀

撥轉釣魚船，江海儘爲吾宅。恰向洞庭沽酒，卻錢塘橫笛。醉顔經冷㊁更添紅，潮落下前磧。經過子陵灘畔，得梅花消息。[一]

【眉評】

[一] 静中生動，妙合天機，亦先生晚遇之兆。

【校記】

㊀ 録自《詞綜》。《詞選》亦有。

㈡「經冷」，《樵歌》、《詞綜》作「禁冷」。

○又㈠

短棹釣船輕，江上晚煙籠碧。塞雁海鷗分路，占江天秋色。　錦鱗撥刺滿籃魚，取酒價相敵。風順片帆歸去，有何人留得。[一]

【眉評】

[一]合下「有何人相識」句，轉嫌痕迹，何如並渾去爲妙？

【校記】

㈠錄自《詞綜》。《詞選》亦有。

○又㈠

失卻故山雲，索手指空爲客。蓴菜鱸魚留我，住鴛鴦湖側。　偶然添酒舊葫蘆，小醉度朝夕。吹笛月波樓下，有何人相識。

【校記】

㊀ 録自《詞綜》。《詞選》亦有。

辛棄疾

字幼安，歷城人。耿京聚兵山東，節制忠義軍馬，留掌書記，令奉表南歸，高宗召見，授承務郎，累官浙東安撫使，加龍圖閣待制，進樞密都承旨。德祐初，以謝枋得請，贈少師，謚忠敏。有《稼軒長短句》十二卷。

祝英臺近㊀

寶釵分，桃葉渡。煙柳暗南浦。怕上層樓，十日九風雨。斷腸點點㊁飛紅，都無人管，更誰勸、流鶯㊂聲住。　鬢邊覷。試把㊃花卜歸期，才簪又重數。羅帳燈昏，哽咽夢中語。是他春帶愁來，春歸何處，卻不解、帶將愁去。[一]《詞選》云：「此與德祐太學生二調用意相似。『點點飛紅』，傷君子之棄；『流鶯』，惡小人得志也；『春帶愁來』，其刺趙、張乎？」

【眉評】

[一] 諷刺語卻婉雅。○按《貴耳録》：呂婆有女事辛幼安，以微事觸怒，逐之，稼軒因作此詞。此

亦一説。

【校記】

㈠録自《詞綜》。《詞選》亦有。《稼軒長短句》有詞題「晚春」。

㈡「點點」，《稼軒長短句》作「片片」。

㈢「流鶯」，《稼軒長短句》作「啼鶯」。

㈣「試把」，《稼軒長短句》作「應把」。

滿江紅㈠

敲碎離愁，紗窗外、風摇翠竹。人去後、吹簫聲斷，倚樓人獨。滿眼不堪三月暮，舉頭已覺千山緑。但試把、一紙寄來書，從頭讀。　相思字，空盈幅。相思意，何時足。滴羅襟點點，淚珠盈掬。芳草不迷行客路，垂楊只礙離人目。[一]最苦是、立盡月黄昏，闌干曲。

【眉評】

[一]一往情深，非秦、柳所及。

【校記】

㈠ 録自《詞綜》。《續詞選》亦有。

念奴嬌 書東流村壁㈠

野塘㈡花落，又匆匆過了，清明時節。剗地東風欺客夢，一枕雲屏寒怯。曲岸持觴，垂楊繫馬，此地曾經別㈢。樓空人去，舊游飛燕能說。　聞道綺陌東頭，行人曾見，簾底纖纖月。舊恨春江流不盡㈣，新恨雲山千疊。料得明朝，尊前重見，鏡裏花難折。也應驚問，近來多少華髮。

【校記】

㈠ 録自《詞綜》。《續詞選》亦有。

㈡ 「野塘」，《稼軒長短句》作「野棠」。

㈢ 「經別」，《稼軒長短句》作「輕別」。

㈣ 「不盡」，《稼軒長短句》作「不斷」。

摸魚兒 淳熙己亥，自湖北漕移湖南，同官王正之置酒小山亭賦㈠。

更能消、幾番風雨，匆匆春又歸去。惜春長怕花開早，何況落紅無數。春且住。見説道㈡、天涯芳草無歸路。怨春不語。算只有殷勤，畫簷蛛網，盡日惹飛絮。[一]　長門事，準擬佳期又誤。蛾眉曾有人妒。千金縱買相如賦，脈脈此情誰訴。君莫舞。君不見，玉環飛燕皆塵土。閑愁最苦。休去倚危欄，斜陽正在，煙柳斷腸處。[二]羅大經云：「詞意殊怨。『斜陽』、『煙柳』之句，其與『未須愁日暮，天際乍輕陰』者異矣。使在漢、唐，寧不賈種豆、種桃之禍？然聞壽皇見此詞，頗不悦，終不加以罪，可謂盛德。」

【眉評】

[一]「更能消」三字，從千回萬轉中倒折出來，有力如虎。○怨而怒矣。姿態飛動，極沈鬱頓挫之致。

[二] 結得悲憤。

【校記】

㈠ 録自《詞綜》。《詞選》亦有。「小山亭賦」，《稼軒長短句》作「小山亭爲賦」。

㈡「説道」，底本原作「説到」，據《稼軒長短句》、《詞綜》改。

金縷曲 別茂嘉十二弟[一]㈠

緑樹聽鶗鴂㈡。更那堪、杜鵑聲住，鷓鴣聲切㈢。啼到春歸無啼㈣處，苦恨芳菲都歇。算未抵、人間離別。馬上琵琶關塞黑，更長門、翠輦辭金闕。看燕燕，送歸妾。　將軍百戰身名裂。向河梁、回頭萬里，故人長絶。易水蕭蕭西風冷，滿座衣冠似雪。正壯士、悲歌未徹。啼鳥還知如許恨，料不啼、清淚長啼血。誰伴㈤我，醉明月。《詞選》云：「茂嘉蓋以得罪遷徙，故有是言。」

【眉評】

[一] 沈鬱蒼涼，跳躍動盪，古今無此筆力。

【校記】

㈠ 録自《詞綜》。《詞選》亦有。調名，《稼軒長短句》作「賀新郎」。詞題，題後《稼軒長短句》尚有「鵜鴂、杜鵑實兩種，見《離騷補注》」。

㈡「鶗鴂」，《稼軒長短句》作「鵜鴂」。

㈢「杜鵑聲住，鷓鴣聲切」，《稼軒長短句》作「鷓鴣聲住，杜鵑聲切」。
㈣「無啼」，《稼軒長短句》作「無尋」。
㈤「伴」，《稼軒長短句》作「共」。

又 賦琵琶[一]㈠

鳳尾龍香撥。自開元、霓裳曲罷，幾番風月。最苦潯陽江頭客，畫舸亭亭待發。記出塞、黄雲堆雪。馬上離愁三萬里，望昭陽、宮殿孤鴻没。絃解語，恨難説。遼陽驛使音塵絶。瑣窗寒、輕攏慢撚，淚珠盈睫。推手含情還卻手，一抹梁州哀徹。千古事、雲飛煙滅。賀老定場無消息，想沈香、亭北繁華歇。彈到此，爲嗚咽。

【眉評】

[一]發二帝之幽憤，蒼茫感喟，使事雖多，卻不嫌堆朵。

【校記】

㈠録自《詞綜》。《詞選》亦有。

臨江仙㊀

金谷無煙宮樹緑，嫩寒生怕春風。博山微透暖薰籠㊁。小樓春色裏，幽夢雨聲中。別浦鯉魚何日到，錦書封恨重重。海棠花下去年逢。也應隨分瘦，忍淚覓殘紅。〔一〕

【眉評】

〔一〕宛雅芊麗，稼軒亦能爲此種筆路，真令人心折。

【校記】

㊀録自《宋六十一家詞選》。

㊁「薰籠」，底本原作「薰櫳」，據《稼軒長短句》、《宋六十一家詞選》改。

蝶戀花 元日立春㊀

誰向椒盤簪綵勝。整整韶華，爭上春風鬢。往日不堪重記省。爲花常抱㊁新春恨。春未來時先借問。晚恨開遲，早又飄零近。今歲花期消息定。只愁風雨無憑準。〔一〕

【眉評】

［一］榮辱不定，遷謫無常，言外有多少哀怨，多少疑懼。

【校記】

㈠錄自《詞綜》。

㈡「常抱」，《稼軒長短句》作「長把」。

菩薩蠻　**書江西造口壁**㈠

鬱孤臺下清江水。中間多少行人淚。西北是㈡長安。可憐無數山。　青山遮不住。畢竟東流㈢去。江晚正愁余。山深聞鷓鴣。［一］羅大經云：「南渡初，金人追隆祐太后御舟，至造口，不及而還，幼安因此起興。『鷓鴣』之句，謂恢復之事行不得也。」

【眉評】

［一］慷慨生哀。

【校記】

㈠録自《詞綜》。《詞選》亦有。

㈡「是」，《稼軒長短句》作「望」。

㈢「東流」，《稼軒長短句》作「江流」。

程垓 字正伯，眉山人。有《書舟雅詞》一卷。

○摸魚兒㈠

掩淒涼、黄昏庭院，角聲何處嗚咽。矮窗曲屋風燈冷，還是苦寒時節。凝竚切。念翠被熏籠，夜夜成虚設。倚闌㈡愁絶。聽鳳竹聲中，犀幃影外，簌簌釀寒雪。傷心處，卻憶當年輕别。梅花滿院初發。吹香弄蕊無人見，惟有暮雲千疊。情未徹。又誰料而今，好夢分胡越㈢。不堪重説。但記得當初，重門鎖處，猶有夜深月。[一]

【眉評】

[一]筆意閒雅。後來竹垞詞與此種筆路最近，而遜此渾融。乃竹垞自以爲學玉田，未免欺人太甚矣。

【校記】

㊀ 録自《宋六十一家詞選》。《詞綜》、《續詞選》亦有。

㊁「倚闌」，《詞綜》、《續詞選》作「倚窗」。

㊂「胡越」，《詞綜》、《續詞選》作「吴越」。

○○**漁家傲** 彭門道中㊀

獨木小舟煙雨濕。燕兒亂點春江碧。江上青山隨意覓。人寂寂。落花芳草催寒食。　昨夜青樓今日客。吹愁不得東風力。細拾殘紅書怨泣。流水急。不知那個傳消息。

【校記】

㊀ 録自《詞綜》。詞題，《書舟詞》此調二首，前首題作「彭門道中早起」。

、○**水龍吟**㊀

夜來風雨匆匆，故園定是花無幾。愁多怨極，等閑孤負，一年芳意。柳困桃慵，杏青梅小，對人容易。算好春長在，好花長見，元只是、人憔悴。[一]回首池南舊事。恨星星、不堪重記。如今但有，看花老眼，傷時清淚。不怕逢花瘦，只愁怕、老來風味。待繁紅亂處，留雲借月，也須擽醉。

【眉評】

[一] 愈直捷，愈淒婉。

【校記】

㈠ 録自《詞綜》。《續詞選》亦有。

卜算子㈠

獨自上層樓，樓外青山遠。望到斜陽欲盡時，不見西飛燕㈡。獨自下層樓，樓下蛩聲怨。待到黃昏月上時，依舊柔腸斷。

【校記】

㈠録自《詞綜》。《續詞選》亦有。

㈡「燕」，《書舟詞》作「雁」。

王千秋 字錫老，東平人。有《審齋詞》一卷。

謁金門 諸公要予出郊[一]㈠

春漠漠。何處養花張幙。佩冷香殘天一角。忍看羅袖薄。　兩兩鴛鴦難學。六六錦鱗空託。趁有餘妍須細酌。東風情性惡。

【眉評】

[一]刺時之言，自明其不仕也。

【校記】

㈠録自《宋六十一家詞選》。

杜安世 字壽域，京兆人。有詞一卷。

鳳棲梧㈠

籬落㈡繁枝千萬片。猶似㈢多情，似雪㈣隨風轉。昨夜笙歌容易散。酒醒添得愁無限。　樓上春雲㈤山四面。過盡征鴻，暮景煙深淺。一餉㈥凭闌人未見㈦。紅綃㈧掩淚思量遍。[一]

【眉評】

[一] 哀婉沈至。

【校記】

㈠ 録自《宋六十一家詞選》。又見《陽春集》，作馮延巳詞。

㈡「籬落」，《陽春集》作「梅落」。

㈢「猶似」，《陽春集》作「猶自」。

㈣「似雪」，《陽春集》作「學雪」。

㈤「春雲」，《陽春集》作「春寒」。

⑥「一餉」，《陽春集》作「一晌」。

⑦「人未」，《陽春集》作「人不」。

⑧「紅綃」，《陽春集》作「鮫綃」。

又㊀

惆悵留春春不住㊁。欲到清和，[一]背我堂堂去。飛絮落花和細雨。淒涼庭院流鶯度。　更被閒愁相賺誤。[二]夢斷高唐，回首桃源路。一餉沈吟無意緒。分明往事今何處。

【眉評】

[一]陶詩云「首夏猶清和」，言初夏猶有春日清和之意。竟以「清和」作夏令，未免相沿誤用。

[二]「賺」字似峭實俗，慎用爲是。

【校記】

㊀録自《宋六十一家詞選》。

㊁「春不住」，《壽域詞》、《宋六十一家詞選》作「留不住」。

黄公度

字思憲，莆陽人。紹興八年進士第一，官尚書考功員外郎。有《知稼翁集》，詞一卷。㊀

【校記】

㊀「思憲」，《宋史翼》作「師憲」。

卜算子 別十一弟之官㊀

薄宦各西東㊁，往事隨風雨。先自離歌不忍聞，又何況、春將暮。　愁共落花多，人逐征鴻去。君向瀟湘我向秦，後會知何處。[一]子沃云：「公之從弟童，士季其字也，以紹興戊午同榜乙科及第。有和章云：『不忍更回頭，別淚多於雨。肺腑相看四十秋，奚止朝朝暮暮。　何事值花時，又是悤悤去。過了陽關更向西，總是思兄處。』」

【眉評】

[一] 自然流出，卻極沉至。

【校記】

㊀ 録自《詞綜》。詞題「十一弟」，《詞綜》、《知稼翁詞》作「士季弟」。

㈡「西東」，《詞綜》、《知稼翁詞》作「東西」。

菩薩蠻㈠

高樓目斷南來翼。玉人依舊無消息。愁緒促眉端。不隨衣帶寬。萋萋天外草。何處春歸早。無語凭闌干。竹聲生暮寒。[一]子沃云：「公時在泉幕，有懷汪彥章而作。以當路多忌，故託『玉人』以見意。」

【眉評】

[一] 知稼翁詞氣和音雅，得味外味。參看子沃諸案語，其妙始見。

【校記】

㈠ 録自《宋六十一家詞選》。

青玉案㈠

鄰雞不管離懷苦。又還是、催人去。回首高城音信阻。霜橋月館，水村煙市，總是思君處。

裊殘別袖燕支雨。謾留得、愁千縷。欲倩歸鴻分付與。鴻飛不住，倚闌無語，獨立長天暮。子沃云：「公之初登第也，趙丞相鼎延見款密，別後以書來往。秦益公聞而憾之。及泉幕任滿，始以故事召赴行在。公雖知非當路意，而迫於君命，不敢俟駕，故寓意此詞。道過分水嶺，復題詩云『誰知不作多時別』，又題崇安驛詩云『睡美生憎曉色催』，皆此意也。既而罷歸，離臨安有詞云『湖上送殘春，已負別時歸約』。則公之去就，蓋早定矣。」

【校記】

㊀録自《詞綜》。

卜算子㊀

寒透小窗紗，漏斷人初醒。翡翠屏閒拾落釵，背立殘釭影。欲去更踟躕，離恨終難整。隴首流泉不忍聞，月落雙溪冷。子沃云：「公赴召命，道遇㊁延平，郡讌有歌妓，追誦舊事，即席賦此。」

【校記】

㊀録自《宋六十一家詞選》。

㊁「道遇」，《宋莆陽黃知稼翁集》作「道過」。

好事近㊀

湖上送殘春，已負別時歸約。好在故園桃李，爲誰開誰落。還家應是荔支天，浮蟻要人酌。莫把舞裙歌扇，便等閒抛卻。[一]子沃云：「公到闕，除秘書省正字。未幾，言者迎合秦益公意，騰章於上，謂公嘗貽書臺官，欲著私史以謗時政。蓋公之在泉幕也，嘗有啓賀李侍御文會云：『雖莫陪賓客後塵，爲大廈之賀；固將續山林野史，記朝陽之鳴。』因是罷歸。將離臨安，作此詞。所謂『故園桃李』，蓋指二侍兒也。」

【眉評】

[一] 去就早決於胸，故無怨懟之語。

【校記】

㊀ 録自《宋六十一家詞選》。

眼兒媚 梅調二首，和傅參議韻㊀

一枝雪裏冷光浮。空自許清流。如今憔悴，蠻煙瘴雨，誰肯尋搜。昔年曾共孤芳醉，争插玉釵頭。天涯幸有，惜花人在，杯酒相酬。子沃云：「公時爲高要倅，傅參議雱彥濟寓居五羊，嘗遺示梅詞，公依韻和之。初，公被召命而西過分水嶺，有詩云：『嗚咽泉流萬仞峰，斷腸從此各西東。誰知不作多時別，依舊相逢滄海中。』及公遭謗歸莆，趙丞相鼎先已謫居潮陽，讒者傅會其説，謂公此詩指趙而言，將不久復偕還中都也。秦益公愈怒，至以嶺南荒惡之地處之。此詞蓋以自況也。」

【校記】

㈠ 録自《宋六十一家詞選》。

○浣溪沙 時在西園偶成㈠

風送清香過短牆。煙籠晚色近脩篁。夕陽樓外角聲長。　欲去還留無限思，輕匀淡抹不成妝。一尊相對月生涼。

【校記】

㈠ 録自《宋六十一家詞選》。

大雅集卷三

宋詞

姜夔[一] 字堯章，鄱陽人，流寓吴興。有《白石詞》五卷。

【眉評】

[一] 白石詞清虚騷雅，前無古人，後無來者，真詞中之聖也。

一萼紅 人日登長沙定王臺㊀

古城陰。有官梅幾許，紅萼未宜簪。池面冰膠，牆腰雪老，雲意還又沈沈。翠藤共、閑穿徑竹，漸笑語、驚起卧沙禽。野老林泉，故王臺榭，呼唤登臨。[二] 南去北來何事，蕩湘雲楚水，目極傷心。朱户黏雞，金盤簇燕，空歎時序侵尋。記曾共、西樓雅集，想垂柳㊁、還裊萬絲金。待得歸鞍到時，只怕春深。

【眉評】

［一］只三語，勝人弔古千百言。

【校記】

㈠録自《詞綜》。《續詞選》亦有。詞題，《白石道人歌曲》原作小序：「丙午人日，予客長沙別駕之觀政堂。堂下曲沼，沼西負古垣，有盧橘幽篁，一逕深曲。穿逕而南，官梅數十株，如椒如菽，或紅破白露，枝影扶疏。著屐蒼苔細石間，野興横生。亟命駕登定王臺，亂湘流，入麓山，湘雲低昂，湘波容與。興盡悲來，醉吟成調。」

㈡「垂柳」，《白石道人歌曲》作「垂楊」。

○○**探春慢** 過雪溪別鄭次臯諸君㈠

衰草愁煙，亂鴉送目㈡，飛沙㈢迴旋平野。拂雪金鞭，欺寒茸帽，還記章臺走馬。［一］誰念飄零久，謾贏得、幽懷難寫。故人青盼㈣相逢，小窗閑共情話。　長恨離多會少，重訪問竹西，

珠淚盈把。雁磧沙平㊄，漁汀人散，老去不堪遊冶。無奈苕溪月，又喚我㊅、扁舟東下。甚日歸來，梅花零亂春夜。[二]

【眉評】

[一] 一幅歲暮旅行畫圖。

[二] 詞意超妙，正如野鶴閒雲，去來無跡。

【校記】

㊀ 録自《詞綜》。詞題，《白石道人歌曲》原作小序：「予自孩幼從先人宦于古沔，女須因嫁焉。中去復來幾二十年，豈惟姊弟之愛，沔之父老兒女子亦莫不予愛也。丙午冬，千巖老人約予過苕霅，歲晚乘濤載雪而下，顧念依依，殆不能去。作此曲別鄭次皋、辛克清、姚剛中諸君。」

㊁「送目」，《白石道人歌曲》作「送日」。

㊂「飛沙」，《白石道人歌曲》作「風沙」。

㊃「青盼」，《白石道人歌曲》作「清沔」。

㊄「沙平」，《白石道人歌曲》作「波平」。

㈥「喚我」，《白石道人歌曲》作「照我」。

揚州慢 淳熙丙申至日過揚州㈠

淮左名都，竹西佳處，解鞍少駐㈡初程。過春風十里，盡薺麥青青。[一] 自胡馬、窺江去後，廢池喬木，猶厭言兵。漸黃昏、清角吹寒，都在空城。[二] 杜郎俊賞，算如今㈢、重到須驚。縱荳蔻詞工，青樓夢好，難賦深情。二十四橋仍在，波心蕩、冷月無聲。念橋邊、紅藥年年，知爲誰生。

【眉評】

[一] 起數語意不深而措詞妙，愈味愈出。

[二]「自胡馬窺江」數語，寫兵燹後情景逼真，他人累千百言，總無此韻味。◯「猶厭言兵」四字沈痛，包括無限傷亂語。

【校記】

㈠ 録自《詞綜》。《詞選》亦有。詞題，《白石道人歌曲》原作小序：「淳熙丙申至日，余過維揚。夜雪初霽，薺麥彌望。入其城，則四顧蕭條，寒水自碧。暮色漸起，戍角悲吟，予懷愴然。感慨今昔，因自度此曲。千巖老人以爲有《黍離》之悲也。」

㊁「少駐」，底本原作「少住」，據《白石道人歌曲》、《詞綜》改。

㊂「如今」，《白石道人歌曲》作「而今」。

點絳唇 丁未冬過吴淞作[一]㊀

燕雁無心，太湖西畔隨雲去。數峰清苦。商略黄昏雨。　第四橋邊，擬共天隨住。今何許。憑闌懷古。殘柳參差舞。

【眉評】

［一］字字清虚，無一筆犯實。只摹歎眼前景物，而令讀者弔古傷今，不能自止，真絶調也。◯「今何許」三字提唱，「憑闌懷古」下只以「殘柳」五字咏歎了之，神韻無盡。

【校記】

㊀録自《詞綜》。又據《宋六十一家詞選》校改。詞題，《詞綜》作「吴淞」，《白石道人歌曲》、《宋六

十一家詞選》作「丁未冬過吴松作」。

又㊀

金谷人歸，緑楊低掃吹笙道。數聲啼鳥。也學相思調。月落潮生，掇送劉郎老。淮南好。甚時重到。陌上生春草。

【校記】

㊀ 録自《宋七家詞選》。

暗香 石湖咏梅[一]㊀

舊時月色。算幾番照我，梅邊吹笛。唤起玉人，不管清寒與攀摘。何遜而今漸老，都忘卻、春風詞筆。但怪得、竹外疎花，香冷入瑶席。江國。正寂寂。歎寄與路遥，夜雪初積。翠尊易泣。紅萼無言耿相憶。長記曾攜手處，千樹壓、西湖寒碧。又片片吹盡也，幾時見得。張叔夏云：「〔暗香〕、〔疎影〕二曲，前無古人，後無來者，真爲絶唱。」《詞選》云：「題曰『石湖咏梅』，此爲石湖作也。時石湖蓋有隱遯之志，故作此二詞以沮之。白石〔石湖仙〕云：『須信石湖仙，似鴟夷、飄然引去。』末云：『聞好語。明年定在槐府。』此與同意。」　又云：「首章言己嘗有用世之志，今老無能，但望之石湖也。」

【眉評】

〔一〕二章脱盡恒蹊，永爲千年絶調。

【校記】

㊀録自《詞綜》。《詞選》亦有。詞題，《白石道人歌曲》原作小序：「辛亥之冬，予載雪詣石湖。止既月，授簡索句，且徵新聲，作此兩曲。石湖把玩不已，使工妓隸習之，音節諧婉，乃名之曰《暗香》《疏影》。」

疏影 前題〔一〕㊀

苔枝綴玉。有翠禽小小，枝上同宿。客裏相逢，籬角黄昏，無言自倚修竹。昭君不慣胡沙遠，但暗憶、江南江北。想珮環、月下㊁歸來，化作此花幽獨。　猶記深宫舊事，那人正睡裏，飛近蛾緑。莫似春風，不管盈盈，早與安排金屋。還教一片隨波去，又卻怨、玉龍哀曲。

等恁時、重覓㊂幽香，已入小窗橫幅。《詞選》云：「此章更以二帝之憤發之，故有『昭君』之句。」

【眉評】

[一] 上章已極精妙，此更運用故事，設色煊染，而一往情深，了無痕跡。既清虛，又腴鍊，直是壓偏千古。

【校記】

㊀ 録自《詞綜》。《詞選》亦有。

㊁ 「月下」，《白石道人歌曲》作「月夜」。

㊂ 「重覓」，《白石道人歌曲》作「再覓」。

長亭怨慢㊀

漸吹盡、枝頭香絮。是處人家，緑深門户。遠浦縈迴，暮帆零亂向何許。閲人多矣。誰得似、長亭樹。樹若有情時，不會得、青青如此。[一] 日暮。望高城不見，只見亂山無數。韋郎去也，怎忘得、玉環分付。第一是、早早歸來，怕紅萼、無人爲主。[二] 算只有㊁并刀，難剪離愁千縷。

【眉評】

[一] 哀怨無端，無中生有。海枯石爛之情。

[二] 纏綿沈著。

【校記】

㊀ 録自《詞綜》。《續詞選》亦有。《白石道人歌曲》有小序：「予頗喜自製曲，初率意爲長短句，然後協以律，故前後闋多不同。桓大司馬云：『昔年種柳，依依漢南。今看摇落，悽愴江潭。樹猶如此，人何以堪。』此語予深愛之。」

㊁ 「只有」，朱本《白石道人歌曲》作「空有」。

齊天樂 蟋蟀[一]㊀

庾郎先自吟愁賦。淒淒更聞私語。露濕銅鋪，苔侵石井，都是曾聽伊處。哀音似訴。正思婦無眠，起尋機杼㊁。曲曲屏山，夜涼獨自甚情緒。西窗又吹暗雨。爲誰頻斷續，相和砧杵。候館吟秋㊂，離宮吊月，別有傷心無數。豳詩謾與。笑籬落呼燈，世間兒女。[二]寫入琴絲，一聲聲更苦。張叔夏云：「全章精粹，所詠瞭然在目，且不留滯於物。」

【眉評】

[一] 此詞精絶。一直説去，其中自有頓挫起伏，正如大江無風，波濤自湧，前無古，後無今。

[二] 「籬落」二句，平常意一經點綴，便覺神味淵永，其妙真令人不可思議。

【校記】

㈠ 録自《詞綜》。《續詞選》亦有。詞題，《白石道人歌曲》原作小序：「丙辰歲，與張功父會飲張達可之堂，聞屋壁間蟋蟀有聲，功父約予同賦，以授歌者。功父先成，辭甚美。予徘徊茉莉花間，仰見秋月，頓起幽思，尋亦得此。蟋蟀，中都呼爲促織，善鬬，好事者或以二三十萬錢致一枚，鏤象齒爲樓觀以貯之。」

㈡ 「機杼」，底本原作「機杵」，據《白石道人歌曲》改。

㈢ 「吟秋」，《白石道人歌曲》作「迎秋」。

○○**湘月** 即〔念奴嬌〕之鬲指聲也㈠

五湖舊約，問經年底事，長負清景。暝入西山，漸喚我、一葉夷猶乘興。倦網都收，歸禽時度，月上汀州迴㈡。中流容與，畫橈不點明鏡㈢。誰解喚起湘靈，煙鬟霧鬢，理哀絃清聽㈣。玉麈談玄㈤，歎坐客、多少風流名勝。暗柳蕭蕭，飛星冉冉，夜久知秋冷㈥。鱸魚應好，舊家樂事誰省。

【校記】

㈠録自《詞綜》，又據《宋六十一家詞選》校改。詞題，《白石道人歌曲》原作小序：「長溪楊聲伯典長沙檝櫂，居瀕湘江，窗間所見，如燕公、郭熙畫圖，卧起幽適。丙午七月既望，聲伯約予與趙景魯、景望、蕭和父、裕父、時父、恭父，大舟浮湘，放乎中流。山水空寒，烟月交映，淒然其爲秋也。坐客皆小冠練服，或彈琴，或浩歌，或自酌，或援筆搜句。予度此曲，即《念奴嬌》鬲指聲也，於雙調中吹之。鬲指亦謂之過腔，見晁無咎集。凡能吹竹者，便能過腔也。」

㈡「迥」，同《宋六十一家詞選》，《白石道人歌曲》、《詞綜》作「泠」。

㈢「明鏡」，同《宋六十一家詞選》，《白石道人歌曲》、《詞綜》作「清鏡」。

㈣「清聽」，同《宋六十一家詞選》，《白石道人歌曲》、《詞綜》作「鴻陣」。

㈤「談玄」，原稿避諱作「談元」，徑改。

㈥「秋冷」，同《宋六十一家詞選》，《白石道人歌曲》、《詞綜》作「秋信」。

念奴嬌 荷花㊀

鬧紅一舸，記年時㊁、常與㊂鴛鴦爲侣。三十六陂人未到，水佩風裳無數。翠葉吹凉，玉容消酒，更灑菰蒲雨。嫣然摇動，冷香飛上詩句。[一] 日暮。青蓋亭亭，情人不見，争忍凌波去。只恐舞衣寒易落，愁入西風南浦。高柳垂陰，老魚吹浪，留我花間住。[二] 田田多少，幾回沙際歸路。

【眉評】

[一] 好句欲仙。

[二] 鍊意鍊詞，歸於純雅。

【校記】

㊀ 録自《詞綜》。《續詞選》亦有。詞題，《白石道人歌曲》原作小序：「予客武陵，湖北憲治在焉。古城野水，喬木參天。予與二三友日蕩舟其間，薄荷花而飲，意象幽閒，不類人境。秋水且涸，荷葉出地尋丈，因列坐其下，上不見日，清風徐來，緑雲自動，間于疏處窺見遊人畫船，亦一樂也。朅來吴興，

數得相羊荷花中。又夜泛西湖，光景奇絶。故以此句寫之。」

㊁「年時」，《白石道人歌曲》作「來時」。

㊂「常與」，《白石道人歌曲》作「嘗與」。

○**淡黄柳** 客合肥㊀

空城曉角。吹入垂楊陌。馬上單衣寒惻惻。看盡鵝黄嫩緑，都是江南舊相識。正岑寂。明朝又寒食。强攜酒，小橋㊁宅。怕梨花落盡成秋色。燕燕歸來㊂，問春何在，惟有池塘自碧。

【校記】

㊀録自《詞綜》。詞題，同《宋六十一家詞選》，《白石道人歌曲》原作小序：「客居合肥南城赤闌橋之西，巷陌淒涼，與江左異。唯柳色夾道，依依可憐。因度此闋，以紓客懷。」

㊁「小橋」，《白石道人歌曲》作「小喬」。

㊂「歸來」，《白石道人歌曲》、《詞綜》作「飛來」。

琵琶仙 吴興[一]㊀

雙槳來時，有人似、舊曲桃根桃葉。歌扇輕約飛花，蛾眉正奇絶。春漸遠、汀洲自緑，更添了、幾聲啼鴂。十里揚州，三生杜牧，前事休説。[二] 又還是、宫燭分煙，奈愁裏、匆匆换時節。都把一襟芳思，與空階榆莢。千萬縷、藏鴉細柳，爲玉尊、起舞迴雪。想見西出陽關，故人初别。張叔夏云：「情景交鍊，得言外意。」又云：「白石『疎影』、『暗香』、『揚州慢』、『一萼紅』、『琵琶仙』、『淡黄柳』等曲，不惟清虚，且又騷雅，讀之使人神觀飛越。」

【眉評】

[一] 似周、秦筆墨，而氣格俊上。

[二] 「前事休説」四字咽住，藏得許多情事在内。

【校記】

㊀ 録自《詞綜》。《續詞選》亦有。詞題，《白石道人歌曲》爲小序：「《吴都賦》云：『户藏煙浦，家具畫船。』唯吴興爲然。春遊之盛，西湖未能過也。己酉歲，予與蕭時父載酒南郭，感遇成歌。」

翠樓吟 武昌安遠樓成㊀

月冷龍沙，塵清虎落，今年漢酺初賜。[一]新翻胡部曲，聽氊幕、元戎歌吹。層樓高峙。看檻曲縈紅，簷牙飛翠。人姝麗。粉香吹下，夜寒風細。此地。宜有神仙㊁，擁素雲黄鶴，與君遊戲。玉梯凝望久，歎芳草、萋萋千里。天涯情味。仗酒祓清愁，花消英氣。[二]西山外。晚來還捲，一簾秋霽。

【眉評】

[一] 起便警策。

[二] 一縱一操，筆如游龍。

【校記】

㊀ 録自《詞綜》。《續詞選》亦有。詞題，《白石道人歌曲》原作小序：「淳熙丙午冬，武昌安遠樓成，與劉去非諸友落之，度曲見志。予去武昌十年，故人有泊舟鸚鵡洲者，聞小姬歌此詞，問之，頗能道其事，還吴爲予言之。興懷昔遊，且傷今之離索也。」

㊁「神仙」，《白石道人歌曲》作「詞仙」。

霓裳中序第一 留長沙[一]㊀

亭皋正望極。亂落江蓮歸未得。多病卻無氣力。況紈扇漸疏，羅衣初索。流光過隙。歎杏梁、雙燕如客。人何在，一簾淡月，彷彿照顔色。幽寂。亂蛩吟壁。動庾信、清愁似織。沈思年少浪跡。笛裏關山，柳下坊陌。墜紅無信息。漫暗水、涓涓溜碧。漂零久，而今何意，醉臥酒壚側。

【眉評】

[一]骨韻俱古。

【校記】

㊀録自《宋七家詞選》。詞題爲陳廷焯自擬，《白石道人歌曲》原作小序：「丙午歲，留長沙，登祝融，因得其祠神之曲，曰《黄帝鹽》、《蘇合香》。又於樂工故書中得商調《霓裳曲》十八闋，皆虚譜無辭。按沈氏《樂律》，《霓裳》道調，此乃商調。樂天詩云「散序六闋」，此特兩闋，未知孰是。然音節閑雅，不

類今曲。予不暇盡作，作中序一闋傳於世。予方羈遊，感此古音，不自知其辭之怨抑也。」

法曲獻仙音 張彥遠官舍[一]㊀

虛閣籠寒，小簾通月，暮色偏宜㊁高處。樹隔離宮，水平馳道，湖山盡入樽俎。奈楚客、淹留久，砧聲帶愁去。屢回顧。過秋風、未成歸計，誰念我、重見冷楓紅舞。喚起淡妝人，問逋仙、今在何許。象筆鸞箋，甚而今、不道秀句。怕平生幽恨，化作沙邊煙雨。

【眉評】

[一]白石詞有以一二虛字唱歎韻味俱出者，雖非最上乘，亦是靈境。篇中如「奈」字、「屢」字，及「誰念我」、「甚而今」、「怕平生」等字，俱極有意思，他可類推。

【校記】

㊀録自《詞綜》。詞題，《白石道人歌曲》原作小序：「張彥功官舍在鐵冶嶺上，即昔之教坊使宅。高齋下瞰湖山，光景奇絶。予數過之，爲賦此。」

㊁「偏宜」，《白石道人歌曲》作「偏憐」。

石湖仙 寄石湖處士㊀

松江煙浦。是千古三高，游衍佳處。須信石湖仙，似鴟夷、翩然引去。浮雲安在，我自愛、緑香紅嫵㊁。容與。看世間、幾度今古。[一]

盧溝舊曾駐馬，爲黄花、閒吟秀句。見説胡兒，也學綸巾欹羽㊂。玉友金蕉，玉人金縷，[二]緩移箏柱。聞好語。明年定在槐府。

【眉評】

[一]言外有多少婉惜。

[二]「金」、「玉」字對舉，未免纖俗。

【校記】

㊀録自《詞綜》。詞題，《白石道人歌曲》作「壽石湖居士」。

㊁「紅嫵」，《白石道人歌曲》作「紅舞」。

㊂「欹羽」，《白石道人歌曲》作「欹雨」。

玲瓏四犯 越中歲暮[一]㊀

疊鼓夜寒，垂燈春淺，匆匆時事如許。倦游歡意少，俛仰悲今古。江淹又吟恨賦。記當時、送君南浦。萬里乾坤，百年身世，惟有此情苦。　揚州柳垂官路。有輕盈換馬，端正窺户。酒醒明月下，夢逐潮聲去。文章信美知何用，謾贏得、天涯羈旅。教説與。春來要、尋花伴侶。

【眉評】

［一］音調蒼涼。白石諸闋，惟此篇詞最激，意亦最顯。蓋亦身世之感，有情不容已者。

【校記】

㊀録自《詞綜》。詞題，《白石道人歌曲》作：「越中歲暮，聞簫鼓感懷。」

惜紅衣 吴興荷花㊀

枕簟㊁邀涼，琴書換日㊂，睡餘無力。細灑冰泉，并刀破甘碧。牆頭唤酒，誰問訊、城南詩客。

岑寂。高樹㈣晚蟬，說西風消息。　虹梁水陌。魚浪吹香，紅衣半狼籍。維舟試望，故國渺天北。可惜渚邊㈤沙外，不共美人遊歷。問甚時重賦㈥，三十六陂秋色。

【校記】

㈠ 録自《詞綜》。詞題，《白石道人歌曲》原作小序：「吴興號水晶宫，荷華盛麗。陳簡齋云：『今年何以報君恩。一路荷華相送到青墩。』亦可見矣。丁未之夏，予遊千巖，數往來紅香中。自度此曲，以無射宫歌之。」

㈡ 「枕簟」，《白石道人歌曲》作「簟枕」。

㈢ 「換日」，底本原作「換目」，據《白石道人歌曲》、《詞綜》改。

㈣ 「高樹」，朱本《白石道人歌曲》作「高柳」。

㈤ 「渚邊」，《白石道人歌曲》作「柳邊」。

㈥ 「重賦」，《白石道人歌曲》、《詞綜》作「同賦」。

清波引 梅㈠

冷雲迷浦。倩誰喚、玉妃起舞。歲華如許。野梅弄眉嫵。屐齒印蒼蘚，漸爲尋花來去。自抱幽恨難語。何時共漁艇，莫負滄浪煙雨㈡。況有清夜啼猿，怨人良苦。

【眉評】

［一］白石諸詞，鄉心最切，身世之感當於言外領會。

【校記】

㈠録自《詞綜》。又據《宋六十一家詞選》校改。詞題，《白石道人歌曲》原作小序：「予久客古沔，滄浪之煙雨，鸚鵡之草樹，頭陀、黄鶴之偉觀，郎官、大別之幽處，無一日不在心目間。勝友二三，極意吟賞。揭來湘浦，歲晚淒然，步繞園梅，摛筆以賦。」

㈡「煙雨」，同《白石道人歌曲》、《宋六十一家詞選》，《詞綜》作「夜雨」。

水龍吟　黄慶長夜汎鑒湖，有懷歸之曲，課予和之。㈠

夜深客子移舟處，兩兩沙禽驚起。紅衣入槳，青燈搖浪，微涼意思。把酒臨風，不思歸去，有如此水。況茂陵遊倦，長干望久，芳心事、簫聲裏。　屈指歸期尚未。鵲南飛、有人應喜。畫闌桂子，留香小待，提攜影底。我已情多，十年幽夢，略曾如此。甚謝郎、也恨飄零，解道月明千里。

【校記】

㊀ 録自《宋七家詞選》。

、○秋宵吟㊀

古簾空，墜月皎。坐久西窗人悄。蛩吟苦、漸漏永㊁丁丁，箭壺催曉。引涼颸，動翠葆。露腳斜飛雲表。因嗟念、似去國情懷，暮帆煙草。　帶眼消磨，爲近日、愁多頓老。衛娘何在，宋玉歸來，兩地暗縈繞。搖落江楓早。嫩約無憑，幽夢又杳。但盈盈、淚灑單衣，今夕何夕恨未了。

【校記】

㊀ 録自《宋七家詞選》。

㊁「漏永」，《白石道人歌曲》作「漏水」。

○○八歸　湖中送胡德華①

芳蓮墜粉，疎桐吹綠，庭院暗雨乍歇。無端抱影銷魂處，還見篠牆螢暗，蘚階蛩切。送客重尋西去路，問水面、琵琶誰撥。最可惜、一片江山，總付與啼鴂。[一]　長恨相從未款，而今何事，又對西風離別。渚寒煙淡，棹移人遠，縹緲行舟如葉。想文君望久，倚竹愁生步羅襪。歸來後、翠尊雙飲，下了珠簾，玲瓏閒看月。

【眉評】

[一] 氣骨雄蒼，詞意哀婉。

【校記】

① 録自《詞綜》。《續詞選》亦有。詞題「湖中」，《白石道人歌曲》作「湘中」。

陸游

字務觀，山陰人。以蔭補登仕郎，隆興初，賜進士出身，范成大帥蜀，爲參議官。人譏其頹放，因自號放翁。嘉泰初，詔同脩國史，升寶章閣待制。有《劍南集》，詞二卷。

鵲橋仙 夜聞杜鵑㈠

茅簷人静，蓬窗燈暗，春晚連江風雨。林鶯巢燕總無聲，但月夜、常啼杜宇。催成清淚，驚殘孤夢，又揀深枝飛去。[一]故山猶自不堪聽，況半世、飄然羈旅。

【眉評】

[一]寓意。

【校記】

㈠録自《詞綜》。

采桑子[一]㈠

寶釵樓上妝梳晚，嬾上鞦韆。閒撥沈煙。金縷衣寬睡髻偏。鱗鴻不寄遼東信，又是經年。彈淚花前。愁入春風十四絃。

【眉評】

[一]放翁詞病在一瀉無餘，似此婉雅閑麗，不可多得也。

【校記】

㊀録自《詞綜》。

張輯 字宗瑞，鄱陽人。有《東澤綺語債》[二]二卷。

【眉評】

[二]「綺語債」，命名惡劣。

釣船笛寓〔好事近〕㊀

載酒岳陽樓，秋入洞庭深碧。極目水天無際，正白蘋風急。月明不見宿鷗驚，醉把玉欄拍。誰謂㊁百年心事，恰釣船横笛。[一]

【眉評】

［一］一片熱中，卻不染湖海習氣，是之謂雅正。

【校記】

㈠録自《詞綜》。

㈡「誰謂」，《東澤綺語》作「誰解」。

碧雲深寓〔憶秦娥〕㈠

風淒淒。井欄絡緯驚秋啼。驚秋啼。涼侵好夢，月正樓西。　　卷簾望月知心誰。關河空隔長相思。長相思。碧雲暮合，有美人兮。［一］

【眉評】

［一］神行官止，合拍無痕。

【校記】

㈠録自《詞綜》。

陸淞 字子逸，會稽人，左丞佃之孫，《耆舊續聞》稱爲陸辰州。

瑞鶴仙[一]

臉霞紅印枕。睡起[二]來、冠兒猶是[三]不整。屏間麝煤冷，但眉山[四]壓翠，淚珠彈粉。堂深晝永。燕交飛、風簾露井。悵無人、與説相思，近日帶圍寬盡。重省。殘燈朱幌，淡月疏窗[五]，那時風景。陽臺路迥。雲雨夢、便無準。待歸來、先指花梢教看，卻把心期細問。問因循、過了青春，怎生意穩。張叔夏云：「景中帶情，屏去浮艷。」《詞選》[六]云：「刺時之言。」

【校記】

(一) 録自《詞綜》。《續詞選》亦有。

(二) 「睡起」，《絶妙好詞》作「睡覺」。

(三) 「猶是」，《絶妙好詞》作「還是」。

(四) 「眉山」，《絶妙好詞》作「眉峰」。

(五) 「疏窗」，《絶妙好詞》作「紗窗」。

㈥《詞選》，實爲《續詞選》。

陳亮

字同甫，永康人。淳熙間詣闕上書，孝宗欲官之，亟渡江歸。至光宗策進士，擢第一，授僉書建康府判官，未至官而卒。端平初，謚文毅。有《龍川集》，詞一卷。

水龍吟㈠

鬧花深處層樓，畫簾半捲東風軟。春歸翠陌，平沙㈡茸嫩，垂楊清淺㈢。遲日催花，淡雲閣雨，輕寒輕暖。恨芳菲世界，遊人未賞，都付與、鶯和燕。　寂寞憑高望遠㈣。向南樓、一聲歸雁。金釵鬬草，青絲勒馬，風流雲散。羅綬分香，翠綃封淚，幾多幽怨。[一]正銷魂又是，疎煙淡月，子規聲斷。

【眉評】

[一] 淒艶。

【校記】

㈠ 録自《詞綜》。《中興以來絶妙詞選》有詞題「春恨」。

㈡「平沙」，《中興以來絶妙詞選》、《詞綜》作「平莎」。
㈢「清淺」，《中興以來絶妙詞選》、《詞綜》作「金淺」。
㈣「望遠」，《中興以來絶妙詞選》、《詞綜》作「念遠」。

盧祖皋

字申之，永嘉人，一云邛州人。慶元中登第，嘉定中爲軍器少監。有《蒲江集》，詞一卷。

宴清都 初春㈠

春訊飛瓊管。風日薄，度牆啼鳥聲亂。江城次第，笙歌翠合，綺羅香暖。溶溶澗緑㈡冰泮。醉夢裏、年華暗換。料黛眉、重鎖隋堤，芳心還動梁苑。新來雁闊雲音，鸞分鑑影，無計重見。啼春細雨，籠愁澹月，恁時庭院。離腸未語先斷。算猶有、凭高望眼。更那堪、芳草連天，飛梅弄晚。[一]

【眉評】

[一] 此詞絶幽怨，神似梅溪高境。

【校記】

㈠ 録自《宋六十一家詞選》。

㈡ 「澗緑」，《蒲江詞稿》作「澗淥」。

高觀國

字賓王，山陰人。有《竹屋癡語》一卷。

菩薩蠻㈠

春風吹緑湖邊草。春光依舊湖邊道。玉勒錦障泥。少年遊冶時。[一]　煙明花似繡。且醉旗亭酒。斜日照花西。歸鴉花外啼。[二]

【眉評】

[一] 感時傷事，不著力而自勝。

[二] 結用比意。

【校記】

㈠ 録自《詞綜》。《續詞選》亦有。

齊天樂㈠

碧雲闕處無多雨，愁與去帆俱遠。倒葦沙閑，枯蘭澈冷㈡，寥落寒江秋晚。樓陰縱覽。正魂怯清吟，病多消黯㈢。怕浥㈣西風，袖羅香自去年減。風流江左久客，舊游得意處，朱簾曾卷。載酒春情，吹簫夜約，猶憶玉嬌香軟。塵棲㈤故苑。歎璧月空簷，夢雲飛觀。[一]送絶征鴻，楚峰煙數點。

【眉評】

[一] 鑄語精鍊。

【校記】

㈠ 録自《詞綜》。又據《宋六十一家詞選》校改。

㈡「澈冷」，同朱本《竹屋癡語》、《宋六十一家詞選》，《詞綜》作「砌冷」。

㈢「消黯」，《竹屋癡語》作「依黯」。

㈣「怕浥」，朱本《竹屋癡語》作「怕挹」，《詞綜》、《宋六十一家詞選》作「怕揖」。

㊄「塵棲」，同朱本《竹屋癡語》、《宋六十一家詞選》、《詞綜》作「塵樓」。

賀新郎 梅[一]㊀

月冷霜袍擁。見一枝、年華又晚，粉愁香凍。雲隔溪橋人不度，的皪春心未縱。清影怕、寒波搖動。更没纖毫塵俗態，倚高情、預得東風㊁寵。沈凍蜨，掛么鳳。一杯正要吳姬捧。想見那㊂、[二]柔酥弄白，暗香偷送。回首羅浮今在否，寂寞煙迷翠壠㊃。又爭奈、桓伊三弄。開遍西湖春意爛，算羣花、正作江山夢。吟思怯，暮雲重。[三]

【眉評】

[一] 白石〈暗香〉、〈疏影〉已成絕調，除碧山外，後人無能爲繼。此作於旁面取勢，思深意遠，亦可謂工於渲染矣。但沖厚之味不及白石、碧山遠甚。

[二] 「想見那」三字粗。

[三] 姿態橫生，目無餘子。

【校記】

㊀錄自《詞綜》。詞題，《竹屋癡語》作「賦梅」。

㊁「東風」，《竹屋癡語》、《詞綜》作「春風」。

㊂「想見那」，朱本《竹屋癡語》作「想□□」。

㊃「翠攏」，朱本《竹屋癡語》作「翠攏」。

史達祖 字邦卿，汴人。有《梅溪詞》二卷。

綺羅香 春雨㊀

做冷欺花，將煙困柳，千里偷催春暮。盡日冥迷，愁裏欲飛還住。驚粉重、蝶宿西園，喜泥潤、燕歸南浦。最妨他、佳約風流，鈿車不到杜陵路。　沈沈江上望極，還被春潮晚急，難尋官渡。隱約遥峰，和淚謝娘眉嫵。臨斷岸、新綠生時，是落紅、帶愁流處。記當日、門掩梨花，剪燈深夜語。[二]

【眉評】

［二］凄警特絶。

【校記】

㊀録自《詞綜》。《續詞選》亦有。詞題，《梅溪詞》作「詠春雨」。

雙雙燕㊀

過春社了，度簾幙中間，去年塵冷。差池欲住，試入舊巢相並。還相雕梁藻井。又軟語、商量不定。翩然㊁快拂花梢，翠尾分開紅影。　芳徑。芹泥雨潤。愛貼地争飛，競誇輕俊。紅樓歸晚，看足柳昏花暝。應是㊂棲香正穩。便忘了、天涯芳信。愁損翠黛雙蛾，日日畫欄獨凭。

【校記】

㊀録自《詞綜》。又據《詞選》校改。《梅溪詞》有詞題「詠燕」，《詞綜》作「春燕」。

㊁「翩然」，《梅溪詞》、《詞綜》作「飄然」。

㊂「應是」,《梅溪詞》、《詞綜》作「應自」。

蝶戀花㊀

二月東風吹客袂。[一]蘇小門前,楊柳如腰細。胡蝶識人遊冶地。舊曾來處花開未。　幾夜湖山生夢寐。萍泊㊁尋芳,只怕春寒裏。今歲㊂清明逢上巳。相思先到濺裙水。[二]

【眉評】

[一] 起七字淡而彌永。

[二] 情餘言外。

【校記】

㊀ 録自《詞綜》。

㊁「萍泊」,《梅溪詞》作「評泊」。

㊂「今歲」,《梅溪詞》作「令歲」。

、○○臨江仙㊀

倦客如今老矣，舊遊可奈㊁春何。幾曾湖上不經過。看花南陌醉，駐馬翠樓歌。遠眼愁隨芳草，湘裙憶著春羅。枉教裝得舊時多。向來簫鼓地，曾見㊂柳婆娑。[一]

【眉評】

[一] 直是唐人絶妙樂府。

【校記】

㊀ 録自《詞綜》。

㊁ 「舊遊可奈」，《梅溪詞》作「舊時不奈」。

㊂ 「曾見」，《梅溪詞》作「猶見」。

○○○東風第一枝 立春[一]㊀

草腳愁回㊁，花心夢醒，鞭香拂散牛土。舊歌空憶珠簾，彩筆倦題繡户。粘雞貼燕，想占斷㊂、東風來處。暗惹起、一掬相思，亂藏㊃翠盤紅縷。　今夜覓、夢池秀句，明日動、探花芳緒。寄聲沽酒人家，款約嬉遊㊄伴侶。憐他梅柳，怎忍後㊅、天街酥雨。待過了、一月燈期，日日醉扶歸去。　張叔夏云：「不獨措詞精粹，又且見時節風物之感㊆。」

【眉評】

［一］精妙處直與清真、白石並驅。◯白石、梅溪皆祖清真，白石化矣，梅溪或稍遜焉，然高者亦未嘗不化，如此篇是也。

【校記】

㊀ 録自《詞綜》。《續詞選》亦有。詞題，《詞綜》作「春雪」，《梅溪詞》作「壬戌閏臘望，雨中立癸亥春，與高賓王各賦」。

㊁「愁回」，《梅溪詞》作「愁蘇」。

㊂「占斷」，《梅溪詞》作「立斷」。

㊃「亂藏」，《梅溪詞》作「亂若」。

㊄「款約嬉遊」，《梅溪詞》作「預約俊遊」。

㈥「怎忍後」，《梅溪詞》作「乍忍後」。

㈦「時節風物之感」，《詞源》作「時序風物之盛」。

湘江静㈠

暮草堆青雲浸浦。記匆匆、倦篙曾住㈡。漁榔四起，沙鷗未落，怕愁沾詩句。碧袖一聲歌，石城怨、西風隨去。滄波蕩晚，菰蒲弄秋，還重到、斷魂處。[一] 酒易醒，思正苦。想空山、桂香懸樹。三年夢冷，孤吟意短，屢煙鐘津鼓。屐齒厭登臨，移橙㈢後、幾番涼雨。潘郎漸老，風流頓減，閒居未賦。

【眉評】

[一] 淒涼幽怨。

【校記】

㈠ 録自《詞綜》。

㈡「曾住」，《梅溪詞》、《詞綜》作「曾駐」。

㊂「移燈」，《花草粹編》作「移燈」。

○浪淘沙㊀

醉月小紅樓。錦瑟箜篌。夜來風雨曉來收。幾點落花饒柳絮，同爲春愁。　寄信問晴鷗。誰在芳洲。綠波迎處㊁有蘭舟。獨對舊時攜手地，情思悠悠。

【校記】

㊀録自《宋七家詞選》。調名，《梅溪詞》作「過龍門」，且有詞題「春愁」。

㊁「迎處」，《梅溪詞》作「寧處」。

○○齊天樂 秋興［一］㊀

闌干只在鷗飛處，年年怕吟秋興。斷浦沈雲，空山掛雨，中有詩愁千頃。波聲未定。望舟尾拖涼，渡頭籠暝。正好登臨，有人歌罷翠簾冷。　悠然魂墮故里，奈閒情未了，還被吹醒。拜月虛簷，聽蛩壞砌，誰復能憐嬌俊。憂心耿耿。寄桐葉芳題，冷楓新詠。莫遣秋聲，樹頭喧夜永。

【眉評】

［一］情景兼到，樂笑翁高境頗近此種。

【校記】

㈠録自《宋六十一家詞選》。

又 湖上即席分韻得「羽」字㈠

鴛鴦拂破蘋花影，低低趁涼飛去。畫裏移舟，詩邊就夢，葉葉碧雲分雨。芳游自許。過柳外㈡閒波，水花平渚。見説西風，爲人吹恨上瑶樹。［一］ 闌干斜照未滿，杏牆應望斷，春翠偷聚。淺約揉香，深盟擣月，誰是牕間青羽。孤筝雁柱㈢。問因甚參差，暫成離阻。夜色空庭，待歸聽俊語。

【眉評】

［一］鍊字鍊句，昔人謂梅溪詞融情景於一家，會句意於兩得，信不誣也。

【校記】

㊀ 録自《宋七家詞選》。

㊁ 「柳外」，《梅溪詞》、《詞綜》作「柳影」。

㊂ 「雁柱」，《梅溪詞》、《詞綜》作「幾柱」。

又 中秋宿真定驛㊀

西風來勸涼雲去，天東放開金鏡。照野霜凝，入河桂濕，一一冰壺相映。殊方路永。更分破秋光，盡成悲境。有客躊躇，古庭空自弔孤影。[一] 江南朋舊在許，也憐天際遠，㊁詩思誰領。夢斷刀頭，書開蠆尾，別有相思隨定。憂心耿耿。對風鵲殘枝，露蛩荒井。斟酌姮娥，九秋宮殿冷。

【眉評】

[一] 寄恨甚遠。

【校記】

㊀録自《宋七家詞選》。

㊁「也憐天際遠」，《梅溪詞》作「也能憐天際」。

玉蝴蝶㊀

晚雨未摧宮樹，可憐閒葉，猶抱涼蟬。短景歸秋，吟思又接愁邊。漏初長、夢魂難禁，人漸老、風月俱寒。想幽歡。土花庭甃，蟲網闌干。無端。啼蛄攪夜，恨隨團扇，苦近秋蓮。一笛當樓，謝娘懸淚立風前。[一]故園晚、强留詩酒，新雁遠、不致寒暄。隔蒼煙。楚香羅袖，誰伴嬋娟。

【眉評】

[一]幽怨似少游，清切如美成，合而化矣。

【校記】

㊀録自《宋六十一家詞選》。

萬年歡㊀

兩袖梅風，謝橋邊、岸痕猶帶陰雪。過了匆匆燈市，草根青發。燕子春愁未醒，誤幾處、芳音遼絶。煙溪上、采緑人歸，定應愁沁花骨。　非干厚情易歇。奈燕臺句老，難道離别。小徑吹衣，曾記故里風物。多少驚心舊事，第一是、侵階羅襪。如今但、柳髮晞春，夜來和露梳月。

【校記】

㊀録自《續詞選》。《詞綜》亦有。《梅溪詞》有詞題「春思」。

吴文英[一]

字君特，四明人。從吴毅夫遊。有《夢窗甲乙丙丁稿》四卷。

【眉評】

[一]夢窗詞能於超逸中見沈鬱，不及碧山、梅溪之厚，而才氣較勝。皋文以夢窗與耆卿、山谷、改之輩同列，一偏之見，非公論也。

倦尋芳 餞周糾定夫㈠

暮帆掛雨，冰岸飛梅，春思零亂。[一]送客將歸，偏是故宫離苑。醉酒曾同涼月舞，尋芳還隔紅塵面。去難留，悵芙蓉路窄，緑楊天遠。　便繫馬、鶯邊清曉，煙草晴花，沙潤香軟。爛錦年華，誰念故人遊倦。寒食相思堤上路，行雲應在孤山畔。[二]寄新吟，莫空回、五湖春雁。

【眉評】

[一] 神味宛然。

[二] 自然流出，有行雲流水之樂，詞境到此，真非易易。

【校記】

㈠ 録自《詞綜》。

祝英臺近 除夜立春㈠

剪紅情，裁緑意，花信上釵股。殘日東風，不放歲華去。[一]有人添燭西窗，不眠侵曉，笑聲轉、新年鶯語。　舊樽俎。玉纖曾擘黃柑，柔香繫幽素。歸夢湖邊，還迷鏡中路。可憐千點吴霜，寒銷不盡，又相對、落梅如雨。

【眉評】

[一] 夢窗詞不必以綺麗見長，然其一二綺麗處，正不可及。

【校記】

㊀ 録自《詞綜》。

○**又** 春日客龜溪，遊廢園。㊀

采幽香，巡古苑，竹冷翠微路。鬭草溪根，沙印小蓮步。自憐兩鬢清霜，一年寒食，又身在、雲山深處。　晝閑度。因甚天也慳春，輕陰便成雨。緑暗長亭，歸夢趁風絮。有情花影闌干，鶯聲門徑，解留我、霎時凝竚。

【校記】

㊀ 録自《詞綜》。

水龍吟 惠山泉㊀

艷陽不到青山，淡煙㊁冷翠成秋苑。吴娃點黛，江妃擁髻，空濛遮斷㊂。樹密藏溪，草深迷市，峭雲一片。二十年舊夢，輕鷗素約，霜絲亂、朱顏變。　龍吻春霏玉濺。煑銀瓶、羊腸車轉。臨泉照影，清寒沁骨，客塵都浣。鴻漸重來，夜深華表，露零鶴怨。把閑愁換與，樓前晚色，棹滄波遠。［一］

【眉評】

［一］點染處不留滯於物。

【校記】

㊀録自《詞綜》。詞題，《夢窗詞集》作「惠山酌泉」。

㊁「淡煙」，《夢窗詞集》作「古陰」。

㊂「遮斷」，底本原作「遮蔽」，據《夢窗詞集》、《詞綜》改。

八聲甘州 陪庾幕諸公游靈岩㊀

渺空煙四遠，是何年、青天墜長星。幻蒼崖雲樹，名娃金屋，殘霸宮城。箭徑酸風射眼，膩水染花腥。[一]時靸雙鴛響，廊葉秋聲。　宮裏吴王沉醉，倩五湖倦客，獨釣醒醒。問蒼波無語，華髮奈山青。水涵空、闌憑㊁高處，送亂鴉、斜日落漁汀。連呼酒，上琴臺去，秋與雲平。

【眉評】

[一]「箭徑」六字承「殘霸」句，「膩水」五字承「名娃」句。○此詞氣骨甚遒。

【校記】

㊀録自《宋六十一家詞選》。詞題「庾幕」，《夢窗詞集》作「庾幕」。

㊁「闌憑」，《夢窗詞集》作「闌干」。

憶舊游 別黄澹翁㊀

送人猶未苦，苦送春、隨人去天涯。[一]片紅都飛盡，陰陰㊁潤緑，暗裏啼鴉。賦情頓雪雙鬢，飛夢逐塵沙。歎病渴淒涼，分香瘦減，兩地看花。　西湖斷橋路，想繫馬垂楊，依舊欹斜。葵麥迷煙處，問離巢孤燕，飛過誰家。故人爲寫深怨，空壁掃秋蛇。但醉上吳臺，殘陽草色歸思賒。

【眉評】

［一］平常意一折便深。

【校記】

㊀録自《詞綜》。《續詞選》亦有。

㊁「陰陰」，杜文瀾、鄭文焯見一毛晉本作「正陰陰」，與律合。

高陽臺 豐樂樓㊀

脩竹凝妝，垂楊駐馬，憑闌㊁淺畫成圖。山色誰題，樓前有雁斜書。東風緊送斜陽下，弄舊寒、晚酒醒餘。自銷凝，能幾花前，頓老相如。　傷春不在高樓上，在燈前欹枕，雨外薰鑪。怕艤游船，臨流可奈清癯。飛紅若到西湖底，攪翠瀾、總是愁魚。[一]莫重來，吹盡香緜，淚滿平蕪。

【眉評】

[一]奇思幽想。

【校記】

㊀録自《詞綜》。詞題，《夢窗詞集》作「豐樂樓分韻得如字」。

㊁「憑闌」，底本原作「憑畫」，據《夢窗詞集》、《詞綜》改。

又 落梅㊀

宮粉彫痕，仙雲墮影，無人野水荒灣。古石埋香，金沙鎖骨連環。南樓不恨吹橫笛，恨曉風、千里關山。半飄零，庭上黃昏，月冷闌干。[一]

壽陽宮裏愁鸞鏡，㊁問誰調玉髓，暗補香瘢。細雨歸鴻，孤山無限春寒。離魂難倩招清些，夢縞衣、解珮溪邊。最愁人，啼鳥晴明，葉底清圓㊂。

【眉評】

[一] 中有怨情，當與中仙咏物諸篇參看。

【校記】

㊀ 録自《詞綜》。

㊁ 「壽陽宮裏愁鸞鏡」，《夢窗詞集》作「壽陽空理愁鸞」。

㊂ 「清圓」，《夢窗詞集》作「青圓」。

瑞鶴仙㊀

涙荷抛碎璧。正漏雲篩雨，斜捎窗隙。林聲怨秋色。對小山不迭，寸眉愁碧。涼欺岸幘。暮砧催、銀屏剪尺。最無聊、燕去堂空，舊幕暗塵羅額。　行客。西園有分，斷柳淒花，似曾相識。西風破屐。林下路，水邊石。[二] 念寒蛩殘夢，歸鴻心事，那聽江村夜笛。看雪飛、蘋底蘆梢，未如鬢白。

【眉評】

［一］筆致幽冷。

【校記】

㊀録自《詞綜》。

滿江紅　澱山湖［一］㊀

雲氣樓臺，分一派、滄浪翠蓬。開小景、玉盆寒浸，巧石盤松。風送流花時過岸，浪摇晴練欲飛空。算鮫宮、祇隔一紅塵，無路通。　神女驚㊁，凌曉風。明月低㊂，響丁東。對兩蛾猶鎖，怨緑煙中。秋色未教飛盡雁，夕陽長是墜疎鐘。又一聲、欸乃過前岩，移釣篷。

【眉評】

［一］平調〔滿江紅〕而魄力不減，既精鍊，又清虛。

【校記】

㊀録自《詞綜》。

㈡「驚」，《夢窗詞集》作「駕」。

㈢「低」，《夢窗詞集》作「佩」。

西子妝慢 湖上清明薄游㈠

流水麴塵，艷陽酷酒㈡，畫舸游情如霧。笑拈芳草不知名，乍凌波㈢、斷橋西堍。垂楊漫舞。總不解、將春繫住。燕歸來，問綵繩纖手，如今何許。歡盟誤。一箭流光，又趁寒食去。不堪衰鬢著飛花，傍緑陰、冷煙深樹。玄都㈣秀句。記前度、劉郎曾賦。最傷心，一片孤山細雨。

【校記】

㈠録自《詞綜》。

㈡「酷酒」，《夢窗詞集》作「醅酒」。

㈢「乍凌波」，《夢窗詞集》作「□凌波」。

㈣「玄都」，底本原作「元都」，諱字徑改。

齊天樂　與馮深居登禹陵㈠

三千年事殘鴉外，無言倦憑秋樹。逝水移川，高陵變谷，那識當時神禹。幽雲怪雨。恨萍㈡濕空梁，夜深飛去。雁起青天，數行書似舊藏處。[一]　寂寥西窗坐久，故人慳會遇，同剪燈語。敗蘚㈢殘碑，零圭斷璧，重拂人間塵土。霜紅罷舞。謾山色青青，霧朝煙暮。岸鎖㈣春船，畫橋㈤翻賽鼓。[二]

【眉評】

[一] 憑弔蒼茫，感慨無限。

[二] 結足禹陵。

【校記】

㈠ 録自《詞綜》。

㈡ 「恨萍」，《夢窗詞集》作「翠蓱」。

㈢ 「敗蘚」，《夢窗詞集》作「積蘚」。

㊃「岸鎖」，底本原作「岸數」，據《夢窗詞集》改。

㊄「橋翻」，《夢窗詞集》作「旗喧」。

新雁過妝樓 秋感[一]

夢醒芙蓉。風簾近、渾疑珮玉丁東。翠微流水，都是惜別行蹤。宋玉秋花相比瘦，賦情更苦似秋濃。小黄昏，紺雲暮合，不見征鴻。宜城當時放客，認燕泥舊跡，返照樓空。夜闌心事，燈外敗壁殘蛩[二]。江寒夜楓怨落，怕流作、題情腸斷紅。行雲遠，料淡蛾人在，秋月香中[三]。

【校記】

㊀録自《宋六十一家詞選》。詞題，《夢窗詞集》無。

㊁「殘蛩」，《夢窗詞集》作「哀蛩」。

㊂「秋月香中」，《夢窗詞集》作「秋香月中」。

點絳脣㊀

時霎清明，載花不過西園路。嫩陰緑樹。正是春留處。　燕子重來，往事東流去。征衫貯。舊寒一縷。淚濕風簾絮。［一］

【眉評】

［一］筆意逼近美成。

【校記】

㊀録自《詞綜》。

桃源憶故人㊀

越山青斷西陵浦。一岸密陰疏雨。潮帶舊愁生暮。曾折垂楊處。　桃根桃葉當時渡。嗚咽風前柔櫓。燕子不留春住。空寄離檣語。

【校記】

〔一〕錄自《詞綜》。

金縷曲 陪履齋先生滄浪看梅〔一〕

喬木生雲氣。[一] 訪中興、英雄陳跡，暗追前事。戰艦東風慳借便，夢斷神州故里。旋小築、吳宮閒地。華表月明歸夜鶴，問〔二〕當時、花竹今如此。枝上露，濺清淚。 遨頭小簇行春隊。步蒼苔、尋幽別塢，看梅〔三〕開未。重唱梅邊新度曲，催發寒梢凍蘂。此心與、東君同意。後不如今今非昔，兩無言、相對滄浪水。[二] 懷此恨，寄殘醉。

【眉評】

[一] 起五字神來。

[二] 激烈語偏寫得温婉，若文及翁之「借問孤山林處士，但掉頭、笑指梅花蘂。天下事，可知矣」，不免有張眉努目之態。

【校記】

㊀ 録自《詞綜》。調名，朱本《夢窗詞集補》作「金縷歌」。

㊁ 「問」，《詞綜》作「歎」。

㊂ 「看梅」，朱本《夢窗詞集補》作「問梅」。

陳允平 字君衡，號西麓，明州人。有《日湖漁唱》二卷。

八寶妝㊀

望遠秋平，初過雨、微茫水滿煙汀。亂萍疎柳，猶帶數點殘螢。待月重樓㊁誰共倚，信鴻斷續兩三聲。夜如何，頓涼驟覺，紈扇無情。　還思驂鸞素約，念鳳簫雁瑟，取次塵生。舊日潘郎，雙鬢半已星星。琴心錦意暗懶，又爭奈、西風吹恨醒。[一]屏山冷，怕夢魂飛度，藍橋不成。

【眉評】

[一]「琴心」二句，其有感於爲制置司參議官時乎？然不肯仕元之意已決於此矣，正不必作激烈語。

【校記】

㊀ 録自《詞綜》。《日湖漁唱》有詞題「秋宵有感」。

㊁ 「重樓」，《日湖漁唱》作「重簾」。

綺羅香 秋雨㊀

雁宇蒼寒，蛩㊁疏翠冷，又是淒涼時候。小揭珠簾，衣潤唾花羅縐。洗㊂曉鷺、獨立衰荷，遡歸燕、尚棲殘柳。想黃華，羞澀東籬，斷無新句到重九。孤檠清夢易覺，腸斷唐宮舊曲，聲迷官漏。滴入愁心，秋似玉樓人瘦。煙檻外、催落梧桐，帶西風、亂捎鴛甃。[一]記畫簾㊃，燈影沈沈，共栽㊄春夜韭。

【眉評】

[一] 字字錘鍊，卻極醇雅，是西麓本色。

【校記】

㊀ 録自《詞綜》。

㊁「蟲」，《日湖漁唱》、《詞綜》作「蛩」。
㊂「洗」，《日湖漁唱》作「饒」。
㊃「畫簾」，《日湖漁唱》作「畫檐」。
㊄「共栽」，同《御選歷代詩餘》，《日湖漁唱》、《詞綜》作「共裁」。

酹江月　賦水仙[一]㊀

漢江露冷，是誰將瑤瑟，彈向雲中。一曲清泠聲漸杳，月高人在珠宮。暈額黃輕，塗腮粉艷，羅帶織青葱。天香吹散，珮環猶自丁東。　回首杜若汀洲，金鈿玉鏡，何日得相逢。獨立飄飄煙浪遠，羅襪㊁羞濺春紅。渺渺予懷，迢迢良夜，三十六陂風。九疑何處，斷魂㊂飛度千峰。

【眉評】

[一]張叔夏云：「詞欲雅而正。近時陳西麓所作，平正亦有佳者。」夫平正則難佳，平正而有佳者，乃真佳也。三復西麓詞，一切流蕩忘反之失，不化而化矣。

【校記】

㈠録自《詞綜》。

㈡「羅襪」，《日湖漁唱》作「襪塵」。

㈢「斷魂」，《日湖漁唱》作「斷雲」。

又㈠

霽空虹雨，傍啼螿莎草，宿鷺汀洲。隔岸人家砧杵急，微寒先到簾鈎。步幄塵高，征衫酒潤，誰煖玉香篝。風燈微暗，夜長頻換更籌。應是雁柱調箏，鴛梭織錦，付與兩眉愁。不似樽前今夜月，幾度同上南樓。紅葉無情，黄花有恨，辜負十分秋。歸心如醉，夢魂飛趁東流。

【校記】

㈠録自《詞綜》。

探春 蘇堤春曉㈠

上苑烏啼，中洲鷺起，疎鐘纔度雲窈。篆冷香篝，燈微塵幌，殘夢猶吟芳草。搔首捲簾看，認何處、六橋煙柳。[一]翠橈纔艤西泠，趁取過湖人少。掠水風花繚繞。還暗憶年時，旗亭歌酒。隱約春聲，鈿車寶勒，次第鳳城開了。惟有踏青心，縱早起、不嫌寒峭。畫闌閑立，東風舊紅誰掃。

【眉評】

［一］憂時之心，溢於言表。

【校記】

㊀録自《詞綜》。

秋霽平湖秋月㊀

千頃玻璃，送遠目㊁斜陽，漸下林閬。題葉人歸，採菱舟散，望中水天一色。碾空桂魄。玉繩低轉雲無跡。有素鷗，閑伴夜深，呼棹過環碧。　　相思萬里，頓隔嬋媛，幾回瑶臺，同駐鸞翼。對西風、憑誰問取，人間那得有今夕。應笑廣寒宫殿窄。露冷煙濱，還看數點殘

星，兩行新雁，倚樓横笛。[一]

【眉評】

[一]慷慨生哀，時政之失，隱然言外。

【校記】

㈠録自《詞綜》。

㈡「送遠目」，《日湖漁唱》作「遠送目」。

百字令 斷橋殘雪㈠

凝雲沍曉，正蘗花纔積，荻絮初殘。華表翩躚何處鶴，愛吟人在孤山。凍解苔鋪，冰融沙甃，誰凭玉勾闌。茸衫氈帽，冷香吹上吟鞭㈡。[二]　將次柳際瓊消，梅邊粉瘦，添做十分寒。閑踏輕澌來薦菊，半潭新漲微瀾。水北峰巒，城陰樓觀，留向月中看。巘雲深處，好風飛下晴湍。

【眉評】

［一］幽秀而清超，頗近白石。

【校記】

㊀録自《詞綜》。

㊁「吟鞭」，《日湖漁唱》作「吟鞍」。

驀山溪　花港觀魚㊀

春波浮淥，小隱桃溪路。煙雨正林塘，翠不礙、錦鱗來去。芹香藻膩，偏愛鯉花肥，簷影下，柳陰中，逐浪吹萍絮。宮溝泉滑，怕有題紅句。鈎餌已忘機，都付與、人間兒女。濠梁興在，鷗鷺笑人癡，三湘夢，五湖心，雲水蒼茫處。［一］

【眉評】

［一］通篇就本位寫，一結推開説，先生其有遺世之心乎？○一片憂時傷亂之意，諸詞作於景定癸亥歲，閲十餘年，宋亡矣。

【校記】

㈠ 録自《詞綜》。

齊天樂 南屏晚鐘㈠

赤欄橋畔斜陽外，臨江暮山凝紫。戲鼓纔停，漁榔乍歇，一片芙蓉秋水。餘霞散綺。正銀鑰停關，畫橈㈡催艤。魚板敲殘，數聲初入萬松裏。坡翁詩夢未老，翠微樓上月，曾共誰倚。御苑煙花，宮斜露草，幾度西風彈指。[一]黄昏盡也，有眠月閑僧，醉香游子。鷲嶺猿啼㈢，喚人吟思起。

【眉評】

[一] 淒婉處雅近中仙，下視草窗〈木蘭花慢〉十闋，直不足比數矣。

【校記】

㈠ 録自《詞綜》。

㈡ 「畫橈」，《日湖漁唱》作「畫船」。

㊂「猿啼」，《日湖漁唱》作「啼猿」。

○○玉樓春㊀

柳絲挽得秋光住。腸斷騷亭離別處。斜陽一片水邊樓，紅葉滿天江上路。[一] 來鴻去雁知何數。欲問歸期朝復暮。晚風庭院㊁倚闌干，兩岸蘆花飛雪絮。

【眉評】

[一] 畫稿。

【校記】

㊀録自《御選歷代詩餘》。

㊁「庭院」，《西麓繼周集》、《御選歷代詩餘》作「亭院」。

○○蝶戀花 柳○四首録二㊀

謝了梨花寒食後。翦翦輕寒，曉色侵書牖。寂寞情懷如中酒。攀條㊂恨結東風手。[一] 淺黛嬌黃春色透。薄霧輕煙，遠映蘇堤秀。目斷章臺愁舉首。故人應是㊂青青舊。

【眉評】

［一］寓意微婉，耐人玩味。

【校記】

㊀錄自《御選歷代詩餘》。詞題，《西麓繼周集》無。

㊁「情懷如中酒。攀條」，《西麓繼周集》作「幽齋惟酌酒。柔條」。

㊂「應是」，《西麓繼周集》、《御選歷代詩餘》作「應似」。

又㊀

落盡櫻桃春去後。舞絮飛緜，撲簌穿簾牖。惜別情懷愁對酒。翠條折贈勞纖手㊁。繡幕深沈寒尚透。雨雨晴晴，裝點西湖秀。悵望章臺愁轉首。畫闌十二東風舊。

【校記】

㊀錄自《御選歷代詩餘》。

㊁「纖手」，《西麓繼周集》作「親手」。

周密[一] 字公謹，濟南人，僑居吴興，自號弁陽嘯翁，又號蕭齋。有《草窗詞》二卷，一名《蘋洲漁笛譜》。

【眉評】[一] 草窗詞刻意學清真，句法字法，居然逼似，惟氣體終覺不逮。其高者可步武梅溪，次亦平視竹屋。

法曲獻仙音 弔雪香亭梅㊀

松雪飄寒，嶺雲吹凍，紅破數枝㊁春淺。襯舞臺荒，浣妝池冷，凄涼市朝輕換。歎花與人凋謝，依依歲華晚。　共凄黯。問東風、幾番吹夢，應慣識當年，翠屏金輦。一片古今愁，但廢緑、平煙空遠。無語消魂，對斜陽、衰草淚滿。又西泠殘笛，低送數聲春怨。[一]

【眉評】[一] 即杜詩「回首可憐歌舞地」意，以詞發之，更覺凄婉。

【校記】

㊀ 録自《詞綜》。調名，同《絶妙好詞》，《詞綜》作「獻仙音」。

㊁ 「數枝」，朱本《蘋洲漁笛譜》作「數椒」。

○探芳信 西泠春感㊀

步晴晝。向水院維舟，津亭喚酒。歎劉郎重到，依依漫懷舊。東風空結丁香怨，花與人俱瘦。甚淒涼，暗草沿池，濕苔侵甃。　橋外晚風驟。正香雪隨波，淺煙迷岫。廢苑塵梁，如今燕來否。[一]翠雲零落空堤冷，往事休回首。最銷魂，一片斜陽戀柳。

【眉評】

[一] 點綴「空梁落燕泥」句，更饒姿態。

【校記】

㊀ 録自《詞綜》。

徵招 九日有懷楊守齋[一]㊀

江蘺搖落江楓冷，霜空雁程初到。萬景正悲秋㊁，奈曲終人杳。登臨嗟老矣，問古今、清愁多少。一夢東園，十年心事，恍然驚覺。腸斷，紫霞深，知音遠、寂寂怨琴淒調。短髮已無多，怕西風吹帽。黃花空自好，問誰識㊂、對花懷抱。楚山遠，九辨㊃難招，更晚煙殘照。

【眉評】

[一] 骨韻蒼涼，調和音雅，在梅溪、竹屋之間。

【校記】

㊀ 録自《詞綜》。詞題，朱本《蘋洲漁笛譜》作「九日登高」。

㊁「悲秋」，朱本《蘋洲漁笛譜》作「悲涼」。

㊂「誰識」，朱本《蘋洲漁笛譜》作「誰是」。

㊃「九辨」，朱本《蘋洲漁笛譜》作「九辯」。

水龍吟 白蓮[一]

素鸞飛下青冥，舞衣半惹涼雲碎。藍田種玉，緑房迎曉，一奩秋意。擎露盤深，憶君涼夜，暗傾鉛水。想鴛鴦正結，梨雲好夢，西風冷、還驚起。[一]

應是飛瓊仙會。倚涼颸、碧簪斜墜。輕妝鬪白，明璫照影，紅衣羞避。霽月三更，粉香千點，靜聞[二]十里。聽湘絃奏徹，冰綃偷剪，聚相思淚。

【眉評】

[一] 鏤月裁雲，詞意兼勝。

【校記】

㈠ 録自《詞綜》。

㈡ 「靜聞」，《草窗詞》作「靜香」。

踈影 梅影[一]

冰條凍葉[二]。又横斜照水，一花初發。素壁秋屏，招得芳魂，彷彿玉容[三]明滅。踈踈滿地珊瑚冷㊃，全誤卻、撲花幽蝶。甚美人、忽到窗前，鏡裏好春難折。　閑想孤山舊事，浸清漪倒映，千樹殘雪。　暗裏東風，可慣無情，攪碎一簾香月。　輕妝誰寫崔徽面，認隱約、煙綃重疊。[一]　記夢回、紙帳殘燈，瘦倚數枝清絕。

【眉評】

[一] 思深意遠。

【校記】

㊀ 録自《詞綜》。

㊁「凍葉」，《草窗詞》作「木葉」。

㊂「玉容」，《草窗詞》作「玉□」。

㊃「珊瑚冷」，《草窗詞》作「珊瑚□」。

○**掃花游** **九日懷歸**㊀

江蘺怨碧，早過了霜花，錦空洲渚。孤蛩自語。正長安亂葉，萬家砧杵。塵染秋衣，誰念西風倦旅。恨無據。悵望極歸舟，天際煙樹。　心事曾細數。怕水葉沈紅，夢雲離去。情絲恨縷。倩回紋爲織，那時愁句。雁字無多，寫得相思幾許。暗凝竚。近重陽、滿城風雨。

【校記】

㈠ 録自《絶妙好詞》。

高陽臺 寄越中諸友㈠

小雨分江，殘寒迷浦，春容淺入蒹葭。雪霽空城，燕歸何處人家。夢魂欲渡蒼茫去，怕夢輕、還被愁遮。感流年，夜汐東還，冷照西斜。　淒淒望極王孫草，認雲中煙樹，鷗外春沙。白髮青山，可憐相對蒼華。歸鴻自趁潮回去，笑倦游、猶是天涯。問東風，先到垂楊，後到梅花。[一]

【眉評】

[一] 幽怨得碧山意趣，但厚意不及。

【校記】

㈠録自《絶妙好詞》。

甘州　燈夕書寄二隱㈠

漸萋萋芳草緑江南，輕暉弄春容。記少年遊處，簫聲巷陌，燈影簾櫳。月煖烘爐戲鼓，十里步香紅。欹枕聽新雨，往事朦朧。　還是江南春㈡夢曉，怕等閑愁見，雁影西東。喜故人好在，水驛寄詩筒。數芳程、漸催花信，送歸帆、知第幾番風。空吟想，梅花千樹，人在山中㈢。[一]

【眉評】

[一]筆意高邁，可與玉田相鼓吹。

【校記】

㈠録自《絶妙好詞》。《詞綜》亦有。詞題，朱本《蘋洲漁笛譜》、《詞綜》無「書」字。

㈡「江南春」，《草窗詞》、《詞綜》作「江春」，朱本《蘋洲漁笛譜》作「江南」。

㈢「山中」，《草窗詞》、《詞綜》作「其中」。

瑶花 瓊花㈠

朱鈿寶玦，天上飛瓊，比人間春别。江南江北，曾未見、謾擬梨雲梅雪。淮山春晚，問誰識、芳心高潔。消幾番、花落花開，老了玉關豪傑。[一]　金壺剪送瓊枝，看一騎紅塵，香度瑶闕。韶華正好，應自喜、初識長安蜂蝶。杜郎老矣，想舊事、花須能説。記少年、一夢揚州，二十四橋明月。[二]

【眉評】

[一] 感慨蒼茫，不落咏物小家數，亦中仙流亞也。

[二] 切合大雅，文生於情。

【校記】

㈠ 録自《詞綜》。調名，《草窗詞》、《蘋洲漁笛譜》作「瑶花慢」。朱本《蘋洲漁笛譜》有詞序：「后土之花，天下無二本。方其初開，帥臣以金鉼飛騎進之天上，間亦分致貴邸。余客輦下，有以一枝。」下

注：「已下共缺十八行。」

謁金門㊀

花不定。燕尾剪開紅影。幾點落英蜂翅趁㊁。日遲簾幕静。試把翠蛾輕暈。愁薄寶臺鸞鏡。屈指一春將次盡。歸期猶未穩。[一]

【眉評】

[一] 怨語深婉。

【校記】

㊀ 録自《詞綜》。《草窗詞》有詞題「春」。

㊁「落英蜂翅趁」，《草窗詞》、《蘋洲漁笛譜》作「露香蜂趕趁」。

好事近㊀

輕剪楚臺雲，玉影半分秋月。[二] 一晌凄涼無語，對殘花幺蝶。碧天愁雁不成書，郎意似秋葉。閒展鴛綃殘譜㊁，捲淚花雙疊。

【眉評】

［一］清麗。

【校記】

㊀ 録自《宋七家詞選》。《草窗詞》有詞題「寄遠」，《蘋洲漁笛譜》作「次梅溪寄別韻」。

㊁ 「殘譜」，《草窗詞》作「殘緒」。

聲聲慢 送王聖與次韻㊀

瓊壺歌月㊁，白髮簪花，十年一夢揚州。恨入琵琶，小憐重見灣頭。尊前漫題金縷，奈芳情、已逐東流。還送遠，甚長安亂葉，都是閒愁。　次第重陽近也，看黃花緑酒，只合㊂遲留。脆柳無情，不堪重繫行舟。［二］百年正消幾別，對西風、休賦登樓。怎去得，怕淒涼時節，團扇悲秋。

【眉評】

［一］幽情苦意。

【校記】

㊀録自《詞綜》。又據《宋七家詞選》校改。

㊁「歌月」，同《草窗詞》、《蘋洲漁笛譜》、《宋七家詞選》，《詞綜》作「敲月」。

㊂「只合」，《草窗詞》、《蘋洲漁笛譜》作「也合」。

一萼紅 登蓬萊閣有感［二］㊀

步深幽。正雲黃天淡，雪意未全休。鑑曲寒沙，茂林煙草，俯仰今古㊁悠悠。歲華晚、飄零漸遠，誰念我、同載五湖舟。磴古松斜，厓陰苔老，一片清愁。回首天涯歸夢，幾魂飛西浦，淚灑東州。故國山川，故園心眼，還似王粲登樓。最負他、秦鬟妝鏡，好江山、何事此時遊。爲喚狂吟老監，共賦銷憂。㊂［二］

【眉評】

［一］蒼茫感慨，情見乎詞。雖使清真、白石爲之，亦無以過，當爲草窗集中壓卷。

［二］悲憤。

【校記】

㊀録自《詞綜》。

㊁「今古」，《蘋洲漁笛譜》作「千古」。

㊂《蘋洲漁笛譜》詞末有小注：「閣在紹興，西浦、東州皆其地。」

大雅集卷四

宋詞

王沂孫[一]

字聖與，號碧山，又號中仙，會稽人。有《碧山樂府》二卷，一名《花外集》。

【眉評】

[一]王碧山詞，品最高，味最厚，意境最深，力量最沈。感時傷世之言，而出以纏綿忠愛，詩中之曹子建、杜子美也。詞人有此，庶幾無憾。

天香 龍涎香[一]

孤嶠蟠煙，層濤蛻月，驪宮夜採鉛水。訊遠[二]槎風，夢深薇露，化作斷魂心字。紅甆候火，還乍識、冰環玉指。一縷縈簾翠影，依稀海天[三]雲氣。

幾回殢嬌半醉。剪春燈、夜寒花

碎。更好故溪飛雪，小窗深閉。荀令如今漸老㊃，總忘卻、尊前舊風味。[一]謾惜餘熏，空篝素被。《詞選》云：「碧山咏物諸篇，並有君國之憂。」㊄ 莊希祖云：「此詞應爲謝太后作，前半所指多海外事。」

【眉評】

[一]「荀令」二語必有所興，但不知其何所指。

【校記】

㈠ 録自《詞綜》。詞題，《樂府補題》作「宛委山房擬賦龍涎香」。

㈡「訊遠」，四印齋本《花外集》作「汎遠」。

㈢「海天」，《樂府補題》作「海山」。

㈣「漸老」，《花外集》、《詞綜》作「頓老」。

㈤ 引《詞選》語，見《詞選》所選《眉嫵》詞下。

○○南浦 春水[一]㈠

柳下碧粼粼，認麴塵乍生，色嫩如染。清溜滿銀塘，東風細、參差縠紋初遍。別君南浦，翠眉曾照波痕淺。再來漲緑迷舊處，添卻殘紅幾片。蒲萄過雨新痕，正拍拍輕鷗，翩翩小燕。簾影蘸樓陰，芳流去、應有淚珠千點。滄浪一舸，斷魂重唱蘋花怨。采香幽徑㈡鴛鴦睡，誰道湔裙人遠。

【眉評】

［一］寄慨處清麗紆徐，斯爲雅正。玉田以「春水」一篇得名，用冠詞集之首，以中仙此篇較之，畢竟何如？◯南宋詞家，白石、碧山，純乎純者也。梅溪、夢窗、玉田輩，大純而小疵，能雅不能虚，能清不能厚也。

【校記】

㈠ 録自《詞綜》。《續詞選》亦有。

㈡「幽徑」，同《花外集》、《續詞選》，《詞綜》作「幽涇」。

無悶　雪意㈠

陰積龍荒，寒度雁門，西北高樓獨倚。悵短景無多，亂山如此。欲喚飛瓊起舞，怕攪碎、紛紛銀河水。凍雲一片，藏花護玉，未教輕墜。　清致。悄無似。有照水南枝㊁，已攙春意。誤幾度憑欄，莫愁凝睇。應是梨花夢好，未肯放、東風來人世。待翠管、吹破蒼茫，看取玉壺天地。[一]

【眉評】

[一] 無限怨情，出以渾厚之筆，令人攬擷不盡。○「南枝」句中含譏刺，當指文溪、松雪輩。

【校記】

㊀ 録自《詞綜》。

㊁ 「南枝」，《花外集》作「一枝」。

眉嫵 新月㊀

漸新痕懸柳，澹彩穿花，依約破初暝。便有團圓意，深深拜，相逢誰在香逕。[一] 畫眉未穩。料素娥、猶帶離恨。最堪愛、一曲銀鈎小，寶簾掛秋冷。　千古盈虧休問。歎謾磨玉斧，看雲外山河，還老桂花舊影。〔二〕試待他、窺户端正。故山夜永。難補金鏡。太液池猶在，淒涼處、何人重賦清景。〔二〕《詞選》云：「此喜君有恢復之志，而惜無賢臣也。」〔三〕

【眉評】

〔一〕「漸」字、「便有」字，卻是新月，寓意微而多諷。

〔二〕後半忽用縱筆，卻又是虚筆，寄慨無端，别有天地，極龍跳虎卧之奇，海涵地負之觀。

【校記】

〔一〕録自《詞綜》。《詞選》亦有。

〔二〕「還老桂花舊影」，孫人和校本《花外集》作「還老盡、桂花影」。

〔三〕《詞則》引《詞選》語，前半即《天香》詞下已引「碧山咏物諸篇，並有君國之憂」句。

慶宫春　水仙〔一〕

明玉擎金，纖羅飄帶，爲君起舞回雪。柔影參差，幽芳零亂，翠圍腰瘦一捻。歲華相誤，記前度、湘皋怨别。哀絃重聽，都是淒涼，未須彈徹。國香到此誰憐，煙冷沙昏，頓成愁絶。[一]花惱難禁，酒消欲盡，門外冰澌初結。試招仙魄，怕今夜、瑶簪凍折。攜盤獨出，空想咸陽，故宮落月。

【眉評】

[一] 淒涼哀怨，其爲王清惠作乎？

【校記】

㈠ 録自《詞綜》。詞題，《花外集》作「水仙花」。

水龍吟 牡丹㈠

曉寒慵揭珠簾，牡丹院落花開未。玉闌干畔，柳絲一把，和風半倚。國色微酣，天香乍染，扶春不起。自真妃舞罷，謫仙賦後，繁華夢、如流水。[一] 池館家家芳事。記當時、買栽無地。争如一朵，幽人獨對，水邊竹際。把酒花前，剩拚醉了，醒來還醉。怕洛中、春色匆匆，又入杜鵑聲裏。[二]

【眉評】

［一］以清虚之筆，摹富艷之題，感慨沈至。

［二］一往哀怨。

【校記】

① 録自《詞綜》。

又海棠［一］①

世間無此娉婷，玉環未破東風睡。將開半斂，似紅還白，餘花怎比。偏占年華，禁煙纔過，夾衣初試。歎黄州一夢，燕宮絶筆，無人解、看花意。　猶記花陰同醉。小闌干、月高人起。千枝媚色，一庭芳景，清寒似水。銀燭延嬌，緑房留艷，夜深花底。怕明朝、小雨濛濛，便化作、燕支淚。

【眉評】

［一］碧山咏物諸篇，固是君國之感時時寄託，卻無一筆犯複，字字貼切故也。就題論題，亦覺躊

躇滿志。○清真、白石間有疵累語，至碧山乃一歸純正，善學者首當服膺勿失。

【校記】

㊀ 録自《詞綜》。

又 白蓮㊀

翠雲遥擁環妃，夜深按徹霓裳舞。鉛華浄洗，娟娟㊁出浴，盈盈解語。太液荒寒，海山依約，斷魂何許。甚人間別有，冰肌雪艷，嬌無那、頻相顧。三十六陂煙雨。舊淒涼、向誰堪訴。如今漫説，仙姿自潔，芳心更苦。[一] 羅襪初停，玉璫還解，早凌波去。試乘風一葉，重來月底，與修花譜。

【眉評】

[一] 寫出幽貞，意者亦指清惠乎？

【校記】

㊀ 録自《宋七家詞選》。

㈡「娟娟」，《花外集》作「涓涓」。

又　落葉㈠

曉霜初著青林，望中故國淒涼早。蕭蕭漸積，紛紛猶墜，門荒逕悄。渭水風生，洞庭波起，幾番秋杪。想重崖半沒，千峰盡出，山中路、無人到。[一]　前度題紅杳杳。遡宮溝、暗流空遶。啼螿未歇，飛鴻欲過，此時懷抱。亂影翻窗，碎聲敲砌，愁人多少。望吾廬甚處，只應今夜，滿庭誰掃。[二]

【眉評】

[一] 筆意幽冷，寒芒刺骨，其有慨於厓山乎？

[二] 結得寂寞。

【校記】

㈠ 録自《詞綜》。《續詞選》亦有。

齊天樂 螢㊀

碧痕初化池塘草，熒熒野光相趁。扇薄星流，盤明露滴，零落秋原飛燐。練裳暗近。記穿柳生涼，度荷分暝。[一]誤我殘編，翠囊空歎夢無準。樓陰時過數點，倚欄人未睡，曾賦幽恨。漢苑飄苔，秦陵墜葉，千古淒涼不盡。[二]何人爲省。但隔水餘輝，傍林殘影。[三]已覺蕭疏，更堪秋夜永。

【眉評】

[一]雅鍊。

[二]感慨蒼茫，深人無淺語。

[三]「隔水」二語，意者其指帝昺乎？

【校記】

㊀録自《詞綜》。《續詞選》亦有。

又 蟬㊀

緑槐㊁千樹西窗悄，厭厭晝眠驚睡㊂。飲露身輕，吟風翅薄，㊃半剪冰箋誰寄。凄涼倦耳。謾重拂琴絲，怕尋冠珥。短夢深宮，向人猶自訴憔悴。[一]殘紅㊄收盡過雨，晚來頻斷續，都是秋意。病葉難留，纖柯易老，空憶斜陽身世。窗㊅明月碎。甚已絕餘音，尚遺枯蛻。鬢影參差，斷魂清鏡裏。

【眉評】

[一] 言中有物，其指全太后祝髮爲尼事乎？

【校記】

㊀ 録自《詞綜》。詞題，《樂府補題》作「餘閑書院擬賦蟬」。

㊁「槐」，四印齋本《花外集》字下注：「別本作『陰』。」

㊂「驚睡」，《花外集》作「驚起」。

㊃「飲露」二句，《樂府補題》作「嫩翼風微，流聲露悄」。

㊄「殘紅」，《花外集》作「殘虹」。

㊅「窗」，四印齋本《花外集》字下注：「别本作『山』。」

又 前題[一]㊀

一襟餘恨宮魂斷，年年翠陰庭樹㊁。乍咽涼柯，還移暗葉，重把離愁深訴㊂。西窗㊃過雨。怪瑶佩流空，㊄玉筝調柱。鏡暗㊅妝殘，爲誰嬌鬢尚如許。銅仙鉛淚如洗㊆，歎移盤㊇去遠，難貯零露。病翼驚秋，枯形閲世，消得斜陽幾度。餘音更苦。甚獨抱清商㊈，頓成淒楚。[二] 謾想熏風，柳絲千萬縷。

【眉評】

[一] 合上章觀之，此當指清惠改裝女冠。

[二] 「餘音」數語，想有感於「太液芙蓉」一闋乎？

【校記】

㊀ 録自《詞綜》。《詞選》亦有。

㈡「庭樹」，《樂府補題》作「庭宇」。

㈢「深訴」，《樂府補題》作「低訴」。

㈣「西窗」，《樂府補題》作「西園」。

㈤「怪瑶」句，《樂府補題》作「漸金錯鳴刀」。

㈥「暗」，四印齋本《花外集》字下注：「别本作『掩』。」

㈦「如洗」，同《樂府補題》、《詞選》，《花外集》、《詞綜》作「似洗」。

㈧「移盤」，《樂府補題》作「攜盤」。

㈨「清商」，《花外集》作「清高」。

又　贈秋崖道人西歸㈠

冷煙殘水山陰道，家家擁門黄葉。[一]故里魚肥，初寒雁落，孤艇將歸時節。江南恨切。問還與何人，共歌新闋。換盡秋芳，想渠西子更愁絶。　當時無限舊事，歎繁華似夢，如今休説。短褐臨流，幽懷倚石，山色重逢都别。[二]江雲凍結，算只有梅花，尚堪攀折。寄取相思，一枝和夜雪。

【眉評】

[一] 起語令人魂消。

[二]《黍離》、《麥秀》之悲，「國破山河在」猶淺語也。◎「山色」六字，淒絶警絶。

【校記】

㊀ 録自《詞綜》。

○○八六子㊀

洗㊁芳林。幾番風雨，匆匆老盡春禽。漸薄潤侵衣不斷，嫩涼隨扇初生。晚窗自吟。

沈沈。幽徑芳尋。晻靄苔香簾靜，蕭疏竹影庭深。謾淡卻蛾眉，晨妝慵掃，寶釵蟲散㊂，繡衾㊃鸞破，當時暗水和雲泛酒㊄，空山留月聽琴。料如今。門前數重翠陰。[一]

【眉評】

[一] 宛雅幽怨。

【校記】

㊀ 録自《宋七家詞選》。
㊁ 「洗」，《花外集》作「掃」。
㊂ 「散」，四印齋本《花外集》字下注：「一作『拆』。」
㊃ 「繡衾」，《花外集》作「繡屏」。
㊄ 「酒」，四印齋本《花外集》字下注：「一作『雨』。」

法曲獻仙音 聚景亭梅，次草窗韻。㊀［一］

層緑峩峩，纖瓊皎皎，倒壓波痕清淺。過眼年華，動人幽意，相逢幾番春換。記喚酒、尋芳處，盈盈褪妝晚。已悲惋㊁。況淒涼、近來離思，應忘卻、明月夜深歸輦。荏苒一枝春，恨東風、人似天遠。縱有殘花酒㊂，灑征衣、鉛淚都滿。但殷勤折取，自遣一襟幽怨。

【眉評】

［一］高似孫《過聚景園》詩云：「翠華不向苑中來，可是年年惜露臺。水際春風寒漠漠，官梅卻作野梅開。」可謂淒怨。讀碧山此詞，更覺哀婉。

【校記】

㊀録自《宋七家詞選》。

㊁「悲惋」，《花外集》作「銷黯」。

㊂「殘花酒」，《花外集》、《宋七家詞選》作「殘花」。

埽花游 緑陰㊀

小庭蔭碧，遇驟雨疏風，剩紅如掃。翠交徑小。問攀條弄蘂，有誰重到。謾説青青，比似花時更好。怎知道。自㊁一别漢南，遺恨多少。清晝人悄悄。任密護簾寒，暗迷窗曉。舊盟誤了。又新枝嫩子，總隨春老。[一]漸隔相思，極目長亭路杳。攬懷抱。聽蒙茸、數聲啼鳥。

【眉評】

[一]寄託深婉。

【校記】

㊀録自《詞綜》，又據《宋七家詞選》校改。

㈡「自」，同《宋七家詞選》，《花外集》作「□」，《詞綜》無此字。

又 秋聲[一]㈠

商飈乍發，漸淅淅初聞，蕭蕭還住。頓驚倦旅。背青燈弔影，起吟愁賦。斷續無憑，試立荒庭聽取。在何許。但落葉滿階，惟有高樹。　迢遞歸夢阻。正老耳難禁，病懷淒楚。故山院宇。想邊鴻孤唳，砌蛩私語。數點相和，更著芭蕉細雨。避無處。這閑愁、夜深尤苦。

【眉評】

[一] 前半檃括永叔《秋聲賦》，後半則自寫身世飄零之感。

【校記】

㈠ 録自《詞綜》。

長亭怨慢 重過中庵故園㈠

泛孤艇、東皋過徧㈡。尚記當時㈢，緑陰庭院㈣。屐齒莓堦，酒痕羅袖事何限。欲尋前跡，空惆悵、成秋苑。自約賞花人，別後總、風流雲散。　水遠。問水流何處，㊄卻是亂山尤遠。天涯夢短。想忘了、綺疏吟伴㊅。望不盡、冉冉斜陽，撫喬木、年華將晚。[一]但數點紅英，猶識西園悽惋。

【眉評】

[一] 感慨繫之。

【校記】

㊀ 録自《宋七家詞選》。《詞綜》亦有。調名，《花外集》、《詞綜》作「長亭怨」。

㊁「過徧」，《花外集》、《詞綜》作「過訊」。

㊂「當時」，《花外集》、《詞綜》作「當日」。

㊃「庭院」，《花外集》、《詞綜》作「門掩」。

㊄「問水流何處」，《花外集》、《詞綜》作「怎知流水外」。

㊅「吟伴」，《花外集》、《詞綜》作「雕檻」。

慶清朝　榴花㈠

玉局歌殘，金陵句絶，年年負卻薰風。西鄰窈窕，獨憐入户飛紅。前度緑陰載酒，枝頭色比似裙㈡同。何須擬，蠟珠作蒂，湘綵成叢。　誰在舊家殿閣，自太真仙去，掃地春空。朱旛護取，如今應誤花工。顛倒絳英滿徑，想無車馬到山中。西風後，尚餘數點，還勝春濃。[一]《詞選》云：「此言亂世尚有人才，惜世不用也。不知其何所指。」

【眉評】

[一]低回婉轉，姿態横生。《小雅》怨誹不亂，此詞有焉。○美成、少游，詞壇領袖也。所可議者，時有俚語耳。白石亦間有此病。故大雅一席，終讓碧山。

【校記】

㈠録自《詞綜》。《詞選》亦有。

㈡「似裙」，《花外集》作「舞裙」。

高陽臺[一]㊀

殘雪庭除㊁，輕寒簾影，霏霏玉管春葭。小帖金泥，不知春是㊂誰家。相思一夜窗前夢，奈個人、水隔天遮。但淒然，滿樹幽香，滿地橫斜。江南自是離愁苦，況游驄古道，歸雁平沙。怎得銀箋，殷勤與説年華。如今處處生芳草，縱凭高、不見天涯。更消他，幾度東風，幾度飛花。《詞選》云：「此傷君臣晏安，不思國恥，天下將亡也。」又云：「此題應是『梅花』。」

【眉評】

[一]無限哀怨，一片熱腸，反復低回，不能自已，以視白石之〔暗香〕、〔疎影〕，亦有過之無不及。詞至是，乃蔑以加矣。○詞有碧山，而詞乃尊，以其品高也。古今不可無一，不能有二。○詞法莫密於清真，詞理莫深於少游，詞筆莫超於白石，詞品莫高於碧山，皆聖於詞者。

【校記】

㊀録自《詞選》。《詞綜》亦有。《花外集》有詞題「和周草窗寄越中諸友韻」。

㊁「庭除」，《花外集》、《詞綜》作「庭陰」。

㊂「春是」，《花外集》作「春在」。

又 西麓陳君衡遠游未還，周公謹有懷人之賦，倚歌和之。[一]㊀

駝褐輕裝，狨韉小隊，冰河夜渡流澌。朔雪平沙，飛花亂拂蛾眉。琵琶已是淒涼調，更賦情、不比當時。想如今，人在龍庭，初勸㊁金卮。　一枝芳信應難寄，向山邊水際㊂，獨抱相思。江雁孤回，天涯人自歸遲。歸來依舊秦淮碧，問此愁、還有誰知。對東風，空似垂楊，零亂千絲。

【眉評】

[一] 上半敘遠遊未還，是懸揣之詞。下半言歸來情事，是逆料之詞。

【校記】

㊀録自《詞綜》。詞題，《花外集》「陳君衡」上無「西麓」二字。

㊁「勸」，四印齋本《花外集》字下注：「別本作『賜』。」

㊂「山邊水際」，底本原作「水邊山際」，據《花外集》、《詞綜》改。

又㈠

殘萼㈡梅酸，新溝水緑，初晴㈢節序暄妍。獨立雕闌，誰憐枉度華年。朝朝準擬清明近，料燕翎、須寄銀箋。又争知，一字相思，不到吟邊。雙蛾懶埽㈣青鸞冷，任花陰寂寂，掩户閒眠。屢卜佳期，無憑卻恨㈤金錢。[一]何人寄與天涯信，趁東風、急整歸船㈥。縱飄零，滿院楊花，猶是春前。

【眉評】

[一] 幽情苦緒，耐人尋味。

【校記】

㈠ 録自《宋七家詞選》。《詞綜》亦有。

㈡ 「殘萼」，《詞綜》作「淺萼」。

㈢ 「初晴」，《絶妙好詞》作「東風」。

㈣ 「懶埽」，《花外集》、《詞綜》作「不拂」。

㊄「恨」，《絶妙好詞》作「怨」。
㊅「歸船」，《詞綜》作「歸鞭」。

三姝媚 次周公謹故京送別韻㊀

蘭釭花半綻。正西窗淒淒，斷螢新雁。別久逢稀，謾相看華髮，共成銷黯。總是飄零，更休賦、梨花秋苑。何況如今，離思難禁，俊才都減。〔一〕　今夜山高江淺。又月落帆空，酒醒人遠。彩袖烏絲㊁，解愁人惟有，斷歌幽婉。一信東風，再約看、紅腮青眼。只恐扁舟西去，蘋花弄晚。

【眉評】

〔一〕中有幽怨，涉筆便深。

【校記】

㊀ 録自《詞綜》。
㊁「烏絲」，《花外集》作「烏紗」。

瑣窗寒㊀

趁酒梨花，催詩柳絮，一窗春怨。疏疏過雨，洗盡滿階芳片。數東風、二十四番，幾番誤了西園宴。認小簾朱户，不如飛去，舊巢雙燕。[一] 曾見。雙蛾淺。自別後多應，黛痕不展。撲蝶花陰，怕看題詩團扇。試憑他、流水寄情，遡紅不到春更遠。[二] 但無聊、病酒厭厭，夜月荼蘼院。

【眉評】

[一] 此詞絕似陳西麓，但骨韻過之。

[二] 低徊宕往。

【校記】

㊀ 録自《詞綜》。《續詞選》亦有。《花外集》有詞題「春思」。

花犯 苔梅㊀

古嬋娟，蒼鬟素靨，盈盈瞰流水。斷魂十里。歎紺縷飄零，難繫離思。故山歲晚誰堪寄。

瑯玕聊自倚。漫記我、緑蓑衝雪，孤舟寒浪裏。 三花兩花㊁破蒙茸，依依似有恨，明珠輕委。雲卧穩，藍衣正、護春顛頻。羅浮夢、半蟾掛曉，么鳳冷、山中人乍起。[二]又喚取、玉奴歸去，餘香空翠被。

【眉評】

［二］幽索得屈、宋遺意。

【校記】

㊀録自《宋七家詞選》。《詞綜》亦有。

㊁「兩花」，《花外集》、《詞綜》作「兩蕊」。

青房竝蒂蓮㊀

醉凝眸。是楚天秋曉，湘岸雲收。草緑蘭紅，淺淺小汀洲。芰荷香裏鴛鴦浦，恨菱歌、驚起眠鷗。望去帆，一片孤光，棹聲伊軋櫓聲柔。 愁窺汴隄翠柳，曾舞送當時，錦纜龍舟。

擁傾國、纖腰皓齒，笑倚迷樓。空令五湖夜月，也羞照、三十六宮秋。正朗吟，不覺回橈，水花楓葉兩悠悠。[一]

【眉評】

[一] 結七字淡而有味。

【校記】

㊀ 録自《宋七家詞選》。

綺羅香㊀

屋角疏星，庭陰暗水，猶記藏鴉新樹。試折梨花，行入小闌深處。聽粉片、簌簌飄階，有人在、夜窗無語。料如今，門掩孤燈，畫屏塵滿斷腸句。佳期渾似逝水㊁，還見梧桐幾葉，輕敲朱户。一片秋聲，應做兩邊愁緒。江路遠、歸雁無憑，寫繡箋、倩誰將去。[二]漫無聊，猶掩芳尊，醉聽深夜雨。

【眉評】

［一］精警。

【校記】

㈠録自《宋七家詞選》。《詞綜》亦有。《花外集》有詞題「秋思」。

㈡「逝水」，《花外集》、《詞綜》作「流水」。

又 紅葉㈠

玉杵餘丹，金刀剩綵，重染吴江孤樹。幾點朱鉛，幾度怨啼秋暮。驚舊夢、緑鬢輕凋，訴新恨、絳唇微注。最堪憐，同拂新霜，繡蓉一鏡晚妝妒。千林摇落漸少，何事西風老色，争妍如許。二月殘花，空誤小車山路。重認取、流水荒溝，怕猶有、寄情芳語。［一］但凄凉，秋苑斜陽，冷枝留醉舞。［二］

【眉評】

［一］此詞亦有所刺。

［二］結亦有所寓。

【校記】

㈠ 録自《宋七家詞選》。

望梅㈠

畫闌人寂。喜輕盈照水，犯寒先拆。裊數枝㈡、雲縷鮫綃，露淺淺塗黃，漢宮嬌額。剪玉裁冰，已佔斷、江南春色。恨風前素艶，雪裏暗香㈢，偶成抛擲。［一］如今眼穿故國。待拈花弄蕊㈣，時話思憶。想隴頭、依約飄零，甚千里芳心，杳無消息。粉怯珠愁，又只恐、吹殘羌笛。正斜飛、半窗曉月，夢回隴驛。［二］

【眉評】

［一］寄慨往事。

［二］惓惓故國，忠愛之心油然感人，作少陵詩讀可也。

【校記】

㊀録自《詞綜》。《梅苑》作無名氏詞。

㊁「數枝」，《梅苑》作「芳枝」。

㊂「暗香」，《梅苑》作「晴香」。

㊃「弄蕊」，《梅苑》作「嗅蕊」。

一萼紅 丙午春赤城山中題梅花卷㊀

玉嬋娟。甚春餘雪盡，猶未跨青鸞。疏萼無香，柔條獨秀，應恨流落人間。記曾照、黄昏淡月，漸瘦影、移上小闌干。一點清魂，半枝寒色㊁，芳意班班。重省嫩寒清曉，過斷橋流水，問訊㊂孤山。冰骨㊃微銷，塵衣不浣，相見還誤輕攀。未須訝、東南倦客，掩鉛淚、看了又重看。故國吴天樹老，雨過風殘。[一]

【眉評】

[一] 身世之感，君國之恨，一一如見。

【校記】

㊀録自《宋七家詞選》、《御選歷代詩餘》。詞題「梅花」，《花外集》作「花光」。

㊁「寒色」，同《御選歷代詩餘》，《花外集》、《宋七家詞選》作「空色」。

㊂「問訊」，同《御選歷代詩餘》，《花外集》、《宋七家詞選》作「問信」。

㊃「冰骨」，同《御選歷代詩餘》，《花外集》、《宋七家詞選》作「冰粟」。

又石屋探梅㊀

思飄飄。擁仙姝獨步，明月照蒼翹。花候猶遲，庭陰不掃，門掩山意蕭條。抱芳恨、佳人分薄，似未許、芳魄化春嬌。[一]雨澀風慳，霧輕波細，湘夢迢迢。誰伴碧樽雕俎，笑瓊肌㊁皎皎，緑鬢蕭蕭。青鳳啼空，玉龍舞夜，遥睇㊂河漢光摇。未須賦、疏香淡影，且同倚、枯蘚聽吹簫。聽久餘音欲絶，寒透鮫綃。

【眉評】

[一]託志孤高。

【校記】

㈠録自《宋七家詞選》。

㈡「笑瓊肌」，《絶妙好詞》作「喚瓊姬」。

㈢「遥睇」，《絶妙好詞》作「遥盼」。

疏影 梅影[一]㈠

瓊妃卧月。任素裳瘦損，羅帶重結。石徑春寒，碧蘚參差，相思曾步芳屟。離魂㈡分破東風恨，又夢入、水孤雲闊。算如今、也厭娉婷，帶了一痕殘雪。　猶記冰奩半掩，凍枝㈢畫未就，歸櫂輕折。幾度黄昏，忽到窗前，重想故人初别。蒼虬欲捲漣漪去，漫蜕卻、連環香骨。早又是㈣、翠蔭蒙茸，不似一枝清絶。

【眉評】

[一] 碧山咏梅之作最多，篇篇皆有寓意，出入《風》《騷》，高不可及。

【校記】

㈠録自《宋七家詞選》。詞題，《花外集》作「詠梅影」。

㈡「離魂」，《絶妙好詞》、《白雨齋詞話》作「籬根」。

㈢「凍枝」，《花外集》作「泠枝」。

㈣「早又是」，《花外集》作「早」。

更漏子㈠

日銜山，山帶雪。笛弄晚風殘月。湘夢斷，楚魂迷。金河秋雁飛。别離心，思憶淚。錦帶已傷憔悴。蛩韻急，杵聲寒。征衣不用寬。

【校記】

㈠録自《宋七家詞選》。

醉落魄㈠

小窗銀燭。輕鬟半擁釵横玉。數聲春調清真曲。拂拂朱簾，殘影亂紅撲。垂楊學畫

蛾眉緑。年年芳草迷金谷。如今休把佳期卜。一掬春情，斜月杏花屋。[一]

【眉評】

[一] 宛麗中見幽怨。

【校記】

㊀ 録自《宋七家詞選》。

、○**踏莎行** 題草窗詩卷㊀

白石飛仙，紫霞悽調。斷歌人聽知音少。幾番幽夢欲回時，舊家池館生青草。　風月交游，山川懷抱。憑誰説與春知道。空留離恨滿江南，相思一夜蘋花老。

【校記】

㊀ 録自《詞綜》。詞題「詩卷」，《絶妙好詞》作「詞卷」。

聲聲慢[一]㊀

啼螿門静，落葉階深，秋聲又入吾廬。一枕新涼，西窗晚雨疏疏。舊香舊色换卻，但滿川、殘柳荒蒲。茂陵遠，任歲華冉冉，老盡相如。　昨夜西風初起，想蓴邊呼櫂，橘後思書。短景凄然，殘歌空扣銅壺。當時送行共約，雁歸時、人賦歸歟。雁歸也，問人歸、如雁也無。

【眉評】

[一] 此篇以疏淡之筆，狀凄惻之情，絶有姿態。

【校記】

㊀ 録自《詞綜》。

摸魚子[一]㊀

洗芳林、夜來風雨，匆匆還送春去。方纔送得春歸了，那又送君南浦。君聽取。怕此際、春歸也過吳中路。君行到處。便快折河邊㊁，千條翠柳，爲我繫春住。春還住。休索吟春伴侶。殘花今已塵土。姑蘇臺下煙波遠，西子近來何許。能喚否㊂。又只恐㊃、殘春到了無憑據。煩君妙語。更爲我且將春㊄，連花帶柳，寫入翠箋句。

【眉評】

［一］中仙詞惟此篇最疏快，風骨稍低，情詞卻妙。

【校記】

㊀録自《詞綜》。調名，《花外集》、《詞綜》作「摸魚兒」。

㊁「河邊」，《花外集》作「湖邊」。

㊂「能喚否」，底本原作「能換否」，據《花外集》、《詞綜》改。

㊃「又只恐」，《花外集》作「又恐怕」。

㊄「且將春」，《花外集》作「將春」。

又尋㈠

玉簾寒、翠絲㈡微斷，浮空清影零碎。碧芽也抱春洲怨，雙捲小緘芳字。還又似。繫羅帶相思，幾點青鈿綴。吴中舊事。悵酪乳争奇，鱸魚漫好，誰與共秋醉。江湖興，昨夜西風又起。年年輕誤歸計。如今不怕歸無準，卻怕故人千里。［二］何況是。正落日垂虹，怎賦登臨意。滄浪夢裏。縱一舸重游，孤懷暗老，餘恨渺煙水。

【眉評】

［一］疏淡中見沈著，筆意自高。

【校記】

㈠録自《宋七家詞選》。

㈡「翠絲」，《花外集》、《詞綜》作「翠痕」。

張炎[一] 字叔夏，循王俊裔，居臨安，自號樂笑翁。有《玉田詞》三卷，鄭思肖爲之序。

【眉評】

[一] 玉田詞感時傷事，與碧山同一機軸，沈厚微遜碧山，其高者頗有姜白石意趣。

南浦 春水[一]㊀

波暖緑粼粼，燕飛來、好是蘇堤纔曉。魚没浪痕圓，流紅去、翻笑東風難掃。荒橋斷浦，柳陰撑出扁舟小。回首池塘青欲遍，絶似夢中芳草。和雲流出空山，甚年年、净洗花香不了。新緑㊁乍生時，孤村路、猶憶那回曾到。餘情渺渺。茂林觴咏如今悄。前度劉郎從去㊂後，溪上碧桃多少。

【眉評】

[一] 玉田以此詞得名，用冠集首。然此詞雖佳，尚非玉田壓卷，知音者審之。○後半有所指而言，自覺深情綿邈。

【校記】

㊀ 録自《詞綜》。《續詞選》亦有。

㊁ 「新緑」，朱本《山中白雲》作「新淥」。

㊂ 「從去」，朱本《山中白雲》作「歸去」。

憶舊游 大都長春宮，即舊之太極宮也。㊀

看方壺擁翠，太極垂光，積雪初晴。閶闔開黃道，正緑章封事，飛上層青。古臺半壓琪樹，引袖拂寒星。[一]見玉冷閒波，㊁金明邃宇，人住深清。幽尋。自來去，對華表千年，天籟無聲。别有長生路，看花開花落，何處無春。露臺深鎖丹氣，隔水喚青禽。尚記得歸時，鶴衣散影都是雲。[二]

【眉評】

[一] 直是仙筆。

[二] 古艷幽香，别饒感喟。

【校記】

㈠録自《續詞選》。

㈡「閒波」，朱本《山中白雲》、《續詞選》作「閒坡」。

、○又 新朋故侶，詩酒遲留，吴山蒼蒼，渺渺兮余懷也。寄沈堯道諸公。㈠

記開簾送酒㈡，隔水懸燈，款語梅邊。未了清游興，又飄然獨去，何處山川。淡風暗收榆莢，吹下沈郎錢。歎客裏光陰，消磨艷冶，都在尊前。留連。殢人處，是鏡曲窺鶯，蘭沼㈢圍泉。醉拂珊瑚樹，寫百年幽恨，分付吟箋。故鄉幾回飛夢，江雨夜涼船。縱忘卻歸期，千山未必無杜鵑。

【校記】

㈠録自《詞綜》。

㈡「送酒」，朱本《山中白雲》作「過酒」。

㈢「蘭沼」，朱本《山中白雲》作「蘭皋」。

又 寄友㊀

記瓊筵卜夜，錦檻移春，同惱鶯嬌。暗水流花徑，正無風院落，銀燭遲銷。鬧枝淺壓髻髻，香臉泛紅潮。甚如此游情，還將樂事，輕趁冰消。飄零又成夢，但長歌嫋嫋，柳色迢迢。一葉江心冷，望美人不見，隔浦難招。舊時認得㊁鷗鷺，重過月明橋。[一]遡萬里天風，清聲漫憶何處簫。

【眉評】

[一]措語超脫而幽秀。

【校記】

㊀録自《宋七家詞選》。《續詞選》亦有。

㊁「舊時認得」，朱本《山中白雲》、《續詞選》作「認得舊時」。

又 登蓬萊閣㊀

問蓬萊何處，風月依然，萬里江清。休説神仙事，便神仙縱有，即是閒人。笑我幾番醒醉，石磴掃松陰。任狂客難招，采芳誰贈，且自微吟。俯仰成陳跡，歎百年誰在，闌檻孤憑。海日生殘夜，看臥龍和夢，飛入秋冥。還聽水聲東去，山冷不生雲。正目極空寒，蕭蕭漢柏愁茂陵。[一]

【眉評】

[一] 後闋愈唱愈高，是玉田真面目。

【校記】

㈠ 録自《續詞選》。朱本《山中白雲》題下注：「別本『登』下有『越州』二字。」

壺中天 **夜渡古黃河，與沈堯道、曾子敬同賦。**㈠

揚舲萬里，笑當年底事，中分南北。[一] 須信平生無夢到，卻向而今游歷。老柳官河，斜陽古道，風定波猶直。野人驚問，汎槎何處狂客。　迎面落葉[二] 蕭蕭，水流沙共遠，都無行跡。衰草淒迷秋更緑，惟有閒鷗獨立。浪挾天浮，山邀雲去，銀浦橫空碧。扣舷歌斷，海蟾

飛上孤白。[三]

【眉評】

[一] 豪情壯采，如太原公子裼裘而來。

[二] 《詞綜》作「落葉」。《詞選》㊂作「緑葉」，誤。「緑」字與「蕭蕭」字不聯屬，亦犯下「秋更緑」字。

[三] 結句眼前景寫得奇警。

【校記】

㊀ 録自《詞綜》。《續詞選》亦有。

㊁ 《詞選》，實爲《續詞選》。

湘月 余載書往來山陰道中，每以事奪，不能盡興。戊子冬晚，與徐平野、王中仙曳舟溪上，天空水寒，古意蕭颯。中仙有詞雅麗，平野作《晉雪圖》，亦清逸可觀。余述此調。[一]㊀

行行且止。把乾坤收入，篷窗深裏。星散白鷗三四點，數筆橫塘秋意。岸嘴衝波，籬根受葉，野徑通村市。疏風迎面，濕衣原是空翠。堪歎敲雪門荒，爭棋墅冷，苦竹鳴山鬼。

縱使如今猶有晉，無復清游如此。落日沙黄，遠天雲淡，弄影蘆花外。幾時歸去，剪取一半煙水。

【眉評】

［一］胸襟高曠，氣象超逸，可與白石把臂入林。

【校記】

㊀録自《詞綜》。詞題，朱本《山中白雲》後尚有「蓋白石《念奴嬌》鬲指聲也」。

高陽臺西湖春感［一］㊀

接葉巢鶯，平波卷絮，斷橋斜日歸船。能幾番游，看花又是明年。東風且伴薔薇住，到薔薇、春已堪憐。更淒然。萬緑西泠，一抹荒煙。　當年燕子知何處，但苔深韋曲，草暗斜川。見説新愁，如今也到鷗邊。無心再續笙歌夢，掩重門、淺醉閒眠。莫開簾。怕見飛花，怕聽啼鵑。

【眉評】

[一] 淒涼幽怨，鬱之至，厚之至，似此真不減王碧山矣。

【校記】

㊀ 録自《詞綜》。《詞選》亦有。

浪淘沙 作墨水仙寄張伯雨㊀

香霧濕雲鬟。蕊佩珊珊。酒醒微步晚波寒。金鼎尚存丹已化，雪冷虛壇。[一] 遊冶未知還。鶴怨空山。瀟湘無夢繞叢蘭。碧海茫茫歸不去，卻在人間。

【眉評】

[一] 詞意淒怨，幽冷刺骨。

【校記】

㊀ 録自《詞綜》。又據《宋七家詞選》校改。詞題，《詞綜》無。

清平樂[二]㊀

候蛩淒斷。人語西風岸。月落沙平江似練。望盡蘆花無雁。　暗教愁損蘭成。可憐夜夜闌情。只有一枝梧葉，不知多少秋聲。

【眉評】

[二]《絶妙好詞箋》注作贈陸輔之家妓卿卿作。後二句云：「可憐瘦損蘭成，多情應爲卿卿。」殊病俚淺。茲從戈選《七家詞》本。

【校記】

㊀録自《宋七家詞選》。《詞綜》亦有。

渡江雲 山陰久客，一再逢春。回憶西湖，渺然愁思。王菊存問予近作，書以寄之。㊀

山空天入海，倚樓望極，風急暮潮初。[二]一簾鳩外雨，幾處閒田，隔水動春鋤。新煙禁柳，想如今、緑到西湖。猶記得、當年深隱，門掩兩三株。　愁余。荒洲古溆，斷梗疏萍，更漂

流何處。空自覺、圍羞帶減，影怯燈孤。長疑㈡即見桃花面，甚近來、翻致㈢無書。書縱遠，如何夢也都無。[二]

【眉評】

[一] 筆力雄蒼。

[二] 一層緊一層，情詞淒惻。

【校記】

㈠ 録自《詞綜》。又據《宋七家詞選》校改。《續詞選》亦有。詞題，《詞綜》作「山陰久客，王菊存問予近作，書以寄之」，朱本《山中白雲》、《宋七家詞選》作「山陰久客，一再逢春，回憶西杭，渺然愁思」。

㈡ 「長疑」，朱本《山中白雲》、《宋七家詞選》作「常疑」。

㈢ 「翻致」，朱本《山中白雲》作「翻笑」。

渡江雲 次趙元父韻㈠

錦香繚繞地，深燈掛壁，簾影浪花斜。酒船歸去後，轉首河橋，那處認紋紗。重盟鏡約，還記得、前度秦嘉。惟只有、葉題堪寄，流不到天涯。驚嗟。十年心事，幾曲闌干，想蕭娘聲價。閒過了、黄昏時候，疏柳啼鴉。浦潮夜湧平沙白㊁，問斷鴻、知落誰家。書又遠，空江片月蘆花。[一]

【眉評】

[一] 落落清超。

【校記】

㊀ 録自《詞綜》。又據《宋七家詞選》校改。《續詞選》亦有。

㊁ 「平沙白」，《詞綜》作「平沙浄」。

邁陂塘㊀

愛吾廬、傍湖千頃。蒼茫一片清潤。晴嵐暖翠融融處，花影倒窺天鏡。沙浦迥。看野水涵波，隔柳横孤艇。眠鷗未醒。甚佔得蓴鄉，都無人見，斜照起春暝。休重省。㊁莫問㊂山中秦晉。桃源今度難認。林間卻是長生路，一笑原非捷徑。[一]深更靜。待散髮吹簫，鶴背(四)天風冷。憑高露飲。正碧落塵空，光搖半壁，月在萬松頂。[二]

【眉評】

[一] 亦淒婉，亦超逸，圓美流轉，脱手如丸。

[二] 飄飄有淩雲之志，「振衣千仞岡」無此超遠。

【校記】

(一) 録自《詞綜》。調名，朱本《山中白雲》作「摸魚子」，並有詞題「高愛山隱居」。

(二) 「休重省」，朱本《山中白雲》作「還重省」。

(三) 「莫問」，朱本《山中白雲》作「豈料」。

(四) 「鶴背」，朱本《山中白雲》作「跨鶴」。

甘州 餞草窗西歸(一)

記天風飛珮紫霞邊，顧曲萬花深。怪相如游倦(二)，杜陵(三)愁老，還歎飄零。短夢恍然今昔，故國十年心。回首三三徑，松竹成陰。　不恨片帆㊃南浦，只恨㊄剪燈聽雨，誰伴孤吟。料瘦筇歸後，閒鎖北山雲。[一]是幾番、柳邊行色，是幾番、同醉古園林。煙波遠，筆牀茶竈，何處逢君。

【眉評】

[一]精鍊。○玉田警句極多，不可枚舉，然不及碧山處正在此。蓋碧山幾於渾化，並無警奇可喜之句令人悦目，所以爲高，所以爲大。

【校記】

㊀録自《絶妙好詞》。詞題，底本原作「餞夢窗西歸」，據《絶妙好詞》改，朱本《山中白雲》作「餞草窗歸霅」。

㊁「游倦」，朱本《山中白雲》作「情倦」。

㊂「杜陵」，朱本《山中白雲》作「少陵」。

㊃「片帆」，朱本《山中白雲》作「片篷」。

㊄「只恨」，朱本《山中白雲》作「恨」。

又和袁靜春入杭韻㊀

聽江湖夜雨十年燈，孤影向㊁中洲。對荒涼茂苑，吟情渺渺，心事悠悠。見説寒梅猶在，無處認西樓。招取樓邊月，同載扁舟。　明日琴書何處，正風前墜葉，草外閒鷗。甚消磨不盡，惟有古今愁。總休問、西湖南浦，漸春來、煙水接㊂天流。清游好，醉招黄鶴，一嘯高秋㊃。

【校記】

㊀録自《宋七家詞選》。

㊁「向」，朱本《山中白雲》作「尚」。

㊂「接」，朱本《山中白雲》作「入」。

㊃「高秋」，朱本《山中白雲》作「清秋」。

又庚寅歲，沈堯道同余北歸，各處杭、越。踰歲，堯道來問寂寞，語笑數日，又復別去，賦此，並寄趙學舟。㊀

記玉關踏雪事清游。寒氣㪍㊁貂裘。傍枯林古道，長河飲馬，此意悠悠。短夢依然江表，老涙灑西州。一字無題處，落葉都愁。〔一〕　載取白雲歸去，問誰留楚佩，弄影中洲。折蘆花贈遠，零落一身秋。〔二〕向尋常、野橋流水，待招來、不是舊沙鷗。空懷感，有斜陽處，卻怕登樓。

【眉評】

〔一〕蒼涼悲壯，盛唐人悲歌之詩不是過也。

〔二〕「折蘆花」十字警絶。

【校記】

㊀ 録自《詞綜》，又據《宋七家詞選》校改。《續詞選》亦有。詞題，《詞綜》作「餞沈秋江」，朱本《山中白雲》「庚寅」作「辛卯」、「賦此」作「賦此曲」，題下注：「別本『庚寅』作『辛卯』、『堯道』作『秋江』、『趙學舟』作『曾心傳』。」

㊁「敝」，朱本《山中白雲》作「脆」。

臺城路 送周方山之吴㊀

朗吟未了西湖酒，驚心又歌南浦。折柳官橋，呼船野渡，還聽垂虹風雨。漂流最苦。況如此江山，恁時㊁情緒。怕有鴟夷，笑人何事載詩去。　荒臺祇今在否。登臨休㊂望遠，都是愁處。暗草埋沙，明波洗月，誰念天涯羈旅。［一］荷陰未暑。快料理歸程，再盟鷗鷺。只恐㊃空山，近來無杜宇。

【眉評】

［一］字字洗鍊而無斧鑿痕，此白石之妙也。

【校記】

㊀録自《詞綜》，又據《宋七家詞選》校改。《續詞選》亦有。詞題，朱本《山中白雲》作「送周方山游吴」。

㊁「恁時」，朱本《山中白雲》作「此時」。

㊂「登臨休」，同朱本《山中白雲》、《宋七家詞選》，《詞綜》作「再休登」。

㈣「只恐」，同朱本《山中白雲》、《宋七家詞選》、《詞綜》作「只有」。

又　為湖天賦㈠

扁舟忽過蘆花浦。閒情便隨鷗去。水國吹簫，虹橋問月，西子如今何許。危欄漫撫。正獨立蒼茫，半空飛露。倒影虛明，洞庭波映廣寒府。魚龍吹浪自舞。劃然㈡凌萬頃，如聽風雨。夜氣浮山，晴暉蕩目㈢，一色無尋秋處。[一]鷗鳧㈣自語。尚記得當時，散人㈤來否。勝景平分，此心游太古。

【眉評】

[一]滿眼是秋，卻云「無尋秋處」，警絶，奇絶。◯《詞綜》脱去「一色」二字㈥，茲從戈選《七家詞》本。然去此二字，似更精警，惜於調不合。

【校記】

㈠録自《詞綜》。

㈡「劃然」，朱本《山中白雲》、《詞綜》、《宋七家詞選》作「渺然」。

㊂「蕩目」，朱本《山中白雲》、《宋七家詞選》作「蕩日」。

㊃「鷗鳧」，朱本《山中白雲》、《詞綜》、《宋七家詞選》作「鷺鳧」。

㊄「散人」，朱本《山中白雲》、《宋七家詞選》作「故人」。

㊅「一色」二字，《詞綜》後修版作「千里」。

又 寄太白山人陳文卿㊀

薛濤箋上相思字，重開又還重摺。太白秋聲，東瀛柳色，㊁一縷離痕難折㊂。虛沙動月。歎千里悲歌，唾壺敲缺。卻說㊃巴山，此時懷抱那時節㊄。寒香深處話別。病來渾瘦損，懶賦情切。笑裏吟春，吟邊慨古，㊅多少英游消歇。迴潮似咽。送一點秋心㊆，故人天末。[一]江影沈沈，夜涼㊇鷗夢闊。[二]

【眉評】

[一]疏狂閒雅，真可與白石老仙相鼓吹。

[二]「闊」字有精神。

【校記】

㊀錄自《詞綜》，又據《宋七家詞選》校改。詞題，同《宋七家詞選》，《詞綜》作「寄太白山人陳又新」，朱本《山中白雲》作「寄姚江太白山人陳文卿」。

㊁「太白秋聲，東瀛柳色」，朱本《山中白雲》、《宋七家詞選》作「載酒船空，眠波柳老」。

㊂「離痕難折」，同朱本《山中白雲》、《宋七家詞選》，《詞綜》作「輕痕輕折」，

㊃「卻説」，同朱本《山中白雲》、《宋七家詞選》，《詞綜》作「記得」。

㊄「那時節」，同朱本《山中白雲》、《宋七家詞選》，《詞綜》作「那時説」。

㊅「笑裏吟春，吟邊慨古」，朱本《山中白雲》、《宋七家詞選》作「太白閒雲，新豐舊雨」，《詞綜》「吟春」作「移春」。

㊆「秋心」，同朱本《山中白雲》《宋七家詞選》，《詞綜》《雲韶集》作「愁心」。

㊇「夜涼」，朱本《山中白雲》、《宋七家詞選》作「露涼」。

又 庚辰秋九月之北，遇汪菊坡，一見若驚，相對如夢，回憶舊游，已十八年矣。㊀

十年前事㊁翻疑夢，重逢可憐俱老。〔二〕水國春空，山城歲晚，無語相看一笑。荷衣換了。任京洛

塵沙，冷凝風帽。見説吟情，近來不到謝池草。　歡游曾步翠窈。亂紅迷紫曲，芳意今少。舞扇招香，歌橈喚玉，猶憶錢塘蘇小。無端暗惱。又幾度流連，燕昏鶯曉。回首妝樓，甚時重去好。

【眉評】

［一］起語魂銷。

【校記】

㈠ 録自《宋七家詞選》。《詞綜》、《續詞選》亦有。詞題，朱本《山中白雲》後尚有「因賦此詞」四字。

㈡ 「前事」，《詞綜》作「舊事」。

水龍吟 白蓮㈠

仙人掌上芙蓉，娟娟猶滴㈡金盤露。輕妝照水，纖裳玉立，飄飄似舞。幾度銷凝，滿湖煙月，一汀鷗鷺。記小舟清夜㈢，波明香遠，渾不見、花開處。　應是浣紗人妒，褪紅衣、被誰輕誤。閒情淡雅㈣，冶容㈤清潤，憑嬌待語。隔浦相逢，偶然傾蓋，似傳心素。怕湘皋佩解，緑雲十里，捲西風去。

【校記】

㈠録自《宋七家詞選》。《詞綜》亦有。

㈡「猶滴」，朱本《山中白雲》作「猶濕」。

㈢「清夜」，朱本《山中白雲》、《詞綜》作「夜悄」。

㈣「淡雅」，《詞綜》作「雅澹」。

㈤「冶容」，《詞綜》作「冶姿」。

○○綺羅香 紅葉㈠

萬里飛霜，千山落木，寒艷不招春妒。楓冷吴江，獨客又吟愁句。正船艤、流水孤村，似花繞、斜陽芳樹㈡。甚荒溝、一片淒涼，載情不去載愁去。[一] 長安誰問倦旅。羞見衰顔借酒，飄零如許。謾倚新妝，不入洛陽花譜。爲回風、起舞樽前，盡化作、斷霞千縷。記陰陰、緑遍江南，夜窗聽暗雨。

【眉評】

[一] 情詞兼工，頗近淮海。

【校記】

㈠ 録自《詞綜》。《續詞選》亦有。

㈡ 「芳樹」，朱本《山中白雲》作「歸路」。

徵招 聽袁伯長琴㈠

秋聲㈡吹碎江南樹，石牀自聽流水。別鶴夜歸㈢來，引悲風千里。餘音猶在耳。有誰識、醉翁深意。去國情懷，草枯沙遠，尚鳴山鬼。　客裏。可消憂，人間世、寥寥幾年無此。杳老古壇荒，把淒涼空指。心塵聊更洗。傍何處、竹邊松底。共良夜、白月娟娟㈣，領一天清氣。

【校記】

㈠ 録自《宋七家詞選》。

㈡ 「秋聲」，朱本《山中白雲》作「秋風」。

㈢ 「夜歸」，朱本《山中白雲》作「不歸」。

㈣ 「娟娟」，朱本《山中白雲》作「紛紛」。

掃花遊 賦高疏寮東墅園㊀

煙霞萬壑，記曲徑幽尋㊁，霽痕初曉。緑窗窈窕。看垂花㊂甃石，就泉通沼。幾日不來，一片蒼雲未掃。自長嘯。悵喬木荒涼，都是殘照。[一] 碧天秋浩渺。聽虛籟泠泠，飛下孤峭。山空翠老。步仙風怕有，采芝人到。野色閒門，芳草不除更好。境深悄。比斜川、又清多少。

【眉評】

[一] 風骨高騫，文采疏朗，直入白石之室矣。

【校記】

㊀ 録自《詞綜》，又據《續詞選》校改。詞題，《詞綜》作「高疏寮東野園」。

㊁ 「幽尋」，《詞綜》作「尋幽」。

㊂ 「垂花」，朱本《山中白雲》、《詞綜》作「隨花」。

聲聲慢 寄葉書隱㈠

百花洲畔，十里湖邊，沙鷗未許盟寒。舊隱琴書，猶記渭水長安。蒼雲數千萬疊，卻依然、一笑人間。似夢裏，對清尊白髮，秉燭更闌。　渺渺煙波無際，喚扁舟欲去，且與憑欄。〔一〕此別何如，能消幾度陽關。江南又聽夜雨，怕梅花、零落孤山。歸最好，甚閒人、猶自未閒。

【眉評】

〔一〕哀感無盡，雅近中仙。

【校記】

㈠ 録自《續詞選》。

三姝媚 送舒亦山㈠

蒼潭枯海樹。正雪竇高寒，水聲東去。古意蕭閒，問結廬人遠，白雲誰侶。賀監猶存㈡，還散跡、千岩風露。抱瑟空游，都是淒涼，此愁誰語㊂。　莫趁江湖鷗鷺。怕太乙爐煙㊃，暗消鉛虎。投老心情，判㊄歸來何事，共成羈旅。布襪青鞋，休誤入、桃源深處。[一]待得重逢，卻説巴山夜雨。

【眉評】

[一] 語帶箴規，耐人尋味，便似中仙最高之作。

【校記】

㊀ 録自《詞綜》。詞題，朱本《山中白雲》作「送舒亦山游越」。

㊁ 「猶存」，朱本《山中白雲》作「猶狂」。

㊂ 「誰語」，朱本《山中白雲》作「難語」。

㊃ 「爐煙」，朱本《山中白雲》作「爐荒」。

㊄ 「判」，朱本《山中白雲》作「未」。

瑣窗寒王碧山，又號中仙，越人也。其詩清峭，其詞閒雅，有姜白石意趣，今絶響矣。余悼之。㈠

斷碧分山，空簾剩月，故人天外。香留酒滯，蝴蝶一生花裏。[一] 想如今、愁魂正遠，㈡夜臺夢語秋聲碎。自中仙去後，詞箋賦筆，便無清致。[二]

都是。淒涼意。悵玉笥埋雲，錦衣歸去㈢。形容憔悴。料應也、孤吟山鬼。那知人、是彈折素琴㈣，黃金鑄出相思淚。[三] 但柳枝、門掩清陰㈤，候蛩愁暗葺。

【眉評】

[一] 措語琢鍊。

[二] 無限痛惜。

[三] 字字從性情流出，不獨鑄語之工。

【校記】

㈠ 録自《詞綜》。詞題，朱本《山中白雲》作「王碧山，又號中仙，越人也。能文工詞，琢語峭拔，有白石意度，今絶響矣。余悼之玉笥山，所謂長歌之哀，過于痛哭」。

㊁「愁魂正遠」，朱本《山中白雲》作「醉魂未醒」。

㊂「錦衣歸去」，朱本《山中白雲》作「錦袍歸水」。

㊃「是彈折素琴」，朱本《山中白雲》作「彈折素絃」。

㊄「清陰」，朱本《山中白雲》作「枯陰」。

長亭怨 辛卯歲，會菊泉於薊北，踰八年，會於甬東，未幾別去，將復之北，作此以餞。㊀

記橫笛、玉關高處。萬疊㊁沙寒，雪深無路。[一] 敝卻㊂貂裘，遠游歸後共誰語㊃。故人何許。渾忘了、江南舊雨。不擬重逢，應笑我、飄零如羽。同去。釣珊瑚海樹。底事便成㊄行旅。煙迷㊅斷浦。更幾點、戀人飛絮。如今又、京國㊆尋春，定應被、薇花留住。且莫把孤愁，說與當時歌舞。[二]

【眉評】

[一] 敘薊北一層，來勢蒼莽。

[二] 微而多諷，結二語自明其不仕之志。

【校記】

㊀録自《詞綜》。詞題，朱本《山中白雲》作「歲庚寅，會吴菊泉于燕薊，越八年，再會于甬東，未幾別去，將復之北，遂作此曲」。

㊁「萬疊」，朱本《山中白雲》作「萬里」。

㊂「敝卻」，朱本《山中白雲》作「破卻」。

㊃「共誰語」、「京國」，朱本《山中白雲》作「與誰譜」。

㊄「便成」，朱本《山中白雲》作「又成」。

㊅「煙迷」，朱本《山中白雲》作「煙篷」。

㊆「京國」，朱本《山中白雲》作「京洛」。

又 舊居有感㊀

望花外、小橋流水，門巷愔愔，玉簫聲絶。鶴去臺空，珮環何處弄明月。十年前事，愁千折、心情頓別。露粉風香，誰爲主、都成消歇。淒咽。曉窗分袂處，同把帶鴛親結。江空歲晚，便忘了、尊前曾説。恨西風、不庇寒蟬，便掃盡、一林殘葉。謝他㊁楊柳多情，還有緑陰時節。

【校記】

㈠録自《續詞選》。《詞綜》亦有。詞題，《詞綜》作「有懷故居」。

㈡「謝他」，朱本《山中白雲》、《詞綜》作「謝」。

西子妝 吴夢窗自製此曲，余喜其聲調婀雅，久欲效而未能。甲午春，寓羅江，與羅景良野游江上，緑陰芳草，景況離離，因填此詞。惜舊譜零落，不能倚聲歌也。㈠

白浪搖天，清陰㈡漲地，一片野情㈢幽意。楊花點點是春心，替風前、萬花吹淚。殘山剩水。㈣有誰識㈤、朝來清氣。[一]自沈吟，甚流光輕擲㈥，繁華如此。斜陽外。隱約孤村，隔塢閒門閉。漁舟何似莫歸來，想桃源、路通人世。危欄㈦靜倚。千年事、都消一醉。謾依依，愁落鵑聲萬里。

【眉評】

[一]景物蒼茫，出以雄秀之筆，固自不減夢窗。○「殘山剩水」，《詞綜》作「遥岑寸碧」，「誰識」作「誰看」，「輕擲」作「輕把」，茲並從戈選本。

【校記】

㊀録自《詞綜》，又據《宋七家詞選》校改。調名，朱本《山中白雲》作「西子妝慢」。詞題，《詞綜》「與羅景良野游江上，緑陰芳草」作「陳文卿間行江上」，朱本《山中白雲》、《宋七家詞選》「嫻雅」、「效而」、「此詞」、「倚聲歌」作「妍雅」、「述之而」、「此解」、「倚聲而歌」。

㊁「清陰」，朱本《山中白雲》、《宋七家詞選》作「青陰」。

㊂「野情」，朱本《山中白雲》、《宋七家詞選》作「野懷」。

㊃「殘山剩水」，同《宋七家詞選》，朱本《山中白雲》、《詞綜》作「遥岑寸碧」。

㊄「誰識」，同《宋七家詞選》、朱本《山中白雲》，《詞綜》作「誰看」。

㊅「輕擲」，同《宋七家詞選》、朱本《山中白雲》，《詞綜》作「輕把」。

㊆「危欄」，朱本《山中白雲》、《宋七家詞選》作「危橋」。

○○**春從天上來** **己亥春，復回西湖，飲靜傳董高士樓，作此解以寫我憂。**㊀

海上回槎。認舊時鷗鷺，猶戀蒹葭。影散香消，水流雲在，疏樹十里寒沙。難問錢唐蘇小，都不見、擘竹分茶。更堪嗟。似荻花㊁江上，誰弄琵琶。　煙霞。自延晚照，盡換了西

林，窈窕紋紗。蝴蝶飛來，不知是夢，猶疑春在鄰家。一掬幽懷難寫，春何處、春已天涯。減繁華。是山中杜宇，不是楊花。[一]

【眉評】

[一] 後半極沈鬱。○讀玉田詞者，貴取其沈鬱處。徒賞其一字一句之工，遂驚嘆欲絶，轉失玉田矣。

【校記】

㈠ 録自《宋七家詞選》。

㈡ 「似荻花」，底本原作「是荻花」，據朱本《山中白雲》、《宋七家詞選》改。

疏影 **余於庚寅歲北歸，與西湖諸友夜酌，因有感於舊游，寄周草窗。**㈠

柳黄未結。放嫩晴消盡，斷橋殘雪。隔水人家，渾是花陰，曾醉好春時節。輕車幾度西泠㈡曉，想如今、燕鶯猶説。縱艷游、得似當年，早是舊情都别。　重到翻疑夢醒，弄泉試照影，驚見華髮。[二] 卻笑歸來，石老雲荒，身世飄然一葉。閉門約住青山色，自容與、吟窗清絶。怕夜寒、吹到梅花，休卷㊂半簾明月。

【眉評】

［一］今昔之感，十分沈至。

【校記】

㊀録自《宋七家詞選》。《詞綜》亦有。詞題，朱本《山中白雲》「庚寅」作「辛卯」。

㊁「西泠」，朱本《山中白雲詞》、《詞綜》作「新堤」。

㊂「休卷」，底本原作「休倦」，據朱本《山中白雲》、《詞綜》、《宋七家詞選》改。

又 梅影㊀

黄昏片月。映碎陰滿地㊁，還更清絶。枝北枝南，疑有疑無，幾度背燈難折。依稀倩女離魂處，緩步出、前村時節。看夜深、竹外横斜，應妒過雲明滅。窺鏡蛾眉淡掃㊂，爲容不在貌，獨抱孤潔。莫是花光，描取春痕，不怕麗譙吹徹。還驚海上燃犀去，照水底、珊瑚疑活㊃。［二］做弄得、酒醒天寒，空對一庭香雪。

【眉評】

［一］姿態横生。

【校記】

㊀録自《詞綜》，又據《宋七家詞選》校改。《續詞選》亦有。

㊁「映碎陰滿地」，同《宋七家詞選》，朱本《山中白雲》作「似碎陰滿地」，《詞綜》作「似滿地碎陰」。

㊂「淡掃」，朱本《山中白雲詞》作「淡抹」。

㊃「疑活」，朱本《山中白雲詞》、《宋七家詞選》作「如活」。

李彭老 字周隱，號篔房。與其弟秋厓號龜溪二隱。㊀

【校記】

㊀據《絶妙好詞》，李彭老，字商隱。其弟萊老，字周隱。

木蘭花慢 送客［一］㊀

折秦淮露柳，帶明月、倚歸船。看佩玉紉蘭，囊詩貯錦，江滿吴天。吟邊。喚回夢蝶，想故山，薇長已多年。草得梅花賦了，櫂歌遠和離舷。風絃。盡入吟篇。傷倦客、對秋蓮。過舊經行處，漁鄉水驛，一路聞蟬。留連。謾聽燕語，便江湖、夜雨隔燈前。潮返潯陽暗水，雁來好寄瑶箋。

【眉評】

〔一〕此詞絶有感慨。《絶妙詞選》中失載，見公謹《浩然齋雅談》。

【校記】

㈠録自《浩然齋雅談》。

王武子 一作子武。《文獻通考·經籍志》：有詞一卷。

玉樓春 聞笛㈠

紅樓十二春寒側。樓角何人吹玉笛。天津橋上舊曾聽，三十六宫秋草碧。〔一〕昭華人去無消息。江上青山空晚色。一聲落盡短亭花，無數行人歸未得。

【眉評】

［一］故國之悲。

【校記】

㊀録自《詞綜》。

黄孝邁 字德文，號雪舟。

湘春夜月㊀

近清明。翠禽枝上銷魂。可惜一片清歌，都付與黄昏。欲共柳花低訴，怕柳花輕薄，不解傷春。［一］奈㊁楚鄉旅宿，柔情別緒，誰與温存。　空尊夜泣，青山不語，殘月當門。翠玉樓前，惟是有、一波湘水，摇蕩湘雲。天長夢短，問甚時、重見桃根。這次第，算人間没個、并刀剪斷，心上愁痕。

【眉評】

［一］芊綿凄咽，起數語便覺牢愁滿紙。

【校記】

〔一〕録自《詞選》。《詞綜》亦有。

〔二〕「奈」，《絶妙好詞》、《詞綜》作「念」。

德祐太學生〔一〕

【校記】

〔一〕據《湖海新聞夷堅續志》：褚生，德祐時太學生。

百字令 德祐乙亥[一]〔一〕

半堤花雨，對芳辰消遣，無奈情緒。春色尚堪描畫在，萬紫千紅塵土。鵑促歸期，鶯收佞舌，燕作留人語。遶欄紅藥，韶華留此孤主。真個恨殺東風，幾番過了，不似今番苦。[二]樂事賞心磨滅盡，忽見飛書傳羽。湖水湖煙，峰南峰北，總是堪傷處。新塘楊柳，小腰猶自歌舞。見《湖海新聞》。三、四謂衆宮女行，五謂朝士去，六謂臺官默，七指太學上書，八、九謂只陳宜中〔三〕。「東風」謂賈似道，「飛書傳羽」謂北軍至也，「新塘楊柳」謂賈妾。

【眉評】

［一］權臣當國，不得志者隱於下位，不敢明斥其非，託爲詩詞，長歌當哭，哀之深，怨之至也。

［二］「幾番過了」，應是指賈以上秦、韓、史、丁諸人。蓋諸人皆可恨，賈尤可恨，故曰「不似今番苦」也。

【校記】

㊀錄自《詞綜》。《續詞選》亦有。詞題，《詞綜》所擬，《湖海新聞夷堅續志》只云：「宋德祐乙亥，大學褚生作。」

㊁《湖海新聞夷堅續志》箋釋均注句下，《詞綜》改述之，「只陳宜中」作「只陳宜中在」。

祝英臺近 德祐乙亥㊀

倚危欄，愁日暮。驀驀甚情緒。稚柳嬌黃，全未禁風雨。春江萬里雲濤，扁舟飛渡。那更聽㊁、塞鴻無數。歎離阻。有恨流落天涯，誰念泣孤旅㊂。滿目風塵，冉冉如飛霧。是何人惹愁來，那人何處。怎知道、愁來不去。[一]「稚柳」謂幼君，「嬌黃」謂太后，「扁舟飛渡」謂北軍至，「塞鴻」指流民也，「人惹愁來」謂賈出，「那人何處」謂賈去。㊃

【眉評】

[一]「愁來不去」，謂賈雖去而禍已不可遏矣。大聲疾呼，千年淚下。

【校記】

㊀錄自《詞綜》。《續詞選》亦有。詞題，《詞綜》所擬。

㊁「那更聽」，《湖海新聞夷堅續志》作「那更」。

㊂「有恨流落天涯，誰念泣孤旅」，《湖海新聞夷堅續志》作「有恨落天涯，誰念孤旅」。

㊃《湖海新聞夷堅續志》箋釋均注句下，《詞綜》改述之。

無名氏

眉峰碧㊀

蹙破眉峰碧。纖手還重執。鎮日相看未足時，忍便使、鴛鴦隻。　薄暮投村驛。風雨愁通夕。窗外芭蕉窗裏人，分㊁葉上、心頭滴。[一]《玉照新志》：「裕陵親書其後：『此詞甚佳，不知何人所作。』」

【眉評】

[一]一本作「分明葉上心頭滴」，增一「明」字，不獨於調不合，且使「分」字精神全失，並「葉上」二字亦屬贅疣矣。

【校記】

㊀録自《詞綜》。

㊁「分」，《玉照新志》作「分明」。

九張機[一]㊀　見《樂府雅調》㊁

一張機。采桑陌上試春衣。風晴日暖慵無力，桃花枝上，啼鶯言語，不肯放人歸。

【眉評】

[一]《九張機》字字芊雅，淒婉欲絶，絶妙古樂府也。《詞綜》删存七首，今就兩篇摘録十一首，不

啻窺全豹矣。

【校記】

㈠録自《詞綜》。

㈡「見《樂府雅調》」，《詞綜》作「見《樂府雅詞》」。

又㈠

兩張機。月明人静漏聲稀。千絲萬縷相縈繫，織成一段，迴紋錦字，將去寄呈伊。

【校記】

㈠録自《樂府雅詞》。

又㈠

三張機。吴蠶已老燕雛飛。東風宴罷長洲苑，輕綃催趁，館娃宫女，要换舞時衣。[一]

【眉評】

［一］刺在言外。

【校記】

㊀録自《樂府雅詞》。

又［一］㊀

四張機。鴛鴦織就欲雙飛。可憐未老頭先白，春波碧草，曉寒深處，相對浴紅衣。

【眉評】

［一］言外有無窮淒感，詞之可以怨者。

【校記】

㊀録自《詞綜》。

○○○又㊀

五張機。橫紋織就沈郎詩。中心一句無人會，不言愁恨，不言憔悴，只恁寄相思。[一]

【眉評】

[一]低回宛轉，意殊忠厚。

【校記】

㊀録自《詞綜》。

○○○又㊀

六張機。雕花鋪錦半離披。蘭房別有留春計，爐添小篆，日長一線，相對繡工遲。[一]

【眉評】

[一]宛雅流麗，淺處亦耐人思。

【校記】

㊀錄自《樂府雅詞》。

○○○又[一]㊀

七張機。春蠶吐盡一生絲。莫教容易裁羅綺，無端剪破，仙鸞彩鳳，分作兩邊衣㊁。

【眉評】

[一]苦心密意，不忍卒讀。◯詞至《九張機》，高處不減《風》、《騷》，次亦《子夜》怨歌之匹，千年絶調也。

【校記】

㊀錄自《詞綜》。

㊁「兩邊衣」，《樂府雅詞》作「兩般衣」。

○○○又㊀

八張機。回紋知是阿誰詩。織成一片淒涼意，行行讀遍，厭厭無語，不忍更尋思。[一]

【眉評】

[一] 淒斷。

【校記】

㊀ 録自《樂府雅詞》。

又[一]㊀

九張機。雙花雙葉又雙枝。薄情自古多離別，從頭到底，將心縈繫，穿過一條絲。

【眉評】

[一]「雙花」七字何等親切，「從頭」三句更慎重，可以觀，可以怨。

【校記】

㊀ 録自《詞綜》。

○○○又㊀

輕絲。象床玉手出新奇。千花萬草光凝碧，裁縫衣著，春天歌舞，飛蝶語黃鸝。[一]

【眉評】

[一]歡樂語中含淒感。

【校記】

㊀録自《樂府雅詞》。

○○○又[二]㊀

春衣。素絲染就已堪悲。塵昏汗污㊁無顏色，應同秋扇，從兹永棄，無復奉君時。

【眉評】

[二]搖落堪悲，我讀之於邑累日。○此章最沈痛，千古孤臣孽子、勞人思婦讀之，皆當一齊淚下。

○似爲貶節者言之，觀次句可見，以下言何況又加以塵汗也。淒涼怨慕，不堪再誦。○《九張機》全是寄怨之作，其緣起云：「《醉留客》者，樂府之舊名。《九張機》者，才子之新調。憑戛玉之清歌，寫擲梭之春怨。章章寄恨，句句言情。」詩云：「一擲梭心一縷絲，連連織就九張機。從來巧思知多少，苦恨春風久不歸。」可知其寄意矣。○《九張機》純是《騷》、《雅》變相，詞至是，已臻絶頂，雖美成、白石亦不能爲也。○《九張機》自是逐臣棄婦之詞，悲怨無端，令人魂斷。

【校記】

㊀録自《詞綜》。

㊁「塵昏汗污」，《樂府雅詞》作「塵世昏污」。

調笑集句 巫山㊀

巫山高高十二峰，雲想衣裳花想容。欲往從之不憚遠，丹峰碧障深重重。樓閣玲瓏五雲起，美人娟娟隔秋水。江天一望楚天長，滿懷明月人千里。見《樂府雅調》㊁

千里。楚江水。明月樓高愁獨倚。井梧宮殿生秋意。望斷巫山十二。雪肌花貌參差是。朱閣五雲仙子。

【校記】

㈠録自《詞綜》。

㈡「見《樂府雅調》」，當作「見《樂府雅詞》」。

○○**鷓鴣天** 上元㈠　見《蘆浦筆記》

宣德樓前雪未融。賀正人見彩山紅。九衢照影紛紛月，萬井吹香細細風。　複道遠，暗相通。平陽主第五王宮。鳳簫聲裏春寒淺，不到珠簾第二重。[一]劉興伯云：「《上元詞》十五首，備述宣、政之盛，非想像者所能道，當與《夢華録》並行也。」

【眉評】

[一]結二語隱含諷意，得風人之正。㈡

【校記】

㈠録自《詞綜》。

㈡「結二語」評語，蓋因書眉無處書寫，繫在「劉興伯云」後，實眉評也。

綠意荷葉[一]　見《樂府雅調》。戈選作玉田詞，茲從《詞綜》作無名氏。[二]

碧圓自潔。向淺洲遠浦[三]，亭亭清絕。猶有遺簪，不展秋心，能卷幾多炎熱。鴛鴦密語同傾蓋，且莫與、浣紗人說。怨歌[四]忽斷花風，碎卻翠雲千疊。回首當年漢舞，怕飛去謾縐，留仙裙褶。戀戀青衫，猶染枯香，還笑[五]鬢絲飄雪。盤心清露如鉛水，又一夜、西風聽折[六]。喜淨看[七]、匹練秋光，倒瀉半湖明月。《詞選》云：「此傷君子負枉而死，蓋似李綱、趙鼎之流。『回首當年漢舞』云者，言其自結主知，不肯遠引。結語喜其身已死而心得白也。」

【校記】

[一] 錄自《詞綜》。《詞選》亦有。詞題，朱本《山中白雲》無，《紅情》詞序云：「《疏影》、《暗香》，姜白石爲梅著語，因易之曰《紅情》、《綠意》，以荷花、荷葉詠之。」

[二] 「見《樂府雅調》」，《詞綜》作「見《樂府雅詞》」。按，《樂府雅詞》實無此詞，蓋《花草粹編》選錄此詞於無名氏《杜韋娘》詞後，佚作者名，《杜韋娘》出《樂府雅詞》，《詞綜》遂誤以爲此詞亦出《樂府雅詞》之無名氏也。此詞實張炎作。

[三] 「遠浦」，朱本《山中白雲》作「遠渚」。

④「怨歌」，朱本《山中白雲》作「恐怨歌」。

⑤「還笑」，朱本《山中白雲》作「還歎」。

⑥「聽折」，朱本《山中白雲》作「吹折」。

⑦「浄看」，朱本《山中白雲》作「静看」。

葛長庚 自號白玉蟾，閩人也，一云瓊州人，居武夷。嘉定中，詔徵赴闕，館太乙宮，封紫清明道真人。有《海瓊集》，詞二卷。

水調歌頭

江上春山遠，山下暮雲長。[一]相留相送，時見雙燕語風檣。滿目飛花萬點，回首故人千里，把酒沃愁腸。回雁峰前路，煙樹正蒼蒼。漏聲殘，燈焰短，馬蹄香。浮雲飛絮，一身將影向瀟湘。多少風前月下，迤邐天涯海角，魂夢亦淒涼。又是春將暮，無語對斜陽。

【眉評】

[一]起十字有十層。

李清照 字易安，格非之女，嫁趙明誠。有《漱玉集》一卷。

武陵春[一]㊀

風住塵香花已盡，日晚倦梳頭。物是㊁人非事事休。欲語淚先流。聞說雙溪春尚好，也擬汎輕舟。只恐雙溪舴艋舟。載不動、許多愁。

【眉評】

[一]又淒婉，又勁直。○觀此益信易安無再適張汝舟㊂事，即風人「豈不爾思」、「畏人之多言」意也。

【校記】

㊀錄自《詞綜》。

㊁「物是」，底本原作「物事」，據四印齋本《漱玉詞》、《詞綜》改。

㊂「張汝舟」，底本原作「趙汝舟」，據《苕溪漁隱叢話》改。

聲聲慢㊀

尋尋覓覓，冷冷清清，悽悽慘慘戚戚。[一] 乍煖還寒時候，最難將息。三杯兩盞淡酒，怎敵他、晚來風急。雁過也，正傷心、卻是舊時相識。　滿地黄花堆積，憔悴損、如今有誰堪摘。守著窗兒，獨自怎生得黑。梧桐更兼細雨，到黄昏、點點滴滴。這次第，怎一箇、愁字了得。[二] 張正夫云：「此乃公孫大娘舞劍手，本朝非無能詞之士，未曾有一下十四疊字者。後疊又云『到黄昏、點點滴滴』，又使疊字，俱無斧鑿痕。『怎生得黑』，『黑』字不許第二人押。婦人有此奇筆，殆間氣也。」

【眉評】

[一] 造句甚奇，並非高調，後人效顰疊字，又增其半，醜態百出矣。

[二] 後半闋愈唱愈妙，結句亦峭甚。

【校記】

㊀ 録自《詞綜》。《詞選》亦有。

賣花聲㊀

簾外五更風。吹夢無踪。畫樓重上與誰同。記得玉釵斜撥火，寶篆成空。[一]　回首紫金峰。雨潤煙濃。一江春浪醉醒中。留得羅襟前日淚，彈與征鴻。

【眉評】

[一] 淒艷，不忍卒讀，其爲德父作乎？

【校記】

㊀ 録自《詞綜》。《續詞選》亦有。調名，四印齋本《漱玉詞》作「浪淘沙」。

朱淑真

錢塘人。有《斷腸集》，詞一卷。

蝶戀花 送春㊀

樓外垂楊千萬縷。欲繫青春，少住春還去。猶自風前飄柳絮。隨春且看歸何處。　滿目㊁山川聞杜宇。便做無情，莫也愁人意㊂。把酒送春春不語。黄昏卻下瀟瀟雨。

【校記】

㊀録自《詞綜》。詞題，四印齋本《斷腸詞》無。

㊁「滿目」，四印齋本《斷腸詞》作「緑滿」，下注：「別作『滿目』。」

㊂「愁人意」，四印齋本《斷腸詞》下注：「《雜俎》本作『苦』。按，毛刻改此，似嫌落韻，別本立作『意』。」

謁金門㊀

春已半。觸目此情無限。十二闌干閑倚遍。愁來天不管。　好是風和日暖。輸與鶯鶯燕燕。滿院落花簾不卷。斷腸芳草遠。[一]

【眉評】

[一] 淒婉得五代人神髓。

【校記】

㊀録自《詞綜》。《續詞選》亦有。

生查子[一]㊀

年年玉鏡臺，梅蕊宫妝困。今歲未還家㊁，怕見江南信。酒㊂從別後疎，淚向愁中盡。

遥想楚雲深，人遠天涯近。

【眉評】

[一] 宋婦人能詞者，自以易安爲冠。淑真才力稍遜，然規模唐、五代，不失分寸，轉爲詞中正聲。

【校記】

㊀録自《詞綜》。

㊁「未還家」，四印齋本《斷腸詞》下注：「別作『不歸來』。」

㊂「酒」，四印齋本《斷腸詞》下注：「別作『歡』。」

鄭文妻孫氏

憶秦娥㈠　《絶妙》作李嬰

花深深。一鈎羅襪行花陰。行花陰。閑將柳帶㈡，試結㈢同心。［一］　日邊消息空沈沈㈣。畫眉樓上愁登臨。愁登臨。海棠開後，望到如今。《古杭雜記》云：「文，秀州人，太學服膺齋上舍。孫氏寄以詞，一時傳播，酒樓妓館皆歌之。」

【眉評】

［一］麗而有則。

【校記】

㈠ 録自《詞綜》。《詞選》亦有。

㈡「柳帶」，《古杭雜記》作「梅帶」。

㈢「試結」，《古杭雜記》作「細結」。

㊃「沈沈」，《古杭雜記》作「流淚」。

金詞

吳激 字彥高，建州人。宋宰相栻之子，米芾之婿。使金，留不遣，官翰林待制。皇統初，出知深州，卒。有《東山集》，詞一卷。時彥高與伯堅才譽並推，號「吳蔡體」。

春從天上來 感舊 自序云：「會寧府遇老姬，善鼓瑟，自言梨園舊籍，因感賦此。」㊀

海角飄零。歎漢苑秦宮，墜露飛螢。夢回㊁天上，金屋銀屏。歌吹競舉青冥。問當時遺譜，有絶藝、鼓瑟湘靈。促哀彈，似林鶯嚦嚦，山溜泠泠。梨園太平樂府，醉幾度春風，鬢髮㊂星星。舞徹㊃中原，塵飛滄海，風雪㊄萬里龍庭。寫胡笳幽怨，人憔悴、不似丹青。[一]酒微醒。對一軒㊅涼月，燈火青熒。黃叔暘云：「三山鄭中卿從張貴謨北使時，聞彼中有歌此調者。」元遺山云：「曾見王防禦公玉説此詞，皆用琵琶故實，引據甚明，惜不能記憶。」

【眉評】

[一] 故君之思，惻然動人。

【校記】

㊀ 録自《詞綜》。《續詞選》亦有。《中州樂府》無詞題。自序蓋録自《中興以來絶妙詞選》，復加「因感賦此」四字。

㊁「夢回」，《中興以來絶妙詞選》、《中州樂府》作「夢裏」。

㊂「鬢髮」，《中興以來絶妙詞選》作「鬢變」，《中州樂府》作「鬢變」。

㊃「舞徹」，《中州樂府》作「舞破」。

㊄「風雪」，《中州樂府》作「飛雪」。

㊅「二軒」，《中州樂府》作「一窗」。

人月圓 宴張侍御家有感[一]㊀

南朝千古傷心地㊁，還唱㊂後庭花。舊時王謝，堂前燕子，飛入人家。㊃　恍然在遇㊄，天姿㊅勝雪，宮鬢㊆堆鴉。江州司馬，青衫淚濕，同是天涯。洪景盧云：「先公在燕山，赴北人張總侍御家集，出侍兒佐酒，中有一人，意狀摧抑可憐。叩其故，乃宣和殿小宮姬也。坐客翰林直學士吴激作詞紀之，聞者揮涕。」《中州樂府》云：「彦高賦此時，宇文叔通亦賦〔念奴嬌〕，先成而頗近鄙俚。及見彦高作，茫然自失。是後人有求作樂府者，叔通即批云：『吴郎近以樂府名天下，可往求之。』」

【眉評】

［一］感激動宕，不落小家數。

【校記】

㊀録自《詞綜》。《詞選》亦有。調名，《詞選》作「青衫濕」。詞題，《中興以來絶妙詞選》作「宴北人張侍御家有感」，《中州樂府》無，《詞選》作「感舊」。

㊁「傷心地」，《中州樂府》作「傷心事」。

㊂「還唱」，《中州樂府》作「猶唱」。

㊃「飛入人家」，《中州樂府》作「飛向誰家」。

㊄「在遇」，《中州樂府》作「一夢」。

㊅「天姿」，《中州樂府》作「仙肌」。

㊆「宫鬢」，《中州樂府》作「宫髻」。

元好問 字裕之，秀容人。興定五年㈠進士，歷官左司都事，轉行尚書省左司員外郎。金亡，不仕。有《遺山集》。

【校記】

㈠「興定五年」，《全金元詞》作「興定三年」。

○**石州慢** 赴召史館，與德新丈別去岳祠西新店，明日以此寄之。㈠

擊筑行歌，按馬㈡賦詩，年少豪舉。從渠里社浮沈，枉笑人間兒女。生平王粲，而今憔悴登樓，江山信美非吾土。天地一飛鴻，渺翩翩何許。羈旅。山中父老相逢，應念此行良苦。幾爲㈢虛名，誤卻東家雞黍。漫漫長路。蕭蕭兩鬢黃塵，騎驢漫與行人語。詩句欲成時，滿西山風雨。

【校記】

㈠録自《詞綜》。詞題「別去」，《遺山樂府》作「別於」。

㈡「按馬」，《遺山樂府》作「鞍馬」。

㈢「幾爲」，《遺山樂府》作「幾許」。

、○清平樂㈠

離腸宛轉。瘦覺妝痕淺。飛去飛來雙乳燕㈡。消息知郎近遠。[一] 樓前小雨珊珊。海棠簾幙輕寒。杜宇一聲春去，樹頭無數青山。

【眉評】

[一]婉約近五代人手筆。

【校記】

㈠録自《詞綜》。

㈡「乳燕」，《遺山樂府》作「語燕」。

元詞[一]

【眉評】

[一]詞至於元，力衰氣靡，周、秦、姜、史之風不可復見矣。

趙孟頫 字子昂，宋太祖子秦王德芳之後，四世祖伯圭賜第湖州，遂爲湖州人。宋末爲真州司户參軍，至元中，以程鉅夫薦入見，授兵部郎中，累官翰林學士承旨、榮禄大夫。卒，追封魏國公，謚文敏。有《松雪詞》一卷。

○**浪淘沙**㈠

今古幾齊州。華屋山邱。杖藜徐步立芳洲。無主桃花開又落，空使人愁。　沙上㈡往來舟。萬事悠悠。春風曾見昔人游。惟有㈢石橋橋下水，依舊東流。

【校記】

㊀録自《詞綜》。

㊁「沙上」，《松雪齋文集》作「波上」。

㊂「惟有」，《松雪齋文集》作「只有」。

王從叔

號山樵，廬陵人。㊀

【校記】

㊀王從叔詞見《元草堂詩餘》，《詞綜》作元人，《全宋詞》作宋人。

、○昭君怨[一]㊀

門外春風幾度。馬上行人何處。休更卷珠簾㊁。草連天。　立盡海棠花月。飛到荼蘼香雪。莫恨夢難成。夢無憑。

【眉評】

[一]節短音長，小令雋品。

【校記】

㊀錄自《清綺軒詞選》。

㊁「珠簾」，《元草堂詩餘》作「朱簾」。

宋褧 字顯夫，宛平人。泰定中進士，累官翰林直學士，贈國子祭酒、輕車都尉、范陽郡侯，謚文清。有《燕石集》，詞一卷。

○**浣溪沙** **崑山州城西小寺**㊀

落日吴江駐畫橈。招提佳處暫消遥。海風吹面酒全消。　曲沼芙蓉秋的的，小山叢桂晚蕭蕭。幾時容我夜吹簫。

【校記】

㊀錄自《詞綜》。詞題，《燕石集》後尚有「晚憩」二字。

張翥[一]

字仲舉，晉寧人。至正初，以薦爲國子助教，累官河南行省平章政事兼翰林學士。有《蛻巖樂府》三卷。

【眉評】

[一]元詞日就衰靡，愈趨愈下。張仲舉規模姜、史，爲一代正聲，高者在草窗、西麓之間，而真氣稍遜。○仲舉詞樹骨甚高，寓意亦遠，元詞之不亡者，賴有仲舉耳。然欲求一篇如梅溪、碧山之沈厚，則不可得矣。

摸魚兒 春日西湖泛舟㈠

漲西湖、半篙新雨，麴塵波外風軟。蘭舟同上鴛鴦浦，天氣嫩寒輕暖。簾半捲。度一縷歌雲，不礙桃花扇。鶯嬌燕婉。任狂客無腸，王孫有恨，莫放酒杯淺。垂楊岸。何處紅亭翠館。如今游興全懶。山容水態依然好，惟有綺羅雲散。君不見。歌舞地、青蕪滿目成秋苑。斜陽又晚。正落絮飛花，將春欲去，目送水天遠。

【校記】

㊀ 録自《詞綜》。

又題熊伯宣藏梅花卷子㊀

記西湖、水邊曾見，查牙老樹如此。冰痕冷沁苔枝雪，的歷㊁數花纔試。天也似。愛玉質、清高不入閑紅紫。孤山處士。謾㊂賦得招魂，煙荒水暗㊃，寂寞抱香死。[一]　春風筆，休憶深宮舊事。添人多恨多思。[二]墨池㊄雪嶺三生夢，喚起縞衣仙子。仍獨自。伴瘦影、黄昏和月窺窗紙。聲聲字字。寫不盡江南，閑愁萬斛，訴與緑衣使。

【眉評】

[一] 筆意超脱，託體亦不卑，元代斷推巨擘。

[二] 「添人」六字庸弱。

【校記】

㊀ 録自《詞綜》。

㈡「的歷」，《蛻巖詞》作「的爍」。

㈢「謾」，《蛻巖詞》作「總」。

㈣「水暗」，《蛻巖詞》作「雨暗」。

㈤「墨池」，底本原作「黑池」，據《蛻巖詞》、《詞綜》改。

解連環 留别臨川諸友㈠

夜來風色。歎青燈素被，早寒欺客。想寂寞、人在簾櫳，望塞雁㈡欲來，又催刀尺。秋滿關河，更誰倚、夕陽橫笛。[一]記題花賦月，此地與君，幾度游歷。江頭楚楓漸赤。對愁樽㈢飲淚，難問消息。趁一舸、千里東歸，渺天末亂山，水邊孤驛。晼晚年華，悵回首、雨南雲北。算今古、此情此恨，甚時盡得。

【眉評】

[一]婉雅淒怨，可與草窗頡頏。

【校記】

㈠録自《詞綜》。

㈡「塞雁」，《蜕巖詞》作「鴻雁」。

㈢「愁樽」，《蜕巖詞》作「離樽」。

綺羅香 雨中舟次洹上㈠

燕子梁深，秋千院冷，半濕垂楊煙縷。怯試春衫，長恨踏青期阻。梅子後、餘潤留寒，藕花外、嫩涼銷暑。漸驚他、秋老梧桐，蕭蕭金井斷蛩暮。　薰籌須待被暖，催雪新詞未穩，重尋笙譜。水閣雲窗，總是慣曾經處㈡。曾信有、客裏關河，又怎禁、夜深風雨。[一]一聲聲、滴在疎篷，做成情味苦。

【眉評】

[一]刻意爲白石，沖味微減，姿態卻饒。

【校記】

㈠録自《詞綜》。

㈡「曾經處」，《蜕巖詞》作「曾聽處」。

水龍吟 廣陵送客次鄭蘭玉賦蓼花韻㊀

芙蓉老去妝殘，露華滴盡珠盤淚。水天瀟灑，秋容冷淡，憑誰點綴。瘦葦黃邊，疎蘋白外，[一]滿汀煙穟。把餘妍分與，西風染就，猶堪愛、紅芳媚。　幾度臨流送遠，向花前、偏驚客意。船窗雨後，數枝低入，香零粉碎。不見當年，秦淮花月，竹西歌吹。[二]但此時此處，叢叢滿眼，伴離人醉。

【眉評】

[一]「黃邊」、「白外」四字亦新奇。

[二]「船窗」數語，畫所不到。○係以感慨，意境便厚。

【校記】

㊀録自《詞綜》。

倪瓚 字元鎮，無錫人，高尚不仕。有《清閟閣遺稿》，詞一卷。

人月圓[一]㈠

傷心莫問前朝事，重上越王臺。鷓鴣啼處，東風草緑，殘照花開。悵然孤嘯，青山故國，喬木蒼苔。當時明月，依依素影，何處飛來。

【眉評】

[一] 悲壯風流，獨有千古，南宋諸鉅手爲之，亦無以過。

【校記】

㈠ 録自《詞綜》。

明詞[一]

【眉評】

[一] 詞至於明，而詞亡矣。伯温、季迪已失古意，降至升庵輩，琢句鍊字，枝枝葉葉爲之，不可語

於大雅。自馬浩瀾、施閬仙輩出，淫詞穢語，無足置喙。明末陳人中能以穠艷之筆傳淒惋之神，在明代便算高手。然視國初諸老，已難同日而語，更何論唐宋哉？○有明三百年中，習倚聲者詎乏其人？然以「沈鬱頓挫」四字繩之，竟無一篇滿人意者，真不可解。

劉基

字伯温，青田人。元進士，入明，以佐命功，官至御史中丞，封誠意伯，爲胡惟庸毒死，正德追謚文成。有《誠意劉文成公集》二十卷，詞附。

、○臨江仙[一]

街鼓無聲春漏[二]咽，不知殘夜如何。玉繩歷落耿銀河。鵲驚穿暗樹，露墜滴寒莎。

夢裏相逢還共説，五湖煙水漁簑。鏡中緑髮漸無多。淚如霜後葉，摵摵下庭柯。

【校記】

[一] 録自《明詞綜》。《寫情集》有詞序：「予在江西時，與李爟以莊善，以莊嘗賦詩，有曰：『淚如霜後葉，摵摵下庭柯。』鄭君希道深愛賞之。今鄭君已卒，以莊與予别亦二十年，夢中相見道舊好，覺而憶其人，不知今存與亡。因記其詩，屬爲詞以寫其悲焉。」

㊁「春漏」,《寫情集》作「更漏」。

高啓 字季迪,長洲人,隱吴淞江之青邱,自號青邱子。洪武初,召入纂修《元史》,授編修,擢户部侍郎,放還。爲魏觀作《上梁文》,連坐死。有《扣舷詞》一卷。

沁園春 雁㊀

木落時來,花發時歸,年又一年。㊁記南樓望信,夕陽簾外,西窗驚夢,夜雨燈前。寫月書斜,戰霜陣整,横破瀟湘萬里天。風吹斷,見兩三低去,似落箏絃。　相呼共宿寒煙。想只在蘆花淺水邊。恨嗚嗚戍角,忽催飛起,悠悠漁火,長照愁眠。隴塞間關,江湖冷落,莫戀遺糧猶在田。須高舉,教弋人空慕,雲海茫然。[一]

【眉評】

[一]先生能言之,而終自不免,何也?

【校記】

㊀録自《明詞綜》。

㈡「年又一年」，《扣舷集》作「一年又年」。

楊慎 字用修，新都人。正德六年，賜進士第一，授修撰。嘉靖甲申，兩上議大禮疏，廷杖謫戍雲南永昌衛，卒於戍所。有《升庵詞》二卷。

、○轉應曲[一]㈠

雙燕。雙燕。金屋往來長見。珠簾半捲風斜。何處銜來落花。花落。花落。日暮長門寂寞。

【眉評】

[一]用修小令，猶有五代人遺意。

【校記】

㈠録自《明詞綜》。

、○轉應曲㈠

銀燭。銀燭。錦帳羅幃影獨。離人無語銷魂。細雨斜風掩門。門掩。門掩。數盡寒城漏點。

【校記】

㊀ 録自《明詞綜》。調名，《楊升庵先生長短句》作「宮中調笑」。

○如夢令[一]㊀

雲影月華穿過。雨意鐘聲敲破。洞户捲簾時，飛透流螢一箇。孤坐。孤坐。白雪金徽誰和。[二]

【眉評】

[一] 淒鍊。

[二] 結二語説破反淺。

【校記】

㊀ 録自《清綺軒詞選》。

夏言 字公謹，貴溪人。正德十二年進士，歷官吏部尚書、華蓋殿大學士。謚文愍。有《桂洲近體樂府》六卷、《鷗園新曲》一卷。

、○**浣溪沙** 春暮㊀

庭院沈沈白日斜。緑陰滿地又飛花。岑岑春夢繞天涯。[一] 簾幕受風低乳燕，池塘過雨急鳴蛙。酒醒明月照窗紗。

【眉評】

[一] 語意幽遠。

【校記】

㊀ 録自《明詞綜》。詞題，《桂洲先生文集》作「送竹沙王侍御瑛按閩二闋」，此爲其二。

陳子龍　字人中，一字卧子，青浦人。崇禎十年進士，官兵科給事中，進兵部侍郎，明亡，殉節。國朝謚忠裕。有《湘真閣》《江籬檻詞》二卷。

憶秦娥　楊花㊀

春漠漠。香雲吹斷紅文幕。紅文幕。一簾殘夢，任他飄泊。　輕狂無奈東風惡。蜂黄蝶粉同零落。同零落。滿池萍水，夕陽樓閣。[一]

【眉評】

[一] 措語亦雅正。

【校記】

㊀ 録自《清綺軒詞選》。

山花子㊀

楊柳凄迷㊁曉霧中。杏花零落五更鐘。寂寂景陽宫外月，照殘紅。[一]　蝶化綵衣金縷盡，蟲銜畫粉玉樓空。惟有無情雙燕子，舞東風。

【眉評】

［一］淒麗近南唐二主，詞意亦哀以思矣。

【校記】

㈠ 録自《明詞綜》。《陳忠裕公全集》有詞題「春恨」。

㈡「淒迷」，《陳忠裕公全集》作「迷離」。

江城子㈠

一簾病枕五更鐘。曉雲空。捲殘紅。無情春色、去矣幾時逢。添我㈡千行清淚也，留不住，苦匆匆。　楚宮吴苑草茸茸。戀芳叢。繞游蜂。料得來年、相見畫屏中。人自傷心花自笑，憑燕子，駡㈢東風。［一］

【眉評】

［一］綿邈悽惻。

【校記】

㈠録自《明詞綜》。《陳忠裕公全集》有詞題「病起春盡」。

㈡「添我」，《今詞初集》作「添卻」。

㈢「罵」，《今詞初集》作「舞」。

葉小鸞 字瓊章，吴江人，崑山張立平聘室。有《返生香》。

謁金門㈠

情脈脈。簾捲西風争入。漫倚危樓窺遠色。晚山留落日。芳樹㈡重重凝碧。影浸澄波欲濕。人向暮煙深處憶。繡裙愁獨立。［一］

【眉評】

［一］造語精秀。

【校記】

㊀録自《明詞綜》。《返生香》有詞題「秋晚憶兩姊」。

㊁「芳樹」,《返生香》作「芳草」。

浣溪沙㊀

曲曲闌干遶樹遮。半庭花影帶簾斜。又看暝色入窗紗。　樓外遠山横寶髻,天邊明月伴菱花。空教芳草怨年華。[一]

【眉評】

[一]哀艷,求諸明代作者,尤不易覯也。

【校記】

㊀録自《明詞綜》。《返生香》有詞題「春暮」。

大雅集卷五

國朝詞

吴偉業

字駿公，號梅村，太倉人。崇禎四年進士，國朝官國子監祭酒，有《梅村詞》二卷。

如夢令[一]㊀

誤信鵲聲枝上。幾度樓頭西望。薄倖不歸來，愁殺石城風浪。無恙。無恙。牢記別時模樣。

【眉評】

[一] 低回婉轉，中有怨情，不當作艷詞讀也。

【校記】

㊀ 録自《吴詩集覽》。《國朝名家詩餘》本《梅村詞》凡三首，其一下有詞題「閨情」，此録其二、

其三。

又[一]

小閣焚香閑坐。摵摵紙窗風破。女伴有誰來，管領春愁一箇。無那。無那。斜壓繡衾[二]還卧。[一]

【眉評】

[一] 此中亦見怨情，當與上章參看。

【校記】

[一] 録自《吴詩集覽》。

[二] 「繡衾」，《吴詩集覽》作「翠衾」。

趙進美 字韞退，益都人。崇禎十三年進士。國朝官至福建按察使。

菩薩蠻[一]

獸香不斷紅茵暖。繡筐綵線香中展。銀尺隔窗聲。鶯啼小院晴。　吴紈輕似雪。玉手

還同潔。何處最宜時。沈吟落剪遲。[一]

【眉評】

[一]與「畫眉深淺入時無」同一感慨。

【校記】

㊀錄自《國朝詞綜》。《國朝詞綜》有詞題「閨情」。《清止閣詩餘》錄此調十三首題畫詞，此其一，有詞題「縫裳」。

宋琬 字玉叔，號茘裳，萊陽人。順治四年進士，官至四川按察使。有《二鄉亭詞》一卷。

滿江紅 蟋蟀㊀

試問哀蛩，緣底事、終宵嗚咽。料得汝、前身多是，臣孤子孽。[一]青瑣闌邊瓔珞草，碧紗窗外玲瓏月。况兼他、萬户擣衣聲，同淒切。　梧葉落，西風冽。蓮漏滴，征鴻滅。似杜鵑春怨，年年啼血。千里黄雲關塞客，三秋紈扇長門妾。[二]背銀缸、和淚共伊愁，牀前説。

【眉評】

［一］沈痛語，其在繫獄時作乎？

［二］哀感。

【校記】

㊀ 録自《清綺軒詞選》。詞題，《二鄉亭詞》作「旅夜聞蟋蟀聲作」，《篋中詞》作「秋夜聞蟋蟀」。

張錫懌 字宏軒，上海人。順治十二年進士，官泰安州知州。有《嘯谷餘聲》一卷。

長相思㊀

楚江秋。木蘭舟。雨雨風風古渡頭。行人不暫留。　暮山稠。暮雲流。一樣相思兩地愁。黃昏莫倚樓。

【校記】

㊀ 録自《清綺軒詞選》。《嘯閣餘聲》、《清綺軒詞選》有詞題「憶別」。

王士禛 字貽上，號阮亭，山東新城人。順治十八年進士，官至刑部尚書，追謚文簡。有《衍波詞》二卷。

浣溪沙 出鎮淮門，循小秦淮折而北，陂岸起伏多態，竹木蓊鬱，清流映帶，人家多因水爲園，亭榭溪塘幽窈而明瑟，頗盡四時之美。拏小艇循河西北行，林木盡處有橋，宛然如垂虹下飲於澗，又如麗人靚妝炫服流照明鏡中，所謂紅橋也。游人登平山堂，率至法海寺，捨舟而陸徑，必出紅橋下。橋四面皆人家荷塘，六七月間菡萏作花，香聞數里。青簾白舫，絡繹如織，良謂勝游矣。援筆成小詞二章。[一]㊀

北郭清溪一帶流。紅橋風物眼中秋。綠楊城郭是揚州。西望雷塘何處是，香魂零落使人愁。澹煙芳草舊迷樓。鄒程村云：「只『綠楊城郭』一句，抵多少江都賦咏。」

【眉評】

[一] 字字騷雅，漁洋小令之工，直逼五代北宋。○「綠楊」七字，江淮間取作畫圖。

【校記】

㊀ 録自《國朝詞綜》。《衍波詞》詞題作「紅橋同籜菴、茶村、伯璣、其年、秋崖賦」。附《紅橋遊記》，即此所録詞序，而「援筆成小詞二章」一句作：「予數往來北郭，必過紅橋，顧而樂之，登橋四望，忽復徘徊感嘆。當哀樂之交乘于中，往往不能自喻其故。王謝冶城之語，景晏牛山之悲，今之視昔，亦有然耶？壬寅季夏之望，與籜菴、茶村、伯璣諸子，偶然漾舟，酒闌興極，援筆成小詞二章，諸子倚而和之。籜庵繼成一章，予亦屬和。嗟乎！絲竹陶寫，何必中年，山水清音，自成佳話。予與諸子聚散不恒，良會未易遘，而紅橋之名，或反因諸子而得傳于後世，增懷古憑吊者之徘徊感嘆如予今日，未可知也。」

又[二]㊀

白鳥朱荷引畫橈。垂楊影裏見紅橋。欲尋往事已魂銷。　遥指平山山外路，斷鴻無數水迢迢。新愁分付廣陵潮。

【眉評】

[二] 遺詞琢句，較五代人更覺茗雅。

【校記】

㊀ 録自《衍波詞》。

孔尚任 字季重，號東塘，曲阜人，聖裔。官户部郎中。

鷓鴣天[一]㊀

院静廚寒睡起遲。秣陵人老看花時。城連曉雨枯陵樹，江帶春潮壞殿基。　傷往事，寫新詞。客愁鄉夢亂如絲。不知煙水西村舍，燕子今年宿傍誰。

【眉評】

[一] 哀怨無端，鹿虔扆《臨江仙》一闋猶遜此淒婉。

【校記】

㊀ 録自《國朝詞綜》。

曹貞吉 字升六，安邱人。順治十七年舉人，官禮部員外郎。有《珂雪詞》二卷。

金縷曲 鴉㊀

鴉陣來沙渚。逗輕寒、霜天一抹，晚紅如縷。掠下晴窗驚帛裂，影逐斷雲歸去。伴黃葉、蕭蕭亂舞。寒話空林飛且止，似商量、明日風兼雨。[一]聲啞啞，倩誰訴。　黃雲城畔知無數。趁星稀、月明三帀，一枝休妒。雁字橫斜分㊁幾點，極目江村煙樹。悄悵煞、落霞孤鶩。啼向碧紗堪憶遠，最淒涼、織錦秦川女。空房宿，淚偷注。[二]

【眉評】

[一] 傳出題之魂魄。

[二] 點綴供奉《烏棲曲》，淒婉特絶。

【校記】

㊀ 録自《清綺軒詞選》。調名，《珂雪詞》作「賀新涼」。詞題，《清綺軒詞選》作「詠鴉」，《珂雪詞》

作「鴉陣」。

㈡「分」,《珂雪詞》作「紛」。

玉樓春 春晚㈠

蘼蕪一剪城南路。弱絮隨風亂如雨。垂鞭常到日斜時,送客每逢腸斷處。　愔愔門巷春將暮。樹底蔫紅愁不語。畫梁燕子睡方濃,落盡香泥卻飛去。[一]

【眉評】

[一]託意澹遠。

【校記】

㈠録自《國朝詞綜》。調名,《珂雪詞》作「木蘭花」。

埽花游 春雪用宋人韻㈠

元宵過也,看春色蘼蕪,澹煙平楚。濕雲萬縷。又輕陰作暈,綿飄絮舞。㈡一夜梅花,暗落西窗似雨。飄搖去。試問逐風，歸到何處。　燈事纔幾許。記流水鈿車，畫橋争路。蘭房列俎。歎蕣華易擲，鬢絲堆素。擁斷關山，知有離人獨苦。漫凝竚㊂。聽寒城、數聲譙鼓。

【校記】

㊀録自《國朝詞綜》。

㊁「綿飄絮舞」，《珂雪詞》作「蜂兒亂舞」。

㊂「凝竚」，《珂雪詞》作「凭竚」。

佟世南

字梅岑，滿洲□□旗人。有《東白堂詞》一卷。

山花子㊀

芳信無由覓彩鸞。人間天上見應難。瑶瑟暗縈珠淚滿，不堪彈。　枕上彩雲巫岫隔，樓頭微雨杏花寒。誰在暮煙殘照裏，倚闌干。〔一〕

【眉評】

［一］風味不減秦淮海。

【校記】

㈠録自《國朝詞綜》。《東白堂詞》有詞題「無題」。

蘭陵王 詠柳贈别，和周美成韻。㈠

雨絲直。弱柳陰陰籠碧。長堤外、芳草夕陽，一派迷離暮煙色。春風到故國。［一］慣送天涯行客。柔條短、不繫玉驄，何似游絲裊千尺。追思舊蹤跡。正翠拂珠樓，絮舞瑶席。

鞦韆院落逢寒食。恨回首人遠，夢來相覓。飛花撩亂滿古驛。又爭認南北。悲惻。恨凝積。問何處啼鶯，深夜寥寂。春江渺渺情何極。奈曲裏哀怨，又生羌笛。枝頭清露，似伴我、淚珠滴。

【眉評】

［一］遣詞琢句，起伏照應，居然得美成遺意。

【校記】

㊀録自《國朝詞綜》。

性德

原名成德，字容若，滿洲正白旗人。康熙十二年進士，官侍衛。有《飲水詞》三卷。

臨江仙 寒柳㊀

飛絮飛花何處是，層冰積雪摧殘。疏疏一樹五更寒。愛他明月好，憔悴也相關。[一] 最是繁絲摇落後，轉教人憶春山。湔裙夢斷續應難。西風多少恨，吹不散眉灣㊁。

【眉評】

[一] 纏綿沈著，似此真可伯仲小山，頡頏永叔。

【校記】

㊀録自《國朝詞綜》。

㊁「眉灣」，《通志堂集》、《國朝詞綜》作「眉彎」。

天仙子 淥水亭秋夜[一]㈠

夢裏蘼蕪青一剪。玉郎經歲音書遠。暗鐘明月不歸來，梁上燕。輕羅扇。好風又落桃花片。

【眉評】

[一]不減五代人手筆。

【校記】

㈠錄自《國朝詞綜》。詞題，《通志堂集》此調凡三首，此第二首，第一首題「淥水亭秋夜」，後二首似與此題無關。

酒泉子㈠

謝卻荼蘼。一片月明如水。篆香消，猶未睡。早鴉啼。嫩寒無奈㈡羅衣薄。休傍闌干角。最愁人，燈欲落。雁還飛。

【校記】

㈠ 録自《清綺軒詞選》。

㈡「無奈」，《通志堂集》、《清綺軒詞選》作「無賴」。

朱彝尊[一]

字錫鬯，號竹垞，秀水人。康熙十八年，以布衣召試博學鴻詞，授檢討。有《江湖載酒集》三卷、《静志居琴趣》一卷、《茶煙閣體物集》二卷、《蕃錦集》一卷。

【眉評】

[一] 竹垞、其年，在國初可稱兩雄，而心折秀水者尤衆，至以爲神明乎姜、史，本朝作者雖多，莫之能過。其實朱、陳兩家皆非詞中正聲，其年氣魄沈雄而未能深厚，竹垞措詞温雅而未達淵微，求一篇如兩宋諸公之沈鬱頓挫，頗不易得，余不敢隨聲附和也。〇竹垞詞疎中有密，但少沈厚之意。其自題詞集云：「不師秦七，不師黄九，倚新聲、玉田差近。」夫秦七、黄九豈可並稱？外黄九，並外秦七，所以不能深厚。即以玉田論，竹垞去之尚遠。〇吾於竹垞，獨取其艶體，詳見《閑情集》中。若《大雅集》，則不敢濫登也。

搗練子[一]

煙嫋嫋，雨綿綿。花外東風冷杜鵑。獨上小樓人不見，斷腸春色又今年。

【校記】

[一] 録自《清綺軒詞選》。《清綺軒詞選》有詞題「閨情」，《曝書亭詞》無。

賣花聲 雨花臺[一]

衰柳[二]白門灣。潮打城還。小長干接大長干。歌板酒旗零落盡，剩有漁竿。　秋草六朝寒。花雨空壇。更無人處一憑欄。燕子斜陽來又去，如此江山。

【校記】

[一] 録自《國朝詞綜》。

[二] 「衰柳」，底本原作「哀柳」，據《曝書亭詞》、《國朝詞綜》改。

秋霽 嚴子陵釣臺㊀

七里灘光，見擁樹歸雲，石壁㊁銜照。漁火猶存，羊裘未敝，只合此中垂釣。客星曾老。算來無過煙波好。況有箇、偕隱市門，仙女定娟妙。當此更想，去國參軍，白楊悲風，應化朱鳥。翠微深、鸕鷀飛處，半林茅屋掩秋草。歷歷柁樓人影小。水遠山遠，君看滿眼江山，幾人流涕，把莓苔掃。原注：子陵，梅福壻也。參軍，謂謝皋羽。《西臺慟哭記》有「化爲朱鳥兮將安居」之歌。㊂

【校記】

㊀ 録自《國朝詞綜》。

㊁ 「石壁」，底本原作「石璧」，據《曝書亭詞》、《國朝詞綜》改。

㊂ 原注「子陵，梅福壻也」，《曝書亭詞》作「子陵，梅福女婿」，在「仙女定娟妙」句下。「參軍，謂謝皋羽」，在「去國參軍」句下。「《西臺慟哭記》有「化爲朱鳥兮將安居」之歌」，在「應化朱鳥」句下。

玉樓春 柳㊀

柔條曾記春前種。乍起三眠妍手弄。煙初羃歷態真濃，絮未顛狂絲尚重。　依依別緒長亭共。舊雨殘陽空目送。一灣流水小紅橋，留與斷腸人作去聲夢。

【校記】

㊀録自《國朝詞綜》。

渡江雲 送友㊀

鼕鼕街鼓歇，驚沙卷雪㊁，白日澹幽州。[一] 望疎林郭外，剪剪酸風，觱篥響籬頭。三杯兩盞旗亭酒，怎把人留。看一霎、鞭絲茸帽，驅馬渡蘆溝。　離愁。萬重煙樹，千疊雲山，縱相思夢有。尋不到、清江古渡，黃鶴空樓。[二] 趨庭正值椒花讌，醉春盤、儘許風流。能記憶、買田陽羨人不。

【眉評】

[一]「白日澹幽州」五字千古。

［二］亦疎快，亦沈著。

【校記】

㈠録自《清綺軒詞選》。詞題，《曝書亭詞》作「送蔣京少入楚省覲」。

㈡「卷雪」，《曝書亭詞》作「紛卷」。

○**疏影** 芭蕉㈠

是誰種汝。把緑天一片，檐牙遮住。欲折翻連，乍捲還抽，有得愁心如許。秋來慣與羈人伴，惹多少、冷風淒雨。那更堪、一點疏燈，繞砌暗蟲交訴。［一］ 待把蛛絲拭卻，試今朝留與，箇人題句。小院誰來，依舊黄昏，明月暫飛還去。羅衾夢斷三更後，又一葉、一聲低語。拚今番、盡翦秋陰，移種櫻桃花樹。

【眉評】

［一］淒切，雅近草窗。

【校記】

㊀録自《國朝詞綜》。

又 秋柳，和李十九韻。㊀

西風馬首。有哀蟬幾樹，高下聲驟。[一]村外煙消，水際沙寒，斜陽似戀亭堠。絲絲縷縷紛堪數，更髣髴、葉初開候。待月中、疏影東西，思共故人攜手。　搖落江潭萬里，繫船酒醒夜，長笛京口。讀曲歌殘，曉露翻鴉，蕭瑟白門非舊。赤闌橋畔流雲遠，遮不住、短牆疏牖。話六朝、遺事淒涼，張緒近來消瘦。

【眉評】

[一]起勢淒警。

【校記】

㊀録自《國朝詞綜》。

長亭怨慢 雁[一]㊀

結多少、悲秋儔侶。特地年年，北風吹度。紫塞門孤，金河月冷恨誰訴㊁。迴江㊂枉渚。也只戀、江南住。隨意落平沙，巧排作、參差箏柱。別浦。慣驚移莫定，應怯敗荷疏雨。一繩雲杪，看字字、懸鍼垂露。漸欹斜、無力低飄，正目送、碧羅天暮。寫不了相思，又蘸涼波飛去。

【眉評】

[一] 來勢蒼莽。○感慨身世，以淒切之情發哀婉之調，既悲涼，又忠厚，是竹垞直逼玉田之作，集中亦不多見。

【校記】

㊀ 録自《國朝詞綜》。

㊁「恨誰訴」，《曝書亭詞》作「恨難訴」。

㊂「迴江」，《曝書亭詞》作「迴汀」。

陳維崧[一]

字其年，宜興人。康熙十八年以諸生召試博學鴻詞，授檢討。有《迦陵詞》三十卷。

【眉評】

［一］迦陵詞氣魄絶大，骨力絶遒，填詞之富，古今無兩。只是一發無餘，不及稼軒之渾厚沈鬱。然在國初諸老中，不得不推爲大手筆。○迦陵詞沈雄俊爽，論其氣魄，古今無敵手。若能加以渾厚沈鬱，便可突過蘇、辛，獨步千古，惜哉！○迦陵直是詞壇一霸，詳見《放歌集》中。擇其宛雅者十餘闋入《大雅集》，視宋人正不多讓也。

○○浪淘沙 題園次《收綸濯足圖》㈠

濯足碧溪隈。灩滪幾千堆。濺雪轟雷。巨鰲映日挾山來。舞鬣揚鬐争跋浪㈡，晝夜喧豗。 一笑沿洄。龍窩蛟窟莫相猜。我有珊瑚竿不用，不是無才。

【校記】

㈠ 録自《迦陵詞全集》。

㈡ 「跋浪」，原稿作「拔浪」，據《迦陵詞全集》改。

徵招　送宋性存歸吳門[一]

一燈分做還鄉夢，君今果然歸矣。殘月曉風天，暫挽君雙袂。柳條今賸幾。待折贈、沈吟無計。君到江南，定逢梅放，也應相寄。來夜白溝河，雞聲店、料爾早寒人起。誰念鳳城邊，有倚闌心事。暮雲千萬里。留我作、天涯游子。我亦有、茅屋三間，六朝斜照裏。

【校記】

[一] 録自《迦陵詞全集》。

八聲甘州　寄宛陵沈方鄴，兼懷梅耦長。[一]

記西風握手秣陵隈，苦語勸君歸。歎尉佗城下，小姑山口，風景全非。方鄴久客西江東粵。何事年年作客，牢落寸心違。且與王章婦，對泣牛衣。　謝爾吾言竟用，果幡然歸葺，雲壑煙扉。更梅郎健在，酬和未應稀。只伶仃、畫溪野老，況今年烽火雁難飛。[二]關情甚，敬亭栗罅，石白魚肥。

【眉評】

[一]合上章觀之，其年其有憂患乎？

【校記】

㈠録自《迦陵詞全集》。

瑣窗寒㈠

此地當年，蕭娘妝閣，緑窗幽靚。傷春情事㈡，正日暖人微病。撚花枝、悄近羅衣，眉峰送語煙難定。掩屏風六幅，看他細額㈢，安黄端正。

那更。人別後，冷落舊妝樓，温家玉鏡。無端又上，銀蒜零星還剩。只從前、簫局桃笙，看來不似今朝景。便化爲、玉翦重來，還認紅香徑。[一]

【眉評】

[一]淒咽語，亦極沈至。

【校記】

㈠録自《國朝詞綜》。《迦陵詞全集》有詞題「昔年樓上」。

㈡「情事」，《迦陵詞全集》、《國朝詞綜》作「情思」。

㈢「細額」，《迦陵詞全集》作「絙額」。

月華清 讀《芙蓉齋集》，有懷宗子梅岑，並憶廣陵舊游。㈠

漠漠閒愁，濛濛往事，勝似柳絲盈把。記解春衣，曾宿揚州城下。粉牆畔、謝女紅衫，菱塘上、蕭郎白馬。月夜。正游船争取，緑紗窗掛。　如今光景難尋，似晴絲偏脆，水煙終化。碧浪朱欄，愁殺隔江如畫。將半帙、南國香詞，做一夕、西窗閒話。吟寫。被淚痕占滿，銀箋桃帕。[一]

【眉評】

[一]後半闋淋漓飛舞極矣，而仍不失爲雅正。求諸古人，惟美成有此絶技。

【校記】

㊀ 録自《國朝詞綜》。

、○翠樓吟㊀

小院蟲蟲，斜橋燕燕，悵悵觸起閒事。當初妝閣影，亂織在、濛濛秋水。餅金曾費。只趁月藏鉤，隔花傳謎。依稀記。遞香窗眼，浸嬌杯底。 顦顇。此日重來，剩榆莢漫天，苔錢鋪地。心情何處寫，擬寫上、繚綾帕子。砑來鬆膩。怕未便緘愁，還難盛淚。〔一〕斜行字。沈吟劃滿，竹肌空翠。

【眉評】

〔一〕淋漓盡致。

【校記】

㊀ 録自《國朝詞綜》。《迦陵詞全集》有詞題「小院」。

齊天樂 遼后妝樓[一]㈠

洗妝樓下傷情路，西風又吹人到。一綹山鬟，半梳苔髮，想像新興鬧掃。塔鈴聲悄。説不盡當年，花明月曉。人在天邊，軸簾遥閃茜裙㈡小。如今頓成往事，回心深院裏，也長秋草。上苑雲房，官家水殿，慣是蕭娘易老。紅顔懊惱。與建業蕭家㈢，一般殘照。惹甚閑愁，且歸斟翠醥。[二]

【眉評】

[一] 風格俊上，同時不乏佳作，無出此右者。

[二] 後幅壯浪縱恣，感慨蒼茫，妙，仍有許多鬱處，所以可貴。○結二語以離爲合，妙甚！

【校記】

㈠ 録自《國朝詞綜》。

㈡ 「茜裙」，《迦陵詞全集》作「茜釵」。

㈢ 「建業蕭家」，蔣景祁天藜閣本《陳檢討詞鈔》作「漢寢唐陵」。

又重游水繪園有感[一]㊀

園丁不認曾游客，嗔人繞廊尋翫。紅板橋傾，緑楊樓閉，譜出荒寒一段。看棋柯爛。算往事星星，酒旗歌館。深悔重來，不來也省鬢毛換。　風前又成浩歎。説此間蘿屋，有人羈絆。恨極賣珠，緣慳搗藥，贏得啼鵑頻喚。扁舟故國，只皓月魂歸，清江目斷。今古劫灰，付日斜人散。原注：「吴門吴蕊仙曾客此園，歸死梁溪，故後段及之。」

【眉評】

[一] 一片淒感，如聞太息之聲。

【校記】

㊀ 録自《迦陵詞全集》。

還京樂送敘彝上人北游㊀

緑楊外，瓢笠蕭蕭、喚渡春江尾。[一] 想此情猶戀，齋廚櫻筍，山園桃李。向津樓斜倚。隔花鞭影回頭指。隱隱見、四百八十，南朝煙寺。問師何意。將三春、錦片年光，擲與江東，野外沙際。[二]況逢連歲關河，滿斜陽、荒亭衰壘。怕他年、又紅鯉無書，金鴻少使。欲倩神僧咒，爲君禁住流水。

【眉評】

[一] 絶妙畫圖。

[二] 意有所鬱，落筆便與衆不同。

【校記】

㊀ 録自《迦陵詞全集》。

過秦樓 松陵城外經疎香閣故址感賦。閣係才媛葉瓊章讀書處。㊀

鳥啄雙環，蜨粘交網，此是阿誰門第。墊巾繞柱，背手循廊，直恁冷清清地。想爲草没空園，總到春歸，也無人至。只櫻桃一樹，有時和雨，暗垂紅淚。料昔日、人在小樓，窗兒簾子，定比今番不似。望殘屋角，立盡街心，何處玉釵聲膩。惟有門前遠山，還學當年，眉峰空翠。[一]憶香詞尚在，吟向東風斜倚。

【眉評】

[一] 景中帶情，屏去浮艷。

【校記】

㊀ 録自《國朝詞綜》。

江南春 和倪雲林原韻[一]㊀

風光三月連櫻笋。美人躊躇白日静。小屏空翠颭東風，不見其餘見衫影。無端料峭春閨冷。忽憶青驄别鄉井。長將妾淚颭紅巾。願作征夫車畔塵。　人歸遲，春去急。雨絲滿院流光濕。錦書道遠嗟奚及。坐守吴山一春碧。何日功成還馬邑。雙倚琵琶㊁花樹立。夕陽飛絮化爲萍。攬之不得徒營營。

【眉評】

［一］怨深思厚，是其年最高之作，幾不知有周、姜，何論張、史。

【校記】

㈠ 録自《迦陵詞全集》。詞題，《迦陵詞全集》作「本意和倪雲林原韻」。

㈡「琵琶」，《迦陵詞全集》作「枇杷」。

邁陂塘 題徐電發《楓江漁父圖》［一］㈠

問何人、生綃滑笏，皴來寂歷如許。孤篷幾扇西風底，滴盡五湖疏雨。垂弱縷。儘水蔓江蕻，信意牽他住。寄聲魴鱮。總來固欣然，去還可喜，知我者鷗鷺。行藏事，不是如今纔悟。浮名休再相誤。人間多少金貂客，輸卻緑蓑漁父。誰喚渡。早萬木酣霜，紅到銷魂處。［二］湛湛楓樹。又遥襯蘆花，搖晴織暝，鬧了半汀絮。

【眉評】

［一］蕭疏閒雅，似竹垞最高之作。

〔二〕造語精采。

【校記】

〔一〕録自《迦陵詞全集》。調名，底本原作「賀新郎」，據《迦陵詞全集》改。

笛家 九日長安遣興〔一〕

秋士心情，女兒節物，懨懨愁坐，緑樽雖滿何心勸。帝京此夜，鏤棗成斑，煎酥凝獸，題糕才健。麝帕紛貽，繡旗細裊，點綴侯門譙。正新晴，恣游賞，天氣不寒不暖。閒算。去年九日，有人樓上，笑摘黄花，斜倚西風，任他簾捲。今日、懶覓登高伴侶，愁望秋槐宮殿。幾度逡巡，一番追悔，且倚闌干徧。怕萬一、鳳城邊，暫遇南飛沙雁。〔一〕

【眉評】

〔一〕前半平平寫景，後半寄慨紆徐。其年入詞林後，亦復鬱鬱不得志，凡禮部有差委，卒未能得，情見乎詞矣。

【校記】

㈠ 録自《迦陵詞全集》。

邱象隨 字季貞，山陽人。康熙十八年以貢生召試博學鴻詞，授檢討，官至洗馬。

浣溪沙 紅橋懷古㈠

清淺雷塘水不流。幾聲寒笛畫城秋。紅橋猶自倚揚州。五夜香昏殘月夢，六宮花落㈡曉風愁。多情煙樹戀迷樓。[一]

【眉評】

[一] 婉雅芊麗，漁洋一闋外，斷推此爲名作。

【校記】

㈠ 録自《國朝詞綜》。詞題，《倚聲初集》作「前題」，前爲杜濬之「前題和阮亭韻」，再前即王士禛之「紅橋懷古」。

㈡「花落」，《倚聲初集》作「釵落」。

李良年　字符曾，秀水人。監生，康熙十八年薦舉博學鴻詞。有《秋錦山房文集》附《秋錦詞》二卷。

好事近　秦淮燈船㈠

相對捲珠簾，中有畫橈來路。花燼玉蟲零亂，串小橋紅縷。　横簫絡鼓夜紛紛，聲咽晚潮去。五十五船舊事，聽白頭人語。［一］

【眉評】

［一］淡處感慨，情味最永。

【校記】

㈠録自《國朝詞綜》。

高陽臺　過拂水山莊感事㈠

屋背空青，牆腰斷緑，沙頭晚疊春船。一篴東風，斜陽淡壓荒煙。尚書老去蒼涼甚，草堂西、貼石疎泉[二]。倚香奩。天寶宫娥，愛説開元。　　松楸馬鬣都休問，郤土花深處，也當新阡。白氈紅巾，是非付與殘編。石家金谷曾拌墜，甚遊人、尚記生前。更淒然。燕又雙飛，柳又三眠。

【校記】

㊀録自《國朝詞綜》。

㊁「貼石疎泉」，《秋錦山房集》作「南渡明年」。

踏莎行　金陵[一]

兩岸洲平，三山翠俯。江豚吹雪東流去。故陵殘闕總荒煙，斜陽鴉背分吴楚。　　青雀鈿釭，朱樓畫鼓。冥冥一片楊花路。遊人休弔六朝春，百年中有傷心處。[一]

【眉評】

[一]與上「天寶宫娥，愛説開元」同一寄慨，而語更隱。

【校記】

㈠録自《國朝詞綜》。

李符　字分虎，一字耕客，嘉興人，布衣。有《耒邊詞》二卷。

釣船笛㈠

曾去釣江湖，腥浪黏天無際。淺岸平沙自好，算無如鄉里。[一]　從今只住鴨兒邊，遠或泛苕水。三十六陂秋到，宿萬荷花裏。[二]

【眉評】

[一] 回頭是岸，熱中人讀之，冷水澆背。

[二] 別饒姿態，於朱希真外自樹一幟。

【校記】

㈠録自《國朝詞綜》。《耒邊詞》有詞題「效朱希真漁父詞」，凡十一首，此首列其十。

好事近㈠

夢裏舊池塘，緑遍芊芊芳草。鴛徑無人行處，更不聞啼鳥。冷香點地錦模糊，鳳子會尋到。長日東風吹過，只亂紅難掃。[一]

【眉評】

[一]情在言外。

【校記】

㈠録自《國朝詞綜》。《未邊詞》有詞題「題畫」。

疎影 帆影[一]㈠

雙橈且住。趁風旌五兩，掛席吹去。側浸紋波，一片横斜，不礙招來鷗鷺。忽遮紅日江樓暗，只認是、涼雲飛度。待翠蛾、簾底憑看，已過幾重煙浦。摇漾東西不定，乍眠碧草上，旋入高樹。荻渚楓灣，宛轉隨人，消盡斜陽今古。有時淡月依稀見，總添得、客愁淒楚。夢醒來、雨急潮渾，倚榜又無尋處。

【眉評】

［一］繪影處妙有曲折之致。○通首微嫌詞勝於情。國初諸公咏物之作，大半犯此病，蓋貌襲碧山、叔夏，似是而非者也。如此篇，猶爲稍勝者。

【校記】

㊀録自《國朝詞綜》。

查慎行

字夏重，號初白，海寧人。康熙四十二年進士，官編修。有《餘波詞》二卷。

臺城路 秋聲㊀

商飈瑟瑟涼生候，孤燈影摇窗户。堤柳行疎，井梧葉盡，添灑芭蕉細雨㊁。纔聽又住。正澹月朦朧，微雲來去。蔌蔌空廊，有人還傍繡簾語。多因枕上無寐，纔㊂二十五更，殘點頻

誤。響玉池邊，穿鍼樓畔，一派難分竹樹。零砧斷杵。又㊃空外飛來，攪成淒楚。别樣關心，天涯驚倦旅。[二]

【眉評】

[一] 層層逼入，滿紙皆作秋聲。○他手作此題，每寫得慷慨激烈，此獨出以和雅之筆，可見先生風度。

【校記】

㊀ 録自《國朝詞綜》。

㊁ 「細雨」，《餘波詞》、《國朝詞綜》作「片雨」。

㊂ 「纔」，《餘波詞》作「攙」。

㊃ 「又」，《餘波詞》、《國朝詞綜》作「更」。

厲鶚[一]

字太鴻，錢唐人。康熙五十九年舉人，乾隆元年薦舉博學鴻詞。有《樊榭山房詞》二卷，又續集二卷。

【眉評】

[一] 樊榭詞幽香冷艷，如萬花谷中雜以芳蘭，在國朝詞人中别樹一幟，可謂超然獨絶者矣。徐紫

珊謂其沐浴於白石、梅溪，此亦皮相之見。大抵迦陵、竹垞、樊榭三人負其才力，皆欲於宋賢外別開天地，而不知宋賢範圍必不可越。陳、朱固非正聲，樊榭亦屬別調。〇樊榭拔幟於陳、朱之外，自是高境。然其幽深處在貌而不在骨，絕非從楚《騷》來，故色澤甚饒，而沈厚之味終不足也。〇樊榭措詞最雅，學者循是以求深厚，則去姜、史不遠矣。

齊天樂 吳山望隔江霽雪(一)

瘦筇如喚登臨去，江平雪晴風小。濕粉樓臺，釀寒(二)城闕，不見春紅吹到。微茫越嶠。但半沍雲根，半銷沙草。爲問鷗邊，而今可有晉時櫂。清歌(三)幾番自遣，故人稀笑語，相憶多少。寂寂寥寥，朝朝暮暮，吟得梅花俱惱。將花插帽。向第一峰頭，倚空長嘯。忽展斜陽，玉龍天際繞。

【校記】

(一) 録自《國朝詞綜》。

(二) 「釀寒」，《樊榭山房詞》作「釃寒」。

㊂「清歌」，《樊榭山房詞》、《國朝詞綜》作「清愁」。

百字令丁酉清明㊀

春光老去，恨年年心事，春能拘管。永日空園雙燕語，折盡柳條長短。白眼看天，青袍似草，最覺當歌嬾。愔愔門巷，落花早又吹滿。　凝想煙月當時，餳簫舊市，慣逐嬉春伴。一自笑桃人去後，幾葉碧雲深淺。亂擲榆錢，細垂桐乳，尚惹游絲轉。望中何處，那堪天遠山遠。

【校記】

㊀録自《國朝詞綜》。

國香慢素蘭㊀

路遠三湘。記幽崖冷谷，采徧瑶房。仙人鍊顔如洗，尚帶鉛霜。窈窕㊁東風摇翠，返魂處、佳珥成行。飄零遇張碩，已墮紅塵，還舞霓裳。　月中何限怨，念王孫草緑，孤負空香。

冰絲初弄清夜，應訴悲涼。玉斲相思一點，算除是、連理唐昌。閑階濇成夢，白鳳梳翎，寫影雲窗。[二]

【眉評】

[一]聲調清越，是樊榭本色，亦是樊榭所長。

【校記】

㈠録自《國朝詞綜》。

㈡「窈窕」，《樊榭山房詞》、《國朝詞綜》作「窈嫋」。

霓裳中序第一 宋德壽宫芙蓉石，在南榷署。㈠

牆陰擁翠浪。搔首繁華成俯仰。藤絡苔皴草長。是親見光堯，蓬萊無恙。香銷玉葬。怕夜深、山鬼來往。淒涼處、奉華舊閣，記否捲簾賞。[一]惆悵。疏萁藏響。雨洗浄、嶙峋十丈。芙蓉孤倚月幌。問點額宫梅，已歸天上。冷衙蜂乍放。不照到、銅溝膩漲。青蕪

裏、宣和金字，也是此情況。㈡

【眉評】

［一］措語幽艷，氣韻蒼涼，就形似而論，正不減中仙也。

【校記】

㈠ 録自《國朝詞綜》。

㈡ 詞末《樊榭山房詞》有小注：「宋梅已枯。」

高陽臺 成窯九十九字瓷合，金壽門索賦，云是宮中妝具也。㈠

祕翠分峰，凝花出土，［一］依稀粉滴脂函。鈿合前塵，宮羅冷卻黄尖。浮梁猶有當時月，向夜深、孤照秋奩。怨長門，夢斷蒼龍，字漬眠蠶。［二］　戲嬰圖子誰描得，恰臨妝試仿，黛筆重添。數比螽斯，未曾盈百休嫌。［三］從今舊價卑哥汝，宛青娥、紅淚偷淹。莫銷魂，漢苑瑤箱，久落江南。原注：「明時瓷器進御者，皆出浮梁之景德鎮。」

【眉評】

[一] 起八字精錬。

[二] 淒艷絶世。

[三] 「螽斯」二語纖小，「未曾」六字尤疲軟。

【校記】

㊀ 録自《國朝詞綜》。詞題「九十九字」，《樊榭山房詞》、《國朝詞綜》作「九十九子」。

玉漏遲 永康病中，夜雨感懷。㊀

薄游成小倦。驚風夢雨，意長牋短。病與秋争，葉葉碧梧聲顫。濕鼓山城暗數，更穿入、溪雲千片。燈暈翦。似曾認我，茂陵心眼。[一] 少年不負吟邊，幾熨帛光陰，試香池館。歡境消磨，盡付砌蟲微歎。客子關情藥裹，覓何地、煙林疎散。懷正遠。胥濤曉喧楓岸。

【眉評】

[一] 此詞絶似周草窗，而騷情雅意，更覺過之。○樊榭詞品固在竹垞、迦陵之上。

【校記】

㊀ 録自《國朝詞綜》。

百字令 月夜過七里灘，光景奇絶，歌此調，幾令衆山皆響。㊀

秋光今夜，向桐江、爲寫當年高躅。風露皆非人世有，自坐船頭吹竹。萬籟生山，一星在水，鶴夢疑重續。挐音遥去，西巖漁父初宿。　心憶夕社㊁沈埋，清狂不見，使我形容獨。寂寂冷螢三四點，穿破前灣茅屋。林净藏煙，峰危限月，帆影摇空緑。隨風㊂飄蕩，白雲還卧深谷。[一]

【眉評】

[一] 鍊字鍊句，歸於純雅，而於寫景之外尤饒餘味，似此真可步武玉田矣。

【校記】

㊀ 録自《國朝詞綜》。

㊁ 「夕社」，《樊榭山房詞》作「汐社」。

㈢「隨風」，《樊榭山房詞》作「隨流」。

憶舊游 辛丑九月既望，風日清霽，喚艇自西堰橋，沿秦亭、法華，灣洄以達於河渚。時秋蘆作花，遠近縞目，回望諸峰蒼然，如出晴雪之上。庵以「秋雪」名，不虛也。乃假僧榻，偃仰終日，唯聞櫂聲掠波往來，使人絶去世俗營競所在。向晚宿西溪田舍，以長短句紀之。㈠

遡溪流雲去，樹約風來，山剪秋眉。一片尋秋意，是涼花載雪，人在蘆漪。楚天舊愁多少，飄作鬢邊絲。正浦溆蒼茫，閑隨野色，行到禪扉。忘機。悄無語，坐雁底焚香，蛬外絃詩。又送蕭蕭響，盡平沙霜信，吹上僧衣。憑高一聲彈指，天地入斜暉。[二]已隔斷塵喧，門前弄月漁艇歸。

【眉評】

[二]筆意超脱，胸中無些子俗塵。

【校記】

㈠録自《國朝詞綜》。

齊天樂 秋聲館賦秋聲㊀

簟淒燈暗眠還起，清商幾處催發。碎竹虛廊，枯蓮淺渚，不辨聲來何葉。桐飇又接。盡吹入潘郎，一簪愁髮。已是難聽，中宵無用怨離別。陰蟲還更切切。玉窗挑錦倦，驚響簷鐵。漏斷高城，鐘疎野寺，遥送涼潮嗚咽。微吟漸怯。訝籬豆花間，雨篩時節。獨自開門，滿庭都是月。[一]

【眉評】

[一] 筆意幽冷。

【校記】

㊀ 録自《國朝詞綜》。

又 絡緯㊀

夕陽纔作微涼意，幽窗便聞秋紡。怨緒回風，情絲曳雨，交戛依然摇颺。離悰記往。在楓葉橫塘，豆花深巷。翠股斜欹，蕭蕭又送去年響。[一]何人聽時較早，舊啼銀燭背，寒素無恙。染黛形輕，翻車韻急，偏隔秦樓朱幌。餘絢漫想。怕短髮難搔，助愁千丈。夜色柴門，幾聲天更爽。

【眉評】

[一] 怨情離緒，言外自見。

【校記】

㊀ 録自《國朝詞綜》。詞題，底本原作「絳緯」，據《樊榭山房詞》改。

念奴嬌 甲辰六月八日，予將北游，東扶、聖幾餞予湖上，泊舟柳影荷香中，日落而歸，殊覺黃塵席帽，難爲懷抱矣。因用白石道人韻，歌以志別。㊀

孤舟入畫，怪人間、誰寫漁朋鷗侶。起坐不離雲鳥外，倒影山無重數。柳寺移陰，葑田拖碧，花氣涼於雨。詩成猶未，遠蟬吟破秋句。忽記身是行人，勞君把酒，暫揖湖光去。

共惜風亭今夜笛，月逗離聲前浦。千里幽襟，一堤野思，終擬將家住。甚時攜手，水漵摇曳煙路。[一]

【眉評】

[一]此詞佳句絶多，造語之妙，亦近似白石、玉田矣。

【校記】

㊀録自《國朝詞綜》。

謁金門 七月既望湖上雨後作

凭畫檻。雨洗秋濃人淡。[一]隔水殘霞明冉冉。小山三四點。　艇子幾時同汎。待折荷花臨鑑。日日緑盤踈粉艷。西風無處減。[二]

【眉評】

[一]「秋濃人淡」四字，寫雨後奇而精。

［二］中有怨情，意味便厚，否則無病呻吟，亦可不必。

【校記】

㊀録自《國朝詞綜》。

黄之雋 字石牧，江南華亭人。康熙六十年進士，官編修。有《𢈪堂詞》二卷，補遺一卷。

翠樓吟 魂［一］㊀

月魄荒唐，花靈髣髴，相攜最無人處。闌干芳草外，忽驚轉、幾聲杜宇。飄零何許。似一縷游絲，因風吹去。渾無據。想應淒斷，路傍酸雨。日暮。渺渺愁余，覺黯然銷者，别情離緒。春陰樓外遠，入煙柳、和鶯私語。連江暝樹。願打點幽香，隨郎黏住。能留否。只愁輕絶，化爲飛絮。

【眉評】

［一］慘戚憯悽，迷離惝恍，非深於情者不能道隻字也。

【校記】

㈠ 録自《國朝詞綜》。

陸培 字翼風，號南薌，平湖人。雍正二年進士，官東流縣知縣。有《白蕉詞》四卷。

長亭怨慢 柳花㈠

正啼鴂、聲中春暮。别館長亭，颺空交舞。作意揉綿㈡，翠條猶弄舊眉嫵。欲留無計，知逗落、誰家住。風裏最輕盈，早吹入㈢、香閨詩句。惜取。向簾旌户額，撲到白花如絮。斜陽馬首，又亂惹、客懷淒楚。怎禁得、飄蕩隨波，半化作、青萍來去。却似我心情，飛夢天涯無主。原注：劉禹錫詩：「春盡絮飛留不得，隨風好去落誰家。」[一]

【眉評】

[一] 清麗紆徐，宫嗚徵和，自是合作。

【校記】

㈠ 録自《國朝詞綜》。

㈡「揉綿」，《白蕉詞》作「吹綿」。
㈢「吹入」，《白蕉詞》作「哦入」。

王愫 字存素，太倉人。諸生。有《林屋詩餘》二卷。

清平樂㈠

雨濛煙暝。又是清明近。零落杏花渾欲盡。時節綠窗人困。　含情獨上西樓。珠簾半捲銀鉤。縱有千絲楊柳，能藏幾許春愁。

【校記】

㈠錄自《國朝詞綜》。

王策[一] 字漢舒，太倉人。諸生。有《香雪詞鈔》二卷。

【眉評】

[一]太倉諸王皆工詞，漢舒尤爲傑出，然皆偏工艷體，詳見《閑情集》中，兹選從略。

浣溪沙㈠

野堠斜明遠樹間。幾家郵屋嵌孱顔。筍輿看近小城灣。　苦竹鳥聲流水寺，短蘆牛背夕陽山。[一]天公著意做荒寒。

【眉評】

[一] 絶妙畫圖。

【校記】

㈠ 録自《國朝詞綜》。《香雪詞鈔》、《國朝詞綜》有詞題「玉山道中」，凡二首，此列其二。

法曲獻仙音 經故人所居，用張玉田韻。㈠

時有鴉啼，絶無人影，落葉滿堤飄捲。慘不成游，認來非夢，漁汀一灣寒淺。[一]恨半尺、新苔土，生遮故人面。　暗風軟。吹不去、一天哀怨。縱漾盡今愁，難消前感。面也幾曾遮，

印心頭、晝夜長見。[二]楚些聲寒，㊁但疊將、素紙裁剪。奈并刀未下，已自淚珠盈點。㊂

【眉評】

[一]淒切。

[二]翻跌更警。

【校記】

㊀録自《國朝詞綜》。

㊁「楚些聲寒」，《香雪詞鈔》作「歌些聲枯」。

㊂「已自淚珠盈點」，《香雪詞鈔》作「已滿淚珠斑點」。

琵琶仙 秋日游金陵黄氏廢園㊀

秋士心情，況遇著、客裏西風落葉。惆悵側帽行來，隔溪景清絶㊁。没㊂半點、空香似夢，只幾簇、野花誰折㊃。莎雨寒幽，石煙荒淡，鶯蝶飛歇。試問取、舊日繁華，有餅媪、漿翁尚能説。道是廿年彈指，竟風光全別。真不信、尋常亭榭，也例逐、滄桑棋劫。何怪宋苑陳

宮，荒蛄弔月。[一]

【眉評】

[一] 感慨蒼茫，無窮哀怨，他手每每倒説，意味轉薄。

【校記】

㈠ 録自《國朝詞綜》。

㈡ 「清絶」，《香雪詞鈔》、《國朝詞綜》作「凄絶」。

㈢ 「没」，《香雪詞鈔》作「汲」。

㈣ 「誰折」，《香雪詞鈔》作「如血」。

徐庚 字冋懷，太倉人，諸生。有《曇華詞》二卷。

○**掃花遊** 落葉，用王碧山韻。㈠

蕭蕭槭槭，墜千片霜痕，舞難留住。蠻江倦旅。弔荒沙澹月，與誰同賦。病骨梳風，小倚空廊聽取。恨如許。早一別漢南，人是枯樹。　南浦。芳信阻。似木落波寒，洞庭哀楚。美人玉宇。想題紅夢斷，悄驚鈴語。去國蕭郎，碎滴心頭暗雨。何處。㊂又翻飛、涷烏淒苦。[一]

【眉評】

[一]託興深遠。

【校記】

㊀録自《國朝詞綜》。

㊁「何處」，《全清詞鈔》作「向何處」。

陳章　字授衣，錢唐人。監生，乾隆元年薦舉博學鴻詞。有《竹香詞》二卷。

謁金門　晚樹歸鴉[一]㊀

天欲暮。㊁流水板橋村塢。背閃殘陽來又去。斷雲㊂遮不住。　幾杵山鐘歸路㊃。倚杖柴門閑數。一霎無聲投那處。隔溪黄葉樹。

【眉評】

[一] 此詞亦有所刺。

【校記】

㊀ 録自《國朝詞綜》。

㊁「天欲暮」，《竹香詞》作「三叉路」。

㊂「斷雲」，《竹香詞》作「黑雲」。

㊃「歸路」，《竹香詞》作「催暮」。

江炳炎 字研南，錢唐人。有《琢春詞》一卷。

八聲甘州 久客揚州，追思湖上清游之樂，悽然有作。[一]㊀

記蘇隄芳草翠輕柔。柳絲拂簾鉤。趁花風吹帽，扶藜買醉，正好清游。日落亂山銜紫，墖影挂中流。喚櫂穿波去，月滿船頭。不料嬉春散後，對白雲揖別，煙水都愁。數那家池閣，曾嘯碧天秋。到而今、歸期未穩，夢六橋、飛滿舊浮鷗㈡。更初轉、猛鷺回處，卻在揚州。

【眉評】

[一] 極寫清游之樂，便覺揚州俗塵可厭。「煙花三月下揚州」後，不可無此冷水澆背之作。

【校記】

㈠ 録自《國朝詞綜》。

㈡ 「浮鷗」，《琢春詞》、《國朝詞綜》作「凫鷗」。

垂楊 柳影㈠

輕寒乍暖。筭㈡碧陰占地，晝閒庭院。欲折偏難，巧鶯空送聲千囀。休嫌雲暗章臺畔。怕纖雨、楚腰吹斷。正依稀、低映江潭，共夕陽飄亂。　辛苦長亭夜半。是搖漾瘦魂，兔華初滿。誤了閨人，也曾描出春前怨。還教學綴修蛾淺。但漠漠、如煙一片。[二]秋來待寫疎痕，愁又遠。

【眉評】

[二]氣和音雅，逼近南宋。

【校記】

㈠録自《琢春詞》。

㈡「筭」，《琢春詞》作「弄」。

江昉 字旭東，號橙里，又號硯農，歙縣人。寓居揚州，候選知府。有《練溪漁唱》三卷、《集山中白雲詞》一卷。

玉漏遲㈠

伊人秋水遠。相思迢遞，茂陵心眼。悄對釭花，獨自覺難消遣。枝上紅稀翠暗，蝶夢繞、梨雲秋苑。愁莫翦。花陰月冷，錦箏彈怨。　舊時曳雪歌雲，悵三疊陽關，一聲河滿。似草春懷，又被東風吹徧。書劍天涯去後，何處覓、試香庭院。簾半捲。怕聽杏梁雙燕。[一]

【眉評】

[一] 清遠而蘊藉，在草窗、西麓之間。

【校記】

㊀ 録自《國朝詞綜》。

大雅集卷六

國朝詞

史承謙[一]

字位存，宜興人，諸生。有《小眠齋詞》四卷。

【眉評】

[一] 位存詞寓纖穠於閒雅之中，流逸韻於楮墨之外。才力不逮陳、朱，而雅麗紆徐，亦陳、朱所不及，真陳、朱勁敵也。

○○**一萼紅** 桃花夫人廟㈠

楚江邊。舊苔痕玉座，靈跡自何年。香冷虛壇，塵生寶靨，千秋難釋煩冤。指芳叢、飄殘清淚，爲一生、顏色悞嬋娟。恩怨前朝㈡，興亡閒夢，回首淒然。[二] 似此傷心能幾，歎詩人一例，輕薄流傳。雨颯雲昏，無言有恨，凭欄罷鼓神絃。更休題、章臺何處，伴湘波、花木暗啼鵑。惆悵明璫翠羽，斷礎荒煙。

【眉評】

［一］清虛騷雅，較白石「野老林泉」三句亦不多讓。○後半闋用意忠厚。「至竟息亡緣底事，可憐金谷墜樓人」，適形其輕薄耳。

【校記】

㊀ 録自《國朝詞綜》。

㊁「前朝」，《小眠齋詞》、《國朝詞綜》作「前期」。

謁金門㊀

涼滿院。雨後碧雲齊捲。蓮葉東西飛月淺。紅妝窺半面。　香氣因人近遠。隨意曲欄凭偏。團扇先秋生薄怨。小池風不斷。［一］

【眉評】

[一]《風》、《騷》嗣響，非中有怨情，不能如此沈至也。

【校記】

㊀ 録自《國朝詞綜》。

滿庭芳㊀

燈影分紅，簾痕映翠，朝來獨倚雕闌。詩慵酒懶，誰與慰愁顔。晴色漸甦梅柳，風和雪、忽又闌珊。春情遠，千回萬轉，才肯到人間。[一] 斑斑。聽細雨，寒威未減，悶掩重關。歎髩絲如許，那禁摧殘。屈指踏青挑菜，西園路、盼斷雙彎。怕伊也，生生顦顇，依舊鎖眉山。[二]

【眉評】

[一] 迤邐寫來，至「漸」字一擒，至「又」字忽又一縱，千回百折，逼出「春情遠」三句來。

［二］「依舊」二字，包括多少往事。

【校記】

㈠ 録自《國朝詞綜》。

鵲踏枝㈠　凝

乳燕初飛春已去。羅幕低垂，消盡沈煙縷。千蝶帳深縈夢苦。倦拈紅豆調鸚鵡。［二］望碧雲將薄暮。記否西窗，一夕消魂語。夜合花時芳訊阻。有情明月無情雨。

【眉評】

［一］淒艷絶世。

【校記】

㈠ 録自《國朝詞綜》。

、臺城路

甲子秋寓金陵蔡氏水亭，有句云「三秋絲雨侵孤館，一樹垂楊見六朝」，極爲汪楓南先生所賞。丁卯秋重至，垂楊如故，亭沼依然，不勝今昔之感。詞以寫懷，並邀充上、韡懷同賦。㈠

槐花忽送瀟瀟雨，輕裝又來長道。水咽青溪，苔荒露井，故國最傷懷抱。登臨倦了。只一點愁心，尚留芳草。斗酒新豐，而今慙愧説年少。[一]　何應重過小駐，看紅闌碧浪，眉影如掃。潘鬢經秋，沈腰非故，應笑吟情漸杳。柔絲細裊。是幾度西風，幾番殘照。司馬金城，劇憐顦顇早。

【眉評】

[一] 所詠亦淺顯在目，而措語卻深婉可諷。

【校記】

㈠ 録自《國朝詞綜》。詞題「丁卯秋」，《小眠齋詞》作「卯秋」。

疏影慣貪看。折下難拚。笛聲休遣近闌干。知有一番零落恨，空護苔灣。[二]

獨自掩屏山。香冷人閒。東風應不惜花殘。片片玉鱗飛盡也，樓上春寒。

賣花聲㊀

【眉評】

［二］低回淒怨，應是詠梅花。

【校記】

㊀録自《國朝詞綜》。

綺羅香 秦郵道中㊀

風柳誇腰，露桃呈臉，[二]倦客頓舒愁抱。摇漾晴雲，不定浴波沙鳥。映水郭、酒旆斜挑，倚高樓、黛痕初掃。記春帆，前度曾過，驚心又是隔年了。　佳辰何處祓禊，悵采蘭人遠，空嗟長道。官燭分煙，一半韶光還好。沾暮雨、只有楊花，繫歸心、不關芳草。奈今宵，

尚滯江皋，楚天雙岫杳。[二]

【眉評】

[一] 起八字稍纖。

[二] 曲折哀婉，雖不能接武南宋諸家，而意境自勝。

【校記】

㈠ 録自《國朝詞綜》。

過春山[一]

字葆中，吴縣人。諸生。有《湘雲遺稿》二卷。

【眉評】

[一] 湘雲詞徜徉山水，綿渺無際。其筆致之妙，别於位存，近於樊榭。同時春橋、荀叔、秋潭、聖言、對琴諸君，皆以詞名東南，然無出湘雲右者。

明月生南浦 河橋泛舟，同吴竹嶼賦。㈠

宿雨收春芳事盡。緑漲溪橋，花落無人境。幾點萍香鷗夢穩。柳綿吹盡春波冷。溪上人家斜照影㊁。招手漁竿，煙外浮孤艇。回首桃源仙路迥。一聲欸乃川光暝。

【校記】

㊀録自《國朝詞綜》。

㊁「斜照影」，《湘雲遺稿》作「閒返景」。

探春 月夜飲荒祠，水木明瑟，池館蒼涼。主人告余曰：「此鄒副使愚谷十二樓址也，聲伎豪侈，久衰歇矣。」感賦。㊀

小雨啼花，深煙怨柳，往事倩誰重訴。甃冷銅瓶，塵封玉鏡，試問荒溪鷗鷺。説起那時恨，又恐怕、鶯愁燕苦。醉餘一點閑情，立盡闌干涼露。殘月三更南浦。想山鬼清游，木蘭微賦。金椀生苔，漆燈無焰，應是不勝淒楚。歎一番㊁春夢，長堤外、落紅無數。記取明朝，莫上危樓高處。

【校記】

㊀録自《國朝詞綜》。詞序「久衰歇矣」，《湘雲遺稿》作「今衰歇矣」；「感賦」，《湘雲遺稿》、《國朝

詞綜》作「感而賦此」。

㊁「一番」，《湘雲遺稿》作「一場」。

臺城路 登雷峰望宋勝景園故址[一]㊀

東風又入荒園畔，繁華已成塵土。太液芙蓉，未央楊柳，曾見當年歌舞。危闌謾撫。歎事逐飛雲，夢隨香霧。指點江山，斜陽一片下平楚。悠悠此恨誰訴。想青燐斷續，還過南浦。鐵馬憑江，香車碾月，忍讀昭儀詞句。淒涼幾許。但山鬼吟秋，杜鵑啼雨。回首宮斜，白楊深夜語。

【眉評】

[一]俯仰流連，感慨不盡，卻無一字不和雅，真沐浴於南宋諸公而出之者。

【校記】

㊀録自《國朝詞綜》。

倦尋芳　過廢園，見牡丹盛開有感。㊀

寂寞春光，還到玉闌干畔。怨緑空餘清露泣，倦紅欲倩東風浣。聽枝頭，有哀音淒楚，舊巢雙燕。〔一〕　漫竚立、瑶臺路杳，月佩雲裳，已成消散。獨客天涯，心共粉香零亂。且盡花前今夕酒，洛陽春色匆匆换。待重來，怕只有、斷魂千片。〔二〕

【眉評】

〔一〕寄情綿渺。

〔二〕及時勿失，有心人語，亦情到至處，有此無聊之解。

【校記】

㊀ 録自《國朝詞綜》。

汪棣 字韡懷，號對琴，江都人。監生，官刑部員外。有《春華閣詞》二卷。

琵琶仙 金閶晚泊㊀

斜日揚舲，堞樓下、一帶荒涼吳苑。珠幌猶蔽何鄉，秋空片雲卷。風漸急、横塘乍渡，便穿入、虎山西崦。野草低迷，寒鴉下上，渾是淒怨。看胥口、波面靈旗，未輸爾、鴟夷五湖遠。無限亂山銜碧，閃煙檣斜展。排多少、荒臺廢館，㊁只望中、破楚門鍵。[一]料得遥夜鐘聲，夢回難遣。

【眉評】

[一]不以成敗論英雄。有議論，有感慨，有筆力，淵淵作金石聲。

【校記】

㊀録自《國朝詞綜》。

㊁「排多少、荒臺廢館」，《春華閣詞》作「空認取、麋城鶴市」。

吴泰來

字企晉，號竹嶼，長洲人。乾隆二十五年進士，二十七年召試，賜内閣中書。有《雲香閣琴趣》二卷。

鳳棲梧㊀

江梅吹盡紅樓閉。楊柳多情，也爲春憔悴。燕子來時人未起。梨花小雨重門裏。〔一〕　夢斷青溪傷往事。桃葉桃根，多是淒涼意。一點相思誰與寄。羅襟留得東風淚。

【眉評】

〔一〕情詞淒艷，雅近小山。

【校記】

㊀録自《國朝詞綜》。

賣花聲　滬城旅思㊀

風雨送扁舟。回首紅樓。傷春傷别幾時休。昨夜濃香今夜夢，多是離愁。　楊柳小灣

頭。煙水悠悠。歸心空望白蘋洲。只有春江知我意，依舊東流。[一]

【眉評】

[一]情詞宛轉，不求高而自合於古。

【校記】

㊀録自《國朝詞綜》。

許寶善 字斅愚，號穆堂，青浦人。乾隆二十五年進士，官監察御史。有《自怡軒詞》。

阮郎歸[一]㊀

一簾酥雨杏花殘。羅衣生薄寒。小樓無力倚闌干。怕看山外山。　眉翠薄，淚痕斑。無端春又闌。生憎鴛夢醒時單。今宵和夢難。

【眉評】

[一]此詞絶宛約，惟「酥」字不自然，致使全篇减色。

【校記】

㊀録自《國朝詞綜二集》。

趙文哲[一] 字損之，號璞函，上海人。乾隆二十七年召試，賜内閣中書，官户部主事，卹贈元禄寺少卿。有《媕雅堂詞》四卷。

【眉評】

[一]璞函詞措語濃至，用筆清虛，規模亦甚宏遠，可與竹垞、樊榭並驅争先。○璞函詞，穠艷是其本色。然能規橅古人，不離分寸，故雅而不晦，麗而有則，視國初名家，正不多讓。

○○**河傳**㊀

送客。南陌。千絲殘柳，一絲涼笛㊁。東風日暮雨瀟瀟。魂銷。人歸紅板橋。梨花小院深深閉。闌杆倚。離恨倩誰寄。酒初醒。夢將成。愁聽。紗窗啼曉鶯㊂。

【校記】

㊀録自《國朝詞綜》。

㈡「涼笛」，《媕雅堂詞集》作「叢笛」。
㈢「曉鶯」，《媕雅堂詞集》作「晚鶯」。

臺城路 張麗華祠㈠

奈何聲裏香魂斷，荒祠尚臨寒渚。梁鼠啼時，砌蛩㈡咽處，雜沓靈旗風雨。羊車一去。但寂寞青溪，小姑同住。夢遠雞臺，海蠡誰解薦芳醑。蘭衰休擬菊秀，喜臙脂井畔，便作坏土。璧樹飛蟬，袿裳化蝶，欲問故宮無路。殘鐘幾度。只遺曲猶傳，隔江商女。回首雷塘，暮鴉啼更苦。［一］

【眉評】

［一］音調悽婉，措語温雅，所謂麗而有則者。

【校記】

㈠録自《國朝詞綜》。
㈡「砌蛩」，底本原作「砌蟲」，據《媕雅堂詞集》、《國朝詞綜》改。

又 桃葉渡㊀

烏衣巷口斜陽冷，尋常更無飛燕。[一]卻泝輕潮，閑臨古渡，記起尊前人面。珠喉一串。只付與殘蟬，夜吟哀怨。明月多情，素光猶似照團扇。[二]　船脣曾此小泊，指朱扉扣處，鸚鵡輕喚㊁。舊曲飛花，芳名刻玉，姊妹雙蛾誰淺。鶯儔蝶眷。悵兩槳重來，畫樓天遠。輸與王郎，渡江歌婉轉。[三]

【眉評】

[一] 好起筆。

[二] 淡淡著筆，情味自饒。

[三] 後半牽入邪思，不免佻薄矣。

【校記】

㊀ 録自《國朝詞綜》。

㊁ 「輕喚」，原稿作「輕換」，據《媕雅堂詞集》、《國朝詞綜》改。

又 秋草㈠

疏枝一夜鳴鶗鴂，青青漸看非昔。古柳陰中，殘荷影外，迢遞河梁秋色。西風巷陌。恨送盡年年，寶鞍珠勒。不見王孫，夕陽空記舊行蹟。西堂吟興乍減，那堪離夢醒，無限相憶。塞北秋深，江南日暮，一帶傷心寒碧。憑高望極。又斷雨零煙，幾重遮隔。獨立蒼茫，舊袍清淚濕。㈠

【眉評】

［一］於淒感中見筆力，規模南宋，不減張仲舉。

【校記】

㈠ 録自《國朝詞綜》。

又 秋柳㈠

南樓昨夜吹橫笛，聲聲玉關懷抱。暮節紛來，柔姿瘦盡，滿眼西風殘照。長亭古道。莫更青青幾度送遠，玉葱持贈處，離恨多少。西角吟詩，北征隕涕，況值淒涼秋杪。愁絲裊裊。怕攀折重經，漫思春好。舊館枚生，問當時，燕昏鶯曉。認取寒枝，只今惟有晚鴉繞。賦情今漸老。

【校記】

㊀録自《國朝詞綜》。

淒涼犯 蘆花㊀

滄江望遠。微波外、芙蓉落盡秋片。野橋古渡，輕筠嫋嫋，露華零亂。西風乍捲。便鷗鷺、飛來不見。似當時、楊花滿眼，人別灞陵岸。　幾度思持贈，回首天涯，白雲空翦。夕陽自顫。歎絲絲、鬢邊難辨。［一］獨立蒼茫，問何事、頻吹塞管。正淒涼、冷月宿處，起斷雁。

【眉評】

［一］清虚騷雅，得樂笑翁遺意。

【校記】

㊀ 録自《國朝詞綜》。

○○倦尋芳 送春同竹嶼作㊀

柳遮翠館，花落紅亭，催老芳序。滿目江山，何處送春歸去。漫惜侵簾鶯語滑，可憐隔浦㊁鵑啼苦。最消魂，是斜陽欲下，一庭疎雨。 悵往事、都如流水，人面重門，佳約無據。繫馬踟躕，不記舊時芳樹。青子緑陰空自好，年年總被東風誤。[一]只多情，燕歸來，畫梁愁訴。

【眉評】

[一] 哀艷，似夢窗手筆。

【校記】

㊀ 録自《國朝詞綜》。

㊁「隔浦」，《媕雅堂詞集》作「入耳」。

一萼紅　重過水竹居有感，用草窗登蓬萊閣詞起句。㊀

步深幽。看白蘋紫蓼，池苑恰宜秋。茸帽寒多，荷衣塵少，醉中一晌凝眸。記堤上、千絲楊柳，驟輕鞍、何處不勾留。燭淚堆紅，茶煙颺碧，人在高樓。　風景而今無恙，但板橋西畔，換卻盟鷗。苔澀蛩疏，芹殘燕壘，聲聲猶訴離愁。問溪水、揉藍如許，恁年年、只解送行舟㊁。怕見舊時月色，莫上簾鉤。[一]

【眉評】

[一] 輕圓俊美，兼有竹垞、樊榭之長。

【校記】

㊀ 録自《國朝詞綜》。

㊁「行舟」，《媕雅堂詞集》、《國朝詞綜》作「蘭舟」。

施朝榦

字培叔，號小鐵，儀徵人。乾隆二十八年進士，官至宗人府府丞。有《正聲集》四卷，詞附。

月下笛 秋笛㊀

怪底湖邊，蒼龍睡醒，素秋吹霽。危樓静倚。乍悠揚、數聲墜。宵來已落霜前月，又卻向、關山唤起。正官橋衰柳，争禁更折，誤人凝睇。　雲際。凄涼意。便律吕相和，斷腸難寄。人間萬里。爲誰含怨如此。那堪三弄新翻就，恰送入、西風倦耳。想塞上，奏涼州多少，征人夢裏。[一]

【眉評】

[一] 蒼涼哀怨，筆力亦勁。

【校記】

㊀ 録自《國朝詞綜》。

沈起鳳 字桐威，號蕢漁，吴縣人。乾隆三十三年舉人，官祁門縣訓導。有《吹雪詞》一卷。㊀

【校記】

㊀ 沈起鳳今傳《紅心詞》，《詞則》所録五首均未見，見於《國朝詞綜》。疑《國朝詞綜》據今不傳之《吹雪詞》收録。

鬲溪梅令[一]㊀

小萬山下水溶溶。記相逢。欲採蘋花可惜、過東風。午橋煙雨濃。　不如歸去夢簾櫳。小樓東。留得欄杆一半、月明中。夜涼花影重。

【眉評】

[一] 婉麗，得南唐二主之遺。

【校記】

㊀ 録自《國朝詞綜》。

謁金門[一]

風乍定。無數落紅滿徑。向晚疏簾寒一陣。小窗燈欲暈。　何處秦臺簫韻。喚起江南離恨。夢裏玉人樓遠近。燕歸花氣冷。[一]

【眉評】

[一]字字清新，逼真五代，不墮南宋人陳跡。

【校記】

(一)録自《國朝詞綜》。

林蕃鍾 字毓奇，號蠡槎，吴縣人。乾隆三十三年舉人，官華亭縣教諭。有《蘭葉詞》一卷。

玉樓春[一]

羅幃小障殘寒淺。訴到深情鶯語軟。城邊風約角聲來，窗外月和花影轉。　相逢斲遣

愁蛾展。惜别每嫌銀燭短。今宵有酒爲君斟，明日畫橋春共遠。[一]

【眉評】

[一] 悲深婉篤，令人心醉。

【校記】

㊀ 録自《國朝詞綜》。

吴錫麒[一] 字聖徵，號穀人㊀，錢唐人。乾隆四十年進士，官國子監祭酒。有《有正味齋詞》。

【眉評】

[一] 穀人古詩、駢文，皆未臻高境，轉不若律賦、試帖之工。惟詞則清和雅正，秀色有餘，出古詩、駢文之右。○詞欲雅而正。國初自竹垞後，大半尚南宋，惟所得者僅在形似，以云神理，槩乎其未之聞也。穀人亦猶是耳，合者可亞於樊榭，微嫌格調稍平。

【校記】

㊀ 眉評「穀人」，原稿均寫作「谷人」，徑改。

○埽花游隔水見小桃一枝，妍媚可念。㊀

恨難銷處，共㊁脈脈無言，夕陽流水。峭寒未已。悵仙源隔斷，小門深閉。畫出燕支，只在秋千影裏。惹愁起。待愁到滅時，那滅紅淚。　前度闌更倚。念立共鬟齊，箇人千里。染成鳳紙。向煙波杳渺，尺書曾寄。漲滿春潮，獨有歸來燕子。憶花未。認㊂天涯，斷霞魚尾。

【校記】

㊀録自《國朝詞綜二集》。

㊁「共」，《有正味齋詞集》作「甚」。

㊂「認」，《有正味齋詞集》作「剩天涯」。

、○柳色黄秋柳㊀

減碧攙黄，啼罷晚蟬，涼雨初霽。斜陽暗逗，林梢幾筆，白門秋意。山長水遠，漸見十二樓頭，依稀颺出青旗字。誰料結同心，有而今憔悴。休擬。停船古渡，繫馬危隄，拄笻荒寺。老盡絲絲，只在一絲風裏。[二]煙寒月冷，認取無數清愁，分明闌入眉峰底。聽一曲烏棲，把離魂喚起。

【眉評】

[二]沈至語，然自是近人佳作，去宋已遠。

【校記】

㊀録自《國朝詞綜二集》。

、探春慢 宋宮洗鉛池在梳妝臺側，今爲僧院。㊀

月樹棲烏，花宮放梵，山空孤鳳無語。淺水波消，斜階沫濺，難得舊時春聚。鏡影團圓在，料無分、照伊眉嫵。但憑前嶺斜陽，額黄一點偷注。銅輦記曾來去。問幾曲欄圍，幾重雲護。流粉流香，映花映柳，那有浣人愁處。瀉盡繁華淚，驀化作、響衣寒雨。暝入僧

樓，沈沈都咽鐘鼓。[一]

【眉評】

[一] 纏綿淒咽，是穀人所長。

【校記】

㊀ 録自《國朝詞綜二集》。

望湘人 春陰㊀

慣留寒弄暝，非雨非晴，誤抛多少春色。半帶閒愁，半迷歸夢，黯黯蘼蕪空碧。閣處雲濃，禁餘煙重，[一]欲移無力。最晚來、如雪東欄，一樹梨花明白。　孤負餳簫巷陌。已清明時過，懶攜游屐。只潤逼熏爐，約畧故香留得。天涯燕子，問伊來也，可有斜陽信息。聽傍人、半晌呢喃，似怨暮寒簾隙。[二]

【眉評】

[一] 香雪詞「老藤籬角蔓，雜草壁根花」，此云「閣處雲濃，禁餘煙重」，皆是實字虛用，一在句尾，

一在句首，可謂異曲同工。

［二］低回婉轉，自是雅音，粗才摹彷不得。

【校記】

㈠ 録自《國朝詞綜二集》。

月華清 九月望夜，被酒歸來，明月在窗，清寒特甚。新愁舊夢，棖觸於懷，因賦此解。㈠

鴉影偎煙，蛩機絮月，月和人共歸去。愁滿青衫，怕有琵琶難訴。想玉欄、吹老苔花，枉閑卻、扇邊眉嫵。延佇。漸響餘落葉，冷摇燈户。　不怨美人遲暮。怨水遠山遥，夢來都阻。翠被香消，莫話青鴛前度。賸醉魂、一片迷離，繞不了、天涯紅樹。誰語。正高樓横笛，數聲清苦。［一］

【眉評】

［一］態濃意遠，此類亦居然草窗矣。

【校記】

㈠ 録自《國朝詞綜二集》。

黄景仁[一] 字仲則，武進人。貢生，議敘州判，未仕，卒。有《竹眠詞》二卷。

【眉評】

[一] 仲則於詞鄙俚纖俗，不類其詩。《詞選》附録一首，尚見作意，餘無足觀矣。

醜奴兒慢㈠

日日登樓，一换一番春色，者似捲如流春日，誰道遲遲。一片野風吹草，草背白煙飛。頹墻左側，小桃放了，没箇人知。 嫣然一笑，㈡分明記得㈢，三五年時。是何人、挑將竹淚，粘上空枝。請試低頭，影兒憔悴浸深池㈣。此間深處，是伊歸路，莫惹㈤相思。

【校記】

㈠ 録自《詞選附録》。《竹眠詞》有詞題「春日」。

㈡「嫣然一笑」，《竹眠詞》作「徘徊花下」。

㈢「記得」，《竹眠詞》作「認得」。

㈣「深池」，《竹眠詞》作「春池」。

㈤「莫惹」，《竹眠詞》作「莫學」。

李福 字備五，號子仙，吴縣人。貢生。有《拜玉詞》。

浣溪沙㈠

胡蝶不知花事晚，夢回猶繞海棠飛。[一]淚珠滴硯寫無題。 望裏層層衆緑齊。春風也怕子規啼。只須飲到㈡醉如泥。

【眉評】

[一]低徊深欸，惜全篇未能盡善。

【校記】

㈠録自《國朝詞綜二集》。

㊁「須飲到」，《花嶼讀書堂詞鈔》作「宜日日」。

左輔

字仲甫，陽湖人。有《念宛齋詞》。

南浦 夜尋琵琶亭㊀

潯陽江上，恰三更、霜月共潮生。斷岸高低㊁向我，漁火一星星。何處離聲刮起，撥琵琶、千載賸空亭。是江湖倦客㊂，飄零商婦，於此盪精靈。[一]　且自移船相近，遶回闌、百折覓愁魂㊃。[二]我是㊄無家張儉，萬里走江城。一例蒼茫弔古，向荻花、楓葉又傷心。只琵琶響斷，魚龍寂寞不曾醒。[三]

【眉評】

[一] 靈光幽氣，筆態飛舞。

[二]「覓愁魂」三字，看似奇警，究欠雅馴。

[三] 後片愈唱愈高。

【校記】

㊀録自《詞選附録》。

㊁「高低」，《念宛齋詞鈔》作「低昂」。

㊂「倦客」，《念宛齋詞鈔》作「逐客」。

㊃「覓愁魂」，《念宛齋詞鈔》作「動愁吟」。

㊄「我是」，《念宛齋詞鈔》作「我似」。

○○浪淘沙　曹溪驛折得桃花一枝，數日零落，裹花片投之涪江，歌以送之。㊀

水軟櫓聲柔。草緑芳洲。桃花㊁幾樹隱紅樓。者是春山魂一片，招入孤舟。　鄉夢不曾休。惹甚閒愁。忠州過了又涪州。擲與巴江流到海，切莫回頭。[一]

【眉評】

[一]無窮幽怨，言外尋繹不盡。

【校記】

㊀録自《詞選附録》。詞題「折得桃花」、「歌以」，《念宛齋詞鈔》、《篋中詞》作「折桃花」、「歌此」。

㈡「桃花」,《念宛齋詞鈔》、《篋中詞》作「碧桃」。

惲敬[一] 字子居,陽湖人。乾隆癸卯舉人,官瑞金縣知縣。有《蒹塘詞》。

【眉評】

[一]《詞選》録子居《畫胡蝶》六首,俱見新意,兹録其尤佳者二章。

阮郎歸 畫胡蝶[一]㈠

少年白騎放驕憨。踏青三月三。歸來未到捉紅蠶。化蛾真不甘。 江橘葉,一分含。那防仙嫗探。雙雙鳳子出花龕。繭兒風太酣。

【眉評】

[一]哀感頑艷,古今絶唱。

【校記】

㈠録自《詞選附録》。

又㊀

輕須薄翼不禁風。教花扶著儂。一枝又逐月痕空。都來幾日中。曾有伴，去無蹤。闌前種豆紅。蜜官隊裏且從容。問心同不同。[一]

【眉評】

[一] 結婉妙。

【校記】

㊀ 録自《詞選附録》。

張惠言[一] 字皋文，武進人。嘉慶己未進士，官編修。有《茗柯詞》。

【眉評】

[一] 皋文《詞選》一編，可稱精當，識見之超，有過於竹垞十倍者，古今選本，以此爲最。其中小疵雖不能盡免（詳見余《白雨齋詞話》中），於詞中大段卻有體會。温、韋宗風，一燈不滅，賴

有此耳。

水調歌頭 春日賦示楊生子掞[一]㊀

東風無一事，妝出萬重花。閒來閱遍花影，惟有月鉤斜。我有江南鐵笛，要倚一枝香雪，吹徹玉城霞。清影渺難即，飛絮滿天涯。　飄然去，吾與汝，泛雲槎。東皇一笑相語，芳意落諸家㊁。難道春花開落，又是㊂春風來去，便了卻韶華。花外春來路，芳草不曾遮。

【眉評】

[一]皋文〈水調歌頭〉五章，既沈鬱，又疏快，最是高境。陳、朱雖工詞，究曾到此地步否？不得以其非專門名家少之。

【校記】

㊀此下五首俱録自《詞選附録》。

㊁「落諸家」，《茗柯詞》作「在誰家」。

㊂「又是」，《茗柯詞》作「更是」。

○○○又

百年復幾許，慷慨一何多。子當爲我擊筑，我爲子高歌。招手海邊鷗鳥，看我胸中雲夢，蒂芥近如何。楚越等閒耳，肝膽有風波。　生平事，天付與，且婆娑。幾人塵外相視，一笑醉顏酡。看到浮雲過了，又恐堂堂歲月，一擲去如梭。勸子且秉燭，爲駐好春過。

○○○又[一]

珠簾㊀捲春曉，胡蝶忽飛來。游絲飛絮無緒，亂點碧雲釵。腸斷江南春思，粘着天涯殘夢，賸有首重回。銀蒜且深押，疏影任徘徊。　羅帷卷，明月入，似人開。一尊屬月起舞，流影入誰懷。迎得一鈎月到，送得三更月去，鶯燕不相猜。但莫凭闌久，風露㊁濕蒼苔。[二]

【眉評】

[一] 熱腸鬱思，全是《風》、《騷》變相。

[二] 此種起結，看似不甚費力，實乃高絶、精絶。

【校記】

〔一〕「珠簾」,《茗柯詞》作「疏簾」。

〔二〕「風露」,《茗柯詞》作「重露」。

○○○又〔一〕

今日非昨日,明日復何如。揭來真悔何事,不讀十年書。爲問東風吹老,幾度楓江蘭徑,千里轉平蕪。寂寞斜陽外,渺渺正愁余。　千古意,君知否,只斯須。名山料理身後,也算古人愚。一夜庭前緑遍,三月雨中紅透,天地入吾廬。容易衆芳歇,莫聽子規呼。

【眉評】

〔一〕忽言情,忽寫景,若斷若連,似接不接,沈鬱頓挫,至斯已極。○無處不咽住,咽則鬱,鬱則厚矣。

○○○又〔二〕

長鑱白木柄,斸破一庭寒。三枝兩枝生緑,位置小窗前。要使花顏四面,和著草心千朵,向我十分妍。何必蘭與菊，生意總欣然。　曉來風，夜來雨，晚來煙。是他釀就春色，又斷送流年。便欲誅茆江上，只怕㊀空林衰草，憔悴不堪憐。歌罷且更酌，與子遶花間。

【眉評】

［一］一片神行，兼老坡、幼安之長。

【校記】

㊀「只怕」，《茗柯詞》作「只恐」。

張琦 字翰風，武進人，皋文弟。嘉慶十九年舉人，知館陶縣。有《立山詞》一卷。

菩薩蠻［一］㊀

橫塘日日風吹雨。隔簾卻望江南路。胡蝶慣輕盈。風前魂屢驚。　闌干人似玉。黛影分窗綠。斜日照屏山。相思羅袖寒。

【眉評】

［一］温、韋風格，於斯再見。

【校記】

㊀録自《詞選附録》。

又㊀

江花玉面嬌相逐。香風乍送淩波曲。瞥見髩鬟低。棹回情轉迷。　釵頭雙鳳翅。照水胭脂淚。碧藕折連絲。夢輕君未知。［一］

【眉評】

［一］淒麗嫻雅，逼真《花間》。

【校記】

㊀録自《詞選附録》。

李兆洛 字申耆，陽湖人。嘉慶乙丑進士。有《蜩翼詞》一卷。

菩薩蠻㊀

畫眉樓畔花如霰。疏香飛上參差蘚。翠羽暗低迷。語長人未知。金箋新砑玉。鈿局敲雙陸。複袖錦鴛鴦。經年繡一雙。[一]

【眉評】

[一] 即楚《騷》「好修以爲常」之意。

【校記】

㊀ 録自《詞選附録》。

又㊀

海棠低護行雲徑。畫樓西畔分明影。不爲見時難。忍扶羅袖看。撩人回面語。顫裊

釵翹舞。花氣泛紅螺。橫飛出絸蛾。[一]

【眉評】

[一]幽香冷艷，真如雪藕冰桃，沁人醉夢。

【校記】

㈠ 録自《詞選附録》。

又㈠

簾前細裊沈煙紫。隔簾柳絮飄香砌。蛛縷戀殘魂。搖搖更不禁。玉簫吹未徹。垂手還凝立。不覺月痕西。下簾霜滿衣。[一]

【眉評】

[一]傷所遇之不偶也。

【校記】

㊀ 録自《詞選附録》。

金應城

字子彥，歙人。有《蘭簃詞》。

賀新涼 詠螢[一]㊀

芳草何曾歇。問王孫、一春游處，箇還相識。誤入紗囊因何事，一字神仙不食。算只伴、蟫魚岑寂。風雨黃昏庭院黑，照沈沈、蜨夢渾無跡。玉山路，悔輕別。　景華宮裏音塵絶。悵秋風、洛陽古樹，青燐堆血。白鳥如雷羞難盡，慘慘㊁陰陵妖碧。又恐到、清霜時節。小扇輕羅無人惜，更銀屏、翠幙㊂深深隔。笑熠燿，近牆隙。

【眉評】

[一] 咏物詞不得呆寫正面，縱極工巧，終無關於興觀群怨之旨。亦不必無病呻吟，必須言中有物，在若遠若近之間，不許絲毫説破，方能入妙。子彥此詞，可推合作。

【校記】

㈠録自《詞選附録》。此詞亦見稿本《茗柯詞》。

㈡「慘慘」，稿本《茗柯詞》作「多少」。

㈢「翠幙」，稿本《茗柯詞》作「繡幕」。

水調歌頭㈠

春色奈何許，芳逕萬重花。朝來怕説花事，濃艷正交加。一片春山都被，多少愁魂鎖住，無處落朝霞。腸斷江南路，芳草夕陽斜。凝望處，空回首，碧雲遮。知他風外飛絮，飄泊到誰家。折得一枝紅萼，賸有暗香盈袖，何處贈天涯。[一]愁絶黛眉影，寂寞倚窗紗。

【眉評】

[一]中有怨情，語自深切。

【校記】

㈠録自《詞選附録》。

金式玉 字朗甫，歙人。有《竹鄰詞》。

相見歡㊀

真珠一桁簾旌。坐調笙。夢裏不知芳草一池生。　蠻絃語。紅兒舞。總關情。無奈枝頭啼鳥喚花醒。[一]

【眉評】

[一] 別有衷曲。

【校記】

㊀ 録自《詞選附録》。

又㊀

暗螢點向深苔。去還來。都是星星流影惹簾開。　芙蓉面。輕羅扇。撲盈懷。不道一天清露濕香堦。

【校記】

㊀ 録自《詞選附録》。

又[一]㊀

微雲度盡窗綃。夜迢迢。又恐秋聲無賴上芭蕉。玉繩轉。金波暗。可憐宵。只臢棲香胡蝶抱空條。

【眉評】

[一] 曲折雋永，後主二闋後，有嗣音矣。

【校記】

㊀ 録自《詞選附録》。

鄭善長 名掄元，以字行，歙人。有《字橋詞》。

緑意 殘荷㊀

芳塘曲處。看翠雲憔悴，收盡殘暑。記得羅衣，波上頻湔，嬌鬟一時相妒。而今一片煙波冷，只賸得、雙雙鷗鷺。知恁時、越女還來，空憶採蓮前度。眼底紅芳嫁盡，但枯葦歷亂，堪訴愁苦。卷向熏風，拆向西風，消受斜陽無數。曉來清露憐儂甚，正無奈、盤心非故。只看他、鉛淚難收，灑向一池煙雨。[一]

【眉評】

[一]思深意苦，得中仙之骨髓矣。

【校記】

㊀録自《詞選附録》。

湘春夜月 簾㊀

一絲絲，替儂織就相思。只是一片湘波，怎便隔天涯。約住滿庭花氣，問東風可解，吹送芳菲。算驚回殘夢，唯應燕子，頻蹴雙扉。　游絲千尺，楊花萬點，惱亂春暉。庭院淒涼，卻憑得、深深爲我，低護顰眉。朝來欲捲，怕暗塵、點上羅衣。[一]從此便、更休論春事，[二]任教銀蒜，終日垂垂。

【眉評】

[一] 思路幽渺，用筆亦曲而能達。

[二]「便」、「更」二字嫌逗。

【校記】

㊀ 録自《詞選附録》。

張崇蘭

字猗谷，丹徒人。貢生。有《夢溪棹謳》二卷。

水龍吟　游絲[一]㊀

何來一縷春痕，更無人處還縈繞。愔愔晝静，絲絲風細，垂垂簾悄。欲斷仍牽，纔颺又惹，纏綿怎了。怪飛花舞絮，無因綰住，空盡日、和愁嫋。　幾許韶華暗老。映長空、漸低斜照。千回往復，不離故處，儘伊顛倒。清露宵沾，分明垂下，淚珠多少。任年年、抽盡情絲，算只有、春知道。[二]

【眉評】

[一] 此詞絶精雅。竹垞「春風嬝娜」一闋，未嘗不工，此作波瀾轉折，更出其右，故棄彼録此。

[二] 結三語頓斷處稍病牽强，必須以「情絲」句絶、「只有」句絶方妥，但於調不合。

【校記】

㊀ 録自《夢溪棹謳》。

蔣春霖[一]

字鹿潭，江陰人。有《水雲樓詞》二卷。

【眉評】

[一] 鹿潭詞深得南宋之妙，於諸家中尤近樂笑翁。竹垞自謂學玉田，恐去鹿潭尚隔一層也。○詞至國初而盛，至乾嘉以後乃精。莊中白敻乎不可及矣，臯文、仲修亦駸駸與古爲化。鹿潭稍遜於臯文、莊、譚之古，而才氣甚雄，洵鐵中之錚錚者也。

東風第一枝 冬至㈠

雀譁晴檐，蠅蘇凍紙，嚴霜忽作輕暖。錦貂纔近熏爐，鳳律暗移翠琯。尋春無處，但日日、春痕偷展。恰引起、千丈愁思，添似繡牀金綫。雲影薄、畫簾乍捲。山意冷、瘦筇又嬾。幾多釀雪樓臺，預滌熨寒酒琖。梅魂知否，怕迤邐、年華將換。待借他、一縷東風，悄把萬花吹轉。

【校記】

㈠ 録自《水雲樓詞》。

謁金門㊀

人未起。桐影暗移窗紙。隔夜酒香添睡美。鵲聲春夢裏。　妝罷小屏獨倚。風定柳花到地。欲拾斷紅憐素指。卷簾呼燕子。

【校記】

㊀ 録自《水雲樓詞》。

木蘭花慢 江行晚過北固山㊀

泊秦淮雨霽，又燈火，送歸船。正樹擁雲昏，星垂野闊，暝色浮天。蘆邊。夜潮驟起，暈波心、月影盪江圓。〔二〕夢醒誰歌楚些，泠泠霜激哀弦。　嬋娟。不語對愁眠。往事恨難捐。看莽莽南徐，蒼蒼北固，如此山川。鉤連。更無鐵鎖，任排空、檣艣自回旋。寂寞魚龍睡穩，傷心付與秋煙。〔二〕

【眉評】

[一]「圓」字警絶，不減「平沙落日圓」也。

[二] 淋漓大筆。

【校記】

㊀ 録自《水雲樓詞》。

、、○淒涼犯 十二月十七日夜，大寒，讀書至漏三下，屋小如舟，虛窗生白，不知是月是雪。因憶江南野泊，雪壓篷背，光景正復似之。[一]㊀

短檐鐵馬，和冰語、敲階更少殘葉。鼠聲漸起，芸編倦擁，酒懷添渴。疎燈暈結。覺霜逼、簾衣自裂。似扁舟、風來柁尾，野岸冷雲疊。　回首垂虹夜，瘦艣搖波，一枝簫咽。窗鳴敗紙，尚驚疑、打篷乾雪。悄護銅瓶，怕寒重、梅花暗折。卻開門、柳影滿地，壓凍月。

【眉評】

[一] 此詞清絶、警絶，讀之覺滿紙有寒色，用筆之妙也。○味不厚，而詞絶佳。

【校記】

㊀ 録自《水雲樓詞》。詞序「雪壓篷背」，《水雲樓詞》作「雪壓篷背時」。

甘州 甲寅元日，趙敬甫見過。[一]㊀

又東風喚醒一分春，吹愁上眉山。趁晴梢賸雪，斜陽小立，人影珊珊。避地依然滄海，險夢逐潮還。一樣貂裘冷，不似長安。　多少悲笳聲裏，認匆匆過客，草草辛盤。引吳鉤不語，酒罷玉犀寒。總休問、杜鵑橋上，有梅花、且向醉中看。南雲暗、任征鴻去，莫倚闌干。

【眉評】

[一] 曲折動盪，似此直可與玉田把臂入林。

【校記】

㊀ 録自《水雲樓詞》。

卜算子㊀

燕子不曾來，小院陰陰雨。一角闌干聚落花，此是春歸處。[一]　彈淚別東風，把酒澆飛

絮。化了浮萍也是愁，莫向天涯去。[二]

【眉評】

[一]沈著。

[二]何其淒怨若此。

【校記】

㊀録自《水雲樓詞》。

唐多令㊀

楓老樹流丹。蘆花吹又殘。繫扁舟、同倚朱闌。還似少年歌舞地，聽落葉、憶長安。

哀角起重關。霜深楚水寒。背西風、歸雁聲酸。一片石頭城上月，渾怕照、舊江山。[一]

【眉評】

[一]精警雄秀。

【校記】

㊀ 録自《水雲樓詞》。

齊天樂 董竹沙亡兄苔石曾寓焦山松寮閣，竹沙追賦焦山夜話詩。[一]㊀

千帆影裏斜陽墮，危闌醉中同倚。海氣浮山，江聲擁樹，閃閃燈紅蕭寺。高談未已。任夜鵲驚枝，睡蛟吟水。笑指天東，一丸霜月盪潮尾。　西風空想欬唾。似霏霏玉屑，吹散煙際。瘞鶴銘寒，盟鷗會冷，畫出孤峰憔悴。啼鵑萬里。怕化作秋聲，醉魂驚起。涼露沈沈，斷鴻悲暗葦。

【眉評】

[一] 工於摹景，筆力清蒼，似樂笑翁。

【校記】

㊀ 録自《水雲樓詞》。

趙彦俞 字次梅，丹徒人。貢生。有《瘦鶴軒詞》一卷。

徵招 秋角[一]㊀

夜闌夢覺西樓上，嗚嗚數聲來矣。一曲小單于，怨關山迢遞。馬嘶霜滿地。正悲壯、五更天氣。短驛荒雞，去程孤雁，霎時驚起。猶記聽江城，相思在、青青麥苗風裏。原注：「京口旗兵清明後登城吹角，謂之『催青』。」戍鼓换淒涼，阻十年歸計。梅花吹落未。望不盡、月明如水。願三奏、展徧旌旗，報捷書千里。[二]

【眉評】

[一] 次梅以此調冠詞集之首，然亦實係《瘦鶴軒》壓卷。淒涼悲壯，去古作者未遠。

[二] 時髮逆尚未平，故結語及之。

【校記】

㊀ 録自《瘦鶴軒詞》。

譚獻 字仲修，仁和人。有《復堂詞》二卷。[一]

【眉評】

[一] 復堂詞品骨甚高，源委悉達。窺其胸中眼中，下筆時匪獨不屑爲陳、朱，儘有不甘爲玉田處。近時詞人，莊中白尚矣，蔑以加矣，次則譚仲修也。鹿潭雖工詞，尚遜其沈至。

蘇幕遮㊀

緑窗前，紅燭底。小撥檀槽，月盪涼煙碎。夜靜銜杯風細細。吹上羅襟，仍是相思淚。病誰深，春似醉。陌上桃花，門内先憔悴。夢到高樓星欲墜。零露無聲，冷入空閨裏。

【校記】

㊀ 録自《復堂詞》，此咸豐戊午初刻本，下並同。

青門引[一]㊀

人去闌干靜。楊柳晚風㊁初定。芳春此後莫重來，一分春少，減卻一分病。離亭薄酒終須醒。落日羅衣冷。繞樓幾曲流水，不曾留得桃花影。

【眉評】

［一］淒婉而深厚，純乎騷雅。

【校記】

㈠録自《復堂詞》。

㈡「晚風」，《復堂類集》作「曉風」。

昭君怨㈠

煙雨江樓春盡。盼斷歸人音信。依舊畫堂空。卷簾風。　約畧薰香閑坐。遥憶翠眉深鎖。鬒影忍重看。再來難。［一］

【眉評】

［一］深婉沈篤，小令正聲。

【校記】

㊀ 録自《復堂詞》，《復堂類集》未收。

○浣溪沙㊀

昨夜星辰昨夜風。玉窗深鎖五更鐘。枕函香夢太悤悤。　簾閣焚香煙縹緲，闌干攧笛月朦朧。碧桃花下一相逢。[一]

【眉評】

[一] 通首虛處傳神，結語輕輕一擊，妙甚。

【校記】

㊀ 録自《復堂詞》。

○○臨江仙㊀

玉樹亭臺春縹緲，羅衣吹斷參差。燕飛偏是落花時。[一] 陌頭楊柳，葉葉管分離。　院宇

殷勤重問訊，金鈴幾日扶持。江南紅豆一枝枝。江南人面，眼底是相思。[二]

【眉評】

[一]「燕飛」七字，何等沈鬱。

[二]低回婉轉，情致纏綿。

【校記】

㊀錄自《復堂詞》，《復堂類集》未收。

○又 和子珍㊀

芭蕉不展丁香結，匆匆過了春三。羅衣花下倚嬌憨。玉人吹笛，眼底是江南。[一]

最是酒闌人散後，疎風拂面微酣。樹猶如此我何堪。離亭楊柳，涼月照毿毿。

【眉評】

[一]意中人，心中事。

【校記】

㈠ 録自《復堂詞》，《復堂類集》未收。

蝶戀花[一]㈠

樓外啼鶯依碧樹。一片天風，吹折柔條去。玉枕醒來追夢語。中門便是長亭路。　眼底芳春看已暮。罷了新妝，衹是鸞羞舞。慘緑衣裳年幾許。争禁風日争禁雨。[二]

【眉評】

[一]〈蝶戀花〉六章，美人香草，寓意甚遠。○後三章尤精絕。

[二]幽愁憂思，極哀怨之致。

【校記】

㈠ 録自《復堂詞》。

又[一]

下馬門前人似玉。一聽班騅，便倚闌干曲。乍見迴身蛾黛蹙。泥他絮語憐幽獨。　燕子飛來銀蒜觸。卻怕窺簾，推整羅裙幅。語在修眉成在目。[一]無端紅淚雙雙落。

【眉評】

［一］「眉語目成」四字不免太熟，此偏用得淒警，抒寫憂思，自不同泛常艷語。

【校記】

[一] 録自《復堂詞》。

又[一]

抹麗柔香新欲破。爲卜團欒，暗數盈盈朵。睡起髩邊低漸墮。鏡前細整留人坐。　卻换羅衣憐汗顆。不喚紅兒，自啓葳蕤鎖。一握鬟雲梳復裹。半庭殘日悤悤過。

【校記】

㈠ 録自《復堂詞》。

○○○又㈠

帳裏迷離香似霧。不燼鑪灰，酒醒聞餘語。連理枝頭儂與汝。千花百草從渠許。[一] 蓮子青青心獨苦。一唱將離，日日風兼雨。豆蔻香殘楊柳暮。當時人面無尋處。[二]

【眉評】

[一]「以膠投漆中，誰能別離此。」有此沈著，無此深婉。

[二] 淒婉芊綿，不懈而及於古。

【校記】

㈠ 録自《復堂詞》。

○○○又㈠

庭院深深人悄悄。埋怨鸚哥，錯報韋郎到。壓鬢釵梁金鳳小。低頭只是閑煩惱。[一] 花

發江南年正少。紅袖高樓，争抵還鄉好。遮斷行人西去道。輕軀願化車前草。[二]

【眉評】

[一] 傳神絶妙。

[二] 沈痛已極，真情至語。

【校記】

㊀ 録自《復堂詞》。

又㊀

玉頰妝臺人道瘦。一日風塵，一日同禁受。獨掩疏櫳如病酒。卷簾又是黄昏後。[一]

曲屏前攜素手。戲説分襟，真遣分襟驟。書札平安知信否。夢中顏色渾非舊。[二]

【眉評】

[一] 沈至語，殊覺哀而不傷，怨而不怒。

六

[二] 相思刺骨，瘖瘵潛通，頓挫沈鬱，可以泣鬼神矣。

【校記】

㈠ 錄自《復堂詞》。

賀新郎 和人㈠

離思無昏曉。不分明、東風吹斷，舊時顰笑。疎雨重簾煙漠漠，花色雨中新好。又只怕、人隨花老。珍重乍來㈡雙燕子，問玉驄、何處嘶芳草。腰帶減，更多少。　春衫裁剪渾拋了。盼長亭、行人不見，飛雲縹緲。一紙音書和淚讀，卻恨眼昏字小。見說是、天涯春到。夢倚房櫳通一顧，奈醒來、各自閑煩惱。知兩地，怨啼鳥。[一]

【眉評】

[一] 淒涼怨慕，深於周、秦，不同貌似者。

【校記】

㈠ 錄自《復堂詞》。詞題，《復堂類集》無。

㈡「乍來」，《篋中詞》附《復堂詞》作「下來」。

蝶戀花㈠

庭院深深秋夢斷。玉枕新涼，雨氣和愁亂。一炷鑪香燒漸短。空房無語芳心輭。[一]小膽惺忪誰是伴。瘦到支離，病比年年慣。眼底朱闌千里遠。西風幾點南飛雁。

【眉評】

[一]怨深思重。

【校記】

㈠録自《復堂詞》。

莊棫[一]字中白，一名忠域，字希祖，丹徒人，監生。有《蒿庵詞》。

【眉評】

[一]中白爲余姨表叔。其詞窮源竟委，根柢盤深，實能超越三唐、兩宋，與《風》、《騷》、漢樂府相

表裏，自有詞人以來，罕見其匹。而究其得力處，則發源於《國風》、《小雅》，出入㊀於淮海、大晟，而寢饋於碧山也。○千古詞宗，温、韋發其源，周、秦竟其緒，白石、碧山各出機杼以開來學。嗣是六百餘年，鮮有知者。得茗柯一發其旨，而詞以不滅，特其識解雖超，尚未能盡窮底藴，然則復古之功興於茗柯，必也成於蒿庵乎？

【校記】

㊀「出入」，原寫「斟酌」，後改。

買陂塘㊀

問西風、數行新雁，故人今向何許。銜來音信從誰至，宛轉似將人語。休輕顧。便拆得封時，都是傷心句。此情最苦。賸涼月三更，盈盈血淚，化作杜鵑去。空階外，往日佳期已誤。凄涼説與遲暮。清商一曲原蕭爽，消受幾多霜露。情莫訴。休再望、南天渺渺衡陽浦。錦箋附與。回首絳雲飛，傷心只在，一點相思處。

【校記】

㊀ 録自《蒿庵詞》，此咸豐戊午初刻本，下同。

八六子㊀

罨重城。淒淒風雨，都來伴我孤征。漸濕霧淒迷不斷，薄寒料峭還生。秋心暗驚。沈沈不放新晴。倚檻慵開鸞鏡，臨流罷撫銀箏。漫忘卻他鄉，茱萸節近，黄花放後，白衣人遠，但見拍水沙鳧野渡，寥天雲雁煙汀。黯銷凝。匆匆又聽櫓聲。

【校記】

㊀ 録自《蒿庵詞》。

蝶戀花㊀

城上斜陽依緑樹。門外斑騅，過了偏㊁相顧。玉勒珠鞭何處住。回頭不覺天將暮。[一]

風裏餘花都散去。不省分開，何日能重遇。凝睇窺君君莫誤。幾多心事從君訴。[二]

【眉評】

[一]「回頭」七字，感慨無限。

[二]聲情酸楚。○托志帷房，睠懷身世，四章如一章也。

【校記】

㊀録自《蒿庵詞》。

㊁「偏」，《中白詞》作「還」。

又㊀

百丈游絲牽別院。行到門前，忽見韋郎面。欲待回身釵乍顫。近前卻喜無人見。　握手匆匆難久戀。還怕人知，但弄團團扇。强得分開心暗戰。歸時莫把朱顏變。[一]

【眉評】

[一]心事曲折傳出。○韜光匿采，憂讒畏譏，可爲三歎。

【校記】

㊀ 録自《蒿庵詞》。

又[一]㊀

緑樹陰陰晴晝午。過了殘春，紅萼誰爲主。宛轉花旛勤擁護。簾前錯喚金鸚鵡。　回首行雲迷洞户。不道今朝，還比前朝苦。百草千花羞看取。相思只有儂和汝。[二]

【眉評】

[一] 詞殊怨慕，次章言所謀有可成之機，此則傷所遇之卒不合也。

[二] 怨慕之深，卻又深信而不疑。想其中或有讒人間之，故無怨當局之語。然非深於《風》、《騷》者，不能如此忠厚。

【校記】

㊀ 録自《蒿庵詞》。

又[一]㊀

殘夢初回新睡足。忽被東風，吹上横江曲。寄語歸期休暗卜。歸來夢亦難重續。　隱約遥峰窗外緑。不許臨行，私語頻相屬。過眼芳華真太促。從今望斷横波目。

【眉評】

[一] 天長地久之恨，海枯石爛之情。不難得其纏綿沈著，而難得其温厚和平。

【校記】

㊀ 録自《蒿庵詞》。

相見歡[一]㊀

春愁直上遥山。繡簾閒。羸得蛾眉宫樣、月兒彎。　雲和雨。煙和霧。一般般。可恨紅塵遮得、斷人間。

【眉評】

［一］中白〔相見歡〕兩篇，能將騷雅真消息吸入筆端，更不可以時代限也。

【校記】

㈠ 録自《蒿庵詞》。

又㈠

深林幾處啼鵑。夢如煙。直到夢難尋處、倍纏綿。　　蝶自舞。鶯自語。總淒然。明月空庭如水、對㈡華年。

【校記】

㈠ 録自《蒿庵詞》。

㈡「對」，《中白詞》作「似」。

瑞鶴仙㊀

望鈿車何處。香乍拂，暗鎖一庭薄霧。雲窗小院罅，恍屏山曲曲，紗籠珍護。玳梁幾許。問海燕、芳蹤可住。[一]看紅襟飄瞥，重到畫屏，漫把人誤。　苦憶年年遠道，水驛山程，空怨零雨。鶯聲暗訴。催春至，共誰語。怕高樓去後，花枝滿眼，東風吹向繡户。更青青柳色，陌上費人凝佇。

【眉評】

[一]纏綿沈厚，似又深於碧山。

【校記】

㊀録自《蒿庵詞》。

垂楊㊀

東風幾日，怎留人不住，更添金縷。睍睆流鶯，依稀似欲迎人語。儂心縱使從君訴，奈飛

燕、雕梁嬌妒。傍長堤、一碧無情，任玉驄嘶去。[一]

淒楚連宵苦雨。竟沾水漬泥，不堪重顧。[二]髩已如絲，笛中偏惹閑情緒。柔枝嬝娜誰攀折，但贏得、離愁幾許。年年踠地青青，休怨汝。

【眉評】

[一] 暗含情事，鬱之至，厚之至也。

[二] 哀怨。

【校記】

㊀ 録自《蒿庵詞》。

定風波㊀

爲有書來與我期。便從蘭杜惹相思。昨夜蝶衣剛入夢。珍重。東風要到送春時。[一]

三月正當三十日。占得。春芳㊁畢竟共春歸。只有成陰并結子。都是。而今但願著花遲。

【眉評】

[一]寄興深遠，耐人十日思。

【校記】

㊀録自《蒿庵詞》。

㊁「春芳」，《中白詞》作「春光」。

一〇〇 菩薩蠻[一]㊀

人人都説江南好。今生只合江南老。水調怨揚州。月明花滿樓。當時年少樂。湖上春衫薄。春水碧於煙。緑陰藏畫船。

【眉評】

[一]〔菩薩蠻〕諸闋和平温厚㊁，感人自深。温、韋後一千年來，此調久不彈矣，不謂於蒿庵見之，豈非快事！

【校記】

㈠ 録自《蒿庵詞》。

㈡「温厚」，原稿誤作「温後」。

又㈠

闌干深院無人語。畫屏金雀參差舞。懶起學濃妝。偷閒繡鳳凰。　輕雲簾乍捲。香霧羅幃掩。記得嫁王昌。盈盈出畫堂。

【校記】

㈠ 録自《蒿庵詞》。

又㈠

荼蘼開後羣芳歇。緑陰滿院聽鶗鴂。窗外老鶯聲。都教和淚聽。〔二〕　日長人倦午。芳草蝴蝶舞。瘦損小腰圍。翩翩金翅衣。

【眉評】

[一] 沈厚。

【校記】

㊀ 録自《蒿庵詞》。

又㊀

曉雲和夢凝鴛帳。梨花如雪還相向。人在木蘭艭。春波度遠江。　歸來夢莫續。潛伴諸郎宿。郎意若爲尋。妾愁江水深。[二]

【眉評】

[二] 温雅芊麗，油然感人。

【校記】

㊀ 録自《蒿庵詞》。

又㊀

宮眉新樣黄初吐。夢驚粉重西園雨。弱薄不勝衣。滿園鶯亂飛。　樓頭花事寂。金雁無消息。怎得晚春時。薄情郎早歸。[一]

【眉評】

[一]怨慕之情，不同憤激語。

【校記】

㊀録自《蒿庵詞》。

又㊀

畫橋緑水沽春酒。烏啼門外霏春柳。春色倍關心。閒庭芳草深。　花叢人似月。忙煞飛來蝶。簾外幾番風。香閨夢正濃。[一]

【眉評】

[一] 態濃意遠，直與飛卿化矣。

【校記】

㊀ 録自《蒿庵詞》。

念奴嬌㊀

流雲乍歇，又當空、推出一輪明月。月自多情能照我，怎奈我傷離别。髩已成絲，眉常蹙黛，此後從誰説。那堪回首，班騅繫岸時節。幾回遠寄鸞牋，深藏懷袖，字字愁磨滅。欲待將書重一讀，讀又柔腸千結。便得常留，也難相比，攜手重親接。[一]不知今夜，夢魂可化蝴蝶。[二]

【眉評】

[一] 纏綿往復。

[二] 結從無可奈何中作此癡想，不作訣絶語，自是温厚。

【校記】

㈠ 録自《蒿庵詞》。

真珠簾㈠

熏風乍引齊紈扇。晝長時、獨立闌干人倦。㈡香裊曲簾㈢深，恰湘紋㈣初展。倚枕支頤情繾綣。渾不覺、夢兒縈轉。流眄。怎栩栩隨風，影都不見。㈤　誰省㈥繭紙敲窗，似有人㈦几案，亂翻書卷。驀地起相尋，見白雲自遠㈧。煙草㈨滿川梅雨後，只腸斷㈩、江南何限。[一]悽惋。對茶鼎沈沈，閒煎緑荈。

【眉評】

[一] 意味甚深，不知其何所指。

【校記】

㈠ 録自《蒿庵詞》。《中白詞》有詞題「歸海上作」。

㈡ 「晝長時、獨立闌干人倦」，《中白詞》作「繞空階、曲曲闌干行徧」。

㊂「曲簾」，《中白詞》作「畫簾」。
㊃「恰湘紋」，《中白詞》作「又簟紋」。
㊄「怎栩栩隨風，影都不見」，《中白詞》作「任寂莫閒庭，落紅成片」。
㊅「誰省」，《中白詞》作「誰遣」。
㊆「有人」，《中白詞》作「人來」。
㊇「自遠」，《中白詞》作「天遠」。
㊈「煙草」，《中白詞》作「芳草」。
㊉「只腸斷」，《中白詞》作「只望斷」。

浪淘沙㈠

衰柳暮棲鴉。樓畔殘霞。珠簾半捲玉鉤斜。恰好㈡箇人簾外坐，今日誰家。舊事漫嗟呀。鏡影窗紗。音書字字記無差。説不盡時拋卻去，流水天涯。[一]

【眉評】

[一]言盡而意無窮，令人尋味不盡。

【校記】

㊀録自《蒿庵詞》。

㊁「恰好」，《中白詞》作「只有」。

夢江南[一]㊀

芳草岸，岸上玉驄嘶。紅袖滿樓招不見，橋邊楊柳細如絲。春雨杏花時。

【眉評】

[一]各有感觸，正不以掇拾成語爲嫌。

【校記】

㊀録自《蒿庵詞》。

更漏子[一]㊀

玉樓寒，芳草碧。門外馬嘶人跡。搴繡幙，拂銀屏。風來夜不扃。應念我。偏相左。

魚鑰重門深鎖。書不寄，夢無憑。窗紗一點燈。

【眉評】

［一］自是脱胎於飛卿，而意味又自不同。

【校記】

㈠録自《蒿庵詞》。

鳳凰臺上憶吹簫㈠

瓜渚煙消，蕪城月冷，何年重與清游。對妝臺明鏡，欲説還羞。多少東風過了，雲縹緲、何處勾留。都非舊，君還記否，吹夢西洲。　悠悠。芳辰轉眼，誰料到而今，盡日樓頭。念渡江人遠，儂更添憂。天際音書久斷，還望斷、天際歸舟。春回也，怎能教人，忘了閑愁。［一］

【眉評】

［一］幽絶深絶。純是《風》、《騷》變相，温、韋幾非所屑就，尚何有於姜、史？

【校記】

㊀ 録自《蒿庵詞》。

青門引㊀

夢裏流鶯囀。喚起春人都倦。砑箋莫漫去題紅，雨絲風片，簾幕晚陰卷。碧雲冉冉遥山展。去也無人管。便尋畫篋螺黛，可堪路隔天涯遠。[一]

【眉評】

[一] 情懷萬種，欲言難言，極沈鬱之致。

【校記】

㊀ 録自《蒿庵詞》。

踏莎行㊀

斜日樓臺，平蕪道路。玉驄嘶去無尋處。斷霞一抹遠山横，東風忽送行雲住。美景匆

匆，華年負負。當筵空把金樽舞。樽中㊁餘瀝且休揮，明朝簾外迷紅雨。[一]

【眉評】

[一] 淒警絶倫，不同凡艷。

【校記】

㊀ 録自《蒿庵詞》。

㊁「樽中」，《中白詞》作「尊前」。

醜奴兒慢[一]㊀

飛來燕燕㊁，驚破緑窗殘夢。看多少㊂、花昏柳暝，雲暗煙籠。望帝春心，枝頭曾否解啼紅。闌干曲曲，柔絲細細，愁殺游蜂。　長記那時，成蹊桃李，一樣鮮穠。到此際、風風雨雨，誰寫春容。迢遞仙源，何人尋約到山中。蛾眉休説，入門時候，妒恨偏工。[二]

【眉評】

[一] 此詞憂愁幽思，骨高味古，幾欲突過中仙。

[二] 此感士不遇也。結更深一層説。

【校記】

㈠ 録自《蒿庵詞》。

㈡「燕燕」，《中白詞》作「鶯燕」。

㈢「多少」，《中白詞》作「幾處」。

側犯㈠

稀紅怨緑，淡匀宮粉新妝靚。顧影。看寂寞無言、淚清瑩。荒苔迷草色，蘿月遮花徑。風定。婪尾讌，杯空醉還醒。金鈴暗觸，底事留芳信。空記省。廿番風、蜂蝶還相并。見説韶華，不堪問訊。幽恨。待教暗窺明鏡。[一]

【眉評】

[一] 託意甚微，亦不知其何所指。

【校記】

㊀ 録自《蒿庵詞》。《中白詞》有詞題「酴醾次清真韻」，全詞作：「惱紅怨緑，淡匀膩粉新妝靚。人定。似縹緲瓊樓、露明鏡。冰肌自掩袂，雪月深深徑。風静。婪尾讌，光浮玉杯影。　盈盈壓架，背立芳心瑩。還記省。春閨鴉鬢共潘令。夢繞梨雲，豔魂清迴。無語東風，夜闌金井。」

○○菩薩蠻[一]㊀

寶函鈿雀金泥鳳。釵梁欹側雲鬟重。莫遣夢兒酣。江南春色闌。　音書金雁斷。芳草芙蓉岸。當户理機絲。年年戰士衣。

【眉評】

[一] 意似有所刺。原本五章，今録其二。

【校記】

㊀ 録自《蒿庵詞》。

又㈠

六銖衣薄迷香霧。畫屏曲曲山無數。生小愛新妝。輸人眉黛長。　夢回深院静。月過秋千影。宫裏醉西施。烏啼臺上時。

【校記】

㈠ 録自《蒿庵詞》。

水龍吟 和秦淮海[二]㈠

小窗月影東風，碧紗籠外㈡輕寒驟。繡奩暫掩，閑門半啓，夜闌相候。不見連朝，新來歲月，游蹤曾有。㈢看㈣春光滿眼，王孫草色，離離遠迷荒甃。　猶記去年㈤别後。恰依稀、探春時又。客中意緒，愁道東陽，爲君消瘦。燕子雕梁，飛花巷陌，一般搔首。㈥更天涯是處，流鶯滿院，説新和舊。

【眉評】

［一］此篇用筆稍疏，但總未隻字説破，意境仍自深厚。○蒿庵詞名不顯，匪獨不及陳、朱諸公，亦不逮楊荔裳、郭頻伽輩猶爭傳於一時也。然世無不顯之寶，文人學業，特患其不精，不患其無知己。曲高寡和，於我奚病焉？

【校記】

㊀録自《蒿庵詞》。

㊁「碧紗籠外」，《中白詞》作「單衣竚立」。

㊂「繡奩」六句，《中白詞》作：「閒門静掩，湘簾不捲，深宵時候。已隔經年，更添愁緒，問君曾有。」

㊃「看」，《中白詞》作「料」。

㊄「猶記去年」，《中白詞》作「一曲楊枝」。

㊅「客中」六句，《中白詞》作：「客中何處，儂今生怕，爲儂消瘦。飛燕雕梁，落花深巷，一般搔首。」

徐燦 字湘蘋，長洲人。陳之遴室。有《拙政園詩餘》三卷。

少年游[一]㈠

衰楊霜遍灞陵橋。何物似前朝。夜來明月，依然相照，還認楚宮腰。　金尊半掩琵琶恨，舊譜爲誰調。翡翠樓前，胭脂井畔，魂與落花飄。[二]

【眉評】

[一] 感慨蒼涼，似金元人最高之作。

[二] 結句外淒警而内少精義。

【校記】

㈠ 録自《國朝詞綜》。《拙政園詩餘》有詞題「有感」。

踏莎行㈠

芳草纔芽，梨花未雨。春魂已作天涯絮。晶簾宛轉爲誰垂，金衣飛上櫻桃樹。　故國茫

茫，扁舟何許。夕陽一片江流去。碧雲猶疊舊河山，月痕休到深深處。[一]

【眉評】

[一] 筆意高超，音節和雅，在五代、北宋之間。

【校記】

㈠ 録自《國朝詞綜》。《拙政園詩餘》有詞題「初春」。

滿江紅　聞雁[一]㈠

既是隨陽，何不向、東吴南越㈡。也只在、黄塵燕市，共人淒切。幾字摧殘㈢風雨夜，一聲叫落關山月。正瑶琴、彈到望江南，冰絃歇。　悲共㈣喜，工還拙。廿載事，心間疊。卻從頭唤起，滿前羅列。鳳沼漁磯何處是，荷衣玉佩憑誰決。且低飛㈤、莫便入㈥高雲，明春别。

【眉評】

[一] 意愜飛動，姿態絶饒。

【校記】

㊀録自《清綺軒詞選》。

㊁「南越」，《拙政園詩餘》作「西越」。

㊂「摧殘」，《拙政園詩餘》作「吹殘」。

㊃「共」，《拙政園詩餘》作「還」。

㊄「低飛」，《拙政園詩餘》作「徐飛」。

㊅「入」，《拙政園詩餘》作「没」。

吴蘋香

著有《花簾詞》一卷。

河傳㊀

春睡。剛起。自兜鞋。立近東風費猜。繡簾欲鉤人不來。徘徊。海棠開未開。　料得曉寒如此重。煙雨凍。一定留春夢㊁。甚繁華。故遲些。輸他。碧桃容易花。[一]

【眉評】

[一]自寫愁怨之作，宛轉合拍，意味甚長。

【校記】

㈠ 録自《兩般秋雨庵隨筆》。

㈡「春夢」,《花簾詞》作「香夢」。

詞則

貳

［清］陳廷焯 編選

鍾錦 點校

放歌集序

息深達亹，悱惻纏綿，學人之詞也。若瑰奇磊落之士，鬱鬱不得志，情有所激，不能一軌於正，而胥於詞發之。風雷之在天，虎豹之在山，蛟龍之在淵，恣其意之所向，而不可以繩尺求。酒酣耳熱，臨風浩歌，亦人生肆志之一端也。杜詩云「放歌破愁絶」，誠慨乎其言矣。録《放歌集》。

丹徒亦峰陳廷焯識

放歌集詞目

卷二

卷三

元詞　四家，共詞七首……六九二

明詞　六家，共詞六首……六九九

國朝詞 九家，共詞三十六首……七〇四

卷四

卷五

國朝詞　一家，詞七十一首……八〇八

陳維崧　下　七十一首……八〇八

卷六

總共一百十家，詞四百四十九首

放歌集卷一

唐詞

戴叔倫 字幼公，金壇人。蕭穎士弟子。歷官撫郡刺史，封譙縣男，遷容管經略使。有集。

○**調笑令**[一]㊀

邊草。邊草。邊草盡來兵老。山南山北雪晴。千里萬里月明。明月。明月。胡笳一聲愁絕。

【眉評】

[一]爽朗。

【校記】

㊀録自《唐五代詞選》。《詞綜》亦有。調名，《詞綜》作「轉應詞」。

白居易　字樂天，其先太原人，徙下邽。貞元十四年進士，歷官中書舍人，出知杭州，以刑部尚書致仕，卒，贈僕射，謚文。有《長慶集》。

長相思㊀

汴水流。泗水流。流到瓜州古渡頭。吴山點點愁。[一]　思悠悠。恨悠悠。恨到歸時方始休㊁。月明人倚樓。

【眉評】

[一]「吴山點點愁」五字精警。

【校記】

㊀録自《清綺軒詞選》。《清綺軒詞選》有詞題「錢塘」，《唐宋諸賢絶妙詞選》作「閨怨」。

㈡「方始休」，底本原作「方時休」，據《清綺軒詞選》改。

温庭筠 見《大雅集》。

○清平樂㈠

洛陽愁絶。楊柳花飄雪。終日行人争㈡攀折。橋下水流嗚咽。[一]上馬争勸離觴。南浦鶯聲斷腸。愁殺平原年少，回首揮淚千行。

【眉評】

[一]「橋下」句，從離人眼中看得，耳中聽得。

【校記】

㈠録自《詞綜》。

㈡「争」，晁本《花間集》作「忩」。

司空圖 字表聖，泗州人。咸通中進士，官禮部員外郎。黃巢之亂，避地中條山。昭宗反正，以戶部侍郎召，至京復歸，再以兵部侍郎召，不赴。亂作，不食而死。有《一鳴集》。

酒泉子㊀

買得杏花，十載歸來方始坼。假山西畔藥欄東。滿枝紅。旋開旋落旋成空。白髮多情人更惜㊁。黃昏把酒祝東風。且從容。

【校記】

㊀錄自《詞綜》。

㊁「更惜」，朱本《尊前集》作「便惜」。

呂巖 字洞賓，關右人。咸通中與㊀進士不第，攜家隱終南。

【校記】

㊀「與」，《詞綜》作「舉」。

○豆葉黄[一]㊀

二月江南山水路。李花零落春無主。一箇魚兒無覓處。風和㊁雨。玉龍㊂生甲歸天去。

【眉評】

[一]奇警。

【校記】

㊀録自《唐五代詞選》。調名,《玉壺清話》作「漁家傲」。

㊁「和」,《玉壺清話》作「兼」。

㊂「玉龍」,《玉壺清話》作「土龍」。

五代十國詞

毛文錫 字平珪。唐進士，事蜀，爲翰林學士，遷内樞密使，歷文思殿大學士、司徒。

○甘州遍㊀

秋風緊，平磧雁行低。陣雲齊。蕭蕭颯颯，邊聲四起，愁聞戍角與征鼙。　青冢北，黑山西。沙飛聚散無定，往往路人迷。鐵衣冷、戰馬血霑蹄。破蕃奚。鳳皇詔下，步步躡丹梯。[一]

【眉評】

[一] 結以功名，鼓戰士之氣。

【校記】

㊀ 録自《唐五代詞選》。

孫光憲 見《大雅集》。

○定西番㊀

雞禄山前遊騎，邊草白，朔天明。馬蹄輕。　鵲面弓離短韔，彎來月欲成。一隻鳴髇雲外，曉鴻驚。[一]

【眉評】

[一] 筆力廉悍。

【校記】

㊀ 録自《唐五代詞選》。

○又㊀

帝子枕前秋夜，霜幄冷，月華明。正三更。　何處戍樓寒笛，夢殘聞一聲。遥想漢關萬里，涙縱橫。

【校記】

㊀録自《唐五代詞選》。

思越人㊀

渚蓮枯，宮樹老，長洲廢苑蕭條。想像玉人何㊁處所，月明獨上溪橋。　經春初敗秋風起。紅蘭緑蕙愁死。[一]一片風流傷心地。魂消目斷西子。

【眉評】

[一]筆力甚遒，而語特凄咽。

【校記】

㊀録自《詞綜》。

㊁「何」，《花間集》、《詞綜》作「空」，《詞綜》字下注：「一作『何』。」

宋詞

李遵勗

字公武，崇矩孫。第進士，尚荆國大長公主，授左龍武軍駙馬都尉，累遷寧國軍節度使，徙鎮國軍，知許州。卒，贈中書令，謚和文。有《閑宴集》。

○滴滴金㈠

帝城五夜宴遊歇。殘燈外、看殘月。[一]都來㈡猶在醉鄉中，聽更漏初徹。　行樂已成閑話説。如春夢、覺時節。[二]大家同約探春行，問甚花先發。

【眉評】

[一]兩「殘」字警。

[二]猛省。○斯人而有斯語，故佳。

【校記】

㈠録自《詞綜》。

㊁「都來」,《能改齋漫録》作「都人」。

范仲淹 見《大雅集》。

漁家傲[一]㊀

塞下秋來風景異。衡陽雁去無留意。四面邊聲連角起。千嶂裏。長煙落日孤城閉。濁酒一杯家萬里。燕然未勒歸無計。羌管悠悠霜滿地。人不寐。將軍白髮征夫淚。彭孫遹云:「『將軍白髮征夫淚』,蒼涼悲壯,慷慨生哀。永叔欲以『玉堦遙獻南山壽』敵之,終覺讓一頭地。」

【眉評】

[一] 絶不作一骯髒語,悲而壯,忠愛根於血性,不可强爲也。

【校記】

㊀ 録自《詞綜》。

蘇軾 見《大雅集》。

生查子 訴別㊀

三度別君來，此別真遲暮。白盡老髭鬚，明日淮南去。　酒罷月隨人，淚濕花如霧。後夜逐君還，㊁夢繞湖邊路。[一]

【眉評】

[一] 語淺情深，正不易及。

【校記】

㊀ 録自《宋六十一家詞選》。詞題，《東坡樂府》作「送蘇伯固」。

㊁ 「後夜逐君還」，《東坡樂府》作「後月送君時」，下注：「一作『後夜逐君還』。」

雙調南鄉子 重陽㊀

霜降水痕收。淺碧粼粼露遠州。酒力漸消風力軟，颼颼。破帽多情卻戀頭。[一]　佳節若爲酬。但把清樽斷送秋。萬事到頭都是夢，休休。明日黄花蝶也愁。

【眉評】

[一] 翻用落帽事，極疎狂之趣。

【校記】

㊀ 録自《清綺軒詞選》。調名、詞題，《東坡樂府》作「南鄉子」、「重九涵輝樓呈徐君猷」。

點絳唇㊀

獨倚㊁胡床，庾公樓外峰千朵。與誰同坐。明月清風我。[一] 别乘一來，有唱終須㊂和。還知麽。自從添个。風月平分破。

【眉評】

[一] 押「我」字警。

【校記】

㊀録自《清綺軒詞選》。

㊁「獨倚」，汲古閣本《東坡詞》作「閒倚」。

㊂「終須」，汲古閣本《東坡詞》作「應須」。

西江月 平山堂㊀

三過平山堂下，半生彈指聲中。十年不見老仙翁。壁上龍蛇飛動。　欲弔文章太守，仍歌楊柳春風。休言萬事轉頭空。未轉頭時皆夢。[一]

【眉評】

[一] 深進一層，喚醒癡愚不少。

【校記】

㊀録自《清綺軒詞選》。《東坡樂府》無詞題。

○又[一]㊀

照野瀰瀰淺浪，橫空曖曖微霄㊁。障泥未解玉驄驕。我欲醉眠芳草。可惜一溪明㊂月，莫教踏碎瓊瑶。解鞍欹枕緑楊橋。杜宇數聲㊃春曉。

【眉評】

[一]〈西江月〉一調易入俚俗，稍不檢點，則流於曲矣。此偏寫得灑落有致。

【校記】

㊀録自《清綺軒詞選》。《東坡樂府》有詞序：「頃在黄州，春夜行蘄水中，過酒家飲，酒醉，乘月至一溪橋上，解鞍曲肱醉卧少休。及覺，已曉，亂山攢擁，流水鏘然，疑非塵世也。書此語橋柱上。」

㊁「曖曖微霄」，《東坡樂府》作「隱隱層霄」。

㊂「明」，《東坡樂府》作「風」，字下注：「一作『明』。」

㊃「數聲」，《東坡樂府》作「一聲」。

浣溪沙 寓意，和前韻。㊀

炙手無人傍屋頭。蕭蕭晚雨脱梧楸。誰憐季子敝貂裘。　顧我已無當世望，似君須向古人求。歲寒松柏肯驚秋。

【校記】

㊀ 録自《宋六十一家詞選》。《東坡樂府》無題。

又 游蘄水清泉寺㊀

山下蘭芽短浸溪。松間沙路浄無泥。瀟瀟暮雨子規啼。　誰道人生難再㊁少，君看㊂流水尚能西。休將白髮唱黄雞。原注：「寺前水西流。」[一]

【眉評】

[一] 愈悲鬱，愈豪放，愈忠厚，令我神往。

【校記】

㊀録自《詞綜》。詞題，《東坡樂府》作「游蘄水清泉寺。寺臨蘭溪，溪水西流」，無詞後原注。

㊁「難再」，《東坡樂府》作「無再」。

㊂「君看」，《東坡樂府》作「門前」。

○**青玉案**和賀方回韻，送伯固歸吴中故居。[一]㊀

三年枕上吴中路。遣黄耳㊁、隨君去。若到松江呼小渡。莫驚鷗鷺㊂，四橋盡是，老子經行處。　輞川圖上看春暮。常記高人右丞句。作箇歸期天已許。春衫猶是，小蠻鍼綫，曾濕西湖雨。

【眉評】

[一]此闋《詞綜》作姚進道詞，兹從《宋六十一家詞》本。

【校記】

㊀録自《宋六十一家詞選》。詞題，《東坡樂府》無「故居」二字。

㈡「黄耳」，《東坡樂府》作「黄犬」。

㈢「鷗鷺」，《東坡樂府》作「鴛鷺」。

○八聲甘州 寄參寥子㈠

有情風萬里卷潮來，無情送春歸㈡。問錢塘江上，西興浦口，幾度斜暉。不用思量今古，俯仰昔人非。誰似東坡老，白首忘機。記取西湖西畔，正暮山㈢好處，空翠煙霏。算詩人相得，如我與君稀。約他年、東還海道，願謝公、雅志莫相違。西州路，不應回首，爲我沾衣。[一]

【眉評】

[一] 寄伊鬱於豪宕。

【校記】

㈠ 録自《宋六十一家詞選》。

㈡「春歸」，《東坡樂府》作「潮歸」。

㈢「暮山」，《東坡樂府》作「春山」。

○哨遍㈠

睡起畫堂，銀蒜押簾，珠幕雲垂地。初雨歇，洗出碧羅天，正溶溶養花天氣。一霎晴，㈡風迴芳草，榮光浮動，卷皺銀塘水。〔一〕方杏靨勻酥，花鬚吐繡，園林翠紅排比㈢。見乳燕梢婕過繁枝。忽一綫爐香惹㈣游絲。晝永人閒，獨立斜陽，晚來情味。便攜將佳麗。乘興㈤深入芳菲裏。撥胡琴語，輕攏慢撚總伶俐㈥。看緊約羅裙，急趣檀板，霓裳入破驚鴻起。顰月凝眉㈦，醉霞橫臉，歌聲悠颺雲際。任滿頭紅雨落花飛。漸鳷鵲樓西玉蟾低。尚徘徊、未盡歡意。君看今古悠悠，浮幻㈧人間世。這些百歲光陰幾日，三萬六千而已。醉鄉路穩不妨行，算㈨人生、要適情耳。〔二〕

【眉評】

〔一〕筆致紆徐，蓄勢在後。

〔二〕縱筆揮灑，如天風海雨，咄咄逼人。

【校記】

㈠ 録自《詞綜》。

㈡「一霎晴」，《東坡樂府》作「一霎暖」，《詞譜》作「一霎時」。

㈢「翠紅排比」，《東坡樂府》作「排比翠紅」。

㈣「惹」，《東坡樂府》作「逐」。

㈤「便攜將佳麗。乘興」，《東坡樂府》作「便乘興攜將佳麗」。

㈥「總伶俐」，《東坡樂府》作「揔利」。

㈦「凝眉」，《東坡樂府》作「臨眉」。

㈧「浮幻」，《東坡樂府》作「浮宧」。

㈨「算」，《東坡樂府》作「但」。

黄庭堅

字魯直，分寧人。舉進士，元祐初爲校書郎，遷集賢校理，擢起居舍人。追謚文節。有《山谷詞》二卷。

○減字木蘭花㈠

中秋無雨。醉送月銜西嶺去。笑口須開。幾度中秋見月來。[一]　前年江外。兒女傳杯兄弟會。此夜登樓。小謝清吟慰白頭。

【眉評】

［一］愁苦之情，出以風流放誕之筆，絶世文情。

【校記】

㊀録自《詞綜》。汲古閣本《山谷詞》前首有詞題「丙子仲秋奉陪黔陽曹使君伯達翫月，作《減字木蘭花》，兼簡施州張使君仲謀」，此首亦應同題。

○○望江東［一］㊀

江水西頭隔煙樹。望不見、江東路。思量只有夢來去。更不怕、江闌住。　燈前寫了書無數。算没個、人傳與。直饒尋得㊁雁分付。又還是、秋將暮。

【眉評】

［一］筆力奇橫，是山谷獨絶處。◯人只見其用筆之奇倔，不知其一片深情，往復不置，纏綿之至也。

【校記】

㈠録自《清綺軒詞選》。

㈡「尋得」，底本原作「尋來」，據汲古閣本《山谷詞》、《清綺軒詞選》改。

鷓鴣天 坐中有眉山隱客史應之和前韻，即席答之。[一]㈠

黄菊枝頭生曉寒。人生莫放酒杯乾。風前横笛斜吹雨，醉裏簪花倒著冠。身健在，且加餐。舞裙歌板盡情歡㈡。黄花白髮相牽挽，付與傍人㈢冷眼看。

【眉評】

[一] 山谷此詞，頗似稼軒率意之作。

【校記】

㈠録自《宋六十一家詞選》。

㈡「情歡」，《山谷琴趣外篇》作「清歡」。

㈢「傍人」，《山谷琴趣外篇》作「時人」。

○**虞美人** 宜州見梅作㊀

天涯也有江南信。梅破知春近。夜闌風細得香遲。不道曉來開遍向南枝。　玉臺弄粉花應妒。飄到眉心住。平生箇裏願杯深。去國十年老盡少年心。

【校記】

㊀録自《詞綜》。

晁補之 字无咎，鉅野人。舉進士，元祐初除秘書省正字，遷校書郎，以秘閣校理通判揚州，召還，爲著作郎，坐黨籍徙，大觀末知泗州，卒。有《雞肋集》，詞一卷。

○**摸魚兒**㊀

買陂塘、旋栽楊柳，依稀淮岸湘浦㊁。東皋雨足輕痕㊂漲，沙觜鷺來鷗聚。堪愛處。最好是、一川夜月光流渚。無人自舞㊃。任翠幕㊄張天，柔茵藉地，酒盡未能去。　青綾被，休憶㊅金閨故步。儒冠曾把身誤。弓刀千騎成何事，荒了邵平瓜圃。君試覷。滿青鏡、星星鬢影今如許。〔一〕功名浪語。便做得㈦班超，封侯萬里，歸計恐遲暮。

【眉評】

〔一〕溜漓頓挫。

【校記】

㈠録自《詞綜》。《晁氏琴趣外篇》有題「東皋寓居」。

㈡「湘浦」，《晁氏琴趣外篇》作「江浦」。

㈢「雨足輕痕」，《晁氏琴趣外篇》作「嘉雨新痕」。

㈣「自舞」，《晁氏琴趣外篇》作「獨舞」。

㈤「翠幕」，《晁氏琴趣外篇》作「翠幄」。

㈥「休憶」，《晁氏琴趣外篇》作「莫憶」。

㈦「做得」，《晁氏琴趣外篇》作「似得」。

○憶少年 別歷下㈠

無窮官柳，無情畫舸，無根行客。南山尚相送，只高城人隔。罨畫園林溪紺碧。算重來、盡成陳跡。劉郎鬢如此，況桃花顏色。

【校記】

㈠録自《詞綜》。據《宋六十一家詞選》補詞題。

惜奴嬌㈠

歌闋瓊筵，暗失金貂侶。説衷腸、丁寧囑付。棹舉帆開，黯行色、秋將暮。欲去。待卻回、高城已暮。[一]漁火煙村，但觸目、傷離緒。此情向、阿誰分訴。那裏思量，爭知我、思量苦。最苦。睡不著、西風夜雨。

【眉評】

［一］「暮」字韻複。

【校記】

㈠録自《詞綜》。

賀鑄 見《大雅集》。

南柯子 別思㊀

斗酒才供淚，扁舟只載愁。[一]畫橋青柳小朱樓。猶記出城車馬、爲遲留。

有恨花空委，無情水自流。河陽新髩儘禁秋。蕭散楚雲巫雨、此生休。

【眉評】

[一]起十字淒警。

【校記】

㊀録自《詞綜》。詞題，《唐宋諸賢絶妙詞選》作「別恨」。

朱服 字行中，烏程人。熙寧中進士甲科，累官國子司業、起居舍人，以直龍圖閣知潤州，徙泉、婺、寧、廬、壽五州，紹聖初召爲中書舍人，歷禮部侍郎，坐與蘇軾游，貶海州團練副使，蘄州安置，改興國軍，卒。

○○**漁家傲** 東陽郡齋作㈠

小雨纖纖㈡風細細。萬家楊柳青煙裏。戀樹濕花飛不起。愁無際㈢。和春付與東流㈣水。九十光陰能有幾。金龜解盡留無計。寄語東陽㈤沽酒市。拚一醉。而今樂事他年淚。[一]

【眉評】

[一] 慨當以慷。

【校記】

㈠ 録自《詞綜》。《泊宅編》：「守東陽日嘗作春詞云」。

㈡「纖纖」，《泊宅編》作「廉纖」。

㈢「無際」，《泊宅編》作「無比」。

㈣「東流」，《泊宅編》作「西流」。

㈤「東陽」，《泊宅編》作「東城」。

趙鼎臣 字承之，衛城人。元祐中進士，宣和中以右文殿修撰知鄧州，召爲太府卿，卒，贈待制。有《竹隱畸士集》。

念奴嬌 送王長卿赴河間司録㈠

舊游何處，記金湯形勝，蓬瀛佳麗。緑水㈡芙蓉，元帥與賓僚，風流濟濟。萬柳亭邊㈢，雅歌堂上，醉倒春風裏。十年一夢，覺來無人㈣千里。　惆悵送子重游，南樓依舊否，朱欄誰倚。要識當時，惟是有明月，曾陪珠履。量減杯中，雪添頭上，甚矣吾衰矣。酒徒相問，爲言憔悴如此。

【校記】

㈠録自《詞綜》。詞題，《樂府雅詞拾遺》作「送王長卿赴河澗司錢」。

㈡「緑水」，《樂府雅詞拾遺》作「渌水」。

㈢「亭邊」，《樂府雅詞拾遺》作「庭邊」。

㈣「無人」，《樂府雅詞拾遺》作「烟水」。

周邦彦　見《大雅集》。

○○**西河**　金陵懷古[二]㈠

佳麗地。南朝盛事誰記。山圍故國繞清江，髻鬟對起。怒濤寂寞打孤城，風檣遥度天際。　斷崖樹，猶倒倚。莫愁艇子曾繫。空餘舊跡鬱蒼蒼，霧沈半壘。夜深月過女墻來，傷心㈡東望淮水。　酒旗戲鼓甚處市。想依稀、王謝鄰里。燕子不知何世。入尋常、巷陌人家相對。如説興亡，斜陽裏。

【眉評】

［一］此詞以「山圍故國」、「朱雀橋邊」二詩作藍本，融化入律，氣韻沈雄，音節悲壯。

【校記】

㈠録自《詞綜》。《續詞選》亦有。詞題，《片玉集》作「金陵」。

㈡「傷心」，《片玉集》作「賞心」。

李甲 字景元，華亭人。

帝臺春㈠

芳草碧色。萋萋遍南陌。暖絮亂紅，也㈡知人、春愁無力。憶得盈盈拾翠侶，共攜賞、鳳城寒食。到今來，海角逢春，天涯倦客㈢。愁旋釋。還似織。淚暗拭。又偷滴。漫倚遍㈣危欄，儘黄昏，也只是、暮雲凝碧。拚則而今已拚了，忘則怎生便忘得。又還問鱗鴻，試重尋消息。［一］

【眉評】

[一] 信筆抒寫，卻仍鬱而不露，耐人玩索。

【校記】

㊀ 録自《詞綜》。

㊁「也」，《樂府雅詞》字下注：「一本有『似』字。」

㊂「倦客」，《樂府雅詞》作「爲客」。

㊃「漫倚遍」，《樂府雅詞》作「漫竚立、倚遍」。

趙鼎 字元鎮，聞喜人。崇寧初進士，累官尚書左僕射、同中書門下平章事兼樞密使，卒，贈太傅，謚忠簡，追封豐國公。有《得全居士集》，詞一卷。

○**滿江紅** 丁未九月南渡，泊舟儀真江口。[一]㊀

慘結秋陰，西風送、絲絲㊁雨濕。凝望㊂眼、征鴻幾字，暮投砂磧。欲問㊃鄉關何處是，水雲浩蕩連南北㊄。但脩眉、一抹㊅有無中，遥山色。　江上路，天涯客。㊆腸已斷㊇，頭應白。

空搔首興歎，暮年離隔㊈。欲待忘憂⑩除是酒，奈酒行有盡愁無極⑪。便挽將、江水⑫入尊罍，澆胸臆。

【眉評】

［一］通首無一字涉南渡事蹟，只摹寫眼前景物，而一片忠愛之誠，幽憤之氣，溢於言表。人品既高，詞亦超脱。

【校記】

㊀録自《詞綜》。詞題「江口」，《得全居士詞》作「江口作」。

㊁「絲絲」，《得全居士詞》作「霏霏」。

㊂「凝望」，《得全居士詞》作「淒望」。

㊃「欲問」，《得全居士詞》作「試問」。

㊄「連南北」，《得全居士詞》作「迷南北」。

㊅「脩眉、一抹」，《得全居士詞》作「一抹、寒青」。

㊆「江上路，天涯客」，《得全居士詞》作「天涯路，江上客」。

㈧「已斷」，《得全居士詞》作「欲斷」。
㈨「離隔」，《得全居士詞》作「離拆」。
㈩「欲待忘憂」，《得全居士詞》作「須信道消憂」。
⑪「愁無極」，《得全居士詞》作「情無極」。
⑫「挽將、江水」，《得全居士詞》作「挽取、長江」。

岳飛 字鵬舉，湯陰人。累官少保、樞密副使，封國公，謚武穆，追贈鄂王。

○小重山㈠

昨夜寒蛩不住鳴。驚回千里夢，已三更。起來獨自遶階行。人悄悄，簾外月朧明。白首爲功名。舊山松竹老，阻歸程。欲將心事付瑤琴㈡。知音少，絃斷有誰聽。[一]

【眉評】

[一] 蒼涼悲壯中，亦復風流儒雅。

【校記】

㈠ 録自《詞綜》。

〔二〕「瑶琴」，《岳忠武王集》作「瑶箏」。

李彌遜 字似之，吴縣人。大觀初登第，遷起居郎，試中書舍人，再試户部侍郎，以争和議忤秦檜，乞歸田，隱連江西山。有《筠溪集》。

菩薩蠻〔一〕

江城烽火連三月。不堪對酒長亭別。休作斷腸聲。老來無淚傾。〔一〕　風高帆影疾。目送舟痕碧。錦字幾時來。薰風無雁回。

【眉評】

〔一〕悲而鬱，正妙在不多説。

【校記】

〔一〕録自《詞綜》。

○**蝶戀花**福州橫山閣㊀

百疊青山江一縷。十里人家，路遶南臺去。榕葉滿川飛白鷺。疏簾半捲黄昏雨。樓閣崢嶸天尺五。荷芰風清，習習消袢暑。老子人間無著處。一樽來作橫山主。[二]

【眉評】

[二] 疎放，似山谷、稼軒手筆。

【校記】

㊀ 録自《詞綜》。

張元幹 字仲宗，長樂人。紹興中，坐送胡銓及寄李綱詞除名。有《歸來集》、《蘆川詞》一卷。

○**賀新郎**送胡邦衡待制赴新州㊀

夢繞神州路。悵秋風、連營畫角，故宫離黍。底事崑崙傾砥柱，九地黄流亂注。聚萬落、千村狐兔。天意從來高難問，況人情、易老悲難訴㊁。〔一〕更南浦，送君去。涼生岸柳摧㊂殘暑。耿斜河、疎星淡月，斷雲微度。萬里江山知何處，回首對牀夜語。雁不到、書成誰與。目盡青天懷今古，肯兒曹、恩怨相爾汝。舉大白，聽金縷。

【眉評】

〔一〕情見乎詞，即「悠悠蒼天」之意。

【校記】

㊀録自《詞綜》。詞題，宋本《蘆川詞》作「送胡邦衡待制」。

㊁「易老悲難訴」，宋本《蘆川詞》作「老易悲如許」。

㊂「摧」，宋本《蘆川詞》作「催」。

○又 寄李伯紀丞相㊀

曳杖危樓去。斗垂天、滄波萬頃，月流煙渚。掃盡浮雲風不定，未放扁舟夜渡。宿雁落、寒蘆深處。悵望關河空弔影，正人間、鼻息鳴鼉鼓。誰伴我，醉中舞。　十年一夢揚州路。

倚高寒、愁生故國，氣吞驕虜。要斬樓蘭三尺劍，遺恨琵琶舊語。謾暗澀、原注：「一作拭。」銅華塵土。喚取謫仙平章看，過苕溪、尚許垂綸否。風浩蕩，欲飛舉。原注：「『飛』一作『輕』。」

【校記】

㈠ 録自《詞綜》。

石州慢 己酉秋吴興舟中㈠

雨急雲飛，瞥然驚散，暮天㈡涼月。誰家疏柳低迷，幾點流螢明滅。夜帆風駛，滿湖煙水蒼茫，菰蒲零亂秋聲咽。夢斷酒醒時，倚危檣清絶。心折。長庚光怒，羣盜縱横，逆胡猖獗。欲挽天河，一洗中原膏血。兩宫何處，塞垣祇隔長江，唾壺空擊悲歌缺。萬里想龍沙，泣孤臣吴越。[一]

【眉評】

[一] 忠愛根于血性，勃不可遏。

【校記】

㈠録自《詞綜》。詞題，宋本《蘆川詞》作「己酉秋吴興舟中作」。

㈡「瞥然驚散，暮天」，宋本《蘆川詞》作「驚散暮鴉，微弄」。

○**水調歌頭** 丁丑春與鍾離少翁、張元鑒登垂虹。㈠

柱策松江上，舉酒酹三高。此生飄蕩，往來身世兩徒勞。長羨五湖煙艇，好是秋風鱸鱠，笠澤久蓬蒿。想像英靈在，千古傲雲濤。　俯滄波㈡，吞空曠，恍神交。解衣盤礴，政須一笑屬奇曹㈢。洗盡人間塵土，掃去胸中冰炭，痛飲讀離騷。縱有垂天翼，何用釣連鼇。[一]

【眉評】

[一] 結悲憤。

【校記】

㈠録自《詞綜》。

㈡「滄波」，宋本《蘆川詞》作「滄浪」。

㈢「奇曹」，宋本《蘆川詞》作「吾曹」。

朱敦儒 見《大雅集》。

、○**相見歡**[一]㊀

金陵城上西樓。倚清秋。萬里夕陽垂地大江流。中原亂。簪纓散。幾時收。試倩悲風吹淚過揚州。

【眉評】

[一]筆力雄大，氣韻蒼涼，短調中具有萬千氣象。

【校記】

㊀録自《詞綜》。

劉之翰 荆南人。

、○**水調歌頭** 獻田都統㊀

涼露洗金井，一葉下梧桐。謫仙浪游何處㊁，華髮作詩翁。烏帽蕭蕭一幅，坐對清泉白石，矯首㊂撫長松。獨鶴歸來晚，聲在碧霄中。[一]　神仙宅，留玉節，駐金狨。黔南一道，十萬貔虎控雕弓。笑折碧荷倒影，自唱采蓮㊃新曲，詞句滿秋風。劍佩八千歲，長入大明宮。

《詞綜》：「田世輔爲金州都統制，時之翰待峽州遠安主簿闕，作此詞獻之，田覽之大喜，致書約來金城，欲厚加資給，而之翰遽亡。明年，田出閱武，恍惚見之翰立道左，因大驚異，亟送千緡與其孤。」㊄

【眉評】

[一] 筆力雄勁，乃至其鬼猶靈，嗚呼奇矣！

【校記】

㊀ 録自《詞綜》。

㊁「何處」，《夷堅支志》作「何事」。

㊂「矯首」，《夷堅支志》作「翹首」。

㊃「采蓮」，《夷堅支志》作「采芝」。

㊄ 引《詞綜》此段，見《夷堅支志乙》卷十。

辛棄疾[一]　見《大雅集》。

【眉評】

[一] 感激豪宕，蘇、辛並峙千古。然忠愛惻怛，蘇勝於辛；而淋漓悲壯、頓挫盤鬱，則稼軒獨步千古矣。○稼軒詞魄力雄大，如驚雷怒濤，駭人耳目，天地鉅觀也。後惟迦陵有此筆力，而鬱處不及。

○**破陣子** **爲陳同甫賦壯詩以寄之**㊀

醉裏挑燈看劍，夢回吹角連營。八百里分麾下炙，五十絃翻塞外聲。沙場秋點兵。馬作的盧飛快，弓如霹靂弦驚。了卻君王天下事，贏得生前身後名。可憐白髮生。

【校記】

㊀ 録自《詞綜》。詞題「壯詩」，《稼軒長短句》作「壯詞」。

○○**踏莎行** **中秋後二夕，帶湖篆崗小酌。**㊀

夜月樓臺，秋香院宇。笑吟吟地人來去。是誰秋到便淒涼，當年宋玉悲如許。隨分盃

盤，等閑歌舞。問他有甚堪悲處。思量卻也有悲時，重陽節近多風雨。[二]

【眉評】

[二] 鬱勃以蘊藉出之。

【校記】

㊀ 録自《詞綜》。詞題「中秋」，《稼軒長短句》作「庚戌中秋」。

○又 和趙興國知録韻㊀

吾道悠悠，憂心悄悄。最無聊處秋光到。西風林外有啼鴉，夕陽㊁山下多衰草。長憶商山，當年四老。塵埃也走咸陽道。爲誰書到便幡然㊂，至今此意無人曉。[二]

【眉評】

[二] 發難奇肆。

【校記】

㊀ 録自《詞綜》。詞題「趙興國」，《稼軒長短句》作「趙國興」。

㊁「夕陽」，《稼軒長短句》作「斜陽」。

㊂「憣然」，《稼軒長短句》作「幡然」。

○念奴嬌 登建康賞心亭，呈史留守致道。㊀

我來弔古，上危樓、贏得閒愁千斛。虎踞龍盤㊁何處是，只有興亡滿目。柳外斜陽，水邊歸鳥，隴上吹喬木。片帆西去，一聲誰噴霜竹。　卻憶安石風流，東山歲晚，淚落哀箏曲。兒輩功名都付與，長日惟消棊局。寶鏡難尋，碧雲將暮，誰勸杯中綠。江頭風怒，朝來破浪翻屋。[一]

【眉評】

[一] 老辣。

【校記】

㊀録自《宋六十一家詞選》。

㊁「龍盤」，《稼軒詞甲集》作「龍蟠」。

金縷曲㊀

柳暗凌波路。送春歸、猛風暴雨，一番新緑。千里瀟湘葡萄漲，人解扁舟欲去。又檣燕、留人相語。艇子飛來生塵步，唾花寒、唱我新翻㊁句。波似箭，鳴㊂柔櫓。黃陵祠下山無數。聽湘娥、泠泠曲罷，爲誰情苦。[一]行到東吴春已暮，江闊㊃潮平穩渡。望金雀、觚棱細舞㊄。前度劉郎今重到，問玄都、千樹花存否。愁爲倩，么絲㊅訴。

【眉評】

[一] 閒處亦不乏姿態。

【校記】

㊀ 録自《詞綜》。調名，《稼軒長短句》作「賀新郎」。

㊁ 「新翻」，《稼軒長短句》作「新番」。

㊂ 「鳴」，《稼軒長短句》作「催」。

㊃ 「江闊」，《稼軒長短句》作「正江闊」。

㊄「細舞」，《稼軒長短句》作「翔舞」。

㊅「么絲」，《稼軒長短句》作「么絃」。

沁園春 帶湖新居㊀

三徑初成，鶴怨猿驚，稼軒未來。甚雲山自許，平生意氣，衣冠人笑，抵死塵埃。意倦須還，身閑貴早，豈爲蓴羹鱸鱠哉。秋江上，看驚絃雁避，駭浪船回。[一]　東岡更葺茅齋。好都把、軒窗臨水開。要小舟行釣，先應種柳，疎籬護竹，莫礙觀梅。秋菊堪餐，春蘭可佩，留待先生手自栽。沈吟久，怕君恩未許，此意徘徊。[二]

【眉評】

[一] 抑揚頓挫。

[二] 急流勇退之情，以温婉之筆出之，姿態愈饒。

【校記】

㊀ 録自《詞綜》。詞題，《稼軒長短句》作「帶湖新居將成」。

滿江紅 送李正之提刑入蜀[一]㈠

蜀道登天，一杯送、繡衣行客。還自歎、中年多病，不堪離別。東北看膽㈡諸葛表，西南更草相如檄。把功名、收拾付君侯，如椽筆。兒女淚，君休滴。荊楚跡，㈢吾能識㈣。要新詩準備，廬山㈤山色。赤壁磯頭千古浪，銅鞮陌上三更月。正梅花、萬里雪深時，須相憶。[二]

【眉評】

[一] 氣魄之大突過東坡，古今更無敵手。想其下筆時，早已目無餘子矣。

[二] 龍吟虎嘯。

【校記】

㈠ 録自《詞綜》。

㈡ 「看膽」，《稼軒長短句》作「看驚」。

㈢ 「跡」，《稼軒長短句》、《詞綜》作「路」。

㈣ 「能識」，《稼軒長短句》作「能説」。

㊄「盧山」，《稼軒詞甲集》作「盧江」。

又 江行，簡楊濟翁、周顯先。㊀

過眼溪山，怪都是㊁、舊時相識㊂。還記得、夢中行遍，江南江北。佳處徑須攜杖去，能消幾兩㊃平生屐。笑塵勞、三十九年非，長爲客。[一]　吴楚地，東南坼。英雄事，曹劉敵。被西風吹盡，了無塵跡。樓觀甫成㊄人已去，旌旗未卷頭先白。歎人生㊅、哀樂轉相尋，今猶昔。[二]

【眉評】

[一]回頭一擊，龍蛇飛舞。

[二]悲壯蒼涼，卻不粗鹵，改之、放翁輩終身求之不得也。

【校記】

㊀録自《詞綜》。

㊁「都是」，《稼軒長短句》作「都似」。

㊂「曾識」，《稼軒長短句》、《詞綜》作「相識」。
㊃「幾兩」，《稼軒長短句》作「幾緉」。
㊄「甫成」，《稼軒長短句》作「纔成」。
㊅「人生」，《稼軒長短句》作「人間」。

水調歌頭 舟次揚州，和楊濟翁、周顯先韻。[一]㊀

落日塞塵起，胡馬㊁獵清秋。漢家組練十萬，列檻㊂聳層樓。誰道投鞭飛渡，憶昔鏑鳴㊃血污，風雨佛貍愁。季子正年少，匹馬黑貂裘。今老矣，搔白首，過揚州。倦游欲去江上，手種橘千頭。二客東南名勝，萬卷詩書事業，嘗試與君謀。莫射南山虎，直覓富平㊄侯。

【眉評】

[一]稼軒〈水調歌頭〉諸闋，直是飛行絕跡，一種悲憤忼慨鬱結於中，雖未能痕跡消融，卻無害其爲渾雅，後人未易摹倣。

【校記】

㊀録自《詞綜》。

㈡「胡馬」，《詞綜》作「□馬」，《稼軒長短句》作「胡騎」。

㈢「列檻」，《稼軒長短句》作「列艦」。

㈣「鏑鳴」，《稼軒長短句》作「鳴髇」。

㈤「富平」，《稼軒長短句》作「富民」。

又 送鄭厚卿赴衡州㈠

寒食不少住㈡，千騎擁春衫。衡陽石鼓城下，記我舊停驂。襟以瀟湘桂嶺，帶以洞庭青草，紫蓋屹西南。文字起騷雅，刀劍化新蠶㈢。[一]　看使君，於此事，定不凡。奮髯抵几堂上，尊俎自高談。莫信君門萬里，但使民歌五袴，歸詔鳳皇銜。君去我誰飲，明月影成三。

【眉評】

[一] 筆致疎放，而氣絶遒煉。

【校記】

㈠ 録自《宋六十一家詞選》。

㈡「少住」，《稼軒長短句》作「小住」。

㈢「新蠶」，《稼軒長短句》作「耕蠶」。

又[一]㈠

四坐且勿語，聽我醉中吟。池塘春草未歇，高樹變鳴禽。鴻雁初飛江上，蟋蟀還來床下，時序百年心。誰要卿料理，山水有清音。　歡多少，歌長短，酒淺深。而今已不如昔，後定不如今。閑處直須行樂，良夜更教秉燭，高會惜分陰。白髮短如許，黄菊倩誰簪。

【眉評】

[一] 若整若散，一片神行，非人力可到。

【校記】

㈠ 録自《詞綜》。《稼軒長短句》有詞題「醉吟」。

又 壬子三山被召，陳端仁給事飲餞席上作。[一]㊀

長恨復長恨，裁作短歌行。何人爲我楚舞，聽我楚狂聲。余既滋蘭九畹，又樹蕙之百畝，秋菊更餐英。門外滄浪水，可以濯吾纓。一杯酒，問何似，身後名。人間萬事，毫髮常重泰山輕。悲莫悲生離別，樂莫樂新相識，兒女古今情。富貴非吾事，歸與白鷗盟。[二]

【眉評】

[一] 悲憤填膺，不可遏抑。

[二] 運用成句，純以神行。

【校記】

㊀ 録自《詞綜》。

又[一]㊀

帶湖吾甚愛，千丈翠奩開。先生杖屨㊁無事，一日走千回。凡我同盟鷗鷺，今日既盟之後，來往莫相猜。白鶴恁㊂何處，嘗試與偕來。破青萍，排翠藻，立蒼苔。窺魚笑汝癡計，不解舉吾杯。廢沼荒丘疇昔，明月清風此夜，人世幾歡哀。東岸緑陰少，楊柳更須栽。[二]

【眉評】

[一] 一氣舒卷，參差中寓整齊，神乎技矣。

[二] 一結愈樸愈妙，看似不經意，然非有力如虎者不能。

【校記】

㊀ 録自《詞綜》。《稼軒長短句》有詞題「盟鷗」。

㊁ 「杖履」，《稼軒長短句》作「杖屨」。

㊂ 「恁」，《稼軒長短句》作「在」。

、○洞仙歌㊀

飛流萬壑，共千巖爭秀。孤負平生弄泉手。歎輕衫衰帽㊁，幾許紅塵，還自喜，濯髮滄浪依舊。人生行樂耳，身後虛名，何似生前一杯酒。便此地結吾廬，待學淵明，更手種、門

前五柳。且歸去父老約重來，問如此溪山㊂，定重來否。[一]

【眉評】

[一] 於蕭散中見筆力。

【校記】

㊀録自《詞綜》。《稼軒長短句》有詞題「訪泉於期思，得周氏泉，爲賦」。

㊁「衰帽」，《稼軒長短句》作「短帽」。

㊂「溪山」，《稼軒長短句》、《詞綜》作「青山」。

水龍吟 過南磵雙溪樓㊀

舉頭西北浮雲，倚天萬里須長劍。人言此地，夜深長見，斗牛光焰。我覺山高，潭空水冷，月明星淡。待燃犀下看，凭欄卻怕，風雷怒、魚龍慘。[一]　峽束滄江㊁對起，過危樓、欲飛還斂。元龍老矣，不妨高卧，冰壺涼簟。千古興亡，百年悲笑，一時登覽。問何人又卸，片帆沙岸，繫斜陽纜。

【眉評】

[一] 雄奇兀奡，真令江山生色。

【校記】

㊀ 録自《詞綜》。詞題「南磵」，《稼軒長短句》作「南劍」。

㊁ 「滄江」，《稼軒長短句》、《詞綜》作「蒼江」。

又 旅次登樓㊀

楚天千里清秋，水隨天去秋無際。遥岑遠目，獻愁供恨，玉簪螺髻。落日樓頭，斷鴻聲裏，江南游子。把吴鈎看了，闌干拍遍，無人會、登臨意。[一]　休説鱸魚堪膾。儘西風、季鷹歸未。求田問舍，怕應羞見，劉郎才氣。可惜流年，憂愁風雨，樹猶如此。倩何人喚取，紅巾翠袖，揾㊁英雄淚。[二]

【眉評】

[一] 雄勁可喜。

[二] 一結風流悲壯。

【校記】

㊀ 録自《詞綜》。詞題，《稼軒長短句》作「登建康賞心亭」。

㊁「揾」，底本原作「拭」，據《稼軒長短句》《詞綜》改。

木蘭花慢 除州送花倅[一]㊀

老去㊁情味減，對別酒、怯流年。況屈指中秋，十分好月，不照人圓。無情水都不管，共西風只管送歸船。秋晚蓴鱸江上，夜深兒女燈前。　征衫。便好去朝天。玉殿正思賢。想夜半承明，留教視草，卻遣籌邊。長安故人問我，道愁腸殢酒只依然。目斷秋霄落雁，醉來時響空絃。

【眉評】

[一] 一直説去，而語極渾成，氣極團鍊，總由力量大耳。

【校記】

㊀ 録自《詞綜》。詞題，《詞綜》作「滁州送花倅」，《稼軒長短句》作「滁州送范倅」。

㊁ 「老去」，《稼軒長短句》作「老來」。

太常引 建康中秋夜爲呂潛叔賦[一]㊀

一輪秋影轉金波。飛鏡又重磨。把酒問姮娥。被白髮、欺人奈何。乘風好去，長安㊁萬里，直下看山河。斫去桂婆娑。人道是、清光更多。[二]

【眉評】

[一] 以勁直勝，後人自是學不到。

[二] 用杜詩意，亦有所刺。

【校記】

㊀ 録自《詞綜》。詞題「呂潛叔」，《稼軒詞丙集》作「呂叔潛」。

㊁ 「長安」，《稼軒長短句》作「長空」。

○**鷓鴣天** 東陽道中[一]㈠

撲面征塵去路遥。香篝漸覺水沈消。山無層數㈡周遭碧，花不知名分外嬌。　人歷歷，馬蕭蕭。旌旗又過小紅橋。愁邊剩有相思句，摇斷吟鞭碧玉梢。

【眉評】

[一]信手拈來，自饒姿態。幼安小令諸篇，別有千古。

【校記】

㈠録自《清綺軒詞選》。詞題，《稼軒長短句》作「代人賦」。

㈡「層數」，《稼軒長短句》作「重數」。

○○**又** 鵝湖歸，病起作。㈠

枕簟溪堂冷欲秋。斷雲依水晚來收。紅蓮相倚深如怨㈡，白鳥無言定是愁㈢。[一]　書咄咄，且休休。一丘一壑也風流。不知筋力衰多少，但覺新來嬾上樓。[二]

【眉評】

[一]「定是」妙。

[二]壯心不已，稼軒胸中有如許不平之氣。

【校記】

㊀録自《詞綜》。

㊁「深如怨」，《稼軒長短句》作「渾如醉」。

㊂「定是愁」，《稼軒長短句》作「定自愁」。

○○又㊀

陌上柔桑破嫩芽。東鄰蠶種已生些。平岡細草鳴黃犢，斜日寒林點暮鴉。　山遠近，路橫斜。青旗沽酒有人家。城中桃李愁風雨，春在溪頭薺菜花。[一]

【眉評】

[一]「城中」二語，有多少感慨！○信筆寫去，格調自蒼勁，意味自深厚，有不可强而致者。放翁、

改之、竹山學之，已成效顰，何論餘子？

【校記】

㈠録自《詞綜》。《稼軒長短句》有詞題「代人賦」。

○又㈠

山上飛泉萬斛珠。懸崖千丈落鼪鼯。已通樵徑行還礙，似有人聲聽卻無。閑略彴，遠浮屠。溪南修竹有茅廬。莫嫌杖履㈡頻來往，此地偏宜著老夫。

【校記】

㈠録自《詞綜》。《稼軒長短句》有詞題「石門道中」。

㈡「杖履」，《稼軒長短句》作「杖屨」。

○又 睡起即事㈠

水荇參差動緑波。一池蛇影噤羣蛙。因風野鶴飢猶舞，積雨山梔病不花。名利處，戰争多。門前蠻觸日干戈。不知更有槐安國，夢覺南柯日未斜。

【校記】

㊀録自《宋六十一家詞選》。

又 有客慨然談功名，因追念少年時事，戲作。㊀

壯歲旌旗擁萬夫。錦襜突騎渡江初。燕兵夜娖銀胡䩮，漢箭朝飛金僕姑。 追往事，歎今吾。春風不染白髭鬚。卻將萬字平戎策，換得東家種樹書。[一]

【眉評】

[一]衰而壯，得毋有「烈士暮年」之慨耶？

【校記】

㊀録自《宋六十一家詞選》。

一絡索[一]㊀

羞見鑑鸞孤卻。倩人梳掠。一春長是爲花愁，甚夜夜、東風惡。　行遶翠簾珠箔。錦牋誰託。玉觴淚滿卻停觴，怕酒似、郎情薄。

【眉評】

[一] 中有所感，情致纏綿，而筆力勁直，自是稼軒詞。

【校記】

㊀ 録自《詞綜》。

西河 送錢仲耕自江西移守婺州㊀

西江水。道是㊁西江人淚。[一] 無情卻解送行人，月明千里。從今日日倚高樓，傷心煙樹如薺。　會君難，別君易。草草不如人意。十年著破繡衣茸，種成桃李。問君可是厭承明，東方鼓吹千騎。 對梅花、更消一醉。[二] 看明年、調鼎風味。老病自憐憔悴。過吾廬、定有幽人相問，歲晚淵明歸來未。

【眉評】

[一] 起悲憤。

[二] 似豪實鬱。

【校記】

㊀ 録自《詞綜》。詞題，《稼軒長短句》「江西」後有「漕」字。

㊁ 「道是」，《稼軒長短句》作「道似」。

永遇樂 京口北固亭懷古[一]㊀

千古江山，英雄無覓，孫仲謀處。舞榭歌臺，風流總被，雨打風吹去。斜陽草樹，尋常巷陌，人道寄奴曾住。想當年、金戈鐵馬，氣吞萬里如虎。 元嘉草草，封狼居胥意㊂，贏得倉皇北顧。四十三年，望中猶記，燈火㊂揚州路。可堪回首，佛狸祠下，一片神鴉社鼓。憑誰問、廉頗老矣，尚能飯否。

【眉評】

［一］稼軒詞拉雜使事，而以浩氣行之，如五都市中百寶雜陳，又如淮陰將兵多多益善，風雨紛飛，魚龍百變，天地奇觀也。岳倦翁譏其用事多，謬矣。

【校記】

㊀録自《詞綜》。《詞選》亦有。

㊁「狼居胥意」，《稼軒長短句》作「狼居胥」。

㊂「燈火」，《稼軒長短句》作「烽火」。

漢宮春 會稽秋風亭觀雨㊀

亭上秋風，記去年嫋嫋，曾到吾廬。山河舉目雖異，風景非殊。功成者去，覺團扇、便與人疏。吹不斷、斜陽依舊，茫茫禹跡都無。［一］

千古茂林猶在㊁，甚風流章句，解擬相如。

只今木落江冷，渺渺㊂愁余。故人書報，莫因循、忘卻蓴鱸。誰念我、新涼燈火，一編太史公書。

【眉評】

［一］風流悲壯，獨有千古。

【校記】

㊀録自《詞綜》。詞題，《稼軒長短句》、《詞綜》並同。《稼軒長短句》中前調詞題「會稽蓬萊閣懷古」，實寫雨景，或與此題互誤，疑詞題「觀雨」當作「懷古」。

㊁「茂林猶在」，《稼軒長短句》作「茂陵詞」。

㊂「渺渺」，《稼軒長短句》作「眇眇」。

酒泉子㊀

流水無情，潮到空城頭盡白，離歌一曲怨殘陽。斷人腸。東風官柳舞雕牆。三十六宫花濺淚，春聲何處説興亡。燕雙雙。［一］

【眉評】

[一]不必叫囂，自然雄傑，此是真力量，古今一人而已。

【校記】

㊀録自《詞綜》。

南鄉子　登京口北固亭㊀

何處望神州。滿眼風光北固樓。千古興亡多少事，悠悠。不盡長江滾滾㊁流。[一]　年少萬兜鍪。坐斷東南戰未休。天下英雄誰敵手，曹劉。生子當如孫仲謀。

【眉評】

[一]信手拈來，自然合拍。

【校記】

㊀録自《詞綜》。詞題，《稼軒長短句》後尚有「有懷」二字。

〔二〕「滾滾」，《稼軒長短句》作「袞袞」。

瑞鶴仙 南澗雙溪樓〔一〕

片帆何太急。望一點須臾，去天咫尺。舟人好看客。似三峽風濤，嵯峨劍戟。溪南溪北。正遐想、幽人泉石。看漁樵、指點危樓，卻羨舞筵歌席。〔一〕　歎息。山林鐘鼎，意倦情遷，本無欣戚。轉頭陳跡。飛鳥外，晚煙碧。問誰憐舊日，南樓老子，最愛月明吹笛。到而今、撲面黃塵，欲歸未得。

【眉評】

〔一〕筆勢如濤奔雲湧，不可遏抑。

【校記】

〔一〕録自《詞綜》。詞題「南澗」，《稼軒長短句》作「南劍」。

玉樓春 用韻答葉仲洽〔一〕

狂歌擊碎村醪醆。欲舞還憐衫袖短。心如溪上釣磯閒，身似道旁官堠嬾。　山中有酒

提壺勸。好語憐君堪鮓飯。至今有句落人間，渭水秋風黄葉滿。㊂

【校記】

㊀録自《宋六十一家詞選》。

㊁《稼軒長短句》詞末有注：「諺云：饞如鷂子，懶如堠子。」

○**昭君怨**　豫章寄張守定叟㊀

長記瀟湘秋晚。歌舞橘州人散。走馬月明中。折芙蓉。　今日西山南浦。畫棟朱簾雲雨。風景不爭多。奈愁何。[一]

【眉評】

[一]悲鬱。

【校記】

㊀録自《宋六十一家詞選》。

清平樂 獨宿博山王氏庵[一]㊀

遶床飢鼠。蝙蝠翻燈舞。屋上松風吹急雨。破紙窗間自語。　平生塞北江南。歸來華髮蒼顏。布被秋宵夢覺，眼前萬里江山。[二]

【眉評】

[一] 短調中筆勢飛舞，辟易千人。

[二] 結更悲壯精警。讀稼軒詞，勝讀魏武詩也。

【校記】

㊀ 録自《詞綜》。

浪淘沙 山寺夜作[一]㊀

身世酒杯中。萬事皆空。古來三五箇英雄。雨打風吹何處是，漢殿秦宮。　夢入少年叢。歌舞匆匆。老僧夜半誤鳴鐘。驚起西窗眠不得，捲地西風。[二]

【眉評】

[一]粗莽。○必如稼軒，乃可偶一爲之，餘子不能學也。

[二]結三語忽有所悟，不知其何所感。

【校記】

㊀録自《詞綜》。詞題，《稼軒長短句》作「山寺夜半聞鍾」。

放歌集卷二

宋詞

張孝祥

字安國，烏江人。紹興二十四年廷試第一，累遷中書舍人、直學士院兼都督府參贊軍事，領建康留守，尋以荆南湖北路安撫使請祠，進顯謨閣直學士。有《于湖集》，詞一卷。

六州歌頭[一]㈠

長淮望斷，關塞莽然平。征塵暗，霜風勁，悄邊聲。黯銷凝。追想當年事，殆天數，非人力，洙泗上，絃歌地，亦羶腥。隔水氊鄉，落日牛羊下，區脱縱橫。看名王宵獵，騎火一川明。笳鼓悲鳴。遣人驚。

念腰間箭，匣中劍，空埃蠹，竟何成。時易失，心徒壯，歲將零。渺神京。干羽方懷遠，静烽燧，且休兵。冠蓋使，紛馳騖，若爲情。聞道中原遺老，常南望、翠葆㊂霓旌。使行人到此，忠憤氣填膺。[二]有淚如傾。《朝野遺記》云：「安國在建康留守席中賦此歌闋，魏公爲罷席而入。」

【眉評】

[一]起勢蒼莽，全篇亦淋漓盡致。○《歷朝詞選》自起處至「亦羶腥」爲第一段，自「隔水」至「且休兵」爲第二段，自「冠蓋使」至末爲第三段，於調未合。今從《六十一家詞》及《詞綜》，分兩段爲正。

[二]「忠憤」二字提明，太淺太顯，絶無餘味。或亦聳當路之聽，出於不得已耶？

【校記】

㊀録自《詞綜》。《詞選》亦有。

㊁「常南望、翠葆」，《于湖先生長短句》作「長南望、羽葆」。

念奴嬌 欲雪呈朱漕㊀

朔風吹雨，送淒涼、天意㊁垂垂欲雪。萬里南荒雲霧滿，弱水蓬萊相接。凍合龍岡，寒侵銅柱，碧海冰澌結。憑高一笑㊂，問君何處炎熱。　家在楚尾吴頭，歸期猶未，對此驚時節。記得㊃年

時貂帽煖，鐵馬千羣觀獵。狐兔成車，歌鐘殷地，㊄歸踏層城月。持杯且醉，不須北望淒切。[一]

【眉評】

[一] 結以縱爲擒，正自悲鬱。

【校記】

㊀ 録自《宋六十一家詞選》。

㊁「天意」，《于湖先生長短句》作「天氣」。

㊂「一笑」，《于湖先生長短句》作「獨嘯」。

㊃「記得」，《于湖先生長短句》作「憶得」。

㊄「歌鐘殷地」，《于湖先生長短句》作「笙歌震地」。

又 洞庭㊀

洞庭青草，近中秋、更無一點風色。玉界㊁瓊田三萬頃，著我扁舟一葉。素月分輝，銀河㊂共影，表裏俱澂澈。怡然㊃心會，妙處難與君說。應念嶺海㊄經年，孤光自照，肝肺㊅皆冰

雪。短髮蕭騷襟袖冷，穩泛滄溟㈦空闊。盡吸西江，㈧細傾㈨北斗，萬象爲賓客。扣舷一笑㈩，不知今夕何夕。〔一〕

【眉評】

〔一〕熱腸鬱思，正於閒冷處見得。

【校記】

㈠ 録自《宋六十一家詞選》。詞題，《于湖先生長短句》作「過洞庭」。

㈡ 「玉界」，《于湖居士文集》作「玉鑒」。

㈢ 「銀河」，《于湖居士文集》、《絶妙好詞》作「明河」。

㈣ 「怡然」，《于湖先生長短句》、《絶妙好詞》作「悠然」。

㈤ 「嶺海」，《絶妙好詞》作「嶺表」。

㈥ 「肝肺」，《絶妙好詞》作「肝膽」。

㈦ 「溟」，《宋六十一家詞選》作「浪」，字下注：「一作『溟』。」《于湖先生長短句》、《絶妙好詞》作「浪」。

㈧「吸」，《宋六十一家詞選》作「挹」，字下注：「一作『吸』。」《絶妙好詞》作「吸」。「盡吸西江」，《于湖先生長短句》作「盡挹西山」。

㈨「細傾」，《于湖先生長短句》、《絶妙好詞》作「細斟」。

㈩「一笑」，《于湖先生長短句》、《絶妙好詞》作「獨嘯」。

又 離思㈠

星沙初下，望重湖、遠水長雲漠漠。一葉扁舟誰念我，今日天涯飄泊。平楚南來，大江東去，處處風波惡。吴中㈡何地，滿懷俱是離索。　長記㈢送我行時，緑波亭上，泣透青羅薄。檣燕低飛人去後，依舊湘城簾幙。不盡山川，無窮煙浪，辜負秦樓約。漁歌聲斷，爲君雙淚㈣傾落。[一]

【眉評】

[一]雄直處亦近似稼軒。

【校記】

㊀録自《詞綜》。又據《宋六十一家詞選》校改。詞題，同《宋六十一家詞選》、《于湖先生長短句》、《詞綜》無。

㊁「吴中」，《于湖先生長短句》作「吴山」。

㊂「長記」，《于湖先生長短句》作「常記」。

㊃「雙淚」，《于湖先生長短句》作「珠淚」。

○水調歌頭 聞采石戰勝㊀

雪洗虜塵静，風約楚雲留。何人爲寫悲壯，吹角古城樓。湖海平生豪氣，關塞如今風景，剪燭看吴鉤。賸喜然犀處，駭浪與天浮。　憶當年，周與謝，富春秋。小喬初嫁，香囊猶在，功業故優游。赤岸磯頭落照，淝水橋邊衰草，渺渺唤人愁。我欲乘風去，擊楫誓中流。

【校記】

㊀録自《宋六十一家詞選》。

木蘭花慢 送張魏公㊀

擁貔貅萬騎，聚千里、鐵衣寒。正玉帳連雲，油幢映日，飛箭天山。錦城起方㊁面重，對籌壺盡日雅歌閑。休遣沙場虜騎，尚餘匹馬空還。 那看。更值春殘。斟緑醑、對朱顏。正宿雨催紅，和風換翠，梅小香慳。牙旗漸西去也，望梁州故壘暮雲間。休使佳人斂黛，斷腸低唱陽關。[一]

【眉評】

[一] 前寫軍容之壯，此以恢復之事期之。

【校記】

㊀ 録自《宋六十一家詞選》。詞題，《于湖先生長短句》無。

㊁ 「起方」，《于湖先生長短句》作「啓方」。

浣溪沙 荆州約馬舉先登城樓觀塞㊀

霜日明霄水蘸空。鳴鞘聲裏繡旗紅。澹煙衰草有無中。 萬里中原烽火北，一尊濁酒

戍樓東。酒闌揮淚向悲風。[一]

【眉評】

[一] 情詞迫烈，音節悲壯。

【校記】

㊀ 録自《宋六十一家詞選》。詞題，《于湖先生長短句》「舉先」作「奉先」，無「塞」字。

又㊀

已是人間不繫舟。此心元自不驚鷗。卧看駭浪與天浮。　對月只應頻舉酒，臨風何必更搔頭。暝煙多處是神州。

【校記】

㊀ 録自《宋六十一家詞選》。

○**水調歌頭** 過岳陽樓作㊀

湖海倦游客，江漢有歸舟。西風千里送我，今夜岳陽樓。日落君山雲氣，春到沅湘草木，遠思渺難收。徙倚闌干久，缺月掛簾鉤。雄三楚，吞七澤，隘九州。人間好處，何處更似此樓頭。欲弔沈纍無所，但有漁兒樵子，哀此寫離憂。回首叫虞舜，杜若滿芳洲。[一]

【眉評】

[一] 發二帝之幽憤。

【校記】

㊀ 録自《宋六十一家詞選》。

程垓 見《大雅集》。

○**鳳棲梧** 客臨安，連日愁霖，旅枕無寐，起作。㊀

九月江南煙雨裏。客枕淒涼，到曉渾無寐。起上小樓觀海氣。昏昏半約漁樵市。　斷

雁西邊家萬里。料得秋來，笑我歸無計。劍在床頭書在几。未甘分付黄花淚。[一]

【眉評】

[一] 豪宕足破悲鬱。

【校記】

㊀ 録自《宋六十一家詞選》。

朱熹 字元晦，一字仲晦，婺源人。第進士，仕至轉運副使、崇政殿説書、焕章閣待制，致仕，贈太師，封信國公，改徽國，謚文。有《文公集》，詞一卷。

○水調歌頭 櫽括杜牧之九日齊州詩㊀

江水浸雲影，鴻雁欲南飛。攜壺結客，何處空翠渺煙霏。塵世難逢一笑，況有紫萸黄菊，堪插滿頭歸。風景今朝是，身世昔人非。酬佳節，須酩酊，莫相違。人生如寄，何事辛苦怨斜暉。[二] 無盡今來古往，多少春花秋月，那更有危機。與問牛山客，何必淚㊁沾衣。

【眉評】

［一］筆意頗近坡仙。

【校記】

㊀録自《詞綜》。詞題，《晦庵詞》作「檃括杜牧之齊山詩」。此首亦見趙長卿《惜香樂府》，或誤入。

㊁「淚」，《晦庵詞》作「獨」。

劉克莊［一］

字潛夫，莆田人。以蔭仕，淳熙中賜同進士出身，官至龍圖閣直學士。有《後村別調》一卷。

【眉評】

［一］潛夫感激豪宕，其詞與安國相伯仲，去稼軒雖遠，正不必讓劉、蔣。世人多好推劉、蔣，直以爲稼軒後勁，何也？

○○滿江紅㊀

落日登樓，誰管領、倦游在客㊁。待喚起、滄浪漁父，隔江吹笛。看水看山身尚健，憂晴憂雨頭先白。對暮雲、不見美人來，遥天碧。山中鶴，應相憶。沙上鷺，渾相識。想石田茅屋，草深三尺。空有鬢如潘騎省，斷無面見陶彭澤。便倒傾、海水浣衣塵，難湔滌。[一]

【眉評】

[一] 直截痛快。

【校記】

㈠ 録自《詞綜》。

㈡ 「在客」，《後村長短句》作「狂客」。

沁園春 夢方孚若㈠

何處相逢，登寶釵樓，訪銅雀臺。喚廚人斫就，東溟鯨膾，圉人呈罷，西極龍媒。天下英雄，使君與操，餘子誰堪共酒杯。[一] 車千乘㈡，載燕南代北㈢，劍客奇材㈣。飲酣鼻息㈤如雷。誰信被晨雞催喚㈥回。歎年光過盡，功名未立，書生老去，機會方來。[二] 使李將軍，遇高皇帝，萬户侯何足道哉。推衣㊆起，但淒涼感舊，慷慨生哀。

【眉評】

[一]何等抱負！

[二]「書生」八字，感慨真切。

【校記】

㊀録自《宋六十一家詞選》。《續詞選》亦有。詞題，《後村長短句》作「夢孚若」。

㊁「千乘」，《後村長短句》作「千兩」。

㊂「代北」，《後村長短句》作「趙北」。

㊃「奇材」，《後村長短句》作「奇才」。

㊄「鼻息」，《後村長短句》作「畫鼓」。

㊅「催喚」，《後村長短句》作「輕喚」。

㊆「推衣」，《後村長短句》作「披衣」。

又　贈孫季蕃㊀

歲暮天寒，一見㊁飄然，幅巾布裘。儘侵雲㊂鳥道，躋攀絶頂，拍天鯨浸，笑傲中流。疇昔期君㊃，紫髯鐵面，生子當如孫仲謀。誰㊄知道，到㊅中年猶未，建節封侯。　南來萬里何求。因感慨喬公成遠游。悵㊆名姬駿馬，都如㊇昨夢，隻雞斗酒，難到㊈新邱。天地無情，功名有數㊉，千古英雄只麽休。平生事⑪，獨羊曇一箇，淚灑⑫西州。[一]

【眉評】

[一]沈痛激烈，敲碎唾壺。

【校記】

㊀録自《宋六十一家詞選》。詞題，《後村長短句》作「送孫季蕃弔方漕西歸」。

㊁「一見」，《後村長短句》作「一劍」。

㊂「侵雲」，《後村長短句》作「緣雲」。

㊃「期君」，《後村長短句》作「奇君」。

㈤「誰」，《後村長短句》作「争」。
㈥「到」，《後村長短句》作「向」。
㈦「悵」，《後村長短句》作「歎」。
㈧「都如」，《後村長短句》作「都成」。
㈨「難到」，《後村長短句》作「誰弔」。
⑩「有數」，《後村長短句》作「有命」。
⑪「事」，《宋六十一家詞選》缺字，《後村長短句》作「客」。
⑫「淚灑」，《後村長短句》作「灑淚」。

又寄九華葉賢良㈠

一卷陰符，二石硬弓，百斤寶刀。更玉花驄噴，鳴鞭電抹，烏絲欄展，醉墨龍跳。牛角書生，虯鬚㈡豪客，談笑皆從㈢折簡招。依稀記，曾請纓繫粵，草檄征遼。〔一〕

當年目視雲霄。誰信道淒涼今折腰。悵燕然未勒，南歸草草，長安不見，北望迢迢。老去胸中，有些磊塊，歌罷猶須著酒澆。休休也，但帽邊鬢減㈣，鏡裏顏凋。〔二〕

【眉評】

[一] 有「入門下馬氣如虹」之概。

[二] 粗豪之甚，亦悲壯之甚。

【校記】

㊀ 録自《宋六十一家詞選》。詞題，《後村長短句》「寄」作「答」。

㊁ 「虯鬚」，《後村長短句》作「虯髯」。

㊂ 「皆從」，《後村長短句》作「皆堪」。

㊃ 「髩減」，《後村長短句》作「鬢改」。

○**賀新郎** 九日㊀

湛湛長空黑。更那堪、斜風細雨，亂山㊁如織。老眼平生空四海，賴有高樓百尺。看浩蕩、千崖秋色。白髮書生神州淚，儘凄涼、不向牛山滴。[一] 追往事，去無跡。 少時㊂自負凌雲筆。到如今㊃、春華落盡，滿懷蕭瑟。常恨世人新意少，愛説南朝狂客。把破帽、年年拈出。若對黃花孤負酒，怕黃花、也笑人岑寂。鴻北去，日西匿。

【眉評】

［一］悲而壯。○南宋有如此將才、如此官方、如此士氣，而卒不能恢復者，誰之過耶？

【校記】

㊀録自《宋六十一家詞選》。

㊁「亂山」，《後村長短句》作「亂愁」。

㊂「少時」，《後村長短句》作「少年」。

㊃「如今」，《後村長短句》作「而今」。

、○玉樓春 戲呈林節推鄉兄㊀

年年躍馬長安市。客舍似家家似寄。青錢換酒日無何，紅燭呼盧宵不寐。　易挑錦婦機中字。難得玉人心下事。男兒西北有神州，莫滴水西橋畔淚。

【校記】

㊀録自《宋六十一家詞選》。《詞綜》亦有。詞題，《後村長短句》作「戲林推」。

○憶秦娥 感舊㊀

春醒薄。夢中毬馬豪如昨。豪如昨。月明橫笛，曉寒吹角。　古來成敗難描摸。而今卻悔當時錯。當時錯。鐵衣猶在，不堪重著。[一]

【眉評】

[一] 悲憤。

【校記】

㊀ 録自《宋六十一家詞選》。詞題，《後村長短句》無。

○又㊀

梅謝了。塞垣解凍㊁鴻歸早。鴻歸早。憑伊問訊，大梁遺老。　浙河西面邊聲悄。淮河北去炊煙少。炊煙少。宣和宮殿，冷煙衰草。

【校記】

㈠ 録自《宋六十一家詞選》。

㈡ 「解凍」，《後村長短句》作「凍解」。

甄龍友

字雲卿，永嘉人。紹興中進士，官國子監簿。

○霜天曉角 題赤壁[一]㈠

峨眉仙客。四海文章伯。來向東坡遊戲，人間世、著不得。　去國。誰愛惜。在天何處覓。但見樽前人唱，前赤壁、後赤壁。

【眉評】

[一] 重其人，悲其遇，寥寥數語，可括坡老一生。

【校記】

㈠ 録自《詞綜》。

杜旟

字伯高，號橋齋，金華人。吕成公門下士，與弟四人並有名譽。

酹江月 石頭城[一]㊀

江山如此，是天開萬古，東南王氣。一自髯孫橫短策，坐使英雄鵲起。玉樹聲銷，金蓮影散，多少傷心事。千年遼鶴，併疑城郭非是。　當日萬駟雲屯，潮生潮落處，石頭孤峙。人笑褚淵今齒冷，只有袁公不死。斜日荒煙，神州何在，欲墮新亭淚。元龍老矣，世間何限餘子。

【眉評】

[一] 議論縱橫，魄力雄大，此是何等氣概！

【校記】

㊀ 録自《詞綜》。

摸魚兒 湖上㊀

放扁舟、萬山環處，平鋪碧浪千頃。仙人憐我征塵久，借與夢游清枕。風乍静。望兩岸羣峰，倒浸玻璃影。樓臺相映。更日薄煙輕，荷花似醉，飛鳥墮寒鏡。[一] 中都内，羅綺千街萬井。天教此地幽勝。仇池仙伯今何在，隄柳幾眠還醒。君試問。問此意㊁、只今更有何人領。功名未竟。待學取鴟夷，仍攜西子，來動五湖興。[二]

【眉評】

[一] 調高響逸，絶塵而奔。

[二] 一結應上「仙人」二語。

【校記】

㊀ 録自《詞綜》。

㊁ 「問此意」，《詞品》所録作「此意」。

劉儗

一云名仙掄，字叔儗，廬陵人。有《招山集》。

念奴嬌 送張明之赴京西幕㊀

艅艎東下，望西江千里，蒼茫煙水。試問襄州何處是，雉堞連雲天際。叔子殘碑，卧龍陳跡，遺恨斜陽裏。後來人物，如君瓌偉能幾。其肯爲我來耶，河陽下士，正是㊁强人意。勿謂時平無事也，便以言兵爲諱。〔一〕眼底山河，樓頭鼓角，都是英雄淚。功名機會，要須閒暇先備。

【眉評】

〔一〕詞嚴義正，慷慨激昂。

【校記】

㊀録自《詞綜》。

㊁「正是」，《中興以來絶妙詞選》作「正自」。

陸游[一]　見《大雅集》。

【眉評】

[一]辛、陸並稱豪放，然陸之視辛，奚啻瓦缶之競黄鐘也？擇其遒勁者數章，尚可覘其抱負，去稼軒則萬里矣。

○青玉案 與朱景參會北嶺㊀

西風挾雨聲翻浪。恰洗盡、黄茅瘴。老慣人間齊得喪。千巖高卧，五湖歸棹，替卻凌煙像。　故人小駐平戎帳。白羽腰間氣何壯。我老漁樵君將相。小槽紅酒，晚香丹荔，記取蠻江上。[一]

【眉評】

[一]爽朗。

【校記】

㊀録自《宋六十一家詞選》。

○好事近㊀

華表又千年，誰記駕雲孤鶴。回首舊曾游處，但山川城郭。紛紛車馬滿人間，塵土汙芒屩。且訪葛仙丹井，看巖花開落。

【校記】

㊀録自《宋六十一家詞選》。

○鷓鴣天㊀

家住東吴近帝鄉。平生豪舉少年場。十千沽酒青樓上，百萬呼盧錦瑟傍。身易老，恨難忘。尊前赢得是凄涼。君歸爲報京華舊，一事無成兩鬢霜。[一]

【眉評】

[一]未嘗不軒爽，而氣魄苦不大，益歎稼軒天人，不可及也。

【校記】

㈠ 録自《宋六十一家詞選》。《渭南文集》有詞題「送葉夢錫」。

○蝶戀花㈠

桐葉晨飄蛩夜語。旅思秋光，黯黯長安路。忽記橫戈盤馬處。散關清渭應如故。 江海輕舟今已具。一卷兵書，歎息無人付。早信此生終不遇。當年悔草長楊賦。

【校記】

㈠ 録自《宋六十一家詞選》。

○漁家傲寄仲高㈠

東望山陰何處是。往來一萬三千里[一]。寫得家書空滿紙。流清淚。書回已是明年事。
寄語紅橋橋下水。扁舟何日尋兄弟。行徧天涯真老矣。愁無寐。鬢絲幾縷茶煙裏。

【眉評】

[一] 軒豁，是放翁本色。

【校記】

㊀ 録自《詞綜》。

真珠簾㊀

山村水館參差路。感羈游、正似殘春風絮。掠地穿簾，知是竟歸何處。㊁鏡裏新霜空自憫，問幾時、鸞臺鰲署。遲暮。謾憑高懷遠㊂，書空獨語。[一]

自古。㊃儒冠多誤。悔當年、早不扁舟㊄歸去。醉下白蘋洲，看夕陽鷗鷺。菰菜㊅鱸魚都棄了，只換得、青衫塵土。休顧。早收身㊆江上，一蓑煙雨。[二]

【眉評】

[一] 懷鄉戀闕，有杜陵之忠愛，惜少稼軒之魄力耳。

[二] 數語於放浪中見沈鬱，自是高境。

【校記】

㊀ 録自《詞綜》。《中興以來絶妙詞選》有詞題「羈遊有感」。

〔二〕「掠地穿簾，知是竟歸何處」，《中興以來絶妙詞選》作「掠地復穿簾，必竟歸何處」。
〔三〕「懷遠」，《中興以來絶妙詞選》作「竚立」。
〔四〕「自古」，《中興以來絶妙詞選》作「自昔」。
〔五〕「扁舟」，《中興以來絶妙詞選》作「抽身」。
〔六〕「菰菜」，《中興以來絶妙詞選》作「蓴菜」。
〔七〕「收身」，《中興以來絶妙詞選》作「扁舟」。

陳亮 見《大雅集》。

水調歌頭 送章德茂大卿使虜〔一〕

不見南師久，謾説北羣空。當場隻手，畢竟還我萬夫雄。自笑堂堂漢使，得似洋洋河水，依舊只流東。且復穹廬拜，會向藁街逢。　堯之都，舜之壤，禹之封。於中應有，一箇半箇恥臣戎。〔二〕萬里腥膻如許，千古英靈安在，磅礴幾時通。胡運何須問，赫日自當中。

【眉評】

〔二〕精警奇肆，劍拔弩張。

【校記】

㈠ 録自《宋六十一家詞選》。

劉過[一] 字改之，襄陽人，一云太和人。有《龍洲詞》一卷。

【眉評】

[一] 改之、竹山皆學稼軒，但僅得稼軒糟粕，既不沈鬱，又多支蔓。詞之衰，劉、蔣爲之也。竹山稍質實，改之才氣較勝，合者未始不可寄稼軒廡下。

六州歌頭 弔武穆鄂王忠烈廟㈠

中興諸將，誰是萬人英。身草莽，人雖死，氣填膺。尚如生。年少起河北㈡，劍三尺，弓兩石，㈢定襄漢，開虢洛㈣。洗洞庭。北望帝京。狡兔依然在，良犬先烹。過舊時營壘，荆鄂有遺民。憶故將軍。淚如傾。説當年事，知恨苦，不奉詔，僞耶真。臣有罪，陛下聖，可鑒臨。一片心。萬古分茅土，終不到，舊姦臣。人世猶㈤，白日照，忽開明。衮佩冕圭百拜，九原下、榮感君恩。看年年三月，滿地野花春。鹵簿迎神。

【校記】

㈠録自《宋六十一家詞選》。詞題，沈愚本《龍洲詞》作「題岳鄂王廟」。

㈡「河北」，沈愚本《龍洲詞》作「河朔」。

㈢「劒三尺，弓兩石」，沈愚本《龍洲詞》作「弓兩石，劒三尺」。

㈣「虢洛」，沈愚本《龍洲詞》作「虢洛」。

㈤「猶」，沈愚本《龍洲詞》作「夜」。

○沁園春 張路分秋閲作㈠

萬馬不嘶，一聲寒角，令行柳營。見秋原如掌，鎗刀突出，星馳鐵騎，陣勢縱横。人在油幢，我韜㈡總制，羽扇從容裘帶輕。君知否，是山西將種，曾繫詩名㈢。龍蛇紙上飛騰。看落筆四簷㈣風雨驚。便塵沙出塞，封侯萬里，印金如斗，未愜平生。拂拭腰間，吹毛劍在，不斬樓蘭心不平。歸來晚，聽隨車㈤鼓吹，也帶㈥邊聲。[一]

【眉評】

[一]結得勁健，筆意亦佳。

【校記】

㈠録自《宋六十一家詞選》。詞題，沈愚本《龍洲詞》無「作」字。
㈡「我韜」，沈愚本《龍洲詞》作「戎韜」。
㈢「詩名」，沈愚本《龍洲詞》作「詩盟」。
㈣「四簷」，沈愚本《龍洲詞》作「四筵」。
㈤「隨車」，沈愚本《龍洲詞》作「隨軍」。
㈥「也帶」，沈愚本《龍洲詞》作「已帶」。

○**八聲甘州** 送湖北招撫吴獵㈠

問紫嵓去後漢公卿，不知幾貂蟬。誰能借留侯箸，著祖生鞭。依舊塵沙萬里，河洛染腥羶。誰識道山客，衣鉢曾傳。　共記玉堂對策，欲先明大義，次第籌邊。〔一〕況重湖八桂，袖手已多年。望中原、驅馳去也，擁十州、牙纛正翩翩。春風早，看東南王氣，飛繞星躔。〔二〕

【眉評】

〔一〕腐語無味。

［二］雄麗。

【校記】

㊀録自《宋六十一家詞選》。

賀新郎 贈鄉人朱唐卿［一］㊀

多病劉郎瘦。最傷心、天寒歲晚，客他鄉久。大舸翩翩何許至，元是高陽舊友。便一笑、相歡攜手。與問武昌城下月，又㊁何如、揚子江頭柳。追往事，兩眉皺。　燭花自翦㊂明如晝㊃。喚青娥、小紅樓上，殷勤勸酒。昵昵琵琶恩怨語，春筍輕籠翠袖。看舞徹、金釵微溜。若見故鄉吾父老，道長安、市上强如㊄舊。［二］重會面，幾時又。

【眉評】

［一］措詞鍊局全祖稼軒，但氣魄不逮。

［二］酸心硬語，所謂「人生行樂耳，須富貴何時」。

【校記】

㊀ 錄自《詞綜》。詞題「鄉人」，沈愚本《龍洲詞》作「鄰人」。

㊁「又」，沈愚本《龍洲詞》作「定」。

㊂「自翦」，沈愚本《龍洲詞》作「細翦」。

㊃「如畫」，沈愚本《龍洲詞》作「於畫」。

㊄「强如」，沈愚本《龍洲詞》作「狂如」。

又 西湖㊀

睡覺啼鶯㊁曉。醉西湖、兩峰日日，買花簪帽。去盡酒徒無人問，惟有玉山自倒。任拍手、兒童爭笑。一舸乘風翩然去，避魚龍、不見波聲悄。歌韻遠㊂，唤蘇小。　神仙路遠蓬萊島。紫雲深、參差禁樹，有煙花遶。人世紅塵西障日，百計不如歸好。付樂事、與他年少。費盡柳金梨雪句，問沈香、亭北何時召。心未愜，鬢先老。

【校記】

㊀ 錄自《詞綜》。詞題，沈愚本《龍洲詞》作「遊西湖」。

㊁「啼鶯」，沈愚本《龍洲詞》作「鶯啼」。

㊂「遠」，沈愚本《龍洲詞》作「歇」。

、○唐多令 重過武昌㊀

蘆葉滿汀洲。寒沙帶淺流。二十年、重過南樓。柳下繫船㊁猶未穩，能幾日、又中秋。

黄鶴斷磯頭。故人曾到㊂不。舊江山、渾是新愁。欲買桂花同載酒，終不似㊃、少年游。[一]

【眉評】

[一] 詞意凄感，而句調渾成，似此亦幾升稼軒之堂矣。

【校記】

㊀録自《詞綜》。詞題，朱本《龍洲詞》作小序：「安遠樓小集，侑觴歌板之姬黄其姓者，乞詞于龍洲道人，爲賦此糖多令，同柳阜之、劉去非、石民瞻、周嘉仲、陳孟參、孟容，時八月五日也。」

㊁「繫船」，沈愚本《龍洲詞》作「繫舟」。

㊂「曾到」，沈愚本《龍洲詞》作「今在」。

㊃「不似」，沈愚本《龍洲詞》作「不是」。

○**水調歌頭**㊀

春事能幾許，密葉著青梅。日高花困，海棠風煖想都開。不惜春衣典盡，只怕春光歸去，片片點蒼苔。能得幾時好，追賞莫徘徊。　雨飄紅，風換翠，苦相催。人生行樂，且須痛飲莫辭杯。坐則高談風月，醉則恣眠芳草，醒後亦佳哉。湖上新亭好，何事不曾來。

【校記】

㊀録自《清綺軒詞選》。

楊炎　號止濟翁，盧陵人。有《西樵語業》一卷。㊀

【校記】

㊀作者名號同汲古閣本《西樵語業》，《詞綜》因之。據厲鶚《宋詩紀事》考證，當作「楊炎正，字濟翁」。

水調歌頭㈠

把酒對斜日，無語問西風。胭脂何事，都做顏色染芙蓉。放眼暮江千頃，中有離愁萬斛，無處落征鴻。天在闌干角，人倚醉醒中。[一] 千萬里，江南北，浙西東。吾生如寄，尚想三徑菊花叢。誰是中州豪傑，借我五湖舟楫，去作釣魚翁。故國且回首，此意莫匆匆。[二]

【眉評】

[一] 悲壯而沈鬱。

[二] 忽縱忽擒，擺脱一切。

【校記】

㈠ 録自《詞綜》。

黃機 字幾仲，一云字幾叔，東陽人。有《竹齋詩餘》一卷。

木蘭花慢 次岳總幹韻㈠

歎鏡中白髮，元不向、酒邊栽。奈詩習未除，客愁易感，賸要安排。浮名任他有命，怕青山、頗怪不歸來。出屋長松招鶴，繞渠流水行杯。　浪驅羸馬踏江淮。幽夢苦相催。甚狹路嶔崎，雄心突兀，誰忍徘徊。此事正煩公等，笑曹劉、只合作輿臺。我自人間屈曲，青雲有眼休回。[一]

【眉評】

[一] 結言少年壯志，今老無能，恢復之業，惟望之總幹也。

【校記】

㈠ 録自《御選歷代詩餘》。

虞美人㊀

十年不作湖湘客。亭堠催行色。淺山荒草記當時。篠竹籬邊羸馬向人嘶。書生萬字平戎策。苦淚風前滴。莫辭衫袖障征塵。自古英雄之楚又之秦。[一]

【眉評】

[一] 壯語而不激烈。

【校記】

㊀ 録自《詞綜》。

鄭域

字中卿，號松窗，三山人。慶元中奉使至金，著《燕谷剽聞》。

念奴嬌 戊午生日作㊀

嗟來咄去，被天公、把做小兒調戲。踏雪龍庭歸未久，還促炎州行李。不半年間，北胡南越，一萬三千里。征衫著破，著衫人可知矣。[一]　休問海角天沂㊁，黄蕉丹荔，白水㊂供甘旨。泛緑依紅無箇事，時舞斑衣而已。救蟻藤橋，養魚盆沼，是亦經綸耳。伊周安在，且須學老萊子。[二]

【眉評】

[一] 以文爲詞，縱筆爲直幹。

[二] 平常事，寫得眉飛色舞。

【校記】

㊀ 録自《詞綜》。

㊁「天沂」，《中興以來絶妙詞選》、《詞綜》作「天涯」。

㊂「白水」，《中興以來絶妙詞選》、《詞綜》作「自足」。

王埜

一作壄，字子文，號潛齋，金華人。以父介蔭補官，嘉定十二年進士第，寶祐初拜端明殿學士，僉書樞密院事，封吳郡侯，卒，贈七官，位特進。

西河[一]㊀

天下事。問天怎忍如此。陵圖誰把獻君王，結愁未已。少豪氣槩總成塵，空餘白骨黄葦。千古恨，吾老矣。東游曾弔淮水。繡春臺上一回登，一回揾淚。醉歸撫劍倚西風，江濤猶壯人意。只今袖手野色裏。望長淮、猶二千里。縱有英心誰寄。近新來、又報烽煙㊁起。絶域張騫歸來未。

【眉評】

[一] 此篇合下文恭和作，忠憤之氣溢於言表，千載下猶覺生氣凜凜。

【校記】

㊀ 録自《詞綜》。

㈡「烽煙」,《中興以來絶妙詞選》作「胡塵」。

曹豳　字西士,號東畝,瑞安人。嘉泰二年進士第,累官左司諫,以論事忤旨,遷起居郎,進禮部侍郎,以寶章閣待制致仕,謚文恭。

西河　和王潛齋韻[一]㈠

今日事。何人弄得如此。漫漫白骨蔽川原,恨何日已。關河萬里寂無煙,月明空照蘆葦。　謾哀痛,無及矣。無情莫問江水。西風落日慘新亭,幾人墮淚。戰和何者是良籌,扶危但看天意。　只今寂寞藪澤裏。豈無人、高卧閭里。試問安危誰寄。定相將、有詔催公起。須信前書言猶未。

【眉評】

[一]淋漓悲壯,字字從血性流出,與上章並垂不朽。

【校記】

㈠録自《詞綜》。

盧祖皋 見《大雅集》。

賀新郎 彭傳師於三高祠前作釣雪亭，趙子野邀余賦之。㊀

挽住風前柳。[一]問鴟夷、當日扁舟，近曾來否。月落潮生無限事，零落㊁茶煙未久。謾留得、蓴鱸依舊。可是功名從來㊂誤，撫荒祠、誰繼風流後。今古恨，一搔首。

江涵雁影梅花瘦。四無塵、雪飛雲起㊃，「起」，《詞綜》作「凍」。夜窗如晝。萬里乾坤清絶處，付與漁翁釣叟。又恰是、題詩時候。猛拍闌干呼鷗鷺，[二]道他年、我亦垂綸手。飛過我，共樽酒。

【眉評】

[一]起筆瀟灑，亦突兀。

[二]「猛拍」妙，有神境，有悟境。

【校記】

㊀録自《詞綜》。又據《宋六十一家詞選》校改。詞題，《蒲江詞藁》、《宋六十一家詞選》作：「彭傳

師於吴江三高堂之前作釣雪亭，蓋擅漁人之窟宅，以供詩境也。趙子野約余賦之。」

㊁「零落」，《蒲江詞藁》、《宋六十一家詞選》作「零亂」。

㊂「功名從來」，《蒲江詞藁》作「從來功名」。

㊃「雲起」，《詞綜》作「雲凍」，《蒲江詞藁》作「風起」。

吴潛 字毅夫，寧國人。嘉定十年進士第一，淳祐中參知政事，拜右丞相，兼樞密使，進左丞相，封慶國公，改封許國公，景定初安置循州，卒，贈少師。有《履齋詩餘》三卷。

滿江紅 滕王閣㊀

萬里西風，吹我上、滕王高閣。正檻外、楚山雲漲，楚江濤作。何處征帆林杪㊁去，有時野鳥沙邊落。近簾鉤、暮雨掩空來，今猶昨。　秋漸緊，添離索。天正遠，傷飄泊。歎十年心事，休休莫莫。歲月無多人易老，乾坤雖大愁難著。[一]向黄昏、斷送客魂消，城頭角。

【眉評】

[一]警快語，然近於廓矣，不可不防其漸。

【校記】

(一) 録自《詞綜》。詞題，《履齋先生詩餘》作「豫章滕王閣」。

(二) 「林杪」，《履齋先生詩餘》作「木末」。

陳經國

嘉禧、淳祐間人。有《龜峰詞》一卷。(一)

【校記】

(一) 陳經國，據《詞綜》，一名人傑。

沁園春 丁酉歲感事(一)

誰使神州，百年陸沈，青氈未還。悵晨星(二)殘月，北州豪傑，西風斜日，東帝江山。劉表坐談，深源輕進，機會失之彈指間。[一]傷心事，是年年冰合，在在風寒。　說和說戰都難(三)。算未必江沱堪晏安。歎封侯心在，鱣鯨失水，平戎策就，虎豹當關。渠自無謀，事猶可做，更剔殘燈抽劍看。[二]麒麟閣，豈中興人物，不盡(四)儒冠。

【眉評】

[一] 議論縱橫。

[二] 膽大心雄，讀之起舞。

【校記】

㊀ 録自《詞綜》。

㊁「晨星」，四印齋本《龜峰詞》作「晚星」。

㊂「都難」，四印齋本《龜峰詞》作「多難」。

㊃「不盡」，四印齋本《龜峰詞》作「不畫」。

又 送陳起莘歸長樂㊀

過了梅花，縱有春風，不如早還。[一] 正燕泥日暖，草綿別路，鶯朝煙淡，柳拂征鞍。黎嶺天高，建溪雷吼，歸好不知行路難。龜山下，漸楊梅㊁初熟，盧橘猶酸。名場老我間關。分歲晚誅茅湖上山。歎龍舒君去，尚留破硯，魚軒人老，長把連環。鏡影霜侵，衣痕塵暗，贏得狂名傳世間。君歸日，見家林舊竹，爲報平安。

【眉評】

［一］筆意超脱，味在言外。

【校記】

㈠録自《詞綜》。詞題「陳起莘」，四印齋本《龜峰詞》作「陳起辛」。
㈡「楊梅」，四印齋本《龜峰詞》作「青梅」。

方岳

字巨山，祁門人。理宗朝兩爲文學掌故，官中秘書，出守袁州。有《秋崖先生小稿》。

滿江紅 九日冶城樓㈠

且問黄花，陶令後、幾番重九。［一］應解笑、秋崖人老，不堪詩酒。宇宙一舟吾倦矣，山河兩戒君㈡知否。倚西風、無奈劍花寒，虯龍吼。　江欲釂，談天口。秋何負，持螯手。儘石麟蕪没，斷煙衰柳。故國山圍青玉案，何人印佩黄金斗。倘只消、江左管夷吾，終須有。［二］

【眉評】

［一］「且問」二字於題前頓跌作一緩筆，議論在後，鬆一步，正是緊一步。

［二］大言炎炎。

【校記】

㊀録自《詞綜》。

㊁「君」，《秋崖先生小藁》作「天」。

水調歌頭 平山堂用東坡韻㊀

秋雨一何碧，山色倚晴空。江南江北愁思，分付酒螺紅。蘆葉篷舟千里㊁，菰菜蓴羹一夢，無語寄歸鴻。醉眼渺河洛，遺恨夕陽中。　蘋洲外，山欲暝，斂眉峰。人間俯仰陳跡，歎息兩仙翁。不見當時楊柳，只是從前煙雨，磨滅幾英雄。天地一孤嘯，匹馬又西風。

【校記】

㊀録自《詞綜》。《續詞選》亦有。

㊁「千里」，《秋崖先生小藁》作「千重」。

又 九日多景樓用吴侍郎韻[一]㊀

醉我一壺玉，了此十分秋。江濤還比㊁當日，擊楫渡中流。問訊重陽煙雨，俯仰人間今古，此意渺滄洲。天地幾今夕，舉白與君浮。舊黄花，新白髮，笑重游。滿船明月猶在，何日大刀頭。誰跨揚州鶴去，已怨故山猿老，借箸欲前籌。莫倚闌干北，天際是神州。

【眉評】

[一] 跌宕生姿。

【校記】

㊀ 録自《詞綜》。

㊁「還比」，《秋崖先生小藁》作「還此」。

張榘 字方叔，潤州人。有《芸窗詞》一卷。

賀新涼 送劉澄齋制幹歸京口㊀

匹馬鍾山路。悵年來、只解郵亭，送人歸去。季子貂裘塵漸滿，猶是區區羈旅。謾空有、劍峰如故。髀肉未消儀舌在，向樽前、莫灑英雄淚。鞭未動，酒頻舉。　西風亂葉長安樹。歎離離、荒宮廢苑，幾番禾黍。雲棧縈紆今平步，休説襄淮樂土。但衮衮、江濤東注。世上豈無高卧者，奈草廬、煙鎖無人顧。[illegible]此恨，付金縷。[一]

【眉評】

[一] 後半縱橫跌宕，感慨不盡。

【校記】

㊀ 録自《宋六十一家詞選》。

黄昇 一作昃，字叔暘，號玉林。有《散花庵詞》一卷。

酹江月㈠

西風解事，爲人間、洗盡三更㈡煩暑。一枕新涼宜客夢，飛入藕花深處。冰雪襟懷，琉璃世界，夜氣清如許。劃然長嘯，起來秋滿庭户。　應笑楚客才高，蘭成愁悴，遺恨傳千古。作賦吟詩空自好，不直一杯秋露。[一]淡月闌干，微雲河漢，耿耿天催曙。此情誰會，梧桐葉上疎雨。

【眉評】

[一]「虚名竟何益」，同此感慨。

【校記】

㈠録自《詞綜》。《中興以來絶妙詞選》有詞題「夜涼」。

㈡「三更」，《中興以來絶妙詞選》、《詞綜》作「三庚」。

文及翁

字時學，號本心，綿州人。歷官參知政事。

賀新涼 遊西湖有感㈠

一勺西湖水。渡江來、百年歌舞，百年酣醉。回首洛陽花石盡㈡，煙渺黍離之地。更不復、新亭墮淚。簇樂紅妝搖畫舫㈢，問中流、擊楫何人㈣是。千古恨，幾時洗。余生自負澄清志。更有誰、磻溪未遇，傅巖未起。國事如今誰倚仗，衣帶一江而已。便都道、江神堪恃。借問孤山林處士，但掉頭、笑指梅花蘂。天下士㈤，可知矣。[一]

【眉評】

[一]南宋君臣晏安，不亡何待？不敢明言，故託詞和靖，非譏和靖也。

【校記】

㈠録自《詞綜》。《錢塘遺事》云：「蜀人文及翁登第後，期集遊西湖，一同年戲之曰：『西蜀有此景否？』及翁即席賦《賀新郎》云。」

㈡「花石盡」,《錢塘遺事》作「花世界」。

㈢「畫舫」,《錢塘遺事》作「畫艇」。

㈣「何人」,《錢塘遺事》作「誰人」。

㈤「士」,《錢塘遺事》、《詞綜》作「事」。

李芸子 字耘叟,號芳州。昭武人。

○木蘭花慢㈠

占西風早處,一番雨,一番秋。記故國斜陽,去年今日,落葉林幽。悲歌幾回激烈,寄疏狂、酒令與詩籌。遺恨清商易改,多情紫燕難留。　嗟休。觸緒繭絲抽。舊事續何由。奈予懷渺渺,羈愁鬱鬱,歸夢悠悠。生平不如老杜,便如他、飄泊也風流。[一]寄語庭柯徑菊㈡,甚時得棹孤舟。

【眉評】

[一] 鬱思豪情,真乃善師古人。

【校記】

㊀録自《詞綜》。《中興以來絶妙詞選》有詞題「秋意」。

㊁「徑菊」,《中興以來絶妙詞選》作「徑竹」。

吴文英 見《大雅集》。

齊天樂 齊雲樓㊀

凌朝一片陽臺影,飛來太空不去。棟與參横,簾鉤斗曲,西北城高幾許。天聲似語。便閶闔輕排,虹河平遡。問幾陰晴,霸吴平地漫今古。西山横黛瞰碧,眼明應不到,煙際沈鷺。卧笛長吟,層霾乍裂,寒月溟濛千樹㊁。憑虚醉舞。夢凝白闌干,化爲飛霧。浄洗青紅,驟飛滄海雨。[一]

【眉評】

[一] 狀難狀之景,極煙雲變幻之奇。

【校記】

㈠録自《宋六十一家詞選》。

㈡「千樹」，朱本《夢窗詞集》作「千里」。

慶春澤 過種山，即越文種墓。㈠

帆落迴潮，人歸故國，山椒感慨重游。弓折霜寒，機心已墮沙鷗。燈前寶劍清風斷，正五湖、雨笠扁舟。最無情，岩上閑花，腥染春愁。　當時白石蒼松路，解勒回玉輦，霧掩山羞。木客歌闌，青春一夢荒邱。年年古苑西風到，雁怨啼、緑水葓秋。莫登臨，幾樹殘煙，西北高樓。

【校記】

㈠録自《宋六十一家詞選》。調名，朱本《夢窗詞集》作「高陽臺」。

蔣捷[一]

字勝欲，義興人。有《竹山詞》一卷。

【眉評】

[一]竹山在南宋亦樹一幟，然好作質實語，而力量不足。合者不過改之之匹，不能得稼軒彷彿也。

賀新郎㊀

渺渺啼鴉了。亘魚天、寒生峭嶼，五湖秋曉。竹几一燈人做夢，嘶馬誰行古道。起搔首、窺星多少。月有微黄籬無影，掛牽牛、數朵青花小。秋太淡，添紅棗。[一]　愁痕倚賴西風掃。被西風、翻催鬢鬢，與秋俱老。舊院隔霜簾不捲，金粉屏邊醉倒。計無此、中年懷抱。萬里江南吹簫恨，恨參差、白雁橫天杪。煙未斂，楚山杳。

【眉評】

[一]「嘶馬」六字，似接不接。「掛牽牛」三句，與通首詞意不融洽，所謂外强中乾也。

【校記】

㊀録自《詞綜》。《竹山詞》有詞題「秋曉」。

又㊀

夢冷黄金屋。歎秦箏、斜鴻陣裏，素絃塵撲。化作嬌鶯飛歸去，猶認窗紗㊁舊緑。正過雨、荆桃如菽。此恨難平君知否，似瓊臺、湧起彈碁局。[一]消瘦影，嫌明燭。　鴛樓碎瀉東西玉。問芳蹤[三]、何時再展，翠釵難卜。待把宮眉横雲樣，描上生綃畫幅。怕不是、新來妝束。綵扇紅牙今都在，恨無人、解聽開元曲。空掩袖，倚寒竹。[二]

【眉評】

[一] 磊落英多。

[二] 曲高和寡，古今同慨。

【校記】

[一] 録自《詞綜》。《續詞選》亦有。汲古閣本《竹山詞》有詞題「懷舊」。

[二] 「窗紗」，《竹山詞》作「紗窗」。

[三] 「芳蹤」，朱本《竹山詞》作「芳悰」。

女冠子 競渡[一]

電旂飛舞。雙雙還又争渡。湘灕雲外，獨醒何在，翠藥紅蘅，芳菲如故。深衷全未語。不似素車白馬，卷潮起怒。但悄然、千載舊跡，時有閒人弔古。生平慣受椒蘭苦。甚魄沈寒浪，更被饞蛟妒。結瓊紉璐。料貝闕隱隱，騎鯨煙霧。楚妃花倚暮。玉簫吹了㊁，泝陂㊂同步。待月明洲渚。小留旌節，朗吟騷賦。

【校記】

㊀ 録自《宋六十一家詞選》。

㊁「玉簫吹了」，朱本《竹山詞》作「□□瓊簫吹了」。

㊂「泝陂」，朱本《竹山詞》作「泝波」。

瑞鶴仙 紅葉㊀

縞霜霏霽雪。漸翠没涼痕，猩浮寒血。[二]山窗夢淒切。短吟筇猶倚，鶯邊新樾。花魂未歇。似追惜、芳消艷滅。挽西風、再入柔柯，誤染紺雲成纈。　休説。深題錦翰，淺泛瓊漪，暗春曾泄。情條萬結。依然是，未愁絶。最憐他，南苑空階堆遍，人隔仙蓬怨別。鎖芙蓉、小殿秋深，碎蟲訴月。

【眉評】

[一] 造語奇麗。

【校記】

㊀ 録自《宋六十一家詞選》。

滿江紅㊀

秋本無愁，奈客裏、秋偏岑寂。身老大、忻敲㊁秦缶，懶移陶甓。萬誤曾因疎處起，一閒且向貧中覓。[一]笑新來、多事是征鴻，聲嘹嚦。雙户掩，孤燈剔。書束架，琴懸壁。笑人間無此，小窗幽闃。浪遠微聽葭葉響，雨殘細數梧梢滴。[二]正依稀、夢到故人家，誰橫笛。

【眉評】

[一] 閱歷語。

[二] 「浪遠」二句極静細，不是閴寂中如何辨得？

【校記】

㈠録自《清綺軒詞選》。汲古閣本《竹山詞》、《清綺軒詞選》有詞題「秋旅」。

㈡「忻敲」，汲古閣本《竹山詞》作「懽敲」，朱本《竹山詞》作「忺敲」。

虞美人 聽雨㈠

少年聽雨歌樓上。紅燭昏羅帳。壯年聽雨客舟中。江闊雲低斷雁叫西風。而今聽雨僧廬下。鬢已星星也。悲歡離合總無情。一任堦前點滴到天明。

【校記】

㈠録自《詞綜》。朱本《竹山詞》無詞題。

趙希邁 字瑞行，號西里。

滿江紅㈠

三十年前，愛買劍、買書買畫。凡幾度、詩壇争敵，酒兵争霸。春色秋光如可買，錢慳也不曾論價。任纛豪、争肯放頭低，諸公下。[一]　今老大，空嗟訝。思往事，還驚詫。是和非未説，此心先怕。萬事全將飛雪看，一閒且問蒼天借。樂餘齡、泉石在膏肓，吾非詐。

【眉評】

[一]粗豪中有勁直之氣，詞品不必高，而筆趣甚足。

【校記】

㈠録自《浩然齋雅談》。

李演　字廣翁，號秋田，一作秋堂。

賀新涼㈠

笛叫東風起。弄尊前、楊花小扇，燕毛初紫。萬點淮峰孤角外，驚下斜陽似綺。又婉娩、一番春意。歌舞相繆愁自猛，捲長波、一洗空人世。閒熱我，醉時耳。　緑蕪冷葉瓜洲市。

最憐予、洞簫聲盡，闌干獨倚。落落東南牆一角，誰護山河萬里。問人在、玉關歸未。老矣青山燈火客，撫佳期、漫灑新亭淚。歌哽咽，事如水。[一]《浩然齋雅談》：「淳祐間，丹陽太守重修多景樓，高宴落成，一時席上皆湖海名流。酒餘，主人命妓持紅箋徵諸客詞，秋田詞先成，衆人驚賞，爲之閣筆。」

【眉評】

[一] 淋漓悲壯。此何時也，而修名勝、侈聲妓以爲樂乎？想太守對之，應有慚色。

【校記】

㈠ 録自《浩然齋雅談》。

翁孟寅 字賓暘，號五峰。

摸魚兒㈠

捲西風、方肥塞草，帶鉤何事東去。月明萬里關河夢，吴楚幾番風雨。江上路。二十載、頭顱凋落今如許。[一] 涼生弄麈。歎江左夷吾，隆中諸葛，談笑已塵土。寒汀外，還見來時鷗鷺。重來應是春暮。輕裘峴首陪登眺，馬上落花飛絮。拚醉舞。誰解道、斷腸賀老江南句。[三]沙津少駐。舉目送飛鴻，幅巾老子，樓上正凝佇。《浩然齋雅談》：「賓暘嘗游維揚，時賈師憲開帷闒，甚前席之。其歸，又置酒以餞，賓暘即席賦詞云云。師憲大喜，舉席間飲器凡數十萬，悉以贈之。」

【眉評】

[一] 壯浪縱恣。

[二] 精壯頓挫。

【校記】

㊀ 録自《浩然齋雅談》。

文天祥 字宋瑞，又字履善，吉水人。舉進士第一，歷官右丞，㊀兼樞密使，加少保、信國公。爲元兵所執，留燕三年，不屈，死柴市。有《文山集》。

【校記】

㊀「歷官右丞」，底本作「歷軍官右丞」，據《宋史》改。

、○大江東去　驛中言別友人㊀

水天空闊，恨東風、不借世間㊁英物。蜀鳥吴花殘照裏，忍見荒城頹壁。銅雀春情，金人秋淚，此恨憑誰雪。堂堂劍氣，斗牛空認奇傑。[一]　那信江海餘生，南行萬里，送㊂扁舟齊發。正爲鷗盟留醉眼，細看濤生雲滅。睨柱吞嬴，回旗走懿，千古衝冠髮。伴人無寐，秦淮應是孤月。

【眉評】

[一] 悲壯雄麗，並無叫囂氣息。

【校記】

㊀録自《詞綜》。調名，《文山先生全集·指南後録》作「酹江月」。

㊁「世間」，底本作「世門」，據《文山先生全集·指南後録》、《詞綜》改。

㊂「送」，《文山先生全集·指南後録》作「屬」。

鄧剡

字光薦，廬陵人。宋亡後以節行稱。有《中齋集》。

滿江紅 和王昭儀題驛壁詞㊀

王母仙桃，親曾醉、九重春色。誰信道、鹿銜花去，浪翻鰲闕。眉鎖姮娥㊁山宛轉，髻梳墜馬雲欹側。恨風沙、吹透漢宮衣，餘香歇。　霓裳散，庭花滅。昭陽燕，應難説。想春深銅雀，夢殘啼血。空有琵琶傳出塞，更無環佩鳴歸月。又爭知、有客夜悲歌，壺敲缺。[一]

【眉評】

[一] 情文根於血性，筆力亦與原作相抗。

【校記】

㊀ 録自《浩然齋雅談》。詞題，據《永樂大典》人字韻，作「廣齋謂柳山和王夫人《滿江紅》韻，惜未見之，爲賦一闋」。

㊁「姮娥」，《文山先生全集指南後録》作「嫦娥」。

汪元量

字大有，號水雲，錢塘人。以善琴事謝后、王昭儀。宋亡，隨三宫留燕，後爲黄冠師南歸。有《湖山類藁》，多紀國亡北徙事。

鶯啼序 重過金陵㊀

金陵故都最好，有朱樓迢遞。嗟倦客、又此憑高，檻外已少佳致。更落盡梨花，飛盡楊花，春也成憔悴。問青山、三國英雄，六朝奇偉。　麥甸葵邱，荒臺敗壘。鹿豕銜枯薺。正潮打孤城，寂寞斜陽影裏。聽樓頭、哀笳怨角，未把酒、愁心先醉。漸夜深，月滿秦淮，煙籠寒水。　悽悽慘慘，冷冷清清，燈火渡頭市。慨商女、不知興廢。隔江猶唱庭花，餘音亹亹。傷心千古，淚痕如洗。烏衣巷口青蕪路，想㊁依稀、王謝舊鄰里。臨春結綺。可憐紅粉成灰，蕭索白楊風起。　因思疇昔，鐵索千尋，謾沈江底。揮羽扇、障西塵，便好角巾私第。清談到底成何事。回首新亭，風景今如此。楚囚對泣何時已。歎人間、今古真兒戲。東風歲歲還來，吹入鍾山，幾重蒼翠。〔二〕

【眉評】

[一] 大聲疾呼，風號雨泣。

【校記】

㊀ 録自《詞綜》。

㊁「想」，《水雲詞》、《詞綜》作「認」。

王鼎翁 字炎午，安福人。㊀ 上舍生。有《梅邊集》。

【校記】

㊀「安福人」，原稿作「安福生」，據《詞綜》改。

○**沁園春**㊀

又是年時，杏紅欲吐㊁，柳緑初芽。奈㊂尋春步遠，馬嘶湖曲，賣花聲過，人唱窗紗。暖日晴煙，輕衣羅扇，看遍王孫七寶車。誰知道，十年魂夢，風雨天涯。　休休何必傷嗟。謾贏得青青兩鬢華。且不知門外，桃花何代，不知江左，燕子誰家。世事無情，天公有意，歲歲東風歲歲花。[一]拚一笑，且醒來杯酒，醉後杯茶。

【眉評】

[一]故國之思，觸目皆淚。觀炎午上文山書，具見大節，真不愧信國弟子。

【校記】

㊀録自《詞綜》。

㊁「欲吐」，《元草堂詩餘》作「欲臉」。

㊂「奈」，《元草堂詩餘》無。

蕭泰來　字則陽，號小山。

霜天曉角　**梅**[一]㊀

千霜萬雪。受盡寒磨折。賴是生來瘦硬，渾不怕、角吹徹。清絶。影也別。知心惟有月、。元没春風情性，如何共、海棠説。

【眉評】

[一] 刻摯極矣，即詞可以見氣骨，但微少渾含耳。

【校記】

㈠ 録自《詞綜》。

無名氏

念奴嬌 題項羽廟[一]㈠

鮑魚腥斷，楚將軍、鞭虎驅龍而起。空費咸陽三月火，鑄就金刀神器。垓下兵稀，陰陵道狹㈡，月暗㈢雲如壘。楚歌喧唱㈣，山川都姓劉矣。　悲泣喚醒㈤虞姬，爲伊㈥死別，血刃飛花碎㈦。霸業銷沈㈧雖不逝，氣盡㈨烏江江水㈩。古廟頽垣，斜陽紅樹㈪，遺恨鴉聲裏。興亡休問，高陵秋草空翠。[二]

【眉評】

［一］龍吟虎嘯，勁氣直前。

［二］結得悲壯。

【校記】

㈠録自《詞綜》。實黎廷瑞詞，見《芳洲集》。

㈡「道狹」，《芳洲集》作「道隘」。

㈢「月暗」，《芳洲集》作「月黑」。

㈣「喧唱」，《芳洲集》作「鬨發」。

㈤「喚醒」，《芳洲集》作「呼醒」。

㈥「爲伊」，《芳洲集》作「和伊」。

㈦「碎」，《芳洲集》作「髓」。

㈧「消沈」，《芳洲集》作「休休」。

㈨「氣盡」，《芳洲集》作「英氣」。

㈩「江水」，《芳洲集》作「流水」。

㊁「紅樹」，《芳洲集》作「老樹」。

西江月 見《翰墨》㊀

記得洛陽㊁話別，十年社燕㊂秋鴻。今朝相遇㊃暮雲東。對坐旗亭說夢。〔一〕　破帽手遮斜日㊄，練衣袖卷寒風。蘆花江上兩衰翁。消得幾番相送。

【眉評】

〔一〕水逝雲卷。

【校記】

㊀録自《詞綜》。

㊁「記得洛陽」，《翰墨大全》壬集卷八作「憶昔錢塘」。

㊂「社燕」，《翰墨大全》壬集卷八作「燕社」。

㊃「相遇」，《翰墨大全》壬集卷八作「忽遇」。

㊄「斜日」，《翰墨大全》壬集卷八作「西日」。

王清惠 宋昭儀，入元爲女道士，號沖華。

滿江紅 題驛壁[一]㈠

太液芙蓉，渾不是㈡、舊時顔色。曾記得、承恩㈢雨露，玉樓金闕。名播蘭簪㈣妃后裏，暈潮蓮臉君王側。忽一朝㈤、鼙鼓揭天來，繁華歇。　龍虎散，風雲滅。千古恨，憑誰説。對山河百二，淚沾㈥襟血。驛館㈦夜驚塵土夢，宫車曉碾關山月。願嫦娥、相顧㈧肯從容，隨㈨圓缺。

【眉評】

[一] 淒涼怨慕，和者雖多，無出其右。○《東園友聞》謂此詞或傳昭儀下張瓊英所賦，然當時諸公和作俱屬昭儀，諒不誤也。

【校記】

㈠ 録自《詞綜》。《浩然齋雅談》云：「宋謝太后北覲，有王夫人題一詞于汴京夷山驛中。」

㈡「不是」，《浩然齋雅談》作「不似」。
㈢「承恩」，《浩然齋雅談》作「春風」。
㈣「蘭簪」，《浩然齋雅談》作「蘭馨」。
㈤「一朝」，《浩然齋雅談》作「一聲」。
㈥「淚沾」，《浩然齋雅談》作「淚盈」。
㈦「驛館」，《浩然齋雅談》作「客館」。
㈧「願嫦娥、相顧」，《浩然齋雅談》作「問嫦娥、於我」。
㈨「隨」，《浩然齋雅談》作「同」。

放歌集卷三

金詞

高憲　字仲常，遼東人，王庭筠之甥。泰和三年登第，仕博州防禦判官。

貧也樂㈠

城下路。淒風露。今人犂田昔人㈡墓。岸頭沙。帶蒹葭。漫漫昔時流水今人家。[一]

黄埃赤日長安道。倦客無漿馬無草。開函關。閉㈢函關。千古如何不見一人閑。

【眉評】

[一]滄海桑田，令人猛省，句法亦頗近古樂府。

【校記】

㈠録自《詞綜》。朱本《中州樂府》調名作「梅花引」，凡二首，此其二上闋。《四部叢刊》影誦芬室影元本《中州集》「梅花引」其二有題「貧也樂一將進酒二」，《詞綜》殆以上闋爲《貧也樂》也。亦見宋本《東山詞》，則是賀鑄作，調名「小梅花」，別題「將進酒」，此其上闋也。

㈡「昔人」，《東山詞》作「古人」。

㈢「閉」，《東山詞》作「掩」。

折元禮 官治中。

○望海潮 從軍舟中作㈠

地雄河岳，疆分韓晉，潼關㈡高壓秦頭。山倚斷霞，江吞絶壁，野煙縈帶滄洲。虎旆擁貔貅。看陣雲截岸，霜氣横秋。千雉嚴城，五更殘角月如鈎。西風曉入貂裘。恨儒冠誤我，卻羨兜牟。六郡少年，三關老將，賀蘭烽火新收。天外嶽蓮樓。想斷雲横曉，誰識歸舟。剩著黄金换酒，羯鼓醉涼州。

【校記】

㈠録自《詞綜》。

㈡「潼關」，朱本《中州樂府》作「重關」。

段成己 字誠之，克己弟。進士，主宜陽簿，入元不仕。有《菊軒樂府》一卷。

滿江紅 新春用遯庵韻㈠

料峭東風，吹醉面、向人如舊。凝佇立、野禽聲裏，無言搔首。庭下梅花開盡也，春痕已到江邊柳。[一]待人間、事了覓清歡，聲名㈡朽。　菟裘計，何時有。林下㈢約，床頭酒。怕流年不覺，鬢邊還透。往事不堪重記省，舊愁未斷新愁又。把春光、分付少年場，從今後。[二]

【眉評】

[一]脱胎晁无咎作，情致亦復不淺。

[二]倒裝句法亦雋。

【校記】

㈠録自《詞綜》。詞題，《菊軒樂府》作「新春用遯庵韻兄韻」。

㈡「聲名」，《菊軒樂府》作「身先」。

㈢「林下」，底本作「休下」，據《菊軒樂府》、《詞綜》改。

李俊民

字用章，澤州人。承安五年進士第一，應奉翰林文字，罷歸不出。金亡，元世祖欲官之，不可，卒，賜謚莊靖先生。有《莊靖集》，詞附。

摸魚兒 送姪謙甫出山㈠

這光景、能銷幾度。大都數十寒暑。[一]結廬人在山深處，萬壑千巖風雨。朝復暮。甚不管、堂堂背我青春去。高情自許。似野鶴孤雲，江鷗遠水，此興有誰阻。功名事，休歎儒冠多悞。韓顛彭蹶無數。一溪隔斷桃源路，只有人家雞黍。歌復㈡舞。更不住、醉中時出煙霞語。[二]暫來樵斧。貪看兩爭棊，人間不道，俯仰成今古。

【眉評】

［一］朴直好。

［二］姿態甚饒，要從感憤中得來。

【校記】

㊀録自《詞綜》。

㊁「復」，《莊靖先生樂府》、《詞綜》作「且」。

元好問 見《大雅集》。

水調歌頭 賦德新王丈玉溪，溪在嵩前費莊，兩山絶勝處也。㊀

空濛玉華曉，瀟灑石淙秋。嵩高大有佳處，元在玉溪頭。翠壁丹崖千丈，古木寒藤兩岸，村落帶林丘。今日好風色，可以放吾舟。　百年來，算惟有，此翁游。山川邂逅佳客，猿鳥亦相留。父老雞豚鄉社，兒女籃輿竹几，來往亦風流。萬事已華髮，吾道付滄州。㊁［一］

【眉評】

［一］高雅。

【校記】

㈠録自《詞綜》。詞題「王丈」，原稿作「王又」，據《遺山樂府》、《詞綜》改。

㈡「滄州」，《遺山樂府》作「滄洲」。

玉漏遲 有懷浙江別業㈠

浙江歸路杳。西南卻㈡羡，投林高鳥。升斗微官，世累苦相縈繞。不如㈢麒麟畫裏，又不與、巢由同調。時自笑。虛名負我，半生吟嘯。［一］　擾擾。馬足車塵，被歲月無情，暗消年少。鐘鼎山林，一事幾時曾了。［二］四壁秋蟲夜雨㈣，更一點、殘燈斜照。清鏡曉。白髮又添多少。

【眉評】

［一］筆致俊快。

[二]「鐘鼎」二句，與上「麒麟」二語意複。

【校記】

㊀録自《詞綜》。詞題，《遺山樂府》作「壬辰圍城中，有懷淅江别業」。

㊁「卻」，《遺山樂府》作「仰」。

㊂「不如」，《遺山樂府》作「不入」。

㊃「雨」，《遺山樂府》作「語」。

○**洞仙歌**[一]㊀

黄塵鬢髮，六月長安道。羞向清溪照枯槁。似山中遠志，謾出山來，成箇甚，只是人間小草。

昇平十二策，丞相封侯，説與高人應笑倒。[二]對清風明月，展放眉頭，長恁地、大醉高歌也好。待都把功名付時流，只求箇天公，放教空老。[三]

【眉評】

[一]既不迫烈，又不纖巧，自嘲自歎，猶有詩人遺意。

［二］「昇平」三句粗。
［三］大踏步便出去，頗似坡仙筆路。

【校記】

㊀録自《詞綜》。

○**臨江仙** 自洛陽往孟津道中作㊀

今古北邙山下路，黄塵老盡英雄。人生長恨水長東。幽懷誰共語，遠目送歸鴻。　蓋世功名將底用，從前錯怨天公。浩歌一曲酒千鍾。男兒行處是，未要論窮通。［一］

【眉評】

［一］壯浪語，正自沈鬱。

【校記】

㊀録自《詞綜》。

○又寄德新丈㈠

自笑此身無定在，北州又復南州。買田何日遂歸休。向來凡㈡落落，此去亦悠悠。[一]赤日黄塵三百里，嵩邱幾度登樓。故人多在玉溪頭。清泉明月曉，高樹亂蟬秋。

【眉評】

[一]亦是前篇結意，更覺灑落有致。

【校記】

㈠録自《詞綜》。

㈡「凡」，《遺山樂府》作「元」。

○○又内鄉北山[二]㈠

夏館秋林山水窟，家家林影湖光。三年閑爲一官忙。簿書愁裏過，筍蕨夢中香。父老書來招我隱，臨流已蓋茅堂。白頭兄弟共論量。山田尋二頃，他日作桐鄉。

【眉評】

[一] 多少感慨，溢於言外。遺山一片熱腸，鬱鬱勃勃，豈真慕隱士哉！

【校記】

㊀ 録自《詞綜》。

鷓鴣天 隆德故宮，同希顔、欽叔、知幾諸人賦。㊀

臨錦堂前春水波。蘭皐亭下落梅多。三山宮闕空銀海㊁，萬里風埃暗綺羅。[一] 雲子酒，雪兒歌。留連風月共婆娑。人間更有傷心處，奈得劉伶醉後何。

【眉評】

[一] 蒼茫雄肆，竟似稼軒手筆。

【校記】

㊀ 録自《詞綜》。

㊁「銀海」，《遺山樂府》作「瀛海」。

○又㊀

華表歸來老令威。頭皮留在姓名非。舊時逆旅黃粱飯，今日田家白板扉。[一]　沽酒市，釣魚磯。愛閑直與㊁世相違。墓頭不要征西字，元是中原一布衣。[二]

【眉評】

[一] 此似劉、蔣。

[二] 此又近於稼軒，以力量大而不病其粗也。

【校記】

㊀ 録自《詞綜》。

㊁ 「直與」，《遺山樂府》作「真與」。

鄧千江 臨洮人。

○○**望海潮** 獻張六太尉[一]㊀

雲雷天塹，金湯地險，名藩自古皋蘭。營屯繡錯，山形米聚，襟喉㊁百二秦關。鏖戰血猶殷。

見陣雲冷落，時有雕盤。静塞樓頭曉月，依舊玉弓彎。看看。定遠西還。有元戎閫令，上將登壇㊂。區脱晝空，兜鈴夕解，㊃甘泉又報平安。吹笛虎牙間。且宴陪珠履，歌按雲鬟。招取英靈毅魄，㊄長繞賀蘭山。[二]陶九成云：「近世所謂大曲，蘇小小〔蝶戀花〕、蘇東坡〔念奴嬌〕、晏叔原〔鷓鴣天〕、柳耆卿〔雨淋鈴〕、辛稼軒〔摸魚子〕、吴彦高〔春草碧〕、蔡伯堅〔石州慢〕、張子野〔天仙子〕、朱淑真〔生查子〕、鄧千江〔望海潮〕。」

【眉評】

[一] 瑰瑋雄肆，宜爲世所重。

[二] 一結淋漓悲壯。

【校記】

㊀ 録自《詞綜》。詞題，《中州樂府》作「上蘭州守」。

㊁ 「襟喉」，《中州樂府》作「喉襟」。

㊂ 「登壇」，《中州樂府》、《詞綜》作「齋壇」。

㊃ 「兜鈴夕解」，《中州樂府》作「兜零夕舉」。

㊄「招取英靈毅魄」，《中州樂府》作「未拓興靈醉魂」。

元詞

劉敏中 章丘人。至元中爲監察御史，累遷翰林學士承旨。卒，謚文簡。有《中齋集》。

○點絳唇 寄程雪樓㊀

短夢驚回，北窗一陣芭蕉雨。雨聲還住。斜日明㊁高樹。　起望行雲，送雨前山去。山如霧。斷虹猶怒。直入山深處。[一]

【眉評】

[一] 寫驟雨後景色，雄肆。

【校記】

㊀ 録自《詞綜》。

㈡「明」，《雪樓樂府》附詞作「鳴」。

王惲 字仲謀，汲縣人。官至翰林學士、嘉議大夫，累進中奉大夫，贈翰林學士承旨、資善大夫，追封太原郡公，謚文定。有《秋澗集》，詞四卷。

點絳唇 送董秀才西上㈠

楊柳青青，玉門關外三千里。秦山渭水。未是銷魂地。　坦卧東床，恐減風雲氣。功名際。願君著意。莫搵春閨淚。

【校記】

㈠録自《詞綜》。詞題「秀才」，《秋澗樂府》作「彦才」。

羅志仁 號壺秋，淦川人。㈠

【校記】

㈠羅志仁詞見《元草堂詩餘》，《詞綜》録作元人，《全宋詞》録作宋人。

、○金人捧露盤 錢唐懷古[一]㊀

濕苔青，妖血碧，壞垣紅。怕精靈、來往相逢。荒煙瓦礫，寶釵零亂隱鸞龍。吴峰越巘，翠屏㊁鎖、若爲㊂誰容。浮屠換，朝陽殿，僧磬改，景陽鐘。興亡事、淚老金銅。驪山廢盡，更無宮女説玄宗㊃。海濤落月，魚聲起、㊄滿眼秋風。

【眉評】

[一]感慨亡宋，無一字不奇警，如閃青燐，如湧碧血，如啼冢人，如睒木魅，真奇筆也。

【校記】

㊀録自《詞綜》。詞題，《元草堂詩餘》作「丙午錢塘」。

㊁「翠屏」，《元草堂詩餘》、《詞綜》作「翠顰」。

㊂「若爲」，《元草堂詩餘》作「苦爲」。

㊃「玄宗」，底本作「元宗」，諱字徑改。

㊄「海濤落月，魚聲起」，《元草堂詩餘》作「角聲起，海濤落」，《詞綜》作「海濤落月，角聲起」。

薩都剌　字天錫，雁門人。登泰定進士，官京口録事，終河北廉訪司經歷。有《雁門集》。

、○滿江紅　金陵懷古㈠

六代豪華，春去㈡也、更無消息。空悵望、山川形勝，已非疇昔。王謝堂前雙㈢燕子，烏衣巷口曾相識。聽夜深、寂寞打孤城㈣，春潮急。　思往事，愁如織。懷故國，空陳跡。但荒煙衰草，亂鴉斜日。玉樹歌殘秋露冷，胭脂井壞寒螿泣。[一]到如今、只有㈤蔣山青，秦淮碧。

【眉評】

[一]淒艷。

【校記】

㈠録自《詞綜》。調名，薩龍光本《雁門集》誤作「念奴嬌」。

㈡「春去」，薩龍光本《雁門集》作「春色去」。

㊂「雙」，薩龍光本《雁門集》作「新」。
㊃「孤城」，薩龍光本《雁門集》作「空城」。
㊄「只有」，薩龍光本《雁門集》作「惟有」。

百字令 登石頭城[一]㊀

石頭城上，望天低吴楚，眼空無物。指點六朝形勝地，惟有青山如壁。蔽日旌旗，連雲檣艣，白骨紛如雪。一江南北，消磨多少豪傑。寂寞避暑離宫，東風輦路，芳草年年發。[二]落日無人松徑裏，鬼火高低明滅。歌舞尊前，繁華鏡裏，暗换青青髮。傷心千古，秦淮一片明月。

【眉評】

[一]天錫最長於弔古，古詩亦然，不獨工倚聲也。

[二]語意悽惻。

【校記】

㊀録自《詞綜》。調名，江本《雁門集》作「念奴嬌」，詞題作「登石頭城次東坡韻」。

酹江月 過淮陰㈠

短衣瘦馬，望楚天空闊，碧雲林杪。野水孤城斜日裏，猶憶那回曾到。古木鴉啼，紙灰風起，飛入淮陰廟。揺牛釃酒，英雄千古誰弔。何處漂母荒墳，清明落日，腸斷王孫草。[一]鳥盡弓藏成底事，百事不如歸好。半夜鐘聲，五更雞唱，南北行人老。道傍楊柳，青青春又來了。[二]

【眉評】

[一] 措語淒警。

[二] 是「過」字神理，相題行文，不然竟似淮陰弔古題矣。

【校記】

㈠ 録自《詞綜》。

木蘭花慢 彭城懷古[一]㊀

古徐州形勝，消磨盡、幾英雄。想鐵甲重瞳，烏騅汗血，玉帳連空。楚歌八千兵散，料夢魂、應不到江東。空有黃河如帶，亂山迴合雲龍㊁。漢家陵闕起㊂秋風。禾黍滿關中。更戲馬臺荒，畫眉人遠，燕子樓空。人生百年寄耳㊃，且開懷、一飲盡千鍾。回首荒城斜日，倚闌目送飛鴻。[二]

【眉評】

[一] 聲調高朗，直逼幼安。

[二] 一筆撇開，兔起鶻落。

【校記】

㊀ 録自《詞綜》。

㊁ 「迴合雲龍」，《雁門集》作「起伏如龍」。

㊂ 「起」，《雁門集》作「動」。

㈣「寄耳」，《雁門集》作「如寄」。

明詞

劉基

見《大雅集》。

水龍吟 感懷和東坡韻[一]㈠

雞鳴風雨蕭蕭㈡，側身天地無劉表。啼鴂迸淚，落花飄恨，斷魂飛遶。月暗雲霄，星沈煙水，角聲清裊。問登樓王粲，鏡中白髮，今宵又、添多少。　極目鄉關何處，渺青山、髻螺低小。幾回好夢，任他㈢歸去，被渠遮了。寶瑟絃僵，玉箏指冷，㈣冥鴻天杪。但侵階莎草，滿庭綠樹，不知昏曉。

【眉評】

[一]慨當以慷。

【校記】

㈠錄自《蓮子居詞話》。詞題，《寫情集》作「感懷用前韻」，前篇詞題「次韻和陳均從吹簫曲」。

㈡「蕭蕭」，《寫情集》作「瀟瀟」。

㈢「任他」，《寫情集》作「隨風」。

㈣「玉箏指冷」，《寫情集》作「玉笙簧冷」。

張以寧　字志道，古田人。元末官翰林學士承旨，明初例徙南京，召爲侍讀學士。有《翠屏集》四卷。

○**明月生南浦**　廣州南漢王劉鋹故宮，鐵鑄四柱猶存，周覽歎息之餘，夜泊三江口，夢中作一詞，覺而忘之，但記二句云：「千古興亡多少恨，總付潮回去。」因隱括爲此詞。㈠

海角亭前秋草路。榕葉風清，吹散蠻煙霧。一笑英雄曾割據。癡兒卻被潘郎誤。　寶氣銷沈無覓處。蘚暈猶殘，鐵鑄遺宮柱。千古興亡知幾度。海門依舊潮來去。

【校記】

㈠錄自《明詞綜》。詞序「廣州南漢王」，《翠屏詞》作「廣州省治南漢主」。

萬士和 字思節，宜興人。嘉靖二十年進士，歷官禮部侍郎，謚文恭。有《貴行集》。

○**臨江仙**㊀

睡裏釣臺相失㊁，尋仙且上桐山。亂峰環合碧波寒。笑攜黃鶴伴，來坐白雲間。[一] 十年前游處好㊂，趨庭猶憶紅顏。而今狼籍鬢垂斑。西風衰草外，長嘯下松關。㊃

【眉評】

[一] 氣格蒼勁，不染明代陋習。

【校記】

㊀ 録自《明詞綜》。《履庵詩餘》、《明詞綜》有詞題「同楊魏村少參登桐君山」。

㊁ 「相失」，《履庵詩餘》作「相失了」。

㊂ 「游處好」，《履庵詩餘》作「游此處」。

㊃ 「西風衰草外，長嘯下松關」，《履庵詩餘》作「愁殘今古夢，看破利名關」。

陳子龍 見《大雅集》。

○柳梢青㊀

繡嶺平川。漢家故壘，一抹蒼煙。陌上香塵，樓前紅燭，依舊金鈿。　十年夢斷嬋娟。回首處、離愁萬千。細柳新蒲，昏鴉暮雁㊁，芳草連天。

【校記】

㊀録自《御選歷代詩餘》。《陳忠裕公全集》有詞題「春望」。

㊁「暮雁」，《陳忠裕公全集》作「春雁」。

乩仙

○賀新涼㊀

鼙鼓驚天地。慘昏昏、烽煙四起，九門盡啓。天子無愁先下殿，忍把河山拋棄。只換得、春燈舊謎。[一]子弟梨園今白髮，認銅駝、蔓草荒煙裏。尋舊苑，朱門閉。紅橋一帶傷心地。記當年、倉皇夜出，怱怱走避。姊妹傳催偏促急，教把弓鞋緊繫。也自覺、偷生無味。一劍龍泉漸碧血，向東風、灑盡啼鵑淚。二百載，魂如寄。[二]《漁磯漫鈔》：「金陵諸生扶鸞，有兩女仙降乩，自云荷珠、桂珠，所作詩詞甚多，似教坊被選入宮，死乙酉之難者。」

【眉評】

[一] 大聲疾呼。

[二] 勁節貞心，轉出卞玉京、寇白門之右。

【校記】

㊀ 録自《漁磯漫鈔》。

鄭婉娥 女鬼。

念奴嬌㊀

離離禾黍，歎江山似舊，英雄塵土。石馬銅駝荊棘裏，閲遍幾番寒暑。劍戟灰飛，旌旗鳥散，底處尋樓艫。暗嗚叱吒，只今猶説西楚。[一] 憔悴玉帳虞兮，燈前掩淚，雙靨流紅雨。鳳輦羊車行不返，九曲愁腸漫苦。梅瓣凝粧，楊花翻雪，回首成終古。翠螺青黛，絳仙慵畫眉嫵。吴江沈韶，洪武初，登琵琶亭，月下聞歌聲。明日復往，見一麗人曰：「妾僞漢婕好鄭婉娥也，死，葬於亭側。」爲沈歌〔念奴嬌〕，曰：「昨夜郎所聞也。」

【眉評】

[一] 淒涼悲怨，筆力自高，明代詞人轉不及也。

【校記】

㊀ 録自《明詞綜》。

國朝詞

吴偉業[一]

見《大雅集》。

【眉評】

[一] 梅村詞筆力甚遒，意味亦永，界乎蘇、辛之間，幾可獨樹一幟。

○**臨江仙** 過嘉定感懷侯研德㊀

苦竹編籬茅覆瓦，海田久廢重耕。相逢還説廿年兵。寒潮衝戰骨，野火起空城。[一]門户凋殘賓客在，淒涼詩酒侯生。西風又起不勝情。一篇思舊賦，故國與浮名。靳介人曰：「『君房門第多遷改』，當以此詞注之。」

【眉評】

[一] 慘淡淋漓。

【校記】

㊀ 録自《吴詩集覽》。

○○○**滿江紅** 白門感舊[一]㊀

松栝凌寒，掛鍾阜、玉龍千尺。記那日、永嘉南渡，蔣陵蕭瑟。群帝翺翔騎白鳳，江山縞素觚稜碧。躧麻鞋、血淚灑冰天，新亭客。雲霧鎖，臺城戟。風雨送，昭邱柏。把梁園宋寢，燒殘赤壁。破衲重游山寺冷，天邊萬點神鴉黑。羨漁翁、沽酒一簑歸，扁舟笛。

【眉評】

［一］氣韻沈雄，直摩稼軒之壘。

【校記】

㊀録自《吴詩集覽》。

又　讀史［一］㊀

顧盼雄姿，數馬矟、當今誰比。論富貴、刀頭取辦，只應如此。十載詩書何所用，如吾老死溝中耳。願君侯、誓志掃秦關，如江水。　烽火靜，淮淝壘。甲第起，長安裏。尚輕他絳灌，何知程李。揮麈休譚邊塞事，封侯拂袖歸田里。待公卿、置酒上東門，功成矣。

【眉評】

［一］筆勢壯浪，似贈將帥之作，而以「讀史」命題，或所贈者非人，故諱之也。

【校記】

㊀ 録自《吴詩集覽》。

又 感舊[一]㊀

滿目山川，那一帶、石城東冶。記舊日、新亭高會，人人王謝。風静旌旗瓜步壘，月明鼓吹秦淮夜。算北軍、天塹隔長江，飛來也。暮雨急，寒潮打。蒼鼠竄，宫門瓦。看雞鳴埭下，射雕盤馬。庾信哀時惟涕淚，登高卻向西風灑。問開皇、將相復何人，亡陳者。

【眉評】

[一] 一片哀怨，與《白門感舊》同意，但彼是感家國，此兼感身世。「庾信」二句，一篇之主。

【校記】

㊀ 録自《吴詩集覽》。詞題，《倚聲初集》作「金陵懷古」。

又 感興㊀

老子平生，雅自負、交游然諾。今已矣、結茅高隱，溪雲生閣。暇日好尋鄰父飲，歸來一枕松風覺。但拖條、藤杖筍鞋輕，湖山樂。[一]　也不赴，公卿約。也不慕，神仙學。任優游散誕，斷雲孤鶴。健飯休嗟容鬢改，此翁意氣還如昨。笑風塵、勞攘少年場，安耕鑿。靳介人曰：「玩此詞意，梅村其有憂患乎？」

【眉評】

[一] 牢愁寓于閒放。

【校記】

㊀ 録自《吴詩集覽》。詞題，《倚聲初集》作「閑居」。

又 蒜山懷古[一]㊀

沽酒南徐，聽夜雨、江聲千尺。記當年㊁、阿童東下，佛貍深入。白面書生成底用，蕭郎裙屐偏輕敵。笑風流、北府好譚兵，參軍客。　人事改，寒雲白。舊壘廢，神鴉集。儘沙沈浪洗，斷戈殘戟。落日樓船鳴鐵鎖，西風吹盡王侯宅。任黄蘆、苦竹打荒潮，漁樵笛。[二]

【眉評】

[一] 此詞聲情悲壯，高唱入雲。

[二] 頓挫生姿，哀感不盡，不專爲南徐寫照也。

【校記】

㊀ 録自《國朝詞綜》。

㊁ 「當年」，《瑤華集》作「當日」。

又 贈南中余澹心㊀

緑草郊原，此少俊、風流如畫。儘行樂、溪山佳處，舞亭歌榭。石子岡頭聞奏伎，瓦官閣外看盤馬。問後生㊁、領袖復誰人，如卿者。 雞籠館，青溪社。西園飲，東堂射。捉松枝麈尾，做些聲價。[一] 賭墅好尋王武子，論書不減蕭思話。聽清譚、亹亹逼人來，從天下。

【眉評】

[一] 此詞足長澹心聲價矣。

【校記】

㈠ 録自《吴詩集覽》。

㈡「後生」，《百名家詞鈔》本《梅村詞》作「後來」。

又重陽感舊㈠

把酒登高，望北固、崩濤中斷。還記得、寄奴西伐，彭城高讌。飲至凌歊看馬射，秋風落木堪傳箭。歎黄花、依舊故宫非，江山换。　獨酌罷，微吟倦。斜照下，東籬畔。念柴桑居士，高風誰見。佳節又逢重九日，明年此會知誰健。論人生、富貴本浮雲，非吾願。［一］

【眉評】

［一］上半闋懷舊，後幅自慨身世，前後俱不畧重陽。

【校記】

㈠ 録自《吴詩集覽》。

木蘭花慢過濟南㊀

天清華不注，搔首望、白雲齊。想尚父夷吾，雪宫柏寢，衰草長堤。松耶柏耶在否，祇斜陽、七十二城西。石窌功名何處，鐵籠籌算都非。　儘牛山、涕淚沾衣。極目雁行低。歎鮑叔無人，魯連未死，憔悴南歸。依然泱泱東海，看諸生、奏玉簡金泥。誰問碻磝戰骨，秋風老樹成圍。[一]

【眉評】

[一]後半闋自寫身世，不勝悔恨。此詞之作，其在梅村南歸時乎？

【校記】

㊀録自《吴詩集覽》。

又壽嘉定趙侍御，舊巡滇南。㊀

仰首㊁看皓魄，切莫放、酒杯空。記六詔飛書，百蠻馳傳，萬里乘驄。天南碧雞金馬，把枯碁、殘局付兒童。雞黍鹿門高隱，衣冠鶴髮衰翁。　歎干戈、滿地飄蓬。落日數歸鴻。喜歇浦寒潮，練塘新霽，投老從容。菊花滿頭須插，向東籬、狂笑醉顔紅。高館青尊紅燭，故園黃葉丹楓。[一]

【眉評】

[一] 前半從滇南點染，此從嘉定著想。

【校記】

㈠ 録自《吴詩集覽》。

㈡「仰首」，《梅村家藏稿》作「仰頭」。

又 中秋詠月㈠

冰輪誰碾就，千尺起、嘯臺東。記白傅堤邊，庾公樓上，幾度曾逢。今宵廣寒高處，問嫦娥、環珮在何峰。天上銀河珠斗，人間玉露金風。[一]　聽江皋㈡、鶴唳横空。人影立梧桐。

有宮錦袍緋，綸巾頭白，鐵笛仙翁。欲乘月明飛去，過巖城、下界打霜鐘。醉卧三山絶頂，倒看萬箇長松。[二]

【眉評】

[一]句句灑落。

[二]胸次高曠，語亦奇警，合老坡、幼安爲一手。

【校記】

㊀録自《國朝詞綜》。

㊁「江皋」，《梅村家藏稿》作「江樓」。

沁園春 觀潮㊀

八月奔濤，千尺崔嵬，砉然欲驚。似靈妃顧笑，神魚進舞，馮夷擊鼓，白馬來迎。伍相鴟夷，錢王羽箭，怒氣强於十萬兵。崢嶸甚，訝雪山中斷，銀漢西傾。　孤舟鐵笛風清。待萬里乘槎問客星。歎鯨鯢未翦，戈船滿岸，蟾蜍正吐，歌管傾城。狎浪兒童，横江士女，笑指

漁翁一葉輕。誰知道，是觀潮枚叟，論水莊生。[一]

【眉評】

[一] 前半雄肆，後半澹遠，筆意歷落有致。

【校記】

㈠ 録自《吴詩集覽》。

賀新郎 病中有感[一]㈠

萬事催華髮。論龔生、天年竟夭，高名難没。吾病難將醫藥治，耿耿胸中熱血。待灑向、西風殘月。剖卻心肝今置地，問華陀、解我腸千結。追往事㈡，倍淒咽。　故人慷慨多奇節。爲當年、沈吟不斷，草間偷活。艾炙眉頭瓜噴鼻，今日須難訣絶。早患苦、重來千疊。脱屣妻孥非易事，竟一錢、不值何須説。人世事，幾完缺。

【眉評】

［一］此梅村絶筆也。悲感萬端，自怨自艾。千載下讀其詞，思其人，悲其志，固與牧齋不同，亦與芝麓輩有别。

【校記】

㈠録自《吴詩集覽》。

㈡「往事」，同《賭棋山莊詞話》、《國朝名家詩餘》本《梅村詞》、《吴詩集覽》作「往恨」。

曹溶 字潔躬，嘉興人。崇禎十年進士，國朝官至户部侍郎。有《静惕堂詞》一卷。

滿江紅 錢唐觀潮［一］㈠

浪湧蓬萊，高飛撼、宋家宫闕。誰激盪、靈胥一怒，惹冠衝髮。點點征帆都卸了，海門急鼓聲初發。似萬群、風馬驟銀鞍，争超越。　江妃笑，堆成雪。鮫人舞，圓如月。正危樓湍轉，晚來愁絶。城上吴山遮不住，亂濤穿到嚴灘歇。是英雄、未死報讐心，秋時節。［二］

【眉評】

［一］沈雄悲壯，筆力千鈞，永爲此題絶唱。竹垞和作已非敵手，何論餘子！

［二］雄文駭俗，讀之起舞。

【校記】

㈠ 録自《國朝詞綜》。

曹爾堪 字子顧，嘉善人。順治九年進士，官侍讀學士。有《南溪詞》二卷。

長相思㈠

溪邊蘆。水邊梧。我唱新詩興未孤。錦囊隨小奴。　樽常枯。偈常逋。舊識僧徒與㈡酒徒。年來多半疏。［一］

【眉評】

［一］鬱而不迫，西堂所謂揚湖海而不叫囂者歟？

【校記】

㈠ 録自《清綺軒詞選》。《南溪詞》有詞題「寄跡荒塢一月，感而有作」，《清綺軒詞選》作「寄跡」。

㈡ 「與」，《南溪詞》作「和」。

毛先舒 字稚黄，錢唐人。有《平遠樓外集》一卷、《鸞情詞》一卷。

漢宮春 飛來峰[一]㈠

何處飛來，怪玲瓏剔透，如此之奇。攀援未敢直上，鳥慄猿危。芙蓉千朵，亂雲頭、嬝娜參差。了不信、洪荒世界，都非斧鑿爲之。[二] 拾翠佳人相問，問低穿花洞，可有靈芝。只愁被仙迷住，海變桑移。[三] 天香雲外，一陣陣、吹染綃衣。終有日、飛還西竺，我當乘此而歸。

【眉評】

[一] 神來，氣來。○通首作勢在一起一結。

[二] 大筆如椽。

［三］「拾翠」數語，少鍛鍊之功。

【校記】

㊀録自《清綺軒詞選》。

周綸 字鷹垂，江南華亭人。貢生，官國子監學正。有《柯齋詩餘》一卷。

○江南春㊀

雲漠漠，雨絲絲。一鞭茅店遠，萬里壯心違。江南江北人如織，帶得窮愁信馬歸。［一］

【眉評】

［一］結語雋絶。

【校記】

㊀録自《清綺軒詞選》。《不礙雲山樓詞》有詞題「維揚道中」，《清綺軒詞選》作「曉行」。

顧貞觀 字華峰，號梁汾，無錫人。康熙五年舉人，官國史院典籍。有《彈指詞》三卷。

金縷曲 秋暮登雨花臺㊀

此恨君知否。㊁問何年、香消南國，美人黄土。[一]結綺新妝看未竟，莫報諸軍飛渡。待領畧、傾城一顧。若使金甌常怕缺，縱繁華、千載成虚負。瓊樹曲，倩誰譜。重來庾信哀難訴。是耶非、烏衣朱雀，舊時門户。如此江山剛换得，才子幾篇詞賦。弔不盡、人間今古。試上雨花臺上望，但寒煙、衰草秋無數。[二]聽嘹唳，雁行度。

【眉評】

[一]問得妙，妙在無端。

[二]「秋無數」三字警。

【校記】

㊀録自《國朝詞綜》。

㈡「此恨君知否」,《今詞初集》作「依舊銷魂路」。

賀新郎 寄吴漢槎寧古塔,以詞代書。[一]㈠

季子平安否。便歸來、生平㈡萬事,那堪回首。行路悠悠誰慰藉,母老家貧子幼。記不起、從前杯酒。魑魅擇人應見慣,料㈢輸他、覆雨翻雲手。冰與雪,周旋久。淚痕莫滴牛衣透。數天涯、依然骨肉,幾家能勾㈣。比似紅顔多薄命㈤,更不如今還有。只絶塞、苦寒難受。廿載包胥承一諾,盼烏頭、馬角終相救。置此札,君㈥懷袖。[二]

【眉評】

[一]二詞只如家常説話,而痛快淋漓,宛轉反覆,兩人心跡,一一如見。此千秋絶調也。◯悲之深,慰之至,丁寧告戒,無一字不從肺腑流出,可以泣鬼神矣。

[二]沈痛語入人自深。

【校記】

㈠録自《國朝詞綜》。調名,《彈指詞》作「金縷曲」。詞題,《彈指詞》後尚有「丙辰冬,寓京師千佛寺，冰雪中作」。

㈡「生平」，《彈指詞》作「平生」。

㈢「料」，《彈指詞》作「總」。

㈣「能勾」，《彈指詞》作「能彀」。

㈤「薄命」，《彈指詞》作「命薄」。

㈥「君」，《彈指詞》作「兄」。

又[二]㈠

我亦飄零久。十年來、深恩負盡，死生師友。宿昔齊名非忝竊，試看㈡杜陵消瘦。曾不減、夜郎僝僽。薄命長辭知己別，問人生、到此淒涼否。千萬恨，爲兄剖。兄生辛未我丁丑㈢。共些時、冰霜摧折，早衰蒲柳。詞賦從今須少作，留取心魂相守。但願得、河清人壽。歸日急翻行戍稿，把空名、料理傳身後。言不盡，觀頓首。㈣

【眉評】

[一]上章寄吳，歷敘其家事，此兼自慨，末仍歸到吳，冀其留身後之名，且悲且慰。如此交情，令

人墮淚。○二詞純以性情結撰而成，其品最工，結搆之巧，猶其餘事。

【校記】

㈠錄自《國朝詞綜》。

㈡「試看」，《彈指詞》作「只看」。

㈢「我丁丑」，《彈指詞》作「吾丁丑」。

㈣《彈指詞》有跋：「二詞容若見之，爲泣下數行，曰：『河梁生別之時，山陽死友之傳，得此而三。此事三千六百日中，弟當以身任之，不俟兄再囑也。』余曰：『人壽幾何？請以五載爲期。』懇之太傅，亦蒙見許，而漢槎果以辛酉入關矣。附書志感，兼志痛云。」

彭孫遹 字駿孫，號羡門，海鹽人。順治十六年進士，康熙十八年以主事召試博學鴻詞第一，授編修，官至吏部侍郎。有《延露詞》三卷。

、○**憶王孫** 寒食㈠

梨雲婀娜柳雲斜。閑倚高樓數亂鴉。惆悵王孫天一涯。不歸家。風雨年年葬落花。[一]

【眉評】

[一] 淒艷特絕。

【校記】

㊀ 録自《國朝詞綜》。

○**蘇幕遮** 婁江寄家信㊀

柳花風，榆莢雨。試問㊁春光，去也何匆遽。紅淚飄零千萬樹。縱有黃鶯，㊂啼到無聲處。[一] 旅顏殘，歸計誤。日日尋思，臨別叮嚀語。欲倩文鱗傳尺素。婁水無情，不肯西流去。

【眉評】

[一] 語亦沈至。

【校記】

㊀ 録自《國朝詞綜》。詞題，《延露詞》作「婁江寄家信作」。

㈡「試問」，《延露詞》作「檢點」。

㈢「縱有黄鶯」，《百名家詞鈔》本《金粟詞》同，《延露詞》作「亂鶯」。

尤侗 字展成，號西堂，長洲人。拔貢生，康熙十八年以永平府推官，召試博學鴻詞，授檢討，家居，後加侍講。有《百末詞》二卷。

○**更漏子** 獨夜[一]㈠

五更風，三點雨。並作零鐘斷鼓。殘葉影，落花魂。淒淒來叩門。天涯雁。飛聲亂。叫出傷心一片。倚半枕，擁孤衾。相思睡不成。

【眉評】

[一]鬼境迷離。○字字淒斷，如聞哀猨，但詞品不高。

【校記】

㈠録自《百末詞》。

滿江紅 余淡心初度，和梅村韻。[一]㊀

對酒當歌，君休説、麒麟圖畫。行樂耳、柳枝竹葉，風亭月榭。滿目淒涼㊁汾水雁，半生憔悴章臺馬。㊂問何如、變姓隱吴門，吹簫者。　蘭亭禊，香山社。桐江釣，華林射。更平章花案，稱量詩價。作史漫嗤牛馬走，詠懷卻喜漁樵話。看孟光、把盞與眉齊，皋橋下。[二]

【眉評】

[一] 較梅村作更頑艷。

[二] 風流蘊藉。

【校記】

㊀ 録自《國朝詞綜》。詞題，《百末詞》作「壽余淡心五十，用吴梅村先輩韻。」

㊁「淒涼」，《百末詞》作「山川」。

㊂「半生憔悴章臺馬」，《百末詞》作「半頭霜雪燕臺馬」。

又 憶別阮亭儀部兼懷西樵考功湖上㈠

我發蕪城，趁競渡、一江風漲。爲寄語、池塘春草，阿連無恙。白舫已乘東冶下，青驄尚躍西泠上。問錢塘、可接廣陵潮，雙魚餉。採蓮棹，湖心漾。折柳曲，橋頭唱。辦十千兑酒，餘杭新釀。王子正招緱嶺鶴，孫登也策蘇門杖。待歸來、贈我兩峰圖，空濛狀。㈡

【校記】

㈠録自《百末詞》。

㈡《百末詞》後有識語：「時阮亭有秦淮之役，西樵與孫無言俱。」

念奴嬌 贈吴梅村先輩，用東坡赤壁韻。[一]㈠

江山如夢，歎眼前、誰是舊京人物。走馬蘭臺行樂處，尚記紗籠題壁。橡燭衣香，少年情事，頭白今成雪。杜陵野老，風流獨數詩傑。更聽法曲淒涼，四絃彈斷㈢，清淚如鉛發。莫問開元天寶事，一半曉星明滅。我亦飄零，十年湖海，看雨絲風鬓。何時把酒，浩歌同送明月。

【眉評】

［一］故國之感，吾不知梅村見之何以爲情也。

【校記】

㊀録自《國朝詞綜》。詞題，《百末詞》無「赤壁」二字。

㊁「彈斷」，《百末詞》作「撥斷」。

朱彝尊　見《大雅集》。

解珮令　自題詞集㊀

十年磨劍，五陵結客，把平生、涕淚都飄盡。老去填詞，一半是、空中傳恨。幾曾圍、燕釵蟬鬢。　不師秦七，不師黄九，倚新聲、玉田差近。［二］落拓江湖，且分付、歌筵紅粉。料封侯、白頭無分。

【眉評】

［一］「不師黄九」可也，「不師秦七」不可也。不知秦七，焉知玉田哉？襲南宋面目，而不得其本原，自以爲姜、史復生，國初諸公多犯此病，竹垞其首作俑也。

【校記】

㊀録自《國朝詞綜》。

滿江紅 吴大帝廟㊀

玉座苔衣，拜遺像、紫髯如昨㊁。想當日、周郎陸弟，一時聲價。乞食肯從張子布，舉杯但屬甘興霸。［一］看尋常、談笑敵曹劉，分區夏。　南北限，長江跨。樓艣動，降旗詐。歎六朝割據，後來誰亞。原廟尚存龍虎地，春秋未輟雞豚社。剩山圍、衰草女牆空，寒潮打。

【眉評】

［一］氣象雄傑。

【校記】

㊀錄自《國朝詞綜》。

㊁「如昨」，《曝書亭詞》作「如乍」。

、○**風蝶令**石城懷古㊀

青蓋三杯酒，黄旗一片帆。空餘神識斷碑鑱。借問横江鐵鎖是誰監。　花雨高臺冷，胭脂辱井緘。夕陽留與蔣山銜。猶戀風香閣畔舊松杉。[一]

【眉評】

[一]風流悲壯。

【校記】

㊀錄自《國朝詞綜》。

○**百字令**自題畫像㊀

菰蘆深處，歎斯人枯槁，豈非窮士。賸有虚名身後策，小技文章而已。四十無聞，一邱欲卧，空自南走羊城，西窮雁塞，更東浮淄水。一刺懷中磨滅盡，回首風塵燕市。草屩撈蝦，短衣射虎，足了平生事。滔滔天下，不知知己誰是。漂泊今如此。田園何在，白頭亂髮垂耳。[一]

【眉評】

[一] 感慨而不激烈。顧寧人自謂不如竹垞和厚，想見先生氣量。

【校記】

㊀ 録自《曝書亭詞》。

又 度居庸關㊀

崇墉積翠，望關門一線，似懸檐溜。瘦馬登臨㊁愁徑滑，何況新霜時候。畫鼓無聲，朱旗卷盡，惟剩蕭蕭柳。[一]薄寒漸甚，征袍明日添又。　誰放十萬黃巾，丸泥不閉，直入車箱口。十二園陵風雨暗，響徧哀鴻離獸。舊事驚心，長塗望眼，寂寞閑亭堠。當年鎖鑰，董龍真是雞狗。[二]

【眉評】

［一］旅行如畫。

［二］上半寫景，下段弔古，議論縱横，目無餘子。

【校記】

㊀録自《國朝詞綜》。

㊁「登臨」，《曝書亭詞》、《國朝詞綜》作「登登」。

消息 度雁門關㊀

千里重關，憑誰踏遍，雁銜蘆處。亂水滹沱，層霄冰雪，鳥道連勾注。畫角吹愁，黄沙拂面，猶有行人來去。問長塗、斜陽瘦馬，又穿入離亭樹。［一］　猨臂將軍，鴉兒節度，説盡英雄難據。竊國真王，論功醉尉，世事都如許。有限春衣，無多山店，酹酒徒成虚語。垂楊老、東風不管，雨絲煙絮。［二］

【眉評】

［一］以弔古之筆寫旅行之景，無一字不精神。

［二］筆致灑脱可喜。

【校記】

㊀録自《國朝詞綜》。

水龍吟　謁張子房祠㊀

當年博浪金椎，惜乎不中秦皇帝。咸陽大索，下邳亡命，全身非易。縱漢當興，使韓仍在㊁，肯臣劉季。算論功三傑，封留萬户，都未是、平生意。［二］　遺廟彭城舊里。有蒼苔、斷碑横地。千盤驛路，滿山楓葉，一灣河水。滄海人歸，圯橋石杳，古牆空閉。悵蕭蕭白髮，經過擥涕，向斜陽裏。

【眉評】

［二］誠如先生言，何以阻立六國後耶？余嘗謂子房，漢之功臣，非韓之忠臣也。未遇黄石公以前，發於血性，成就未可限量。一遇黄石後，純用譎詐，殊乖於正，而尤謬在薦四皓一事，則亦並不得爲漢之忠臣矣。但就詞論詞，筆力自是高絶。

【校記】

㈠ 録自《曝書亭詞》。

㈡「仍在」，同《瑶華集》，《曝書亭詞》作「成在」。

滿庭芳 李晉王墓下作㈠

獨眼龍飛，鴉兒軍至，百戰真是英雄。沙陀去後，席捲定河東。多少義兒子將，千人敵、一一論功。争誇道，生來亞子，信不愧而翁。　前驅囊矢日，三垂岡上，置酒臨風。歎緑衣天下，回首成空。冷落珠襦散盡，殘碑斷、不辨魚蟲。西林外，哀湍斜照，法鼓影堂中。[一]

【眉評】

[一] 歎息唐室終亡，無窮惋惜。温公「寇梁」之書，令人髮指。

【校記】

㈠ 録自《國朝詞綜》。

摸魚子 送魏禹平還魏塘㊀

一身藏、萬人海裏，姓名慵注官簿。秋深門巷堪羅雀，只共酒徒爲伍。君又去。認百疊寒山，似線鄉關路。冰霜最苦。盼到得江南，平波斷岸，猶及冷楓舞。竹林伴，依舊攀嵇㊁交呂。笛家琴調簫譜。燕臺縱有尋春約，忍負鏡邊眉嫵。君且住。算我便歸遲，定不過闌暑。[一]高荷大芋。待縛個茅亭，能來夜話，同聽紙窗雨。

【眉評】

[一] 情文相生。

【校記】

㊀ 録自《國朝詞綜》。

㊁ 「攀嵇」，底本作「攀姬」，據《曝書亭詞》、《國朝詞綜》改。

又 題陳其年填詞圖㊀

擅詞場、飛揚跋扈，前身可是青兕。風煙一壑家陽羡，最好竹山鄉里。攜硯几。坐罨畫溪陰，裊裊珠藤翠。人生快意。但紫筍烹泉，銀箏侑酒，此外揔閒事。空中語，想出空中姝麗。[二]圖來菱角雙髻。樂章琴趣三千調，作者古今能幾。團扇底。也直得樽前，記曲呼娘子。旗亭藥市。聽江北江南，歌塵到處，柳下井華水。

【眉評】

[二]竹垞自題詞集云：「一半是、空中傳恨，幾曾圍、燕釵蟬鬢。」題其年詞亦云：「空中語，想出空中姝麗。」可謂推己及人。其實朱、陳未必真空也。

【校記】

㈠録自《國朝詞綜》。調名，《曝書亭詞》作「邁陂塘」。詞題，《曝書亭詞》、《詞綜》作「題其年填詞圖」。

放歌集卷四

國朝詞

陳維崧[一] 見《大雅集》。

【眉評】

[一]其年詞魄力雄大，虎視千古，稼軒後一人而已。板橋、心餘輩極力騰踔，終不能望其項背。○其年氣魄可與稼軒頡頏，而沈鬱渾厚則去稼軒尚遠。至於著述之富，古今罕見，故所選獨多。○其年詞有真氣魄、真力量，故涉筆便作驚雷怒濤。板橋、心餘輩有意爲之，正是魄力歉處。○國初詞家，斷以迦陵爲巨擘。後人每好揚朱而抑陳，以爲竹垞獨得南宋真脈。嗚呼！彼豈真知有南宋哉？庸耳俗目，不值一笑也。

醉太平 江口醉後作[一]

鍾山後湖。長干夜烏。齊臺宋苑模糊。剩連天緑蕪。　估船運租。江樓醉呼。西風流落丹徒。想劉家寄奴。

【校記】

㊀録自《迦陵詞全集》。

春光好 桐川道中作㊀

鴶鵴叫，戍樓平。漆燈明。一路春田四月，少人耕。　惡木叢中古驛，亂山缺處孤城。安得短衣看射虎，過殘生。

【校記】

㊀録自《迦陵詞全集》。

點絳脣 阻風江口㊀

濁浪堆空，暨陽城下風濤怒。冰車鐵柱。隱隱轟吴楚。　獨眺君山，且共春申語。愁如許。一杯酹汝。同看蛟龍舞。

【校記】

㊀ 録自《迦陵詞全集》。

又 夜宿臨洺驛㊀

晴髻離離，太行山勢如蝌蚪。稗花盈畝。一寸霜皮厚。趙魏燕韓，歷歷堪回首。悲風吼。臨洺驛口。黄葉中原走。

【校記】

㊀ 録自《迦陵詞全集》。

又 江樓醉後與程千一㊀

絕憶生平，蹉跎祇爲清狂耳。酒酣直視。奴價何如婢。斷壁崩崖，多少齊梁史。掀鬢喜。笛聲夜起。燈火瓜州市。

【校記】

㊀ 録自《迦陵詞全集》。

好事近 夏日史蘧庵先生招飲，即用先生喜余歸自吳門過訪原韻。[一]㊀

分手柳花天，雪向晴窗飄落。轉眼葵肌初繡，又紅欹欄角。　別來世事一番新，只吾徒猶昨。話到英雄失路，忽涼風索索。[二]

【眉評】

[一] 其年諸短調，波瀾壯闊，氣象萬千，是何神勇！

[二] 平敘中波瀾自生，是爲真力量。

【校記】

㊀ 録自《迦陵詞全集》。詞題「吳門」，《迦陵詞全集》作「吳閶」。

清平樂 長至前五日適吳門，諸子有填詞社初集之舉，同集余澹心秋雪齋。是夜風雨。㊀

關山如許。不醉卿何苦。酒潑鵝黄嬌似乳。領受高齋夜雨。　莫愁濕透芒鞋。道傍醉

到須埋。不見長洲苑裏，年年落盡宮槐。[一]

【眉評】

[一] 感慨沈至，一語抵人千百。

【校記】

㊀ 録自《迦陵詞全集》。

○○**西江月** 喜見獅兒㊀

猛獸産於絶域，驍騰來自安西。一呼百物盡披靡。何論猘奴鷄子。我顧灰頹若此，兒應跳盪如斯。神仙將相詎難爲。萬事取之以氣。[一]

【眉評】

[一] 偏論，亦是快論、至論，「大言炎炎」，我爲起舞。

【校記】

㊀録自《迦陵詞全集》。原題三首，此其一。

憶少年 秋日登保安寺佛閣㊀

半村紅蓼，半村烏桕，半村黄葉。寺樓偏作勢，欲斜穿山脅。　檻外霜楓眠正貼。被西風、陡添鱗鬛。閣中僧夜語，有猿吟相接。[一]

【眉評】

[一]結二語令人尋味不盡。

【校記】

㊀録自《迦陵詞全集》。《瑶華集》題下有小字注：「梁溪。」

南鄉子 邢州道上作㊀

秋色冷并刀。一派酸風捲怒濤。[一]並馬三河年少客，粗豪。皂櫟林中醉射雕。　殘酒憶

荆高。燕趙悲歌事未消。憶昨㊁車聲寒易水，今朝。慷慨還過豫讓橋。［一］

【眉評】

［一］骨力雄勁，洪鐘無纖響。

［二］不著議論，自令讀者怦怦心動。

【校記】

㊀録自《迦陵詞全集》。

㊁「憶昨」，底本原作「憶作」，據《迦陵詞全集》改。

醉落魄 詠鷹㊀

寒山幾堵。風低削碎中原路。秋空一碧無今古。醉袒貂裘，畧記尋呼處。　男兒身手和誰賭。老來猛氣還軒舉。人間多少閒狐兔。月黑沙黄，此際偏思汝。［一］

【眉評】

［一］感憤之詞，聲色俱厲。

【校記】

㈠ 録自《迦陵詞全集》。

夜游宮 秋懷四首[一]㈠

耿耿秋情欲動。早噴入、霜橋笛孔。快倚西風作三弄。短狐悲，瘦猿愁，啼破冢。碧落銀盤凍。照不了、秦關楚隴。無數蛩吟古磚縫。料今宵，靠屏風，無好夢。[二]

【眉評】

[一] 四章無一語不精鋭，正如干將出匣，寒光逼人。

[二] 短句特地精神。

【校記】

㈠ 四首俱録自《迦陵詞全集》。

又

秋氣横排萬馬。盡屯在、長城牆下。每到三更素商瀉。濕龍樓㈠，暈鴛機，迷爵瓦。[一]

誰復憐卿者。酒醒後、槌床悲詫。使氣筵前舞甘蔗。我思兮，古之人，桓子野。[二]

【眉評】

[一] 奇警，令人色變。

[二] 縱筆所之，音調無不合拍，熟於宜僚之弄丸矣。

【校記】

㈠「龍樓」，底本作「龍頭」，據《迦陵詞全集》改。

又

箭與飢鴟競快。側秋腦、角鷹愁態。[一] 駿馬妖姬秣燕代。笑吳兒，困雕蟲，矜細欸。　齷齪誰能耐。總一笑、浮雲睚眦。獨去爲傭學無賴。圯橋邊，有猿公，期我在。

【眉評】

[一] 字字精神。

又

一派明雲薦爽。秋不住、碧空中響。[一]如此江山徒莽蒼。伯符耶，寄奴耶，嗟已往。　十載羞厮養。辛負煞、長頭大顙。思與騎奴游上黨。趁秋晴，蹠蓮花，西嶽掌。

【眉評】

[一]精警之句從何得來，令人驚喜。

感皇恩　晚涼雜憶六首[一]㈠

記得鎮淮門，風篷競舉。都歇荷潭最深處。緑蓑烏榜，雁翅玲瓏無數。嫩涼三萬頃，誰先取。　茱萸灣冷，山光寺古。玉笋頻傾水天暮。酒紅上面，笑拊冰肌銷暑。三年渾一夢，揚州路。[二]

【眉評】

[一]六章皆追憶舊游之作，不言感慨，而感慨亦見。

[二] 收束大雅。

【校記】

㊀ 六首俱録自《迦陵詞全集》。

又

記趁過江船，遠帆疑豆。北固喧豗怒濤吼。[一] 江山如此，消得幾場詩酒。舉杯遙酹取，黄公覆。 水雲轇葛，陽陰雜糅。奇石成獅破空走。竹林僧老，坐我秋林閒晝。半枝邛竹杖，如人瘦。[二]

【眉評】

[一] 每章起三句提明所憶處，俱極生動。

[二] 造語必警。

又

記在百泉山，盤渦漩洑。雜佩叢鈴暗相觸。磵花如雪，了了遥明山屋。蘇門蒸彩翠，添銀瀑。[一]　誰家園子，沿流嵌麓。晚飯家家蘩湘竹。流連河朔，此地從無三伏。中原㊀生爽籟，天新沐。[二]

【眉評】

[一] 設色精工。

[二] 寫景處亦能舉其大。

【校記】

㊀「中原」，《瑶華集》作「中宵」。

又

記在玉河橋，天街無賴。被酒狂歌禁門外。蒲桃晶透，選取招涼珠賽。冷螢流殿瓦，冰初

賣。倦聽太液，蟬聲一派。想像宸游甚時再。飄紅墜粉，鳳艒經秋都壞。燕丹門下客，皆安在。[一]

【眉評】

[一]忽然生感，氣骨沈雄。

又[一]

記在魯蒙陰，霜楓濃淡。疊巘層崖幻蒼紺。秋生海市，紅日一輪孤陷。晚涼催卸馱，投關店。雲迷石匱，煙零玉檢。翠羽金支半明暗。秦松西笑，華掌碧蓮初染。齊州青八九，纔如點。

【眉評】

[一]寫景有聲勢，筆力勝人故也。

又

記在湧金門，冷雲成畫。落月高樓水明夜。佯狂脱帽，行到宋諸陵下。碧羊纏石蘚，眠官野。　一湖蓮葉，半城樵舍。西子嫣然晚粧罷。隔江雪浪，隱隱天風檣馬。狂思横萬弩，迎潮射。[一]

【眉評】

[一]壯浪之氣，合幼安爲古今兩雄。

解蹀躞 夜行滎陽道中㈠

峽劈成皋古郡，人雜猿猱過。斷崖怒走，蒼龍立而卧。此乃廣武山乎，噫嚱古戰場哉，悲來無那。[一]　卸鞍坐。煙竹吹來入破，一林纖月墮。雁聲不歇，砧聲又攙和。歷歷五點三更，馬前漸逼滎陽，城頭燈火。[二]

【眉評】

[一] 狀險絶之境，遞入正面，有萬千氣象。

[二] 夜行如畫。

【校記】

㈠ 録自《迦陵詞全集》。

側犯 奚蘇嶺先生書來訊我近況，詞以奉柬。㈠

罷官不樂，畫簾暮卷空江雨。無緒。憶罨畫溪頭、有人住。堦前灌莽合，屋後虬梅古。傳語。問强飯，還能著書否。[一] 使君足下，[二] 別後難行路。嗟帶甲滿乾坤，只有儒生誤。昨已廢書，行將學賈。市上屠牛，山中射虎。

【眉評】

[一] 申明來訊之意。

[二] 下半答之。

【校記】

㈠ 録自《迦陵詞全集》。

洞仙歌 詠慈仁寺古松㈠

摩空翠鬣，萬古知難老。色作青銅雪霜飽。似杜甫驚人，馬卿慢世，二子者，可以狀君兀奡。[一]

託根燕市側，游戲支離，一笑風塵此鴻爪。任絲管喧闐，貂蟬赫奕，更七姓、鞭絲醉裊。只西風吼處作濤聲，對鳳闕龍墀，吾存吾傲。[二]

【眉評】

[一] 比擬奇肆。

[二] 即物言志，矯矯不群。

【校記】

㈠ 録自《迦陵詞全集》。詞題，《迦陵詞全集》作「詠慈仁寺古松壽紀伯紫」。

鵲踏花翻 春夜聽客彈琵琶作隋唐平話㊀

雨滴梅梢，雪消蕙葉，入春難得今宵暇。倩他銀甲淒清，鐵撥縱橫，聲聲迸碎鴛鴦瓦。依稀長樂夜烏啼，分明湓浦鄰船話。腕下。多少孤城戰馬。一時都作哀湍瀉。[一]今日黑闥營空，尉遲杯冷，落葉浮清灞。百年青史不勝愁，兩行銀燭空如畫。

【眉評】

[一] 筆勢亦如秋風颯沓。

【校記】

㊀ 録自《迦陵詞全集》。

又 健兒吹笛㊀

十上燉煌，三過代郡，翩翩繡袷黄金勒。曾在僕射營門，塞女如花，偷譜李謩銀雁笛。長城夜月一輪孤，沙場戰馬千群黑。今日。鬢點霜花誰識。故國何年歸始得。幾徧閒尋舊曲，纔當入破，又犯龜茲急。郤陽城外遇鄉人，一聲紅豆春衫濕。[一]

【眉評】

[一] 似唐賢塞外詩。

【校記】

㈠ 録自《迦陵詞全集》。

法曲獻仙音 詠鐵馬，同雲臣賦。㈠

赤兔無成，烏騅不逝，屈作小樓簷馬。碎佩琮琤，叢鈴戛玷，依稀客窗閒話。更鳥雀、時相觸，霜欺兼雨打。　幾悲咤。想多年、戰場猛氣，矜蹴踏、萬馬一時都啞。[一] 流落到而今，踠霜蹄、寄人籬下。　潦倒餘生，儘閒身、蛛絲同挂。[二] 又西風喚起，仍舊酸嘶中夜。[三]

【眉評】

[一]「是何意態雄且傑。」

[二]碎擊唾壺。

[三]壯心猶在。

【校記】

㊀録自《迦陵詞全集》。

滿江紅 爲陳九之子題扇[一]㊀

鐵笛鈿箏，還記得、白頭陳九。曾消受、妓堂絲竹㊁，毬場花酒。籍福無雙丞相客，善才第一琵琶手。歎今朝、寒食草青青，人何有。　弱息在，佳兒又。玉山皎，瓊枝秀。喜門風不墜，家聲依舊。生子何須李亞子，少年當學王曇首。對君家、兩世濕青衫，吾衰醜。

【眉評】

[一]悲歌嗚咽，不堪卒讀。

【校記】

㊀ 録自《本事詩》。詞題，或陳廷焯所擬，《迦陵詞全集》作「陳郎以扇索書，爲賦一闋。父名陳九，曲中老教師」。

㊁「絲竹」，《迦陵詞全集》作「絲管」。

又 梁溪顧梁汾舍人過訪，賦此以贈，兼題其小像。㊀

二十年前，曾見汝、寶釵樓下。[一]春二月、銅街十里，杏衫籠馬。行處偏遭嬌鳥喚，看時誰讓珠簾挂。只沈腰、今也不宜秋，驚堪把。[二]且給箇，金門假。好長就，旗亭價。記爐煙扇影，朝衣曾惹。芍藥纔填妃子曲，琵琶又聽商船話。笑落花、和淚一般多，淋羅帕。[三]

【眉評】

[一] 直起老。

[二] 淒婉在一「也」字。

[三] 淋淋漓漓，文生于情。

【校記】

㈠録自《國朝詞綜》。

又　舟次潤城，謁程崑崙別駕。㈠

此地孫劉，想萬馬、川騰谷漲。公到日、雄關鐵鎖，東流無恙。上黨地爲天下脊，使君文在先秦上。[一]更縱橫、羽檄氣偏豪，籌兵餉。　天上月，波心漾。隔江笛，樓頭唱。歎江山如此，可消官釀。側帽高張臨水宴，掀髯勇策登山杖。踞寒崖、拂蘚剔殘碑，猿猱狀。㈡

【眉評】

[一]魄力雄勁，下語如生鐵鑄成。

【校記】

㈠録自《迦陵詞全集》。

㈡《烏絲詞》詞末有注：「先生重刻焦山《瘞鶴銘》。」

又 何明瑞先生筵上作。辛巳歲，先生在陽羨令幕中，拔予童子第一。㈠

陽羨書生，記年少、劇於健馬。公一顧、風鬟霧鬣，盡居其下。兩院黃驄佳子弟，三條紅燭喬聲價。恰思量、已是廿年前，淒涼話。[一] 鐵笛叫，南徐夜。玉山倒，西窗下。㈡且摴蒲六博，彈箏行炙。被酒我思張子布，臨江不見甘興霸。只春潮、濺雪白人頭，堪悲咤。[二]

【眉評】

[一] 一筆叫醒，龍跳虎卧。

[二] 蒼茫感喟。

【校記】

㈠ 録自《迦陵詞全集》。

㈡「西窗下」，《今詞初集》作「西窗灺」。

又 過邯鄲道上呂仙祠，示曼殊。○曼殊工演《邯鄲夢》劇。㊀

絲竹揚州，曾聽汝、臨川數種。明月夜、黄粱一曲，緑醅千甕。枕裏功名雞鹿塞，刀頭富貴麒麟塚。只機房、唱罷酒都寒，粱塵動。　久已判，緣難共。經幾度，愁相送。幸燕南趙北，金鞭雙控。萬事關河人欲老，一生花月情偏重。算兩人、今日到邯鄲，寧非夢。[一]

【眉評】

[一] 過邯鄲，只於末處一點，情味無窮，正妙在不多著墨。

【校記】

㊀ 録自《迦陵詞全集》。

又 自封邱北岸渡河至汴梁㊀

漭漭河聲，捩柁處、怒濤千尺。絶壁下、魚龍悲嘯，水波㊁欲立。一派灰飛官渡火，五更霜灑中原血。[一]問成皋、京索事如何，都陳蹟。　蟲牢外，風蕭瑟。廩延畔，沙堆積。試中流騁望，百憂橫集。混混且拚流日夜，芒芒不辨天南北。但望中、似見有人煙，陳橋驛。自注：「封邱，古蟲牢。延津，古廩延。」

【眉評】

[一] 摩天巨刃，慘淡淋漓。

【校記】

㈠ 録自《迦陵詞全集》。

㈡ 「水波」，底本作「木波」，據《迦陵詞全集》改。

又 汴京懷古十首〇夷門[一]㈠

壞堞崩沙，人説道、古夷門也。我到日、一番憑弔，淚同鉛瀉。流水空祠牛弄笛，斜陽廢館風吹瓦。買道旁、濁酒酹先生，班荊話。　攝衣坐，神閒暇。北向刎，魂悲咤。行年七十矣，翁何求者。四十斤椎真可用，三千食客都堪罵。使非公、萬騎壓邯鄲，城幾下。

【眉評】

［一］一起便自魂銷。○《汴京懷古》十首，蒼涼悲壯，氣韻沈雄。板橋《金陵》十二首，高者可稱後勁，心餘則去此遠矣。○心餘亦好作壯語，但面目可襲，力量不可强，去迦陵何可道里計也。

【校記】

㊀十首俱録自《迦陵詞全集》。

又 博浪城

鉛筑無成，不信道、英雄竟死。猶有客、棄家破産，東求力士。太息已看秦帝矣，悲歌只念韓亡耳。道旁觀、誰道祖龍耶，妄男子。　狙擊處，悲風起。大索罷，浮雲逝。歎事雖不就，波騰海沸。嬴政關河空宿草，劉郎宫寢成荒壘。只千年、還響子房椎，奸雄悸。［一］

【眉評】

［一］壯在「千年」二字。

又廣武山

汜水敖倉，是楚漢、提戈邊界。想昔日、名姬駿馬，英雄梗概。滎澤㊀波痕寒疊雪，成皋山色愁凝黛。歎從來、豎子易成名，今安在。　俎上肉，何無賴。鴻門斗，真難耐。算野花斷鏃，幾更年代。秦鹿詎爲劉季死，楚猴甘受周苛賣。笑紛紛、青史論都訛，因成敗。[一]

【眉評】

[一] 議論風生。

【校記】

㊀「滎澤」，底本作「榮澤」，據《迦陵詞全集》改。

又吹臺

太息韶華，想繁吹、憑空千尺。其中貯、邯鄲歌舞，燕齊技擊。宮女也行神峽雨，詞人會賦名園雪。羨天家、愛弟本輕華，通賓客。梁獄具，宫車出。漢詔下，高臺圻。歎山川依舊，綺羅非昔。世事幾番飛鐵鳳，人生轉眼悲銅狄。著青衫、半醉落霜雕，弓絃砉。[一]

【眉評】

[一]縱筆感慨，推開説意味更永。

又 官渡[一]

野渡盤渦，中牟界、濤翻浪走。勒馬看、殘山剩水，一番回首。斜日亂碑森怪蝟，危岡怒石蹲奇獸。笑中原、從古戰場多，陰風吼。炎劉鼎，嗟淪覆。袁曹輩，工争鬥。看金戈塞馬，喧豗馳驟。浪打前朝黄葉盡，霜封斷壁青苔厚。又幾行、雁影落沙洲，多於豆。[二]

【眉評】

[一]筆勢森竦，在諸篇中尤爲警策。

[二]悲而壯，有古詩氣味。

又　艮嶽

宋室宣和，看艮嶽、堆瓊砌璐。也費過、幾番錘鑿，兩朝丹堊。花石綱催朱太尉，寶津樓俯京東路。晉銅駝、洛下笑人忙，曾迴顧。　花千朵，雕闌護。峰萬狀，長廊互。使神搬鬼運，無朝無暮。一自燕山亭去早，故宫有夢何由作。歎此間、風物劇催人，成南渡。[一]

【眉評】

[一]哀猿一聲。

又　金明池

曲水金塘，流不盡、汴京遺事。記當日、昆明水戰，都亭百戲。相國寺前燈似晝，南薰門外天如水。恰政和、天子趙官家，多才藝。　火仗轉，星毬墜。水幄捲，雲房蔽。正扇分雉羽，橋排雁齒。此夜只憐明月好，當時那曉金人至。記居民、拂曉撥菰蒲，尋珠翠。[一]

【眉評】

［一］何等感喟，可爲後來者炯戒。

又樊樓

北宋樊樓，縹緲見、彤窗繡柱。有多少、州橋夜市，汴河游女。一統京華饒節物，兩班文武排簫鼓。又墮釵、鬥起落花風，飄紅雨。［一］西務裏，猩唇煑。南瓦内，鸞笙語。數新妝炫服，師師舉舉。風月不須愁變換，江山到處堪歌舞。恰西湖、甲第又連天，申王府。［二］

【眉評】

［一］清麗語。

［二］淋漓大筆，慷慨激昂。

又玉津園

古玉津園，斜陽照、滿陂蘆荻。渾不見、銅街鐵市，層樓列戟。陰慘慘兮門自鎖，冷清清地船誰摘。繚垣邊、覓箇不愁人，如何得。[一]　白玉沓，黄金槅。園芳樂，樓青漆。任凄風苦雨，籠窗動壁。春去鳥啼樊重里，月明花落王根宅。[二]壞廊斜、石獸趁行人，行人嚇。

【眉評】

[一]警絶。

[二]凄艷獨絶。

又 金梁橋[一]

汴水分藩，憶帝子、金牀玉册。人都羡、憲王才調，孝王儔匹。椒殿丁年喧鼓吹，桂宫甲帳繙圖籍。唱誠齋、樂府夜深時，箏琶急。　蔡河漲，蘭橈織。雁池汛，龍舟疾。記牡丹時節，排當宿直。一夜黄河瓠子決，滿城紅袖梨花濕。痛波飄、菰米入宫牆，沈雲黑。[一]

【眉評】

[一]意哀婉而詞藻艷。

【校記】

㊀小題「金梁橋」，或陳廷焯所擬，《迦陵詞全集》無小題，殆誤奪，《瑶華集》作「周邸」。

又 丹陽賀天山寄詞二闋，屬和其韻。㊀

枯樹衰楊，三歎息、物猶如此。白眼看、塵埃野馬，子虚亡是。四壁豈無窮可送，九天只有愁難寄。放狂歌、金鐵一時鳴，吾衰矣。　拜特進，官承旨。僮列鼎，奴衣紫。更屏間窃窕，堦前阿唯。若有人兮寧足慕，彼何爲者殊堪恥。曾幾回、策馬樂游原，荒煙耳。

【校記】

㊀二首俱録自《迦陵詞全集》。

又

速壘糟邱，更㊀莫惜、壚邊酒價。能幾日、秦關月小，漢宫花謝。萬里秋從西極到，千年淚向南樓灑。[一]婦人裝、胡粉且搔頭，無人者。　風刮燭，窗多罅。雨淋壁，簾須下。溷南鄰

北户，詩場歌社。白晝蘧蘧身化蝶，青天夢夢塵生馬㊁。約練湖、鴉舅十分紅，余來也。原注：「日内將至丹陽。」㊂[二]

【眉評】

[一] 沈雄悲壯，較前篇更警策。

[二] 筆意超悟，悲感中别饒意味。

【校記】

㊀「更」，《迦陵詞全集》作「卿」。

㊁「塵生馬」，《迦陵詞全集》作「程生馬」。

㊂ 詞末注，《迦陵詞全集》作「日内將至丹陽，故云」。

又 過京口復用前韻㊀

剩壘殘崖，有多少、英雄經此。也則爲、風吹浪打，攢成如是。北顧髻鬟晴欲笑，南朝君相生同寄。歎齊梁、一片好江山，都非矣。 茶沸乳，廉泉旨。楓繡癭，酡顔紫。倘鶴猿招我，欣然曰唯。夔縱憐蚿何所益，信偏伍噲徒增耻。踞篷艙、吹火騁雄談，臧三耳。

【校記】

㊀二首俱録自《迦陵詞全集》。

又

瓜步船來，亟爲問、淮南米價。念欲索、陶胡奴米，何如詣謝。肝膽儘從鄰媪露，毫毛拚向沙場灑。歎臣精、今日已銷亡，誰容者。[二]　栗半熟，經霜罅。豚對舞，浮波下。聽寺鐘隱隱，隔江蓮社。快意且騎隋苑鶴，失時休使瞿塘馬。怪一軍、銀鎧海門來，潮頭也。

【眉評】

[二] 熱血一腔。

又 渡江後車上作，仍用前韻。㊀

磨鏡來耶，怪范叔、一寒至此。[二] 古所謂、弔喪借面，將毋同是。十載江河淮泗客，一身南北東西寄。問車中、閉置婦人乎，真窮矣。　村醸薄，寒加旨。斜日淡，風添紫。有輿騶拉飲，從而唯唯。謁彼金張吾已過，厄於陳蔡誰之恥。任兒童、拍手笑勞人，車生耳。

【眉評】

［一］起勢突兀。

【校記】

㈠二首俱録自《迦陵詞全集》。詞題，《迦陵詞全集》無「仍用前韻」四字。

又

亦復何傷，終不掩、文章光價。［一］曾抵突、不如屈宋，何論沈謝。一曲楚聲愁筑破，半生情淚如鉛灑。儘腹中、容得百千人，如卿者。　好覓個，西村鏄。竟須在，南山下。結斬蛟射虎，疎狂之社。夢裏悲歡槐國蟻，世間得喪鄰翁馬。語前騶、叱馭且從容，余歸也。

【眉評】

[一]起語承上章折入，矯變異常。○前是自悲，此復自慰，慰更甚於悲也。

又 薗次挐舟相訪，與予訂布衣昆弟之歡而去，賦此紀事。㊀

雨覆雲翻，論交道、令人冷齒。告家廟、甲爲乙友，從今日始。官笑一麾君竟罷，病驚百日余剛起。問乾坤、弟畜灌夫誰，惟卿耳。[一] 嗟墨突，殊堪恥。憐范釜，還私喜。且樵蘇不爨，清談而已。開口會能求相印，吾生詎向溝中死。終不然、鬻畚華山陰，尋吾子。[二]

【眉評】

[一]自負亦甚不凡矣。

[二]無一語不跳躍。

【校記】

㊀録自《迦陵詞全集》。

○○**又** 余有懷仲震詞，南耕昔在南昌，亦與仲震同作老客，遂次余韻亦成一首，斐然見示。仍疊前韻，用東南耕，並令仲震他日讀之一軒渠也。㊀

五老匡廬，挂冷瀑、長晴不夜。秋瑟瑟、兩賢相見，琵琶亭下。閱盡江山真欲舞，算來人物誰堪罵。[一]倚滕王、傑閣瞰章門，銀濤瀉。　羈旅恨，鄉關話。拉龔勝，呼曹霸。儘雄心耗與，冷杯殘炙。一朵菊花人伏枕，半庭荳葉秋除架。只幾年、蹤跡最難忘，同游射。

【眉評】

[一] 目空一切。

【校記】

㊀ 録自《迦陵詞全集》。

○○**又** 贈婁東周逸園，兼懷毛亦史。㊀

舞袖成圍，正衮偏、箏琶阮笛。有一客、衆中索我，謼聲甚急。坐上兩行紅粉笑，亭邊一夜青衫濕。歎雄文、老將本幽燕，纔相識。　風裂燭，喧飈黑。星絡角，晶熒白。倘明朝分手，後期難的。第令男兒存義氣(二)，休論世事多離别。博徒中、歸及見毛公，言相憶。[一]

【眉評】

[一] 運典巧合，亦見精神。

【校記】

(一) 録自《迦陵詞全集》。

(二) 「義氣」，《迦陵詞全集》作「意氣」。

又 秋日經信陵君祠(一)

席帽聊蕭，偶經過、信陵祠下。正滿目、荒臺敗葉(二)，東京客舍。九月驚風將落帽(三)，半廊細雨時飄瓦。柏初紅、偏向壞牆邊，離披打。[一]　今古事，堪悲詫。身世恨，從牽惹。倘君而尚在，定憐余也。我詎不如毛薛輩，君寧甘與原嘗亞。歎侯嬴、老淚苦無多，如鉛瀉。[二]

【眉評】

［一］前半闋淡淡著筆，而淒涼嗚咽，已如秋商叩林，哀湍瀉壑。

［二］情不自禁，如此弔古可謂神交冥漠。

【校記】

㈠録自《迦陵詞全集》。

㈡「敗葉」，《陳檢討詞鈔》作「敗驛」。

㈢「落帽」，《陳檢討詞鈔》作「落雁」。

又 送葉桐初還東阿，即次其與曹雪樵唱和原韻。㈠

若且歌乎，急配以、哀絲豪竹。念來夜、故人一去，月明人獨。風吼軍都山忽紫，雨收督亢天全緑。［一］笑好官、幾箇讀書來，休躭讀。　吟復寫，螭蟠幅。富與貴，蛇添足。但逢花便插，有泉須掬。建業雲山通地肺，姑蘇煙水連天目。［二］算轂城、雖好不如歸，眠鄉曲。

【眉評】

［一］險絶，奇絶。

［二］雄闊壯麗，極才人之能事。

【校記】

㈠録自《迦陵詞全集》。

滿庭芳 過虎牢㈠

汜水東來，滎陽西去，傷心斜日哀湍。横鞭顧盼，又過虎牢關。歎息提兵血戰，西風響、一片刀環。英雄淚，亂山楓葉，不待曉霜丹。［一］　追攀。當日事，炎精未造，遺恨靈桓。又許昌遷駕，不肯回鑾。今古興亡轉换，誰相問、剩水殘山。憑高望，漢陵魏殿，一樣土花斑。

【眉評】

［一］聲情激越，魄力沈雄。

【校記】

㊀ 録自《迦陵詞全集》。

水調歌頭 被酒與客語[一]㊀

老子半生事，慷慨喜交游。過江王謝子弟，填巷哄華騮。曾記獸肥草淺，正值風毛雨血，大獵北岡頭。日暮不歸去，霜色冷吴鉤。　今老大，嗟落拓，轉沈浮。疇昔博徒酒侶，一半葬荒邱。閉置車中新婦，羞縮嚴家餓隸，説著亦堪愁。我爲若起舞，若定解此不。

【眉評】

[一] 行神如空，行氣如虹。○其年《水調歌頭》諸闋，不及稼軒之神化，而老辣處時復過之，真稼軒後勁也。

【校記】

㊀ 録自《迦陵詞全集》。

○○又送宋荔裳觀察入都並寄蓼天司業，同顧庵、西樵賦。㊀

酒冷天寒日，人去客愁中。[一] 數行鈿蟬柱雁，祖餞出城東。衣上青天明月，馬上黄河飛雪，雁背染霜紅。如此作裝急，磊砢想桓公。　千斤椎，七寶轡，百石弓。從奴賓客所過，棧馬嚙殘通。定過淮陰祠下，更到望諸墓上，懷古颯悲風。若見蘇司業，言我鬢成翁。[二]

【眉評】

[一] 起十字警。

[二] 筆力雄蒼，英姿颯爽。

【校記】

㊀ 録自《迦陵詞全集》。

○○○又雪夜再贈季希韓㊀

海上玉龍舞，糝作滿空花。城中十萬朱户，瓊粉亂周遮。愁對一天飛雪，不見昨宵明月，桂影蝕金蟆。短髩颯秋葉，僵指矗枯枒。[一] 當日事，須細憶，詎忘耶。記築毬場擫笛，卻手復爲琶。縱不神仙將相，但遇江山風月，流落亦爲佳。豈意有今日，側帽數哀笳。[二]

【眉評】

[一] 千錘百鍊之句。

[二] 「流落亦爲佳」，已是難堪，今則並此不能矣。「豈意」五字，悲極憤極，讀之如聞熊啼兕吼。

【校記】

㊀ 録自《迦陵詞全集》。

又 立秋前一日述懷，柬許豈凡。㊀

將相寧有種，豎子半成名。蚍蜉切莫撼樹，聽我短歌行。薄俗人奴笞罵，末路婦人醇酒，一笑萬緣輕。夫子知我者，試與説生平。[一] 斫豪豬，炙走兔，掣長鯨。群儒齷齪可笑，我自習縱橫。明發西風削草，且約博徒會獵，小趁一秋晴。鬚作蝟毛磔，箭作餓鴟鳴。[二]

【眉評】

[一] 浩氣流行。

[二] 結而不結，不結而結，老秃可愛。

【校記】

㊀ 録自《迦陵詞全集》。

又 渡長蕩湖望三茅峰㊀

我住太湖口，四面帀煙鬟。周迴縈青繚黛，中托白銀盤。且縱龍宫一葦，耕破瓊田萬畝，笑傲水雲寬。篷背唱銅斗，沙尾辨金壇。[一] 雪浪吼，大魚出，矗如山。茅家兄弟笑我，前路足風湍。君自驂鸞翳鶴，我自騎鯨跨鯉，各自不相關。揮手謝之去，吹笛弄潺湲。

【眉評】

[一] 字字精鍊。

【校記】

㈠ 録自《迦陵詞全集》。

又 睢陽寓館感舊題壁㈠

惆悵復惆悵，直視草茫茫。[一] 風摇葵子蕢葉，螻蟈上空牆。滿目西州門内，轉眼黄公壚畔，前事惹思量。 摇膝并負手，遶柱更循廊。 天欲黑，燈半緑，月微黄。 中年哀樂，何況人又在他鄉。[二] 飄去嬌絲脆板，留下殘香剩茗，狼籍小紗窗。 撥置不足道，念此斷人腸。[三]

【眉評】

[一] 蒼茫感喟，其來無端。

[二] 五句五層。

[三] 〔水調歌頭〕一闋，必須以古詩氣魄運之，方能合拍。 稼軒而外，莫與迦陵争雄矣。

【校記】

㈠ 録自《迦陵詞全集》。

又 新秋寄驥沙徐仲宣㊀

秋色潔於雪，澄湛到簾鉤。憑軒憶爾更劇，君亦念余不。記客泉亭草寺，閒弄吟篷釣笛，相與狎沙鷗。一笑別君去，四節忽如流。大江邊，殘照裏，仲宣樓。煙波蝦菜，料爾生計儘優游。此地孤城絶島，長被蛟涎兔汁，鍊足一天秋。橫竹吹阿濫，叫醒古今愁。[一]

【眉評】

[一] 精警奇闢，令人神竦。

【校記】

㊀ 録自《迦陵詞全集》。

塞孤 宣武城外書所見㊀

北風如箭吼，城門啓。不斷香車流水。側卷綃簾拖燕尾。巫鼓唱，蠻簫賽。烏孫別、紫臺人，黄鵠寡、青溪妹。粉襟兒畔，多少紅淚。誰唱敕勒歌，訴盡消魂事。繡鏃殘骸攢

蝟。樹腹崖根潛老魅。招蜀魂，呼湘鬼。鵑已叫、洛陽城，鶴未返、遼西市。總春閨、夢中夫壻。[二]

【眉評】

[二] 短語精湛。

【校記】

㈠ 録自《迦陵詞全集》。

珍珠簾 題宋牧仲《楓香詞》，次曹實庵韻。㈠

當時紅杏尚書句。宋玉今朝風賦。㈡ 螢火柳棉詞，鬥陽阿激楚。原注：「牧仲詠螢、詠絮二詞，尤爲絶調。」五色蠻箋螺子墨，渲染縠、微雲疎雨。淒苦。滿歌坊粉壁，舞巾紈素。　一曲減字偷聲，聽小屏風後，玉簫潛度。低囀隔林鶯，碎一庭花露。鶗鴂又砉關山調，似萬馬、憑秋而怒。相訴。我中年以後，冰絃怕鼓。[一]

【眉評】

[一] 感激豪宕，是迦陵本色。

【校記】

㊀ 録自《迦陵詞全集》。

㊁「宋玉」句上，《陳檢討詞鈔》、《百名家詞鈔》本《迦陵詞》有「總輸卻」三字。

閨怨無悶 醉後排悶作㊀

長此安窮，定復不急，世事紛紛虎鼠。笑狐盡帶鈴，荷偏成柱。終日屋梁仰面，便著書萬卷誰憐汝。休自喜、當日馬中赤兔，人中呂布。[一]　無補。莫相疑，徒自苦。今日一錢不值，李蔡下中，曾何足數。且作槃中快舞，更單絞岑牟禰生鼓。戲問君得哀梨，定當蒸食與否㊁。[二]

【眉評】

[一] 想見先生少年氣概。

［二］驅遣史事，抒我胸臆，所謂「讀書破萬卷，下筆如有神」。

【校記】

㈠ 録自《迦陵詞全集》。

㈡ 「否」字下，《迦陵詞全集》注：「叶府。」

渡江雲 送葉道子之任臨清首府㈠

一鞭飛錦韉，鳳城南去，紅杏著花初。建牙男子事，千騎東方，送爾上頭居。碧油幢捲，碾輕車、小獵平蕪。風流甚，茸茸緑草，淺映繡螯弧。愁予。庾郎善賦，江令工文，任憑陵今古。總輸與、軍中陶侃，江上周瑜。何時玉靶元戎隊，劈黄獐、爛醉酡酥。毛錐子，問伊直一錢無。［二］

【眉評】

［一］拔劍斫地。

【校記】

㊀ 録自《迦陵詞全集》。詞題「首府」,《迦陵詞全集》作「守府」。

又　送蔣京少下第游楚,次儲廣期原韻。㊀

向長安市上,仰天長嘯,悔殺彩爲毫。月明無賴極,又炤征南,萬將赤霜袍。掉頭仍向瀟湘去,去採離騷。算襄樊,幾般往事,一半屬孫曹。　舟搖。天低滴黛,竹瘦凝斑,任崖傾峽倒。恨茫茫、一軍鐵甲,九派銀濤。[一] 潯陽夜火黄州雪,應爲我、徙倚無聊。吾衰矣,漫勞送上雲霄。

【眉評】

[一] 聲調高抗。

【校記】

㊀ 録自《迦陵詞全集》。

念奴嬌 次夜韓樓燈火甚盛，仍聽諸君絃管，復填一闋。㈠

紅燭如山，請四筵滿座，聽儂撾鼓。[一]此日天涯謀作達，事更難於縛虎。僕本恨人，公皆健卒，不醉卿何苦。金元院本，月明今夜重作。　總是狎客南朝，佳人北里，占斷蕪城路。好景也知容易散，一别沈鱗羈羽。狂受人憎，醉供㈡人罵，老任雛姬侮。揚州燈火，明朝人定傳語。[二]

【眉評】

[一] 高唱而入，旁若無人。

[二] 結無味。

【校記】

㈠ 録自《迦陵詞全集》。

㈡ 「醉供」，底本作「醉共」，據《迦陵詞全集》改。

○**又** 初八夜對月，飲紀伯紫處士寓。[一]㊀

揮杯一笑，恰舉頭又見，昨宵明月。如此清光兼老伴，遺恨真無毫髮。蓮子輕拋，蘋婆細劈，慢取橙虀切。風前倚幌，滿城曉角初歇。　可惜萬事蹉跎，半生偪側，難得胸懷豁。誰把銀河堦下瀉，快作西山積雪㊁。感極關河，愁深砧杵，一寸心俱折。爲渾脱舞，乃公直是奇絶。

【眉評】

[一]迦陵八月初七至十六對月十首，每篇各極其盛，録其尤者六章。○全是寫身世之感，對月意每篇畧點染一二，至初七、初八等字，更不沾沾摹繪，作小家氣。

【校記】

㊀録自《迦陵詞全集》。

㊁「積雪」，《陳檢討詞鈔》作「晴雪」。

又初九夜對月，飲吴默巖太史寓齋。㊀

中宵狂叫，憶曹公有語，明明如月。更記謫仙當日句，明鏡三千白髮。入洛年非，游燕才盡，幸舍歌辛切。空牆老驥，歕霜猛氣難歇。[一] 詎料宣武門前，長春寺㊁側，竟見秋堂豁。更借一尊桑落酒，光泛素甆飄雪。一片鄉心，三更雁叫，拚把刀環折。角鷹刷羽，脱韝固是横絶。

【眉評】

[一] 颯颯風生。

【校記】

㊀ 録自《迦陵詞全集》。

㊁ 「長春寺」，《迦陵詞全集》作「長椿寺」。

又十三夜，大宗伯王敬哉先生招飲，是夜無月。㊀

先生語我，正一生消受，帝城煙月。紅燭短時横笛嗷，夜雨開元白髮。霜咽遺弓，風悽内苑，畫角聲酸切。原注：「先生時述世祖遺事。」[一] 銅盤承露，淚如鉛水不歇。　曾記樗杜笙簫，長楊刀箭，從獵霜林豁。父子一時連上相，印紐銀螭卧雪。別墅初成，淮淝已捷，屐齒何曾折。談深酒冷，鼕鼕街鼓將絶。[二]

【眉評】

[一] 聲情悲壯。

[二] 一結扣題甚緊。

【校記】

㊀ 録自《迦陵詞全集》。

又十四夜對月，同王阮亭員外。㊀

三更以後，碧天剛碾上，一輪圓月。嬌女故園應學母，宛轉畫眉梳髮。古巷蛩吟，小窗雁語，觸景成悲切。南飛烏鵲，繞枝何處棲歇。[一]　我欲吹裂玉簫，拓殘金戟，小把愁腸豁。

生不神仙兼將相，負此秋光堆雪。燈下吴鉤，腰間寶玦，拉雜都摧折。明當竟去，終南聞道奇絶。[二]

【眉評】

[一] 觸景生情。

[二] 骯髒之氣，勃不可遏。

【校記】

㊀ 録自《迦陵詞全集》。

又十五夜，宋蓼天太史招飲，以雨不克赴。少頃月出，同緯雲、魯望兩弟暨曼殊小飲寺寓。㊀

吾生萬事，沈思遍、都似今宵之月。[一]只到圓時期便左，揉得愁成亂髮。此夜西園，故人東閣，遲我情偏切。衝泥無計，車輪腹轉難歇。　少頃皓魄東升，海天一碧，世界都軒豁。燕市且須謀一醉，難得銅街潑雪。絲竹顛狂，弟兄歌叱，醉拗㊁金鞭折。知他何處，笛聲縷縷淒絶。

【眉評】

［一］中有鬱勃，出語便沈著。

【校記】

㈠ 録自《迦陵詞全集》。

㈡「醉拗」，《迦陵詞全集》作「碎拗」。

又十六夜對月，呈孫北海先生。㈠

浩歌被酒，喜舉頭、仍見昨宵圓月。遥憶高齋歌猛虎，劍氣緑人毛髮。老子龍頭，細書蠆尾，玉試昆吾切。［二］隗囂舊物，土花千載難歇。更有粉壁波濤，牙籤蝌蚪，攤几供披豁。吟健左車能決肉，日榻黄州快雪。餘子紛綸，是翁矍鑠，有角真堪折。南樓高興，依稀清嘯將絶。

【眉評】

［一］工於狀物，咄咄逼人。

【校記】

㈠録自《迦陵詞全集》。

○又 鉅鹿道中作㈠

雄關上郡，看城根削鐵，土花埋鏃。十月悲風如箭叫，此地曾稱鉅鹿。白浪轟豗，黄沙蒼莽，霜蝕田夫屋。車中新婦，任嘲髀裏生肉。　太息張耳陳餘，當年刎頸，末路相傾覆。長笑何須論舊事，泜水依然微緑。欲倩燕姬，低彈趙瑟，一醉生平足。井陘日暮，亂鴉啼入枯木。［一］

【眉評】

［一］結只寫景，而情自足。

【校記】

㊀録自《迦陵詞全集》。

又 鄴中懷古㊀

滏陽南去，望鄴城一帶，逼人愁思。記得群雄争割據，健者曹家吉利。公子彩毫，佳人繡瓦，快意當如是。漳河嗚咽，至今猶染紅淚。[一]　猶憶秋夏讀書，春冬射獵，泥水譙南地。轉眼寒煙縈戰壘，耿耿還留霸氣。賀六渾來，韓擒虎去，苑樹都如薺。論人成敗，世間何限餘子。

【眉評】

[一] 情景兼寫，乃深弔古之思。

【校記】

㊀録自《迦陵詞全集》。

又　讀顧庵先生新詞，兼酬贈什，即次原韻。㊀

老顛欲裂，看盤空硬句，蒼然十幅。誰拍袁綯鐵綽板，洗淨琵琶場屋。擊物無聲，殺人如草，筆掃毚毫秃。較量詞品，稼軒白石山谷。〔一〕　記得戲馬長楊，割鮮下杜，天笑温堪掬。玉靶角弓雲外響，捎動離宮花木。銀海烏飛，銅池鯨舞，月照孤臣獨。江潭遺老，一聲寒噴霜竹。

【眉評】

〔一〕斬釘截鐵，筆力老横。

【校記】

㊀ 録自《迦陵詞全集》。

又　寄董玉虬侍御秦中㊀

黑窑秋夜，記臨風痛飲，黯然言别。我去汴城君繡嶺，一樣前朝陵闕。麥積山高，木皮嶺滑，度隴何須怯。漢家節使，天邊鐃吹不絕。且自擲帽狂呼，繞床大叫，盧采輸誰喝。莫聽渭橋嗚咽水，殘了秦時明月。[一]鑿空原注：「音孔。」張騫，縋兵鄧艾，此事真人物。驪山山下，料應紅樹如血。

【眉評】

[一] 一片牢騷，不必看煞。

【校記】

㊀ 録自《迦陵詞全集》。

又讀孚若長歌，即席奉贈，仍用孚若原韻。㊀

霆轟電掣，算君才真似，怒濤千斛。[一]百感淋漓風驟起，劈裂滿堂樺燭。公醒而狂，人憎欲殺，抵鵲何須玉。春衫老淚，鮫珠瓣瓣堪掬。　不記三十年前，灌夫使氣，嚄唶驚鄰屋。彈指蓬萊今又淺，短髮可能長緑。詩酒前緣，鶯花小劫，世事彈棋局。關山笛破，欲吹吹不

成曲。[二]

【眉評】

[一] 飛舞而入。

[二] 結是橫空盤硬語，不是老筆頹唐。

【校記】

㊀ 録自《迦陵詞全集》。

○○**又**丁巳仲秋廣陵寓中病瘧，不獲爲紅橋、平山之游，悵然有作。奉柬觀察金長真先生，並示豹人、穆倩、孝威、定九、鶴問、仙裳、蛟門、叔定、女受、仔園、龍眉、爰琴、扶晨、無言諸君。㊀

最無聊賴，又西風、吹到隋皇宮闕。明月橋邊煙景換，依舊玉簫淒咽。緑水全昏，黄花早瘦，往事憑誰説。江山如畫，恰逢愁卧時節。　安得桓石虔來，爲驅瘧鬼，原注：「呼『桓石虔來』，可以斷瘧。」放我眉梢結。更把杜陵奇險句，高詠子璋熱血。僕病何妨，人言可憎，笑汝揶

揄物。曼聲長嘯㈡，碧雲片片都裂。[一]㈢

【眉評】

[一] 結警鍊，亦超脱。

【校記】

㈠ 録自《迦陵詞全集》。

㈡ 「長嘯」，《迦陵詞全集》作「狂嘯」。

㈢ 「爲驅瘧鬼」句下注，《迦陵詞全集》置詞末，後尚有：「又昔人評老杜『子璋髑髏血模糊，手提擲還崔大夫』二語，亦可已瘧。」「憎」字下，《迦陵詞全集》有注：「去聲。」

○又送吴豈衍歸宣城，兼寄沈方鄴、梅耦長。○豈衍工詩，善篆刻，季野先生嗣君也。㈠

淋漓頓挫，借杜陵長句，幻成波磔。兀奡蒼涼盤瘦硬，鬱若煙飄浪舶。巉削虚無，琱鐫形狀，萬壑蒼皮坼。李潮吾衍，古惟二子堪匹。　歎息世態婞婭，人情洪洞，奇字誰曾識。只有敬亭山色好，鎮日相看亦得。歸卧煙霞，閒逢梅沈，定問余蹤跡。豪情治興，爲言都不

如昔。[一]

【眉評】

[一] 悲鬱。

【校記】

㈠ 録自《迦陵詞全集》。

又 周侔山攜具八關齋，同亦人、恭士、子萬弟諸君快飲，風雨颯至，炎熇盡解，詞以紀事。㈠

狂飈挾雨，恰冰車鐵騎，一時砰擊。倒拔南湖高十丈，無數巨魚人立。飽噉哀梨，橫驅陣馬，徙倚清涼國。臨風一笑，蝟毛鬚捲如磔。　記否煙雨樓頭，舊游星散，多少南和北。二十餘年吾竟老，贏得暮雲堆碧。只有周郎，仍然年少，同作天涯客。無多酌我，爲君起弄長笛。

【校記】

㈠ 録自《迦陵詞全集》。

又游京口竹林寺㈠

長江之上，看枝峰蔓壑，盡饒霸氣。獅子寄奴生長處，一片雄山莽水。怪石崩雲，亂岡淋雨，下有黿鼉睡。層層都挾，飛而食肉之勢。[一] 只有鐵甕城南，群山嬴秀，畫出吴天翠。[二] 絶似小喬初嫁與，顧曲周郎佳壻。竹院盤陀，松寮峭蒨，最愛林皋寺。[三] 徘徊難去，夕陽煙磬沈未。[四]

【眉評】

[一] 英思壯采，巨刃摩天，何其霸也！

[二] 入正面。

[三] 前半蒼莽，後半閒淡，各極其勝。

[四] 結更淡遠，卻妙在收束得住。

【校記】

㈠ 録自《迦陵詞全集》。

又 雪灘釣叟爲松陵顧茂倫賦[一]㊀

翁家何在，在三高祠下，景尤奇絶。一派漁莊連蟹舍，百里水雲明滅。最怕閑鷗，生憎野鴨，占了涼波闊。釣竿斜漾，珊瑚樹上輕拂。　昨夜凍合江天，糅綿舞絮，冷把龍宮掣。惱殺渭濱垂白叟，悮了蘋風柳月。菰米家鄉，清虛世界，萬事何須説。夜寒吹火，推篷起掃殘雪。

【眉評】

[一]此篇亦沈著，亦灑脱，亦雋快，頗近樂笑翁手筆，但深渾處不及。

【校記】

㊀録自《迦陵詞全集》。調名，《迦陵詞全集》作「百字令」。

又 送徐松之還松陵，兼訊豹人、九臨、聞瑋、電發諸子。㊀

生平慕藺，笑人間竟有，兩相如者。解唱春城寒食句，卻是此韓翃也。廿以年前，記曾與汝，爛醉皋橋下。我鬢君黑，路傍紅粉輕罵。　今日鬢已成絲，黔還似昔，重會荆南榭。

篋裏雲山詩卷在，只被雨淋風打。攧笛旗亭，聽鐘禪院，總是淒涼話。垂虹橋畔，飄零多少同社。[一]

【眉評】

[一]自慨，兼慨同社，其年胸中不知有多少眼淚。

【校記】

㊀録自《迦陵詞全集》。調名，《迦陵詞全集》作「百字令」。詞題「豹人」，《迦陵詞全集》作「弘人」，下注「松之亦名崧」。

又 送周求卓之任滎陽㊀

滎陽京索，是當年劉項，舊爭雄處。蔓紫蝸紅纏碎碣，畧辨幾行秦楚。汜水重關，敖倉賸壘，蒼莽空今古。西風夕照，老鴉啼上枯樹。　君到試問當初，鄭虔故宅，三絕猶存否。贏得兒童和笑説，文采周郎獨步。故國情親，新涼節物，送爾驅車去。休輕百里，此間鞏洛門户。[二]

【眉評】

[一] 結與起稱，得勢得體。

【校記】

㊀ 録自《迦陵詞全集》。調名，《迦陵詞全集》作「百字令」。

遶佛閣 寒夜登惠山草庵貫華閣㊀

亂峰堆髻。夕景木末，殘雪崖際。一派空翠。瓢堂語悄，山窗落松子。[一] 小樓欲墜。斜嵌巖壑，蹲若奇鬼。暝色晴霽。髩絲禪板，渾忘在塵世。開士暮歸晚，鉢向石橋深磵洗。坐客松寮，鐘鳴黄葉寺。喜今夜關河，一碧千里。感傷身世。看六代江山㊁，月華如水。是千秋、倚闌人淚。

【眉評】

[一] 山庵幽景，畫所難到。

【校記】

㈠ 録自《迦陵詞全集》。

㈡「江山」,《迦陵詞全集》作「青山」。

翠樓吟 惠山雲起樓作㈠

萬斛空青,一天冷翠,和晴飛上簾押。老松三百本,山雨響、偏張鱗甲。[一]崕傾峰沓。有客註茶經,僧編梵夾。泉鳴邑。恰逢深磵,樵吟相答。　晚值蟾影初昇,似姮娥妝鏡,夜深離匣。碧雲千萬頃,被一點、玉纖偷掐。月明三帀。謝鶴許攜瓢,猿呼荷鍤。爲盟歃。他年傍此,竹弓射鴨。

【眉評】

[一] 雄肆。

【校記】

㈠ 録自《迦陵詞全集》。

水龍吟 江行望秣陵作㊀

輕舟夜剪秋江，西風鱗甲生江面。[一]瓦官閣下，方山亭外，驚濤雪片。一帶蔣州，千尋鐵鎖，等閒燒斷。只波間皓月，流光欲下，舊曾照、金陵縣。[二] 何處迴飆撾鼓，更玉笛、數聲哀怨。回思舊事，永嘉南渡，流人何限。如此江山，幾人憐惜，斜陽斷岸。正江南煙水，濛濛飛盡，楚天新雁。[三]

【眉評】

[一] 鑄語勁健，骨韻沈雄。

[二] 亦有勝國之感。

[三] 真有心人語，不必多著墨也。

【校記】

㊀ 録自《迦陵詞全集》。

又 己酉元夕洛陽署寓對雪㈠

一番宛雒元宵，紅燈閃得人心碎。[一]孤身一箇，悶懷萬種，故鄉千里。舊恨悽然，春陰攙亂，漫天攪地。想當初此夜，風前酒後，有多少、輕狂意。　記起閒游舊事。小門邊、那家姝麗。星橋將斂，香車乍碾，相逢橋背。近日飄零，半生流落，料伊知未。伴銅駝撲著，街頭殘雪，冷清清睡。

【眉評】

[一] 淒切入骨。

【校記】

㈠ 録自《迦陵詞全集》。

又安慶龍二爲舍人光能知夙生事，自言蓋凌波池中老龍也，魂夢往來，時常髣髴。又言生平每當淒風碎雨，則奮躍欲狂，一過晴霽，則吻燥神枯，怏怏不樂。睦州方進士某爲作傳，傳最詳。凌波池在西京終南山下。㊀

三生石上精靈，依稀認得重來路。終南山下，凌波池畔，紅泉緑樹。水國前緣，綃宮閒話，冷風酸雨。記耕煙跋浪，揚鬐濺沫，夜碧落、欲懸圃。[一]　一自甘泉獻賦。謫紅塵、此間殊誤。鐵笛滄洲，驪珠樓館，幾回驚寤。太液鯨紅，玉河蜃黑，舊游何處。正霜天萬斛，西風隱隱，有銀濤怒。

【眉評】

[一] 風馳電掣，筆端亦有龍氣。

【校記】

㊀ 録自《迦陵詞全集》。

○**又**　**秋城看西溪戰艦水閲**㊀

豁然老眼新晴，戍樓下俯秋江遠。嚴關金鼓，西風彩幟，盈川鵝鸛。狎水黄頭，凌風畫鷁，銀濤怒捲。笑喧闐錯認，龍舟蓮舸，惹士女、傾城看。

瀟碧微涵鏡面。有周侯、廟臨溪岸。亂離重遇，英雄何在，登城長歎。[一]昔日波平，今朝浪駭，魚龍蒸變。漸日斜人静，盈盈蘋蓼，弄陂塘晚。[二]

【眉評】

[一] 點綴不可少。

[二] 結高雅。

【校記】

㊀ 録自《迦陵詞全集》。

又 壽尤悔庵六十，用辛稼軒壽韓南澗原韻。[一]㊀

曾經天語憐才，如今老卻凌雲手。開元鶴髮，茂陵鉛淚，海天非舊。長樂笙簫，連昌花竹，可堪回首。算軟裘快馬，呼鷹緤犬，當時事、還能否。　摘盡瑤臺星斗。水哉軒、夜明如晝。離騷一曲，清平三調，小盤珠走。漢殿唐宮，能消幾度，花陰杯酒。鬧箏琶腰鼓，紅櫻紫筍，上先生壽。[二]

【眉評】

[一] 哀感痛惜，西堂讀之，當泣數行下矣。

[二] 上壽意只於末三句明點，用筆自高。

【校記】

㊀ 録自《迦陵詞全集》。

放歌集卷五

國朝詞

陳維崧 下

南浦 秋景㈠

戍樓孤眺，莽秋雲、一片畫難成。煙驛蕭蕭易響，錯認是風聲。卻被泬寥商氣，刮一天、疎葉舞空城。[二]歎釣臺水榭，千年剩址，菱蔓繞湖生。　極望溪山明瑟，向楓汀、茶崦眼偏明。聞道樓船下瀨，十萬水犀橫。寄語魚龍休夜嘯，海門月上定潮平。對碧梧紅蓼，暮煙殘照不勝情。

【眉評】

[一] 秋聲滿紙。

【校記】

㊀ 録自《迦陵詞全集》。

瑞鶴仙 慈仁寺松㊀

爾頭童齒豁。又短如翁伯，小踰臧紇。年高尚存活。換一番兵馬，一番宮闕。雷轟電掣。早煅就、秦銅漢鐵。[一] 任噎歐、萬怪揶揄，閃爍百靈恫喝。奇崛。㊁種於奚代，長自何朝，忘他始末。空餘獵碣。署記汝，生年月。只新來，廟市喧豗蹙踏，闌入市場豪猾。趁天風、鱗鬣狂拏，舞場回鶻。[二]

【眉評】

[一] 亦是千煅百煉之句。

[二] 斬伐荆棘，痛快淋漓，想見先生意氣。

【校記】

㈠ 録自《迦陵詞全集》。

㈡ 「奇崛」，底本原作「寺崛」，據《迦陵詞全集》改。

喜遷鶯 排悶和雲臣韻㈠

憑高指顧。歎野水增波，故陵無樹。萬疊金笳，千尋鐵鎖，依舊大江東去。休管周郎安在，便覓桓温何處。長嘯罷，怕永嘉草草，不成南渡。　遲暮。縱有日，採藥蓬萊，恐被神仙誤。姚女難歸，羿妻不返，歲歲亂紅迷路。悶把唾壺輕擊，愁對寶刀低訴。空城下，聽寒潮徹夜，魚龍聲怒。[一]

【眉評】

[一] 抑塞磊落。

【校記】

㈠ 録自《迦陵詞全集》。

永遇樂京口渡江用辛稼軒韻㊀

如此江山，幾人還記，舊争雄處。北府軍兵，南徐壁壘，浪捲前朝去。驚帆蘸水，崩濤颭雪，不爲愁人少住。[二]歎永嘉、流人無數，神傷只有衛虎。臨風太息，髯奴獅子，年少功名指顧。北拒曹丕，南連劉備，霸業開東路。而今何在，一江燈火，隱隱揚州更鼓。吾老矣、不知京口，酒堪飲否。

【眉評】

[二] 蒼莽雄肆，筆力直與幼安相抗。

【校記】

㊀ 録自《迦陵詞全集》。

又題惠山松石㊀

虎踞龍僵，獅蹲象偃，人立而僂。鐵幹盤拏，銅根倔强，勢欲排天去。老苔秋縛，怒濤夜吼，捲盡蒼茫今古。[一]鎮支離、千圍古翠，衹容冷雲堆絮。　誰眠其下，卻驚石丈，橫礙松根蟠處。　鳥雀呼風，兒童敲火，碧滙千鍾乳。　銅駝頭角，石鯨鱗甲，噲等何堪信伍。　看月下、頹然二老，幻成翁媼。

【眉評】

[一]不平之氣，有觸則鳴。

【校記】

㊀録自《迦陵詞全集》。

尉遲杯 許月度新自金陵歸，以《青溪集》示我，感賦。㊀

青溪路。記舊日、年少嬉游處。覆舟山畔人家，麾扇渡頭士女。水花風片，有十萬、珠簾夾煙浦。泊畫船、柳下樓前，衣香暗落如雨。　聞說近日臺城，剩黃蝶濛濛，和夢飛舞。緑水青山渾似畫，只添了、幾行秋戍。三更後、盈盈皓月，見無數、精靈含淚語。想胭脂、井底

嬌魂，至今怕說擒虎。[一]

【眉評】

[一] 撫今弔古，悲壯淒涼。

【校記】

㈠ 録自《迦陵詞全集》。

西河 西氿落暉㈠

傷心事。碧雲黃葉天氣。漫登粉堞望溪山，戍樓閑倚。茫茫不覺百端來，暝煙暗結津市。

銀濤吼，紅日墜。老楓烘得如醉。無情肯逐水東流，只貪西逝。臨風太息語陽烏，長繩縱有難繫。

估檣競矗野岸底。說胭脂、落照相似。明日大風定起。且移船泊入，前汀蘆葦。臥看新蟾銜沙尾。原注：「諺云：『日落胭脂紅，無雨定多風。』」[一]

【眉評】

[一] 不結自結，卻如題位。

【校記】

㈠ 録自《迦陵詞全集》。

望海潮 胥門城樓即伍相國祠，春日同雲臣展謁有作。㈠

鼉呿鯨吼，龍騰犀踏，胥江萬疊驚濤。沿水敗牆，臨風壞驛，千秋尚祀人豪。英爽未全凋。正緑昏畫幔，紅黦霞旓㈡。[一]太息承塵，我來還爲拂蠨蛸。城樓徑矗層霄。悵蘇臺碧蘚，相望苕蕘。西子笑時，包胥哭後，霸吴入郢徒勞。颯沓響弓刀。算稽山越樹，今也蓬蒿。社鼓神絃，依稀疑和市中簫。[二]

【眉評】

[一] 慘淡中有精神。

[二] 骨韻沈雄，音節高亮。

【校記】

㈠ 録自《迦陵詞全集》。

㈡「霞旓」，《陳檢討詞鈔》作「霞綃」。

一萼紅 訪梅廬㈠

屐初停，見亂杉深巷，門徑已空幽。一派㈡風廊，幾楞㈢釣檻，微茫人在滄洲。軒子外、蒼皮怒裂，更紅魚碧鴨漾銅溝。屋小如幝，齋虛似舫，萬籟颼飀。到便揰琴啜茗，向水邊企脚，林下科頭。卿論殊佳，吾狂㈣已甚，世間一笑浮漚。儘盡日㈤、談空説鬼，早荳花㈥棚上月如鉤。再噴數聲風笛，催動新秋。

【校記】

㈠録自《清綺軒詞選》。詞題，《迦陵詞全集》作：「納涼梅廬。梅廬，南耕齋名。」

㈡「一派」，《陳檢討詞鈔》作「恰一派」。

㈢「幾楞」，《迦陵詞全集》作「幾層」。

㈣「吾狂」，《陳檢討詞鈔》作「吾衰」。

㈤「儘盡日」，《迦陵詞全集》作「且盡日」。

㈥「早荳花」，《迦陵詞全集》作「荳花」。

風流子 錫山慶雲庵感舊㊀

衆山排峭壁，西風吼、亂葉打茆庵。〔一〕記竹外時逢，拈花迦葉，水邊曾值，洗鉢瞿曇。依稀是、烏啼幽澗北，僧送石橋南。〔二〕萬壑松飈，王裴名理，半床蘿月，支許清談。重經春來地，人誰在、祇見霜信初酣。染就千圍楓槲，一路杉枏。歎電光石火，佛猶如此，山邱華屋，人則何堪。隱隱前林暝翠，暗結精藍。〔三〕

【眉評】

〔一〕起勢峻嶒。

〔二〕筆致幽閒，忽變面目。

〔三〕造語精警極矣。

【校記】

㊀録自《迦陵詞全集》。詞題，《迦陵詞全集》下有注：「時永如上人新逝。」

又月夜感憶㈠

冰蟾飛皓彩，今宵月、勝似昨宵圓。有一片角聲，淒清枕畔，三秋桂子，零亂樽前。人生事、千齡渾似夢，百計且求仙。鳳舞鸞歌，别來幾日，瓊樓玉宇，歸去何年。[一] 流霞須傾盡，金荷裏、鯨飲並吸嬋娟。遥憶庾樓今夜，多少英賢。想月明千里，戰袍不夜，西風萬馬，殺氣臨邊。我控雲中黄鶴㈡，一笑茫然。

【眉評】

[一] 運用自然。

【校記】

㈠ 録自《迦陵詞全集》。

㈡ 「黄鶴」，《迦陵詞全集》作「黄鵠」。

沁園春 山東劉孔集招飲廣陵酒家，係故郭石公宅。㈠

魯國劉生，笑賣寶鞭，攜上糟邱。更一時意氣，徐陵袁紹，六朝才調，緑幘紅韝。如此人生，奈何不樂，況值離鴻叫暮秋。[一]憑闌望，見風廊水榭，丹漆雕鎪。當年此地風流。記畫戟門開溝水頭。羨羊侃侍兒，彎弓貼地，李波小妹，走馬當樓。蔓草斜陽，空園絲雨，争説汾陽郭細侯。還長嘯，只眼中花月，誰似揚州。

【眉評】

[一] 夾寫景物，乃見淒感。

【校記】

㈠ 録自《迦陵詞全集》。

又 泊舟惠山，看六朝松并艮嶽石㈠

昔歲我來，乘白羊車，著紫鼠裘。愛支離者叟，霜皮黛甲，玲瓏者丈，雁蕩龍湫。王謝家兒，宣和遺老，爾正愁時我亦愁。曾經過，看累朝興廢，百代王侯。　別來歲月如流。歎赴壑修蛇掣不休。又風吹雨溜，幾場兒戲，藤纏蘚蝕，一樣蜉蝣。石豈能言，樹猶如此，何怪書生竟白頭。重來到，吹一聲鐵笛，叫破孤秋。[一]

【眉評】

[一] 慷慨生哀。

【校記】

㈠ 録自《迦陵詞全集》。

又 贈別芝鹿先生三首，即用其題《烏絲詞》韻。[一]㈠

四十諸生，落拓長安，公乎念之。正戟門開日，呼余驚坐，燭花滅處，目我于思。古説感恩，不如知己，卮酒爲公安足辭。吾醉矣，纔一聲河滿，淚滴珠徽。　昨來夜雨霏霏。歎如此狂飈世所稀。恰山崩石裂，其窮已甚，獅騰象踏，此景尤奇。我賦將歸，公言小住，[二]歸路銀濤百丈飛。氍毹煖，趁銅街似水，賡和無題。

【眉評】

[一] 三詞情深語至，亦沈摯，亦豪宕。

[二] 「我賦將歸」二語，起下兩章曲折。

【校記】

㈠ 三首俱録自《迦陵詞全集》。詞題「芝鹿」，《陳檢討詞鈔》作「芝麓」。

又

雖則毋歸，對酒當歌，終難激揚。[二] 似孔家文舉，幼原了了，衛家叔寶，晚更茫茫。五劇金鞭，六街寶馬，誰數吾家老子昂。公真誤，歎臣今已老，髮短心長。　御溝偶過毬場。笑塗轍都爲若輩妨。更內家髻様，巧如馬墜，小侯舞勢，快作鸞翔。酒則數行，食而三歎，斷盡西風烈士腸。登城望，有千羣簞策，萬點牛羊。

【眉評】

[一]起三語，從「公言小住」生出。

又

歸去來兮，竟别公歸，片帆㊀早張。[一]看秋方欲雨，詩爭人瘦，天其未老，身與名藏。禪榻吹簫，妓堂説劍，也算男兒意氣場㊁。真愁絶，卻心憂似月，鬢秃成霜。新詞填罷蒼涼。更暫綏臨岐入醉鄉。況僕本恨人，能無刺骨，公真長者，未免霑裳。此去荆溪，舊名罨畫，擬繞蕭齋種白楊。從今後，莫逢人許我，宋艷班香。[二]

【眉評】

[一]起三語，申「我賦將歸」之句。

[二]情文相生，聲淚俱下。龔尚書爲其年厄窮時第一知己，故言之真切如此。

【校記】

㊀「片帆」，《迦陵詞全集》作「輕帆」。

㈡「意氣場」，《古今詞選》作「意氣揚」。

又 經邯鄲縣叢臺懷古㈠

匹馬短衣，竟上叢臺，慨當以慷。看誰家戰壘，寒鴉落照，何年古戍㈡，亂草平岡。十月疏砧，一城冷雁，不許愁人不望鄉。〔一〕徘徊久，只登高弔古，無限蒼茫。　當年趙武靈王。正樹裏河流掛濁漳。更佳人跕屣㈢，粧臺對起，王孫炫服，舞袖相當。而我來游，幾番歷徧，不見邯鄲挾瑟倡。〔二〕何須問，便才人廝養，總付斜陽。

【眉評】

〔一〕淒絶，警絶。

〔二〕轉折有力。

【校記】

㈠録自《迦陵詞全集》。

㈡「古戍」，底本原作「古樹」，據《迦陵詞全集》改。

㈢「跕屐」，《迦陵詞全集》作「跕屣」，《瑶華集》作「跕履」。

又 大梁署廨對雪有感㈠

凍角無聲，大旗自翻，長河怒號。[一] 正雪作花時，玉鱗狼藉，茶當乳處，珠眼蕭騷。烏鵲枝寒，羝羊窖冷，一片愁成八月濤。當年事，記昆陽城下，群盜如毛。 中原百戰人豪。經幾度風吹並浪淘。歎河名官渡，袁曹安在，地連南頓，馮鄧徒勞。四節飄零，兩河蕭瑟，且捋㈡黄鬚命濁醪。吾已醉，尋市中朱亥，共鼓屠刀。[二]

【眉評】

[一] 魄力雄大，氣象萬千。

[二] 無一字不精悍。

【校記】

㈠ 録自《迦陵詞全集》。

㈡「且捋」，原稿作「且酹」，據《迦陵詞全集》改。

又三月三日尉氏道中作㊀

登尉繚臺，上三垂岡，原注：「即王稽候范睢處。」傷如之何。憶談兵説劍，才情磊落，投秦去魏，意氣嵯峨。我到中原，重尋舊蹟，牧笛吹風起夜波。［一］誰相問，縱殘碑尚在，一半銷磨。短衣此日經過。歎褉日難逢晉永和。正水邊柳眼，斜窺芳岸，風前燕尾，亂剪晴莎。異國韶光，中年意味，寫上烏絲感慨多。休憑弔，喜湔裙挑菜，士女娑拖。

【眉評】

［一］感喟蒼茫，正妙在不多著墨。

【校記】

㊀録自《迦陵詞全集》。

又秦對巖太史餉酒饌至，詞以謝之。㊀

雨挾泉飛，風助杉吟，調調刁刁。［一］正梅剛破臘，檀勻臉靨，山争釀雪，粉剪翎毛。冰坼龍鱗，樹窪蛇腹，蒼莽空山捲怒濤。吾衰也，恰閑思說餅，狂欲餔糟。　故人相念何勞。遣銀鹿持箋訊老饕。更廚娘斫鱠，幾絲薑橘，索郎瀉玉，滿甕蒲桃。[二]雞跖雙持，腹腴偏勸，浮拍中山也自豪。吾醉也，向床頭舞劍，席上歌騷。

【眉評】

[一] 起勢蒼莽。

[二] 酒饌雙寫。

【校記】

㊀ 録自《迦陵詞全集》。

又 題徐渭文鍾山梅花圖，同雲臣、南耕、京少賦。㊀

十萬瓊枝，矯若銀虬，翩如玉鯨。正困不勝煙，香浮南内，嬌偏怯雨，影落西清。夾岸亭臺，接天歌板，十四樓中樂太平。誰争賞，有珠璫貴戚，玉佩公卿。　如今潮打孤城。只商女船頭月自明。歎一夜啼烏，落花有恨，五陵石馬，流水無聲。尋去疑無，看來似夢，一幅

生綃淚寫成。攜此卷，伴水天閑話，江海餘生。[一]

【眉評】

[一] 情詞兼勝，骨韻都高，合周、秦、蘇、辛、姜、王爲一手。

【校記】

㈠ 録自《迦陵詞全集》。

又 甲寅十月，余客梁溪，初五夜剛半，忽有聲從空來，窅然長鳴，乍揚後沈。或曰：「此鬼聲也。」明日，鄉人遠近續至，則夜中盡然，既知城中數十萬户，無一家不然。嘻，亦太異矣！詞以紀之。㈠

葉黑楓青，紙窗碎鳴，其聲寥然。似髑髏血繡，千般訴月，芻靈蘚澀，百種啼煙。鴞嘯輈張，猿吟淒異，崩剥前和樹腹穿。親曾聽，在他鄉獨夜，老屋東偏。　詰朝遠近喧傳。偏簷霤啾啾卻復前。豈長平坑卒，盡憑越覡，東陽夜怪，羣會吴天。[一] 滿縣彭生，一城伯有，鬼董搜神仔細編。然疑久，怕難探龜筴，且問筳篿。

【眉評】

[一] 雄奇荒幻，真有史癖。

【校記】

㊀ 録自《迦陵詞全集》。詞題「太異」，底本原作「太甚」，據《迦陵詞全集》改。

又 呈伯成先生和仲震原韻㊀

耕二頃田，栽八百桑，何時始諧。只强弓硬弩，消磨歲月，素箏濁酒，開拓胸懷。白晝栖栖，青袍鬱鬱，世上何人管樂才。狂歌發，正半天松響，大海瀾迴。[一] 多公酷愛輿臺。笑昨日于思今復來。且東籬載酒，看殘黄菊，西園把袂，踏破蒼苔。萬事紜紛，一身偪側，舍此吾將安適哉。吾休矣，任齒同馬長，耳似龍乖。

【眉評】

[一] 闊大語無力量運之，便粗笨可厭。稼軒、其年外，更無能作壯語者矣。

【校記】

㊀ 録自《迦陵詞全集》。

又 溉堂先生客南昌幕府，屈首經師已踰兩載，甫歸廣陵，詞以訊之。㊀

以磊落人，而注蟲魚，猶然譏之。[一] 況鬚如蝟磔，縮居幕下，與同驥渴，屈作經師。車厩三間，兔園半册，求我童蒙秷角兒。真奇事，似販茶商婦，出塞文姬。[二] 墨磨盾鼻能爲。乃憂楚終朝手自持。更灌嬰城下，三年烽火，彭郎山後，一片旌旗。[三] 月黑燈青，樽空夢破，想見書堂兀坐時。歸來髩，惹小蠻忙問，雪到如斯。

【眉評】

[一] 托一層，益見感喟。

[二] 比例奇肆。

[三] 插入寫景，氣象闊大，感慨益深。

【校記】

㊀ 録自《迦陵詞全集》。

又 由丹陽至京口舟中放歌㊀

月黑庱亭，風吼練湖，雪山皚皚。正楚天欲壓，檣多於薺，吴波乍染，岸碧如苔。對此蒼茫，居然遼落，記否江東出霸才。[一]斜陽恨，惹行人憑弔，商女悲哀。　丹徒客昨帆開。問劉寄奴今安在哉。奈六朝剩壘，沙淘浪洗，千尋斷鎖，雨蝕煙埋。下瀨艨艟，横江士馬，重見連雲列成排。吾衰矣，且沽京口酒，上妙高臺。[二]

【眉評】

[一] 驚人語。

[二] 感喟中自饒眉飛色舞之致，其人胸襟可想。

【校記】

㊀ 録自《迦陵詞全集》。

又 從盱眙山頂望泗州城㊀

立而望之，松耶柏耶，其盱眙乎。見半空樓閣，林巒掩映，從風城郭，沙潤縈紆。[一]卻顧泗洲，窪然在下，呀者成丘水一盂。中央者，界幾條冷瀑，一綫明珠。　洪濤日夜歸墟。有鐵鎖浮橋控舳艫。看奔渾檣馬，神功混淼，轟豗賽鼓，天籟讙噂。十廟弓刀，百年帶礪，落日平田躁野烏。堪憑弔，悵歌風亭長，泗上雄圖。

【眉評】

[一]沙樹城郭，幽深窈曲，畫所難到。

【校記】

㊀録自《迦陵詞全集》。

又 月夜渡江㊀

粉月一規，雪浪千條，何其皓然。正稀微吳語，佛狸城下，參差楚火，胡豆洲邊。忽聽江樓，誰吹橫笛，今夜魚龍詎穩眠。推篷望，見秣陵似夢，瓜步成煙。[一] 揚州更鼓遥傳。記小杜曾游是昔年。奈邇來情事，髩絲禪榻，當初況味，緑𣟧紅絃。萬古精靈，六朝關塞，都在蟂磯㊁牛渚前。吾長嘯，把一杯在手，好箇江天。[二]

【眉評】

[一] 好句如珠。

[二] 神不外散，所以爲佳。蔣心餘輩，其病正在不團練。

【校記】

㊀ 録自《迦陵詞全集》。

㊁ 「蟂磯」，底本作「蟂磯」，據《迦陵詞全集》改。

又 詠慈仁古松，送陸蓋思歸錢塘㊀

種自何年，金耶元耶，穆乎高蒼。恰崩濤亂瀉，熊啼兕吼，枯根直裂，虎踆龍僵。[一] 客有將歸，我來樹下，萬斛藤蘿漏夕陽。摩挲歎，笑樹猶如此，時代蒼茫。 青春正好還鄉。只唱罷陽關易斷腸。記前月揮鞭，將游梁苑，今朝分袂，竟返錢塘。世事何堪，人生難料，柿葉翻時又悼亡。歸休恨，有一湖晴渌，西子新妝。

【眉評】

[一]「虎倒龍顛委榛棘，淚痕血點垂胸臆」，少陵驚人語也，此庶幾近之。

【校記】

㊀ 録自《迦陵詞全集》。

賀新郎 甲辰廣陵中秋小飲孫豹人溉堂歸，歌示阮亭。[一]㊀

把酒狂歌起。正天上、琉璃萬頃，月華如水。下有長江流不盡，多少殘山剩壘。誰説道、英雄竟死。一聽秦箏人已醉，恨月明、恰照吾衰矣。城樓點，打不止。當年此夜吴趨裏。有無數、紅牙金縷，明眸皓齒。笑作鎮西鸜鵒舞，眼底何知程李。詎今日、一寒至此。明月無情蟬鬢去，且五湖、歸伴魚竿耳。知我者，阮亭子。[二]

【眉評】

[一] 迦陵〈賀新郎〉一調，填至一百三十餘闋，每章俱極飛舞之致，可謂豪矣。兹録其精粹者數十章，精神面目，大畧可見。

[二] 題位只結句一點，妙甚。

【校記】

㊀ 録自《迦陵詞全集》。

又 乙巳端午寄友，用劉潛夫韻。㊀

醉凭闌干吐。倚清狂、横陳冰簟，後堂無暑。聞説吴兒工作劇，弔屈龍舟似虎。我欲唱、公乎無渡。纍自沈湘卿底急，枉教人、撾碎迴飆鼓。楚江畔，葦花舞。陡然魂磊多如許。唤靈均、前來共語，酹君椒醑。呵壁荒唐何必問，死累人間角黍。尚不及、伍胥濤怒。忽發狂言驚滿座，料諸公、知我心中苦。酒醒後，重懷古。[二]

【眉評】

[一] 主意在「心中苦」三字，非譏靈均也。曰「陡然磈磊」，曰「忽發狂言」，曰「酒醒後，重懷古」，可知無譏刺意。

【校記】

㈠ 録自《迦陵詞全集》。

又 作家書竟，題范龍仙書齋壁上蘆雁圖。㈠

漏悄裁書罷。繞廊行、偶然瞥見，壁間古畫。一派蘆花江岸上，白雁濛濛欲下。有立且、飛而鳴者。[一] 萬里重關歸夢杳，拍寒汀、絮盡傷心話。捱不了，淒涼夜。城頭戍鼓剛三打。正四壁、人聲都靜，月華如瀉。再向丹青移燭認，水墨陰陰入化。恍嘹嚦、枕稜牕罅。曾在孤舟逢此景，便畫圖、相對心猶怕。君莫向，高齋掛。[二]

【眉評】

[一] 正面摹繪，只一二語便無微不至，餘仍寫身世之感。

[二] 字字陰森，緑人毛髮，真乃筆端有鬼。

【校記】

㈠ 録自《迦陵詞全集》。

又 賀程崑崙生日，並送其之任皖城。○五月十四日。㈠

榴子紅如繡。正綺席、吴鹽下豉，金盤雪藕。七載南徐揮羽扇，肘後黄金似斗。北固外、晴江夜走。[一]留取臂間長命縷，算節過、五日剛踰九。重爲我，先生壽。遷官況在懸弧後。看他日、郡庭一望，匡廬湓口。今古量才惟一石，公也文章不朽。詎更歎、一麾出守。還擬樅陽城下過，獻新詞、再進當筵酒。公倘許，狂生否。[二]

【眉評】

[一]「北固」七字突接，精神百倍。

[二] 顧盼生姿，題分恰好。

【校記】

㈠錄自《迦陵詞全集》。詞題「送其」，底本作「送其子」，據《迦陵詞全集》改。

又　秋夜呈芝麓先生二首㈠

擲帽悲歌發。正倚幌、孤秋獨眺，鳳城雙闕。一片玉河橋下水，宛轉玲瓏如雪。其上有、秦時明月。[一]我在京華淪落久，恨吴鹽、只點愁人髮。家何在，在天末。　憑高對景心俱折。關情處、燕昭樂毅，一時人物。白雁横天如箭叫，叫盡古今豪傑。都只被、江山磨滅。明到無終山下去，拓弓弦、渴飲黄麞血。長楊賦，竟何益。[二]

【眉評】

[一]插入弔古，極見精神。

[二]雄勁之氣，横掃千人。

【校記】

㈠二首俱錄自《迦陵詞全集》。

○○又

俊鶻無聲攫。羨一代、詞場老手，舍公安託。歌到陽關剛再疊，月裏斜飛兔腳。簾以外、秋星作作。[一]我得公詞行且讀，任侏儒、飽飯嘲臣朔。大笑絶，冠纓索。　中朝司馬麒麟閣。籌邊暇、南樓愛挽，書生酬酢。半世顛狂誰念我，多少五陵輕薄。我有淚、只爲公落。[二]後夜月明知更好，問陸郎、舞態應如昨。肯爲奏，軍中樂。

【眉評】

[一] 插入寫景，與上章「秦時明月」同一精神。

[二] 知己眼淚，從血性中流出。

○○○又送邵蘭雪歸吴門仍用前韻[一]㈠

易水嚴裝發。休回首、故人別酒，帝城高闕。九曲黄河迎馬首，淼淼龍宫堆雪。流不盡、天涯白月。君去故侯瓜可種，向西風、莫短衝冠髮。人世事，總毫末。　長洲鹿走蘇臺折。

歎年少、當歌不醉，此非俊物。試到吴東門下問，可有吹簫人傑。有亦被、怒潮磨滅。[二] 來夜天街無酒伴，怕離鴻、叫得楓成血。亦歸耳，住何益。

【眉評】

[一] 浩氣流行。

[二] 足一句警絶。

【校記】

㊀ 録自《迦陵詞全集》。

又 席上呈芝麓先生㊀

打鼓船將發。看水面、怒濤似屋，巨魚如闕。一路推篷吹笛去，無數葦花摇雪。忘不了、朱門皓月。萬里沙昏聞雁叫，料孤眠、白盡離人髮。回首望，謝家末。原注：「時緯雲尚留都下。」西風衰柳還堪折。喜筵上、紅牙銀燭，他無長物。話到英雄方失志，老鶻飛來傑傑。又一

半、疏星明滅。歸去焚書應學劍，愛風毛、雨遍千山血。益智粽，竟何益。[一]

【眉評】

[一] 筆力亦如怒猊俊鶻。

【校記】

㈠ 録自《迦陵詞全集》。

又見南院阱熊而歎之，同吴天石賦。㈠

南院花如繡。見一帶、長楊虎圈，咆哮百獸。此物傫然餘猛氣，攀檻時時欲吼。像鐵騎、金戈馳驟。可惜當熊人去杳，鎖宮槐、冷落黃金甃。誰侍奉，金門帚。　爛羊都尉通侯狗。但驍雄、偏嗟失勢，所遭不偶。猶記深山騰踔日，獅子猘兒爲友。追險怪、曾踰宇宙。此日草間狐兔盡，束身歸、五柞同猿狖。蹯已落，宰夫手。[二]

【眉評】

［一］何等感慨。

【校記】

㊀録自《迦陵詞全集》。詞題「南院」，《迦陵詞全集》作「南苑」，首句亦同。

又　蘧庵先生五日有魚酒之餉，醉後填詞。㊀

蒲酒濃如乳。更爲我、東溟斫鱠，大魚就脯。［一］擕酒石榴花下醉，還選腹腴親煑。耳熱也、休提今古。只有寒潮圍故國，歎龍舟、寂寞無尋處。風乍起，瘦蛟舞。　何須遠望悲荆楚。暗想像、廣陵舊事，淚多於雨。火照佛狸城下水，丞相孤軍難渡。記時節、也憐重五。兒女誰知英雄恨，辟兵符、戲向釵頭賭。葵影緑，小窗午。［二］

【眉評】

［一］豪情壯采，「入門下馬氣如虹」。

［二］筆墨又變，高下疾徐，無不中節。

【校記】

㊀録自《迦陵詞全集》。

又贈蘇崑生。○蘇，固始人，南曲爲當今第一。曾與説書叟柳敬亭同客左寧南幕下，梅村先生爲賦《楚兩生行》。㊀

吳苑春如繡。笑野老、花顛酒惱，百無不有。淪落半生知己少，除却吹簫屠狗。算此外、誰歟吾友。忽聽一聲河滿子，也非關、雨濕青衫透。是鵑血，凝羅袖。　武昌萬疊戈船吼。記當日、征帆一片，亂遮樊口。隱隱柁樓歌吹響，月下六軍搔首。正烏鵲、南飛時候。今日華清風景換，剩淒涼、鶴髮開元叟。我亦是，中年後。[一]

【眉評】

[一]一結筆力既高，感喟更自無盡。

【校記】

㊀録自《迦陵詞全集》。

、○○又弓冶弟萬里省親，三年旋里。於其歸也，悲喜交集，詞以贈之，並懷衛玉叔暨漢槎吴子。用贈蘇崑生原韻。㊀

休把平原繡。繡則繡、吾家難弟，古今稀有。萬里尋親踰鴨緑，險甚黄牛白狗。一路上、夔蚿㊁作友。辛苦瘦兒擕弱肉，向海天、盡處孤蹤透。三年内，無乾袖。[一] 平沙列幕悲風吼。獵火照、依稀認是，雲中生口。馬上迴身爭擁抱，此刻傍人白首。辨不出、窮邊節候。猶記離鄉年尚少，牧羝羊、北海雙雙叟。長夜哭，陰山後。[二]

【眉評】

[一] 沈痛。

[二] 淒涼酸楚，筆力亦自精絶。

【校記】

㊀ 録自《迦陵詞全集》。

㊁ 「夔蚿」，底本似作「夔龍」，此據《迦陵詞全集》。

又冬夜不寐寫懷，用稼軒、同甫倡和韻。㈠

已矣何須說。笑樂安、彥昇兒子，寒天衣葛。百結千絲穿已破，磨盡炎風臘雪。看種種、是余之髮。半世琵琶知者少，枉教人、斜抱胸前月。羞再挾，玉門瑟。黃皮袴褶軍裝別。出蕭關、邊笳夜起，黃雲四合。直向李陵臺畔望，多少如霜戰骨。隴頭水、助人愁絕。此意儘佳㈡那易遂，學龍吟、屈煞床頭鐵。風正吼，燭花裂。[一]

【眉評】

[一] 一語挽題見筆力。

【校記】

㈠ 録自《迦陵詞全集》。

㈡ 「儘佳」，《迦陵詞全集》作「儘豪」。

○○**又** 贈徐月士次友人韻㊀

萬事都成昨。剩胸中、不平鬱起，峰巒確犖。我有匣中三尺水，澀盡寒鋩冷鍔。夜夜聽、秋城鼓角。青眼誰人吾竟老，喜逢君、交道真堪託。忘不了，燈前約。　封侯自有嫖姚霍。且高歌、蹲蹲舞我，烏烏和若。十載樊川狂客夢，贏得揚州一覺。漸衰徧、四條絃索。綠醑黃花拚盡興，管來年、綵筆驚河朔。[二]休只憶，江南樂。

【眉評】

[二]下語如鑄，文采可到，力量不可强也。

【校記】

㊀録自《迦陵詞全集》。

○○○**又** 伯成先生席上贈韓脩齡。○韓，關中人，聖秋舍人小阮。流浪東吴，善説平話。㊀

月上梨花午。恰重逢、江潭舊識，喁喁爾汝。絳燭兩行渾不夜，添上三通畫鼓。説不盡、殘唐西楚。話到英雄兒女恨，緑牙屏、驚醒紅鸚鵡。雕籠内，淚如雨。[一]一般懷抱君尤苦。家本在、扶風盩厔，五陵佳處。漢闕唐陵回首望，渭水無情東去。剩短蠍、聲聲訴與。繡嶺宫前花似血，正秦川、公子迷歸路。重酌酒，盡君語。[二]

【眉評】

[一] 亦悲壯，亦淒麗，寓勝國之感，情味自深。

[二] 哀婉沈至。

【校記】

㊀ 録自《迦陵詞全集》。

又 飲華商原齋頭，追憶錢吉士先生。先生商原婦翁，余曾執經門下。㊀

三十年前事。記童年、章華曾作，屈平高弟。家本寶華山下住，門映石湖荷芰。有一帶、疏軒曲砌。憶得危崖騰健鶻，咽秋燈、夜半歌山鬼。風乍刮，髩成蝟。[一]淒涼閲盡人間世。看多少、經堂書庫，拆爲馬肆。舊日生徒今亦老，相對賢門佳壻。更似舅、魁然無忌。原注：「是日並晤商原令嗣。」且盡君家黄菊酒，論人生、一醉爲佳耳。西州慟，成何濟。[一]

【眉評】

[一] 十分鷙悍，「風乍刮」六字，得未曾有。

[二] 以撇筆作收筆，只如此結便足。

【校記】

㊀ 録自《迦陵詞全集》。

又 虎丘劍池作㊀

山腹蒼皮罅。劈巉巖、一窪深黑，險於人鮓。仄嵌斜攢黿脊滑，林氣水聲交射。有屈曲、龍蟠其下。上搆危梁凌絶巘，[一]窈而深、[二]鑿孔行人怕。吸冷瀑，半空掛。壞廊欹磴哀湍瀉。望參差、雕檑黛閣，晶熒入畫。故國江山還在眼，添了西風戰馬。又殿上、夜鐘將打。[三]雨蝕殘碑名姓在，醉摩崖、汝是知音者。原注：「石壁上有黄姬水、唐寅題名。」相對坐，草堪藉。

【眉評】

[一] 絶巘巉巖，寫得陸離光怪，令人色駭。

[二] 「窈而深」一語，雖奇肆而精神不團聚。（其病在一「而」字，句便不振。）

[三] 「殿上」七字，插入精神。

【校記】

㈠ 録自《迦陵詞全集》。

又五人之墓再用前韻㈠

古碣穿雲罅。記當年、黄門詔獄，群賢就鮓。激起金閶十萬户，白梃霜戈激射。風雨驟、冷光高下。慷慨吴兒偏嗜義，便提烹、談笑何曾怕。抉吾目，胥門掛。[一]銅仙有淚如鉛瀉。悵千秋、唐陵漢隧，荒寒難畫。此處豐碑長屹立，苔繡墳前羊馬。敢輕易、霆轟雹打。

多少道旁卿與相，對屠沽、不愧誰人者。野香發，暗狼藉。[二]

【眉評】

[一] 千載下凜凜有生氣。

[二] 是歎息，不是嘲笑，警戒不少。

【校記】

㈠ 録自《迦陵詞全集》。

又 奉答蘧庵先生，仍次原韻。[一]㈠

炊熟黃粱否。笑乾坤、蜉蝣非夭，彭籛非壽。世上英雄本無主，感激何常不有。曾要把、趙平原繡。禍首從來倉頡字，更怪他、煉石媧皇手。偏欲向，虛空鏤。神仙將相俱難就。悵生平、舞衫歌扇，藥爐茶臼。已矣無成三弄鐵，長倚秋江夜吼。知我者、荊溪浮叟。戛醒半窗蕉鹿夢，謝風篁、汝是驅愁帚。休再打，唾壺口。

【眉評】

［一］奇思橫議，不平之甚。○窮極則憤生，才人歌哭，亦足上干天和，大哉！聖人鴻博一科，消盡天下多少不平氣也。

【校記】

㈠ 録自《迦陵詞全集》。

又 奉贈蘧庵先生，仍次前韻。㈠

識得詞仙否。起從前、歐蘇辛陸，爲先生壽。不是花顛和酒惱，豪氣軒然獨有。要老筆、萬花齊繡。擲碎琵琶令破面，好香詞、污汝諸伶手。笑餘子，徒雕鏤。［一］　秦宮漢苑描難就。轟中原、怒濤似箭，斷崖如臼。我有銅人千行淚，撲地獅兒騰吼。聲撼落、橘中棋叟。鶴髮雞皮人莫笑，憶華年、曾奉西宮帚。家本住，金臺口。

【眉評】

［一］平常意寫得激烈，總由胸中不平耳。

【校記】

㈠ 録自《迦陵詞全集》。

又 乙卯端午㈠

往事思量否。記年時、天中佳節，沈吟搔首。此日傷心人漸老，誰耐離騷繫肘。喜繞砌、葵榴初繡。笑看五絲纏艾虎，問汝曹、猛氣憑陵久。何故縛，女兒手。[一]　楚天一片驚濤吼。滿中流、錦袍雪艦，笳鳴鼓奏。錯認蘭橈争弔屈，惹起魚龍僝僽。都不見、椒漿桂酒。罷晝從來無競渡，也幸無、下瀨戈船走。漁父醉，唱銅斗。[二]

【眉評】

[一] 是感慨語，非遊戲語。

[二] 筆力勁甚。

【校記】

㈠ 録自《迦陵詞全集》。

又汴京中秋月下感懷，兼憶三弟緯雲、表弟南畊，暨一二金陵省試親友。㊀

萬斛金波瀉。遍人間、雲鬟玉臂，清輝狼藉。歷歷扶疏丹桂影，一碧乾坤欲化。人正在、汴梁客舍。可惜宋家陵闕改，爛銀盤、依舊當空掛。可還似，東京夜。　闗河隔絶愁軍馬。憶家山、六朝佳麗，許多王謝。月到故鄉應倍好，無限風亭水榭。料此際、金尊對把。已矣飄零何足恨㊁，鼓天風、鸞背終須跨。暫且學，姮娥寡。[一]

【眉評】

[一] 鬱甚，又豪甚。不四年，先生由鴻博入詞林矣，此詞蓋爲之兆也。

【校記】

㊀ 録自《迦陵詞全集》。

㊁ 「何足恨」，《迦陵詞全集》作「何足道」。

又閏五月五日金沙道中，次劉後村韻。㊀

浪闊驪珠吐。傍城河、依然游冶，水嬉消暑。前月葵榴還照眼，又見龍舟鬭虎。何不唱、公乎無渡。兩遍蘭橈招不得，笑吴兒、枉費閑簫鼓。大魚吼，擻波舞。[一] 騷人詞客應相許。歎窮途、纍如憐我，分予桂醑。不信握瑜懷瑾者，猶羨人間角黍。看萬斛、天風正怒。此地良常連海館，料神仙、也念忠魂苦。喚江水，捲今古。

【眉評】

[一] 語必雄肆。

【校記】

㊀ 録自《迦陵詞全集》。

又 顔魯公八關齋碑㊀

萬劫何曾壞。裂蒼皮、筋纏血裹，蘚痕攢蠆。刓角缺文銅緑滲，郜鼎犧尊兒輩。風雨急、百靈趨拜。多事因螭還掣虎，覆巉巖、翻恨孤亭在。何不放，騰光怪。[一] 先生當日原兵解。想揮毫、握拳透爪，筆鋒英快。門枕睢陽荒戰壘，斷鏃愁燐似海。呼南八、聲情慷慨。

千古雙忠遺跡並，剔殘碑、洗盡纖濃態。鷹側腦，攬㊁天外。[二]

【眉評】

[一]「斫卻月中桂，清光應更多」，亦此胸襟也。

[二]「語不驚人死不休」。

【校記】

㊀ 録自《迦陵詞全集》。《瑶華集》題下有注：「在歸德。」

㊁「攬」，《迦陵詞全集》作「攖」。

又 感事㊀

太息人間世。記南譙、秋窗夜話，客談新異。傳説當湖扶風馬，烜奕上卿門第。歎仰藥、一朝身死。紅粉成灰高樓燼，笑當年、枉費閒金翠。剩滿院，斜陽碎。　扁舟疾下金蕉寺。又傳聞、人天帝釋，踟跌西逝。多少神仙蓬島葬，惹得銅仙流淚。昨又説、井陘奇事。[一]醉倚江船㊁成一笑，總輸他、秵角東村子。牛背上，笛聲起。

【眉評】

［一］波濤亂湧，爲末三語反面烘托。

【校記】

㈠録自《迦陵詞全集》。

㈡「江船」，底本原作「江樓」，據《迦陵詞全集》改。

又 丙辰九日㈠

廢堞經秋壞。削巉巖、下臨絶澗，奔渾澎湃。俛仰浮生身世感，滿眼黄榆紫塞。笑一碧、關河無賴。多事劉郎題糕客，便彭城、戲馬㈡皆安在。賢豪蹟，總稊稗。橫刀舞矟平生快。卻胡爲、丹陽男子，邇來殊憊。細把茱萸簪破帽，何限樓船下瀨。歷歷在、闌干之外。粗飯濁醪吾事畢，傍東籬、且了黄花債。今古恨，漫興慨。［一］

【眉評】

［一］意甚鬱，而筆甚超脱。

【校記】

㈠ 録自《迦陵詞全集》。

㈡ 「戲馬」，原稿作「繫馬」，據《迦陵詞全集》改。

又 贈何生鐵。○鐵，小字阿黑，鎮江人，流寓泰州。精詩畫，工篆刻。[一]㈠

鐵汝前來者。曷不學、雀刀龍笛，騰空而化。底事六州都鑄錯，辜負陰陽爐冶。氣上燭、斗牛分野。小字又聞呼阿黑，詎王家、處仲卿其亞。休放誕，人笞罵。　蕭疏粉墨營邱畫。更雕鑱、漸臺威斗，鄴宮銅瓦。不值一錢疇惜汝，醉倚江樓獨夜。月照到、寄奴山下。故國十年歸不得，舊田園、總被寒潮打。思鄉淚，浩盈把。[二]

【眉評】

[一] 無一字不精悍，獅騰象踏，咄咄逼人。

[二] 跋扈飛揚，一味横霸，亦足雄跨一時。

【校記】

㈠ 録自《迦陵詞全集》。

又 送姜西溟入都㈠

去矣休回顧。儘疏狂、長安市上，飛揚跋扈。誰道天涯知己少，半世人中呂布。仗彩筆、憑陵今古。伏櫪悲歌平生恨，肯車中、閉置加窮絝。君莫信，文章誤。　楊花細糝京江渡。恰盈盈、租船吹笛，柁樓撾鼓。屈指帝城秋更好，寄語冰輪玉兔。爲我照、望諸君墓。相約當年荆高輩，唤明駝、倒載琵琶女㈡。葡萄酒，色如乳。[一]

【眉評】

[一] 非壯語不能壓題，其年長處在此，不及宋人處亦在此。

【校記】

㈠ 録自《迦陵詞全集》。

㈡「女」，底本作「去」，據《迦陵詞全集》改。

又題曹實庵《珂雪詞》㊀

滿酌涼州醞。愛佳詞、一編珂雪，雄深蒼穩。萬馬齊瘖蒲牢吼，[一]百斛蛟螭囷蠢。算蝶拍、鶯簧休混。多少詞場談文藻，向豪蘇、膩柳尋藍本。吾大笑，比蛙黽。　爇殘樺燭剛餘寸。歎從來、虞卿坎坷，韓非孤憤。耳熱杯闌無限感，目送塞鴻歸盡。又眼底、羣公衮衮。作達放顛無不可，勸臨淄、且傅當筵粉。城柝沸，夜烏緊。[二]

【眉評】

[一]「萬馬齊瘖蒲牢吼」，直是迦陵自品其詞耳，吾恐升六尚謙讓未遑也。

[二]其年胸中，不知吞幾許雲夢。

【校記】

㊀録自《迦陵詞全集》。

又送三韓李若士省親之楚。○若士尊公時爲湖廣提督。[一]㊀

秋到離亭暮。羨風前、珊鞭玉靶，翩然竟去。借問此行何所向，笑指巴煙郢樹。是烏鵲、慣南飛處。路入南荒休騁望，有陶公、戰艦空灘雨。釃熱酒，浪花舞。嚴君坐擁貔貅旅。壓江流㊁、一軍下瀨，目無黃祖。昨夜月明親饗士，要奏新填樂府。都不用、陳琳阮瑀。手掣紅旗翻破陣，看郎君、下筆驚鸚鵡。猨臂種，氣如虎。

【眉評】

[一] 迦陵好作壯語，然悲者多而麗者少，惟此篇壯麗之極。

【校記】

㊀ 録自《迦陵詞全集》。

㊁ 「江流」，原稿作「下流」，據《迦陵詞全集》改。

又用辛稼軒、陳同甫倡和原韻，送王正子之襄陽，明春歸廣陵，並囑其一示何生龍若。○何名鐵。[一]㊀

立馬和君説。到襄陽、爲予先問，隆中諸葛。往日英雄潮打盡，怪煞怒濤崩雪。今古恨、總多於髮。再問大堤諸女伴，白銅鞮、可有閒風月。誰彈向，楚天瑟。[二] 纔逢燕市還分別。悵生平、無多知己，幾番離合。此去武昌魚不少，莫惜顔筋柳骨。要頻看、鄭虔三絶。一幅新詞淒涼犯，囑來春、並示何生鐵。霜夜吼，燭花㊁裂。[三]

【眉評】

[一] 一氣卷舒，渾淪磅礴，望而知爲迦陵詞也。

[二] 兩問奇絶，可謂目無一世。

[三] 「霜」、「吼」字警。

【校記】

㊀ 録自《迦陵詞全集》。

(二)「燭花」,《迦陵詞全集》作「劍花」。

又　送彭直上下第還鄧州,兼柬賢兄中郎。(一)

且作平生話。儘當筵、拍張脱帽,吹簫舞蔗。身是隴西猿臂種,家世由來善射。遭幾度、藍田尉罵。遲汝三年封侯事,笑誰令、健筆兼騷雅。彼李蔡,人中下。　臨岐老淚如鉛瀉。趁杯闌、幡然竟去,輕弓快馬。到日賢兄憑寄語,撩亂柳綿飛也。有別緒、與之成把。博望野花紅染血,訴行藏、風裹休悲咤。恐又震,昆陽瓦。[一]

【眉評】

[一] 蒼莽中無一字不精警,真足驚心動魄。

【校記】

(一) 録自《迦陵詞全集》。

○○又雙魚爲閻牛叟賦。○牛叟《兑閣遺徽》曰：「甲申予客金陵，妻獨擕子女避地吴越，常手書促予歸，爲輕薄子啓椷竊視，歎箴勉得性情之正。」㊀

軍馬臺城裏。記當年、君留建業，妾家吴市。江左英雄今誰在，太息周郎已矣。空還賸、斜陽燕壘。一派大江流日夜，捲銀濤、舞上青山髻。煩爲我，遞雙鯉。[一]寄書殷浩輕猥子。卻翻言、旁無知者，臣開臣閉。筆格簪花挑來覷，不是一緘紅淚。也不賦、竹竿魚尾。昧旦雞鳴相莊甚，笑白頭、吟與盤中字。兒女態，裙釵氣。

【眉評】

[一]雄闊壯麗。

【校記】

㊀録自《迦陵詞全集》。詞題「雙魚」，《迦陵詞全集》作「雙魚問」。

又　諸城李渭清贈我以龍鬚數莖，同曹舍人實庵、陸編修義山、沈大令融谷賦。余篋中舊有虎鬚，故篇中及之。[一]㊀

猛性何曾改。記當年、玄黃㊁血戰，怒濤澎湃。一自海風吹陣破，神物居然頹僨。冷笑煞、紛紛蟲豸。失勢人豪多類此，有項王、刎死田橫敗。也一樣，歸菹醢。[二]　虎鬚舊慣裝腰帶。是銅峰、獵徒脱贈，爲防百怪。長恨此生誰配爾，瑜亮相遭寧再。忍竟使、淮陰伍噲。今日兩雄都入手，便山魈、水蜮逢何害。況自有，吾髯在。[三]

【眉評】

[一]飛揚跋扈，與題相稱。

[二]大處落墨，感慨蒼茫。

[三]結六字聲如霹靂。

【校記】

㊀録自《迦陵詞全集》。

㊁「玄黃」，原稿作「元黃」，諱字徑改。

蘭陵王 秋況㊀

倚簾閣。爽氣直通寥廓。涼瓦上、澹澹初暘，影似干將碎㊁秋鍔。擣衣聲亂作。響入愁人院落。西風峭、陡把素砧，攙入霜天白翎雀。[一] 曲終睡還著。夢匹馬長城，迤邐沙漠。渾河路黑探兵錯。見都尉毳帳，賢王獵火，敵樓颯颯起雕鶚。下短草如削。驚覺。倍蕭索。漸暮色蘢葱，水煙噴薄。夜蟾早逗東牆角。照滿地青桂，半街紅藥。[二] 可憐月底，又送到，深巷柝。[三]

【眉評】

[一] 全以骨力勝，短兵相接，精悍逼人。

[二] 一夢一醒，天然段落，姿態横生。

[三] 結迴應「擣衣」句並入夢之情，意味甚永。

【校記】

㊀ 録自《迦陵詞全集》。

㊁「碎」，《迦陵詞全集》作「淬」。

瑞龍吟 送董舜民之廬山，用周美成春景原韻。㊀

西江路。多少湓浦波濤，鞋山煙樹。相傳白傅當年，月明送客，青衫濕處。　船須竚。記得南康一郡，大江門户。此中萬疊匡廬，夜深毛女，緣崖笑語。　君到試窺峭壑，縈紅繚碧，獅蹲豹舞。第一爲訊棲賢，可能如故。捫蘿剔蘚，好劃紀游句。只休望、楚江赤壁，吴天瓜步。怕事隨潮去。望時又惹，高人愁緒。短髮搔千縷。君且坐、峰頭拈花成雨。晚來拍手，白雲堆絮。[一]

【眉評】

[一] 大江無風，波浪自湧。

【校記】

㊀ 録自《迦陵詞全集》。

西平樂 王谷卧疾村居，拏舟過訊，同南畊賦。㈠

篠里東偏，俞山北舍，中有隱者茅堂。鄰圃鈔書，隔溪賒秫，一村風雨歸莊。歎壁向霜天陡立，骨爲殘秋太瘦，[一]多時曬藥西軒，終朝行散南崗。我買煙舠過話，柴門下、深巷劇空蒼。

只須剪燭，無煩烹韭，欲與君言，竟上君床。君不見、石鯨跋浪，鐵馬呼風，今日一片關山，五更刁斗，何處乾坤少戰場。[二]且擁孺人，相攜稚子，讀易歌騷，把酒彈琴，强飯爲佳，慎毋憔悴江鄉。

【眉評】

[一] 極其警鍊，胸有鑪錘。

[二] 縱筆所之，淋漓飛舞。

【校記】

㈠ 録自《迦陵詞全集》。

又　春夜寫懷〔一〕

象管慵拈，鵝笙懶炙，春困斜倚圍屏。往事難追，舊愁易惹，更添夜雨淋鈴。記一騎衫痕似血，半夜篝紋如水，鳳凰橋上吹簫，蝦蟆陵下呼鷹。〔一〕幾處鞦韆緑水，風弄影、篩碎碧潭星。秋娘一去，酒徒何處，萬水千山，有影無形。縱有日、重游洛下，再過秦川，鶴髮相逢話舊，覓徧樓臺，祇剩寒鴉與亂螢。十載浮名，半生故國，且剩閒身，野寺山家，布韈青鞋，花前到處飄零。〔二〕

【眉評】

〔一〕雄才霸氣，出語便與人殊。

〔二〕短句以氣行之，不嫌滯累。

【校記】

〔一〕録自《迦陵詞全集》。

玉女摇仙佩 登姑蘇元妙觀彌羅閣㊀

仙壇寵嵸，複館飛簷，駕在蓮鬚藕孔。刻畫仙靈，雕鎪龍鬼，百怪躨跜梁栱。目眩神悽恐。更閃電金泥，綃窗月湧。到鳥雀、更無聲處，恍惚瓊樓，寒氣微中。[一]童女守丹鑪，碧柰花前，玉笙閒弄。前度劉郎情重。笑拍闌干，何限塵埃蠛蠓。銀漢茫茫，絳霄寂寂，訴與舊游鸞鳳。淚灑鮫盤凍。吴宮事、只恨當初蠡種。空留下、湖山幾點，蘇臺一帶，年年花草昏如夢。東風外、緑波微動。[二]

【眉評】

[一] 境地高絶，筆妙足以達之。

[二] 蒼茫感慨，大筆淋漓。

【校記】

㊀ 録自《迦陵詞全集》。

多麗 劉公戩吏部每爲余言蘇門百泉之勝，冬日行汲縣道中，遙望峰巒幽異，未及登眺，感賦一闋，並以寄劉。㊀

記劉子，語我蘇門山好。更百泉、澄泓蕭瑟，雷輥千尺銀瀑。亂松崖、經聲夜落，古稭溪、樵風晨噭。壽柏瘦藤，危梯惡棧，山無不樹，樹無不鳥。徑谽谺、數間㊁虎落，時響幽人銚。倏然也，指間絃歇，山前月曉。［一］　一自渡、桑乾河水，馬頭恒向西笑。擬十月、寒衣手綻，來作山村荷篠。太息塵蹤，難攀仙境，重來猿鶴應相誚。衹望見、蒙茸冪歷，一派青難了。回頭聽、似有人兮，山半長嘯。［二］

【眉評】

［一］疊浪層波，飛花滾雪，幾令人目不暇接。

［二］結亦餘情不盡。

【校記】

㊀録自《迦陵詞全集》。

〔二〕「數間」，底本作「數聞」，據《迦陵詞全集》改。

六州歌頭 邗溝懷古〔一〕㊀

江東愁客，隋苑暗徑行。鶯語滑，游絲細，夾衣輕。正清明。追憶當年此際，樓臺外，鞦韆畔，棠梨樹，垂楊渚，玉簫聲。

一自風煙滿目，傷心煞、水緑山青。看江都雖好，舊跡已飄零。憔悴蘭成。意難平。念寄奴去，黄奴老，今古事，可憐生。回頭望，隔江是，石頭城。草縱横。樓船南下日，君王醉，未曾醒。〔二〕

宫車出，晚鴉鳴。使人驚。惟有一江春水，依稀似、舊日盈盈。想參軍鮑照，欲賦不勝情。此恨曾經。

【眉評】

〔一〕此調當分兩段，於「意難平」爲上半闋，餘至末屬下半闋，分三段者非。以原本如此，姑從之。

〔二〕語短節促，韻味偏饒。

【校記】

㊀録自《迦陵詞全集》。《迦陵詞全集》分三段，眉評及之。

稍遍酒後柬丁飛濤，即次其贈施愚山韻。[一]㊀

大叫高歌，脱帽驩呼，頭没酒杯裏。記昨年，馬角未曾生，幾喚公爲亡是。君不見，莊周漆園傲吏，洸洋玩弄人間世。又不見信陵，暮年失路，醇酒婦人而已。[二]爲汝拔劍上崦嵫。令虎豹君門勿然疑。古人有云，雖不得肉，亦且快意。　君言在遼西，大魚如阜海無際。[三]饑咽冬青子，雪窖人，聊復爾。土炕夜偏長，燭花坌湧，琵琶帳外連天起。更萬里鄉心，三更雁叫，那不愁腸如醉。我勸君莫負賞花時。幸歸矣長噓復奚爲。算人生、亦欲豪耳。今宵飲博達旦，酒三行以後，汝爲我舞，我爲㊁若語，手作拍張言志。黄鬚笑捋凭紅肌。論英雄、如此足矣。[四]

【眉評】

[一] 一氣盤旋，排山倒海，真霸才也。

[二] 掉臂游行，有獨往獨來之概。

[三] 後幅起勢更蒼莽。

[四] 萬派朝宗，收束處淋漓悲壯。

【校記】

㊀ 録自《迦陵詞全集》。

㊁「我爲」，《迦陵詞全集》作「吾爲」。

又 讀彭禹峰先生詩文全集竟，跋詞卷尾，兼示令子中郎、直上兩君。[一]㊀

自古穰城，從來宛葉，嶄絶誇形勢。有千年，諸葛卧龍岡，蕭蕭英魂霸氣。其西引武關，商於六百，昔人以戰爲兒戲。其南控襄樊，析酈房竹，常産畸人烈士。公也生值亂離時。好説劍談兵射且騎。鬚作蝟張，箭如鴟叫，言天下事。噫。此世何爲。巖疆好以公充餌。棘爨牂牁地。鬼燐生，鼓聲死。[二]猶記靖州城，連營賊火，楚歌帳外淒然起。公左挈人頭，右提酒瓮，大嚼轅門殘齒。奈縛他烏獲矐漸離。則女子傭奴盡勝之。[三]論通侯、羊頭羊胃。[四]吾讀公也全集，有刀聲戛觸，人聲嘈囋，舞聲綷縩，更雜筑聲淒異。忽然牛飲酒池聲，又鬼聲、啾然林際。[五]

【眉評】

［一］波瀾壯麗，氣勢磅礴，雖不免蹈揚湖海，然自足雄視一時，亦猶秦、楚大國，以無道行之，亦足制勝。

［二］後幅大聲疾呼，何其直言不諱也！

［三］帆縱波湧，電掣雷轟。

［四］「論通侯」七字束得住。

［五］賦跋集正面，淋漓飛舞，與全篇相稱。

【校記】

㈠ 録自《迦陵詞全集》。

放歌集卷六

國朝詞

董以寧

字文友，武進人。貢生。有《蓉渡詞》三卷。

望梅花 過鸚鵡洲[一]

芳草萋萋如畫。喚起禰生閒話。死向風波曾不怕。長袴請君穿罷。除是阿瞞還值罵。黃祖不堪君詫。[二]王阮亭云：「大長曹瞞聲價。」

【眉評】

[一]「大言炎炎」，旁若無人，但筆力不健。

【校記】

㈠ 録自《蓉渡詞》。

○賀新郎 淮陰祠[一]㈠

爲漢空奔走。歎當年、追猴逐鹿，終烹功狗。留侯曲逆雖陰詐，吕雉之謀多有。算此際、高皇身後。平勃區區都易與，怕將軍、武悍還如舊。因中禍，君知否。國士無雙稱善鬥。奈英雄、漂母寄餐，未央授首。書生於此終疑詫，何事英風射斗。生死出、婦人之手。劉郎宫寢埋荒草，喜將軍、廟祀終難朽。君休信，蒯通口。

【眉評】

[一]淮陰之獄，自是千古奇冤，當時設爲疑似之跡，亦可謂巧於羅織矣。文友此詞頗能道著吕雉隱處，結二語尤能表明淮陰心跡，惜措語多不純，平仄亦有顛倒處。

【校記】

㈠ 録自《蓉渡詞》。

俞士彪 一名珮，字季瑮，錢塘人。官崇仁縣縣丞。有《玉蕤詞鈔》二卷。

賀新涼 旅店題壁㊀

灑盡窮途淚。看少年、一番行役，一番憔悴。雨雪霏霏泥滑滑，上馬屢愁顛躓。又況值、金輪西逝。屈指離家能幾日，早行來、已是三千里。嗟歲月，似流水。[一] 蒙茸漸覺羊裘敝。怎當他、朔風淒緊，裂膚墮指。莽莽長途誰是主，燈火前村近矣。只無奈、望門投止。沽得濁醪聊破冷，向燈前、獨飲難成醉。天未曉，又催起。

【眉評】

[一] 牢愁滿紙，遠行者不堪多讀。

【校記】

㊀ 録自《西河詞話》。此詞不見《玉蕤詞鈔》。《西河詞話》云：「予赴京師，路遇徐仲山，忻然同行。曾於良鄉北旅店，見題壁詞，迥出恒輩。其詞曰。特不署姓氏，不知爲何人作。及到京，錢塘俞

季璪投以詞，名《京師雜感》，共九章，皆「賀新郎」調，其首章即是詞也。」

吴儀一[一] 字瑹符，一字舒鳧，錢唐人。監生。有《吴山草堂詞》十七卷。

【眉評】

[一] 王漁洋晚年寄懷西泠三子詩曰：「稗村樂府紫山詩，更有吴山絶妙詞。此是西泠三子者，老夫無日不相思。」其爲前輩推重如此。

清平樂[一]㊀

畫屏煙霧。彷彿咸陽路。渭水無聲流月去。照見漢家陵樹。　蕭條孤客情懷。酒酣獨上荒臺。三月楊花似雪㊁，滿城羌笛吹來。

【眉評】

[一] 此詞亦自精警。

【校記】

㊀ 録自《國朝詞綜》。

㈡「三月楊花似雪」,《國朝杭郡詞輯》作「五月楊花如雪」。

孫致彌 字愷似,號松坪,嘉定人。康熙二十七年進士,官侍讀學士,有《別花餘事》一卷、《梅沜詞》四卷、《衲琴詞》一卷。

○**摸魚子** 秋暮㈠

挂蒲帆、鯉魚風弱,吴淞江上秋暝。潮迴沙尾圓紋没,點點蘋花如鏡。相掩映。倩荻雪菰雲,譜出寒波静。眠鷗乍醒。漸牧笛横煙,釣船吹火,月黑雁無影。[一] 蓴鱸興。一片西風誰省。年年長負清景。松醪半凍頹黎色,不敵晚來愁凝。天水迴。待倚醉高歌,小海無人應。茫茫千頃㈡。怕驚起蛟龍,中宵起舞㈢,電拂劍花冷。[二]

【眉評】

[一] 寫夜景有聲有色。

[二] 沈雄俊爽,直逼遺山。

【校記】

㊀録自《國朝詞綜》。此詞不見孫致彌諸詞集。

㊁「千頃」，《百名家詞鈔》本《梅汧詞》、《瑶華集》作「溟涬」。

㊂「起舞」，諸本皆作「嘯舞」。

狄億 字立人，溧陽人。康熙三十年進士，授庶吉士。

蝶戀花 閒居㊀

夏日園居何所事。水閣風軒，儘我徜徉耳。倦即高眠醒即起。年來經濟都如此。[一] 怪石枯藤饒古意。跣足科頭，亦復沾沾喜。小立闌干頻徙倚。閒看水面蜻蜓戲。

【眉評】

[一] 以疏狂寓悲憤。

【校記】

㊀録自《清綺軒詞選》。《綺霞詞》有《蝶戀花》「園居」二首：「佳樹盤珊衣滴翠。散髮溪堂，

古榻堆髤几。興到輒臨三四紙，指尖拂拂涼生矣。　日對西山迎爽氣。鳳闕天門，那得其中意。漫笑醉顛顛未已，徒將筆墨供游戲。」「矮屋堆雲雲疊礙。莞簟蒲團，靜會逍遥義。千古子猷真解事，窺園竹影參差細。　幾度風前傾緑蟻。陣陣荷香，散入清尊底。小立欄杆頻徙倚，蜻蜓水面無聲戲。」

○臨江仙 金陵懷古㊀

城郭依然風景異，六朝金粉㊁生愁。興亡不到大㊂江流。銀濤雪浪，終古自悠悠。　贏得秦淮多少恨，興懷百尺樓頭。琵琶一曲淚難收。夕陽山色裏，猶帶舊時秋。[一]

【眉評】

[一] 感喟蒼茫，駸駸乎唐人之詩矣。

【校記】

㊀ 二首皆録自《國朝詞綜》。

㊁ 「六朝金粉」，《綺霞詞》作「吴宮花草」。

㊂「不到大」，《綺霞詞》作「豈不到」。

○又

月滿樓臺花滿路，當年無限風流。而今勝蹟已荒邱。空餘殘照，煙澹白蘋洲。 惆悵長干橋下水，清光縹渺長浮。南朝佳麗等閒休。天生歌舞地，强半使人愁。

王策 見《大雅集》。

○十六字令[一]㊀

愁。草際淒淒訴不休。良夜永，織就一庭秋。

【眉評】

[一]此調頗不易工，似此尚稱清警。

【校記】

㊀録自《國朝詞綜》。《香雪詞鈔》有詞題「促織」。

念奴嬌　金陵秋思㈠

江山如畫，被西風旅雁，做成蕭索。人與門前雙樹柳，一樣悲傷摇落。舊院花寒，故宫苔破，今古傷心各。浮生皆夢，可憐此夢偏惡。看取西去斜陽，也如客意，不肯多擔閣。料得芙蓉三徑裏，紅到去年籬脚。[一]瘦削腰圍，嶔嵚骨相，厭殺青衫縛。文章底用，我將歸事耕鑿。

【眉評】

[一]沈痛如此，香雪所以不永年也。少年有才者，必不可學此種衰颯語。

【校記】

㈠録自《國朝詞綜》。

陸震　字種園，興化人。

滿江紅　贈王正子[一]㈠

驀地逢君，且攜手、壚邊細語。説蜀棧、十年㈡烽火，萬山鼙鼓。楓葉滿林愁客思，黄花徧地迷歸路。歎他鄉、好景㊂最無多，難常聚。

同是客，君尤苦。兩人恨，憑㊃誰訴。看囊中罄矣㊄，酒錢何處。吾輩無端寒至此，富兒何物肥㊅如許。脱敝裘、付與酒家孃，摇頭去。[二]

【眉評】

[一] 此詞附《板橋集》中。板橋幼從種園學詞，故筆墨亦與之化。

[二] 措語太粗。○世態炎涼，形容盡致，結二句尤令人失笑。

【校記】

㊀ 録自《板橋詞鈔》。詞題，《陸仲子遺稿》作「與殷彦來飲」。

㊁「説蜀棧、十年」，《陸仲子遺稿》作「指蜀樹、當年」。

㊂「好景」，《陸仲子遺稿》作「好況」。

㊃「憑」，《陸仲子遺稿》作「悲」。

㊄「罄矣」，《陸仲子遺稿》作「盡矣」。

㊅「肥」，《陸仲子遺稿》作「驕」。

鄭燮[一] 字柔克，興化人。乾隆元年進士，官濰縣知縣。有《板橋詞》一卷。

【眉評】

[一] 板橋詞最爲直捷痛快，魄力自不可及。若再加以浩瀚之氣，便可亞於迦陵。

賀新郎 徐青藤草書一卷[一]

墨瀋餘香賸。掃長箋、狂花撲水，破雲堆嶺。雲盡花空無一物，蕩蕩銀河瀉影。又罯點、箕張鬼井。未敢披圖容易玩，撥煙霞、直上嵩華頂。與帝座，呼相近。　半生未掛朝衫領。狠秋風、青衿剥去，秃頭光頸。只有文章書畫筆，無古無今獨逞。并無復、自家門徑。拔取金刀眉目割，破頭顱、血迸苔花冷。亦不是，人間病。[二]

【眉評】

[一] 淋漓痛快。

【校記】

㊀ 録自《板橋詞鈔》。

○又 西村感舊㊀

撫景傷飄泊。對西風、懷人憶地，年年擔擱。最是江村讀書處，流水板橋籬落。遶一帶、煙波杜若。密樹連雲藤蓋瓦，穿緑陰、折入閒亭閣。一靜坐，思量著。[一] 今朝重踐山中約。畫牆邊、朱門欹倒，名花寂寞。瓜圃豆棚虛點綴，衰草斜陽暮雀。村犬吠、故人偏惡。只有青山還是舊，恐青山、笑我今非昨。雙鬢減，壯心弱。[二]

【眉評】

[一] 二語遞下無痕。

[二] 感傷而不叫囂，板橋詞之有把握者。

【校記】

㊀ 録自《板橋詞鈔》。

又送顧萬峰之山東常使君幕[一]㊀

擲帽悲歌起。歎當年、父母生我，懸弧射矢。半世銷沈兒女態，羈絆難踰鄉里。健羨爾、蕭然攬轡。首路春風冰凍釋，泊馬頭、浩淼黄河水。望不盡，洶洶勢。　到看泰岱從天墜。矗空青、千岩萬嶂，雲揉月洗。封禪碑銘今在否，鳥跡蟲魚怪異。爲我弔、秦皇漢帝。夜半更須陵日觀，紫金毬、湧出滄溟底。盡海内，奇觀矣。[二]

【眉評】

[一] 哀音激楚，聲調悲遠。

[二] 筆力雄肆。

【校記】

㊀ 此下二首俱録自《板橋詞鈔》。

○○又[一]

獨有難忘者。寧不見、慈親黑髮，於今雪灑。檢點裝囊鍼線密，老淚潺湲而瀉。知多少、夢魂牽惹。不爲深情酬國士，肯孤蹤、獨騎天邊跨。遊子歎，關山夜。　頗聞東道兼騷雅。最羨是、峰巒十萬，青排腳下。此去唱酬官閣裏，酒在冰壺共把。須勗以仁風遍野。如此清時宜樹立，況魯鄒、舊俗非難化。休沈溺，篇章也。[二]

【眉評】

[一] 跟上章折入，情真語至，遠游子何堪卒讀。○「不爲」二句，是無聊解説，不是故作壯語。

[二] 規勉得體。

○○又 贈陳周京[一]㊀

咄汝陳生者。試問汝、天南地北，游蹤徧也。十五年前廣陵道，馬上翩翩游冶。曾幾日、髭鬚盈把。落拓東歸尋舊夢，剔寒燈、絮盡淒涼夜。渾不似，無羈馬。[二]　君家先世丹青亞。原注：「令祖射闖賊中目。」炳千秋、凌煙褒鄂，雲臺耿賈。誰料關西將家子，亂草飄蓬四野。還一任、雨淋霜打。莫向人前談往事，恐道傍、屠販疑虛假。勉强去，裝聾啞。[三]

【眉評】

[一] 一氣旋轉，筆力横絶。其年《贈何生鐵》一篇後，有嗣音矣。

[二] 「何意百鍊鋼，化爲繞指柔」，同此浩歎。

[三] 幾於痛哭。

【校記】

㈠ 録自《板橋詞鈔》。

○**浣溪沙** 老兵㈠

萬里金風病骨秋。創瘢血漬隴西頭。戍樓閒補破羊裘。　少壯愛傳京國信，老年只話故鄉愁。近來鄉思也悠悠。[一]

【眉評】

［一］結更進一層，意極悲鬱。

【校記】

㊀此下二首俱録自《板橋詞鈔》。

又

隴雨蕭蕭隴草長。夕陽慘淡下邊牆。敵樓風起暮鴉翔。［一］ 册上有名還點隊，軍中無事不歸行。替人磨洗舊刀鎗。

【眉評】

［一］塞外風景之異，直似唐賢樂府。

念奴嬌 莫愁湖［一］㊀

鴛鴦二字，是紅閨佳話，然乎否否。多少英雄兒女態，釀出禍胎冤藪。前殿金蓮，後庭玉樹，風雨摧殘驟。盧家何幸，一歌一曲長久。即今湖柳如煙，湖雲似夢，湖浪濃於酒。山下藤蘿飄翠帶，隔水殘霞舞袖。桃葉身微，莫愁家小，翻借詞人口。風流何罪，無榮無辱無咎。[二]

【眉評】

[一] 板橋《金陵懷古》十二首，聖哲、英豪、美人、名士，蒼茫感喟，畢現毫端，惟不免稍涉叫囂。兹擇其稍純者六章，可見大概。

[二] 前半嫌有腐語，後半灑脱自如。

【校記】

㈠ 此下六首俱録自《板橋詞鈔》。

又臺城

秋之爲氣，正一番風雨，一番蕭瑟。落日雞鳴山下路，爲問臺城舊跡。老蔓藏蛇，幽花濺血，壞堞零煙碧。有人牧馬，城頭吹起觱篥。[一] 當初剗代犧牲，食惟菜果，恪守沙門律。何事餓來翻掘鼠，雀卵攀巢而吸。再曰荷荷，趺跏竟逝，得亦何妨失。[二] 酸心硬語，英雄淚在胸臆。[三]

【眉評】

[一] 景物淒涼，精於摹繪。

[二] 稍傷忠厚。

[三] 結振作。○雖是人云亦云，然措語卻老橫。

又 高座寺

暮雲明滅，望破樓隱隱，臥鐘殘院。院外青山千萬疊，階下流泉清淺。鴉噪松廊，鼠翻經匣，僧與孤雲遠。空梁蛇脫，舊巢無復歸燕。[一] 可憐六代興亡，生公寶誌，絕不關恩怨。手種菩提心劍戟，先墮釋迦輪轉。青史譏彈，傳燈笑柄，枉作騎牆漢。恒沙無量，人間劫數自短。

【眉評】

［一］寫廢寺慘淡可畏。

又 胭脂井［一］

轆轤轉轉，把繁華舊夢，轉歸何許。只有青山圍故國，黄葉西風菜圃。拾橡瑶階，打魚宫㊀沼，薄暮人歸去。銅缾百丈，哀音歷歷如訴。過江咫尺迷樓，宇文化及，便是韓擒虎。井底胭脂聯臂出，問爾蕭娘何處。清夜遊詞，後庭花曲，唱徹江關女。詞場本色，帝王家數然否。［二］

【眉評】

［一］此詞精絶，爲諸篇之冠。

［二］妙語解頤。

【校記】

㊀「宫」，底本原作「官」，據《板橋詞鈔》改。

又方、景兩先生祠[一]

乾坤欹側，藉豪英幾輩，半空撑住。千古龍逢原不死，七竅比干肺腑。竹杖麻衣，朱袍白刃，樸拙爲艱苦。信心而出，自家不解何故。[二]　也知稷契皋夔，閎顛散适，嶽降維申甫。彼自承平吾破裂，題目原非一路。十族全誅，皮囊萬段，魂魄雄而武。世間鼠輩，如何粧得老虎。[三]

【眉評】

[一]此闋未免粗野，然語極雄奇，足爲毅魄忠魂生色，故終不忍置也。

[二]「信心」十字刺骨。「孔曰成仁，孟曰取義」，原非勉强得來。

[三]結更恣肆。

又孝陵

東南王氣，掃偏安舊習，江山整肅。老檜蒼松盤寢殿，夜夜蛟龍來宿。翁仲衣冠，獅麟頭角，靜鎖苔痕緑。斜陽斷碣，幾人繫馬而讀。〔一〕聞説物换星移，神山風雨，夜半幽靈哭。不記當年開國日，元主泥人淚簇。蛋殼乾坤，丸泥世界，疾卷如風燭。老僧山畔，烹泉只取一掬。〔二〕

【眉評】

〔一〕感慨不盡。

〔二〕虎門龍争，讀至結二語，正如冷水澆背，令我有遺世之想。

滿江紅 金陵懷古〔一〕

淮水東頭，問夜月、何時是了。空照徹、飄零宫殿，淒涼華表。才子總緣杯酒誤，英雄只向棋盤鬧。問幾家、輸局幾家贏，都秋草。〔一〕流不斷，長江淼。拔不倒，鍾山峭。賸古碑荒塚，淡鴉殘照。碧葉傷心亡國柳，紅牆墮淚南朝廟。問孝陵、松柏幾多存，年年少。

【眉評】

〔一〕上下千年，流連憑弔，遣詞琢句，俱極淒警。

【校記】

㊀ 録自《板橋詞鈔》。

又思家[一]㊀

我夢揚州，便想到、揚州夢我。第一是、隋隄緑柳，不堪煙鎖。潮打三更瓜步月，雨荒十里紅橋火。更紅鮮、冷淡不成圓，櫻桃顆。　何日向，江邨躲。何日上，江樓卧。有詩人某某，酒人個個。花逕不無新點綴，沙鷗頗有閒功課。將白頭、供作折腰人，將毋左。

【眉評】

[一] 命意措語，全以神行，情詞雙絶，令人不能釋手。○一氣卷舒，卻字字妥貼，精神團聚故也，固非心餘所及。

【校記】

㊀ 録自《板橋詞鈔》。

太常引 聽噶將軍説邊外風景㊀

滿天星露壓長城。夜黑月初生。萬障馬嘶鳴。還夾雜、風聲雁聲。[一] 紅霞乍起，朝光滿地，飛鳥立轅門。邊塞静無塵。須檢點、中原太平。[二]

【眉評】

[一] 筆力雄蒼。

[二] 收束亦莊雅。

【校記】

㊀ 録自《板橋詞鈔》。詞題後，《板橋詞鈔》有「諱爾璽」三字。

史承謙 見《大雅集》。

采桑子㊀

髿輪袍曲當時譜，淪落天涯。侍酒隨車。誰問行吟到日斜。從教年少傷遲暮，怨入悲

笳。淚滴寒花。漸漸逢人説鬢華。[一]

【眉評】

[一] 文言道俗情，極其真至。

【校記】

㊀ 録自《國朝詞綜》。

蔣士銓[一] 字心餘，鉛山人。乾隆二十二年進士，官編修。有《銅絃詞》二卷。

【眉評】

[一] 心餘詞氣粗力弱，每有支撑不來處，匪獨不及迦陵，亦去板橋甚遠。兹選其筆力稍健者十餘闋。

○滿江紅 赤壁㊀

鑿翠流丹，使全楚、山川襟帶。是一片、神工鬼斧，劈開靈界。磯下白黿横斷岸，樓中黄鶴飛天外。賸文章、雙照大江流，垂金鐙。　一斗酒，猶堪載。三分事，聊堪話。甚英雄豎子，倏焉成敗。歌舞二喬誰得有[一]，舳艫千里今安在。便江風、山月尚如前，都無奈[二]。

【眉評】

[一]「歌舞」七字費解。

[二]結三字没意思，外强中乾。

【校記】

㈠録自《銅絃詞》。

水龍吟 題戈二齋壁㈠

相逢同飲亡何，酒酣清淚飄如霰。茂陵詞客，秦川公子，惟君其彦。臺上呼鷹，河東飲馬，隴頭磨劍。[一]數年少豪游，唯吾與汝，記得潼關四扇。　舊恨新愁難遣。誤才人、烏闌黄絹。一寒至此，婦人醇酒，斯言誠善。僕本恨人，君真佳士，奈何貧賤。莫辭痛飲，人心不似，大都如面。

【眉評】

[一] 尚見筆力，可以升劉、蔣之堂。

【校記】

㊀ 録自《銅絃詞》。

○**賀新涼** 自題《一片石》傳奇[一]㊀

蝶是莊生化。絶冠纓、仰天而笑，閒愁休挂。大抵人生行樂耳，檀板何妨輕打。窮與達、漫漫長夜。獃女癡兒歡笑煞，歎何哉、已老秋娘嫁。須富貴，何時也。　十年騎瘦連錢馬。經幾多、浮雲變態，悲歌嫚罵。南郭東方游戲慣，粉墨誰真誰假。弔華屋、荒邱聊且。不見古人何足恨，只文詞、伎倆斯其下。我本是，傷心者。

【眉評】

[一] 心餘《一片石》傳奇表妻妃之貞烈，淋漓悲壯，可泣可歌。此詞非題傳奇中事，只是寫自己懷

抱，明所以傳奇之故。

【校記】

㈠ 録自《銅絃詞》。

又 南昌判官程十七北涯浮香精舍小飲，酒闌口占雜紀。四首。㈠

瀟灑房櫳底。展文茵、紅氍一片，秋光如水。殘月曉風多少恨，我輩鍾情而已。問低唱、淺斟何似。忍把浮名輕換了，鈍詞鋒、不過吴蒙耳。敢浪犯，將軍壘㈡。[一] 官齋十笏堆圖史。拓軒窗、招人來坐，米家船裏。錦袋緋魚腰手版，別駕風流如此。歎海内、幾人知己。虛擲年華無寸益，戴儒冠、不合稱才子。擊碎也，烏皮几。[二]

【眉評】

[一] 時北涯方校心餘新詞院本，故云。

[二] 悲憤。

【校記】

㊀四首俱録自《銅絃詞》。詞題「精舍」，原稿奪「精」字，據《銅絃詞》補；「四首」二字，《銅絃詞》無。

㊁「將軍壘」句下，《銅絃詞》有注：「北涯方校予新詞院本。」

又

名宦何堪數。讓先生、風裙月扇，歌兒舞女。達者爲官游戲耳，續了袁家新譜㊀。[一]誰唱得、屯田樂府。非我佳人應莫解，向花間、自點檀匡鼓。奏絶調，可千古。秋宵想見文心苦。[二]列名姬、共持椽燭，箏琶兩部。忍凍揮毫辭半臂，明月西樓纔午。儘一串、珠喉吞吐。越嶲吴霜篷背飽，奈年來、王事都靡盬。藉竿木，尚能舞。[三]

【眉評】

[一]北涯有《後西樓》填詞，故云。

[二]「文心苦」上著「秋宵」二字，便有精神。

［三］激昂慷慨，遣詞亦有官止神行之妙。

【校記】

㊀「續了袁家新譜」句下，《銅絃詞》有注：「北涯有《後西樓》填詞。」

○又

帳冷香銷夜。斷腸吟、生平一事，最傷心者。記得琉璃爲硯匣，新詠玉臺頻借。春去矣、小樓花謝。誦偈朝雲曾現影，怨東風、雨次吹蘭麝。看燕燕，香泥惹㊀。［一］判官自判氤氳且。白尚書、歌填長恨，再生緣也㊁。世味從來皆嚼蠟，情緒偏同啖蔗。夢斷了、浮香精舍。君語如斯吾怕聽，便英雄、淚也如鉛瀉。兒女恨，那堪寫。

【眉評】

［一］北涯姬人趙蘭徵能詩，亡後廿餘日，八月十三夜，夫人將產。北涯時共友人露坐庭戺，見姬魂冉冉外來，入夫人卧内，遂生子，七日而殤。姬復見夢曰：「本非樂生者，聊歸視家人耳。」北涯痛絶，爲作《再生緣》樂府，故云。

【校記】

㈠「香泥惹」句下，《銅絃詞》有注：「北涯姬人趙蘭徵能詩，亡後廿餘日，八月十三夜，夫人將產。北涯時共友人露坐庭戺，見姬魂冉冉外來，入夫人臥內，遂生子，七日而殤。姬復見夢曰：『本非樂生者，聊歸視家人耳。』」

㈡「再生緣也」句下，《銅絃詞》有注：「北涯爲姬作《再生緣》樂府。」

、、○又

燭炧銅盤矣。挂絺衣、幾枝蘿薜，晚風吹起。猿笛雁箏聲拉雜，一帶天河斜指。論甲子、大夫强仕。不信東方編貝穩，笑昌黎、早落期期齒。原注：「北涯年未五十，齒落㈠幾半。」渾未免，聊復爾。㈡

饑驅我亦愁無底。揖諸侯、人呼上客，自稱狂士。十載黃齏酸到骨，嚼出宮商角徵。豈年少、甘爲蕩子。大噱仰天天也悶，肯登堂、浪進先生履。淪落感，竟如此。[一]

【眉評】

[一] 沈痛激楚，髮幾上指。

【校記】

㊀「齒落」，《銅絃詞》作「齒脱」。

㊁「聊復爾」，《銅絃詞》作「聊復耳」。

○**滿江紅** 送程十七判官入都㊀

馬鐸郎當，南浦上、雁聲淒絶。誰與唱、窮秋一路，晚風殘月。畫壁重尋釵腳字，黄河怒卷龍門雪。憶官齋、吹徹玉笙寒，新婚别。原注：「時北涯方納姬。」㊁英雄槩，剛腸熱。兒女態，柔腸折。負綢繆小印，臂痕親齧。取瑟而歌公莫舞，以儒爲戲吾真拙。把離愁、拋擲與江山，都休説。[一]

【眉評】

[一] 筆力傲健，雖是極力支撑，亦能自成一隊。

【校記】

㊀ 録自《銅絃詞》。

〔二〕「時北涯方納姬」，《銅絃詞》作「北涯方納姬，故戲之」。

賀新涼 廿八歲初度日感懷，時客青州。二首。〔一〕

仰屋和誰語。計年華、人生不過，數十寒暑。轉憶四齡初識字，指點真勞慈母。授經傳、咿唔辛苦。母意孳孳兒欲卧，翦寒燈、掩泣心酸楚。教跽聽，麗樵鼓。[一] 十齡騎馬隨吾父。歷中原、東西南北，乾坤如許。天下河山看大半，弱冠幡然歸去。風折我、中庭椿樹。血漬麻衣初脱了，舊青衫、又染京華土。敗翎折，墮齊魯。[二]

【眉評】

[一] 字字真樸，淚痕血點結綴而成。

[二] 淚隨聲墮，不能卒讀。

【校記】

〔一〕二首俱録自《銅絃詞》。詞題「二首」二字，《銅絃詞》無。

又

愁似形隨影。苦飄零、身如槁木，心如廢井。塵海迷漫無處著，常作風前斷梗。觸往事、幾番追省。十載中鉤吞不下，趁波濤、忍住喉間鯁。嘔不出，漸成癭。[一]　眼前一片饃黏境。黑甜中、癡人戀夢，達人求醒。閲盡因緣皆幻泡，纔覺有身非幸。況哀樂、勞生分領。歷亂游蜂鑽故紙，溺腥羶、醉飽㊀憐公等。草頭露，但俄頃。

【眉評】

[一] 嗚咽纏綿，天地變色。

【校記】

㊀「醉飽」，原稿有塗改，《雲韶集》作「醒飽」，疑據《雲韶集》舊稿抄録時校改。

又 陳其年洗桐圖，康熙庚申夏周履坦畫。㊀

一丈清涼界。倚高梧、解衣盤薄，髯其堪愛。七十年來無此客，餘韻流風猶在。問何處、桐陰不改。名士從來多似鯽，讓詞人、消受雙鬟拜。可容我，取而代。　文章煙月思高會。好年華、青尊紅燭，歌容舞態。太白東坡渾未死，得此人生差快。彈指耳、時乎難再。及見古人圖畫裏，動無端、生不同時慨。口欲語，意先敗。[一]

【眉評】

[一] 一片嚮慕，迦陵知己也。

【校記】

㈠ 録自《銅絃詞》。

解連環 燕子磯獨眺㈠

江流日夜。問六朝人物，爾何爲者。三百年、龍戰玄黃，但歌舞荒淫，風流儒雅。醉夢興亡，又節次、欺人孤寡。放千尋鐵鎖，一片降帆，妝點圖畫。[一]　幾處殺人盈野。算偏安纔過，幾王幾霸。説天塹、虎踞龍蟠，被風月鶯花，幾番誤也。眼底蒼茫，賸燕燕、于飛上下。訴當年、故國山圍，空城潮打。

【眉評】

［一］上下千古，大筆淋漓。

【校記】

㈠ 録自《銅絃詞》。

黄景仁 見《大雅集》。

沁園春 述庵先生齋頭消寒夜讌，即席賦呈二首。［一］㈠

讀萬卷書，從十年征，歸來策勛。有聞名破膽，白狼青徼，望風稽顙，僰女髯君。黔蜀烽銷，西南堠一，脱劍仍歸鵷鷺群。承明暇，拉一時燕許，［二］置酒論文。　長安車馬紛紛。只左擁尊彝右典墳。算才還得福，文昌㈡司命，知能兼勇，司馬行軍。絶域功名，熙朝柱石，［三］天下蒼生望雨雲。書生意，感牛心分炙，白練題裙。

【眉評】

[一] 二詞不免有應酬俗套語，然一二矯健奇拔處，亦不可没。

[二] 「拉」字粗，「燕許」字不的。

[三] 俗語，亦腐語。

【校記】

㊀ 二首俱録自《國朝詞綜》。詞題，《竹眠詞》「述庵」作「王述庵」。

㊁ 「文昌」，底本作「文章」，據《竹眠詞》、《國朝詞綜》改。

又[一]

久客京華，落拓無成，咍吁暮朝。歎名場已醒，夢中蕉鹿，酒徒難覓，市上荊高。冰柱如山，雪花比席，昨夜征衣換濁醪。塵土外，但西山一角，冷翠迢迢。朝來寒竟須消。怪賤子何當折柬招。卻幾層幕底，歌圓似豆，一重門外，風利于刀。顧曲心情，當場意氣，今日逢公頗自豪。明朝事，任紇干雀凍，鶡旦蟲號。[二]

【眉評】

[一]上章敘其從征歸來，此章説到本題，上章結筆即此章起筆來脈。前半寫身世落拓，後半寫消寒夜讌。

[二]下半闋太俗，「怪賤子」句尤不堪，「頗自豪」句亦外强而中餒。較其年贈芝麓先生等作，相去何可以道里計也！

摸魚子 歸鴉[一]

倚柴門、晚天無際，昏鴉歸影如織。分明小幅倪迂畫，點上米家顛墨。看不得。[二]帶一片斜陽，萬古傷心色。暮寒蕭淅。似捲得風來，還兼雨過，催送小樓黑。曾相識。誰傍朱門貴宅。上林誰更棲息。幾叢枯木鷩霜重[二]，我是歸飛倦翮。飛暫歇。卻好趁漁船[三]，小坐秋帆側。舊巢應憶[四]。笑畫角聲中，暝煙堆裏，多少未歸客。

【眉評】

[一]「看不得」三字直截。

【校記】

㊀録自《國朝詞綜》。調名，《竹眠詞》作「買陂塘」。詞題，《竹眠詞》作「歸鴉，同蓉裳、少雲作」。

㊁「幾叢枯木驚霜重」，《竹眠詞》作「郎君柘彈休抛灑」。

㊂「漁船」，《竹眠詞》作「江船」。

㊃「舊巢應憶」，《竹眠詞》作「啼還啞啞」。

張詡 字勿詡，號渌卿，元和人。監生。有《露華榭詞》。

摸魚兒 吴門喜晤夢華，剪燈話舊，爲賦此解。㊀

甚悠悠、半年離別，韶光如水偷去。飄零如此真堪哂，天也替人淒楚。君記否。棹一葉扁舟，扶病吴門卧。㊁[二]可憐孤旅。任萬唤千呼，含愁相對，忍淚不能語。東風緊，早送游雲歸樹。相逢一笑起舞。胡床箕踞吹長笛，同按玉田新譜。堪喜處。是仙骨珊珊，久脱風塵苦。飛揚跋扈。對幾疊晴山，一江春浪，斗酒定須取。[二]

【眉評】

［一］自然流出。

［二］「定須取」三字弱，結不住。雖太白有「定須沽取對君酌」之句，然無割去「沽」字之理。

【校記】

㈠録自《國朝詞綜二集》。

㈡「吴門卧」句下，《國朝詞綜二集》有注：「叶。」指「卧」字協韻。

陳行 字小魯，仁和人。布衣，早卒。

○鬲溪梅令㈠

庭前竹樹報平安。不平安。一夜西風吹折、兩三竿。［一］缺中來遠山。［二］古人只道出門難。入門難。江北江南也作、故園看㈡。玉門何處關。［三］

【眉評】

［一］神似竹山。

[二]「缺中」句有景無情，束不住上三語。

[三] 結五字悲涼，音調卻又和緩。

【校記】

㊀録自《兩般秋雨庵隨筆》。

㊁「也作、故園看」，《國朝詞綜補》作「久作、故鄉看」。

吳會 字曉嵐，海陵人。嘉慶十九年舉人。有《竹所詩鈔》三卷，附詩餘一卷。

歸國謠 客中夜雨㊀

愁如許。人間只有相思苦。黃昏況是瀟瀟雨。㊁　他年再向邗溝路。商去住。先尋沒有芭蕉處。[一]

【眉評】

[一] 不言旅愁，而旅愁自見，用筆簡妙。

【校記】

㊀ 録自《竹所詩鈔》附詩餘。

㊁ 上闋，《竹所詞稿》作：「奈何許。夢裏閒愁纔欲語。黄昏又下瀟瀟雨。」

滿江紅 **周君者，年少從軍，老而落魄，酒酣耳熱，歌哭相隨，僕本恨人，爲歌此闋。**㊀

頭白周郎，説年少、横戈草檄。記當日、人人刁斗，聲聲箠築。青海射雕晴雪冷，沙場盤馬秋雲黑。卧長城、萬里月明中，吹横笛。[一] 今日換，窮奇骨。回首滅，英雄色。但短衣縛袴，撫髀歎息㊁。灑淚天涯游子夢，落花時節江南客。撥琵琶、訴與白江州，青衫濕。[二]

【眉評】

[一] 筆力雄健。

[二] 瀏漓頓挫，情詞兼勝。

【校記】

㊀ 録自《竹所詩鈔》附詩餘。詞題「歌哭相隨」，《竹所詞稿》作「往往歌哭相隨」。

㈡「歎息」，《竹所詞稿》作「太息」。

又 題照㈠

石户松關，好一片、幽棲之地。皴染得、疏疏密密，蒼蒼翠翠。畧彴斜通林外路，礬頭亂挽煙中髻。[一]有莊襟、老帶古先生，容高寄。

門對著，青溪水。水盡處，雲還起。[二]仿倪黄㈡家法，荊關寫意。輞水自成詩裏畫，桃源豈復人間世。[三]倘山頭、添箇小行庵，予來矣。[四]

【眉評】

[一] 絶妙畫圖。

[二] 短句層折入妙。

[三] 對法活潑。

[四] 一結風雅，恰好扣住本題。

【校記】

㈠ 録自《竹所詩鈔》附詩餘。

㈡「倪黄」，《竹所詞稿》作「寒林」。

馮柳東 嘉興人。道光初進士。㈠

滿江紅 散館一等，改官閩中，留別都下諸同年。㈠

一枕瞢騰，驀催醒、春婆夢早。也莫問、得時歡喜，失時煩惱。風好已通蓬島路，水空忽换霓裳調。想君恩、只許住三年，瀛洲渺。[一] 詩書債，粗完了。功名事，渾難料。看策勛清鏡，頭顱催老。仕本爲貧寧厭俗，禄猶逮養何嫌少。試今朝、騎馬作粗官，由他笑。[二]

【校記】

㈠ 馮登府，字雲伯，號柳東，浙江嘉興人。

【眉評】

[一] 得失何常，看得達，故不作憤激語。

[二] 語極和平，而筆趣甚足。

【校記】

㊀録自《冷廬雜識》。詞題，《花墩琴雅》前尚有「癸未四月十六日」。

滿庭芳 自題種菜圖[一]㊀

種豆棚低，餂瓜亭小，千古老卻英雄。長鑱短柄，不數草堂風。漫説周妻何肉，清齋供、菜肚都空。小園賦，寒畦一稜，春韭更秋菘。昨宵新雨足，丁寧阿段，好灌連筒。并桔槔無用，俯仰都慵。料理瓜壺經濟，頭銜換、老矣園公。休賒望，飛錢籬落，生計笑鄰翁。[二]

【眉評】

[一]只起數語寄慨，下皆寫種菜正面，而不得意之情自於言外可會。温柔敦厚，我思其人。

[二]真達天知命語。

【校記】

㊀録自《冷廬雜識》。詞題，《月湖秋瑟》作：「四明學舍，山田一雙。時課僮約，雜蒔蔬果。每當鶯前韭脆，蟬後菘肥，翠甲滿槃，欣然命酌，殊有菜肚老人風味。作《種菜圖》。」

朱紫貴 字立齋，長興人。司訓杭州。

買陂塘 天寒歲暮，鄉思無端。陳君筱初同此清況，譜是調奉柬。丁酉歲不盡九日，書於安陽學舍。㊀

甚無端、水程山驛，天涯偏又萍寄。浮雲富貴非吾願，何況一官匏繫。疎懶意。也不擬、飄零湖海求知己。[一] 閒愁喚起。正落葉堆門，殘蕉颭牖，風雨響窗紙。同心侶，卻有哦松隱吏。誰憐家世蘭錡。青袍十載蕭騷感，髩鬀寒氈滋味。春及㊁矣。只願逐、賓鴻北向成歸計。[二] 欄杆自倚。算最是無情，桃花峻嶺，鄉路隔千里。[三]

【眉評】

[一] 風雅疎狂，似竹垞老人手筆。

[二] 下半柬陳。

[三] 收足思鄉。

【校記】

㈠録自《冷廬雜識》。

㈡「及」，《楓江草堂詞》作「近」。

張崇蘭　見《大雅集》。

疏影㈠

梁間燕語。把春愁喚起，終日凝聚。一片迷離，萬種纏綿，欲説也無頭緒。落花時節門常掩，又捱過、幾番風雨。[一]歎近來、瘦損誰知，寬減帶圍如許。　除卻吞花卧酒，試從頭細數，此生真誤。纔是清晨，蚤又黄昏，看徧春來春去。鬢絲縷縷無情甚，不解把、少年留住。問人間、何地埋憂，舉眼茫茫今古。

【眉評】

[一]淒咽纏綿，往復不盡，若加以理，便是夢窗、梅溪之亞。

【校記】

㈠ 録自《夢溪棹謳》。

蔣春霖 見《大雅集》。

甘州 王午橋，常山人，詞筆清麗，似吴夢窗。渡滹沱時相見，庚午復遇於南中，云自越絶返都門也。歌而送之。㈠

記疏林霜墮薊門秋，高談四筵驚。擊珊瑚欲碎，長歌裂石，分取狂名。短夢依依同話，風雨客窗燈。一醉江湖老，人似春星。〔一〕　驀上長安舊路，悵春來王粲，還賦離亭。唤天涯緑偏，今夜子規聲。待攀取、垂楊寄遠，怕楊花、比客更飄零。淒涼調、向琵琶裏，唱徹幽并。〔二〕

【眉評】

〔一〕爽豁人目。

[二] 纏綿沈着。

【校記】

㊀ 録自《水雲樓詞》。

木蘭花慢 甲寅四月，客有自金陵來者，感賦此闋。㊀

破驚濤一葉，看千里，陣圖開。正鐵鎖横江，長旗樹壘，半壁塵埃。秦淮。幾星燐火，錯驚疑、燈影舊樓臺。落日征帆黯黯，沈江戍鼓哀哀。[一]

安排。多少清才。弓挂樹，字磨崖。甚繞鵲寒枝，聞雞曉色，歲月無涯。雲埋。蔣山自碧，打空城、只有夜潮來。誰倚莫愁艇子，一川煙雨徘徊。[二]

【眉評】

[一] 悲壯淋漓，筆力雄厚。

[二] 亦是尋常詞意，妙在筆力絶大。

【校記】

㊀ 録自《水雲樓詞》。

水龍吟 癸丑除夕[一]㊀

一年似夢光陰，悤悤戰鼓聲中過。舊愁纔翦，新愁又起，傷心還我。凍雨連山，江烽照晚，歸思無那。任春盤堆玉，邀人臘酒，渾不耐、通宵坐。　還記敲冰官舸。鬧蛾兒、揚州燈火。舊嬉遊處，而今何在，城闉空鎖。小市春聲，深門笑語，不聽猶可。怕天涯憶著，梅花有淚，向東風墮。[二]

【眉評】

[一] 此篇押韻絶陡峭。

[二] 短句中亦帶蒼莽之氣，是何等力量。

【校記】

㊀ 録自《水雲樓詞》。

王蔭祜

字子受，號菊龕，真定人。附生，官江蘇角斜場大使。有集，詞附。

滿江紅四首

咸豐甲寅，客海州，與王子揚、劉子謙、殿塤、許牧生、吴蓮卿、周廉廷、張溥齋朝夕過從，觴詠甚樂。吴介軒用少陵《飲中八仙歌》韻賦詩，矜寵之。離隔以來，幾陳跡矣。今廉廷便塗見過，謂已繪圖留證墮歡，命曰「海國騷音」，兼示所作弁言及諸賢題詠。棖觸往夢，不能無言。㊀

彈鋏悲吟，問誰是、平津侯者。儘年來、懷中刺滅，琴前曲寡。一例空堂棲燕雀，虚名隨處拚牛馬。[一]甚海濱、翻㊁值釣鼇人，争相迓。　延陵季，詞源瀉。高陽裔，才名亞。又客星幾點，攢眉結社。湘漢騷人聯棣萼，張王樂府争雄霸。鎮㊂多情、把臂到狂奴，論風雅。

【眉評】

[一]慨當以慷，「悲風爲我從天來」。

【校記】

㊀此下四首俱録自抄稿。《覺華龕詩存》附詞有詞題「題周蓮亭海國騷音圖」，詞序作：「咸豐甲寅，游海州，與許牧生（寶謙）、吴蓮卿（廷炬）、王子揚（詡）、劉子謙（世大）、殿壎（世仲）、周蓮亭（光輔）、張慰霖（守恩）晨夕過從，極觴詠之盛。吴介軒（世祺）次少陵《飲中八僊歌》韻賦詩，矜寵之。暌隔以來，成陳迹矣。今蓮亭便涂過我，謂將繪圖留證墮歡，兼示所爲弁言及諸賢題詠。棖觸往夢，不能無言。」

㊁「甚海濱、翻」，《覺華龕詩存》附詞作「海東頭、忽」。

㊂「鎮」，《覺華龕詩存》附詞作「更」。

又

擊鉢聲聲，渾不爲、風雲月露。算都是、蒼茫身世，鬱懷噴吐。柳色虹橋驚戰伐，菊花九日傷遲暮。儘旁人、腫背詫駝峰，甘陵部。㊁　仙耶怪，予和汝。床上下，人三五。仗㊀綵毫收入，浣花舊譜。杜老風華傳綺季，酒龍序次㊁排詩虎。祇㊂齒牙、餘論我難勝，公其誤。

【眉評】

[一] 一片感慨，不僅以蹈揚湖海爲工。

【校記】

㊀「仗」，《覺華龕詩存》附詞作「杖」。

㊁「序次」，《覺華龕詩存》附詞作「次敘」。

㊂「祇」，《覺華龕詩存》附詞作「媿」。

○○又

顧曲雄才，合放爾、出人頭地。尚關心、西園餘韻，再繙圖記。鴻爪印留脩禊帖，龍頭人似催租吏。倚征篷、促和右軍詩，斜陽裏。　君且去，門須閉。儂便學，陳無己。待哀蝯啼徹，恐應出涕。偶破天慳成此會，再聯萍影談何易。看眼中、落落聚星羣，還餘幾。[一]

【眉評】

[一] 筆意動盪，不可羈縛。

又

對此茫茫，没著落、愁人一個。渾不耐、墮歡如夢，亂愁如火。聚合何關神鬼忌，抛離忍使因緣左。誦河梁、五字斷腸詩，鉛波墮。〔一〕　休便説，劉琨卧。佑浪炙，淳于輠。怕階前尺地，也難容我。誰續㊀罪言憐杜牧，枉傳仙侶倅張果。問何年、位業紀真靈，彈冠賀。〔二〕

【眉評】

〔一〕感激豪宕。

〔二〕悲歌慷慨，去路亦骯髒不平。

【校記】

㊀「續」，《覺華龕詩存》附詞作「讀」。

李慎傳[一]

字子薪，丹徒人。同治庚午年舉人，官上元縣教諭。有《植庵集》，詞一卷。

【眉評】

[一]子薪，余故友也。年逾四十始習倚聲，學力未充，而才氣甚旺。使天假之年，未始不可爲迦陵嗣響。録存數闋，每一展卷，爲之泫然。

○賀新涼 涼夜不眠，感昔有作，六首。㊀

風雨飛來驟。乍驚人、嫩涼天氣，近秋時候。暑病纔蘇心偏怯，冷露森森濕袖。漸半壁、燈搖紅豆。哀樂中年多少事，幾何時、促似城頭漏。懷曩昔，夢都㊁舊。　少年努力期成就。驀無端、潘郎頭白，沈郎腰瘦。一夜西風催搖落，惹我愁絲入扣。休再較、盧前王後。惟有桃笙堪結契，耐輕寒、不睡常偎守。淒切淚，染衫透。

【校記】

㊀六首俱録自《植庵集》。

〔二〕「夢都」，《植庵集》作「蹟已」。

○又〔一〕

才氣工馳驟。憶從前、年方弱冠，崢嶸之候。卓犖胸懷觀書史，一卷高文自袖。笑腐豎、眼光如豆。北固山頭供嘯傲，儘豪懷、吸盡長江漏。題句處，墨痕舊。　子由學業欣同就。鬪吟箋、機雲相埒，何分肥瘦。富貴於吾探囊耳，一任名韁牽扣。也莫問、祖劉先後。高卧元龍樓百尺，氣如虹、俯視鄉嬛守。今古事，勘都透。

【眉評】

〔一〕此章追敘少年情事。

○又〔一〕

壯志摧殘驟。十餘年、倉皇離亂，愁逢諜候。席帽隨身難抛卻，空舞長沙短袖。問棧馬、何求芻豆。同學少年多不賤，就丹砂、我欲尋勾漏。全埽卻，雪泥舊。　功名福澤休輕就。

暗思量、蟬聲帶恨，鶴姿原瘦。身世升沈無須説，不待君平詢扣。縱得意、瞠乎已後。擊碎珊瑚歌慷慨，老生涯、底事青氈守。通與塞，料先透。[二]

【眉評】

[一] 跟上章來，敘壯年身世之感。

[二] 「富貴應須致身早」，同此感慨。

○又[一]

捧檄催人驟。歎一官、嬾如廟祝，拙如門候。十里秦淮風雪夜㊀，贏得酒痕涴袖。拚痛嚼、王敦澡豆。柳色臺城無意緒，恨長條、枉把春光漏。狂劇矣，尚如舊。　萍蹤知己時相就。甚關情、蘇禪張醉，郊寒島瘦。結伴尋秋南朝寺，枯樹馬繮穩扣。論好古、嗟余生後。一霎勝遊泡影去，悄銜齋、明月誰爲守。思鑄錯，汗都透。

【眉評】

[一] 此章敘服官上元。

【校記】

㊀「風雪夜」，《植庵集》作「温存景」。

○又〔一〕

秣馬塵中驟。歷齊燕、幾重山水，幾多亭候。尺五宣南知交客，誰作文章領袖。共旅館、悶吟盤豆。羅隱才華原有用，只朱衣、誤把名兒漏。天末感，悵懷舊。 七年三度公車就。記那時、酒闌燈灺，月肥花瘦。遮莫尊前楊枝曲，醉極唾壺欲扣。冷眼看、青雲滿後。一事無成成落魄，讓愁魔、有意來相守。明歲計，莫參透。

【眉評】

〔一〕此言北上不得志。

○又〔二〕

日月馳如驟。念生平、熱腸俠氣，不逢其候。餘事吟哦成何用，觀者胡盧掩袖。到不若、南山種豆。欲拜空王除惱障，猛鷲聞、鄰寺傳鐘漏。歡喜境，總非舊。寒蛩得過須將就。奈詩人、山頭飯顆，杜陵消瘦。白髮緣愁三千丈，難説流光綰扣。何況冀、揚雲身後。河漢微雲梧葉露，冷惺忪、夢境吾何守。窗隙影，月斜透。〔二〕

【眉評】

〔一〕總收六篇。

〔二〕眼前景作去路。

唐煜〔一〕

字少白，丹徒人。附生。

【眉評】

〔一〕少白與余爲中表弟兄，年少工詞，後困於衣食，未能充其學力之所至，年未五十下世，可歎也。

金縷曲　登岱二首㊀

此是擎天柱。峙巖巖、青連不斷，平分齊魯。老柏蒼松高十丈，對著罡風絮語。猶自説、秦皇漢武。欲識前朝興廢事，把山靈、喚起談今古。哭還笑，歌復舞。望中遥見金閶路。人道是、孔顔師弟，登臨之處。白馬當時疑匹練，只今變爲烽火。忍細認、江南故土。天設此山南北限，爲神京、萬古撑門户。愁飛鳥，尚難度。[一]

【眉評】

[一] 莊麗雄闊。

【校記】

(一) 二首俱録自抄稿。

又

萬仞丹梯路。其中有、神房阿閣，秦碑漢樹。下視齊州煙九點，上接青天尺五。占膏壤、中居於魯。西望長安東瞰海，更北連、燕趙南吴楚。小天下，空寰宇。[一] 一聲長嘯千山暮。卻雜入、村夫樵唱，牧童笛譜。峭壁巉巖雲亂湧，怪石嵯峨如虎。有松柏、凌風而舞。

賞。自家拍掌。唱得千山響。[二]查悔叔《詞話》:「茂州陳時若大牧最喜歌此調,云武林一老僧所填(點絳唇)也,忘其名。余聞之,輒録出,往復詠歎,音調超絶。噫!此亦紅薑老人之儔匹也。」

【眉評】

[一]一片化機,古今絶調。

[二]一本作「唱徹千山響」,然「徹」字不及「得」字。

【校記】

㊀録自《國朝詞綜》。

徐燦　見《大雅集》。

永遇樂　舟中感舊[一]㊀

無恙桃花,依然燕子,春景多別。前度劉郎,重來江令,往事何堪説。逝水殘陽,龍歸劍杳,多少英雄淚血。千古恨,河山如許,豪華一瞬拋撇。　白玉樓前,黄金臺畔,夜夜只留明月、休笑垂楊，而今金盡，穠李還銷歇。世事流雲，人生飛絮，都付斷猿悲咽。西山在，愁容慘黛，如共人淒切。

【眉評】

［一］全章精鍊，運用成典，有唱歎之神，無堆朵之跡，不謂婦人有此傑筆，可與李易安並峙千古矣。

【校記】

㊀ 録自《國朝詞綜》。

吴蘋香 見《大雅集》。

祝英臺近 詠影［一］㊀

曲闌低，深院鎖。人晚倦梳裹。恨海茫茫，已覺此身墮。那堪㊁多事青燈，黄昏纔到，又㊂添上、影兒一個。最無那。縱然著意憐卿，卿不解憐我。怎又書窗，依依伴行坐。算來驅去應難㊃，避時尚易，索掩卻、繡幃推卧。

【眉評】

［一］蘋香父夫俱業賈，兩家無一讀書者，而獨呈翹秀，殆有夙慧也。詞意不能無怨，然其情亦可哀矣。

【校記】

㊀録自《兩般秋雨庵隨筆》。詞題，《花簾詞》作「影」。

㊁「那堪」，《花簾詞》作「可堪」。

㊂「更」，《花簾詞》作「又」。

㊃「應難」，《花簾詞》作「原難」。